Lady Sapphire

ROSEMARY ROGERS

Lady Sapphire

Jade

Titre original :
SAPPHIRE
publié par MIRA®

Traduction française de FRANÇOIS DELPEUCH

Photos de couverture
Femme : © STEWART COHEN / GETTY IMAGES
Londres : © ADAM WOOLFITT / CORBIS
Collier : © FRANK TRAPPER / CORBIS
Branches d'arbre : © MADONNA DWYER-DOWNING / GETTY IMAGES

83-85, boulevard Vincent-Auriol, 75646 PARIS CEDEX 13.
www.harlequin.fr
ISBN 978-2-2808-1520-8 — ISSN 1773-7192

1

Ile de la Martinique
Antilles françaises
Avril 1831

— Un baiser, ma douce Sapphire, rien qu'un baiser ou je vais trépasser ! déclama le beau Maurice, immergé jusqu'à la taille dans les transparences turquoise du lac.

Le Français ne portait sur lui qu'une culotte de daim chamois qui lui collait au corps comme une seconde peau. A la vue de son torse musclé, et des mèches mouillées de sa chevelure brune qu'il avait lissées en arrière, Sapphire sentit son pouls s'accélérer.

— Il va d'abord falloir que tu m'attrapes ! répliqua-t-elle avant de l'éclabousser en riant.

Et, aguicheuse, elle se mit à onduler des hanches sous la chemise diaphane qu'elle avait choisi de revêtir pour sa baignade de fin d'après midi.

Au moment où Maurice se jetait sur elle, elle pivota vivement et plongea dans l'eau la tête la première. Ayant touché du bout des doigts le fond sablonneux du lac, elle regagna la surface pour respirer un peu.

— Je te tiens ! s'exclama Maurice en lui saisissant la cheville.

Il commença à la ramener vers lui, ses mains remontant hardiment le long de son mollet.

— Non ! protesta Sapphire en feignant de se débattre. Lâchez-moi, vilain !

— Pas avant d'avoir reçu un baiser…

Et, reprenant pied, il attira la jeune femme dans ses bras.

Capitulant enfin, Sapphire noua les bras autour de son cou et renversa voluptueusement la tête en arrière. Les boucles humides de sa crinière auburn, qui lui tombaient jusqu'à la taille, se perdirent dans l'onde. Elle ferma alors les yeux et offrit ses lèvres à Maurice, jouissant du contact de son corps contre le sien.

Le jeune homme avait retenu son attention lors du bal donné l'automne précédent pour célébrer son retour et celui de son frère Jacques à la plantation familiale, voisine de celle du père de Sapphire, après ses études en France. Dès le premier instant, elle avait été comme ensorcelée par le beau Maurice. Il lui avait suffi de quelques regards brûlants, d'un ou deux baisers innocents, et des quelques rencontres clandestines qui s'étaient ensuivies, pour concevoir à son endroit une passion éperdue dont, jusqu'à présent, elle avait tout lieu de croire qu'elle était partagée. Depuis, elle ne cessait de caresser le rêve d'un splendide mariage dans le parc de la plantation. Il ne lui restait plus qu'une dernière condition à remplir pour le réaliser : persuader son cher et tendre père que Maurice était l'homme qu'il lui fallait, l'homme de sa vie.

— Nous devrions rentrer à la maison, Sapphire, lui dit soudain sa sœur Angélique, qui se baignait un peu plus loin avec son ami Jacques. Si nous tardons trop à rentrer, papa va venir voir ce qui se passe, or je te rappelle que nous sommes censées assister en ce moment même au récital de clavecin de madame la baronne.

Plus âgée que Sapphire d'une année à peine, Angélique n'était pas seulement sa sœur adorée, mais également sa meilleure amie. Toutes les deux étaient inséparables depuis l'adoption d'Angélique par les parents de Sapphire. Fille d'une esclave de l'île, Angélique avait une splendide chevelure d'ébène, mais une peau ambrée assez claire pour ne pas trahir d'emblée ses origines et lui donner plutôt l'apparence d'une métropolitaine ayant passé l'année à s'exposer au soleil des tropiques.

— Rentrer ? répéta Sapphire avec une moue dédaigneuse. Si c'est pour supporter au dîner les propos ennuyeux des invités anglais de papa, merci bien !

Puis, avec un sourire enjôleur à l'adresse de l'élu de son cœur :

— Je préfère rester ici, ajouta-t-elle en se blottissant contre lui.

— Peut-être devrais-tu écouter ta sœur, pourtant, lui murmura Maurice dans le creux de l'oreille. J'aimerais mieux éviter de m'attirer la colère de M. Fabergine, mon futur beau-père.

Il se mit alors à lui agacer le lobe d'une oreille du bout de la langue, faisant naître en elle de délicieux petits frissons. Bien que le temps fût chaud, l'eau était fraîche, et Sapphire, qui frémissait déjà, se mit à trembler sous l'afflux de sensations aussi nouvelles qu'excitantes que les caresses du jeune homme éveillaient dans son ventre.

— Retrouve-moi ce soir après le repas à l'endroit habituel, d'accord ? lui suggéra-t-il d'une voix rauque.

Elle agrippa ses bras et riva ses yeux aux siens.

— Oui. Nous irons ensuite nous promener à cheval. J'adore monter la nuit, traverser la jungle tropicale et longer la plage avec le seul clair de lune pour guide. Avec toi, ce devrait être plus merveilleux encore.

Maurice accueillit ce tendre aveu avec un nouveau baiser. La jeune femme en soupira de bonheur et de frustration mêlés.

Elle n'était pas aussi généreuse de ses faveurs qu'Angélique, et, à la différence de l'insouciante et magnifique indigène, elle avait jusqu'alors soigneusement préservé sa vertu. Sa détermination en la matière commençait toutefois à faiblir. Après tout, elle était pleinement femme et aspirait à connaître les expériences inhérentes à sa nature. Pourquoi donc attendre encore ? se demanda-t-elle avec désinvolture en écartant à regret sa bouche de celle de Maurice.

— Viens donc te sécher avant de te rhabiller, lui proposa ce dernier en enlaçant sa taille pour la mener vers les buissons voisins.

Il attrapa au passage un des plaids qu'ils avaient apportés avec eux et conduisit Sapphire à l'écart du sentier, dans une petite clairière nichée au milieu de fougères géantes et de palmiers dont les feuilles se balançaient sous la brise. Ayant étendu le plaid par terre, il prit la main de la jeune femme pour l'inciter à s'asseoir près de lui.

— Je ne peux rester qu'une minute, dit Sapphire avec un sourire, tout en humant les parfums exquis de l'exubérante végétation. Angélique a raison. Mieux vaut que nous rentrions avant que papa nous surprenne ici.

— Ah, les pères, déplora Maurice en lui baisant le cou. Toujours inquiets pour leurs filles, n'est-ce pas ? Surtout si elles sont aussi jolies…

La jeune femme posa les mains sur ses larges épaules et le repoussa légèrement.

— Il faut le comprendre, murmura-t-elle. Il n'a que nous.

Maurice pencha de nouveau la tête vers elle. Elle se laissa embrasser. Puis il la serra dans ses bras et l'allongea sur le plaid sans cesser de dévorer ses lèvres de baisers ardents. Comme ils se retrouvaient pressés l'un contre l'autre, Sapphire sentit contre sa chair, à travers le fin tissu de sa chemise de bain, la preuve du désir de Maurice. Une chaleur subite lui monta aux joues.

Emporté par la passion, Maurice fit lentement remonter sa main le long de son ventre, jusqu'à sa poitrine. Elle soupira à son tour. Et ses soupirs devinrent gémissements quand le beau Français se mit à lui caresser les seins avec une douceur experte. Seigneur, songea-t-elle, comment des gestes aussi réprouvés par la bienséance pouvaient-ils être aussi merveilleux ?

— Sapphire ! Par Dieu ! tonna soudain une voix furieuse. Jeune homme, écartez-vous immédiatement de ma fille !

— Papa !

Sapphire n'avait pas entendu les cavaliers approcher. Repoussant vivement Maurice, elle se redressa d'un bond et croisa pudiquement les bras sur sa poitrine.

— Bonjour, monsieur Fabergine, dit Maurice avec le plus parfait aplomb. Comment allez-vous ?

— Co… comment je vais ? bafouilla Armand Fabergine, le visage empourpré par la colère.

Il descendit de son splendide hongre bai, sa cravache au poing. Il portait une tenue composée d'une culotte blanche s'arrêtant aux genoux, d'une chemise de soie de même couleur, d'une veste bleu pâle et de luxueuses bottes d'équitation. Derrière lui, plusieurs de ses invités anglais, toujours juchés sur leur monture, se tordaient le cou pour mieux voir le couple dont ils avaient surpris les ébats.

— Puisque vous tenez à le savoir, monsieur Dupré, je ne vais pas bien du tout, riposta Armand avant de pointer un doigt rageur vers sa fille. Toi, ma petite, tu te lèves. Et plus vite que ça !

Il avait les lèvres exsangues et les paupières plissées de rage.

Comme Sapphire s'empressait de lui obéir, il ramassa le plaid pour lui en couvrir les épaules.

— Et Angélique ? s'enquit-il. Où est-elle ?

Armand ne s'emportait que rarement contre ses enfants, mais là, constata Sapphire, il était clair qu'il avait le plus grand mal à se retenir. Ses prunelles grises jetaient des éclairs.

— J'arrive, papa ! dit Angélique d'une voix chantante.

— Quant à vous, reprit Armand en toisant Maurice d'un regard méprisant, estimez-vous heureux que je sois un homme civilisé. Mon propre père vous aurait abattu comme un chien s'il vous avait vu porter ainsi la main sur une de mes sœurs. Vous feriez mieux de filer sur-le-champ avant que je perde tout contrôle sur moi-même !

— Non, papa ! le supplia Sapphire.

— Tais-toi donc, ma fille, tu me fais honte ! s'écria-t-il.

Puis, se tournant vers les témoins de la scène :

— Si vous voulez bien m'excuser un moment, messieurs…

Avec une réticence manifeste, les trois Anglais tournèrent bride et s'éclipsèrent derrière les magnolias en fleur.

— Angélique ! cria Armand.

…ut de suite, papa !

… coin de l'œil, Sapphire aperçut Jacques, qui se penchait … hâte pour disparaître derrière une gerbe de fougères. Elle reporta son attention sur son père tout en songeant qu'une telle attitude était typique de la part d'Angélique. Même lorsqu'elle n'était qu'une enfant, elle ne se rebellait jamais contre leurs parents ni contre leur tante Lucia. Elle se contentait simplement de les écouter en opinant du chef avec un charmant sourire… pour n'en faire ensuite qu'à sa tête.

— Papa, tu ne comprends pas, protesta Sapphire.

— Et qu'y a-t-il à comprendre qui ne soit déjà évident ? Ce… cet individu, qui ne mérite en rien le titre de gentleman, a visiblement tenté d'abuser de toi.

— Non ! s'insurgea Sapphire en venant glisser un bras sous celui de Maurice, lequel se tenait prudemment en arrière. Maurice et moi, nous nous aimons, papa. Il n'a rien commis de mal. J'étais consentante.

— Vous vous *aimez* ? répéta Armand en manquant de s'étouffer. Et que connais-tu au juste à l'amour, petite sotte ?

Il s'avança d'un pas vers sa fille, l'air menaçant. Les années l'avaient aminci et avaient presque entièrement blanchi ses cheveux bruns, mais il s'exprimait toujours sur un ton impérieux qui intimidait les plus téméraires.

— Je devrais peut-être y aller, ma chérie, chuchota Maurice en reculant.

— Voilà qui serait en effet fort avisé, monsieur Dupré, approuva Armand avec ironie. Fichez-moi donc le camp avant que j'oublie toute retenue et vous administre la correction que vous méritez !

— On se revoit plus tard, murmura le Français à l'oreille de Sapphire.

Puis il rebroussa chemin vers la berge où il avait laissé ses affaires.

Angélique surgit à cet instant, revêtue de sa jolie robe jaune, ses sandales à la main.

— Papa, susurra-t-elle, nous nous apprêtions justement à

rentrer à la maison pour te préparer à dîner. J'ai hâte d'essayer la nouvelle toilette que tu m'as apportée de Londres !

Sapphire, cependant, ne se sentait pas d'humeur aussi enjouée que sa sœur. Elle s'approcha de son père, une lueur de défi dans le regard.

— Tu n'as pas le droit de nous traiter de la sorte, papa ! Maurice et moi nous aimons... Nous nous aimons et nous allons nous marier !

Armand la considéra d'un œil froid, les mâchoires crispées.

— Tu n'épouseras pas ce godelureau, décréta-t-il. Il n'est même pas digne de décrotter tes bottes.

Sur ce, il lui tourna le dos et revint vers sa monture.

— Papa, tu ne peux plus me dicter ainsi ma conduite ! Je ne suis plus une enfant !

Ayant mis le pied à l'étrier, Armand se hissa sur sa selle.

— Et moi, je suis toujours ton père ainsi que le maître de cette plantation et de tout ce qui s'y meut et y respire, lui rappela-t-il d'un ton égal, sans daigner la regarder. Hommes et bêtes vivent ici sous ma responsabilité, ce qui signifie que j'agis avec chacun de vous comme je l'entends, et cela vaut aussi bien pour mes filles que pour mes esclaves. Si tu insistes, je t'enfermerai dans ta chambre. Je peux même, si besoin est, te confier de nouveau aux bonnes sœurs du Sacré-Cœur.

— Tu n'oseras pas me renvoyer à l'école, tout de même ! s'exclama Sapphire.

Mais il s'éloignait déjà.

— Pas question de céder, proclama Sapphire en sortant de sa chambre, accompagnée d'Angélique, pour emprunter le large corridor éclairé par des lampes à huile.

La demeure avait été édifiée par son grand-père dans le style des châteaux français de la vallée de la Loire. Son aïeul avait cependant veillé à lui donner une atmosphère moins solennelle,

… dans l'esprit de l'île, en la dotant de vastes baies … …es portes-fenêtres qui, depuis chaque chambre ou …e, ouvraient sur les terrasses dallées et les jardins luxu…s qui ceignaient ce petit paradis.

— Je suis grande, maintenant, Angel, continua Sapphire en penchant la tête pour accrocher une perle à son oreille. Maman m'a dit sur son lit de mort que j'étais une adulte et que je devais désormais être traitée comme telle.

Elle leva le bas de sa nouvelle robe de soie prune, laquelle était à la dernière mode avec sa jupe évasée en forme de cloche et son corsage à l'échancrure basse, et trottina après Angélique pour la rattraper.

— Et voilà qu'au moment où je trouve un homme qui me convient et me plaît, il faudrait que je retourne au couvent ? Jamais !

— Ne cours donc pas ainsi, ça défait ta coiffure, conseilla Angélique avant de repousser derrière l'oreille de sa sœur une mèche rebelle. Et garde-toi d'évoquer Maurice à table ce soir. Il serait même avisé que tu n'en parles plus jamais.

— Plus jamais ? rétorqua Sapphire sèchement. Je veux l'épouser, te dis-je ! Nous voulons nous lier l'un à l'autre pour la vie.

Angélique soupira tout en lissant la jupe de sa toilette rose pâle.

— Tu ne devrais pas donner ton cœur aussi facilement, murmura-t-elle d'une voix presque peinée. Tu es jeune. Il te reste encore beaucoup à apprendre sur l'amour. Il y aura bien d'autres Maurice, tu sais…

— Alors, comme ça, tu t'y mets, toi aussi ? coupa Sapphire avec indignation.

— Je suis de ton côté, Sapphire. Et papa aussi, rétorqua Angélique en jetant un regard intéressé vers le parc où un concert était donné en l'honneur des invités et associés de leur père. Allons, viens. Si nous arrivons en retard, papa sera encore plus en colère contre nous. Nous rediscuterons de tout ça plus tard.

— Tu t'exprimes comme lui, lança Sapphire avec dédain.

A croire que vous n'avez pas écouté un seul mot de ce que je vous ai dit !

— Le message est pourtant parfaitement clair, grommela Angélique, qui précéda sa sœur dans la grande salle à manger décorée d'élégantes pièces de mobilier de style Louis XIV.

— Ah, vous voici, mes très chères nièces, déclara tante Lucia en les embrassant avant de se pencher vers Sapphire et de baisser la voix. Qu'as-tu encore fait, malheureuse ? Je ne crois pas avoir jamais vu Armand aussi furieux.

— Je n'ai rien à me reprocher !

Lucia, petite femme replète aux cheveux roux et aux traits encore fort avenants pour son âge, se tourna vers Angélique qui se contenta d'arquer gracieusement les sourcils. Lucia, selon son habitude, ne jugea pas utile d'insister.

— Bon, venez, reprit-elle gaiement en les entraînant vers la table dans le bruissement des multiples jupons qui gonflaient sa volumineuse robe couleur citron. Tout le monde est là. Nous n'attendions plus que vous deux. La toilette de lady Carlisle est divine, vous ne trouvez pas ? Et regardez-moi ce bibi ! Est-ce que ce petit oiseau piqué dans la dentelle n'est pas adorable ?

— Le mot est faible, aquiesça ironiquement Sapphire en plaquant un sourire forcé sur son visage avant de se diriger vers une des chaises situées à l'autre bout de la table.

Au vrai, elle était loin d'apprécier lady Carlisle. Hier encore, elle l'avait surprise dans la bibliothèque en train de tenir à lady Morrow des propos peu aimables sur son compte.

— M. Fabergine est tout à fait charmant, avait dit leur invitée à son amie, mais sa rouquine de fille est bien trop dévergondée pour une jeune dame digne de ce nom. Son père serait avisé de lui rogner un peu les ailes avant qu'elle ne s'aliène définitivement l'indulgence de la bonne société. Je crains, hélas, qu'Armand n'ait toujours pas pris conscience de la difficulté qu'il aura à marier ce garçon manqué.

Sapphire salua son père en souriant.

— Papa… Mesdames et messieurs, ajouta-t-elle à l'intention

des autres convives. Si vous voulez bien prendre place, le dîner est servi.

Armand vint lui tirer sa chaise.

— Tu es magnifique, ma chérie, lui déclara-t-il. La couleur de cette toilette te va à ravir.

Quoique lui en voulant toujours, elle ne put s'empêcher d'accueillir ce compliment avec un sourire.

— Merci pour la robe, papa, dit-elle par-dessus son épaule nue. Elle est ravissante.

Elle releva ses jupons tandis qu'il glissait la chaise sous elle.

— Une robe magnifique pour une femme magnifique, ajouta-t-il *mezza voce*. Même si c'est un garçon manqué !

Sapphire écarquilla les yeux et réprima le gloussement qui lui montait aux lèvres. Apparemment, elle n'était pas la seule à avoir entendu les paroles désobligeantes que lady Carlisle avait proférées à son sujet !

— Vous êtes ici chez vous, ajouta Armand à l'adresse de ses invités en gagnant sa propre place après avoir aidé tante Lucia à s'installer à la sienne.

Entre-temps, Sapphire n'avait pas manqué de remarquer que c'était un des hommes mariés de l'assistance qui avait avancé la chaise d'Angélique — ce qui n'était guère pour l'étonner : celle-ci plaisait à tous les hommes sans exception, non seulement par son caractère complaisant, mais aussi par sa beauté exotique qui semblait envoûter tous les mâles à la ronde.

— Je vous en prie, poursuivit leur père en ouvrant largement les bras, mettez-vous à votre aise. Ici, chacun est invité à se détendre.

Il fit ensuite signe à l'une de leurs nouvelles servantes, une fille du village que Sapphire soupçonnait d'être un peu plus que la domestique de son père.

C'était là un des vices d'Armand Fabergine, au même titre que le tabac ou l'alcool, et sa mère ne s'en était jamais formalisée, le considérant comme « la faiblesse inhérente au sexe fort ». Sapphire était loin de partager son opinion et, quand, des années auparavant, elle avait eu vent de rumeurs insinuant qu'Angélique était une enfant qu'Armand avait eue d'une indigène, elle avait décidé que son futur mari serait dépourvu pour sa part de cette « faiblesse », si « inhérente » fût-elle à sa nature de mâle.

La servante en question, qui s'appelait Tarasai et n'était pas plus âgée que Sapphire, s'approcha de la table, les yeux baissés, en portant une grande soupière en porcelaine à anses dorées. L'arrivée du potage de tortue marqua ainsi le début des deux longues heures de ce dîner de réception et, à mesure que les plats se succédaient sur la table, Sapphire eut l'impression de se pétrifier d'ennui sur sa chaise.

Depuis l'arrivée des invités anglais de son père, une semaine auparavant, les conversations du dîner étaient devenues assommantes. Les hommes, qui étaient tous d'âge mûr, ne discutaient que de leurs récoltes et de leurs ennuis de santé. Et encore Sapphire trouvait-elle les propos qu'ils échangeaient sur la goutte et le cours du café nettement moins soporifiques que les potins mondains rancis dont ces dames avaient l'air de se délecter. Sapphire en aurait presque admiré tante Lucia, qui, sans jamais se départir de son sourire, savait placer au moment voulu des « ah oui ? » et autres « tiens donc ? » de circonstance. Angélique, de son côté, s'occupait à sa façon en flirtant avec tous les hommes alors présents dans la pièce, que ceux-ci fussent invités ou domestiques, jeunes ou vieux.

Sapphire, elle, ne pouvait simuler un intérêt qu'elle n'éprouvait pas.

Vers le milieu du repas, dans l'intervalle entre deux plats, la jeune femme leva son regard au ciel avec un soupir résigné et contempla sans les voir les flammes qui scintillaient dans les bobèches de l'énorme lustre de cristal suspendu au plafond — car, quoique le manoir offrît bien des commodités du confort moderne, comme l'éclairage à huile dans chaque chambre par exemple, le maître des lieux tenait à ce que seules des chandelles illuminent la salle à manger. Sapphire perçut alors un faible couinement qui provenait du dessous de la table et sentit bientôt une truffe fraîche se nicher dans le creux de sa paume.

Elle reconnut un des braques de son père. S'étant assurée que nul ne lui prêtait attention, elle prit un petit bout de pain sur son assiette et le glissa sous la nappe. L'animal happa l'offrande en lui léchant les doigts et pressa encore une fois son museau contre sa main pour en redemander.

Lady Morrow, qui devait être âgée d'une cinquantaine d'années, comme son amie lady Carlisle, et avait une personnalité assez semblable à la sienne, était alors en train de parler à tante Lucia d'une dame de ses relations qui avait congédiée sa bonne après l'avoir surprise en train de chaparder du savon dans l'arrière-cuisine. Sapphire fronça le nez en entendant ses invitées tenir des propos aussi futiles et tendit la main vers un deuxième bout de pain pour le donner au chien.

La baronne Wells, assise à côté d'elle, croisa son regard et lui sourit. Sapphire aimait bien Patricia. Celle-ci venait tout juste de se marier et pouvait à l'occasion se montrer fort amusante, mais, en tant que nièce de lady Carlisle, elle était tenue à la plus grande réserve en présence de sa sourcilleuse parente. A plusieurs reprises, Sapphire l'avait invitée à venir se promener à cheval ou se baigner avec elle, mais, chaque fois, lady Carlisle avait interdit ces sorties à sa nièce sous prétexte que la jungle de la Martinique n'était pas un endroit sûr pour une femme blanche — négligeant ainsi souverainement la présence, sur l'île, de maintes familles de l'aristocratie française qui y avaient élu domicile.

Sapphire tendit un nouveau morceau de pain au chien qui, poussé par la gourmandise, sortit sa truffe de sous la nappe en lin blanc. L'apercevant, Patricia porta sa serviette à ses lèvres pour dissimuler un sourire.

Soudain, lady Carlisle s'éclaircit la gorge. Relevant les yeux, Sapphire se rendit compte que toutes les femmes assises autour de la table avaient les yeux fixés sur elle. Elle comprit qu'on avait dû lui poser une question qu'elle n'avait pas entendue, plus intéressée par le braque de son père que par les commérages insipides que débitaient les convives du beau sexe.

— Sapphire, ma chérie, intervint tante Lucia sur un ton

mielleux, pourrais-tu décrire à lady Carlisle les nappes d'autel qu'Angélique et toi avez récemment brodées pour le père Richmond ? J'étais justement en train de détailler à madame la comtesse l'éducation que tu avais reçue auprès des sœurs du Sacré-Cœur.

— Pour vous dire la vérité, madame, répondit Sapphire tout en sachant très bien que ce n'était pas du tout là ce qu'espérait sa tante, les nappes d'Angélique étaient brodées à la perfection. On eût cru des pièces de musée. Quant aux miennes, elles étaient si maculées par les gouttes de sang que j'ai versées en me piquant avec cette maudite aiguille qu'il a fallu les jeter !

Lady Morrow et lady Carlisle émirent en chœur un hoquet de stupeur. Sapphire les gratifia alors de son sourire le plus innocent tandis que tante Lucia plongeait le nez dans son verre de vin qu'elle éclusa d'une seule lampée. Après cela, la conversation roula sur les difficultés qu'eurent ces dames à trouver à Paris de quoi garnir le trousseau de Patricia avant ses noces, lesquelles avaient eu lieu à l'automne dernier. Et Sapphire put, en toute tranquillité, continuer à nourrir le chien des restes de son pain et de celui de Patricia.

Enfin, on débarrassa la table de la vaisselle en porcelaine et de l'argenterie. La jeune femme se leva en espérant pouvoir s'éclipser discrètement de la salle à manger.

— Mesdames, si le cœur vous en dit, vous pouvez aller vous promener dans le jardin, suggéra Armand en désignant les grandes portes-fenêtres ouvertes sur la terrasse. Ces messieurs et moi allons nous retirer dans mon bureau pour déguster un cigare. Nous vous rejoindrons ensuite pour le digestif, si toutefois il ne fait pas trop frais dehors.

— Trop frais ? grommela Sapphire sur un ton incrédule. Pour l'amour du ciel, papa, la nuit est chaude comme l'intérieur d'un four ! Je doute que nous attrapions froid dans le jardin.

Posant une main sur son bras, son père lui sourit et se pencha vers elle.

— Je t'en prie, Sapphire, lui murmura-t-il, je comprends que tu m'en veuilles, mais ces gens sont mes invités. Je traite nombre d'affaires avec ces messieurs et je te serais reconnaissant de te montrer un peu aimable avec leurs épouses.

La jeune femme soupira.

— Bien, papa, répondit-elle d'une voix résignée. Je vais demander à Tarasai d'aller chercher des châles pour celles qui en auraient besoin.

— Merci, dit-il avant de s'éloigner en compagnie de ses invités, ne laissant ainsi à sa fille d'autre choix que celui de s'occuper de leurs femmes.

— Mesdames, dit Sapphire d'une voix claire, si vous voulez bien me suivre sur la terrasse, vous pourrez y admirer certaines variétés rares d'orchidées que nous faisons pousser en nos jardins.

— Je suis désolée, déclara alors Angélique avec affabilité, mais je ne me sens pas très bien. Je dois certainement souffrir d'un début de migraine. Si vous voulez bien m'excuser…

— Mais bien sûr, naturellement, s'exclamèrent ces dames sur un ton compatissant.

Réprimant un juron, Sapphire pria Tarasai de servir les digestifs dans le jardin des orchidées.

En sortant sur la terrasse, la jeune femme avisa d'un côté tante Lucia, qui montrait à Patricia un des hybrides d'Armand, une saisissante orchidée rose pâle au cœur d'un noir profond et velouté, et de l'autre les deux comtesses qui échangeaient des propos à voix basse. Peu pressée de se joindre à leur conciliabule, elle se dirigea vers un petit étang rempli de cyprins orange vif. Soulevant ses jupons, elle s'accroupit devant le bassin et essaya de distinguer l'éclat d'une nageoire mordorée dans la lumière des torches qui encerclaient le jardin et en marquaient la limite avec la forêt tropicale s'étendant alentour.

Elle n'aperçut aucun poisson, mais seulement une grenouille à la peau d'un vert luisant, parsemée de taches rouge sombre. La voyant sauter sur les dalles du patio, elle la suivit. Sans s'en rendre compte, elle se rapprocha ainsi de lady Morrow et lady Carlisle, et finit par entendre malgré elle leur conversation.

— Nue ? entendit-elle la première chuchoter avec effarement. Non !

— Si, lui assura la seconde. Ou c'était tout comme. Je le tiens de lord Carlisle lui-même.

— Oh, quel scandale ! Et dire que ce pauvre M. Fabergine a ce problème sur les bras en plus de son veuvage…

— Et il y a l'autre aussi, la fille de couleur. Vous rendez-vous compte qu'elle dîne à la même table que nous, comme si elle était une des nôtres ?

— La fille de couleur ? répéta lady Morrow. Que voulez-vous dire ? Je croyais que c'était une parente éloignée venue de France…

Oubliant la grenouille, Sapphire releva agressivement le menton et s'avança vers les deux femmes qui cancanaient avec des mines de conspiratrices.

— Veuillez me pardonner, mesdames, leur dit-elle, mais je n'ai pu m'empêcher d'écouter vos derniers propos.

Elle les toisa l'une après l'autre d'un air courroucé.

— Il est tout à fait mal élevé d'écouter des discussions auxquelles on n'a pas été convié à participer, rétorqua lady Carlisle sans se démonter le moins du monde. N'avez-vous donc aucune manière, mademoiselle ?

Son amie, du moins, eut la décence de détourner les yeux, embarrassée.

Sapphire serra les poings.

— C'est vous qui me parlez de manières ? répliqua-t-elle. Ma mère me répétait toujours que, si l'on n'a rien d'aimable à dire, il vaut mieux se taire.

— Et qu'en savait-elle, cette roulure de bas étage ? repartit froidement lady Carlisle.

Abasourdie, Sapphire écarquilla les yeux.

— Comment osez-vous traiter ainsi ma mère ?

Lady Carlisle s'approcha à son tour de la jeune femme.

— Parce qu'elle n'était rien qu'une putain de La Nouvelle-Orléans, ma petite, tout comme votre chère tante. Et sans votre père, elles seraient encore toutes deux à monnayer leurs charmes dans la maison close d'où il a eu la générosité — ou la stupidité — de les sortir.

— Vous mentez ! Espèce de...

Tante Lucia apparut à ce moment-là près d'elle.

— Sapphire, l'interrompit-elle en posant une main sur son bras. Je t'en prie... Ce sont les invitées de ton père.

Sapphire dégagea violemment son bras.

— Mais tu n'as pas entendu ce qu'elle vient de raconter sur maman ? Et en quels termes elle parle d'elle ?

— Demandez plutôt à lady Morrow si j'invente, reprit lady Carlisle, l'oiseau de sa hideuse coiffe oscillant sur le sommet de son crâne comme s'il voulait lui perforer l'occiput. Le frère de son cousin les a connues à La Nouvelle-Orléans. Il était alors en affaires avec Armand.

— Je crois que ça suffit, Edith, l'avertit tante Lucia.

— C'est faux ! Je n'en crois pas un mot ! s'écria Sapphire. Réponds-leur, tante Lucia, dis-leur que maman n'était pas...

Mais elle s'interrompit en avisant l'expression de sa tante. Un vertige la saisit, un doute abominable : se pouvait-il que ces deux ignobles commères, toutes corsetées dans leurs préjugés et leur bonne conscience, connussent des secrets dont elle-même ignorait tout jusqu'alors ?

— *Non*, murmura-t-elle d'une voix blanche.

— Sapphire, mon enfant, balbutia tante Lucia en voulant lui saisir les mains.

Soudain, Sapphire eut l'impression que le monde autour d'elle basculait sur son axe. Tout lui était insupportable : l'éclat et l'odeur des torches, les lourdes senteurs du jardin, la présence même des comtesses.

— Ce n'est pas vrai ! répéta-t-elle en hurlant.

— Sapphire, tu as besoin d'explications, énonça calmement Lucia. Rentre donc avec moi, que je te...

— Non ! s'écria la jeune femme en s'écartant d'un bond, le cœur battant la chamade.

Puis, les yeux remplis de larmes, elle quitta la terrasse et s'enfuit dans la jungle.

2

Sapphire courait à perdre haleine, les joues sillonnées de larmes, se frayant un chemin dans les fourrés pour rejoindre au plus vite les écuries qui se profilaient vaguement devant elle dans la pénombre humide.

— Ce n'est pas vrai ! répétait-elle d'une voix que l'angoisse rendait stridente. Ce n'est pas vrai ! Ma mère n'était pas… n'était pas une putain !

Et pourtant, dans le fond de son cœur, elle savait que c'était vrai. L'expression qu'elle avait surprise sur le visage de tante Lucia valait une confession et confirmait que sa mère, sa maman adorée, la chère Sophie de son papa, avait bel et bien été une fleur de trottoir — en d'autres termes, une prostituée. Du reste, quitte à être franche avec elle-même, force lui était d'admettre qu'elle avait toujours pressenti que sa mère lui cachait un terrible secret. Il y avait chez cette dernière une tristesse inextinguible que rien n'avait jamais su effacer, pas même son amour pour ses filles et son mari dévoué.

— Oh, maman, comment as-tu pu me faire ça ? chuchota-t-elle dans la moiteur des ténèbres tropicales, tout en ralentissant le pas.

Elle haletait si fort que sa poitrine la brûlait et que des nausées lui contractaient l'estomac.

— Comment as-tu pu mourir sans me révéler la vérité ? demanda-t-elle à la défunte tout en levant les yeux vers la nuit étoilée.

Evidemment, elle ne reçut aucune réponse, ni des cieux ni de sa mère, qui l'avait quittée depuis presque un an.

Oui, songea-t-elle, un an avait déjà passé depuis sa disparition, mais elle avait le sentiment que c'était seulement hier qu'elle l'avait enterrée avec son père dans l'endroit idyllique qu'ils avaient choisi ensemble pour son dernier repos. La maladie qu'elle avait contractée avait été foudroyante. Pratiquement du jour au lendemain, elle avait perdu du poids, sa vision s'était brouillée, soif et vertiges l'avaient accablée. Le médecin appelé à son chevet avait dû avouer son impuissance devant cette affection étrange qu'il avait appelé « la maladie du sucre ». Et, trois jours plus tard, sa patiente décédait. Depuis, Sapphire n'avait cessé de la pleurer, la chérissant et l'adulant dans le sanctuaire de sa mémoire — et voilà que les propres invités de son père osaient salir son souvenir !

Comme elle approchait des vastes écuries du domaine, la jeune femme éprouva une sensation de réconfort immédiat. C'était là qu'elle venait toujours chercher refuge quand elle était malheureuse ou en colère. Les soins qu'elle y dispensait aux chevaux, les paroles qu'elle leur prodiguait ou parfois même la simple présence des animaux suffisait généralement à la consoler et à la calmer. Et en cas de grosse tristesse, il lui suffisait d'aller chevaucher dans le ressac pour en retirer aussitôt cette impression de détente et de liberté à laquelle elle s'était prise à aspirer de plus en plus au cours de l'année écoulée.

Alors qu'elle venait de franchir le seuil du bâtiment, elle aperçut la lueur sourde d'une lanterne dans la sellerie. Son cœur se mit aussitôt à palpiter dans sa poitrine. Etait-ce Maurice, venu l'attendre ici dans l'espoir qu'elle parviendrait à se libérer pendant quelques minutes de ses obligations d'hôtesse ? Un sourire tremblant aux lèvres, elle remonta silencieusement l'allée centrale dont le pavage, tout usé et poli par le frottement des pas et des sabots, était constitué de gros galets ramassés jadis sur les plages de la lointaine France pour servir de ballast aux navires marchands venus s'approvisionner en café et en sucre des Antilles. Autour d'elle, dans les stalles, certains chevaux soufflaient dans leur sommeil, tandis que d'autres, reconnaissant leur maîtresse, la saluaient d'un hennissement étouffé.

A peine consciente des bêtes, Sapphire concentrait son attention sur le rai de lumière qui filtrait par la porte entrebâillée de la sellerie. Une douce ivresse l'envahissait, apaisant en elle la douleur cuisante de l'humiliation infligée par lady Carlisle : son amoureux était là !

— Maurice ? chuchota-t-elle en s'apprêtant à pousser le battant pour pénétrer dans la pièce.

Elle entendit alors une voix de femme et suspendit son geste.

— Angélique ?

Que diable sa sœur faisait-elle ici ? s'interrogea-t-elle. Etait-elle donc venue en catimini prendre un cheval pour aller rejoindre Jacques ?

— Sapphire ? répondit Angélique depuis l'intérieur de la sellerie. Je croyais que tu étais dans le jardin avec…

A ces mots, l'hésitation de la jeune femme s'envola.

— Oh, Angel, s'écria-t-elle en repoussant la porte, tu n'imagineras jamais ce que…

Elle s'interrompit brutalement, la main crispée sur le battant, en voyant sa sœur se libérer de l'étreinte d'un homme.

— Maurice ! s'exclama-t-elle.

Pour la deuxième fois de la soirée, Sapphire eut l'impression que le tonnerre venait d'éclater dans le ciel jusqu'alors serein de son existence.

— Sapphire, mon amour, lui murmura Maurice en s'avançant aussitôt vers elle, les bras ouverts.

— Non ! hurla-t-elle.

Relâchant soudain la porte, elle s'empara d'une des fourches alignées contre la paroi du local.

— Ce n'est pas ce que tu crois, ma chérie, lui assura le Français, les paumes levées vers le ciel pour protester de son innocence.

— Et que devrais-je croire, d'après toi ? rétorqua la jeune femme avec fureur.

— Sapphire, je t'en prie, intervint Angélique.

Celle-ci portait une simple robe tablier dont la jupe évasée s'arrêtait juste en dessous du genou, et qui ressemblait à la tenue traditionnelle des femmes indigènes. C'était toujours ainsi qu'elle s'habillait quand elle sortait en cachette de la maison pour aller retrouver des hommes.

— Toi, reste en dehors de ça ! fulmina Sapphire.

Elle reporta son attention sur Maurice, les dents de la fourche pointées sur le ventre du jeune homme.

— Tu disais que tu m'aimais, que tu voulais m'épouser ! lui rappela-t-elle d'une voix enrouée par la rage. Tu me racontais que les bébés que nous aurions ensemble seraient les plus beaux du monde !

— Mais je veux toujours t'épouser, mon amour. Et je t'aime plus que jamais. Il se trouve simplement que…

Il hésita, visiblement à court de mots.

— Que quoi ? le questionna-t-elle avec aigreur. Il se trouve que *quoi* ? Que tu m'aimes, hein, mais que tu aimes bien, aussi, embrasser ma sœur ?

Ces dernières paroles sortirent de sa bouche dans un halètement désespéré.

— Sapphire…, l'interrompit Angélique en tendant la main vers elle.

— Pas maintenant, répliqua Sapphire avant de brandir de nouveau la fourche vers Maurice. Je dois d'abord arracher son cœur de traître au prétendu amour de ma vie !

Maurice se plaqua aussitôt contre le mur des écuries, le front luisant de transpiration et les yeux écarquillés de frayeur.

— Sapphire, s'il te plaît, laisse-moi m'expliquer, la supplia-t-il tout en se mettant à longer lentement la paroi vers le seuil de la sellerie. Ceci n'a rien à voir avec toi et moi. Toi, je t'aime…

— Tu *m'aimes* ? répéta Sapphire en partant d'un rire amer. Fiche le camp d'ici, sale menteur !

Elle leva sa fourche et lui désigna la porte.

Il ne se le fit pas répéter : prenant ses jambes à son cou, il s'enfuit entre les stalles.

— Et ne reviens plus jamais ici, tu m'entends ? hurla la jeune femme tandis qu'il disparaissait dans la nuit, à l'autre bout de l'allée. Plus jamais !

Elle demeura ensuite un moment immobile dans la pénombre des écuries, avant de planter sa fourche dans le tas de fourrage le plus proche et de rentrer dans la sellerie.

— Comment as-tu pu me faire ça ? demanda-t-elle à sa sœur en la fusillant du regard. Tu savais pourtant que je l'aimais.

— Je suis désolée, repartit Angélique, les yeux baissés.

— Désolée ? Tu viens de trahir ma confiance et mon affection et c'est tout ce que tu trouves à me dire ? Que tu es « désolée » ?

Angélique redressa aussitôt la tête et, ramenant derrière son oreille une mèche de cheveux qui s'était échappée de son chignon, croisa résolument le regard de sa sœur adoptive.

— De toute façon, répliqua-t-elle, tu ne serais pas prête à écouter le reste.

— Oh ! que si, lui certifia Sapphire sur un ton de défi avant de s'avancer vers elle. Etant donné les circonstances, je pense être en droit d'attendre de ta part tous les éclaircissements que tu seras en mesure de me donner.

— Je regrette d'avoir permis à Maurice de m'embrasser, mais il ne t'aimait pas, Sapphire.

— Comment ça ? s'emporta sa sœur en la considérant avec stupeur. Bien sûr que Maurice m'aimait ! C'est toi qui l'as détourné de moi !

— Non, ce n'est pas vrai. S'il t'aimait, il ne m'aurait pas embrassée.

Le raisonnement était d'une logique imparable et Sapphire ne sut que répondre. Voyant dans les yeux de cette dernière la fureur le céder bientôt à l'angoisse, Angélique eut pitié d'elle et décida d'abréger cette pénible confrontation.

— Sapphire, lui dit-elle, écoute-moi. Ce n'est pas toi que Maurice aime, mais les terres de ton père. Son ambition passe avant tout. Il a un frère aîné, comme tu le sais, et c'est à lui que doit revenir la plantation paternelle. Or, sa famille est lourdement endettée. En d'autres termes, il ne peut rien espérer des siens et, s'il n'épouse pas une riche héritière, il sera forcé d'entrer dans le négoce.

Sapphire, atterrée, s'adossa à la paroi qui séparait la sellerie de l'enfilade des stalles.

— C'est impossible, murmura-t-elle, l'air hagard.

— Sapphire, ce n'est pas la première fois qu'il tente de me séduire. Dès la soirée où nous nous sommes rencontrés tous les trois, au bal donné pour son retour de métropole, l'automne dernier, il a essayé de me persuader de le rejoindre dans la forêt, après la fête…

Sapphire secoua la tête avec incrédulité, s'efforçant de remettre de l'ordre dans ses idées.

— Mais nous avons dansé ensemble toute la nuit, se souvint-elle à voix haute. Il m'a juré que j'étais la plus belle femme qu'il avait jamais connue et qu'il était tombé amoureux de moi au premier regard.

Angélique hocha la tête.

— Tu es très certainement la plus belle femme qu'il ait jamais connue, pas de doute là-dessus — mais ce n'est pas un homme fidèle. Il a trop à se prouver. Et toi, tu mérites mieux que lui.

— Ah, je n'y comprends plus rien ! Comment peux-tu lui reprocher son infidélité alors que tu l'embrassais toi-même ? Et Jacques, alors ?

— Oh, Jacques…, repartit Angélique en soupirant. Je l'aime bien, c'est vrai, mais il n'a pas l'intention de m'épouser. Non que je l'aie jamais exigé de lui, précisa-t-elle tout en effleurant distraitement du doigt une table encombrée de brosses et d'étrilles. Comme je suis à moitié indigène, aucun notable ou fils de notable ne songerait à me demander en mariage, malgré toutes les splendides toilettes qu'Armand Fabergine pourrait m'acheter et le nombre de tuteurs qu'il a mis à ma disposition pour m'apprendre le latin et la littérature.

— Tu exagères, lui murmura Sapphire.

— Pas du tout, et tu le sais très bien. Je suis lucide, c'est tout. D'après toi, pourquoi n'est-ce pas à toi, mais à moi que maman a légué toute sa fortune ? Pour que je n'aie pas besoin de me chercher un mari pour assurer ma subsistance. Elle avait bien conscience qu'à la mort de papa c'était toi qui hériterais du domaine et de ses autres biens. Elle tenait à ce que je ne me retrouve pas complètement démunie à ce moment-là...

Angélique se tut, les yeux perdus dans le vide. Puis, se ressaisissant soudain, elle s'avança vers sa sœur.

— Tu veux que je te révèle le plan de Maurice ?

— Quoi ? dit Sapphire d'une voix rauque, les yeux gonflés de larmes.

— Il se doutait bien que papa lui refuserait son consentement, alors il a imaginé te séduire et te mettre enceinte pour lui forcer la main. Je ne prétendrais pas lui avoir cédé dans le seul dessein de t'ouvrir les yeux, mais je dois avouer que cela m'a dissuadée de lui résister.

Sapphire aurait préféré ne rien entendre ou se convaincre qu'Angel inventait toutes ces horreurs. Hélas, Angélique ne mentait jamais. Même dans leur enfance, quand leurs parents leur demandaient naïvement à quoi elles avaient occupé leur journée, il lui arrivait de déclarer avec la plus parfaite candeur, sans considération pour la punition que ne manquerait pas de leur valoir pareil aveu, qu'elles avaient joué tel ou tel tour pendable à leur gouvernante ou qu'elles étaient allées se baigner toutes nues dans la mer avec les enfants du village.

— Tu n'aurais quand même pas dû me faire ça, Angel, répliqua Sapphire dans un souffle.

— Je suis ce que je suis, et si tu attends trop de moi, je risque seulement de te briser le cœur, sœurette, répondit Angélique en se mettant à pleurer à son tour. Peux-tu me pardonner, Sapphire ?

Celle-ci détourna la tête et se mit à fixer sans la voir la flammèche de la lampe à huile qui était suspendue à un crochet en fer forgé scellé dans le mur des écuries.

Depuis qu'elles se connaissaient, Angélique et elle n'avaient cessé d'être les meilleures amies du monde. La jeune femme se rappelait leur première rencontre comme si elle avait eu lieu la veille. Ce jour-là, elle s'était éclipsée en catimini de la résidence pour échapper à sa leçon de piano hebdomadaire et partir se promener dans la jungle. Sur la plage, elle avait avisé deux énormes chiens errants qui avaient acculé contre un arbre une petite fille indigène aux pieds nus qui s'était blessée au genou, sans doute en voulant leur échapper. Saisissant un morceau de bois flotté, Sapphire avait mis les bêtes en déroute avant d'emmener la gamine chez elle où elle avait demandé à sa mère de la panser. Elles avaient découvert par la suite qu'Angélique venait d'un village voisin, qu'elle avait huit ans et était orpheline depuis peu, sa mère venant de succomber à des fièvres. Quant à son père, eh bien, nul ne savait qui il était, mais il suffisait d'étudier les traits de l'enfant pour deviner qu'il s'agissait d'un colon. Peut-être Sophie soupçonna-t-elle son propre mari d'être le géniteur d'Angélique, toujours est-il que le couple l'adopta et l'éleva dès lors comme la sœur de leur fille.

La jeune femme s'arracha à ses souvenirs pour regarder la métisse.

— Je t'en veux toujours, Angel, chuchota-t-elle.

N'y tenant plus, celle-ci franchit la distance qui les séparait encore et la prit dans ses bras.

— Evidemment que tu m'en veux, admit-elle. Je le mérite et je comprends ton chagrin.

Elle alla souffler la mèche de la lampe accrochée au mur. La pénombre des écuries les enveloppa.

— Allons, viens, ma sœur, murmura-t-elle à Sapphire dans le noir. Rentrons à la maison.

Sapphire ne fut pas vraiment surprise, en pénétrant dans sa chambre, d'y trouver son père et sa tante en train de l'attendre. Notant l'expression de leur visage, Angélique eut un mouvement de recul.

— Je vous laisse, dit-elle.

— Non, Angélique, repartit son père.

Assis dans un fauteuil de rotin, sous une des fenêtres ouvertes de la pièce, il ne parut pas remarquer qu'elle ne portait plus sa robe du soir, ni que celle de sa sœur était froissée et sa coiffure défaite.

— Ce que j'ai à dire te concerne tout autant que Sapphire, expliqua-t-il à Angélique avant de pousser un soupir. Allons, entrez toutes les deux et refermez-moi cette porte. Je pense que nos invités n'ont déjà que trop entendu parler de vous.

— Cela ne peut-il attendre ? s'enquit Sapphire.

Elle se doutait que tante Lucia avait rapporté à son père les propos insultants que lady Carlisle lui avait tenus dans le jardin et, quoiqu'elle eût des centaines de questions à poser à son père, elle ne se sentait pas encore prête à les formuler tout haut.

— Je suis fatiguée, papa, lui déclara-t-elle en se dirigeant vers sa penderie, comme si elle avait l'intention de se déshabiller sans plus attendre. Mieux vaut que nous discutions demain.

— Non ! s'exclama Armand avec une vigueur qui fit sursauter les trois femmes. Ce soir, Sapphire, ce ne sera pas toi qui décideras ! J'ai à te parler, ma fille, et, par respect pour ton père, tu vas m'écouter. Voilà longtemps que j'aurais dû aborder ce sujet avec toi — que ta mère et moi aurions dû au moins t'en toucher deux mots —, mais cela ne s'est pas fait et rien ne sert de revenir sur le passé. Il se trouve que nos invités ont mis les pieds dans le plat. Je le regrette.

Il marqua une pause.

— Ne reste donc pas debout, Sapphire ! dit-il sur un ton irrité.

Puis, se tournant vers Angélique :

— Prends aussi un siège, Angel, lui ordonna-t-il. Et je vous préviens, toutes les trois : n'essayez pas de m'emberlificoter. Ce soir, je ne le tolérerai pas.

Sidérée par le ton inflexible de son père, Sapphire obtempéra et s'installa silencieusement sur le lit à côté de tante Lucia. Angélique prit place de l'autre côté de cette dernière.

— Permets-moi d'abord de te répéter, Sapphire, que je suis vraiment navré que tout ceci soit venu sur le tapis dans de telles circonstances. Je dois avouer que je n'ai pas toujours été d'accord avec les choix de ta mère, mais ce n'était pas à moi de les contester. Lord Carlisle, comme tu le sais probablement, est venu ici pour signer un contrat avec moi, mais ce n'est pas le seul but de sa visite : il souhaitait aussi te connaître et préparer avec moi ton prochain départ pour Londres…

— Londres ! répéta Sapphire avec enthousiasme en bondissant du lit. Je ne suis jamais allée à Londres !

Armand se leva de son fauteuil.

— Je t'ai prié de t'asseoir, ma fille, et j'entends bien que tu restes assise !

Toisée par le regard courroucé de son père, la jeune femme se contenta de s'appuyer contre le chevet du lit et croisa les bras sur sa poitrine, l'air buté.

— Je crains fort, reprit-il, que, dans mon chagrin d'avoir perdu ta mère, je t'aie trop laissé la bride sur le cou.

— Papa, je n'ai pas…

— Pour l'amour du ciel, arrête de me couper la parole !

Sapphire pressa les lèvres pour se forcer au mutisme. Intérieurement, cependant, elle bouillonnait. Son père avait-il donc perdu l'esprit ? se demanda-t-elle. Partir à Londres ? Mais qu'irait-elle faire là-bas, grands dieux ?

— J'ai été trop indulgent avec toi, continua Armand en se mettant à arpenter le plancher de la grande chambre bien ventilée. Depuis la disparition de ta mère, je t'ai permis, contre tout bon sens, de ne plus suivre l'enseignement de vos professeurs et de courir l'île en dehors de toute surveillance, au risque que tu deviennes la proie d'individus qui ne sont même pas…

— Papa, Maurice et moi…

Un seul regard de son père suffit cette fois-ci à réduire la jeune femme au silence.

— Tu te rendras à Londres en compagnie de lord et lady Carlisle, décréta Armand. Lucia a accepté de te servir de chaperon.

— Et moi ? Qu'est-ce que je deviens dans tout ça ? intervint Angélique en se redressant à son tour, l'air aussi querelleur que sa sœur, quoique pour des raisons différentes. Ne puis-je aller à Londres, moi aussi ?

— Eh bien, si, je suppose, convint Armand, pris de court. Je craignais seulement que cette proposition te déplaise, ma chérie, que tu refuses de quitter ton village natal…

— Dis plutôt que j'ai hâte de partir ! rétorqua Angélique avant de battre des mains avec allégresse. Oh, papa, tu ne peux pas savoir combien j'ai toujours désiré connaître Londres !

Sapphire lança à sa sœur une œillade assassine, le cœur encore lourd de ressentiment à son égard.

— Je croyais que c'était New York que tu mourais d'envie de voir. Non, attends, ça, c'était la semaine dernière. Où souhaitais-tu aller cette semaine-ci, déjà ? A Athènes ? A Paris ? A Bruxelles, peut-être ? railla-t-elle avec aigreur.

— En vérité, je veux connaître tous ces endroits, répondit ingénument Angélique. Mais, pour l'instant, c'est surtout Londres qui m'attire. Oh, merci, papa !

Sapphire reporta son attention sur son père. Sa mère aimait à répéter que sa sœur était nettement plus facile à satisfaire qu'elle-même et que rien n'était jamais assez bon pour elle ni n'obtenait son adhésion pleine et entière si elle n'en avait eu l'idée la première.

Elle le prouva une fois de plus.

— Eh bien, moi, dit-elle en défiant son père du regard, les bras toujours croisés sur la poitrine, je ne veux pas aller à Londres. Si c'est à cause de Maurice que…

— Cela n'a rien à voir avec ce répugnant petit monsieur ! l'interrompit sèchement Armand en pivotant sur les talons pour la fusiller du regard. Tu ne comprends pas, Sapphire. Tu ne sais pas qui tu es.

— Jusqu'à quand vas-tu encore me servir cette vieille rengaine, papa ? répliqua la jeune femme en se détachant du lit. Ne serai-je donc jamais qu'une enfant pour toi, incapable de se décider toute seule et de choisir par elle-même ce qui lui convient le mieux ?

Elle s'avança vers lui.

— Apprends que je ne suis plus une gamine, mon très cher père, et que je sais précisément qui je suis et ce que je veux faire de ma vie. Je suis Sapphire Lucia Fabergine, fille de Sophie et Armand Fabergine, et tout ce que je désire, c'est…

— Tu n'es pas ma fille, dit Armand sans la quitter des yeux.

La gorge de la jeune femme se serra brutalement et ses genoux manquèrent se dérober.

— *Quoi ?* murmura-t-elle d'une voix rauque.

— Sapphire, viens t'asseoir près de moi, lui conseilla tante Lucia tout en lui prenant la main pour l'attirer vers le lit.

— Non ! s'écria la jeune femme en libérant son bras.

Elle n'en revenait pas. Les horreurs qu'elle venait d'apprendre sur sa mère ne suffisaient-elles donc pas ?

— Toute mon existence ne serait qu'un mensonge ? demanda-t-elle, incrédule. Mais qui dit la vérité dans cette maison, à la fin ? Papa, qu'est-ce que cela signifie ?

La lèvre inférieure d'Armand tremblait. Il était évident qu'il était au martyre et que la douleur qui le taraudait, quoique de nature morale, lui causait également une réelle souffrance physique.

— Je t'en prie, dit-elle sur un ton plus doux en lui prenant la main. Assieds-toi et raconte-moi tout.

A sa surprise, il se laissa ramener par elle dans son fauteuil.

— Je te dis la vérité, Sapphire, lui assura-t-il quand cette dernière eut pris place à ses pieds, sur un tabouret. Je ne suis pas ton père. Mais je tiens à ce que tu saches que je t'ai toujours aimée comme ma fille. Je souhaite que tu en sois intimement persuadée avant que je poursuive, mon enfant.

Les larmes aux yeux, Sapphire se mit à contempler sans la voir la jungle enténébrée qui se tenait tapie au-delà de la fenêtre. Lucia vint alors se placer derrière elle et lui tendit un mouchoir blanc par-dessus son épaule.

— Je t'écoute, dit-elle enfin à son père tout en regardant d'un air absent les voilages agités par la brise tropicale de minuit.

Un énorme papillon de nuit verdâtre s'était aventuré dans la pièce et voletait autour de la lampe, hypnotisé par la flamme jaune et mortelle qui frétillait sur la mèche. « Je suis comme cet insecte, songea Sapphire. Je sais que ce que je suis sur le point d'apprendre risque de me détruire, mais je ne peux m'empêcher de l'écouter quand même. »

— J'ai connu ta mère et Lucia à La Nouvelle-Orléans, commença à lui expliquer son père.

— C'était le plus bel homme que nous ayons toutes deux jamais vu, précisa Lucia en souriant à Armand. Mais, dès ce premier soir, il n'a eu d'yeux que pour ta mère.

— C'était une prostituée, n'est-ce pas ? s'enquit Sapphire en s'efforçant de ne pas paraître trop blessée. Tu l'as rencontrée dans la maison close où… où elle exerçait, comme le prétendait lady Carlisle ? Voilà ce que maman a toujours voulu me cacher. C'était son secret.

Armand joignit les mains et demeura silencieux un instant.

— Oui, reconnut-il enfin, j'ai effectivement rencontré ta mère dans un clac de La Nouvelle-Orléans. Nous sommes tombés amoureux l'un de l'autre et je lui ai demandé sa main, bien qu'à l'époque elle eût déjà donné naissance à l'enfant d'un autre — un homme qui l'avait abandonnée. Elle a accepté de m'épouser et est venue s'installer ici, à l'Orchid Manor, avec Lucia comme dame de compagnie.

— Et tel est le fin mot de l'histoire ? Je ne serais que le fruit de l'union tarifée entre un étranger de passage et une… une belle de nuit ?

Armand étudia le visage de sa fille adoptive et, comme souvent par le passé, lui trouva beaucoup de courage — beaucoup plus qu'il n'en avait lui-même, en tout cas, un courage qu'indubitablement elle tenait de Sophie.

Quoiqu'elle eût les yeux rouges, elle ne pleurait pas. Elle avait toujours été avare de larmes, y compris dans son enfance. Ainsi quand, à sept ans, elle était tombée de son poney et s'était cassé le bras, n'avait-elle émis aucune plainte mais enduré vaillamment la douleur et, plus tard, les palpations du médecin. Ecorchures et bleus la laissaient quasi indifférente.

Oh, oui, se dit-il, elle était forte, sa Sapphire, bien plus forte qu'aucune autre personne de sa connaissance.

Se renfonçant dans son fauteuil, il croisa les jambes.

— Ecoute-moi jusqu'au bout avant de la juger, lui recommanda-t-il. N'as-tu pas envie de savoir avant tout ce qui avait pu la réduire à de telles extrémités ?

— Le faut-il vraiment ? répliqua-t-elle en redressant le menton.

— Peu importe, intervint Angélique en glissant du lit pour venir se placer derrière sa sœur, près de Lucia. C'est Sapphire, et elle vaut bien n'importe qui sur l'île. Le premier devoir d'une femme est de survivre — n'est-ce pas, tante Lucia ?

L'interpellée hocha lentement la tête et plongea ses yeux dans les prunelles sombres de la métisse.

— C'est bien pour ça que je me suis retrouvée moi-même chez Mme Dulane, à La Nouvelle-Orléans. Je n'étais d'abord qu'une simple tapineuse des trottoirs londoniens, puis j'ai saisi la chance qui m'était offerte de partir en Amérique avec un client qui m'offrait sa protection. Quand il s'est lassé de moi, j'ai repris la seule profession que je connaissais, sauf que, cette fois-là, je disposais d'un lit et d'un toit et que je n'avais plus à exercer mon métier dans les rues.

Sapphire sentit la tête lui tourner. Elle avait du mal à appréhender toutes ces révélations et ne savait quelle question poser en premier. Tante Lucia et sa mère vendaient donc leurs corps à des hommes ? Sa tendre mère, cette personne douce et réservée, était jadis… une putain ? Elle peinait à le croire, et pourtant l'expression de son père ne laissait aucun doute à ce sujet. Elle se tourna vers sa tante : celle-ci la considérait avec gravité.

— C'est là-bas, à Londres, que tu as connu ma mère ? s'enquit-elle avec difficulté. Elle… elle y était prostituée, elle aussi ?

— Non, lui répondit calmement Lucia, nos routes se sont croisées à La Nouvelle-Orléans. Mais elle venait également d'Angleterre, même si elle n'avait pas quitté ce pays de son plein gré.

— Pas de son plein gré ?

— Sapphire, rien ne sert d'en vouloir rétrospectivement à ta mère, lui assura Armand. C'était une personne de devoir et elle n'a jamais agi qu'en fonction de ce que lui dictait sa conscience. Elle a estimé qu'il valait mieux que tu ignores la vérité sur tes origines avant de devenir une adulte. Puis la maladie l'a frappée entre-temps, avec une brutalité qui l'a empêchée de te la dire elle-même.

Le silence retomba dans la pièce. Angélique était retournée s'asseoir sur le lit tandis que Lucia s'était placée derrière Armand et avait affectueusement posé les mains sur ses épaules, le visage las et tendu à la fois. Sapphire contempla la nuit un moment avant de se tourner de nouveau vers son père.

— Alors de qui suis-je la fille, si ce n'est de toi ?

Lucia se pencha vers Armand pour lui murmurer quelque chose à l'oreille. Il croisa son regard et hocha la tête en lui pressant les mains. Puis il baissa le menton, les yeux fixés sur le parquet. Tante Lucia s'écarta alors de son fauteuil et, après un moment de silence, ouvrit lentement les bras, telle une actrice s'apprêtant à entamer le monologue d'une tragédie.

— Ce que je vais te raconter est le résultat de mes déductions, ma chérie, dit-elle à Sapphire, et non un récit que je tiendrais de la bouche de ta mère. Celle-ci n'aimait pas parler de son passé ou, du moins, pas de *ce* passé-*là* et, en un sens, si du moins j'ai vu juste — et je crois que j'ai vu juste —, je la comprends.

Elle s'interrompit un bref instant, comme si elle cherchait ses mots ou rassemblait ses souvenirs.

— Il était une fois une jeune femme du Devonshire nommée Sophie, reprit-elle en adoptant spontanément le ton du conte. Elle était d'une beauté renversante, et ses cheveux auburn, tout comme son sourire, ne devaient, j'imagine, laisser insensible aucun des hommes du comté. Quoique fille de fermier, elle savait lire et écrire et aspirait à connaître le vaste monde ou, à tout le moins, celui qui s'étendait par-delà les collines du petit village anglais qu'elle n'avait pas quitté depuis sa naissance.

Bien que contrariée de ne pas avoir reçu immédiatement de réponse à sa question, Sapphire était suspendue aux lèvres de sa « tante ».

— Et puis, continua Lucia, un jour, pendant l'été de ses dix-sept ans, un beau jeune homme s'arrêta pour manger à l'auberge locale.

— On dirait une de ces histoires qu'on trouve dans les romans à l'eau de rose, chuchota Angélique.

— C'était le fils d'un comte, précisa Lucia sans se démonter. En d'autres termes, un vicomte en titre. Il s'appelait Edward. Leur rencontre fut le pur produit du hasard, même si certains y verraient peut-être la main du destin.

Sans cesser de parler, tante Lucia se dirigea vers la fenêtre, la traîne de sa robe de soie multicolore flottant derrière elle.

— Si Sophie n'était venue ce jour-là livrer à l'auberge des légumes cultivés par son père et si elle n'en était ressortie au moment précis où Sa Seigneurie y pénétrait, ils ne se seraient jamais rencontrés.

Lucia se retourna devant son auditoire captivé — sauf Armand, bien sûr, puisqu'il connaissait déjà l'histoire.

— Il tomba aussitôt amoureux d'elle, continua Lucia. Le coup de foudre fut réciproque. Et alors même qu'ils avaient conscience que l'abîme existant entre leurs classes sociales respectives rendait cet amour impossible, Edward ne put se retenir de revenir régulièrement voir Sophie, qui, de son côté, ne pouvait s'empêcher de s'échapper de chez elle pour le retrouver.

— Que se passa-t-il ensuite ? demanda Sapphire, qui pouvait néanmoins le deviner.

— Ils se marièrent en secret l'été suivant, déclara solennellement Lucia, et scellèrent leur union…

— Par une nuit d'amour passionnée ! compléta Angélique, le regard brillant.

— Puis Edward, en gage de son indéfectible affection pour Sophie, lui offrit un des plus beaux saphirs de toute l'Angleterre.

Une pierre qui avait jadis appartenu à la grande reine Elizabeth en personne.

Entendant son père remuer dans son fauteuil, Sapphire se retourna vers lui et le vit se pencher sur le côté. Par terre, dans l'ombre du fauteuil, se trouvait un petit coffret de bois patiné par les ans que la jeune femme n'avait pas remarqué jusqu'alors et que son père déposa sur ses genoux.

— C'est la boîte à bijoux de ta mère, lui confia-t-il à mi-voix.

Il l'ouvrit et en retira une bourse de velours noir.

— Et ceci, ajouta-t-il en déballant précautionneusement son contenu, est le legs qu'elle te réservait.

Sapphire demeura bouche bée devant l'éblouissant saphir de la taille d'une noix qui se mit à étinceler sous la lumière de la lampe.

— A moi ? chuchota-t-elle en se penchant vers son père qui lui tendait le bijou.

Elle le prit dans sa main. Il était frais dans le creux de sa paume et irradiait une étonnante luminosité.

Armand rabattit le couvercle du coffret.

— A l'intérieur se trouvent également des lettres adressées par ton père à ta mère — des lettres d'amour, je présume, murmura-t-il avant de secouer la tête, l'air soudain triste. Je ne les ai jamais lues, même après sa mort. Elle ne me l'avait jamais proposé.

— Elles me reviennent aussi ? demanda Sapphire.

Il hocha silencieusement la tête.

— Et ensuite, qu'est-il arrivé ? voulut-elle savoir de nouveau. Raconte-le-nous, tante Lucia.

— Eh bien, après la nuit merveilleuse qu'ils avaient passée ensemble, Sophie et Edward se séparèrent, lui pour se rendre à Londres, où il comptait annoncer son mariage à sa famille, et elle pour retourner au cottage de son père afin de l'informer de sa bonne fortune.

S'éloignant de la fenêtre, Lucia croisa les mains sur son ventre.

— Malheureusement, poursuivit-elle, le père d'Edward, le comte de Wessex, fut fort contrarié d'apprendre que son fils avait épousé une fille de la campagne, sans titre ni dot.

Sapphire baissa la tête.

— La famille refusa donc ce mariage ?

— En effet. D'après une confidence que me fit un jour ta mère, j'ai cru comprendre que le comte de Wessex fut d'autant plus fâché par cette nouvelle qu'il avait déjà choisi une fiancée pour son fils, une jeune personne issue d'une lignée fort respectable et très influente. Il dépêcha donc un de ses serviteurs auprès de Sophie pour lui signifier que son fils avait commis une erreur et souhaitait procéder à l'annulation de leur mariage.

— Mais Sophie savait que ce ne pouvait être vrai, intervint Sapphire en ressentant presque dans sa propre poitrine la douleur qu'avait dû alors éprouver sa mère.

Angélique croisa le regard de sa sœur, qui lut dans ses yeux la même souffrance que la sienne.

— Oui, Sophie le savait, acquiesça gravement Lucia. Elle refusa donc de signer la demande d'annulation, même contre de l'argent, et, inquiète pour son bien-aimé, alla jusqu'à menacer l'émissaire de lord Wessex de se rendre en personne à Londres pour y retrouver son cher Edward si on ne le lui rendait pas. Mis au fait de cette réponse dont la véhémence n'était inspirée que par l'amour le plus pur et le plus farouche, le comte prit peur… et décida d'enlever la rebelle.

— Pauvre maman, soupira Sapphire.

Elle peinait à croire qu'une telle mésaventure ait pu arriver à sa douce et timide mère.

— Mais continue, je t'en prie, dit-elle à sa tante au bout d'un moment.

— Sophie se retrouva ainsi enfermée dans la cabine d'un bateau qui, après l'avoir emmenée de l'autre côté de l'Atlantique, l'abandonna sur les quais de La Nouvelle-Orléans. Lord Wessex avait en effet tellement peur d'elle qu'il avait jugé plus prudent de l'expédier jusqu'à l'autre bout du monde.

— C'est ahurissant, marmonna Angélique, médusée.

Sapphire ferma les yeux pour mieux se souvenir de sa mère telle qu'elle était avant la maladie qui l'avait affaiblie et amaigrie, et s'efforça ensuite de se la représenter sous les traits de la Sophie de dix-huit ans exilée contre sa volonté sur le sol du Nouveau Monde.

— Elle n'avait alors ni argent, ni nourriture, ni logis, précisa Lucia. Mais elle savait déjà qu'elle portait en elle un enfant.

— Le bébé d'Edward, dit Sapphire, toujours abasourdie. Moi.

— Elle était effectivement enceinte de toi, reconnut sa tante. Il lui restait bien le saphir que lui avait offert Edward et qu'elle avait soigneusement dissimulé dans l'ourlet de sa robe — la seule dont elle disposait —, mais elle ne pouvait se résoudre à le vendre : non seulement c'était le symbole de l'amour qui l'unissait au vicomte, mais aussi l'unique preuve de la noblesse de son enfant. Elle se chercha donc un emploi. Elle fut embauchée comme cuisinière dans une auberge du quartier français. On lui alloua une chambre sous les combles. Cependant, quand son état commença à devenir visible…

— On la jeta à la rue, devina Angélique, en colère. C'est toujours ainsi que ça se passe.

— C'est vrai, admit Lucia. Toutefois Sophie refusa de se laisser abattre. Elle avait trop conscience d'être désormais responsable de la vie nouvelle qui battait en elle. Déterminée à assurer coûte que coûte l'avenir de son enfant, qui était aussi celui d'Edward, elle se mit en quête d'un travail dans le seul endroit où une femme enceinte, sans mari ni protecteur, pouvait espérer en obtenir un. Elle eut la chance d'y tomber sur une patronne compréhensive et d'y trouver des amies sincères.

— Dont toi, déclara Sapphire.

— Dès le premier jour, nous sommes devenues comme des sœurs l'une pour l'autre — elle, la petite laitière tombée dans le ruisseau, et moi, l'ancienne catin des docks de Londres, énonça Lucia avec un sourire nostalgique. Et puis voilà que son enfant est née.

— Comment… comment avez-vous pu me cacher cela

jusqu'à maintenant ? balbutia Sapphire tout en serrant le joyau dans son poing.

— Il était essentiel pour ta mère que tu sois aimée et que tu jouisses de l'affection d'une vraie famille, répondit Armand en se renfonçant dans son fauteuil, le coffret de bois sur les genoux. Et puis, le temps passant, ce subterfuge — ou ce mensonge, comme tu voudras — a fini par s'imposer à nous comme une réalité, tant et si bien que j'en suis pratiquement venu à oublier que tu n'étais pas de mon sang.

— Ta mère a mis au monde une magnifique petite fille, Sapphire, conclut Lucia. Une fille qui avait les cheveux roux de sa mère… et les yeux vairons de son père.

Ce dernier détail, par sa matérialité même, acheva de convaincre la jeune femme. Elle tressaillit, bouleversée par cette sidérante révélation.

De fait, elle avait souvent demandé à sa mère pourquoi elle avait des yeux d'une couleur différente, l'un bleu et l'autre vert, alors que ceux de Sophie comme ceux d'Armand étaient gris. Et, chaque fois, cette dernière lui avait répondu que c'était simplement parce que les traits physiques d'une personne pouvaient provenir d'autres parents que son père et sa mère. Or, c'était seulement aujourd'hui qu'elle pouvait mesurer toute l'exactitude de cette phrase à la formulation si ambiguë…

— Cette enfant, reprit Lucia, les yeux mouillés de larmes à ce souvenir, Sophie la baptisa Sapphire, en rappel du présent que le père de celle-ci lui avait donné. Cette naissance affermit sa résolution de donner à sa fille une vie meilleure que celle à laquelle elle s'était trouvée elle-même condamnée. Son souhait le plus cher fut dès lors de pouvoir un jour rentrer en Angleterre avec elle et d'y retrouver Edward, afin qu'ils soient tous les trois réunis et que leur enfant reçoive le nom et la reconnaissance qui lui étaient dus.

Quoique toujours assise sur son tabouret, Sapphire se sentait prise de vertige.

— Et c'est pour cela que tu veux m'envoyer à Londres, papa ? Pour que je m'y présente à mon géniteur ?

— Ce que je veux n'a pas d'importance, ma très chère enfant, ni même ce que tu pourrais désirer toi-même, repartit Armand en se levant pour aller déposer le coffret sur la commode de sa fille. Telles sont les dernières volontés de ta mère, le vœu qu'elle a émis sur son lit de mort, et il nous faut nous y conformer : tu dois te rendre en Angleterre pour y réclamer l'héritage qui te revient de plein droit.

— Mais pourquoi me raconter tout cela alors qu'elle n'est plus parmi nous depuis déjà presque un an ? questionna Sapphire en refoulant les larmes qui perlaient à ses paupières. Pourquoi as-tu décidé que je devais enfin connaître la vérité ? L'indiscrétion de lady Carlisle ne t'obligeait nullement à me révéler mes origines. Et pourquoi m'expédier sur-le-champ à Londres, avec ces gens détestables ?

— Parce que je suis un homme faible et qu'il m'a fallu tout ce temps pour me résoudre à me séparer de toi, ma fille, répondit son père d'une voix frémissante en se retournant vers elle. Et si j'ai choisi de te confier à lord et lady Carlisle, c'est parce que j'ai confiance en eux. Je sais que tu seras en sécurité avec eux et qu'ils t'introduiront dans la bonne société londonienne. Du reste, tu ne seras obligée d'accepter leur hospitalité que le temps d'aller te présenter à ton père. Nul doute que celui-ci t'invitera ensuite à demeurer chez lui.

— Je ne comprends toujours pas, se plaignit la jeune femme.

Elle avait joint les mains contre son ventre, le saphir toujours serré dans son poing.

— Pourquoi maintenant ? répéta-t-elle. Pourquoi cette hâte à m'éloigner d'ici ?

— Parce que l'occasion s'en présente et qu'il ne servirait à rien de tarder plus longtemps. L'heure est venue pour toi de connaître enfin ton père. Ton vrai père.

Sapphire demeura muette un instant, réfléchissant à cette

réponse. Puis elle releva la tête et croisa de nouveau le regard d'Armand.

— Et si je n'ai pas envie de le connaître ? s'enquit-elle avec un air de défi. Et si je refuse de partir ?

3

Trois semaines plus tard

— Ah, c'est toi, murmura Armand en avisant Lucia. Je te croyais endormie.

Revêtu d'un peignoir de soie, il se tenait pieds nus sur la terrasse attenante à sa chambre, au bord du jardin plongé dans le noir, le regard perdu dans le ciel étoilé. La torche plantée à la limite de la jungle, devant lui, projetait son ombre presque jusqu'au mur de la maison. Entre ses lèvres, l'extrémité de son cigare brasillait doucement dans les ténèbres.

— Et moi, je croyais que le médecin t'avait formellement interdit le tabac et l'alcool, répliqua Lucia en s'avançant vers lui.

Dans le même mouvement, elle lui arracha le cigare pour fumer à son tour.

Armand gloussa et sirota une nouvelle gorgée du rhum contenu dans le gobelet en cristal qu'il tenait dans l'autre main.

— Ah, Lucia, dit-il d'une voix songeuse tout en se délectant du contact brûlant de l'alcool contre son palais. Tu vas me manquer.

— Je m'en doute, murmura-t-elle.

Elle exhala la fumée en un cercle quasi parfait qui s'éleva un instant dans l'air moite avant d'être dissipé par la brise nocturne.

— Sans personne pour t'empêcher de te noyer dans le rhum, tu n'en as plus que pour six mois à vivre.

Armand lui adressa un regard complice, puis se remit à contempler la jungle tout en tournant l'alcool dans son verre.

— Parfois, ma chérie, je me dis que c'est toi et non Sophie que j'aurais dû épouser. Penses-tu que j'aurais pu te rendre heureuse ?

— Ce que je pense, c'est que tu as déjà trop bu, mon ami, repartit Lucia avant de tirer encore une fois sur son cigare. Et aussi que j'ai passé l'âge d'être encore la « chérie » de qui que ce soit. D'ailleurs, je me permets de te rappeler que tu as eu ta chance avec moi, à La Nouvelle-Orléans, il y a des années de cela, et que ce n'est pas sur moi que tu as jeté ton dévolu.

Elle se rapprocha de lui et, quand elle reprit la parole, ce fut d'une voix si douce qu'elle paraissait presque douloureuse.

— Elle était heureuse, tu sais, chuchota-t-elle. Son bonheur n'était peut-être pas celui que tu espérais lui donner, mais elle n'a jamais regretté l'existence qu'elle avait choisi de vivre ici, avec toi.

— Parce qu'elle avait le choix ?

Lucia soupira et détourna les yeux.

— Tu te trompes, Armand, si tu crois que Sophie ne t'a pas épousé de son plein gré. Elle se respectait trop elle-même — et respectait trop Sapphire — pour se résigner à un tel mensonge.

Armand soupira à son tour.

— Je l'aimais, tu sais, très profondément. Même au bout d'un an, elle me manque toujours. Je sais bien qu'elle n'a jamais éprouvé pour moi les mêmes sentiments que pour Edward, mais elle était malgré tout la joie et la lumière de ma vie et, depuis sa disparition, mes journées me paraissent aussi ternes que vides. J'ai beau amener des petites indigènes dans mon lit…

Il marqua une pause, comme s'il hésitait devant cet aveu.

— Ma solitude est incurable, conclut-il enfin avec une simplicité déchirante.

— Elle t'aimait, Armand, lui certifia Lucia. Et Sapphire t'adore.

Il sembla se ressaisir d'un coup.

— Raison de plus pour qu'elle aille rejoindre son père à Londres, énonça-t-il fermement. Peu m'importent ses protestations : elle sera demain sur le bateau en partance pour l'Angleterre.

Lucia fronça les sourcils.

— Cette idée ne laisse pas de me paraître incongrue. Je te répète que cette petite t'aime, Armand, et qu'elle a besoin de toi. Accorde-lui au moins un an de délai, le temps de digérer toutes les révélations que nous venons de lui assener, de gagner en force, en maturité…

— Non, l'interrompit-il en serrant le gobelet de cristal dans son poing au risque de le briser. Il n'est pas question qu'elle coure encore le risque de gâcher sa vie avec des canailles opportunistes comme Maurice Dupré ni, encore moins, qu'elle assiste à ma déchéance.

Il tourna la tête vers Lucia, qu'il toisa d'un regard aigu.

— A ce propos, reprit-il, je t'interdis de prendre prétexte de son départ pour lui parler de ma maladie. Si par malheur elle l'apprenait, alors là, pour le coup, il faudrait vraiment que je la ligote et que je l'enferme dans une caisse pour l'embarquer de force dans le bateau demain matin.

Il reporta son attention sur la flamme de la torche qui brûlait à quelques pas de là.

— Non, vois-tu, continua-t-il sur un ton plus posé, il est plus que temps que ma fille vole de ses propres ailes et je refuse de l'accabler avec le poids de mes propres faiblesses.

Il eut une grimace et se massa le ventre.

— Bon sang ! Depuis quelque temps, j'ai l'impression d'avoir un volcan en éruption jour et nuit dans l'estomac et, dernièrement, je me suis mis à cracher du sang.

Il se tut et se rembrunit soudain.

— Je ne veux pas qu'elle me voie mourir ! s'exclama-t-il avec une telle âpreté qu'une violente quinte de toux le secoua.

— Oh, Armand, murmura Lucia, désolée, tout en lui frictionnant le dos. Calme-toi ou tu vas avoir une attaque.

— Ne t'inquiète pas, répliqua-t-il d'une voix sifflante, une main sur l'abdomen. Mais ne va pas t'imaginer que, cette fois-ci, toi ou la petite pourrez me faire revenir sur ma décision. Sapphire respectera les dernières volontés de sa mère et se rendra à Londres afin que son père la reconnaisse pour sa fille et héritière.

Ayant retrouvé son souffle, il s'éclaircit la gorge et avala une nouvelle gorgée de rhum tout en songeant à celle qui resterait son enfant adorée jusqu'à la fin de ses jours, même si ce n'était pas lui qui l'avait conçue.

Elle n'avait que trois ans quand il l'avait vue pour la première fois dans le boudoir de la maison close où travaillait la femme dont il était alors éperdument amoureux. Au premier coup d'œil, il avait pressenti que cette gamine-là était promise à un grand avenir. A cette époque, déjà, Sapphire était d'une beauté remarquable. Outre des traits fins et réguliers, elle avait des cheveux auburn luxuriants, qu'elle tenait de sa mère, et des yeux vairons, l'un vert et l'autre bleu, lesquels, comme il le sut plus tard, lui venaient de son père.

Depuis, elle était devenue une jeune femme plus séduisante encore, et il devait admettre, non sans soulagement, que, si beaucoup d'hommes la désiraient et si elle avait flirté avec nombre d'entre eux, aucun ne pouvait se vanter de l'avoir conquise — si du moins il fallait en croire certaines confidences échappées à Angélique et que Lucia avait estimé nécessaire de lui rapporter.

— Mon seul regret, dit-il, c'est de ne pouvoir l'accompagner là-bas moi-même.

— Je veillerai sur elle comme si elle était ma propre fille, lui assura Lucia.

Il lui tapota la main.

— Je sais.

Elle lui sourit tout en tirant sur le cigare.

— Et si d'aventure son géniteur rechigne à lui ouvrir sa porte, il changera vite d'avis quand il saura que son chaperon n'est autre qu'une ancienne prostituée de Londres et qu'il aura affaire à elle s'il s'obstine à snober sa protégée !

Armand sourit à son tour et prit Lucia par les épaules.

— Et si nous attendions l'aube ensemble ? lui susurra-t-il à l'oreille. Il n'y a aucune raison pour que deux vieux amis comme nous ne puissent se tenir chaud la nuit — surtout si celle-ci risque d'être la dernière.

Elle écarta doucement son bras.

— Bien essayé, Armand, mais, au contraire de toi, je ne me sens pas vieille du tout.

Il en resta momentanément interdit.

— Pas vieille ? répéta-t-il enfin.

Il s'esclaffa et se remit à tousser.

— Qu'est-ce que tu es, alors ? s'enquit-il tout en continuant à rire entre deux quintes.

Lucia laissa tomber le cigare et l'écrasa du talon de sa mule.

— Mon âge ne regarde que moi, répliqua-t-elle en ramenant son peignoir de soie sur ses épaules.

Elle tourna le dos à Armand et s'éloigna d'une démarche altière.

— La femme que tu as devant toi fera tout pour que sa nièce adoptive obtienne la place qui lui revient dans la haute société londonienne. Puis elle l'aidera à trouver le mari qu'elle mérite et, quand cette enfant sera enfin casée, elle compte bien se dénicher un riche époux qui pourvoira à ses besoins jusqu'à ce que la mort les sépare — et au-delà. Bien le bonsoir, mon *chéri*.

Armand rejeta la tête en arrière et éclata de rire.

— Je suis persuadé que tu arriveras à tes fins, lança-t-il à la silhouette qui disparaissait dans la pénombre. Oh, oui, grâce à toi, le souhait de Sophie se réalisera…

Puis, se retrouvant de nouveau seul dans la nuit et baissant la voix :

— Et moi, ajouta-t-il, je pourrai mourir tranquille en te sachant prête à tout sacrifier, y compris ta propre existence, pour que notre chère Sapphire devienne enfin un jour lady Wessex.

*
* *

— Tu dors ? murmura Angélique.

Allongée sur le dos, les yeux fixés sur l'immense dais de soie qui surplombait son lit, Sapphire écoutait la rumeur familière de la jungle. Le clair de lune se déversait à flots dans la chambre par les hautes portes-fenêtres qui montaient jusqu'au plafond. Le lit était disposé au beau milieu de la pièce, afin de bénéficier de la meilleure ventilation possible par les chaudes nuits d'été. Les voilages diaphanes tirés devant les baies frémissaient sous la brise nocturne.

— Comment pourrais-je dormir ? répliqua la jeune femme sur le même ton.

Elle consulta la pendule en porcelaine posée sur sa table de chevet et constata qu'il était minuit passé.

Angélique s'étira voluptueusement à côté d'elle, ses bras gracieux tendus vers le ciel de lit. La chambre était normalement celle de Sapphire, Angélique disposant par ailleurs d'une pièce tout aussi vaste et luxueuse dont la porte s'ouvrait un peu plus loin dans le couloir de l'étage. Mais il arrivait souvent aux deux sœurs de partager ainsi la même couche.

— C'est excitant, non ? reprit Angélique. Demain matin, nous allons embarquer pour la plus grande aventure de toute notre vie !

— Le mot « excitant » n'est pas vraiment le premier qualificatif qui me viendrait à l'esprit, repartit Sapphire. J'ai du mal à m'imaginer coincée sur un bateau avec lady Carlisle et lady Morrow pendant trois semaines d'affilée. J'ai bien peur qu'elles finissent par me rendre folle avec leurs bavardages incessants et leurs manières affectées. Je n'arrive toujours pas à croire que papa ait décidé de m'éloigner d'ici, ajouta-t-elle dans un soupir.

Au début, si elle avait refusé de céder à son père et de se rendre à Londres comme il l'exigeait d'elle, ce fut par pur entêtement. Au fond, cependant, elle n'était pas mécontente de prendre ses distances avec Maurice. Et même si la perspective de retrouver son vrai géniteur lui inspirait des sentiments mitigés, elle estimait de son devoir d'accomplir cette démarche, en souvenir de sa mère.

— S'il te demande de partir, c'est parce qu'il sait qu'un destin glorieux t'attend à l'étranger, énonça Angélique. Il en a toujours été convaincu. Comme nous tous, du reste.

— Un destin glorieux ? Voyons, c'est ridicule ! protesta Sapphire.

— Tu es la fille d'un comte, lui rappela sa sœur en prononçant ce dernier terme comme si elle savourait la plus exquise des friandises. Je te vois d'ici effectuant une entrée de princesse dans la haute société londonienne, habillée d'une somptueuse robe de bal, tes prétendants se roulant à tes pieds pour solliciter une danse, rien qu'une seule danse de la prestigieuse lady Sapphire…

— Et pourquoi donc aurais-je envie de danser, grands dieux ?

— Parce que c'est ainsi que tu pourrais te trouver un bon parti, bien sûr ! N'est-ce pas ce dont tu as toujours rêvé ? Pourquoi, autrement, passerais-tu ton temps à t'esquinter les yeux sur ces romans et ces poésies à l'eau de rose qui ne parlent que du grand amour ?

Sapphire se rembrunit. Jamais l'idée du mariage n'avait été plus éloignée de son esprit qu'en cet instant. Elle était encore trop bouleversée pour envisager un pareil événement dans sa vie — même si, depuis l'adolescence, elle s'y préparait effectivement dans le secret de son cœur.

— Je ne comprends franchement pas ta hâte à partir, Angel, riposta-t-elle. Enfin, quoi, cette maison est ton foyer ! Tant de choses vont me manquer, pour ma part, et je ne te parle pas seulement de papa et du manoir. Tiens, je ne sais même pas si je vais supporter de quitter mes chevaux.

— Ne sois pas idiote ! Tu en trouveras d'autres à Londres.

Sapphire garda le silence un moment.

— Tu me stupéfies, Angel, sincèrement, avoua-t-elle enfin. Tu sembles accueillir cet exil avec un tel enthousiasme… Et pourtant, tu es née ici, comme moi. Et c'est ici que nos mères sont mortes.

— Justement, plus rien ne me retient sur l'île, répliqua la

métisse avec son habituel bon sens, tout en se redressant sur le lit pour s'asseoir à côté de Sapphire, le dos appuyé contre le chevet.

— Mais, papa…, commença à protester sa sœur.

— … n'est sans doute pas mon père, l'interrompit-elle.

— Tu n'en sais rien, marmonna Sapphire en baissant les yeux sur sa chemise de nuit. Il pourrait très bien l'être.

— Comme la plupart des autres Blancs de l'île, repartit Angélique avec insouciance en considérant sa sœur dans la pénombre. Mais je n'y ai jamais vraiment attaché d'importance. Ce qui compte, désormais, c'est le voyage que nous allons bientôt entreprendre.

— Tu te rends compte, cependant, qu'une fois que nous serons arrivées là-bas, notre existence ne sera plus la même. Tout le monde t'aime bien ici, mais…

— Certains m'aiment encore plus que d'autres !

— *Mais* la liberté avec laquelle tu accordes tes faveurs aux hommes, poursuivit Sapphire en choisissant ses mots avec diplomatie, risque d'être… mal interprétée, à Londres.

A ses yeux, une aura de sensualité avait toujours enveloppé Angélique. En tout cas, cela remontait au moins à cette fameuse nuit de ses quatorze ans où, dès après l'extinction des feux, Angélique s'était échappée de sa chambre par la fenêtre pour aller offrir sa virginité au fils de seize ans d'un planteur du voisinage.

— Tu te tracasses trop, lui assura cette dernière. Je suis ce que je suis, tout comme ma mère, et je n'ai pas plus honte de moi que d'elle.

Sapphire lui lança un coup d'œil en biais.

— Nous pourrions te trouver un mari, à toi aussi, tu sais, suggéra-t-elle à mi-voix. Après tout, ta peau est claire et Armand t'a déjà recommandé de te présenter comme une Fabergine en Angleterre. Avec le nom de papa et l'argent que t'a légué maman, tu devrais certainement arriver à te trouver…

— C'est toi qui rêves de mariage, mon chaton, coupa Angélique en la poussant doucement du coude, pas moi.

Elle s'étira de nouveau, avec les gestes langoureux d'un félin.

— Moi, ce dont j'ai envie, c'est connaître des hommes par centaines — que dis-je ? Par *milliers*. Et quand je dis « connaître », j'entends ce mot au sens biblique…

— Oh, Angel, protesta Sapphire, vaguement choquée. Tu es incorrigible.

— Ça tombe bien, répliqua la somptueuse métisse, car je ne compte pas me corriger.

Elle tourna la tête vers sa sœur et la contempla avec un sourire malicieux.

— Quand même, reprit-elle sur un ton taquin, je m'étonne que tu aies pu rester une telle oie blanche entre deux ex-prostituées, un père volage, amateur de jeunes esclaves, et moi-même.

Sapphire garda le silence, pensant *in petto* qu'il n'y avait guère de mystère là-dedans. Elle n'était pas comme Angel, voilà tout. Elle n'arrivait pas à accepter les changements aussi facilement que sa sœur adoptive, et encore moins quand lesdits changements équivalaient à un bouleversement complet de tous les repères auxquels elle s'était fiée jusqu'alors.

Quoique trois semaines se soient écoulées depuis qu'Armand lui avait appris la vérité sur sa mère et sur elle-même, elle peinait toujours à assimiler cette révélation. Au vrai, plus elle y réfléchissait, plus elle en voulait à son géniteur, ce mystérieux Edward. Pourquoi, s'interrogeait-elle, n'avait-il pas essayé de retrouver sa mère ? L'avait-il seulement recherchée ou s'était il simplement résigné à ce que leur mariage demeure lettre morte pour épouser docilement la nouvelle promise que lui avaient choisie ses parents ? En tout cas, elle comptait bien le lui demander sitôt qu'elle le verrait. Et si sa mère avait souhaité qu'elle connaisse enfin son père en espérant que la famille de ce dernier l'accueillerait en son sein, tout ce que désirait la jeune femme pour sa part, c'étaient des excuses. Et aussi le droit de porter le nom des Wessex — non parce qu'elle aspirait à nouer le moindre lien avec Edward, mais par respect envers la mémoire de sa mère. Telle était la seule raison qui la poussait à partir pour Londres. Si elle se rendait en Angleterre, ce n'était donc pas pour obéir à Armand ni même pour se faire plaisir, mais pour l'honneur de celle qui l'avait mise au monde et avait tout fait pour assurer son avenir.

— Nous voici à la veille d'accomplir le voyage dont rêvait Sophie, murmura Angélique, comme si elle avait suivi le cours de ses pensées. Toi pour réclamer l'héritage qui te revient et te trouver un bel époux titré, et moi pour déguster tout un continent de mâles ! Miam !

— Je ne suis pas certaine que c'était exactement ce à quoi notre mère songeait pour nous, répliqua Sapphire tout en caressant d'une main distraite la soie délicieusement douce des rideaux du lit. En tout cas, par pitié, abstiens-toi de t'exprimer en ces termes à la table de lady Carlisle quand celle-ci te questionnera sur tes projets, une fois que nous serons arrivées à Londres. Je l'ai entendue parler hier à tante Lucia et elle ne semble guère ravie de devoir te compter au nombre des passagers du bateau, même si, à ma connaissance, elle n'osera jamais l'avouer à papa. A mon avis, son mari s'enrichit trop avec Armand Fabergine pour qu'elle refuse de lui rendre le service de nous accompagner en Angleterre, mais dès que nous serons loin d'ici, en Europe, je crains que la protection qu'elle a promise de t'accorder ne soit plus guère qu'un mot. Elle cherchera sans doute à se débarrasser de toi au plus vite. Du reste, elle a déjà suggéré à tante Lucia de te trouver une place de femme de chambre auprès d'une de ses amies de la haute société londonienne.

— Je surveillerai mes propos puisque tu y tiens, concéda Angélique. C'est bien le moins que je puisse faire, vu que lady Carlisle semble s'être à peine remise de nos frasques au lac — ou du moins du récit que lui en a rapporté son mari et qui, si j'en juge à sa réaction, devait être plutôt… croustillant.

Sapphire ne put s'empêcher de sourire tout en se rallongeant sur le lit.

— Allons, reprit-elle en glissant un oreiller sous sa tête, nous devrions plutôt dormir. Nous nous réveillons à 4 heures, demain. D'après papa, le bateau devra appareiller aux premières lueurs de l'aube s'il veut profiter de la marée pour gagner la haute mer.

Angélique se recoucha à son tour près de sa sœur et tira sur elles le drap léger qui suffisait à les protéger de la brise nocturne.

— Quand même, ajouta la métisse, j'ai toujours du mal à croire que nous allons bientôt partir et quitter l'île.

Sapphire sourit de nouveau et, bien qu'elle envisage ce voyage avec beaucoup moins d'enthousiasme que sa sœur, elle se demanda malgré elle ce qui pouvait les attendre si loin des rivages familiers de la Martinique.

Appuyée au bastingage de l'*Elizabeth Mae*, la goélette en partance pour le Vieux Continent, Sapphire tenait étroitement son chapeau par ses rubans. Le soleil commençait tout juste à poindre à l'est et un fort vent s'était levé, qui n'allait pas tarder à éloigner le navire des côtes rocheuses de la Martinique. Les mains serrées sur la rambarde de bois poli, la jeune femme regarda son père et sa domestique, Tarasai, qui l'avait accompagné au port.

Sapphire avait pu constater que la jeune indigène adulait Armand et s'était aperçue, au cours des trois dernières semaines, qu'elle semblait bien capable, à force de cajoleries, de l'inciter à ménager sa santé. Aussi, quoiqu'elle déteste quitter son père, était-elle au moins rassurée de savoir que quelqu'un s'occuperait de lui en leur absence et veillerait à ce qu'il ne fume pas trop de cigares ni ne boive trop de rhum. Un peu consolée par cette pensée, elle réussit à ébaucher un sourire et à lui adresser un petit salut de la main lorsqu'il leva la tête vers elle et que leurs regards se croisèrent.

Ce matin-là, Armand Fabergine avait revêtu un costume parfaitement coupé, à la dernière mode en France, que complétaient une cravate amidonnée, artistement nouée autour du cou, un chapeau de régate en paille penché crânement sur le côté de sa tête et une canne de bois finement sculptée. Sapphire avait conscience que c'était pour Angélique et elle qu'il s'était habillé avec autant de recherche, et, à le voir aussi beau et distingué, elle sentit sa gorge se serrer.

— Allons, courage, lui murmura à l'oreille Lucia, qui se tenait debout derrière elle. N'oublie pas que, si c'est difficile pour toi, cela l'est bien plus pour lui encore.

La jeune femme hocha lentement la tête. Cependant, alors qu'un des marins criait de ramener la planche et qu'Armand rabattait le bord de son chapeau sur son front, elle ne put réprimer l'élan subit qui la porta une dernière fois vers lui.

— Non, attendez ! s'exclama-t-elle en courant vers la passerelle.

Elle entendit Lucia et Angélique la héler ainsi que la voix haut perchée de lady Carlisle.

— Tenez, vous voyez, très cher ? déclarait cette dernière à son mari. J'étais certaine qu'elle allait nous faire une crise avant le départ !

Ignorant ces réactions et relevant à pleines poignées les jupons de sa nouvelle robe de voyage, elle dévala la planche d'embarquement, les rubans de son chapeau de paille voletant derrière elle.

— Papa !

— Non, Sapphire, protesta son père. Ta place est sur ce navire, ma fille.

Néanmoins, ses bottines en chevreau n'avaient pas plus tôt touché les planches de l'appontement qu'Armand Fabergine lui ouvrait grand les bras.

Elle se jeta sur sa poitrine et enfouit son visage contre les revers de sa veste noire tout en inspirant profondément. D'aussi loin qu'elle s'en souvienne, l'odeur de son père ainsi que le contact de ses bras autour de ses épaules avaient toujours signifié pour elle paix et sécurité. Elle savait pouvoir compter sur son soutien en toutes circonstances.

— Mon Dieu, murmura Armand en posant son menton sur sa tête. Ressaisis-toi, mon enfant, je t'en prie. Lord et lady

Carlisle ont eu l'extrême amabilité d'accepter de t'accompagner jusqu'à Londres. Ne me fais pas honte devant eux.

Elle redressa la nuque et vit que ses yeux étaient brouillés de larmes.

— Jamais je ne te ferai honte, papa, lui jura-t-elle avant d'esquisser un sourire vacillant. Du moins, pas volontairement.

Il lui sourit en retour et l'attira de nouveau contre lui.

— J'en suis persuadé, ma chérie, répondit-il. Allons, remonte sur le bateau maintenant. Tout le monde n'attend plus que toi pour partir.

Loin de s'éloigner, toutefois, elle se serra encore plus fort contre lui.

— J'ai peur de ne plus jamais te revoir, lui avoua-t-elle alors d'une voix presque inaudible.

— Ne sois pas bête, Sapphire. Tu ne vas pas t'installer en Angleterre. Dans quelques mois, un an au plus, tu seras revenue au manoir et tu me raconteras tout ce que tu auras vu en Europe.

Sapphire acquiesça en silence, parce qu'elle savait que c'était ce que son père attendait d'elle. Dans le fond de son cœur, cependant, elle était loin de partager son optimisme et ne pouvait s'empêcher de se demander avec désespoir s'il serait encore là à son retour.

— Je t'aime, papa, lui chuchota-t-elle.

Puis elle baissa la tête pour lui permettre de déposer un baiser sur son front, comme il en avait l'habitude, et en profita pour humer une dernière fois les fragrances mâles qui embaumaient son costume.

Enfin, elle s'écarta de lui et remonta la passerelle, le buste droit et la tête haute, comme il seyait à la fille d'un lord anglais.

4

Un mois plus tard

— Lord Wessex, comme je suis heureux de faire enfin votre connaissance !

Debout devant la fenêtre ouverte, Blake détourna les yeux de la circulation qui encombrait la rue londonienne en contrebas du cabinet d'avoué et reporta son attention sur l'individu bas et corpulent qui s'avançait vers lui.

— Monsieur Stowe, dit-il d'une voix sèche en dédaignant la main que lui tendait le juriste, je ne suis pas habitué à attendre.

— Tous mes regrets, milord, répondit l'avoué en inclinant courtoisement le buste, mais j'ai trouvé une veuve en détresse à ma porte, ce matin, et je ne pouvais décemment pas la congédier sans prêter au moins l'oreille à ses suppliques.

— Nous avions rendez-vous à 9 heures précises, lui rappela Blake.

Il le dépassa pour aller se camper devant le comptoir en acajou derrière lequel un clerc à lunettes se tortillait sur sa chaise avec embarras.

— C'est tout à fait exact, milord, admit Stowe, et je vous prie, une fois de plus, de bien vouloir me pardonner ce retard.

Sur ce, il précéda son visiteur dans un petit couloir menant à un vaste bureau lambrissé de noyer foncé et meublé de deux grandes bibliothèques qui montaient jusqu'au plafond et dont les étagères étaient garnies d'ouvrages juridiques protégés par des reliures en cuir.

— Veuillez prendre un siège, milord.

Blake considéra le fauteuil à oreillettes en cuir rouge disposé devant le secrétaire de l'avoué. Celui-ci était également en noyer et son plateau soutenu par des caissons à listeaux aurait été assez grand pour servir de table dans la salle à manger d'une famille nombreuse. Au moins l'avoué avait-il bon goût, pensa Blake, qui possédait un secrétaire identique dans son bureau de Boston.

— Je reconnais là une œuvre des Dresden Partners, déclara-t-il en hochant la tête d'un air approbateur. Leurs moulures sont caractéristiques. Fort belle pièce.

— Mer... merci, milord, bredouilla Stowe, visiblement déconcerté par ce compliment. Ce secrétaire me vient de mon père — Dieu ait son âme.

Puis il contourna le meuble, releva les basques de sa redingote de serge noire et marqua une légère pause avant de s'asseoir, incitant ainsi son visiteur à l'imiter.

Comme Blake s'installait dans le fauteuil, il perçut l'odeur fugace de tabac français qui imprégnait le cuir écarlate — parfum aussi subtil et excitant à ses narines que celui d'une belle femme — et se prit à songer qu'il ne dédaignerait pas d'ajouter ce siège à sa collection personnelle. Quoiqu'il ait emménagé depuis maintenant près de deux ans dans la résidence qu'il s'était fait construire dans le quartier très prisé de Beacon Hill, à Boston, il n'avait toujours pas fini de la meubler. Il était en effet très difficile dans ses choix et ne souhaitait introduire dans sa demeure aucune chaise, table ou commode qui n'ait, au préalable, emporté son adhésion pleine et entière au terme d'un long et minutieux examen.

Telle était la méthode qu'il privilégiait dans l'acquisition de tous ses biens.

— A l'évidence, votre père était un homme prospère, et vous avez marché sur ses brisées, énonça-t-il en pinçant le pli impeccable de son pantalon den laine avant de croiser les jambes. Je dois cependant vous avouer qu'aucun de mes associés en Angleterre ne m'a recommandé votre étude et que tous m'ont même avoué ignorer jusqu'à son existence quand je les ai interrogés à votre sujet. J'aimerais vivement pouvoir interpréter cette absence de renommée comme un signe de discrétion, non comme une preuve d'incompétence.

Le juriste le gratifia d'un sourire hésitant, manifestement surpris par les manières carrées de Blake Thixton, nouveau comte de Wessex.

— Je puis vous assurer, milord, qu'aucun de mes clients n'a eu jusqu'à présent à se plaindre de mes services ni de mes conseils, répliqua Stowe avec componction. Mais passons à votre affaire, voulez-vous ?

Il prit sur le secrétaire une paire de bésicles à monture en or et les chaussa avant d'ouvrir une chemise en carton bouilli dont il se mit à feuilleter le contenu.

— Comme je vous l'ai écrit, reprit-il, lord Wessex étant décédé il y a quelques mois sans laisser derrière lui d'héritier direct, ses biens et effets reviennent de droit à son descendant le plus proche, à savoir vous-même, qui êtes le petit-fils de son oncle.

Le regard de Blake quitta Stowe pour dériver vers les livres alignés sur les étagères de la bibliothèque qui se dressait derrière l'avoué.

— Je n'ai jamais eu l'occasion de rencontrer lord Wessex, maître, et, quoique je sois anglais de naissance, mes parents ont émigré en Amérique avant même que j'aie appris à marcher.

— Oui, la vie présente parfois de singuliers détours, admit Stowe poliment. Cela dit, au regard de la loi, cela ne représente aucune différence. Et la loi, à ce sujet, est limpide et sans appel : c'est vous l'héritier de feu le comte de Wessex.

Puis il baissa les yeux sur un document à la calligraphie surchargée de fioritures et s'absorba dans sa contemplation comme s'il en prenait connaissance pour la première fois.

Blake sentit l'impatience le gagner.

— Evidemment, lâcha le juriste au bout d'un instant, il y a le titre…

Blake se renfrogna et, joignant le bout des doigts sous son menton, fusilla son interlocuteur du regard.

— Il me sera de peu d'utilité en Amérique, lui fit-il remarquer. Mes relations d'affaires sont plus intéressées par le volume de leurs marchandises dont je suis en mesure d'assurer le transport que par les titres dont j'aurais droit de m'enorgueillir dans la haute société londonienne.

— Les titres concédés par Sa Majesté peuvent servir de sauf-conduits partout dans le monde, milord, rétorqua l'avoué avec un rien de raideur. Je connais bien des nobles anglais vivant à l'étranger…

— Et à part le titre ? le coupa Blake avec une pointe d'agacement. Je n'ai que faire des plumes dont aiment à se parer les paons de l'un ou l'autre continent. Lord Wessex m'aurait-il par hasard légué des terres ? Voilà au moins du solide, du durable. Il détenait peut-être des parts dans des mines ? Ou, mieux encore, de l'or en barres ?

Les yeux de Stowe cillèrent par-dessus la feuille de papier.

— De la terre, dites-vous ? murmura-t-il d'une voix de fausset.

Il s'éclaircit la gorge.

— Euh, oui, en effet… Lord Wessex possédait un ravissant hôtel particulier dans la partie la plus courue du West Side de Londres. Une bien belle demeure, en vérité, dans laquelle j'ai eu l'honneur et le plaisir d'assister à plusieurs bals et à plus d'une partie de cartes.

— Je ne joue jamais, dit Blake sur un ton sinistre.

— Il y a aussi une propriété à la campagne… Attendez voir…

Stowe reposa le document derrière lequel il s'était jusqu'alors caché et en prit un autre parmi ceux étalés sur le plateau de son bureau.

— Ah, voilà, poursuivit-il. La gentilhommière en question se trouve à Cedar Mount, dans… dans le Surrey.

Il se tut ensuite, le visage entièrement dissimulé par le document, comme si sa lecture exigeait la plus parfaite concentration.

Blake n'eut d'autre choix que de respecter son silence. Une minute passa. Puis deux. Naturellement, il ne tarda pas à penser à toutes les affaires qu'il avait dû laisser en plan à Boston pour venir régler ici cette histoire de succession. Celle-ci lui avait déjà coûté un mois et demi de son temps, songea-t-il avec humeur, et, considérant l'attitude embarrassée de Stowe, il n'était pas loin de penser que l'avoué n'allait pas tarder à lui révéler que sa situation d'héritier des Wessex n'était pas aussi enviable qu'il l'avait suggéré dans son courrier. Il releva les yeux sur le replet juriste, redoutant le pire et commençant à se dire que ce voyage risquait finalement de n'avoir eu qu'un seul avantage : l'avoir éloigné de Clarice pendant quelques semaines.

— L'argent, Stowe, dit-il tout en s'efforçant de maîtriser son irritation.

— Deux cent cinquante-deux livres.

— C'est tout ? Wessex ne possédait pas d'autres fonds à sa mort ?

— Il ne s'agit pas de fonds, milord.

Blake fronça les sourcils.

— Si vous aviez l'obligeance de vous montrer un peu plus explicite…

Stowe soupira.

— Ces deux cent cinquante-deux livres représentent le montant de ses dettes.

— De ses *dettes* ? s'exclama Blake en se levant d'un bond pour venir abattre ses paumes sur le précieux secrétaire du juriste.

Celui-ci cilla, sans toutefois sursauter. Blake dut admirer son sang-froid, car peu d'hommes étaient capables de continuer à le regarder dans les yeux quand il laissait ainsi exploser sa colère.

— Vous héritez également de fort belles propriétés, lui rappela le juriste.

Blake se rassit, mais cette fois-ci juste sur le bord du fauteuil de cuir.

— Je n'ai pas le temps de procéder à leur mise en vente, répliqua-t-il sèchement. Comme je vous l'ai déjà signalé, je ne peux demeurer longtemps en Angleterre. J'ai une société de négoce qui m'attend à Boston.

— Je... je suis certain que nous pouvons trouver une solution... Je pourrais par exemple négocier ces biens pour vous, ou demander à certain notaire de ma connaissance de s'en charger, cependant... Cependant, il resterait toujours le problème de la famille.

Blake haussa les sourcils, éberlué.

— La famille? répéta-t-il. Quelle famille?

Pour sa part, il ne se connaissait aucun parent et la notion même de famille ou de foyer ne suscitait chez lui qu'un intérêt des plus distants. Certes, il avait conscience qu'il ne saurait rester éternellement célibataire et comptait bien avoir un fils pour lui transmettre un jour son entreprise, mais jusqu'alors il avait admirablement réussi à éviter tout engagement sérieux avec aucune représentante du beau sexe — et notamment avec Clarice, la fille aînée de sa relation d'affaires la plus proche.

Non qu'il déteste les femmes. Il les adorait, au contraire. Il adorait les voir élégamment habillées à sa table et tout aussi élégamment déshabillées dans son lit — et, dans les deux cas, muettes, si possible. Il appréciait aussi les servantes, les cuisinières et les couturières. Il les préférait même aux mondaines, car elles, au moins, n'attendaient rien de lui qu'un simple moment de plaisir et ne s'imaginaient pas qu'un sourire, un mot gentil ou une partie de galipettes puissent leur valoir une demande en mariage ou la jouissance d'une résidence sur la baie.

— Je n'ai pas de famille! ajouta-t-il avec emportement.

— Je faisais allusion à celle de feu le comte, milord, précisa Stowe. A savoir la comtesse de Wessex ainsi que les trois filles que cette dernière a eues d'un premier lit : lady Camille Stillmore, lady Portia Stillmore et lady Alma Stillmore.

— Je constate que vous connaissez ces gens assez bien pour m'énumérer leurs noms sans même avoir à consulter vos papiers, observa Blake. Cette veuve en détresse, dont vous me parliez tout à l'heure, ne serait-ce pas justement la comtesse de Wessex?

Il marqua une pause. L'avoué lui répondit par un silence qui en disait long.

— Et vous prétendez, poursuivit Blake en s'efforçant une nouvelle fois de réprimer son courroux, que son défunt mari n'aurait pris aucune disposition pour assurer sa subsistance et celle de leurs enfants au cas où il serait venu à décéder avant elle ?

— Milord, repartit Stowe avec beaucoup d'hésitation, peu d'hommes se pensent sur le point de quitter ce bas monde. Mais il en est pour craindre, malgré tout, que les dispositions que vous évoquez à l'instant aient la fâcheuse conséquence de hâter leur trépas.

Blake sourit et détourna les yeux. Jamais il ne l'aurait admis tout haut, mais le propos de l'avoué ne manquait pas de pertinence. Son père, homme froid et dur quoique habile entrepreneur, était mort sans laisser de testament ni de quoi subvenir aux besoins de sa veuve. Sans Blake, qui n'était pourtant que son beau-fils, celle-ci se serait trouvée ruinée et à la rue, et cela parce que Josiah Thixton, comme son Anglais de père avant lui, avait tout légué à son aîné. Blake n'avait pas mégoté son soutien à son infortunée belle-mère, lui permettant de garder jusqu'à son propre décès le train de vie auquel elle était habituée du vivant de son mari, mais il ne s'en était pas moins toujours demandé pourquoi son père n'y avait pas veillé lui-même.

Ramenant son esprit à l'instant présent, Blake vit que le juriste le dévisageait en silence. Il émit un ricanement sans joie et se renfonça dans son fauteuil.

— Si je vous comprends bien, mon vieux, me voilà avec des dettes, deux propriétés et un troupeau de femelles hystériques et désargentées sur le dos ?

Stowe se cala à son tour contre le dossier de son siège et retira ses lunettes qu'il se mit à essuyer pensivement.

— Quoique ce soit là une description aussi discourtoise que sommaire de la situation, milord, murmura-t-il, je dois reconnaître qu'elle n'est pas infondée.

Ah, songea Blake, cet art anglais de la litote…

*
* *

— Pourquoi restez-vous là, monsieur ?

Armand se détourna avec lenteur de la fenêtre dont les carreaux étaient striés par la pluie tropicale et considéra Tarasai, qui s'était jusqu'à présent tenue silencieusement derrière lui. Il avait rencontré la jeune indigène par hasard au village et ne cessait depuis d'en remercier la providence. C'était une enfant charmante et vive. Non seulement elle lui plaisait au lit, mais sa conversation lui était agréable. Elle avait un caractère affable, doux, et paraissait savoir d'instinct quand elle devait parler et à quel moment il lui fallait au contraire se taire.

— Elles sont maintenant arrivées à Londres, si du moins elles n'ont pas rencontré de problème pendant leur traversée de l'Atlantique, murmura-t-il.

— Le temps est resté clément jusqu'à présent, monsieur, répondit-elle de sa voix suave et chantante. Et le bateau sur lequel elles sont parties a une bonne réputation. Vos chères enfants vont bien, je le sens dans la moelle de mes os.

Elle s'étreignit les bras, comme pour confirmer le bien-fondé de son intuition ; Armand ne put s'empêcher de sourire. Puis une toux sèche et compulsive le plia en deux, et Tarasai fut aussitôt près de lui, une main posée sur son dos, l'autre sur sa poitrine.

Quand l'accès eut passé, il se redressa et prit un mouchoir dans sa poche pour s'en essuyer les lèvres.

— Ah, Tarasai, lâcha-t-il dans un souffle, je suis fatigué, tellement fatigué.

— Vous ne devriez pas vous inquiéter autant, monsieur. Ce n'est pas bon pour votre santé.

Ayant rangé son mouchoir, il considéra la jeune domestique.

— Je crains d'avoir commis une erreur en envoyant les enfants en Europe. C'était égoïste de ma part. Elles étaient heureuses, ici. Cela aurait dû me suffire, non ?

Elle glissa sa petite main dans la sienne.

— L'heure était venue pour vos oisillons de voler de leurs propres ailes, monsieur. Sapphire était trop pleine de vie et d'énergie pour demeurer encore longtemps sur l'île. C'est là-bas, de l'autre côté de l'océan, que son avenir l'attend. Elle y connaîtra l'existence aventureuse et heureuse qu'elle mérite.

Il soupira.

— J'espère que tu as raison, Tarasai. Si elle venait à souffrir des ambitions que j'ai eues pour elle, je ne me le pardonnerais jamais.

— Moi, je *sais* que j'ai raison, lui assura la servante avec une certitude tranquille. C'est écrit dans les étoiles.

— Si vous voulez bien me confier votre manteau et votre chapeau, monsieur…, suggéra le maître d'hôtel du distingué club masculin dans lequel Jessup Stowe venait d'entrer.

— Oui, merci, Calvin, répondit l'avoué en se débarrassant du vêtement trempé par la pluie qu'il tendit à l'employé en même temps que son couvre-chef et son parapluie.

Il eut comme un frisson de tout le corps.

— Il pleut des hallebardes, dehors, énonça-t-il avant de lisser du plat de la main ses quelques rares cheveux gris.

— Oui, monsieur, acquiesça poliment le maître d'hôtel. Votre table est prête, monsieur Stowe. M. Barker vous y attend.

— Merci, Calvin, répéta Jessup tout en tirant sur son gilet un peu froissé pour en recouvrir sa bedaine.

Soit le tissu rayé avait rétréci, songea-t-il, soit c'était lui qui avait grossi.

— Et merci de vous occuper de ces affaires mouillées, ajouta-t-il.

Le maître d'hôtel hocha la tête avec obséquiosité avant de reculer d'un pas.

— Si vous voulez bien attendre un instant, je vais vous conduire à votre table.

— Laissez donc, repartit Jessup. J'ai dîné à cette même table six fois par semaine pendant les sept années qui se sont écoulées depuis le décès de Mme Stowe, Calvin. Je crois que je saurai très bien la retrouver tout seul.

Il avait commencé à se diriger vers l'entrée des salons quand il se retourna brusquement en claquant des doigts.

— Ah, Calvin, juste une dernière chose…

— Oui, monsieur ?

— Il est possible, quoique peu probable, que j'aie un invité ce soir. Il s'agit de lord Wessex.

Le maître d'hôtel se permit un haussement de sourcils éloquent.

— Je veux parler naturellement du *nouveau* lord Wessex, l'héritier de feu le comte, lui expliqua Jessup avec une grimace entendue.

Le visage de Calvin retrouva son impassibilité coutumière.

— Oh, fit-il d'une voix sans timbre, je vois.

— C'est un Américain, crut bon de souligner Jessup, et comme il ne connaît pas très bien Londres, il est à craindre que son humeur s'en ressente.

— Si ce monsieur se présente ici, je le conduirai à vous aussitôt, monsieur Stowe.

Après avoir jeté un rapide coup d'œil autour de lui pour vérifier que personne ne le regardait, Jessup sortit une pièce du gousset de son gilet et la tendit au maître d'hôtel.

— Je sais bien que M. Porter a proscrit les pourboires, chuchota-t-il en faisant référence au directeur du club. Ceci restera donc entre nous. Vous avez toujours été gentil avec moi, Calvin. Bien plus gentil, en tout cas, que l'a jamais été aucun de mes fils.

— Oui, monsieur. Merci, monsieur, murmura Calvin après avoir empoché la pièce.

Il recula encore d'un pas, puis se retourna et partit en direction du vestiaire d'une démarche dont le léger sautillement trahissait assez l'allégresse qu'il s'efforçait de cacher.

Ayant une nouvelle fois rajusté son gilet, Jessup pénétra dans les salons d'une élégance un peu décatie que fréquentaient surtout des juristes comme lui. En traversant le bar, il échangea des saluts avec certains des gentlemen alignés devant le comptoir.

Une fois dans la salle à manger, il put constater que son vieil ami, Clyde Barker, se trouvait effectivement déjà assis à leur place habituelle et qu'il était en train d'y déguster un scotch.

— Jessup, le salua ce dernier en se levant, les jambes un peu flageolantes et le visage rougeaud.

— Content de te revoir, Clyde, repartit l'interpellé en serrant la main que lui tendait l'autre.

Puis il le prit familièrement par les épaules et, adoptant un ton de conspirateur :

— Tu ne peux pas savoir combien j'ai hâte de contempler ta sale tête chaque vendredi, chuchota-t-il.

— Pareil pour moi, répliqua Clyde sur le même ton, avant de reprendre place à la table couverte de lin blanc et de verres en cristal.

Alors que Jessup s'installait en face de lui, un serveur capta son regard. Il hocha discrètement la tête ; le serveur se dirigea vers le bar.

— Alors, mon vieux, comment s'est passée ta journée ? voulut savoir Clyde. J'espère que tu ne t'es pas trop morfondu à ton étude.

— Pas du tout, répondit Jessup en se renfonçant contre le haut dossier de la confortable chaise tapissée de brocart et en étendant ses jambes sous la table. Figure-toi que j'ai eu le plaisir de rencontrer le nouveau comte de Wessex.

— Tiens donc ? s'exclama Clyde avant de reposer son verre et de se pencher vers Jessup.

Celui-ci comprit qu'il allait avoir droit à un de ces ragots dont son ami était particulièrement friand.

— On dit que c'est un Américain et qu'il serait en vérité le cousin de feu le comte.

— Tu ne m'apprends rien, rétorqua Jessup pour le simple plaisir de le taquiner.

Clyde agita une main impatiente.

— Tu ne sais pas tout, poursuivit-il avec une pointe d'irritation, au grand amusement de Jessup. Barton, le frère de Mme Barker, connaît quelqu'un qui a déjà eu à traiter avec lui. Il est dans les transports, je crois. Eh bien, ce monsieur est peut-être un homme d'affaires avisé, mais il paraît que c'est une vraie peau de vache. Et puis, ajouta-t-il avec un gloussement qui plissa plus encore sa face ridée, on prétend aussi que c'est un sacré coureur de jupons…

Jessup releva les yeux vers le serveur qui venait de lui apporter son bourbon. Il se contentait d'un seul verre par semaine, ainsi qu'il l'avait promis à sa regrettée Emma sur son lit de mort — car même si cette dernière n'était plus de ce monde, il n'en respectait pas moins sa promesse, et cela non seulement parce qu'il avait tendrement aimé sa femme, mais aussi parce qu'il craignait que cette vieille rosse lui fasse chèrement payer la moindre incartade lorsqu'il se présenterait devant les portes du paradis !

— Moi, vois-tu, j'ai trouvé le bonhomme plutôt sympathique, déclara-t-il en haussant les épaules dès que le serveur se fut éclipsé.

Clyde le dévisagea d'un regard perçant.

— Ah oui ? J'ai rarement entendu prononcer le mot « sympathique » avec aussi peu de conviction.

Jessup s'empara de son bourbon.

— Mettons que c'est un personnage intéressant, rectifia-t-il. Il m'a semblé plein d'allant et d'assurance.

— Comme tous les Thixton, décréta Clyde avec autorité avant de saisir son propre verre. Je veux dire : à l'exception de Charles, le père d'Edward. Tu l'as connu, peut-être ? *Lui*, c'était un fumier de première.

Il s'interrompit, les yeux perdus dans le vague.

— Il paraît que certains traits de caractère peuvent sauter une génération, voire plusieurs, ajouta-t-il au bout d'un moment d'une voix pensive.

— Mon client ne descend pas directement du père de feu le comte, mais de son frère.

— Bah, le fruit ne tombe jamais loin de l'arbre, trancha Clyde avant de lever son verre. A l'amitié.

— A l'amitié, répéta Jessup en l'imitant.

Clyde avala une longue gorgée de scotch.

— J'ai déjà commandé la truite et les panais, annonça-t-il en reposant son verre. On devrait nous les servir d'un instant à l'autre.

— Excellent, approuva Jessup.

— Et… comment ton Américain a-t-il réagi en apprenant que son héritage consistait surtout en dettes ?

Jessup se rembrunit — quoique, dès le décès de feu lord Wessex, il se soit douté qu'aucun membre de la bonne société londonienne n'ignorait l'état de ses finances. De toute façon, songea-t-il, ce genre de « détail » finissait toujours par se savoir.

— Tu sais très bien que je suis tenu par le secret professionnel, Clyde.

— Il l'a donc aussi mal pris que ça ? en déduisit ce dernier. J'ai effectivement entendu dire qu'il avait la tête près du bonnet.

Jessup réprima un soupir et croisa les mains sur son ventre.

— Toute forme d'emportement est proscrite dans mon étude, articula-t-il avec quelque raideur. Du reste, ce monsieur est un parfait gentleman.

« Ce n'est pas exactement un mensonge, Emma », précisa-t-il *in petto.*

— En d'autres termes, il n'a pas encore fait la connaissance de cette vieille poule de comtesse de Wessex et de sa portée de vilains petits canards ? Il paraît qu'elles sont revenues en ville.

— Oh, bon sang ! grommela Jessup en saisissant sa serviette en lin pour la plaquer contre sa bouche. Et moi qui lui ai justement suggéré de s'installer dans l'hôtel particulier de feu lord Wessex en croyant que la comtesse se trouvait encore à la campagne !

Clyde s'esclaffa et reprit son verre qui était désormais presque vide.

— Ah, comme j'aimerais parfois être une petite souris, avoua-t-il. A ton avis, à l'heure qu'il est, la comtesse a-t-elle déjà proposé à l'Américain la main de son aînée… ou bien la sienne ?

Il lança un clin d'œil à Jessup.

— Elle en serait bien capable, tu sais, continua-t-il. D'ailleurs, elle a déjà eu Edward à l'arraché, pour ainsi dire, et il en est pour insinuer qu'elle serait peut-être l'instigatrice du scandale qui l'a plus ou moins obligé à la prendre pour épouse.

— Oh, mon Dieu, marmonna Jessup. Mon Dieu, mon Dieu, mon Dieu !… Dans quel guêpier ai-je donc fourré ce pauvre jeune homme ?

Clyde, hilare, appela le serveur.

— Charles, lui demanda-t-il avec allégresse, servez-nous donc une nouvelle tournée ! J'ai comme l'impression que M. Stowe a besoin d'un remontant.

— Mon Dieu, mon Dieu, mon Dieu ! continuait à gémir le pauvre Jessup en s'épongeant le front avec sa serviette.

Comme pour concrétiser ses craintes, une voix retentit soudain à l'entrée de la salle.

— Stowe !

Jessup laissa tomber sa serviette sur la table et se leva d'un bond, galvanisé par l'effroi : l'Américain se dirigeait droit sur lui et paraissait d'une humeur massacrante.

— Mi… milord, bafouilla l'avoué.

Le comte de Wessex était habillé avec raffinement d'un manteau sombre en laine peignée, d'un costume noir dont la redingote était agrémentée de revers de soie et d'un gilet aux rayures crème et perle qui mettaient en valeur le blanc neigeux de son tour de cou. Il tenait encore à la main son haut-de-forme et toisait Jessup d'un regard glacial tout en ramenant en arrière une mèche de cheveux qui lui barrait le front.

— Comme… comme c'est aimable à vous de venir me rejoindre, ajouta Jessup avant de désigner Clyde qui se redressa à son tour pour saluer le nouveau venu. Permettez-moi de vous présenter…

— Elles sont là-bas, le saviez-vous ? l'interrompit Blake. La comtesse et ses filles. Elles ne sont que trois, les gourgandines, mais elles m'ont donné le sentiment d'être cent fois plus quand elles m'ont pris pour cible de leurs marivaudages et de leurs battements de paupières. Elles empestaient tellement l'eau de rose que j'ai failli mourir de suffocation !

— Voulez-vous vous joindre à M. Barker et à moi-même pour le dîner ? lui proposa Jessup. Nous n'avons pas encore été servis.

— Ce que je veux, c'est connaître la raison pour laquelle vous m'avez expédié dans ce guet-apens, Stowe, repartit Blake sur un ton menaçant.

— J'ignorais tout de la présence de la comtesse et de ses filles chez vous, milord, je vous le certifie. Ce doit être un des domestiques que j'ai engagés pour vous la semaine dernière, quand j'ai appris votre venue et que j'ai fait ouvrir et aérer la demeure des Wessex sur Mayfair, qui aura transmis le mot à l'un des employés de la comtesse.

Blake dut admettre en lui-même que l'explication se tenait. Resserrant sa poigne sur le bord de son chapeau détrempé, il détourna les yeux et s'efforça de juguler sa colère. Il avait également conscience de se trouver dans un lieu qui imposait une certaine réserve. Sans être aussi luxueusement décoré que certains autres clubs qu'il avait pu visiter à Boston ou ailleurs, celui-ci ne manquait pas de distinction ou, à tout le moins, de cette patine de respectabilité que confèrent aux meilleurs établissements de ce type la fumée des havanes, les senteurs des mets et des alcools de prix et les échos feutrés de conversations entre gentlemen connaissant la valeur de la courtoisie. Il n'était pas jusqu'au reflet luisant des lampes sur le bois sombre des lambris qui ne l'incitât à un flegme tout britannique.

— Je suis sincèrement désolé que vous ayez eu à subir ce... euh... désagrément, lui assura l'avoué en se redressant de toute sa taille.

Blake, qui le dépassait encore d'une bonne tête, le considéra avec humeur. Son courroux, cependant, s'était quelque peu apaisé et n'était plus aussi virulent que lorsqu'il était sorti de la maison en plein orage et qu'il avait dû marcher pendant cinq bonnes minutes sous la pluie battante avant de trouver un fiacre.

— Bon, convint-il, je suppose que cela devait arriver.

— C'était en effet plus ou moins inévitable, confirma Stowe d'une voix plus ferme. Maintenant, si vous le souhaitez, je peux entamer dès demain une procédure en votre nom afin d'obtenir le départ de la comtesse de votre propriété.

Blake allait répondre quand il avisa le majordome qui était resté sur le seuil de la pièce.

— Apportez-moi un scotch, lui ordonna-t-il.

— Certainement, milord, acquiesça l'autre qui en profita pour s'avancer vers lui. Si vous voulez bien me confier vos affaires, milord, je vais de ce pas vous chercher votre apéritif et commander un troisième couvert pour la table de MM. Clyde et Stowe.

Blake lui tendit son chapeau, son écharpe et son manteau.

— Merci, dit-il, mais je ne souhaite pas manger. Le scotch suffira. Je suis attendu ailleurs, mais je pense qu'un remontant ne sera pas de trop en attendant.

— A votre guise, milord, repartit Calvin en inclinant le buste. Je vous apporte immédiatement un siège.

— Je peux très bien en prendre un moi-même, grommela Blake.

Sur ce, il s'empara à la table vide la plus proche d'une chaise qu'il plaça entre Jessup et Clyde avant de tendre la main à ce dernier.

— Content de vous connaître, Barker, lâcha-t-il. Je suppose que vous êtes également avoué. Vous avez le même abdomen en barrique que Stowe et la demi-douzaine de gentlemen que j'ai aperçus accoudés au bar en arrivant. Je suppose que ça doit venir de passer la journée entière assis derrière un bureau.

— Oui, milord, répondit Barker en serrant avec enthousiasme la main de l'Américain.

Les trois hommes s'assirent.

— Bon sang, Stowe, reprit Blake, j'espère que vous avez une idée pour me tirer de ce mauvais pas. Et n'allez pas me répéter encore une fois que j'ai le droit de jeter ces quatre femelles à la rue.

Il secoua la tête avec un soupir désabusé.

— Je savais que j'aurais mieux fait de rester chez moi. Je me doutais que ce voyage ne m'apporterait que des ennuis.

Le barman lui ayant servi son verre, il le porta aussitôt à ses lèvres sans attendre que les autres l'imitent.

— Pour résumer, conclut-il, soit vous me trouvez une solution honorable et décente pour me débarrasser de la comtesse et de sa portée, Stowe, soit je les envoie coucher ce soir dans votre lit !

Après deux scotches, Blake réussit, malgré la pluie, à trouver un fiacre grâce au maître d'hôtel du club. Il arriva chez la relation d'affaires qui l'avait invité ce soir-là plus de deux heures après le moment spécifié sur le carton, mais n'y fut pas moins accueilli par le maître des lieux et son épouse avec force sourires et courbettes. Du jour au lendemain, il avait en effet acquis une sorte de célébrité et tout le monde semblait prendre grand soin à le saluer de son titre de « lord Wessex ».

La réception était donnée pour fêter le dix-huitième anniversaire de la fille de M. Todd Warrington. Après avoir accordé à celle-ci la valse que lui imposait la politesse, Blake ne lui prêta plus guère attention. Pour sa part, il préférait les femmes un peu plus mûres et, surtout, nettement plus expérimentées.

Un alcool blanc à la main, il déambula nonchalamment jusqu'à un balcon de granit qui surplombait un jardin luxuriant. L'averse avait cessé et un croissant de lune était accroché haut dans les profondeurs veloutées de la nuit. Comme il contemplait la voûte étoilée, il remarqua que le ciel était différent en Europe, et cette différence lui donna la nostalgie de Boston.

— Bonsoir.

Au son de cette voix suave, Blake se retourna et se trouva face à une femme de son âge vêtue d'une toilette rose pâle. Sa chevelure blond clair était coiffée en un chignon sophistiqué et un collier de perles soulignait l'échancrure de son décolleté que gonflait une poitrine à la rondeur tentante. Au ton de sa voix, Blake comprit immédiatement à qui il avait affaire. Il en avait connu, de ces invitées qui préféraient se tenir seules sur les balcons, à l'écart de la fête qui battait son plein à l'intérieur. C'étaient des personnes tristes, des créatures vulnérables.

Des proies.

— Bonsoir, lui répondit-il en souriant.

Avec hésitation, elle se rapprocha de lui et lui tendit sa main.

— Elizabeth Barclay… Madame Williams, corrigea-t-elle, comme prise d'un remords.

— Blake Thixton.

Il lui saisit la main et y déposa un baiser… qu'il prolongea un instant. Il exhalait de la peau de la belle Elizabeth un parfum de lilas auquel se mêlaient les fragrances reconnaissables entre mille d'une féminité exacerbée.

— Je vous connais, lord Wessex, dit-elle.

Redressant le buste, Blake vit qu'elle lui rendait son sourire. Le sien n'était pas timide ni farouche mais franc et, comme il l'avait deviné, un peu triste.

— Il me semble vous connaître aussi, madame Williams… C'était à New York, n'est-ce pas ? Votre mari est dans l'acier — Jefferson Williams.

Il se rappelait maintenant le bonhomme : deux fois l'âge de son épouse, un faciès hideux et une silhouette de grenouille ayant réussi à se faire aussi grosse qu'un bœuf.

— En effet, admit-elle en lui retirant sa main qu'elle avait nue et non gantée, à la différence de la plupart des autres femmes présentes à la réception.

— Votre mari est-il venu à Londres pour affaires ? s'enquit Blake.

Hochant la tête, elle vint s'accouder près de lui à la rambarde et plongea son regard dans le jardin en contrebas. Comme elle frissonnait, Blake se permit de tendre la main vers le châle coordonné à sa robe pour le remonter sur ses épaules… sur lesquelles il laissa nonchalamment son bras. Elle tourna alors la tête vers lui, la bouche entrouverte, comme si elle désirait être enfin embrassée par quelqu'un qui aurait moins de soixante ans — ce qui était sans doute le cas.

Blake n'eut pas besoin de message plus explicite. Posant son verre sur la balustrade, il la serra contre lui et plaqua ses lèvres contre les siennes. Elle se raidit d'abord et laissa échapper un bref hoquet de surprise qui se réduisit à un murmure étouffé, puis, le baiser de Blake devenant plus insistant, elle finit par se laisser complètement aller.

Blake savait qu'Elizabeth Williams n'avait jamais fait l'amour avec un inconnu sur un balcon et qu'elle ne disposait pas de son expérience en la matière. Cela tombait bien : il était justement prêt à l'initier. Sans la relâcher un seul moment, il se mit à embrasser son cou et la naissance de sa poitrine tout en l'entraînant vers le coin le plus sombre du balcon, loin des échos de l'orchestre et de la lumière des torchères qui brûlaient de part et d'autre de la porte-fenêtre.

Elizabeth haletait, visiblement abasourdie par les réactions de son propre corps aux tendres assauts de ce partenaire de hasard. Glissant une main dans son décolleté, Blake sentit la pointe de ses seins durcir sous ses doigts. A ce contact, la jeune femme ferma les yeux et soupira. Penchant alors la tête, Blake libéra un des globes charnus du satin de la toilette et y porta la bouche.

Elle gémit et s'adossa contre les pierres moites du mur, les bras levés, la poitrine offerte aux lèvres expertes de Blake. Comme à un signal, celui-ci lui retroussa le bas de sa robe sans plus attendre, écarta prestement ses jupons et l'honora avec une vigueur qui les satisfit tous deux.

Plus tard, alors qu'elle rajustait son bustier et lissait sa jupe tandis qu'il reboutonnait lui-même son pantalon de laine, il vit une larme solitaire couler sur sa pommette à la pâleur aussi délicate qu'un ivoire ancien.

— Ne pleurez pas, la supplia-t-il à mi-voix tout en lui embrassant la joue.

— Je… je n'ai jamais… C'est la première fois que ça m'arrive, avoua-t-elle dans un souffle.

— Vous êtes une femme splendide, une femme qui mérite d'être aimée et choyée.

— Madame Williams, vous êtes là ? la héla soudain une voix d'homme âgé depuis la salle de bal.

Elizabeth eut un mouvement de recul en entendant la porte-fenêtre s'ouvrir.

Blake l'embrassa de nouveau, tout en lui chuchotant à l'oreille :

— Venez me rendre visite à Boston.

Quand Jefferson Williams surgit enfin sur le balcon pour récupérer son épouse, Blake était de nouveau accoudé à la balustrade et sirotait son alcool tout en contemplant le jardin d'un regard absent. Si Williams prit conscience de sa présence, il n'en laissa rien paraître.

— Etes-vous prête à partir, très chère ? s'enquit-il. J'ai un rendez-vous aux aurores, demain matin.

— Je vous suis, monsieur Williams, répondit-elle sur le même ton gourmé.

Cependant, comme elle passait devant Blake, le bas de sa robe effleura presque les bottines de ce dernier. M. Williams ne réagissant toujours pas, Blake en déduisit qu'il n'avait pas remarqué cette audace. Ou bien qu'il n'avait cure de ce que sa femme pouvait faire sur les balcons avec des inconnus.

Blake sourit. Encore une raison, songea-t-il, pour ne pas se précipiter dans le mariage.

5

— Ah, tu es là, ma chérie, déclara Lucia en pénétrant dans la chambre que partageaient Sapphire et Angélique au deuxième étage de la résidence de lord et lady Carlisle sur Charing Cross.

Elle s'était habillée pour l'après-midi d'une toilette en barèges vert pastel et lavande, avait enfilé des gants et coiffé un adorable béguin de paille enrubanné.

— Tu es sûre que tu ne veux pas venir avec lady Carlisle et moi prendre le thé chez lady Morrow ? demanda-t-elle à sa nièce.

— Non, tantine, merci, répondit Sapphire en levant les yeux de son recueil de poèmes de lord Byron et en feignant la plus grande des lassitudes. Je crains d'être encore bien fatiguée. La promenade à cheval que j'ai faite ce matin avec lord Carlisle a duré longtemps et je crois qu'il vaut mieux que je me repose ici, avec un bon livre.

— A ta guise, ma belle, soupira Lucia tout en rajustant son nouveau bonnet dont le bord retroussé la rajeunissait de plusieurs années. Si tu veux, je peux rester avec toi. En vérité, je n'ai pas trop envie d'aller rendre visite à lady Morrow. Il me suffit déjà amplement d'avoir eu à la supporter près d'un mois durant sur le bateau. Mais il se trouve que nous avons prévu, lady Carlisle et moi, de nous arrêter au Royal Exchange, sur le chemin du retour.

Sapphire, qui portait ce jour-là une robe bleue à ganses et ruchés, était assise dans un fauteuil sous la fenêtre, les jambes repliées sous elle.

— Ne sois pas bête, tantine. Je m'en voudrais de te forcer à me tenir compagnie alors que tu as l'occasion d'aller écumer les boutiques, repartit Sapphire avec un sourire malicieux.

Lucia eut l'air de réfléchir un instant. Puis, comme se décidant :

— Enfin, dit-elle, je suppose que tu peux toujours compter sur Angélique en cas de besoin.

— C'est cela, acquiesça Sapphire sur un ton distrait tout en faisant semblant de reprendre sa lecture.

— A propos, où est ta sœur ?

— Il me semble qu'elle est partie prendre l'air dans le parc, dit la jeune femme avant de mouiller un de ses doigts et de tourner la page de son ouvrage. A moins qu'elle soit descendue à l'écurie revoir les chatons qui sont nés tantôt… Je ne m'en souviens plus.

— Bon, fit Lucia en posant la main sur le bouton de porte de verre.

Cependant, elle paraissait hésiter encore.

— Tu es certaine que tu peux te passer de moi ? s'enquit-elle une dernière fois.

— Mais oui, grommela Sapphire en levant les yeux au ciel. Cours donc dévaliser les magasins de Londres et ne t'inquiète plus pour moi. Je vais lire encore un peu, m'octroyer peut-être une petite sieste et je serai en pleine forme pour le dîner.

Elle ponctua sa déclaration d'un sourire qui se voulait rassurant.

— Bien, murmura Lucia. Dans ce cas, je te laisse.

Elle avait ouvert la porte quand elle s'immobilisa soudain, une main sur la poignée.

— J'espère que cette… langueur n'a rien à voir avec le refus que j'ai opposé à ton désir de te rendre séance tenante chez lord Wessex. Je comprends que tu sois impatiente de rencontrer ton père, mon cœur, mais nous venons à peine d'arriver en Angleterre et nous sommes comme des étrangères ici. Il nous faut suivre certains canaux et nous conformer à l'étiquette pour que notre démarche ait une chance d'aboutir. Son enjeu est trop important pour que nous prenions le moindre risque de la compromettre.

— Oh, tu as raison, absolument raison, approuva Sapphire avant de se pencher de nouveau sur son livre et de prendre la tasse de thé posée sur le guéridon près de son fauteuil. File, maintenant. Va t'acheter d'autres rubans pour ton chapeau — qui te sied déjà à ravir, au demeurant.

Sitôt que la porte se fut refermée sur Lucia, Sapphire leva son regard de son recueil de poésie et suivit le bruit des pas de sa tante dans le couloir, puis dans l'escalier. Quand elle n'entendit plus rien, elle prit une profonde inspiration, se leva et marqua la page qu'elle était en train de lire avec un morceau de ruban à cheveu, avant de laisser l'ouvrage sur le guéridon.

Elle se dirigea ensuite vers son lit, s'agenouilla et tira de sous sa couche la boîte à bijoux de sa mère dont elle souleva doucement le couvercle. Avec un sourire tendre, elle effleura des doigts le papier devenu cassant des lettres d'amour que son père avait envoyées à sa mère à l'époque de leur liaison — des lettres qu'elle avait relues des centaines de fois pendant la traversée de l'Atlantique.

A l'intérieur du coffret se trouvait également le médaillon que Sophie portait à La Nouvelle-Orléans, ainsi qu'une mèche de cheveux auburn de sa fille. Sous le bijou gisaient un bouquet de fleurs séchées, une petite brosse en argent qui servait jadis à discipliner les cheveux de la jeune femme, quand elle n'était encore qu'un bébé, et l'un des mouchoirs d'Armand. Sous ce carré de tissu, enfin, au plus profond de la boîte, la main de Sapphire se referma sur la bourse en velours qu'elle recherchait. Elle la sortit de la cassette et, redressant le buste, les fesses sur les talons, elle tira sur le cordon de la pochette dont elle sortit la gemme froide et lisse.

Comme elle levait le bijou pour le présenter à la lumière du soleil, elle s'arrêta soudain de respirer, le souffle coupé par l'éclat bleuté et presque aveuglant que jetait la pierre. Enfin, songea-t-elle, voilà qu'après toutes ces années elle allait faire la connaissance de son père.

— Mais je doute que notre rencontre se déroule comme tu l'avais imaginé, maman, murmura-t-elle avant de baiser la bague étincelante. Car j'aurai deux mots à dire à ce monsieur… et il aura intérêt à m'écouter.

Ayant remis le saphir dans la bourse dont elle resserra le cordon, elle rangea celle-ci au fond de la boîte à bijoux, sous la doublure usée de velours bordeaux, de sorte que, si une servante indélicate s'aventurait à ouvrir le coffret, elle ne puisse soupçonner la valeur de son contenu. A des yeux ignorants, la vieille cassette de bois patinée par les ans ne pouvait renfermer qu'une dérisoire poignée de souvenirs sans importance — et c'était fort bien ainsi.

Ayant remis son trésor sous son lit, Sapphire se releva tout en dénouant la ceinture de son peignoir. Etant désormais à peu près assurée que Lucia avait rejoint lady Carlisle dans sa voiture, elle ôta le vêtement sous lequel elle cachait la tenue qu'elle avait achetée dès son arrivée à Londres, la tenue qu'elle avait prévue de porter pour la confrontation avec son père.

Elle étala le peignoir sur le lit, puis se tourna vers la psyché ovale qui se dressait dans un des coins de la chambre et inspecta la toilette. Celle-ci était confectionnée dans de l'indienne bleu roi et se composait de deux parties : une jupe et une jaquette boutonnée par-devant que prolongeaient de courtes basques et dont les manches serrées, comme le prescrivait la dernière mode, soulignaient le galbe de ses beaux bras ronds. Elle avait fait par ailleurs l'acquisition de fines bottines en cuir noir qui montraient leur bout carré sous l'ourlet de la jupe.

Sapphire sourit à son reflet, persuadée que ses yeux vairons, à eux seuls, suffiraient à démontrer à son père de qui elle était la fille.

Le temps filait, cependant, et elle n'avait plus une minute à perdre si elle souhaitait pouvoir quitter discrètement la résidence, rencontrer lord Wessex et revenir avant le retour de Lucia et de lady Carlisle. Elle se hâta donc de prendre un chapeau tout en se félicitant de son initiative ainsi que du secret dont elle avait décidé de l'entourer.

Elle estimait en effet préférable de laisser sa tante dans l'ignorance de cette démarche. De cette façon, pensait-elle, lorsqu'elle serait présentée à son père dans les formes, ainsi que le désiraient lady Carlisle et Lucia, il n'y aurait pas de scène. Ayant d'ores et déjà assené à son géniteur ses quatre vérités en privé — et rempli ainsi ce qu'elle estimait être un devoir envers sa mère et Armand —, elle pourrait se montrer courtoise, sinon cordiale, à son égard en public.

La porte de la chambre s'ouvrit juste au moment où elle coiffait ses boucles auburn du bonnet qu'elle s'était choisi. Elle pivota sur elle-même, alarmée, et vit Angélique pénétrer dans la pièce avec sa chevelure sombre défaite et le corsage de sa robe de jour couleur pêche légèrement froissé.

— Où vas-tu donc ainsi ? s'enquit la métisse, étonnée.

Sapphire se retourna vers le miroir pour ajuster le béguin sur sa tête et en nouer les rubans sous son cou.

— Et toi ? répliqua-t-elle. Je pourrais aussi te demander d'où tu arrives — même si, à vrai dire, je ne suis pas certaine d'avoir envie de l'apprendre.

Elle marqua une pause et considéra sa sœur avec un sourire en coin.

— Il s'appelle comment ? demanda-t-elle.

Angélique soupira et se jeta sur le lit.

— Robert. C'est le fils aîné du maître d'écurie et il n'arrête pas de me répéter que je suis la plus belle femme qu'il ait jamais vue de sa vie.

— Ce qui est sans doute vrai, marmonna Sapphire en ramenant son attention sur la psyché pour essayer de donner la bonne inclinaison au chapeau. Maintenant, je te rappelle ce dont nous avons déjà parlé en Martinique : tu n'es pas obligée d'accorder tes faveurs à tous les garçons qui te trouvent jolie. Cela finira par te jouer des tours.

— Je ne conçois pas ça comme une obligation, repartit Angélique, l'œil pétillant. Et puis je te signale que je cours bien moins de risques à roucouler avec Robert que tu n'en prends toi-même à faire le mur pour filer chez lord Wessex.

Sapphire se retourna d'un bond.

— Je n'ai nullement l'intention de « faire le mur » ! protesta-t-elle. Je compte au contraire passer par le hall d'entrée, sortir par la grande porte et héler un fiacre pour qu'il me conduise jusqu'à Mayfair.

— Et, naturellement, tu as mis tante Lucia au courant de ton escapade…

Sapphire se renfrogna et ouvrit avec irritation le tiroir d'une des commodes pour en sortir une paire de gants de voyage parfumés.

— Vas-tu au moins l'informer de cette visite à son retour ? s'enquit sa sœur avec insistance.

Elle ne répondit pas.

— Donc c'est bien ce que je disais, conclut Angélique sur un ton triomphant. Tu fais le mur.

— C'est mon père, Angel. Et je n'ai pas envie que notre première entrevue se déroule devant des centaines de personnes au cours d'un bal ou à l'occasion de quelque autre mondanité.

— Laisse-moi t'accompagner, au moins.

— Non, pas question.

Sapphire se dirigea vers la porte d'entrée tout en rangeant une boucle rebelle sous son bonnet.

— Tu vas rester ici pour me couvrir au cas où la conversation avec mon père se prolongerait et que je perdrais la notion de l'heure, ordonna-t-elle à sa sœur. Maintenant, cette éventualité me paraît fort peu probable, étant donné ce que j'ai à lui dire.

— Tante Lucia va être furieuse, repartit Angélique. Je t'aurai prévenue.

Sapphire sortit dans le couloir. Angélique l'y suivit.

— Tu es nerveuse ? lui demanda cette dernière en chuchotant.

Sapphire secoua la tête, sans pouvoir toutefois s'empêcher de mordiller sa lèvre inférieure. Bien sûr qu'elle était nerveuse, songea-t-elle. Et Angel le savait aussi bien qu'elle. Le nier lui permettait néanmoins d'avoir l'impression d'être plus forte et plus hardie.

— Protège-moi autant que tu le peux, mais ne va pas t'attirer des ennuis à cause de moi, d'accord ? recommanda-t-elle à sa sœur.

Elle l'embrassa rapidement sur la joue puis, voyant que le corridor du deuxième étage était vide, elle s'empressa de rejoindre la cage d'escalier tout en levant une main gantée pour saluer Angélique.

— Je serai de retour en un rien de temps, lui promit-elle.

Londres était une cité bruyante, crasseuse et assourdissante. Tant de spectacles s'offraient à la vue de Sapphire — églises, élégants hôtels particuliers, boutiques aux façades étroites, bâtiments administratifs — qu'elle ne savait où porter ses regards. Une véritable foule encombrait les rues : des garçons bouchers transportant sur leur dos d'énormes carcasses de bœufs, de moutons ou de porcs ; des femmes de chambre envoyées en course par leur maîtresse ; des mendiants ; d'imposantes marchandes ; des clergymen ; des paysans chaussés de sabots de bois et coiffés d'un chapeau de paille ; des juges en perruque et des soldats en uniforme. Et, dans cette cohue animée d'un mouvement incessant, piétons, cavaliers, voitures, tonneaux attelés et carrioles se mêlaient aux chiens errants, aux cochons échappés des cours et à de la volaille égarée.

Le trajet en fiacre depuis Charing Cross jusqu'au quartier prisé du West Side parut presque trop court à la jeune femme et, bientôt, la voiture s'arrêta devant le perron en marbre d'un luxueux hôtel particulier — celui-là même où, à la suite d'une enquête discrète, elle avait appris que résidait son père lorsqu'il venait en ville.

— Est-ce que vous voulez que je vous attende, mademoiselle ? demanda le cocher du haut de son siège à ressorts.

Se plaquant un sourire faux sur le visage, Sapphire redressa un tantinet le menton et s'efforça d'adopter l'attitude que, dans son esprit, la fille d'un comte devait avoir envers le petit peuple laborieux.

— Non, merci, mon brave. Vous pouvez disposer.

Elle lui tendit ce qu'elle espérait être une juste rétribution pour son service.

Le bonhomme lui lança un grand sourire et porta la main à son front en hochant la tête.

— Merci bien, mademoiselle, dit-il.

Puis il fit claquer son fouet au-dessus de l'échine du cheval et le fiacre s'éloigna, ne laissant d'autre choix à la jeune femme que de cogner le heurtoir en forme de tête de lion contre le battant en noyer massif de la porte, laquelle était assez large pour livrer passage à deux hommes à la forte carrure marchant de front.

Elle s'ouvrit presque aussitôt, surprenant Sapphire.

— Vous désirez ? l'interrogea un majordome élancé entre deux âges.

Revêtu d'une redingote noire immaculée, il toisait l'intruse derrière une paire de bésicles.

Saisie par sa propre témérité, la jeune femme s'introduisit alors dans le vestibule sans attendre l'invitation du domestique.

— Je souhaiterais voir lord Wessex, déclara-t-elle d'une voix dont la clarté et la fermeté la sidérèrent.

— Et puis-je savoir qui le demande ?

A son ton, Sapphire comprit qu'il désapprouvait cette visite intempestive. Cette réaction ne la surprit guère : dès son arrivée à Londres, elle s'était aperçue que la société britannique était à cent lieues de baigner dans l'atmosphère indolente caractérisant l'existence des riches propriétaires terriens français et anglais de la Martinique. Ici, une étiquette stricte réglait les rencontres dans les moindres détails, à commencer par le rituel des visites qui imposait l'envoi préalable de sa carte, le retour en réponse d'un carton d'invitation au nom de l'hôte ou de l'hôtesse sollicités, le respect des horaires tacitement prescrits pour ce genre de réunion, le matin comme le soir, et l'observance d'une foule d'autres conventions incluant jusqu'à la longueur des manchettes à arborer en pareille circonstance. Or, si la jeune femme, sur les instances de lady Carlisle, avait bien commandé des cartes de visite, celles-ci se trouvaient encore chez l'imprimeur. Et c'était sans nul doute l'absence de ce petit rectangle de carton qui, à cet instant, donnait au cerbère de lord Wessex une expression si hautainement méfiante.

— Sa fille, répondit-elle avec un sourire exquis.

Le domestique ne put dissimuler son étonnement.

— Pardon ? fit-il.

— Vous souhaitiez savoir qui demandait Sa Seigneurie. Eh bien, je suis sa fille.

Elle se mit à tirer sur ses gants, émerveillée par la facilité avec laquelle elle avait jusqu'à présent réussi à se couler dans le rôle de lady Sapphire Thixton.

— Auriez-vous l'obligeance d'aller l'avertir de ma présence ? ajouta-t-elle. Je suis assez pressée.

Le majordome esquissa une demi-courbette où se devinait encore beaucoup d'incrédulité.

— Si mademoiselle veut bien se donner la peine de s'asseoir pendant que je vais voir si Sa Seigneurie peut la recevoir…

Il lui désigna une rangée de sièges dorés, à l'assise recouverte d'un brocart argenté, qui s'alignaient contre un des murs du grand et fastueux vestibule.

— Non, merci, répliqua-t-elle avec une moue pincée qui, espérait-elle, l'inciterait à se dépêcher.

— Un instant, mademoiselle.

S'étant une nouvelle fois incliné devant la visiteuse, il disparut par une porte cintrée. Quoique la demeure ne parût pas très vaste de l'extérieur, la jeune femme pouvait maintenant se rendre compte qu'en fait elle était énorme. Son père n'était pas seulement titré, se dit-elle. A l'évidence, c'était aussi un homme riche.

Elle exhala lentement, une main pressée sur son ventre noué, tout en parcourant des yeux les immenses portraits en grande tenue de dignitaires aux crânes dégarnis qui s'alignaient le long des murs.

« Rien qu'un moment encore, songea-t-elle, et nous allons nous retrouver face à face. »

*
* *

Bien qu'ayant parfaitement entendu le premier coup frappé à sa porte, Blake décida de l'ignorer. Comme on cognait de nouveau au battant, il leva un œil irrité des papiers étalés devant lui, sur le bureau qui appartenait naguère à feu lord Wessex.

— Qu'y a-t-il de si urgent ? demanda-t-il d'une voix tonnante. Ne vous ai-je pas informé, il y a moins d'une demi-heure, que je ne souhaitais être dérangé que si la maison était en flammes ? Je n'ai cure de savoir quelle peut être la couleur de la livrée de mes gens aujourd'hui ni à quelle entrée j'aurai droit ce soir, entre la tourte à l'anguille et la soupe aux tripes, car je n'ai absolument pas l'intention de dîner ici, quand bien même y serait servi le dernier repas en ce bas monde !

La porte de bois lambrissé s'ouvrit, et Preston, le majordome, vint se mettre au garde-à-vous devant son maître. Il baissa ensuite les yeux et attendit patiemment que ce dernier eût achevé de ébiter son chapelet de récriminations.

— Milord…, dit-il enfin.

— Quoi ? grogna Blake.

— Il y a ici quelqu'un qui désire vous voir, milord.

— Qui ça ?

— Une jeune dame, milord.

— Oui ?

— Elle prétend…

Le domestique hésita. Blake se hissa de son fauteuil et plaqua ses paumes sur le plateau vernis du bureau.

— Elle prétend *quoi*, Preston ? Abrégez ou je vais prendre racine !

— Elle prétend… être votre fille, milord.

— Ma *fille* ? hurla Blake. Je n'ai jamais eu la moindre fichue fille ! Au nom du ciel, qu'est-ce… ?

Il s'interrompit au milieu de sa phrase, comprenant soudain de quoi il retournait.

Apparemment, la rumeur de son héritage s'était vite répandue dans Londres, car un flot de solliciteurs, comme surgis de nulle part, l'avait assailli la semaine durant, tous se prétendant, comme de bien entendu, les créanciers de feu le comte. Les réclamations de certains, il était prêt à en convenir, n'étaient peut-être pas infondées, vu l'état déplorable des finances d'Edward Thixton, quatrième du nom, mais la plupart de ces importuns étaient surtout des charognards espérant tomber sur une veuve éplorée ou quelque légataire âgé n'ayant plus tous ses esprits dont ils auraient pu tirer profit. Il allait sans dire qu'avec l'héritier en droit et en titre du défunt leur attente avait été cruellement déçue, Blake n'étant ni particulièrement éploré ni atteint de sénilité précoce.

— Voulez-vous que je chasse cette personne comme les autres, monsieur ? s'enquit Preston.

Blake y réfléchit un instant tout en resserrant le cordon du peignoir de soie qu'il portait par-dessus un pantalon de la même étoffe. La fille du comte ? se répéta-t-il. Au moins cette jeune femme avançait-elle, pour se faire recevoir, un prétexte plus original que la facture impayée d'une perruque ou d'un frac.

— Non, Preston, je vais m'occuper d'elle en personne, répondit-il au majordome.

Et tant pis, se dit-il, s'il n'était pas habillé de façon décente pour recevoir de la visite.

— Par ici, je vous prie, déclara le majordome en conduisant Sapphire le long d'un couloir qui menait à un salon de réception.

Elle ne put s'empêcher de jauger la pièce du regard, depuis les murs peints en vert pâle jusqu'aux lourds rideaux rayés de couleurs assorties, en passant par le mobilier qui, sans être neuf, semblait bien entretenu et présentait en tout cas des lignes nettement plus séduisantes et élégantes que certaines pièces de style plus moderne exhibées chez les Carlisle.

Elle soupira, puis songea : « J'y suis, maman, j'y suis enfin. »

— Sa Seigneurie va arriver dans un instant, lui annonça le domestique en reculant jusqu'à la porte dont il referma derrière lui les deux battants en acajou sculpté.

Sapphire se tourna vers un des murs pour étudier une marine qui se trouvait accrochée dans un cadre doré. Elle put tout juste déchiffrer le nom de l'artiste dans le coin inférieur droit du tableau : « E. Thixton. » C'était vraiment une œuvre de bonne facture. Etait-ce le père de son hôte qui l'avait exécutée ? s'interrogea-t-elle. Se rapprochant d'un pas, elle admira les hardis coups de brosse bleus et verts qui semblaient donner vie à la mer battant contre les rochers.

Entendant la porte derrière elle se rouvrir, elle pivota sur elle-même.

L'espace d'un moment, Blake demeura sans voix. Quand Preston lui avait appris l'arrivée d'une « jeune dame » se prétendant la fille du comte de Wessex, il s'était imaginé une gamine famélique aux dents cariées, attifée d'une robe à quatre sous et d'un hideux bibi.

Or, il avait devant lui une vraie femme à la splendide chevelure rousse, vêtue d'une toilette élégante et dispendieuse et dont les yeux risquaient de hanter nombre de ses nuits à venir. Sa peau était du velouté le plus appétissant qu'il eût connu et saupoudrée d'un semis de taches de rousseur qui ombrait l'arête pure de son nez. Une minuscule fossette ponctuait son adorable petit menton. Mais, plus encore que son regard sidérant et que ses somptueux cheveux, c'était surtout sa bouche qui le fascinait. Elle avait des lèvres de courtisane : celle du haut était à la fois fine et parfaitement ourlée, tandis que celle du bas, tout aussi bien dessinée, avait une rondeur sensuelle qui invitait au baiser.

Il cilla pour revenir à la réalité.

— Pour qui vous prenez-vous ? lui lança-t-il avec hargne.

— Je... je vous demande pardon ? balbutia-t-elle, désarçonnée.

Cet homme, pensa-t-elle, était bien trop jeune pour être son père, lequel devait avoir au moins la cinquantaine. Et puis il avait des manières fort discourtoises. Que faisait-il donc dans cette maison ?

— Vous m'avez très bien entendu, répliqua-t-il en marchant sur elle avec un air menaçant.

Un peu revenue de son étonnement, Sapphire put constater que l'inconnu était incroyablement beau et qu'il devait avoir dix à douze ans de plus qu'elle. Aucune mèche grise ne déparait cependant son altière chevelure d'ébène. Et il avait les plus captivants yeux bruns qu'il lui eût jamais été donné de contempler.

— Je suppose que je pourrais vous retourner la question, rétorqua-t-elle en relevant le menton et en croisant les bras sur sa poitrine, résolue à ne pas se laisser intimider.

— J'ignore qui vous êtes et ce que vous voulez, mais sachez que j'ai en horreur les opportunistes et les profiteurs de tout poil. Alors, si vous avez des réclamations à faire, adressez-vous à mon avoué, dont mon majordome vous donnera l'adresse. C'est lui et lui seul qui examinera le bien-fondé de votre requête et qui, à supposer qu'elle soit légitime, vous donnera satisfaction. Autrement, soyez certaine que vous ne toucherez pas un sou.

Sapphire recula, ébranlée et confuse. Les propos de cet individu lui paraissaient un charabia incompréhensible. Ou, plus précisément, elle ne préférait pas trop en éclaircir le sens, qu'elle devinait insultant.

— Alors, mademoiselle, qu'avez-vous à dire pour votre défense ? s'enquit-il en s'avançant de nouveau sur elle.

Il était maintenant si près de la jeune femme que celle-ci pouvait percevoir le parfum de sa lotion de rasage ainsi que les fragrances plus subtiles, mais ô combien viriles, de sa peau.

— Qui êtes-vous ? dit-elle en s'efforçant de contrôler sa voix. Je souhaiterais parler à lord Wessex, comte de Wessex qui, si je ne m'abuse, est le propriétaire de cet hôtel particulier.

— *Je* suis lord Wessex, et c'est *moi* qui possède cette maison, ma chère. Alors, je vous suggère d'en décamper avant que j'appelle le constable.

Sapphire émit un hoquet de protestation qui se bloqua dans sa gorge.

— Non, c'est impossible, dit-elle d'une voix blanche. Vous n'êtes pas le comte de Wessex. C'est mon père, le comte de Wessex — Edward Thixton.

Il se renfrogna de plus belle.

— Vous perdez votre temps, ma jolie. Edward Thixton, feu le comte de Wessex, n'avait pas de descendance. Vous auriez dû mieux vous renseigner.

La jeune femme fixa Blake d'un regard médusé.

— *Feu* le comte… *n'avait*…, murmura-t-elle, hagarde. Vous voulez dire… ?

— Que votre prétendu père est mort et enterré, en effet, répondit-il sur un ton glacial avant de s'écarter et de lui désigner la porte. Allons, filez maintenant et je laisserai la police en dehors de tout ça. Mais si vous cherchez encore une fois à me soutirer de l'argent, tout ce que vous obtiendrez, c'est un séjour à la prison de Newgate.

Sapphire sentit ses yeux s'embuer de larmes. Affreusement perdue, terriblement humiliée, elle sortit de la pièce d'une démarche vacillante, puis traversa l'immense vestibule en courant et se jeta sur la porte d'entrée. Ignorant le majordome qui proposait de lui héler un fiacre, elle dévala le perron de la demeure et s'enfuit en sanglotant.

Elle prit la première rue sur sa droite, mais dut bientôt ralentir pour ne pas se tordre la cheville sur les pavés du trottoir. Essoufflée, elle s'arrêta finalement près d'un réverbère.

— Il est mort, gémit-elle en s'accrochant à la hampe de bronze, les paupières closes. Oh, maman, il est mort !

6

— Allons, allons, c'est fini, marmonna Lucia assise à côté de Sapphire sur le lit à baldaquin, en tapotant le dos de la jeune femme. Tu ne crois pas qu'une tasse de thé te ferait du bien ? Ou un petit verre de sherry, peut-être ?

— Non, ça va mieux, je t'assure, repartit Sapphire en appliquant un mouchoir trempé sur ses yeux gonflés de larmes. Je suis désolée, tantine. Je manque vraiment à toutes les convenances.

Elle renifla.

— Tu n'as pas besoin de rester avec moi, reprit-elle. Va plutôt au théâtre avec lady Carlisle, comme tu l'avais prévu.

— Ne dis donc pas de bêtises, repartit sa tante. Qu'est-ce qu'une vieille dame comme moi irait faire au théâtre ? On va là-bas pour voir et être vu, pas pour regarder une pièce.

Elle plaqua un mouchoir propre dans la main de sa nièce.

— Et puis, poursuivit-elle, tu n'as pas à avoir honte de pleurer. Eh quoi ! On vient juste de t'annoncer que ton père est mort ! C'est au contraire si tes yeux restaient secs que je m'inquiéterais pour ta santé mentale. Je regrette seulement que lord Carlisle n'ait appris la nouvelle à son club que cet après-midi, alors que j'étais déjà partie de la maison.

Sapphire se tamponna de nouveau les paupières avec le carré de batiste frais et leva son regard vers le plafond blanc. Comme la nuit tombait, Angélique avait tiré devant les fenêtres les rideaux de damas bleu clair et allumé deux lampes à huile dont les flammes projetaient des ombres mouvantes sur les caissons au-dessus du lit.

— Tu te rappelles quand ta mère est morte ? murmura sa sœur, qui était également assise près d'elle, de l'autre côté. Nous avons pleuré pendant des jours.

— Oui, mais c'était maman. Je… j'ignore pourquoi je me mets dans un état pareil alors que je ne connaissais même pas mon père. Je ne l'ai jamais vu et je ne peux pas dire non plus que j'avais hâte de le rencontrer. Je lui en voulais tellement pour ce qu'il avait fait à maman que j'avais surtout envie de lui cracher tout mon mépris à la figure.

— Tu aurais eu bien tort, la tança Lucia d'une voix douce. Car il ne l'aurait pas mérité. Ne t'ai-je pas dit et redit que ta mère était quasi certaine qu'Edward n'avait jamais su ce qui lui était arrivé ?

— Oui, eh bien, il aurait dû se renseigner. Ah, si seulement ce… cet *homme* qui m'a reçue chez mon père ne s'était pas montré aussi odieux à mon égard, proféra-t-elle, prise d'un sursaut de colère. Il s'est comporté avec moi d'une façon tout simplement… abominable !

— N'empêche qu'il semble bien être l'héritier de ton géniteur, rétorqua sa tante. Lord Carlisle m'a rapporté qu'il s'appelait Blake Thixton, qu'il avait la nationalité américaine et qu'il était un cousin éloigné de ton père.

Tout en énumérant ces informations, Lucia, qui avait revêtu sa plus belle toilette en prévision de la soirée avec leur hôtesse, s'était levée du lit et dirigée vers le guéridon sur lequel était posée la bouteille de sherry évoquée un peu plus tôt.

— Un Américain ? releva Sapphire sur un ton dédaigneux. Lord Carlisle ne pouvait-il donc nous en avertir plus tôt ?

— Allons, allons, ma petite, repartit Lucia tout en se versant une solide dose du vin doux réservé à ses nièces, ne blâme pas le messager pour la mauvaise nouvelle qu'il a tardé à t'apporter. Après tout, nous ne sommes arrivées qu'hier. Comment lord Carlisle aurait-il pu être au courant ? Voilà six mois qu'Edward est décédé de mort naturelle ; or, cela fait sept mois que lord et lady Carlisle ont quitté Londres pour accompagner le baron et la baronne dans leur voyage de noces autour du monde. Et puis, à franchement parler, tu aurais pu être informée de cette triste nouvelle avec beaucoup plus de douceur si tu t'étais montrée moins obstinée et si tu ne m'avais désobéie en décidant de te rendre toute seule chez ton père sans attendre d'y avoir été invitée dans les formes.

Sapphire se redressa sur le lit et écarta ses longs cheveux de son visage.

— Pourquoi me reproches-tu toujours d'être obstinée ? répliqua-t-elle. A t'entendre, on croirait que c'est un péché mortel ! Je te signale que, si maman n'avait pas été elle-même obstinée à survivre, elle serait morte à La Nouvelle-Orléans — et moi avec elle.

— Cela dit, tu n'as pas envie de retourner à la Martinique, n'est-ce pas ? s'enquit Angélique.

Sapphire la considéra en fronçant les sourcils.

— Je… je ne veux pas paraître égoïste, s'empressa d'enchaîner la métisse. Et je suis tout à fait prête à admettre que je préférerais que nous restions ici parce que, pour tout vous avouer, j'adore la vie trépidante de la grande ville. Mais, objectivement, Sapphire, qu'est-ce qui a changé ? Rien. Certes, le comte de Wessex n'est plus de ce monde. Cependant, tu es toujours sa fille.

Sapphire hocha lentement la tête.

— Tu as raison, Angel. C'est là une vérité qui demeure et contre laquelle l'autre ignoble individu ne peut rien.

— Oh, non, approuva Lucia avant de lever son verre pour porter un toast silencieux à sa nièce et de siroter une gorgée du sherry.

— Evidemment, je n'ai aucun droit sur les biens de mon père, poursuivit Sapphire. Je suis une femme et la loi anglaise ne serait disposée à me reconnaître comme son héritière que si mon géniteur avait porté mon nom sur son testament — ce qu'il n'a certainement pas fait, étant donné qu'il ignorait jusqu'à mon existence.

— Sapphire, pourquoi es-tu venue jusqu'ici ? l'interrogea

alors Lucia avec gravité. Pourquoi es-tu venue en Angleterre ? Pour l'argent de ton père ? Pour ses propriétés ?

— Je suis venue parce que maman…

— Ce n'est pas ce que je te demande, la coupa Lucia en revenant vers le lit, le verre de cristal taillé à la main. J'aimais ta mère de tout mon cœur, mais tu es la fille de Sophie et je sais très bien que tu n'as pas accompli ce voyage uniquement pour réaliser son rêve.

Sapphire posa sa main sur son front et prit le temps de réfléchir à la question de sa tante. La veille, elle s'était sentie comme une jeune femme, voire comme une jeune fille or, aujourd'hui… Eh bien, ce soir, elle avait l'impression d'avoir vieilli de plusieurs années d'un seul coup.

— Je suis venue parce que c'était le souhait de ma mère, proféra-t-elle d'une voix égale, et aussi pour satisfaire mon propre désir d'être reconnue…

— Et…

Elle croisa le regard de sa tante.

— Je voulais qu'il admette que ma mère était bien son épouse au regard de la loi et de Dieu — mais pas pour qu'il m'accepte comme sa fille…

Elle s'interrompit, hésitante.

— Je suppose donc que, si, en un sens, je suis bien venue ici pour elle, ce n'était cependant pas pour le but qu'elle m'avait fixé.

Lucia porta de nouveau le sherry à ses lèvres et sourit à sa nièce par-dessus le rebord de son verre.

— Je retrouve là ma Sapphire, acquiesça-t-elle avec satisfaction.

— Il est mort, soit, ajouta la jeune femme. Cependant, je suis toujours la fille de lord Edward Wessex et de Sophie Barkley, qui était sa femme.

Elle se leva d'un bond.

— Et, que je sois héritière ou non de la fortune des Wessex, il faudra bien que cet homme convienne de ce fait. L'honneur comme le devoir lui imposent de m'accorder, publiquement et officiellement, la place qui me revient dans son arbre généalogique, car ni le décès de mon père ni la transmission de son titre à un descendant mâle ne peuvent me priver du privilège de porter son nom.

Elle avait prononcé cette tirade en redressant fièrement le menton, avec cette obstination même que sa tante venait de lui reprocher.

— Tante Lucia, s'enquit-elle, lord Carlisle ne t'a-t-il pas appris que mon père avait laissé derrière lui une veuve qui donnait une réception samedi soir en l'honneur de l'héritier américain de son mari ?

— Si, en effet !

— Serait-il vraiment inconvenant que nous assistions à cette soirée ?

— Je suis certaine que lady Carlisle pourrait nous obtenir des invitations. Ce ne devrait pas être trop difficile, puisque la douairière semble en avoir littéralement arrosé le Tout-Londres dans sa hâte d'exhiber le nouveau comte de Wessex. Il paraît en effet qu'il n'est pas seulement fort séduisant, mais aussi très riche.

— Et pourquoi diable aurais-tu envie d'assister à une réception donnée en l'honneur d'un homme qui t'a aussi gravement insultée ? voulut savoir Angélique, ébahie.

Sapphire se tourna vers sa sœur, un léger sourire aux lèvres.

— Et comment, d'après toi, pourrais-je espérer faire valoir mes droits, sinon en affrontant de nouveau ce coquin ?

— Es-tu certaine de vouloir te rendre à ce bal ? demanda tante Lucia à Sapphire en posant sa main baguée sur l'avant-bras de sa filleule alors que cette dernière descendait de la voiture des Carlisle.

Sapphire leva les yeux vers la porte par laquelle elle avait fui moins d'une semaine auparavant, et ravala sa salive. Des jours durant, elle s'était répété les propos qu'elle comptait tenir à M. Blake Thixton et voilà que, le moment venu, tous ces beaux discours désertaient sa mémoire, ne lui laissant pour arme que sa seule détermination.

Les deux battants de la porte s'ouvrirent et sur le perron apparut le même majordome qui avait accueilli la jeune femme à sa première visite.

— Un mot de toi et nous repartons, lui murmura Lucia à l'oreille. Un seul mot et nous embarquons sur le prochain bateau pour la Martinique, Hong Kong ou la Californie. Choisis n'importe quelle destination et nous oublierons ces sottises pour aller vivre l'aventure de notre vie.

Sapphire regarda sa tante, le cœur cognant dans sa poitrine. Elle pressentait qu'un grand changement allait survenir, un bouleversement qui altérerait à tout jamais le cours de son existence.

— Tu ne peux imaginer combien je te suis reconnaissante, tantine, mais il faut que j'aille jusqu'au bout. Pour maman. Et pour moi.

Lucia lui tapota le bras d'un air compréhensif et se tourna vers le perron de la demeure. Lord et lady Carlisle étaient déjà entrés à l'intérieur et le majordome considérait Sapphire et sa tante sans chercher à dissimuler sa curiosité.

— On y va? chuchota Angélique, qui avait visiblement le plus grand mal à contenir son excitation.

Soulevant le bas de sa nouvelle toilette vert pomme dont l'échancrure mettait en valeur ses épaules nues, Sapphire se mit à monter les marches.

— Et comment ! répondit-elle avec assurance à sa sœur. Je ne suis pas venue jusqu'ici pour me défiler au dernier moment.

— Le vicomte Carlisle, annonça le majordome d'une voix gourmée. Lady Carlisle.

Sapphire lui tendit une des cartes de visite qu'elle venait enfin de recevoir de l'imprimeur.

— Mademoiselle Fabergine, déclama le domestique.

La jeune femme pénétra dans le vestibule illuminé et se mit

en rang derrière lord et lady Carlisle pour saluer leurs hôtes. Le vicomte et sa femme s'entretenaient avec une femme d'une maigreur désolante qui, présuma Sapphire, devait être lady Wessex, la veuve de son père. La jeune femme ne put s'empêcher de sourire en songeant que la douairière n'avait en fait jamais été l'épouse du défunt, puisque celui-ci était demeuré jusqu'à sa mort le mari de Sophie.

— Mademoiselle Fabergine ! lança le majordome en laissant passer Angélique avant de prendre la carte de Lucia. Mademoiselle Toulouse !

Sapphire regarda une dernière fois sa tante par-dessus son épaule avant de sourire une nouvelle fois et de se retourner pour être présentée dans les formes à la soi-disant veuve de son père.

— Et voici Mlle Fabergine, déclara lady Carlisle à leur hôtesse. Il s'agit de la jeune fille dont nous parlions tantôt, lady Wessex. Son beau-père est un charmant planteur français de mes amis. Il m'eût été impossible de ne pas accéder à sa requête quand il m'a priée d'accompagner sa belle-fille à Londres.

Sapphire effectua la révérence.

— Merci pour votre aimable invitation, lady Wessex, dit-elle.

La douairière daigna à peine lui rendre son salut.

— Et voici les filles de lady Wessex, reprit lady Carlisle à l'adresse de la jeune femme en l'entraînant le long de la rangée des personnalités invitantes. A commencer par l'aînée, Mlle Camille Stillmore.

Sapphire ploya une nouvelle fois les genoux et sourit à Camille, qui semblait avoir un ou deux ans de plus qu'elle et ressemblait étonnamment à sa mère. La qualifier de « belle femme » aurait été un mensonge éhonté et, malheureusement pour elle, sa robe ivoire surchargée de rubans, crevés et autres fanfreluches n'améliorait guère son apparence.

— Heureuse de vous rencontrer, mademoiselle, lui dit poliment Sapphire.

L'aînée des Stillmore la toisait de cet air hautain qu'elle ne connaissait que trop bien après ces deux semaines passées dans la capitale anglaise. Comme tante Lucia le lui avait expliqué, il s'agissait simplement de l'expression avec laquelle les laiderons de la bonne société britannique toisaient les rivales dont la beauté éclipsait outrageusement la leur.

— Mlle Portia et Mlle Alma, ajouta lady Carlisle en continuant les présentations.

Les deux sœurs de Camille, qui étaient moins repoussantes que cette dernière, firent la révérence, visiblement plus intéressées que leur aînée par la nouvelle venue. Portia paraissait avoir le même âge que Sapphire, tandis qu'Alma ne devait être sa cadette que d'un an ou deux.

— Enchantée de vous connaître, dit Sapphire en leur rendant leur sourire.

— Est-il là ? demanda lady Carlisle à la benjamine en se penchant vers elle, comme si elle souhaitait ne pas être entendue des gens qui passaient dans le vestibule.

— Qui donc, milady ?

— Eh bien, lord Wessex, naturellement ! repartit lady Carlisle d'une voix sifflante. Je m'attendais à ce qu'il reçût les invités ici même, avec vous. Car c'est bien pour ça que nous sommes ici, n'est-ce pas, pour être officiellement présentés au nouveau comte de Wessex ?

Alma décocha un regard de biais à sa sœur avant de reporter son attention sur lady Carlisle.

— Il est là, milady, lui confirma-t-elle. Seulement… il a préféré nous laisser vous accueillir à sa place.

Lady Carlisle haussa les arcs épilés et peints de ses sourcils si hauts sur son front que Sapphire craignit un instant de les voir disparaître sous ses cheveux, qui commençaient pourtant à se faire rares. Puis, avisant une connaissance, elle déploya son éventail et se rendit dans la pièce voisine, son mari sur les talons.

Sapphire attendit Angélique sur le seuil d'un grand salon dont la porte s'ouvrait un peu plus loin dans le vestibule. La pièce était décorée avec un goût exquis de meubles de style et de rideaux aux teintes chaudes. Un bruit de verres entrechoqués et des rires étouffés s'en échappaient.

— Alors, mes poulettes, on reste en bande ? proposa Lucia en prenant ses deux nièces par la taille. Ou on part chacune à l'aventure ?

— Si vous voulez bien m'excuser, murmura Angélique, plissant ses lèvres charnues en une moue séductrice, je crois que je connais le gentleman qui a l'air de s'ennuyer là-bas, dans l'embrasure de la fenêtre.

Sapphire jeta un coup d'œil à l'individu en question.

— Angel, répliqua-t-elle en chuchotant, comment peux-tu connaître ce monsieur ? Nous ne sommes ici que depuis…

— Si vous avez besoin de moi, vous savez où me retrouver — ou plutôt avec qui, l'interrompit Angélique sur un ton mutin tout en s'éloignant, exquise dans sa nouvelle robe du soir en satin lavande.

Sapphire et sa tante regardèrent la métisse traverser la pièce. Puis Lucia se tourna vers sa filleule.

— Alors, ma chérie, allons-nous coincer l'autre gredin ensemble ?

— Non, merci, ma tante. Je peux me débrouiller toute seule.

— A ta guise.

Elle leva la main vers lady Morrow, qui venait d'arriver dans la pièce.

— Lady Morrow ! l'appela-t-elle avec la plus parfaite hypocrisie. Comme je suis contente de vous revoir, très chère !

Sapphire sentit son pouls s'accélérer et son ventre se serrer. Prise d'un léger vertige, elle s'appuya un moment contre le mur pour contempler les allées et venues des invités qui déambulaient en tenue de gala dans le vestibule. A vue d'œil, elle estimait qu'au moins deux cents personnes remplissaient les deux salons disposés en enfilade sur la droite de l'entrée ainsi que la grande salle qui s'ouvrait sur la gauche et qui paraissait avoir été vidée de ses meubles pour accueillir l'orchestre et les danseurs.

Au milieu de cette brillante assemblée, la jeune femme avait l'impression d'être immergée dans un océan de luxe : les bijoux scintillaient aux oreilles et au cou des dames, et les nœuds compliqués des cravates blanches s'épanouissaient comme des fleurs lumineuses au sommet des costumes sombres de ces messieurs, cependant que les accents d'une valse langoureuse émanant de la salle de bal semblaient venir ponctuer le chuintement feutré des conversations qui filtrait des salons.

Attirée par la musique, Sapphire se rapprocha de la salle de bal et se détendit peu à peu en contemplant les couples qui évoluaient sur le parquet ciré. La vision des robes qui s'évasaient telles des corolles sous les lustres scintillants ne tarda pas à l'enivrer et, bientôt, elle battait la mesure sous la jupe de sa toilette de la pointe de son escarpin en peau de chevreau. Cette fête lui rappelait celles qu'Armand et sa mère donnaient parfois au manoir et où les invités dansaient sur la plate-forme dressée pour l'occasion au milieu des jardins tropicaux de la résidence. Elle se souvenait du plaisir que sa mère prenait à valser sous les palmiers et les hautes fougères arborescentes. En fermant les yeux, elle pouvait presque entendre le rire de Sophie, voir Armand la prendre par la taille et lui chuchoter des mots doux à l'oreille. Elle se rappelait aussi quand elle dansait avec Maurice, le contact de sa main au creux de ses reins…

— Envie de danser ? Tant mieux !

A ces mots, elle rouvrit brusquement les paupières et sentit une main d'homme se refermer sur la sienne pour la tirer dans la salle et l'entraîner sur la piste. Avant qu'elle puisse émettre la moindre protestation, Blake Thixton la relâcha, la poussant sur le parquet en direction du groupe des dames qui venaient de s'aligner devant leurs partenaires pour entamer le quadrille. Sapphire s'aperçut qu'elle connaissait cette danse dont sa mère lui avait appris les pas en Martinique — à croire, songea-t-elle, que Sophie avait passé toute sa vie à la préparer à ce début dans la haute société londonienne.

Elle prit donc place en face de Thixton, puis, au signal de l'orchestre, sourit, avança vers lui, recula et répondit par une révérence à sa courbette avant de se rapprocher de lui.

— Je croyais vous avoir interdit de remettre les pieds ici, lui murmura-t-il d'un ton âpre au moment où ils joignaient leurs mains pour exécuter les premières figures.

Sapphire se dit que, pour les autres danseurs et les nombreux invités des deux sexes qui s'étaient rangés contre les murs de la salle pour admirer les couples du quadrille, Thixton et elle devaient être en train de converser agréablement. Or, elle n'avait aucune envie d'être la première des deux à les détromper.

— Il faut que je vous parle, chuchota-t-elle d'une voix haletante.

Elle était gênée par la vigueur avec laquelle il lui étreignait la taille. Tout comme la gênaient la tendance qu'avaient ses propres yeux à revenir se fixer sans cesse sur la bouche de son hôte ainsi que les étranges vagues de chaleur qui la submergeaient chaque fois qu'il prenait la parole.

— Laissez-moi deviner, répliqua-t-il en feignant de réfléchir. Vous espérez toujours pouvoir me persuader que vous êtes la fille de mon défunt parent et que je vous dois en conséquence certains droits ou privilèges attachés au nom des Wessex — dont, si je ne me trompe, une part des biens de feu mon cousin.

— Oui, répondit-elle tandis que les couples se séparaient une fois de plus. Enfin, non !

Elle n'eut pas le temps de s'expliquer plus avant, car déjà le quadrille l'entraînait loin de Thixton. Il lui fallut patienter une bonne minute avant qu'ils soient de nouveau réunis. Tandis qu'ils se remettaient à danser ensemble, il la toisa de ses yeux bruns à l'expression impénétrable. En cet instant, la jeune femme éprouvait presque de la haine pour ces yeux-là.

— Je ne veux pas de votre argent, lui assura-t-elle à mi-voix. Je désire seulement être reconnue pour votre parente. Et qu'il soit officiellement confirmé que ma mère était l'épouse légitime de lord Wessex.

Il la fit tournoyer sur elle-même avec une virtuosité consommée.

— Vous plaisantez, j'imagine ?

Elle fut obligée de s'éloigner de lui pour respecter la cadence de la musique, mais dès qu'il reprit sa main, elle riva son regard dans le sien avec détermination.

— Je puis vous garantir, monsieur, que je suis parfaitement sérieuse.

Le quadrille s'acheva. Les couples se saluèrent comme au début, avant d'applaudir.

— Allez-vous-en, maintenant, lui intima Thixton avec un mépris manifeste, tout en glissant son bras sous le sien pour l'éloigner de la piste de danse. Partez sur-le-champ ou vous ne tarderez pas à découvrir qui de nous deux est le plus sérieux.

Il s'écarta d'elle dès qu'ils furent dans l'entrée.

— Comme j'ai déjà eu l'occasion de vous en prévenir, ajouta-t-il, il existe des lois contre les usurpatrices, et le constable sera plus qu'heureux de vous remettre à votre place — c'est-à-dire en prison.

— Usurpatrice ! répéta Sapphire avec indignation. Monsieur, j'ignore pour qui vous me prenez, mais je…

Pendant un moment, la colère rendit muette la jeune femme. Les bras plaqués le long du corps, les poings serrés, elle s'efforçait de reprendre son souffle. Dans la salle de bal, un nouveau quadrille avait débuté et le son des violons, pourtant harmonieux, lui semblait soudain insupportable, tout comme la lumière aveuglante des grands lustres.

Thixton l'avait plantée là pour aller s'enfermer dans une pièce à l'autre bout du vestibule. Elle était seule, le reste des invités s'étant dispersé dans les autres parties de la demeure ouvertes à la réception. Elle prit alors sa décision et, quoiqu'il soit parfaitement inconvenant pour une femme célibataire de suivre un homme dans un endroit isolé sans y être accompagnée par un chaperon, elle courut à la porte derrière laquelle elle avait vu son hôte disparaître et cogna sèchement sur le battant.

N'obtenant aucune réponse, elle frappa encore plus fort, au risque de se meurtrir les poings.

— Monsieur Thixton, je n'en ai pas encore terminé avec vous !

La porte s'ouvrit d'un coup et Thixton se dressa sur le seuil, la fusillant du regard.

— N'avez-vous pas entendu ce que je viens de vous dire ?

Blake savait que cette femme ne lui apporterait que des ennuis. Il l'avait déjà pressenti la semaine précédente, quand elle avait sonné à sa porte, dans l'espoir, il en était sûr, de lui soutirer une partie de son héritage. Mais le pire, c'était qu'il la trouvait encore plus belle ce soir-là. Sa riche chevelure auburn lui paraissait encore plus somptueuse, ses yeux encore plus fascinants. Et que dire de sa bouche… Le dessin de ses lèvres sensuelles galvanisait ses sens et lui donnait envie de prendre l'importune ici même, sur le seuil de la pièce, tout comme il avait possédé naguère la mélancolique Mme Williams sur le balcon des Warrington. Son intuition lui soufflait cependant que cette créature-là ne se laisserait pas aussi facilement conquérir — ni aisément oublier.

— C'est vous, monsieur, qui avez l'air d'être un peu dur d'oreille, rétorqua-t-elle.

— Entrez.

Il l'attira dans la pièce dont il referma la porte derrière elle.

C'était une salle aux lambris foncés et à l'atmosphère indéniablement masculine, au milieu de laquelle trônait une grande table de billard. L'air y sentait le tabac, le cuir et *son* odeur à lui.

Reculant d'un pas, Sapphire s'appuya d'une main sur le rebord en noyer de la table de billard.

— Il faut que vous m'écoutiez, reprit-elle.

— Je ne vois pas ce qui m'y obligerait.

Comme il s'avançait vers elle, Sapphire remarqua qu'il avait ôté sa redingote et que la chemise blanche qu'il portait en dessous était impeccablement repassée, de même que l'étoffe de la cravate qu'il avait nouée autour de son cou. « Un bien bel homme dans de bien beaux habits », ne put-elle s'empêcher de penser.

Elle recula encore d'un pas, embarrassée par les idées que la seule présence de Thixton semblait avoir le pouvoir de faire germer dans son esprit.

— Vous devez pourtant m'écouter, insista-t-elle. J'étais — je *suis* la fille légitime de lord Edward Thixton et…

— Hé, minute ! l'interrompit-il en venant lui agiter un doigt sous le nez. Ne serait-ce pas l'autre cousin qui vous envoie ? Comment s'appelle-t-il déjà ?

Il fit claquer ses doigts tout en affichant une moue entendue.

— Charles ! s'exclama-t-il. Charles… quelque chose, je ne sais plus. Il prétendait connaître toutes les plus jolies filles de la soirée.

D'un geste vif, il lui saisit le poignet avant qu'elle ait eu le temps de s'esquiver.

— Pourquoi ne pas me l'avoir dit tout de suite ? susurra-t-il. Et à quoi rime ce jeu, hein ?

Il la serra contre lui et la couva d'un regard que la jeune femme jugea incroyablement présomptueux.

— Je dois avouer que vous avez failli m'en imposer. Franchement, vous avez une sacrée classe pour une courtisane.

— Laissez-moi ! gémit-elle tout en essayant de se libérer de sa poigne.

Ses efforts se révélèrent vains. Il était trop robuste pour elle. Trop proche aussi. Son odeur agissait sur elle comme un narcotique et sa peau infusait dans la sienne une chaleur lénifiante.

Tant et si bien que, au lieu de se dégager de son étreinte, elle parvint seulement à se retrouver encore plus étroitement enlacée à lui.

— Lâchez-moi, le supplia-t-elle en plaquant ses mains contre sa poitrine, le cœur battant la chamade.

— Juste un baiser, repartit-il.

Alors qu'il la pressait contre lui et s'enivrait du parfum de ses cheveux, de sa peau, c'était le délicieux tourment qu'elle allait lui infliger dont il humait ainsi les capiteux effluves, cette tendre torture qu'il pouvait *sentir* par toutes les fibres de son être et dont il aspirait à connaître l'avant-goût sur ses lèvres.

— Donnez-moi seulement un échantillon de votre marchandise avant que je consente à dilapider un argent durement gagné.

— Monsieur ! s'écria-t-elle.

Elle était désormais en proie à une telle fureur que son regard se brouillait et qu'elle ne distinguait plus qu'à peine les traits du visage penché sur elle.

— Monsieur, répéta-t-elle tout en ployant le buste en arrière dans une vaine tentative pour se soustraire à son contact. Je vous assure que je ne suis pas celle…

Il plaqua sa bouche contre la sienne, étouffant ses protestations.

Elle avait déjà été embrassée auparavant, non seulement par Maurice, mais aussi par quelques autres jeunes gens qu'elle avait connus à la Martinique. Jamais, cependant, elle n'avait eu droit à un tel baiser. Blake Thixton était monté à l'assaut de ses lèvres tel un hussard chargeant une redoute : avec une rage incandescente. Tout en continuant à lui maintenir la taille d'un bras aussi ferme qu'un rail d'acier, il lui avait passé l'autre bras autour des épaules et lui écrasait le torse contre le sien. Lorsqu'elle voulut reculer la tête, sa main lui agrippa la nuque, la retenant prisonnière.

Sapphire sentit bientôt ses jambes chanceler. Elle n'arrivait même plus à penser. Un grand cri intérieur la secouait sans qu'elle parvienne à proférer le moindre son. Puis, effarée, elle sentit Blake approfondir encore leur baiser. Saisissant dans ses poings le devant de son gilet, elle tenta de lui faire lâcher prise, mais elle ne réussit qu'à se hisser plus haut vers sa bouche. Ce fut en elle comme une combustion spontanée.

Affolée, elle avait l'impression que son cœur cherchait à bondir de sa cage thoracique telle une bête sauvage prise au piège, cependant que Blake Thixton continuait à lui imposer la brûlure de sa passion.

Un bruit s'éleva soudain derrière eux.

Thixton se rejeta en arrière et lança un coup d'œil derrière son épaule — sans toutefois libérer la jeune femme.

7

— Veuillez me pardonner, lord Wessex, déclara l'intrus avant de s'éclaircir la voix, les yeux rivés sur Sapphire, qui essayait de se dégager de l'étreinte de Thixton. Je ne savais pas que vous…

Il se racla la gorge une nouvelle fois, visiblement amusé.

— … que vous étiez occupé, acheva-t-il en reculant vers le vestibule, une main sur la poignée de la porte, et en décochant un sourire lascif à la jeune femme.

Lui aussi la prenait donc pour une traînée ! comprit cette dernière avec consternation.

— Attendez ! lui cria-t-elle tout en essayant de défroisser son corsage.

Elle dut marquer une pause tant elle peinait à retrouver son souffle.

— Attendez, monsieur, répéta-t-elle sur un ton plus posé, ce n'est pas ce que vous croyez. J'ai seulement…

— Lord Wessex, murmura l'inconnu sans cesser de sourire.

Courbant le buste pour saluer Thixton, il sortit et referma la porte derrière lui sans prêter la moindre attention aux protestations de Sapphire.

— Comment osez-vous ? lança-t-elle à Thixton en s'écartant de lui et en continuant à rajuster sa robe.

Elle s'aperçut alors qu'une lourde mèche de cheveux cuivrés s'était échappée de sa coiffure à la mode. Avec des gestes frémissants de colère, elle voulut ôter une des épingles qui retenaient son chignon pour la rattacher, mais ne réussit qu'à provoquer la chute d'autres mèches et à ruiner sa coiffure.

Thixton, qui la dévisageait fixement, paraissait quelque peu perplexe.

— Vous n'êtes donc pas… ce que vous semblez être ? énonça-t-il lentement.

— Certainement pas ! s'exclama-t-elle avant de repousser les cheveux rebelles derrière ses oreilles et de désigner la porte avec irritation. Mais, maintenant, tout le monde va se faire des idées fausses à mon sujet ! Cet homme va aller raconter partout qu'il m'a surprise seule avec vous et que… et que…

Elle ne put achever sa phrase tant l'indignation la suffoquait.

— Et que vous étiez en train de m'embrasser ? lui suggéra-t-il en s'avançant vers elle et en se remettant à sourire.

Elle s'essuya la bouche du dos de sa main gantée.

— Je ne vous embrassais pas ! rétorqua-t-elle. *Vous* m'embrassiez !

Il se rapprocha encore. Par mesure de précaution, elle alla se placer de l'autre côté de la table de billard.

— Il… il faut que je vous parle de mon père. D'Edward Thixton, ajouta-t-elle en s'efforçant de reprendre contenance.

Malheureusement, elle avait beau tenter de ramener son esprit à la raison principale, sinon unique, de sa présence à cette soirée, elle semblait n'avoir de pensée que pour *lui*. Ou, plus précisément, pour le baiser qu'ils venaient d'échanger et dont ses lèvres gardaient toujours le brûlant souvenir.

— Mais… mais…, poursuivit-elle en bafouillant lamentablement, un endroit public serait préférable pour… pour reprendre cette conversation. Car on ne peut à l'évidence s'attendre de votre part à un comportement… un comportement décent.

A sa grande surprise, au lieu de protester aussitôt du caractère honorable de ses intentions, comme s'en serait empressé n'importe quel gentleman digne de ce nom — fût-ce au prix d'un mensonge —, il rejeta en arrière sa tête brune et éclata de rire.

— Comment osez-vous vous moquer de moi ! s'emporta Sapphire. Vous n'avez pas fini d'entendre parler de moi, monsieur Thixton, vous pouvez m'en croire !

Sur ces mots, elle se précipita vers la sortie.

— Je l'espère bien, répliqua-t-il sans cesser de s'esclaffer.

Sapphire sortit en trombe de la salle de billard, dont elle claqua la porte derrière elle. Comme elle repoussait les cheveux qui lui étaient tombés sur les yeux, elle se rendit compte que le vestibule, jusqu'alors vide, s'était rempli en son absence de plusieurs invités qui la considéraient avec étonnement.

Les ignorant souverainement, elle traversa l'entrée et, sans même chercher à retrouver tante Lucia ou Angélique, se dirigea vers la grande porte de l'hôtel particulier des Wessex.

— Ah, vous êtes là !

Lucia ne put s'empêcher de sourire lorsque, levant la tête pour savoir qui la hélait ainsi, elle avisa Jessup Stowe, qui se hâtait de la rejoindre. Elle le trouvait encore fort bien conservé pour son âge, malgré sa calvitie et le reste. Il s'était par ailleurs révélé un danseur fort convenable quand ils avaient valsé ensemble tantôt, et un interlocuteur des plus affables quand ils avaient prolongé ce premier contact par un entretien dans un des salons de la demeure où avait été dressé un buffet garni de rafraîchissements divers.

— Par pitié, la supplia-t-il, ne me dites pas que vous étiez sur le point de vous enfuir sans même un au revoir, ma très chère Cendrillon. Je ne crois pas que j'aurais été capable de trouver le sommeil en rentrant chez moi si vous ne m'aviez auparavant souhaité une bonne nuit.

Elle lui tendit sa main vers laquelle il s'inclina pour l'effleurer d'un baiser. Elle pouffa.

— Monsieur Stowe, vous savez décidément comment vous y prendre avec les dames.

— Avec les dames aussi belles et charmantes que vous, voulez-vous dire, ma Cendrillon.

Elle sourit, touchée malgré elle par ce compliment.

— Allons, vous me flattez. Il y a plein de représentantes du beau sexe ce soir, dans cette maison, qui sont bien plus agréables à regarder que moi. Et surtout nettement plus jeunes.

— Mais c'est vous, mademoiselle Toulouse, qui avez su me captiver. Je ne rencontre pas souvent de femmes aussi intéressantes que vous.

— Il faut, hélas, que je me retire, monsieur Stowe.

Une rumeur courant parmi les invités l'avait alarmée, une rumeur concernant Sapphire et lord Wessex, et elle devait absolument s'assurer que sa nièce n'avait rien.

— Je le regrette autant que vous, croyez-le bien, repartit Jessup Stowe. Une dernière danse, peut-être ? Ou un tour dans le jardin ? Si vous êtes fatiguée, ajouta-t-il en plissant son large front, nous pourrions…

— Fatiguée ? répéta Lucia avec un rire dédaigneux. Je serais capable de mener le quadrille durant toute la nuit et d'épuiser la plupart de ces jeunes péronnelles assez écervelées pour sacrifier inconsidérément à la nouvelle mode des escarpins à talons hauts.

— Je n'en doute pas, mademoiselle Toulouse, l'approuva Jessup avec un grand sourire.

Lucia le toisa soudain d'un regard suspicieux.

— Etes-vous certain de ne pas être marié, monsieur Stowe ?

— Pour tout vous avouer, je l'ai été, mademoiselle Toulouse, mais je suis veuf depuis maintenant trois ans, malheureusement.

— Aimiez-vous votre femme ?

— Oh, oui. Et elle me manque beaucoup.

— Bonne réponse, approuva-t-elle. Allons, il faut vraiment que je me sauve. Cependant, comme vous avez réussi cette épreuve, je vous autorise à venir me chercher dimanche après-midi pour m'emmener me promener dans Hyde Park.

Elle tourna ensuite les talons et se dirigea vers la porte d'entrée que lui ouvrit le majordome.

— Et dire que, sans même savoir que j'étais soumis à un examen, je l'ai passé avec succès ! s'exclama l'avoué en s'empourprant de joie.

— Bonne nuit, monsieur Stowe, lui lança Lucia par-dessus son épaule avec un délicieux sourire.

Puis elle sortit de la résidence en éprouvant une enivrante sensation de légèreté qu'elle n'avait plus eu le bonheur de ressentir depuis longtemps.

— Sapphire… Sapphire ? C'est moi, mon enfant.

Lucia poussa la porte et pénétra dans la pièce. Sa nièce, cependant, ne se leva pas pour l'accueillir, mais demeura allongée sur son lit, les yeux fixés au plafond. Quoique ayant réussi à se débarrasser toute seule de ses chaussures, de sa robe et de ses jupons, elle portait encore sa culotte et sa nouvelle chemise.

— Tu dors ? s'enquit sa tante.

— Comment pourrais-je dormir ? répondit-elle sur un ton pitoyable. Je suis au centre d'un scandale. Tu as certainement dû en entendre parler. Et, demain, tout Londres sera au courant.

— Bah, la vie des gens serait bien vide sans les potins pour la remplir.

Sapphire laissa échapper un gémissement ulcéré.

— Et maintenant, on va colporter les pires rumeurs à mon sujet et m'accabler des épithètes les plus infâmes. Ma réputation est ruinée. J'étais venue à Londres pour défendre l'honneur de ma mère, et regarde un peu comme je lui ai fait honte ! J'ai sali sa mémoire ! J'ai souillé le nom de mon père !

Lucia s'assit près d'elle sur le lit.

— Allons, calme-toi, l'exhorta-t-elle à voix basse. Oublie ces bêtises.

Elle marqua une pause, comme si elle hésitait à poursuivre.

— Il faut néanmoins que je te pose une question, ma chérie, reprit-elle. Etais-tu, euh… *consentante* ou lord Wessex a-t-il abusé de toi ?

Sapphire se sentit devenir instantanément cramoisie.

— Il m'a seulement embrassée. Il n'a pas… Nous n'avons pas…

— Je sais que c'est une question délicate, ma petite, mais je dois savoir la vérité. Et tu peux compter aussi sur moi pour ne pas te juger. D'ailleurs, je serais certainement la plus mal placée pour ça… Alors, victime ou partenaire consentante ?

— Il ne m'a pas maltraitée, tante Lucia.

Cette dernière parut soupeser cette réponse et garda un instant le silence tout en caressant la main de sa nièce.

— Lui as-tu parlé de ton père ? lui demanda-t-elle enfin.

— J'ai essayé, mais il ne voulait pas m'écouter. Il… Il…

Tante Lucia tapota la main de Sapphire et la relâcha.

— Le nouveau lord Wessex est plutôt bel homme, observa-t-elle d'un ton détaché. Et célibataire.

— Il a été tout aussi odieux que la première fois, repartit vivement la jeune femme.

— Ah oui ? fit Lucia. Les cancans allaient pourtant bon train sur son compte à la réception et chacun — ou plutôt chacune — se plaisait à souligner sa beauté et sa prestance. Il paraît qu'il aurait jeté son dévolu sur la fille aînée de la douairière. L'épouser serait du reste pour lui une solution de facilité et lui épargnerait sans doute bien des soucis avec la mère…

— Son intérêt lui suggère peut-être une telle union, mais je peux te garantir que ce n'est assurément pas le désir qui le pousserait à épouser une pareille mégère !

— Vraiment ? Bon, il est tard, mon enfant. Je désirais juste vérifier que tu allais bien et te souhaiter une bonne nuit.

Elle désigna du menton la place vide sur le lit à côté de sa nièce.

— Je suppose que tu n'as aucune idée de l'endroit où se trouve Angélique ?

— Non.

Lucia soupira.

— Cela ne m'étonne guère. J'ai vu plusieurs soupirants pendus à l'ourlet de sa toilette durant toute la soirée — et ce n'est pas qu'une image.

Elle se dirigea vers la porte.

— Je vais me coucher, annonça-t-elle. Tu n'as pas besoin de moi ?

— Non, ça ira.

— Nous reparlerons de tout ça demain matin, quand tu te seras reposée. Bonne nuit, ma chérie.

— Bonne nuit, répondit Sapphire.

Mais elle avait parfaitement conscience qu'elle ne pouvait espérer trouver le sommeil cette nuit-là : le souvenir du baiser de Blake Thixton était encore trop présent à sa mémoire pour lui permettre le moindre repos.

— Bonjour, Lucia, dit lady Carlisle.

Assise à la table du petit déjeuner, dans la salle à manger, la maîtresse de maison s'était habillée pour sortir d'une robe du matin en taffetas blanc rayé de gris et avait serré ses cheveux en un chignon austère.

Lucia nota qu'elle lui avait adressé la parole sans la regarder.

— Bonjour, Edith, repartit-elle avec entrain tout en allant se servir au buffet dressé contre un des murs de la pièce. Avez-vous bien dormi ?

Elle prit une assiette que lui tendait une bonne qui se tenait aussi discrètement que possible près de la table, le regard scrupuleusement baissé sur le parquet ciré.

— Non.

Lucia prit le temps d'aligner sur l'assiette plusieurs saucisses d'agneau, sachant pertinemment le tour qu'allait prendre la conversation.

Lady Carlisle s'éclaircit la gorge.

Lucia souleva le couvercle en porcelaine d'un plat, avant de le rabattre bien vite en avisant les sardines qui marinaient dessous.

— Je suis navrée d'apprendre que votre nuit n'a point été paisible, Edith. Etiez-vous indisposée ?

Elle prit quelques toasts triangulaires et versa une cuillerée de confiture de mûres sur le rebord de son assiette.

— En quelque sorte, admit lady Carlisle.

Elle reposa sa fourchette sur la table d'un geste décidé.

— Lucia… Mademoiselle Toulouse, poursuivit-elle sur un ton plus guindé. Il faut que je vous parle franchement.

— Si tôt le matin ?

— Je vous demande pardon ?

Lucia se détourna du buffet pour faire face à son hôtesse, un sourire plaqué sur les lèvres.

— Juste un instant, très chère.

Elle s'installa en face de lady Carlisle.

— Café, madame ? s'enquit la servante sans lever les yeux.

— Oui, merci, acquiesça Lucia avant de déplier sa serviette et d'en coincer une des extrémités sous le col de son cafetan aux couleurs vives.

Cela fait, elle considéra son interlocutrice en battant des cils.

— Que disiez-vous, très chère ?

— Avez-vous entendu ce qui se murmurait hier soir à la réception ? La rumeur qui courait parmi les invités en fin de soirée ?

— Laquelle ? On m'a raconté tant de choses : que lady Thorngrove avait perdu trois mille livres au whist, que l'épouse du baron Birdsley s'était enfuie avec l'Italien que son mari avait engagé pour peindre son portrait, et que le fils et héritier du vénérable lord Einestower, quatre-vingts ans aux prunes, était né avec les cheveux aussi roux que ceux de son jardinier, alors que sa nouvelle femme de dix-neuf ans — celle de lord Einestower, pas celle du jardinier — avait le chef aussi noir que l'était son propre occiput avant que la vieillesse ne le dégarnisse…

— Vous savez très bien à quelle rumeur je fais allusion, l'interrompit lady Carlisle avec humeur, apparemment insensible aux plaisanteries de son invitée. Votre filleule, Mlle Fabergine, a été surprise dans une posture compromettante en compagnie de lord Wessex.

Lucia haussa les épaules tout en se mettant à tartiner de confiture l'un de ses toasts.

— Elle a embrassé ce monsieur, voilà tout. Ou, pour être plus exacte, c'est lui qui l'a embrassée. J'ai commis pire à son âge, Edith. Tout comme vous, j'imagine.

— Comment osez-vous ! s'offusqua lady Carlisle en rougissant.

Lucia mordit tranquillement dans sa tranche de pain grillé.

— Allons, ce n'était qu'un petit bisou.

— Elle a été vue seule, dans la salle de billard de l'hôtel des Wessex, avec cet homme.

— Pour l'amour du ciel, Edith, puisque vous tenez tant à évoquer ces règles aussi absurdes qu'inutilement compliquées qui semblent gouverner les moindres faits et gestes de vos pairs, permettez-moi de vous rappeler que lord Wessex est un de ses cousins — éloigné, certes, mais cousin quand même.

Lady Carlisle tapota délicatement le coin de ses lèvres du bout de sa serviette en lin brodé.

— Vous n'avez aucune preuve de ce que vous avancez là, déclara-t-elle froidement. En tous les cas, il ne s'est trouvé aucun invité des Wessex pour évoquer un lien éventuel unissant votre filleule à cette famille.

Lucia rejeta son toast sur son assiette et fronça les sourcils.

— Edith Carlisle, me traiteriez-vous de menteuse ?

— Pour vous, je suis lady Carlisle et je n'ai pas la prétention de savoir discerner les menteurs des honnêtes gens. Je me contente de constater qu'il n'existe aucune preuve établissant le moindre lien de parenté entre Sapphire Fabergine et la famille Thixton, et que le scandale qui est désormais attaché à sa personne risque de rejaillir sur lord Carlisle et moi-même…

Lucia sentit son visage s'empourprer à son tour — de colère.

— Uniquement parce que vous nous hébergez toutes les trois ?

— Je n'ai rien à vous reprocher à vous, pas plus qu'à Angélique, précisa lady Carlisle. Quant à Sapphire, sa compagnie est fort plaisante, je l'admets volontiers. Cependant…

— Cependant quoi, Edith ? l'interrogea Lucia. Qu'essayez-vous de me signifier au juste ? Que Sapphire n'est plus la bienvenue dans votre maison ?

— J'ai prié lord Carlisle de régler ce regrettable problème, mais il lui était impossible…

Elle se tut pour boire un peu d'eau dans un verre en cristal.

— Il lui était impossible de rester ici ce matin pour en discuter avec vous, acheva-t-elle.

— Ainsi, vous nous mettez à la porte, c'est bien cela ? s'écria Lucia. Allons, avouez-le franchement. Soyez directe, pour une fois !

— Comme je vous le faisais remarquer tout à l'heure, je n'ai rien à vous reprocher, ni à vous ni…

— Vous seriez donc capable de jeter à la rue une jeune fille de vingt ans à peine ? gronda Lucia en se penchant en avant, les mains plaquées sur la nappe damassée. Et où voulez-vous qu'elle aille ? Comment voulez-vous qu'elle se débrouille sans votre soutien ?

Lady Carlisle se renfonça contre le dossier de sa chaise avec une nonchalance un peu raide qui souleva de dégoût le cœur de Lucia.

— Cela me regarde-t-il ? Si elle n'a pas de quoi vivre, elle peut toujours se trouver quelqu'un pour l'entretenir. Apparemment, cela ne devrait pas lui poser trop de difficultés. En Martinique, déjà, j'ai eu l'occasion de m'apercevoir qu'elle ne manquait pas de… prédispositions pour ce genre d'expédients.

Lucia repoussa aussitôt sa chaise de la table et se redressa d'un bond. Son vieux dos craqua dans le mouvement, mais elle n'en eut cure.

Certes, Armand ne leur avait pas fourni assez d'argent à leur départ de l'île pour assurer leur subsistance à Londres, puisqu'il comptait sur ses prétendus « amis » pour leur procurer le vivre et le couvert. Mais l'argent comme son confort ne comptaient plus aux yeux de Lucia. Elle s'était déjà prostituée pour survivre et elle était prête à recommencer si nécessaire, malgré son âge. D'ailleurs, l'engouement qu'avait manifesté Jessup Stowe à son endroit prouvait qu'elle saurait encore dénicher des clients en cas de besoin.

Oui, cette dernière extrémité ne lui faisait pas peur, si cela pouvait éviter à Sapphire la honte d'être ainsi répudiée comme la dernière des catins. Sa filleule ne méritait pas ça !

— Vous êtes ignoble, dit-elle avec calme. Nous serons parties à midi.

— Comprenez-moi, reprit lady Carlisle en paraissant trahir soudain un semblant de remords. L'attitude même de votre nièce ne nous laisse pas d'autre choix.

— Ce que je comprends, Edith, répliqua Lucia, c'est que vous n'êtes même pas digne de laver les sous-vêtements de Sapphire Thixton.

Sur ces mots, elle pivota sur elle-même. Puis, estimant malavisé de partir ainsi avec l'estomac vide, elle revint auprès de la table pour attraper son toast couvert de confiture et quitta enfin la salle à manger en dévorant furieusement sa tartine.

8

— Tu as encore besoin de moi, tantine ? demanda Sapphire, une valise en cuir à la main. C'est le dernier bagage que nous avons ramené de chez les Carlisle.

— Assieds-toi, lui répondit Lucia en tapotant près d'elle le tissu imprimé de fleurs du canapé. Prends donc une tasse de café avec moi et goûte quelques-uns de ces délicieux gâteaux qui viennent de la pâtisserie de Mme Partridge au coin de la rue.

L'appartement qu'elle avait pris à bail pour elle-même et ses nièces se trouvait dans Charing Cross, à deux pas de l'hôtel particulier des Carlisle. Quoique aménagé au premier étage de l'immeuble, ce qui les obligeait à monter une étroite volée de marches pour y accéder, il était assez spacieux pour les accueillir toutes trois. Il comportait deux chambres, un salon, un petit boudoir, une cuisine et une salle à manger. Comme il était situé au-dessus d'une boutique de confection, un sourd murmure de voix leur parvenait parfois au cours de la journée. Sapphire n'en adorait pas moins ses hautes croisées qui occupaient tout le mur donnant sur la rue et d'où elle se plaisait à observer l'activité frénétique de la grande ville. Aussi, bien qu'elles ne s'y soient installées que depuis quatre jours, après avoir passé deux nuits en garni, la jeune femme s'y sentait déjà comme chez elle.

— Laisse-moi juste le temps de ranger ça, et j'arrive, répondit-elle à sa tante.

— Oh, pose-moi donc cette valise, repartit Lucia en lui désignant le plancher à ses pieds. Tu en as déjà fait beaucoup — et même trop. Il va falloir que nous engagions une bonne et je compte m'en occuper personnellement d'ici peu. Je ne veux plus que tu t'épuises à grimper et redescendre sans cesse cet escalier comme si tu étais une domestique.

Sapphire déposa le bagage à l'endroit que lui avait indiqué sa tante.

— C'est à cause de moi que nous en sommes là, lui rappela-t-elle d'une voix éteinte.

— Balivernes ! rétorqua Lucia avant de tapoter une nouvelle fois l'assise du canapé. De toute façon, cette Edith Carlisle me sortait par les yeux. Tu m'as simplement fourni le prétexte que j'attendais pour lui fausser compagnie.

Sapphire prit place sur le canapé et se laissa aller contre son dossier en soupirant.

— Pas de café pour moi, s'il te plaît… A propos, reprit-elle, as-tu pensé à informer papa de notre changement d'adresse ?

— Oui.

— Tu crois qu'il va m'en vouloir ? Il était tellement rassuré de savoir que nous logerions chez ses amis. Il va être terriblement déçu.

— Armand est un homme bon, ma colombe — mais, justement, c'est un homme, répliqua Lucia en sirotant le contenu de sa minuscule tasse en porcelaine. Comment aurait-il pu se douter que la simple peur du qu'en-dira-t-on pouvait pousser Edith à manquer à ses devoirs d'hôtesse ? Non, crois-moi, il nous félicitera plutôt de n'avoir pas voulu rester un seul jour de plus dans sa maison.

Une lueur de colère brilla dans les yeux de la jeune femme.

— Sans cet abominable individu…

— Rien ne sert de se lamenter, l'interrompit Lucia en balayant l'air de sa main fine et racée. Le mal est fait. Ce qu'il faut désormais, c'est décider d'un plan de conduite.

Elle considéra sa nièce.

— Ou plutôt, ajouta-t-elle, la question est de savoir si toi, tu tiens toujours à revendiquer les droits attachés à ta naissance.

— Bien sûr ! Ce n'est pas parce que cet homme s'est montré inconvenant et grossier avec moi que je… que je…

Elle se releva soudain et se mit à arpenter le plancher.

— que je vais avoir peur de lui, continua-t-elle. Je ne suis pas près de m'en laisser imposer par cette espèce… cette espèce d'Américain ! M. Blake Thixton a beau être l'héritier légal du titre et des biens de mon père, cela ne lui confère aucune autorité sur moi, et s'il persiste dans son refus de m'écouter, eh bien… eh bien, je porterai l'affaire ailleurs — devant les tribunaux, s'il le faut ! Car on finira par m'entendre. Et par me *reconnaître*, saperlipopette !

Lucia eut un fin sourire.

— Je vois que nous partageons la même opinion — mais je souhaitais te l'entendre dire, précisa-t-elle dans un chuchotement complice.

La porte s'ouvrit à cet instant et Angélique atterrit dans l'appartement, telle une feuille échappée des arbres du parc.

— Que diable faites-vous là, toutes les deux, à vous morfondre entre ces quatre murs comme deux vieilles filles ? leur lança-t-elle en ôtant son bonnet avant de lisser ses cheveux ébouriffés par le vent. Je viens à l'instant d'effectuer une promenade des plus charmantes dans le parc.

Sapphire leva les yeux au ciel.

— Dans la voiture de qui ?

— D'un gentleman, répondit Angélique sans plus de précisions.

Jetant son chapeau sur une chaise, elle s'approcha de la table d'une démarche chaloupée et se saisit d'un petit-four rond orné d'une cerise qui se trouvait sur le plateau en porcelaine où Lucia avait disposé les pâtisseries.

— Alors, que devenez-vous ? demanda-t-elle avec désinvolture.

Elle jeta un coup d'œil alentour.

— Toujours en train de vous installer, à ce que je vois.

— Tu aurais pu rester nous aider, lui reprocha Sapphire, quoique sans grande conviction.

— Et toi, tu aurais dû venir au parc avec moi. Il y a un certain M. Krum qui te cherche partout en ville.

— Moi ? s'enquit Sapphire avec étonnement en posant une main sur le corsage de sa toilette du matin bleu ciel. Et que me veut ce monsieur ?

Ce fut au tour d'Angélique de lever les yeux au ciel.

— A ton avis ? Il a dû te croiser quelque part et désire sans doute que tu l'aides à mettre fin à sa morne existence de célibataire.

Sapphire secoua la tête, préférant ne pas s'étendre sur le sujet.

— Nous étions en train de nous demander comment résoudre le problème que nous pose M. Thixton en s'entêtant à ne pas vouloir m'écouter, expliqua-t-elle. Il m'a même retourné la lettre que je lui ai envoyée hier, sans l'ouvrir.

— Franchement, Sapphire, je ne comprends pas pourquoi tu t'acharnes toi-même à poursuivre ce monsieur de tes assiduités — si tu veux bien me passer l'expression. La ville regorge de beaux garçons comme ce M. Krum. Tu n'aurais qu'à te baisser pour y dégoter un époux à ta convenance.

— Angel, il ne s'agit pas de me marier, rétorqua Sapphire. Tu n'as donc suivi aucune de nos conversations de la semaine passée ? C'est mon identité qui est en jeu !

— Ah bon ? Ce n'est pas Blake Thixton ?

— Certainement pas ! s'exclama Sapphire, le rouge aux joues. Et j'apprécierais d'ailleurs que vous cessiez l'une et l'autre de me citer son nom à tout bout de champ.

Elle croisa les bras et tourna le dos à sa sœur.

— Nous étions en train de songer à prendre une autre voie pour défendre la cause de Sapphire, dit alors Lucia tout en se reversant un peu de café.

— Une autre voie ? demanda Angélique, perplexe, en léchant le glaçage qui lui poissait les doigts.

— En fait, précisa Lucia d'une voix quelque peu hésitante, c'est une idée que m'a suggérée lady Carlisle.

— Je ne veux même pas savoir ce que cette… cette femme a pu te raconter, grommela Sapphire. Elle nous a insultées toutes les deux, moi en laissant entendre que j'avais commis un acte répréhensible et toi en insinuant que tu en serais pour partie responsable.

— Allons, n'y pense plus, l'exhorta sa tante. Au vrai, l'idée en question n'est pas très… conventionnelle.

— Ça tombe bien, repartit Angélique. Nous détestons les conventions — n'est-ce pas, Sapphire ?

L'interpellée se retourna et prit place sur une des chaises tapissées en face du canapé.

— Je t'écoute, tantine.

— Une question se pose d'abord : que désires-tu exactement de lord Wessex ?

— Tout ce que je veux, c'est que M. *Thixton* admette publiquement que mon père était marié à ma mère et que je suis leur fille légitime.

— Ce qui ferait de lady Wessex… quoi, au juste ? interrogea Angélique en étouffant un rire. Une femme entretenue ?

— Peu m'importe, rétorqua Sapphire en se penchant en avant et en croisant les mains. Je tiens simplement à ce que tout Londres apprenne que je suis Sapphire Thixton, fille de feu Edward Thixton, vicomte de Wessex.

— A supposer que l'Américain soit disposé à t'accepter pour sa parente, la douairière exigera certainement une preuve, objecta Angélique tout en prenant un deuxième petit-four.

— Que nous serions, hélas, bien en peine de lui fournir, concéda sa sœur. Tante Lucia n'a pour l'instant trouvé aucune trace écrite d'un mariage contracté par un membre de la famille Wessex dans le Devonshire au cours des cent dernières années.

— Peut-être pourrions-nous nous passer de ce genre d'argument si nous provoquions suffisamment… d'agitation, proposa Lucia.

— D'agitation ? répéta Sapphire.

Lucia regarda les deux jeunes femmes tour à tour.

— Voyez-vous, reprit-elle d'une voix de plus en plus excitée, quand j'ai signalé à lady Carlisle que tu n'avais nulle part où aller si elle te jetait à la rue, Sapphire, elle m'a répondu que tu n'avais qu'à te chercher un protecteur.

— Oh ! s'écria sa filleule. Cette femme est décidément odieuse !

— Allons, la tança Lucia en levant un doigt, écoute-moi un peu au lieu de monter ainsi sur tes grands chevaux… J'ai cru comprendre que l'aînée de la future ci-devant lady Wessex — tu sais, celle qui a une si vilaine peau — aurait l'espoir de se marier sous peu. Et si nous créions un scandale tel que la douairière serait prête à toutes les concessions pour l'étouffer ?

— Oh, je vois, proféra Angélique dans un souffle. « La fille de feu le vicomte de Wessex obligée de se trouver un homme pour survivre ».

Elle battit des mains.

— Voilà en effet qui soulèverait un fameux scandale ! approuva-t-elle avec enthousiasme. Qu'en penses-tu, Sapphire ?

— Euh… Je ne sais pas, répondit cette dernière avec une grimace dégoûtée.

— Oh, allons, protesta Angélique, ça sera tellement amusant ! Tu imagines ? Sitôt que ta situation sera connue, les plus beaux hommes de la capitale feront la queue jusque dans la rue pour te laisser une de leurs stupides cartes de visite ! Nous pourrons aller au bal et au théâtre chaque soir, et toutes nos journées, nous les passerons aux courses, à des pique-niques…

— Eh bien, moi, je trouve ça… choquant ! bredouilla sa sœur.

— Justement, lui fit remarquer Lucia avec un clin d'œil, c'est le but recherché. J'ai appris tantôt chez le traiteur du bout de la rue que la cadette de lady Wessex… Comment s'appelle-t-elle, déjà ? Polly ? Porridge ? Petunia ?

Sapphire ne put s'empêcher de rire.

— Portia !

— Ah oui ! c'est cela, repartit Lucia en hochant la tête avec un sérieux irrésistible. Eh bien, il paraît que sa mère s'attend à ce qu'un certain gentleman lui demande sa main d'un jour à l'autre.

— Lord Carter ? s'enquit Angélique en se tournant vers elle. Tu plaisantes ?

— Tu connais donc ce monsieur ? s'étonna Sapphire.

Angélique sourit.

— Je pense bien, répondit-elle. C'est lui qui m'a emmenée me promener ce matin, avec son frère et son cousin.

— Tu te trouvais dans un fiacre avec trois hommes, sans chaperon ?

— L'un d'eux avait amené sa petite sœur, espèce de sainte-nitouche. Mais bon, je ne vois pas ce que ça change, puisque nous projetons de devenir des…

— … des dames dans le besoin, se hâta d'achever Lucia.

— Tu sais, énonça Sapphire en s'adressant à sa marraine, je ne crois vraiment pas que je pourrais…

— Moi, si ! affirma Angélique avec un sourire radieux.

Lucia riva ses yeux dans ceux de sa nièce.

— Je ne te demande pas de sacrifier ta vertu à ta quête, mon ange. Pour qui me prends-tu ? Je te suggère seulement de laisser certains s'imaginer que tu pourrais éventuellement t'y résigner. Notre stratégie sera donc la suivante. D'abord, nous ferons savoir aux mâles libres de la capitale que vous êtes toutes deux à la recherche d'un protecteur, lady Carlisle vous ayant chassées de chez elle et votre tante étant par ailleurs trop vieille et trop cacochyme pour s'occuper de vous.

Pour souligner son propos, elle porta une main à son front en mimant la plus extrême faiblesse.

— Ensuite de quoi, poursuivit-elle en se redressant, une fois que vous serez devenues la coqueluche du Tout-Londres, nous rendrons publique la terrible vérité — à savoir, mon enfant, que tu es une Thixton livrée à la concupiscence des mâles à cause de la cruauté de ta famille qui refuse de t'accueillir en son sein…

— Et lady Wessex ne pourra tolérer longtemps une telle rumeur qui risquerait de compromettre les chances de ses filles de se dénicher le parti qu'elles méritent — selon elle, conclut Angélique, l'air ravi. C'est un plan parfait !

— Un plan parfaitement scandaleux, oui, rectifia Sapphire

en soupirant. Mais assez scandaleux, hélas, pour être couronné de succès.

— Par là, cocher ! lança Lucia au conducteur du tilbury de louage en lui indiquant la direction à l'aide de la canne en noyer et cuivre qu'elle venait d'acquérir au Change.

Le soleil de fin de printemps dardait ses rayons sur son visage et elle dut résister à l'envie de rabattre sur son front le rebord de son chapeau pour éviter d'attraper des éphélides. A quoi bon s'en soucier à son âge ? se sermonna-t-elle. Elle trouvait au contraire délicieuses cette chaleur et cette lumière. Elles lui donnaient l'impression d'être intensément vivante et la remplissaient d'espérance.

— Prenez cette rue, précisa-t-elle, et rapprochez-vous des quais.

— M'dame, repartit le petit homme juché sur le banc de conduite en lui lançant un coup d'œil par-dessus son épaule voûtée, vous êtes sûre que vous voulez aller par là ? C'est un coin pas très recommandable, en bas de Water Street.

— Je sais, acquiesça-t-elle gaiement. J'y ai travaillé.

Elle tapota le dos du cocher du bout de sa canne.

— Regardez un peu toutes les rides que j'ai sur la figure, ajouta-t-elle. Vous ne voyez pas que je vieillis de minute en minute ? Alors, en avant. Et que ça saute !

— Bien, m'dame.

Réprimant un sourire, le conducteur claqua de la langue et engagea l'attelage dans l'étroite venelle.

Des remugles de poissons et de saumure assaillirent bientôt les narines de Lucia. Elle inspira profondément en laissant ses souvenirs remonter à la surface de sa mémoire. Quoique jamais, au grand jamais, elle n'ait eu la moindre nostalgie de cet endroit, elle n'en considérait pas moins comme un acte d'hygiène mentale de revisiter ainsi la bauge où elle s'était jadis roulée. Non seulement cela lui rappelait d'où elle venait — ce qui n'était jamais mauvais en soi —, mais elle pouvait ainsi mieux apprécier la chance qu'elle avait eue de s'en sortir.

Bientôt la ruelle se rétrécit encore plus tandis que de vieilles bâtisses à colombages se dressaient de part et d'autre de la chaussée et venaient occulter en partie la clarté du soleil. Au bas des façades tavelées de moisissures, entre les pavés gras et inégaux, des eaux usées dévalaient en un filet sirupeux au fond des caniveaux et mêlaient leurs relents nauséabonds à la puanteur de la Tamise.

Ce quartier de Londres qui s'étendait le long des docks municipaux formait comme une cité à part dans la ville. Devant chaque porte ou presque, telles des sentinelles maussades, somnolaient des créatures aux dents gâtées exhibant paresseusement leurs appas, cependant que de vieux loups de mer à nattes de flibustier déambulaient au milieu des carrioles chargées de poissons et des chèvres dont tout un troupeau occupait un des côtés de la rue. Lucia put ainsi constater que les vingt-cinq années écoulées depuis son départ d'Angleterre n'avaient pas amené de grands changements dans ce secteur de la capitale.

Comme le fiacre semblait ralentir, elle enfonça de nouveau le bout de sa canne dans le creux des reins du cocher.

— Courage, lui dit-elle, nous arrivons bientôt.

Avec un grommellement indistinct, le conducteur relança l'attelage.

Plus loin s'ouvraient les portes des tavernes et des cabarets de la classe laborieuse, que fréquentait assidûment une cohorte de piliers de bar, même en pleine journée. Avisant une enseigne de bois miteuse sur laquelle était peint un lièvre coiffé d'un chapeau haut de forme, Lucia brandit de nouveau sa canne.

— Halte ! s'écria-t-elle. Tout le monde descend !

— Pardon, m'dame ?

Lucia se redressa et s'agrippa à la paroi de la caisse avant même que la voiture s'immobilise.

— Nous sommes rendus, mon brave.

Avec un soupir résigné, le cocher arrêta les chevaux et tira sur le frein auquel il noua les rênes. Puis il se laissa glisser sur le pavé pour aider sa passagère à sortir du tilbury.

— Je n'en ai que pour une minute, le prévint cette dernière en déposant une pièce dans le creux de sa main gantée. Si vous m'attendez bien sagement, je triplerai votre pourboire. C'est compris ?

— Et comment, m'dame ! répondit-il avec un entrain retrouvé. Pouvez compter sur moi, m'dame !

Le sourire aux lèvres, Lucia traversa le carrefour pour rejoindre les femmes qui se tenaient en faction à l'entrée de la taverne.

Elle se dirigea vers la première qui se trouvait sur son chemin. La prostituée était revêtue d'une simple chemise de soie rose qui laissait à nu ses maigres épaules et dont peinaient à déborder deux petits seins poussés sur un torse hâve. Elle semblait approcher la quarantaine mais pouvait n'avoir que vingt ans tant il était malaisé de deviner son âge sous la masse broussailleuse de sa chevelure.

Elle toisa Lucia de la tête aux pieds et cracha par terre une giclée de salive brunâtre, imprégnée de jus de tabac à chiquer.

— J'vous intéresse, m'dame ? demanda-t-elle avec un sourire en coin.

Deux de ses compagnes, derrière elle, se mirent à ricaner. Une troisième contemplait la scène sans rien dire, les traits figés et le regard vitreux.

— Peut-être bien, confirma Lucia avant de monter sur le trottoir de bois afin de venir examiner les autres prostituées de plus près.

Elle écarta d'emblée celle qui arborait un air absent. Elle connaissait cette expression-là : la pauvre s'était déjà retirée trop loin au fond d'elle-même pour qu'on puisse espérer la sauver. Les deux autres, en revanche, avaient gardé un semblant de vie. Mais c'était surtout l'insolente petite rouquine qui lui paraissait avoir le plus de chien.

— Ça serait-y pour vous ou pour votre homme ? s'enquit cette dernière tout en croisant les bras sur sa poitrine pour faire jaillir les mamelons de ses seins de l'échancrure de sa chemise.

— Pour moi.

Les collègues de la rouquine pouffèrent de plus belle.

— D'habitude, j'fais pas les dames, répondit-elle. Ça vous coûtera plus cher.

— Comment vous appelez-vous ? repartit Lucia en étudiant avec soin les yeux bruns de son interlocutrice, sachant d'expérience que la personnalité d'un individu finissait toujours par se refléter dans son regard.

— Comment vous voulez que j'm'appelle ?

— Allons, allons, je n'ai pas de temps à perdre avec ces sornettes, répliqua Lucia. Votre nom ?

La rouquine la gratifia de son œillade la plus incendiaire.

— Celui que me donnent les garçons ou celui que *vous* pouvez me donner ?

La saillie fut saluée par une nouvelle salve de rires que Lucia ignora.

— Celui que vous a donné votre mère, ma colombe.

Elle tendit le bras et prit la main de la prostituée entre ses doigts gantés.

La rouquine la considéra un moment en silence et, quand elle reprit la parole, ce fut avec une soudaine modestie qui confinait à la timidé.

— Avena, dit-elle d'une voix presque inaudible. Avena Croft. C'est comme ça… que ma mère m'appelait.

Elle avait prononcé ces derniers mots sur un ton presque désespéré.

— Avena, répéta Lucia avec un air songeur, comme si elle goûtait ces trois syllabes. Charmant prénom.

— Ça fait longtemps que plus personne m'a jamais appelée comme ça, ajouta la prostituée en baissant les yeux sur les planches constellées de taches.

Lucia sourit.

— Aimeriez-vous avoir un travail ? lui demanda-t-elle.

Puis, comme l'autre ne répondait pas, elle précisa :

— Un travail honnête. Je vous propose de devenir ma femme de chambre et de servir en outre deux jeunes dames.

Avena redressa vivement la tête et la dévisagea avec ébahissement.

— Je… je ne peux pas être la servante de *dames*, m'dame. Je ne suis qu'une catin.

Lucia sourit de nouveau, sans s'offusquer de la crudité du langage de la rouquine.

— Mais vous pouvez apprendre, n'est-ce pas, Avena ? répliqua-t-elle.

Elle écarta une mèche de cheveux crasseux du front de la prostituée et constata que celle-ci était effectivement jeune. En tout cas, elle ne devait pas avoir plus de vingt-cinq ans.

— Et je parie que vous savez très bien faire le ménage. Il suffirait pour cela de vous donner une tenue décente, précédée d'un bon bain chaud et suivie d'une collation conséquente, histoire de vous remplumer un peu auparavant. Alors, qu'en pensez-vous ?

Tout en interrogeant la jeune femme, Lucia ne put s'empêcher de remonter sur son épaule l'une des bretelles de sa chemise.

— Vous blaguez, m'dame ? bredouilla Avena, visiblement prise de court.

— Pas le moins du monde, rétorqua Lucia avec le plus grand sérieux.

Elle se recula d'un pas et promena son regard d'un bout à l'autre de la rue. Les compagnes d'Avena s'étaient éloignées de quelques pas pour discuter avec une bande de marins en vareuse qui portaient sur leur dos des sacs de toile cirée.

— Je manque de domestiques, reprit Lucia à l'intention d'Avena, mais il se trouve que notre maison est un peu… originale.

— Je… je crois que je pourrais apprendre, m'dame.

— J'en suis certaine, approuva Lucia avant de se tourner pour indiquer à Avena le fiacre qui l'attendait. Y allons-nous ?

— Oui, m'dame, s'empressa de lui répondre la prostituée en lui emboîtant le pas.

— Mais vous désirez peut-être saluer vos amies, suggéra Lucia en marquant un léger arrêt.

— Non, dit aussitôt Avena. Ce sont pas mes amies, m'dame. Il n'y a pas d'amitié, ici.

— Je suis sûre qu'elle ne va plus tarder, monsieur Stowe, déclara Sapphire en souriant à l'avoué entre deux âges et au crâne dégarni qui était assis en face d'elle, dans un des fauteuils du salon. Je ne vois vraiment pas ce qui peut la retenir ainsi.

— Oh, ça ira, ne vous inquiétez pas. Du reste, j'ai un peu de temps devant moi.

— Et vous dites que vous aviez rendez-vous ?

— Oui… Enfin, non…, se corrigea-t-il. En fait… Eh bien, nous devions nous retrouver dimanche après-midi, mais quand je me suis présenté chez lord et lady Carlisle comme nous en étions convenus…

— Oh, dieux du ciel ! soupira la jeune femme en joignant les mains avant de finir sa phrase pour lui. Nous étions déjà parties de chez eux !

L'avoué hocha la tête.

— Et quand j'ai posé des questions à lady Carlisle au sujet de Mlle Toulouse, poursuivit-il, elle m'a affirmé qu'elle ignorait sa nouvelle adresse.

Indignée, Sapphire se leva d'un bond.

— Cette lady Carlisle n'est qu'une abominable sorcière ! s'écria-t-elle.

— Je… je suis désolé, bafouilla Stowe, interloqué par cette réaction véhémente de la jeune femme.

— Non, non, c'est moi qui vous prie de m'excuser, monsieur Stowe, repartit Sapphire en se rasseyant. Tante Lucia ne m'a pas avertie qu'elle attendait la visite d'un gentleman. Tout est arrivé si vite — et par ma faute, qui plus est.

— Plus un mot là-dessus, l'interrompit M. Stowe avec une vigueur qui la surprit. Jamais je n'irais médire d'une dame, mais sachez seulement que lady Carlisle est beaucoup moins écoutée qu'elle se complaît à le croire.

— C'est bien aimable à vous, monsieur Stowe, le remercia Sapphire en considérant avec un respect renouvelé cet homme à la fois simple et sincère.

— Beaucoup de rumeurs circulent au cours de ces réceptions, très chère, mais nul n'y attache le moindre crédit. D'ici la semaine prochaine, les commères de la bonne société londonienne se seront trouvé une autre victime et il n'y aura plus personne pour se rappeler le bal donné par la douairière des Wessex.

L'allusion à la veuve de son père mit soudain la jeune femme mal à l'aise.

— Lady Carlisle vous a donc raconté ce qui s'est passé à cette soirée ?

— Pour tout vous avouer, j'y étais moi-même invité.

Sapphire se leva de nouveau du divan, consternée.

— Vous étiez à la soirée ?

— Oui. C'est d'ailleurs là que j'ai rencontré Mlle Toulouse, votre marraine. Ou, pour être plus exact, que j'ai eu la chance incroyable de pouvoir faire sa connaissance, précisa-t-il en s'enflammant peu à peu. Ah, quelle personne divine ! Vous savez, venir ainsi chercher des femmes chez elles pour les emmener se promener au parc n'est pas chez moi une habitude — loin de là ! Je… je suis veuf, vous comprenez…

Sapphire hocha silencieusement la tête.

— Au vrai, c'est même la première fois que cela m'arrive et je n'ai pas honte de reconnaître, mademoiselle Fabergine, que je me sens un peu nerveux.

Il se mit à triturer son chapeau.

— Je… j'admire votre… votre marraine, continua-t-il en bredouillant de plus belle. Et j'espère que… Oh, Seigneur, qu'est-ce que je raconte ? Ecoutez, je n'ose espérer rien du tout. Sincèrement, je…

Il se tut, ne sachant apparemment plus quoi ajouter sans paraître plus maladroit qu'il ne l'était déjà.

Sapphire prit alors conscience que, comparée à l'intérêt passionné qu'il semblait vouer à sa tante, la curiosité qu'auraient éventuellement pu éveiller en lui les médisances de lady Carlisle devait en fait avoisiner le néant absolu. Elle en fut considérablement soulagée et, se détendant, quelque peu, reprit sa place sur le canapé.

— Vous êtes certain de ne pas vouloir une tasse de thé, monsieur Stowe ? A moins que vous préfériez un café ? Ma marraine est très exigeante sur le café.

— Ah oui ? fit-il en redressant la tête. Moi aussi, j'aime beaucoup le café. Je le préfère même au thé. Ce n'est pas très anglais, n'est-ce pas ?

Sapphire ne put s'empêcher de sourire une nouvelle fois. Décidément, cet avoué lui plaisait de plus en plus. Il y avait chez lui un mélange étonnant d'assurance et d'ingénuité et elle ne s'étonnait plus du tout que Lucia ait jeté son dévolu sur lui.

— Nous cultivions du café en Martinique, lui apprit-elle.

— En Martinique ! s'exclama M. Stowe. Mlle Toulouse est donc une grande voyageuse. J'en étais sûr !

— Vous étiez sûr de quoi, mon ami ? s'enquit Lucia en déboulant dans la pièce.

M. Stowe s'éjecta aussitôt de son fauteuil comme un diable à ressort. Sapphire se releva à son tour, ravie de constater avec quelle émotion l'avoué accueillait sa tante.

— M. Stowe est venu te présenter ses salutations, tantine.

— Monsieur Stowe, je commençais à me demander ce que vous aviez pu devenir, repartit Lucia en ôtant son bonnet et en poussant devant elle une maigrichonne en sous-vêtements qui paraissait avoir sauté plusieurs bains.

Si M. Stowe n'avait d'yeux que pour sa bien-aimée, il n'en allait pas de même pour la jeune femme qui ne put se retenir de considérer l'inconnue avec ahurissement. Elle nota que celle-ci avait l'air passablement effrayée.

— Sapphire, lui déclara alors Lucia, je te présente Avena, notre nouvelle chambrière. Tu vois que cette vieille carne de lady Carlisle avait tort de prétendre qu'il n'y avait plus aucun domestique digne de ce nom en ville. La preuve : j'en ai déniché une ! J'aimerais que tu lui montres sa chambre, que tu veilles ensuite à ce qu'elle dispose de tout le nécessaire pour prendre un bain et, enfin, si ça ne te dérange pas trop, ajouta-t-elle tout en retirant l'un de ses gants blancs avec une lenteur délibérée, que tu coures chez le tailleur pour lui commander une garde-robe.

— Merci beaucoup, m'dame, articula Avena, au bord des larmes.

— Pendant que tu y seras, Sapphire chérie, reprit Lucia, M. Stowe et moi souhaiterions une tasse de café — n'est-ce pas, monsieur Sowe ?

Elle se tourna alors enfin vers l'avoué pour lui présenter ses doigts dont il embrassa la peau tavelée et ridée comme si c'était la main de la reine en personne.

— Je… j'espère ne pas vous importuner, dit-il en rougissant jusqu'aux oreilles.

— Mais non, du tout, lui assura Lucia en le ramenant vers son fauteuil et en exagérant un tantinet son accent français. Je me disais justement, monsieur Stowe, que si vous étiez capable de nous retrouver après ce changement d'adresse impromptu, ce serait une preuve supplémentaire de vos mérites… Pour vous le dire plus simplement, je suis enchantée de vous revoir.

Sapphire les laissa marivauder pour aller s'occuper de la jeune femme statufiée sur le seuil du salon : la malheureuse semblait à la fois terrorisée et complètement dépassée par les événements. Elle ne put cependant s'empêcher de remarquer une nouvelle fois que leur « chambrière » avait une allure pour le moins… originale. Mais elle préférait ne pas trop s'interroger sur la nature de la profession ou de l'occupation qui l'obligeait à s'habiller ainsi — si tant était qu'on pût, en l'occurrence, parler d'« habit ».

— Venez, Avena, lui dit-elle d'une voix douce, je vais vous montrer votre chambre à l'étage. Désirez-vous un peu de thé auparavant ? Du pain, du fromage peut-être ? Notre garde-manger est abondamment garni.

— Merci, mademoiselle, murmura Avena en hochant la tête. J'ai… j'ai l'impression de vivre un rêve. C'est tellement… incroyable qu'il faut que j'me pince pour y croire !

Sapphire lui sourit, puis se tourna vers sa tante et M. Stowe.

— Si vous voulez bien nous excuser, dit-elle avant de précéder Avena dans le couloir.

Mais ni Lucia ni l'avoué ne l'entendirent, tant ils étaient accaparés par le plaisir de leurs retrouvailles.

9

— Pourrais-tu resserrer les lacets de mon corset, s'il te plaît ? demanda Sapphire à Angélique en lui présentant son dos.

Dans moins d'une heure, plusieurs gentlemen viendraient les prendre pour les emmener au théâtre et Sapphire se sentait aussi nerveuse qu'à son entrée à l'école des religieuses, en Martinique. Elle se rappelait encore l'odeur qu'avaient ce jour-là les cheveux de sa mère quand celle-ci s'était penchée vers elle pour lui donner un dernier baiser. Elle se souvenait aussi de sa propre excitation… et de sa crainte de ne pas être à la hauteur. C'était une peur similaire qui, en cet instant, lui rendait les paumes moites et lui contractait l'estomac : celle de ne pas être capable de jouer la comédie imaginée par sa tante, ce stratagème qui lui paraissait aujourd'hui bien tortueux — trop peut-être pour réussir.

— Tes lacets sont suffisamment serrés comme ça, repartit Angélique avant de forcer Sapphire à se retourner vers elle. Tu as déjà la taille presque assez fine pour que je sois tentée de ne plus jamais te parler. Allons, ma douce, calme-toi. On va bien s'amuser, tu verras.

— Je ne sais pas si ça va marcher. Je ne sais même pas si je peux y arriver.

Secouant la tête, Sapphire prit place sur un tabouret recouvert de velours, en face de la coiffeuse aux formes graciles, et contempla son reflet dans le miroir ovale du meuble, étudiant les traits de la jeune femme aux cheveux auburn et à l'air soucieux, qui la regardait de ses yeux vairons.

— Et si ces messieurs ne croient pas que j'aie besoin d'un protecteur ?

— Mais tu en *as* besoin !

— Et s'ils s'aperçoivent que je n'en aie pas *envie* ?

— *Eux* en auront envie et c'est tout ce qui compte. Le désir est aveugle, ma biche. Et puis il n'est franchement pas difficile d'appâter des hommes aussi jeunes.

Tout en énonçant ces propos, Angélique s'assit sur le bord du lit et entreprit d'enfiler un des bas de soie qu'elle venait de sortir de leur enveloppe en papier.

— De toute façon, poursuivit-elle, ils ne pensent qu'à ça. Dès qu'ils t'auront vue, qu'ils auront vu tes cheveux, tes yeux, tes lèvres, ils feront la queue dans la rue pour quémander tes faveurs.

Sapphire porta ses doigts à sa bouche en fronçant les sourcils et s'étudia dans la glace.

— Mes lèvres ? Qu'est-ce qu'elles ont, mes lèvres ?

— Rien, sinon qu'elles n'ont pas encore été assez embrassées.

Le souvenir de Blake Thixton s'imposa aussitôt à l'esprit de Sapphire, qui se remémora leur baiser ainsi que l'ardeur passionnée de ses étreintes.

— Je n'y arriverai jamais, gémit-elle en détachant brusquement sa main de sa bouche, comme si elle voulait y effacer le souvenir de l'impudent héritier de son père.

— Ne sois donc pas stupide ! la tança Angélique.

Avec des gestes sensuels, elle lissa le bas qui moulait sa jambe parfaitement galbée, puis se saisit d'une jarretière.

— C'est facile, expliqua-t-elle. Souris et, quand tu t'esclaffes, arrange-toi pour que le son parte du fond de ta poitrine. Comme ça.

Elle exécuta un rire de gorge qui parut à sa sœur tout dégoulinant de sous-entendus inavouables.

— Les hommes adorent ça, continua Angélique sur un ton égal. Ça leur donne l'impression d'avoir un pouvoir sur toi, comme si tu étais une marionnette s'agitant au gré de leurs fantasmes — sauf que c'est toi, bien sûr, qui les manipules. Oh, à propos, j'allais oublier le plus important : flatte-les. Tout le temps. Constamment. Ça ne mange pas de pain et, à la différence des promesses, les flatteries n'engagent vraiment que ceux qui sont assez bêtes pour les prendre au sérieux !

Trop crispée pour se moquer ou même s'offusquer du cynisme de sa sœur, Sapphire commença à se poudrer le nez, se demandant toujours ce qui n'allait pas dans ses lèvres. Etait-ce le fait que celle du bas semblait plus épaisse que celle du haut ? Elle s'empara d'une brosse pour lustrer ses longs cheveux, qu'elle avait lavés et parfumés un peu plus tôt avec l'aide d'Avena.

— Comment saurais-je les paroles susceptibles de plaire à un homme ? objecta-t-elle. Je n'ai pratiquement aucune expérience en la matière. Les seuls hommes que j'ai connus jusqu'à présent sont Maurice et les quelques garçons que j'ai pu fréquenter en Martinique.

— N'importe quel compliment fera l'affaire, qu'il soit sincère ou non. L'essentiel est qu'*eux* y croient — et ils y croiront, je peux te le garantir.

Angélique prit le second bas dans l'enveloppe de papier.

— Tu penses trop, Sapphire, ajouta-t-elle. Sois belle, reste toi-même et, surtout, profite un peu de la soirée. Personne ne cherchera à t'imposer quoi que ce soit. Au contraire. Prends donc exemple sur tante Lucia : elle se réjouit à l'avance de cette sortie, elle.

Sapphire soupira et croisa le regard de sa sœur dans le miroir.

— Nous plaçons tous nos espoirs dans la rumeur pour forcer la main à la comtesse ainsi qu'à M Thixton, mais en attendant, nous dépensons sans compter.

Elle souleva le bol de verre taillé renfermant la poudre de riz et le reposa sur la table avant de désigner l'enveloppe en papier qui contenait sa propre paire de bas de soie.

— Si ce plan ne marche pas, si cela ne contraint pas M. Thixton…

— M. Thixton par-ci, M. Thixton par-là, dit Angélique sur un ton taquin. Nous en revenons toujours à lui, n'est-ce pas ?

— Que veux-tu dire au juste ? rétorqua Sapphire.

Sans attendre la réponse de sa sœur, qu'elle ne souhaitait sans doute pas connaître, elle se leva et alla passer la tête par la porte de la chambre pour jeter un coup d'œil dans le couloir.

— Mais où donc est passée Avena ? s'enquit-elle. Elle devait juste descendre chercher nos toilettes et remonter aussitôt. J'espère que les robes auront été terminées. J'adore vraiment la bleue.

Elle revint dans la pièce et consulta la pendule prussienne en porcelaine posée sur le manteau de la cheminée.

— Nos cavaliers ne vont plus tarder et nous ne sommes même pas encore habillées.

— Nous le sommes presque, rectifia Angélique, et ces messieurs ne devraient pas sonner à notre porte avant une demi-heure.

Ses bas maintenus par les jarretières juste en dessous du genou, elle se leva et laissa retomber l'étoffe raide de ses jupons jusqu'à ce qu'ils frôlent le parquet.

— De plus, ajouta-t-elle, je ne pense pas que ce soit la modiste qui retienne Avena, mais plutôt son tailleur de fils.

— Avena a des vues sur le fils de la modiste ? demanda Sapphire en souriant.

Une fois nourrie, épouillée, lavée et habillée, Avena s'était jetée à corps perdu dans sa nouvelle profession de femme de chambre et avait gagné le respect de chacun des membres de la maisonnée. Certes, elle ne ressemblait guère aux domestiques dont s'entourait lady Carlisle, mais Sapphire ne l'en trouvait pas moins merveilleuse. Elle était non seulement serviable, mais efficace — et toujours prête à donner son avis sur tout. Ses conseils, tout empreints de bon sens populaire et d'une expérience indéniable de la vie, surprenante chez un être aussi jeune, déclenchaient parfois chez Sapphire d'incontrôlables crises de fou rire, quand ils ne la faisaient rougir jusqu'à la racine des cheveux !

— Tu n'as donc pas remarqué qu'elle n'a pas arrêté d'aller

en bas, cette semaine, sous prétexte de surveiller la retouche de nos toilettes ? répondit Angélique en glissant les pieds dans une nouvelle paire d'escarpins en cuir doré. Certains après-midi, elle y allait jusqu'à deux fois de suite.

— Non, ça m'a échappé, reconnut Sapphire. Je devais être trop préoccupée pour y prêter attention.

Elle s'interrompit soudain, l'air renfrogné.

— Ah ! s'exclama-t-elle. Comme je déteste en être réduite à ces extrémités pour obtenir de ce… de cet *Américain* la simple reconnaissance de ce qui me revient de droit !

Elle retourna auprès de la coiffeuse en serrant les poings.

— Chaque fois que je repense à ce M. Thixton, je te jure que je… que je…

— Passes-tu donc tant de temps à penser à lui ? s'enquit Angélique avec un haussement de sourcils suggestif.

— Certainement pas de la façon que tu crois ! s'emporta Sapphire.

Puis, soucieuse de clore le sujet, elle pivota vers le miroir de la coiffeuse et souleva ses cheveux qui étaient encore légèrement humides.

— En chignon ou en catogan ? demanda-t-elle.

— Oh, en chignon, répondit Angélique sans hésitation.

Elle se leva et, se plaçant derrière sa sœur, s'empara de ses boucles qu'elle se mit à nouer avec prestesse.

— Des épingles, dit-elle au bout d'un moment. Il me faut des épingles.

Sapphire prit une pleine poignée d'épingles en écaille sur un plateau d'argent qui était posé sur la coiffeuse, et les tendit à Angélique au fur et à mesure de la confection de la coiffure. Quelques instants plus tard, elle vit dans la glace du meuble que les ondulations indisciplinées de sa chevelure s'étaient transformées en un chignon net et chic.

— Ça te plaît ? demanda Angélique tout en reculant d'un pas pour admirer sa création.

— C'est beau. Merci.

— C'est *toi* qui es belle. Et je crois que M. Thixton en a parfaitement conscience, lui aussi.

Sapphire se rembrunit.

— J'avais enfin réussi à me détendre. Pourquoi faut-il que tu me parles encore de cet homme ? reprocha-t-elle à sa sœur. Et puis tu te trompes sur ses intentions. Si M. Thixton m'a embrassée, c'était uniquement pour... pour m'humilier, voilà !

— Peut-être, mais qui peut prétendre connaître les voies de l'amour ? répliqua Angélique d'une voix roucoulante. D'ailleurs cet Américain, ton M. Blake Thixton, me paraît une personne bien compliquée.

— Ce n'est pas *mon* M. Thixton ! rétorqua Sapphire en se redressant pour aller de nouveau passer la tête par la porte. Et si Avena ne se dépêche pas de remonter, je crains fort de devoir descendre en sous-vêtements pour aller chercher ces robes moi-même !

— Laissez donc le tapin aux filles comme moi, repartit Avena en apparaissant soudain au détour du corridor, les bras chargés des toilettes enveloppées d'une housse en mousseline de coton.

— Me Dawson était-il là ? s'enquit Angélique en prenant sa robe des mains de la femme de chambre sitôt qu'elle eut pénétré dans la pièce.

— Euh... ouais, répondit Avena.

Plantée dans les chaussures usagées que lui avait achetées Lucia, l'ex-prostituée et bonne improvisée ondulait des hanches avec embarras tout en rougissant comme une écolière.

— C'est un bien beau garçon, approuva Sapphire avec un sourire encourageant.

— L'avez vu ? demanda la servante en allant déposer sur le lit la toilette de Sapphire qu'elle entreprit de déballer avec précaution.

Debout au milieu de la chambre, Angélique souleva sa propre robe par les emmanchures et la secoua avec impatience pour la dégager de sa housse qui atterrit sur le plancher.

— J'vais vous aider dans une minute, lui lança Avena.

— Je n'ai pas besoin de vous, repartit Angélique. Occupez-vous plutôt de Sapphire. Elle a complètement tire-bouchonné sa chemise et ses jupons à force de s'inquiéter de sa prétendue incapacité à mener les autres gandins par le bout du nez et de songer sans cesse à M. « Vous-savez-qui ».

— Je *ne* songe *pas* à lui ! protesta sa sœur. Et je ne comprends pas pourquoi tu n'arrêtes pas de le ramener à tout bout de champ dans la conversation !

— Restez donc à carreau deux minutes ou j'arriverai jamais à vous mettre cette robe, la prévint Avena tout en soulevant avec des gestes prudents les longueurs de délicat tissu bleu qui constituaient la toilette.

Non sans émettre un grommellement irrité, Sapphire se contraignit à l'immobilité et demeura les bras en l'air tandis que la bonne lui enfilait la robe par-dessus la tête.

— Je suis loin d'être aussi douée que toi pour ce genre de petit jeu, Angélique, rappela-t-elle à sa sœur d'une voix étouffée dans la pénombre de la robe. Mais tu as raison. Je devrais pouvoir m'en sortir. Je pense en tout cas être en mesure d'inciter ces messieurs à me désirer.

— Bien sûr que vous le pouvez, acquiesça Avena avant de tirer sèchement sur la taille du vêtement pour dégager la tête de sa jeune maîtresse qui apparut soudain dans l'encolure. Se servir de son popotin pour gagner son pain, c'est pas bien sorcier !

Angélique gloussa.

— Avena, je crois sincèrement que vous devriez accepter la proposition que vous a faite Sapphire de vous apprendre à parler correctement. Pour ma part, je n'en aurais pas la patience, mais elle si, j'en suis certaine. Elle a toujours eu de meilleurs notes que moi à l'école. Il faut dire aussi que ce n'était pas difficile : les miennes étaient catastrophiques !

Sapphire se tourna afin qu'Avena puisse boutonner l'arrière de la toilette.

— Parce que tu étais trop occupée à tromper la vigilance des religieuses pour aller jouer à cache-cache avec les garçons du village, repartit-elle.

Angélique esquissa une moue comique tout en gigotant dans sa robe et en tirant sur le bustier jusqu'à ce que l'échancrure de ce dernier souligne juste comme il fallait la rondeur de ses seins.

— Comment crois-tu que j'aie appris à me servir de mon *popotin* ? répliqua-t-elle.

— Je crois que nous n'aurons plus besoin de vous jusqu'à notre retour, Avena, déclara Sapphire à la bonne.

— Comme ça, ajouta Angélique avec un sourire malicieux, vous aurez le temps d'aller conter fleurette à Me Dawson.

— C'est que…, répondit Avena en hésitant.

Angélique se figea, saisie d'une brusque intuition, et ne put s'empêcher de considérer la servante avec stupéfaction.

— Vous ne lui avez pas encore parlé ! comprit-elle.

— Non, avoua Avena en fixant le bout de ses souliers. J'avais trop la trouille.

— Vous aviez peur, Avena, la corrigea Sapphire.

— Ouais, c'est ça, approuva l'ancienne prostituée avant de redresser brusquement la tête. Il veut devenir tailleur, vous savez. Il compte même ouvrir un jour sa boutique !

— Avena Croft, la femme du tailleur, énonça rêveusement Sapphire en souriant à la bonne. Ça sonne bien.

Pour le coup, Avena devint cramoisie et se cacha la figure derrière son tablier.

— Sauf que Dawson est un homme bien, murmura-t-elle, et qu'il ne voudra jamais d'une fille comme moi.

— Ah oui ? fit Sapphire en allant s'examiner pour la première fois dans le miroir de la psyché. L'autre jour, pourtant, la fille du boulanger — vous savez, la plus petite, celle qui a les couettes —, eh bien, elle m'a confié que Me Dawson lui avait posé des questions à votre sujet.

— Non ! s'écria Avena, hésitant entre l'incrédulité et le ravissement.

Puis elle se mit à glousser.

— Vous dites des bêtises, mam'zelle, aussi vrai que je respire !

— Pas du tout, assura Sapphire. En tout cas, nous reprendrons dès demain nos leçons de bonnes manières.

Avena hocha la tête.

— Tant mieux, mam'zelle... mademoiselle Sapphire, se reprit-elle en articulant les syllabes avec un air presque douloureux. Parce qu'ensuite j'aurai peut-être le cran d'aller... comment vous dites déjà ? Ah oui : d'aller « conter fleurette » à Me Dawson. Bonne soirée, mademoiselle Sapphire. Mademoiselle Angélique...

Avena ploya le genou, se dirigea vers le couloir puis, une fois sur le seuil de la chambre, exécuta une seconde révérence, le visage écarlate, avant de disparaître de la pièce.

Ce n'avait été qu'après des jours d'approche patiente et de questions renouvelées avec tact que la bonne avait finalement consenti à donner son âge à ses maîtresses : elle n'avait que dix-huit ans.

Il était vraiment affreux de constater les dégâts que pouvait occasionner la prostitution, songea Sapphire. D'ailleurs, son séjour à Londres se prolongeant, elle avait fini par se rendre compte que, si une poignée de privilégiés y vivaient dans le luxe et l'oisiveté, c'était aux dépens de l'immense majorité des autres habitants, qui, eux, croupissaient dans la pauvreté la plus abjecte — et y succombaient parfois. Que tant de souffrance et de misère puissent exister dans un endroit aussi merveilleux ne laissait pas de l'attrister.

— Alors, les filles, les héla Lucia depuis l'entrée, au bas de l'escalier, vous êtes prêtes ? Vos cavaliers ne vont plus tarder à arriver et M. Stowe est déjà là !

— Des mauvaises nouvelles, monsieur ?

Assis dans son fauteuil, sur la terrasse de sa demeure, Armand leva les yeux vers Tarasai, qui se tenait debout devant lui, son joli visage creusé de rides soucieuses. Il s'aperçut alors que le soleil était sur le point de se coucher et la nuit de tomber sur la jungle environnante. Il se demanda depuis combien de temps la jeune femme se trouvait là. Et combien de fois elle lui avait posé cette question avant qu'elle ne parvienne enfin à sa conscience.

Il baissa les yeux sur la lettre posée sur ses genoux.

— Je ne crois pas, répondit-il lentement tout en manipulant la missive d'une main distraite. Du moins, j'espère que je ne me trompe pas.

— Je vous ai apporté une couverture, lui annonça Tarasai en lui montrant un magnifique plaid, confectionné avec un patchwork de tissus imprimés sur l'île.

— Je n'ai pas froid.

— Prenez-la quand même, lui conseilla-t-elle de son adorable voix aux accents chantants. La brise est fraîche, ce soir.

Elle lui prit la lettre pour envelopper ses genoux osseux dans le plaid et lui rendit ensuite la missive sans même y avoir jeté un seul coup d'œil — ce qui, du reste, ne l'aurait pas plus renseignée puisque, comme la plupart des autochtones, elle était analphabète.

— Ce sont vos enfants qui vous l'ont envoyée ? s'enquit-elle tout en se dirigeant vers l'une des torches qui flanquaient la plus proche des portes-fenêtres donnant sur la terrasse.

Ayant ramassé une touffe d'herbe sèche, elle l'enflamma et revint ensuite allumer la lampe à huile posée sur le guéridon à côté d'Armand.

Ce dernier se rendit compte qu'il avait passé beaucoup de temps sur cette terrasse, ces derniers jours. Au début, peu après le départ de Sapphire, Lucia et Angélique, il avait essayé de reprendre le cours de sa vie quotidienne et de continuer à rendre visite aux villageois, à arpenter ses champs et à inspecter ses séchoirs. Mais il avait rapidement pris conscience qu'il n'en avait plus la capacité. Devant l'aggravation de sa maladie, et sur les recommandations aussi discrètes qu'insistantes de Tarasai, il s'était résigné à ne plus guère s'éloigner de la maison. Désormais, pour s'occuper, il lisait, travaillait au classement de sa collection de papillons tropicaux ou demeurait simplement assis dans son fauteuil à écouter les rumeurs de la jungle martiniquaise et à en admirer la beauté toujours changeante.

Quant aux femmes, si, dans l'année qui avait suivi le décès de Sophie, beaucoup s'étaient succédé dans son lit — des indigènes essentiellement —, il se contentait désormais de Tarasai. Il ne désirait plus qu'elle à ses côtés, car elle seule ne le considérait pas avec commisération ni ne lui donnait l'impression de constamment anticiper sa mort prochaine au lieu de l'aider à profiter du peu qui lui restait à vivre.

La flamme de la lampe à huile jeta un rond de clarté sur les genoux d'Armand et sur la lettre arrivée d'Angleterre.

— Vont-elles bien, monsieur ?

— Oui.

De nouveau, il baissa les yeux sur le pli, puis les releva sur le visage de la servante, sur ses traits tendres et ses beaux yeux sombres, sur cette peau parfaite et moirée où l'ébène se mêlait à la nacre.

— Oui, répéta-t-il d'une voix un peu cotonneuse, comme s'il s'arrachait à un rêve. Oui, je pense.

Tarasai attendit patiemment la suite.

Armand remit ses lunettes et entreprit de relire un des passages de la missive de Lucia.

— Elles ne logent plus chez lord et lady Carlisle, apprit-il à la servante. Elles ont décidé de louer un appartement. Il va falloir que je leur envoie de l'argent.

— Bien sûr, acquiesça Tarasai.

— D'après Lucia…

Il hésita.

— Il semblerait, reprit-il, que le père de Sapphire soit mort et qu'un de ses descendants ait hérité de son titre comme de ses biens. Elles gardent cependant bon espoir de faire valoir les droits de Sapphire.

Il avait prononcé ces dernières paroles avec plus d'enthousiasme qu'il n'en éprouvait réellement. Au fond de lui, pour la centième fois au moins, il se demandait s'il n'avait pas commis une erreur en éloignant ainsi Sapphire de la sécurité de son foyer. S'il avait attendu ne fût-ce qu'un an de plus, sa fille aurait été plus mûre, moins innocente en tout cas et certainement moins disposée à accorder sa confiance à n'importe qui. Mais sa mère, Sophie, en aurait sans doute été contrariée ; or, il avait juré de réaliser le rêve de sa défunte épouse et il savait que le repos éternel lui serait refusé s'il ne tenait pas sa promesse.

Tarasai, cependant, avait appris à deviner ses sentiments, et son entrain forcé ne la leurra pas un seul instant.

— Vous ne devriez pas vous inquiéter autant pour elle, monsieur, lui dit-elle d'une voix douce et apaisante. Mlle Sapphire est une jeune femme intelligente. Elle finira bien par obtenir ce qu'elle désire, et même plus. La chance lui sourira toujours, vous savez, elle est née sous une bonne étoile.

Armand lui sourit, touché, et lui serra la main.

— J'aimerais leur écrire à mon tour et leur adresser avec ma réponse un ordre de retrait à leur nom sur l'un de mes comptes en Angleterre.

— Restez là et profitez de votre jardin, monsieur, repartit aussitôt Tarasai. Je reviens dans une minute avec de l'encre, une plume, du papier et votre soupe.

Armand n'avait pas faim. L'appétit l'avait quitté — mais il était assez avisé pour s'abstenir de protester. Plutôt que de se chamailler avec Tarasai, il préférait encore avaler quelques gorgées de son sempiternel potage vespéral et attendre de se retrouver seul pour en jeter le reste derrière quelque massif.

— Merci, murmura-t-il alors qu'elle atteignait déjà le seuil de la demeure.

A ces mots, elle se retourna vers lui.

— Vous n'avez pas besoin de me remercier, monsieur. C'est plutôt moi qui vous suis reconnaissante de m'avoir donné un toit… et ce que je porte sous mon cœur.

Elle sourit et passa une main sur son ventre légèrement arrondi.

Armand lui rendit son sourire, ayant lui-même du mal à croire que, à son âge et malgré sa santé déclinante, il ait eu encore la force d'enfanter.

*
* *

Sapphire sortit du carrosse tiré par quatre chevaux devant le Drury Lane Theater, sa main dans celle du beau et jeune baron qui l'avait aidée à descendre de voiture. Lord Thomas, l'un des premiers soupirants qui se soient présentés à sa porte après avoir appris par la rumeur que les sœurs Fabergine avaient besoin de protecteurs, était pour l'instant étudiant à l'université — c'est-à-dire, avait-il précisé à la jeune femme, jusqu'au moment, peut-être pas si loitain que ça, où ses frasques lui vaudraient d'en être chassé. Son père, le comte de Crumpton, était membre de la Chambre des lords, sa famille y disposant d'un siège depuis plus de deux siècles.

— Mademoiselle Fabergine, vous ai-je déjà dit combien votre beauté était éblouissante ? s'exclama-t-il avec emphase tout en pressant sa bouche sur la main de Sapphire, un sourire espiègle aux lèvres.

Tout en laissant retomber jupe et jupons, Sapphire jeta un coup d'œil au tissu chatoyant de sa robe bleue et se sourit à elle-même en songeant que ce soir-là, effectivement, elle avait l'allure d'une princesse. Cette toilette était en tout cas la plus fastueuse qu'elle ait jamais portée et elle semblait avoir l'effet escompté sur leurs cavaliers, s'il fallait en croire le déluge de compliments et de regards énamourés dont ils l'avaient gratifiée jusqu'à présent. Elle espérait seulement qu'elle n'était pas trop onéreuse, d'autant plus qu'elle venait de commander trois autres robes à la modiste en bas de chez elles.

— Si tu veux attirer et, surtout, retenir l'attention du genre de messieurs qu'il te faut, tu dois ressembler à la femme de leurs rêves — ou, du moins, à celles qu'ils fréquentent d'ordinaire, lui avait expliqué Lucia en paraissant oublier que le but premier de Sapphire n'était pas tant de se trouver un protecteur que d'obtenir le patronyme qui lui revenait de plein droit.

Bien que sa tante ait écrit à Armand pour lui annoncer leur changement d'adresse, ce qui laissait augurer l'arrivée prochaine d'un chèque, elle était un peu inquiète de voir grossir la pile de factures que Lucia serrait dans un des tiroirs du secrétaire qui meublait leur nouveau boudoir. De fait, son père ne leur avait alloué avant leur départ que les fonds nécessaires pour assurer leur confort chez les Carlisle. Or, cette somme était nettement insuffisante pour leur permettre de maintenir leur train de vie dans une ville où les loyers étaient exorbitants et où le prix d'une livre de thé aurait suffi à acheter une pleine carriole de fruits et de légumes en Martinique.

— Lord Thomas ! appela Angélique en apparaissant à son tour à la portière du carrosse et en faisant signe au jeune baron avec son éventail orne d'une farandole de chérubins potelés.

Au moment où Sapphire relevait les yeux sur sa sœur, elle vit celle-ci tendre les bras vers lord Thomas, qui, comme l'avait sans nul doute prévu Angélique, en profita pour la saisir par la taille et la soulever dans les airs avant de la déposer sur le trottoir. Quatre autres gentlemen s'extirpèrent ensuite de la voiture, tous habillés du même frac impeccable et coiffés du même chapeau de soie. Derrière leur carrosse s'était rangé un fiacre dont descendit bientôt Lucia au bras de M. Stowe.

— Permettez-moi de vous escorter, mademoiselle Fabergine, murmura sur un ton insistant M. Carl Salmons.

C'était un jeune veuf qui, quoique sans titre, était selon la rumeur le plus riche des Londoniens de moins de trente ans. Il avait acquis sa fortune dans le négoce des produits exotiques et venait d'offrir à la jeune femme un éventail chinois qui était assorti de façon presque parfaite à sa nouvelle toilette. Sapphire n'y avait pas été insensible, estimant qu'un homme qui avait pris le temps et la peine de s'enquérir de la couleur exacte de sa robe avant de sortir avec elle méritait pour le moins quelque attention. De plus, M. Salmons n'était pas seulement doué de perspicacité, mais aussi d'humour et d'éloquence. Certes, il semblait surtout rechercher une maîtresse, mais, songeait Sapphire, il n'était pas exclu qu'il se remarie un jour — par exemple, une fois qu'elle aurait été reconnue comme la fille légitime de feu lord Wessex…

— Hé, Salmons, c'est chasse gardée ! l'avertit le baron Charles

Thomas, qui avait confié Angélique à lord Carter, l'un des meilleurs partis de la capitale.

Joignant le geste à la parole, il s'empara d'une des mains gantées de la jeune femme et la glissa possessivement sous son bras. Soucieuse de calmer les ardeurs de l'un comme de l'autre, Sapphire offrit son autre main à M. Salmons.

— Et si vous m'escortiez tous les deux ? suggéra-t-elle avec un sourire d'une ingénuité désarmante.

Son regard croisant celui d'Angélique, celle-ci salua la manœuvre d'un clin d'œil avant de reporter son attention sur lord Carter. La sœur de Sapphire avait rencontré ce dernier à la soirée des Wessex et ils avaient d'emblée commencé à se fréquenter assidûment — c'est-à-dire bien avant que la rumeur selon laquelle les deux jeunes femmes avaient besoin de protecteurs n'ait gagné les salons de la capitale, ses clubs pour hommes et le Royal Exchange.

La famille de lord Carter avait fait savoir à qui voulait l'entendre que leur fils était désormais en âge de se marier, mais il était évident que le jeune Henry n'était nullement pressé de se « mettre la corde autour du cou », ainsi qu'il l'exprimait lui-même. Condisciple de Charles Thomas, il était trop occupé pour cela à boire, à jouer et à courir les jupons — ce qui, loin de chagriner Angélique, semblait au contraire le rendre plus cher encore à son cœur.

— Quel sera le spectacle de ce soir ? Je suis sûr que la pièce que vous nous avez choisie nous enchantera, déclara Sapphire en prenant soin d'instiller dans ses propos la dose de flatterie prescrite par Angélique.

— Un des derniers mélodrames du français et néanmoins talentueux M. de Pixérécourt, se hâta de l'informer lord Thomas. Je l'ai déjà vu deux fois et je le trouve fort captivant. Je nous ai réservé une loge, naturellement. Ensuite, si ces dames le veulent bien, nous irons nous restaurer dans notre auberge favorite, La Poule et la casserole, où lord Carter a retenu pour nous un salon particulier à l'étage.

Sapphire baissa pudiquement les yeux, car elle n'envisageait pas sans appréhension un dîner intime avec tous ces garçons dans un établissement au nom si suggestif.

Elle allait devoir se montrer plus circonspecte que jamais, pensa-t-elle. Jusqu'à présent, elle n'avait confirmé à aucun de ces messieurs qu'elle cherchait effectivement un protecteur. Pour l'instant, il s'agissait encore et seulement d'un on-dit et, si rien n'avait été clairement explicité, c'était justement pour permettre à Angélique comme à elle-même de se dépêtrer sans trop de dommages de cette situation, sitôt qu'elle aurait recueilli le fruit de leur stratagème et que la vérité sur sa naissance éclaterait au grand jour.

— Mais nous pourrons aller dans tout autre établissement de votre choix, crut bon de préciser lord Thomas en tapotant sa main gantée. Et, bien évidemment, Mlle Toulouse ainsi que M. Stowe seront également nos invités.

Sapphire sourit, secrètement soulagée. Après tout, se dit-elle, moyennant un peu de prudence, le jeu de la femme entretenue n'était pas déplaisant — à condition, naturellement, de ne pas le jouer jusqu'au bout. Lucia lui avait en effet expliqué qu'en échange d'un appartement, de robes et de sorties au spectacle les poules de luxe étaient précisément censées… passer à la casserole, et cela de jour comme de nuit, selon le bon vouloir de leur protecteur, que celui-ci fût marié ou non. Aux yeux de Sapphire, ce n'était ni plus ni moins qu'une forme de prostitution. Celle-ci, toutefois, était tolérée par les convenances, de sorte que les courtisanes de haut vol pouvaient au moins prétendre à une respectabilité de façade et côtoyer la meilleure société dans certains lieux de plaisir où leur présence était considérée au mieux comme naturelle et, au pire, comme inévitable.

— Je trouve pour ma part qu'un souper tardif en compagnie de ces séduisants gentlemen serait une apothéose digne de cette soirée — pas toi, mademoiselle Fabergine ? repartit Angélique avec une allégresse désinvolte tandis qu'ils passaient entre les colonnes de marbre du Drury Lane Theater et pénétraient dans le somptueux vestibule de la salle de spectacle.

Resserrant sa prise sur les bras de ses deux cavaliers, Sapphire leur sourit tour à tour.

— Je suis on ne peut plus d'accord avec toi, mademoiselle Fabergine, répliqua-t-elle sur le même ton.

— Etes-vous réellement sœurs ? voulut alors savoir M. William Hollington en rattrapant le groupe.

Il considéra les deux jeunes femmes l'une après l'autre.

— Ne seriez-vous pas plutôt cousines ? s'enquit-il.

Sapphire lui adressa une moue espiègle.

— A votre avis, monsieur Hollington ? susurra-t-elle.

Le comte de Wessex se rencogna dans son fauteuil en velours, croisa les jambes et laissa son regard errer sur la foule des spectateurs en train de s'installer à leur place dans la mezzanine en contrebas. La représentation venait juste de commencer, mais il était moins intéressé par l'intrigue de la pièce que par le reste de l'assistance. Les théâtres anglais, comme il avait fini par s'en rendre compte, ne différaient guère des théâtres de Boston ou de New York : on n'y venait pas tant pour voir une pièce que pour voir les autres spectateurs et être vu par eux.

C'était la comtesse de Wessex qui avait insisté pour l'emmener au Drury Lane Theater avec sa fille aînée. Elle l'y avait pratiquement traîné de force et, maintenant qu'il se trouvait assis à côté d'elle et de Camille dans leur loge, il était plus persuadé que jamais que le seul talent de cette dernière était sa capacité à se plaindre sans cesse.

Réprimant un soupir, Blake concentra son attention sur le décor alambiqué encombrant la scène et sur la charmante actrice qui y déclamait alors son texte. Elle était fluette, ne semblait pas avoir plus de vingt ans, avait une chevelure opulente d'un blond clair et de remarquables yeux verts.

Cela lui rappela soudain une autre jeune femme aux yeux verts — ou, plutôt, avec un œil vert et l'autre bleu. Une sensation familière l'envahit, comme si la personne en question était là, devant lui. L'impression était si forte qu'il crut même sentir le parfum de ses cheveux et entendre les intonations de sa voix.

Avec un grommellement sourd, il changea de position dans son fauteuil et ramena son regard sur la scène du théâtre. Le hasard voulut que l'actrice ait terminé une de ses tirades à l'instant précis où ses yeux se posaient sur elle. Elle leva alors vers lui son petit menton à fossette et lui sourit.

Discrètement, Blake lui rendit son sourire.

Par la suite, cet échange muet se répéta à deux reprises et, à l'heure de l'entracte, alors que Blake, qui venait de s'excuser auprès de la douairière et de son laideron, s'apprêtait à descendre boire un double scotch, un garçon lui apporta un message dont il devina sans peine le contenu.

« Dans ma loge après le spectacle », lui indiquait laconiquement l'artiste d'une écriture déliée.

Blake froissa le message en réprimant un sourire, puis emprunta l'escalier pour gagner le foyer.

Quelques instants plus tard, alors qu'il s'éloignait du bar tout en sirotant distraitement son scotch, des éclats de rire attirèrent son attention sur un groupe de gentlemen habillés de fracs luxueux qui entouraient deux femmes en robe de soirée. Alors même qu'ils s'esclaffaient et échangeaient des plaisanteries avec une exubérance de jeunes coqs, chacun d'eux jouait des coudes pour être le plus proche des deux beautés.

Bon sang ! songea-t-il en reconnaissant l'une d'entre elles. C'était la petite rouquine ! Sapphire Fabergine. Il avait appris son nom en le lisant sur le pli qu'elle lui avait adressé après la réception donnée chez lui par lady Wessex. Il lui avait retourné sa lettre sans même y répondre, refusant d'entrer dans son jeu et de nourrir chez elle de faux espoirs — si belle soit-elle par ailleurs.

« Sapphire », se répéta-t-il. Un nom singulier pour une jeune Anglaise. Il se souvenait encore du goût de ses lèvres. Et sa voix, rauque et sensuelle, exerçait toujours sur lui la même séduction — comme, apparemment, sur les jeunes dandys qui l'entouraient. Il ne s'était donc pas trompé, tout à l'heure, quand il avait cru percevoir sa présence dans le théâtre : elle était là, tout simplement. Et l'absence à ses côtés de tout chaperon, alors même que l'environnait cette nuée de jeunes mâles aux yeux brillants d'excitation, prouvait à l'évidence qu'elle était bien celle qu'elle avait prétendu ne pas être : une courtisane dont les appas, pour remarquables qu'ils soient, lui servaient avant tout à soutirer richesse et influence à ses proies masculines.

Portant son verre à ses lèvres, il but une nouvelle gorgée de scotch et l'arôme fumé de l'alcool lui évoqua mystérieusement la jeune femme et la saveur de sa bouche. Il allait s'éloigner de la petite bande quand elle se tourna brusquement vers lui.

Il retint sa respiration. Elle était encore plus fantastique qu'il n'en avait gardé le souvenir, dans cette ravissante robe du même bleu que la pierre précieuse dont elle portait le nom. La toilette soulignait merveilleusement le dessin irréprochable de sa silhouette. Au moins, se dit-il, elle avait bon goût. Avec sa somptueuse chevelure auburn, ses yeux à la couleur si remarquable et son corps aux courbes pleines et lascives, elle semblait l'incarnation des désirs masculins.

Elle croisa son regard et le soutint avec un air de défi.

Il arbora un sourire entendu et leva son verre en un compliment muet. Elle ne marqua aucune réaction, se contentant de le regarder fixement. Puis elle lui tourna ostensiblement le dos.

Blake sentit ses mâchoires se crisper. Le dédain manifeste de Sapphire Fabergine le froissait. Et cette blessure d'amour-propre était d'autant plus vive qu'il ne voyait franchement pas pourquoi il aurait dû s'en soucier : après tout, cette fille n'était qu'une intrigante au petit pied. Ne l'avait-il pas démasquée au premier coup d'œil ?

Abandonnant son verre à moitié plein sur le plateau d'un serveur qui déambulait entre les spectateurs, il se hâta de quitter le foyer pour aller fumer un cigare dehors, sur le trottoir. Soudain, il ne pouvait plus tolérer l'atmosphère étouffante du théâtre, la promiscuité avec la comtesse et sa fille ni même la représentation.

Après plusieurs autres cigares, alors que plus d'une heure

s'était écoulée, un flot d'hommes et de femmes en tenue de gala commença à se déverser hors du bâtiment. Des voix s'élevèrent dans la tiédeur de cette nuit du début de l'été, entrelacées aux fragrances des parfums de prix. Blake s'engagea aussitôt dans le passage qui longeait le théâtre et y rentra par la première porte ouverte qui se présenta à lui. Au bout d'un long corridor mal éclairé, il tomba sur un des comédiens de la troupe qui lui indiqua le chemin de la loge de l'actrice principale. Celle-ci l'invita à entrer dès qu'il eut frappé à sa porte.

— Où étiez-vous donc passé ? s'exclama-t-elle. Ne vous apercevant plus dans votre loge, après l'entracte, je me désolais déjà de votre départ.

— Me voici, répondit-il.

Elle lui tendit les bras.

— Consolez-moi, milord.

Il s'exécuta.

10

La lueur des lampes caressait les murs chaulés du petit salon particulier, adoucissant les angles polis par l'usage des lambris peints. Cette clarté sourde était la bienvenue, se dit Lucia, car elle masquait aussi ses rides.

Tout en sirotant son verre de vin, elle étudia l'avoué et se prit à penser qu'elle ne s'était jamais sentie aussi jeune depuis des années.

— Avez-vous aimé la pièce, mademoiselle Toulouse ? demanda M. Stowe en lui tendant un cerneau de noix dont il venait de casser la coque.

Ils avaient partagé un repas délicieux, composé d'une soupe à la tortue — un mets aussi dispendieux que délicat à Londres —, de blancs de perdreau dans leur sauce au vin, puis d'un filet de sole, le tout accompagné de pain frais. Une serveuse venait juste de débarrasser leur table et d'apporter une deuxième bouteille de vin à la demande de M. Stowe, ainsi qu'un panier de fruits et de noix.

Lucia prit le cerneau que lui tendait l'avoué et le croqua en souriant avant de déguster une gorgée du vin rouge rubis. Le petit salon particulier que leur avait attribué le maître d'hôtel, à l'étage de La Poule et la casserole, desservait un second salon, plus vaste, où s'étaient rassemblées pour dîner Sapphire, Angélique, ainsi que toute la troupe de leurs soupirants. La porte de ce second salon étant ouverte, cette disposition observait un semblant de décence, et les jeunes femmes pouvaient ainsi être considérées comme chaperonnées — ce qui amusait Lucia au plus haut point, étant donné l'intention supposée des deux sœurs de se faire entretenir, et le nombre impressionnant de leurs prétendants : aux quatre cavaliers du début s'en étaient ajoutés un cinquième au théâtre, puis une demi-douzaine d'autres sur le chemin de l'auberge !

Cette soudaine affluence des candidats à leur « protection » n'inquiétait nullement Lucia. Non seulement Angélique savait parfaitement gérer ce genre de situation et s'en délectait, mais Sapphire elle-même semblait s'amuser de jouer ainsi le rôle de la débutante aguicheuse.

Lucia devait avouer qu'elle ne s'ennuyait pas non plus. A cette pensée, elle ramena son regard sur le visage avenant de Jessup Stowe.

Elle avait couché avec beaucoup d'hommes dans sa vie, et nombre d'entre eux s'étaient épris d'elle, mais aucun n'avait su conquérir son cœur en retour. Souvent, elle s'était moquée de sa chère Sophie en lui soutenant que, au fond, l'amour n'existait pas. Or, voilà que, après toutes ces années de flirts et d'aventures aussi passagères que charnellement satisfaisantes, elle commençait à se demander si elle ne s'était pas trompée. Jessup Stowe ne ressemblait en rien aux hommes qui déboursaient tant pour ses faveurs à La Nouvelle-Orléans ni à aucun de ses amants de la Martinique. Il n'avait non plus aucun point commun avec le bel Armand auquel elle avait fini par vouer une affection presque fraternelle. A ses yeux, Jessup Stowe était unique. Et c'était sans doute cela qui, chez lui, la fascinait le plus.

— Cher ami, murmura-t-elle, décidée à précipiter un peu le cours des événements, ne pensez-vous pas que nous avons suffisamment sacrifié à la bienséance et que nous pourrions désormais nous appeler par nos prénoms ?

A ces mots, Jessup Stowe demeura interdit. Il déposa lentement le casse-noix sur la table, regarda Lucia à la dérobée, puis entreprit de nettoyer la nappe de toutes les coques qui la jonchaient. Il paraissait tout à la fois ravi et embarrassé par la proposition qu'elle venait de lui soumettre.

— Jessup, je vous apprécie énormément, enchaîna-t-elle en lui caressant la main.

Il releva immédiatement la tête. Elle lui sourit : c'était le but recherché.

— Et je sais que vous partagez mes sentiments, ajouta-t-elle. Regardons la réalité en face, voulez-vous ? Nous n'allons, ni l'un ni l'autre, rajeunir. Faut-il donc que nous perdions notre temps à nous conformer à toutes ces fastidieuses règles imposées par la société, alors que nous pourrions passer directement à la phase suivante, pour notre contentement mutuel ?

Jessup écarquilla les yeux, puis il plissa les paupières, cependant que Lucia rapprochait ses lèvres des siennes. Une flamme s'alluma aussitôt dans le cœur de Lucia, une flamme dont elle avait craint de ne plus jamais connaître l'enivrante morsure. Un peu tremblante, elle ouvrit les yeux… et vit que cette flamme dansait également dans le regard souriant de Jessup.

— C'était bien, dit-il avec cette simplicité touchante qui lui était coutumière.

Il prit la main de Lucia et la caressa du bout du pouce, les yeux embués par l'émotion.

— Voilà… voilà longtemps que je n'avais plus embrassé personne, Lucia.

— Vous ne vous débrouillez pas trop mal pour quelqu'un qui manque d'entraînement, repartit-elle sur un ton taquin avant de se pencher de nouveau vers lui.

Cette fois ci, cependant, elle lui laissa l'initiative. Elle ne fut pas déçue.

Jessup se montra moins hésitant, et son baiser fit frissonner Lucia de volupté.

— Et si je vous raccompagnais chez vous ? suggéra-t-elle.

Elle guettait sa réaction. A la fin, elle glissa deux doigts sous son menton impeccablement rasé et fit mine de l'examiner d'un œil critique.

— Cette proposition ne semble pas vous choquer autant qu'on aurait pu s'y attendre, constata-t-elle.

— Plus rien ne peut vraiment me choquer, Lucia…

Il s'interrompit soudain et tourna la tête vers la porte ouverte sur le second salon, où plusieurs des convives masculins avaient entamé une partie de cartes et où Angélique et son cher lord Carter s'étaient mis à danser au son du violon d'un musicien engagé pour l'occasion.

— Cependant…, murmura Jessup.

— Cependant quoi ? s'enquit Lucia en serrant ses mains entre les siennes et en se rapprochant de lui une nouvelle fois. Il faut que la plus parfaite franchise règne entre nous, Jessup. Je n'ai pas de temps à perdre en ronds de jambe ni en précautions oratoires.

Il la gratifia d'un petit sourire complice qui le rajeunit d'un coup, donnant à Lucia un aperçu du jeune homme qu'il avait été — beau, brun, rayonnant d'audace.

— Vos nièces, dit-il avant de s'éclaircir la gorge. Je ne suis pas sûr que…

Il laissa sa phrase en suspens, l'air gêné.

Lucia attendit la suite, croyant deviner ce qu'il peinait tant à lui dire : qu'il ne pouvait être mêlé aux frasques de deux jeunes femmes au comportement si scandaleux que sa clientèle risquait de le lui reprocher et ses affaires d'en souffrir.

— Si vous manquez d'argent pour subvenir à vos besoins ainsi qu'à ceux de ces demoiselles, Lucia, sachez que j'en ai, quant à moi, plus qu'assez. Mes fils sont l'un comme l'autre de petits ingrats qui ne méritent pas de toucher un seul penny de mes économies, et je dilapiderai ce pécule sans hésiter pour aider… des personnes de valeur.

Il riva ses yeux dans ceux de Lucia.

— Il n'est pas nécessaire que vos nièces se compromettent ainsi. Elles pourraient se marier et, dans ce dessein, je suis prêt à constituer une petite dot à chacune.

Lucia en resta bouche bée. Puis, sans lui lâcher les mains, elle rejeta la tête en arrière et éclata de rire. Elle avait craint qu'il exige de garder leur liaison secrète afin de préserver sa réputation professionnelle ; or, voilà qu'il offrait de les soulager, elle-même et les petites, de tout souci matériel ! Elle en était aussi émue que surprise et sentit ses propres yeux se mouiller de larmes — elle que la vie n'avait jamais réussi à faire pleurer.

— Jessup…

— Je suis sérieux, Lucia. A quoi bon avoir de l'argent si ce n'est pour rendre heureux ceux qui nous sont chers ? Je vous répète que ça ne me coûterait pas…

— Jessup, le coupa-t-elle, écoutez-moi. Vous vous méprenez. En dépit des apparences et des ragots, mes nièces ne recherchent aucunement un protecteur.

Il jeta un nouveau coup d'œil dans le salon voisin. Angélique était maintenant perchée sur le bord de la table et agitait les jambes, en montrant ses mollets avec toute la fâcheuse insouciance de l'enfant qu'elle n'était plus. Un peu plus loin, affalée dans un fauteuil, Sapphire s'éventait avec frénésie.

Jessup regarda de nouveau Lucia.

— Je vais tout vous raconter, lui déclara alors cette dernière. Mais je vous avertis que c'est une histoire un peu difficile à avaler. J'en ai parfaitement conscience et il se peut que vous refusiez de lui accorder le moindre crédit. C'est votre droit et cela ne nous empêchera pas de coucher ensemble ce soir, ni même de recommencer plus tard si le cœur nous en dit. Toutefois, dans le cas où vous persisteriez dans votre incrédulité, sachez que nos rapports ne sauraient aller plus loin que ces aimables galipettes. M'avez-vous bien compris ?

Jessup déglutit bruyamment et hocha la tête.

— Ceci, poursuivit-elle en désignant du menton le salon voisin, est une ruse. Un stratagème conçu pour obliger cet Américain, Blake Thixton, à écouter ma petite Sapphire. Elle aussi est une Thixton, voyez-vous, et si nous avons accompli tout ce voyage depuis la Martinique, c'est pour que ce fait soit publiquement reconnu.

— Je ne comprends pas, objecta Jessup. Sa Seigneurie n'a que neuf ou dix ans de plus que Mlle Fabergine. Il ne peut raisonnablement pas…

— Jessup, l'interrompit Lucia, accordez-moi une faveur :

digérez tranquillement votre souper, taisez-vous et ouvrez vos deux oreilles.

Elle libéra les mains de l'avoué pour remplir le verre de ce dernier et, après avoir calé son dos contre le dossier de sa chaise, entreprit de lui expliquer l'origine et la nature de la quête de sa filleule.

— Cette filiation va être très délicate à établir maintenant que son père n'est plus de ce monde, Lucia, lui fit-il remarquer quand elle eut achevé son récit.

— Sapphire détient des lettres qu'il a écrites à sa mère. Des lettres d'amour. Ainsi qu'un bijou. Un magnifique saphir ayant jadis appartenu à la famille Thixton. Il doit sûrement exister des documents ou un papier quelconque qui évoquent la perte ou le vol de cette bague et qui permettraient de dater cet événement de l'époque où Edward fréquentait Sophie.

Il secoua la tête.

— C'est peu probable, Lucia. La famille a dû préférer fermer les yeux sur cette disparition et s'abstenir d'émettre à son sujet la moindre allusion, sous quelque forme que ce soit, sachant fort bien à qui Edward avait donné ce bijou. Jamais les Wessex n'auraient pris le risque de susciter le scandale qu'ils souhaitaient précisément étouffer, en allant ainsi réclamer ce saphir à la fille de ferme avec laquelle s'était mésallié leur rejeton.

— Cette fille de ferme, comme vous la qualifiez, n'en était pas moins son épouse — et mon amie, lui rappela sèchement Lucia.

— Allons, allons, repartit Jessup en lui tapotant la main. Je m'efforce simplement de me mettre à la place du juge qui aurait à statuer sur cette affaire. C'est mon métier, Lucia. A part cela, je ne saisis toujours pas le rapport entre les prétentions de votre nièce, si légitimes soient-elles, et le « stratagème » que vous m'évoquiez à l'instant.

Il désigna la fête qui se poursuivait dans la pièce d'à côté.

— Eh bien, notre intention est, justement, de chatouiller les Wessex là où ça les gratouille le plus : la peur du qu'en-dira-t-on. Plus le comportement de mes petites chéries leur paraîtra outrageant, plus ils seront enclins à accorder à ma filleule ce qu'elle réclame ! N'est-ce pas une idée merveilleuse ? s'enquit Lucia en battant des mains avec ravissement. D'abord, nous faisons croire qu'elle a besoin d'un protecteur et qu'elle compte embrasser la carrière — si je puis dire — de femme entretenue, puis nous laissons filtrer la vérité sur sa naissance et compromettons ainsi le nom des Thixton. Nul doute que la comtesse et l'Américain seront dès lors prêts à tous les compromis pour sauver l'honneur de la famille.

— Sauf que reconnaître Mlle Fabergine pour la fille de feu lord Wessex reviendrait pour la comtesse à admettre implicitement qu'elle n'a jamais été l'épouse légitime de celui dont elle tient son titre.

— La bonne société ne la renierait pas pour autant du jour au lendemain, rétorqua-t-elle. Et puis, de nos jours, la noblesse n'est plus vraiment ce qu'elle était. On y appartient moins par l'ascendance que par la connivence. Surtout, je suis persuadée que, pour la douairière comme pour toutes les femmes de son âge et de son milieu, ses filles sont le principal de ses soucis. J'entends par là la nécessité de les marier. Et leurs chances de se trouver un époux de leur rang seraient beaucoup moins compromises par l'aveu d'une usurpation de leur mère que par un scandale entachant le nom de leur défunt beau-père.

» Quant à l'Américain, ajouta-t-elle, qu'est-ce que ça lui coûterait de reconnaître Sapphire comme sa parente ? Je suis certaine qu'à l'instar de tous ses compatriotes ces histoires de titre le laissent indifférent et que seuls comptent à ses yeux les biens matériels. Or, Sapphire n'a cure de la part censée lui revenir sur la fortune des Wessex. »

A ces mots, Jessup ne put s'empêcher de tiquer.

Lucia se renfrogna.

— Quoi ? demanda-t-elle. Qu'est-ce que j'ai dit ?

Il secoua la tête.

— Je redoute, très chère Lucia, que votre plan se solde par un échec. Nulle cour de justice ne saurait se contenter de quelques lettres et d'un bijou. Mieux vaudrait pouvoir présenter au juge l'original du certificat de mariage d'Edward et Sophie.

— Et où voulez-vous que je le trouve ? repartit Lucia. Ils ont uni leurs destins devant Dieu voilà plus de vingt et un ans ! Et je ne sais même pas où. Pas à Londres, c'est certain. La cérémonie a dû avoir lieu dans un quelconque trou perdu de province.

Jessup garda le silence un instant en tapotant pensivement la nappe du bout des doigts.

— Bon, concéda-t-il au bout d'un moment. Je vais voir ce que je peux faire.

Lucia lui sourit et se pencha une nouvelle fois vers lui pour reprendre sa main.

— Ce serait merveilleux, dit-elle. D'ici là, toutefois, je crois que je vais laisser les filles continuer à jouer les femmes en détresse.

Jessup leva l'index.

— Juste une question encore.

— Je vous en prie.

— Mlle Fabergine — je veux dire *l'autre* Mlle Fabergine…

— Angélique.

— C'est cela. Si je me souviens bien, elle n'a aucun lien de parenté avec votre filleule, n'est-ce pas ?

— C'est sa sœur adoptive. Mais elles n'en sont pas moins les meilleures amies du monde et sont certainement plus proches l'une de l'autre que nombre de sœurs de sang.

— Dans ce cas, pourquoi Angélique prétend-elle avoir, elle aussi, besoin d'un protecteur ?

— Oh, parce que ça l'excite, je suppose ! répondit Lucia avec désinvolture.

Puis, lui désignant la bouteille de vin :

— Que désirez-vous maintenant ? lui demanda-t-elle en battant lascivement des paupières. Un dernier verre… ou un autre baiser ?

*
* *

Assise sur les genoux de Blake, Rosalind jeta ses bras autour de son cou et l'embrassa à pleine bouche tout en pressant contre son torse sa poitrine à demi dévêtue. Les autres convives réunis dans le salon particulier du restaurant poussèrent des vivats et des sifflements en applaudissant à tout rompre l'audace de l'actrice.

Ils formaient un groupe pour le moins disparate. Il y avait là non seulement beaucoup de comédiens et de comédiennes, mais aussi quelques gentlemen, un Français en vacances et plusieurs filles dont la profession se résumait manifestement à être entretenues. Blake était le seul Américain de la bande, ce qui, pensait-il, expliquait peut-être l'intérêt tout particulier qu'on lui portait ce soir-là.

Après s'être étreints sur le plancher de la loge de l'actrice, Rosalind et lui avaient discuté pendant que celle-ci ôtait son maquillage et s'habillait pour le dîner. Rosalind lui avait ainsi appris qu'il était convoité par toutes les demoiselles de bonne famille et leurs mères — et qu'il n'était pas une seule jeune lady en âge de se marier qui n'aspire à être comptée au nombre des candidates à son titre. Quand en retour, pour la taquiner, il lui avait demandé si elle ne recherchait pas elle-même un époux, elle avait éclaté de rire.

— Pourquoi payer pour ce que je peux avoir gratuitement ? avait-elle répliqué avec un clin d'œil.

Comme elle descendait de ses genoux après lui avoir administré ce spectaculaire baiser, il la récompensa d'une claque amicale sur le postérieur. Elle s'esclaffa et se mit à danser aux bras d'un de ses amis de la troupe. Blake se renfonça contre le dossier de sa chaise et appuya sa tête contre le mur de la salle. Il était tenté de finir son verre de scotch, mais il estimait avoir déjà assez bu comme ça. Il était las, fatigué de cette fête, de Rosalind et de la vulgarité de ses amis. Il aurait bien aimé aller se coucher, mais pour cela il lui fallait retourner à l'hôtel particulier sur Mayfair et il n'y était pas encore résolu.

A travers la paroi contre laquelle il s'adossait lui parvenaient les échos de la réception se déroulant dans le salon contigu. Il percevait les *glissandi* d'un violon, le tintement de verres s'entrechoquant et des rires masculins tonitruants. Il entendait aussi des voix féminines.

Il crut encore une fois reconnaître celle de Sapphire Fabergine, les modulations si particulières de son rire bas et voilé. En fermant les yeux, il avait presque l'impression de sentir ses lèvres sur les siennes… Seigneur, se morigéna-t-il, il avait *vraiment* trop bu !

Il rouvrit les paupières et, se redressant sur sa chaise, reposa son verre sur la table avant de se lever. Cette petite catin opportuniste commençait à trop hanter ses songeries, se dit-il. C'était irritant. Et inquiétant. Il avait toujours réussi à ne s'attacher à aucune femme jusqu'à présent. Alors pourquoi diable semblait-il avoir celle-ci dans la peau ?

— Où vas-tu, Blake ? s'enquit Rosalind en le voyant se diriger vers la porte.

Elle tenta d'échapper à l'étreinte de son cavalier, mais ce dernier resserra sa prise sur sa taille et enfouit le nez dans le décolleté de sa toilette.

— Je rentre, répondit Blake.

— Tout seul ? demanda-t-elle malicieusement. T'aurais-je complètement vidé, mon chou ?

La saillie fut saluée par les gloussements de ses camarades de scène.

Sans s'en offusquer le moins du monde, Blake lui adressa un sourire las.

— Je n'aurais su mieux le dire, répliqua-t-il. Merci, à propos. Et bonne nuit.

Ayant récupéré manteau et chapeau à la patère fixée derrière la porte, il se glissa dehors et remonta le couloir de l'étage en direction de la musique et des voix qu'il avait perçues derrière la cloison du salon. Il n'entendait plus celle qui lui avait semblé appartenir à Sapphire et pensa qu'il avait été victime de son imagination.

A l'extrémité du corridor chichement éclairé s'ouvrait une sorte de vestibule où un couple de personnes entre deux âges dînait à une petite table. Au vrai, ils avaient fini de manger et, les yeux clos, s'embrassaient avec ferveur. Tout en enfilant son manteau, Blake s'empressa de les dépasser, irrité de constater que l'amour était une illusion tenace sur laquelle le temps lui-même ne paraissait avoir aucune prise.

S'étant coiffé de son chapeau, il en rabattit le bord sur ses yeux et s'engagea sur l'étroite volée de marches qui menait au rez-de-chaussée de l'établissement. Il entendit alors quelqu'un monter vers lui et voulut se ranger sur le côté. Malheureusement, il n'en avait pas la place. Il reconnut le trottinement léger d'une femme. Une femme chaussée d'escarpins à talons. Sans doute une amie actrice de Rosalind, songea-t-il, ou une de ces filles de petite vertu dont, le soir venu, grouillait le restaurant.

Au palier de mi-étage, l'escalier tournait brusquement. Il faillit entrer en collision avec l'inconnue qui, elle, ne l'avait manifestement pas entendu descendre… Et qui, en fait, ne lui était pas inconnue du tout.

— Je…, commença-t-il à s'excuser en tendant les mains pour l'aider à recouvrer son équilibre.

Il vit alors un œil vert. Puis un œil bleu. Leur propriétaire, qui avait relevé la tête, le considéra avec une stupéfaction au moins égale à la sienne. Elle avait les cheveux légèrement décoiffés, les joues toutes roses et les lèvres toutes rouges, comme si elle venait de danser… ou d'être embrassée.

C'était donc bien *sa* voix, pensa-t-il.

Il ne divaguait pas.

Il ne sut s'il devait en être soulagé.

Sapphire contemplait Blake Thixton avec incrédulité, le souffle court et le cœur battant la chamade. Elle voulut se reculer pour mettre quelque distance entre elle et lui, mais l'exiguïté du palier l'en empêcha. En outre, Thixton lui tenait fermement les avant-bras.

Elle était coincée.

— Pourquoi n'avez-vous pas ouvert le pli que je vous ai envoyé ? lui demanda-t-elle tout à trac en sentant le feu lui monter aux joues. Vous devez au moins m'accorder la possibilité de m'expliquer.

— Non, je ne vous dois rien.

— Si ! Je suis Sapphire Thixton, la fille de…

D'un geste vif, il lui plaqua une main sur la bouche et la pressa contre la paroi de la cage d'escalier.

Sapphire eut envie de crier quand elle le sentit peser sur elle, son corps mince et musclé épousant le sien. L'ayant ainsi immobilisée contre le mur, il ne lui ôta sa main des lèvres que le temps de l'embrasser sauvagement.

Sapphire essaya de le repousser, mais l'espace lui manquait. Ils étaient trop proches l'un de l'autre pour qu'elle puisse exercer sur lui le moindre effet de levier. Elle voulut appeler à l'aide, mais son baiser continuait à la réduire au silence et elle ne put émettre qu'un gémissement étouffé.

Elle était certaine de bientôt défaillir, quand il écarta enfin ses lèvres des siennes.

— Pourquoi cette résistance ? s'enquit-il tout en lui embrassant la joue. Vous jouez les coquettes avec ces assommants petits gandins et vous vous refuseriez à moi ? Bon sang, je suis assez riche pour acheter tous ces freluquets gominés et les revendre à perte !

— Je ne vois pas de quoi vous voulez parler, repartit-elle en détournant la tête.

— Oh ! si. J'ai bien remarqué tantôt, au théâtre, avec quelle complaisance vous faisiez l'étalage de vos charmes devant ces messieurs. Et tout à l'heure, ici même, je vous ai entendue rire avec eux. Allons, Sapphire, dites-moi, que faisiez-vous donc dans ce salon ? Passiez-vous des genoux de l'un à ceux de l'autre ?

La jeune femme se raidit et riva ses yeux dans les siens.

— Qu'est-ce qui vous prend ? lui demanda-t-elle, le regard brûlant de rage. Laissez-moi, maintenant. Laissez-moi ou je…

— Ou quoi ? s'enquit-il sur un ton amusé.

Son haleine sentait le scotch. Sapphire en avait encore le goût sur les lèvres.

— Quelles sont au juste vos intentions ? reprit-il. Me forcer à vous embrasser de nouveau ?

— Vous êtes grotesque ! rétorqua-t-elle. Relâchez-moi, vous dis-je. On risque de venir me chercher et si on nous surprend ici…

— On ne sera guère étonné de vous voir dans mes bras. Après tout, vous venez de passer le dîner au milieu d'une harde de soupirants. En nous embrassant sur ce palier, vous et moi restons dans le ton de la soirée, non ?

Sapphire s'efforça de respirer lentement et de ralentir les battements de son cœur.

— Je puis vous assurer que ces messieurs sont bien trop serviables et bien trop courtois pour profiter ainsi d'une faible femme.

— Tiens donc ! s'exclama-t-il. Voilà qui est intéressant, parce que ce n'est pas ce que prétend la rumeur. Il se raconte un peu partout que les sœurs Fabergine seraient à la recherche de protecteurs et que la meute de jeunes loups qui, depuis, reniflent vos jupons se disputent en fait le privilège d'être choisis par l'une de vous deux pour l'entretenir.

La jeune femme se tint coite.

— D'où cette interrogation qui me brûle les lèvres : quel est votre prix, très chère ? Je ne pense pas à un bel appartement, à un compte chez la modiste ni aux autres menus plaisirs dont raffolent ordinairement vos congénères. J'aimerais simplement savoir combien vous coûtez par mois.

Il la tenait toujours plaquée contre le mur, la privant ainsi de toute échappatoire.

— Que vous importe ? répliqua-t-elle. Si offre d'achat il y a, ce n'est pas à vous qu'elle s'adresse, monsieur Thixton !

Il s'esclaffa et son rire surprit d'abord la jeune femme avant de l'ulcérer.

— Ne vous vantez donc pas, mademoiselle Fabergine.

Il la relâcha brusquement, si bien qu'elle partit en arrière et que sa tête heurta le mur.

— Vous ne m'intéressez pas, dit-il tout en ramassant son chapeau qui était tombé sur le palier quand Sapphire l'avait percuté. Je posais la question uniquement par curiosité.

Puis, ayant remis son haut-de-forme sur sa tête, il lui tourna le dos et s'éloigna sans un seul regard en arrière.

— Sapphire ? Ma chérie ? appela Lucia depuis l'étage.

La jeune femme prit une profonde inspiration, empoigna le bas de sa robe et s'empressa de remonter les marches pour rejoindre sa tante.

— J'arrive ! s'écria-t-elle.

Lucia et M. Stowe l'attendaient tous deux en haut de l'escalier.

— Où étais-tu donc passée ? lui demanda sa tante avec un air soucieux. Tu es toute rouge.

Elle tendit le bras pour tâter le front de sa filleule.

— Tu n'as pas de malaise, au moins ?

Sapphire se recula.

— Je me suis juste rendue aux toilettes, se défendit-elle.

Elle regarda M. Stowe à la dérobée et gratifia Lucia d'un bref sourire avant de porter une main à sa tempe.

— Cela dit, je crois que je commence à avoir la migraine, murmura-t-elle. Ne serait-il pas temps de rentrer ?

— C'est ce que je répète à Angélique depuis une bonne demi-heure. Elle voudrait que je la laisse ici, mais je lui ai répondu que c'était hors de question. Nous devons quand même sauver *quelques* apparences.

— Si vous voulez bien m'excuser, mesdames, je vais faire avancer notre voiture, leur annonça M. Stowe avant de les quitter pour descendre au rez-de-chaussée.

— Tu es sûre que tu vas bien ? demanda une nouvelle fois Lucia à Sapphire après le départ de l'avoué. Les garçons qui vous escortaient ce soir m'ont paru fort corrects — mais sait-on jamais avec les hommes ?

— Tante Lucia, dit Sapphire en se tournant vers elle, je vais bien. Je suis seulement un peu fatiguée, j'ai mal à la tête et…

Elle hésita.

— Et j'ai croisé à l'instant M. Thixton dans l'escalier, avoua-t-elle enfin.

— Bonté divine ! soupira Lucia. Il faut dire aussi que je m'y attendais un peu. Il soupait dans le salon voisin du tien, avec les comédiens et les comédiennes qui jouaient dans la pièce de ce soir.

Sapphire haussa un de ses sourcils, connaissant les mœurs répréhensibles que la bonne société prêtait aux acteurs et, surtout, aux actrices. Elle songea toutefois que cette information n'aurait pas dû la surprendre, car elle trouvait que, au fond, Blake Thixton était à sa place dans un tel milieu. Aucune abomination n'était susceptible de l'étonner de sa part.

— Je suppose que tu n'as pas eu l'opportunité de lui demander s'il était prêt à reconsidérer ta requête ? s'enquit Lucia en dévisageant attentivement sa nièce.

Sapphire évita de croiser son regard.

— Non. La balle est désormais dans son camp et il est exclu que je m'abaisse à lui expliquer encore la légitimité de mes réclamations. La prochaine fois, ce sera à lui de faire le premier pas.

Elle posa une main sur l'épaule de sa tante et la contourna.

— Je vais aller chercher Angélique, lui dit-elle. Il ne faudrait pas que M. Stowe nous attende trop longtemps dans la voiture. Nous vous retrouverons en bas — dussé-je pour cela tirer ma sœur par les cheveux.

Lucia s'esclaffa.

— Tu y seras peut-être effectivement obligée, mon ange.

11

Lady Wessex rabattit sur son visage la voilette de son nouveau chapeau parisien à large bord et pénétra dans l'église, ses trois filles sur les talons. Les fidèles rassemblés dans le vestibule de marbre de l'édifice s'écartèrent pour laisser passer cette dame qui appartenait si visiblement au meilleur monde et lui céder les meilleures places dans la nef.

— Dépêchez-vous, lança-t-elle à ses filles sans se retourner, ou nous allons encore être en retard. Les hommes ont horreur des femmes incapables d'être ponctuelles.

— Comment voulez-vous que je me dépêche ? se plaignit Camille en se mettant à trottiner pour ne pas être distancée par sa mère. Cette nouvelle robe est trop étroite ; elle me coupe la respiration. Je vous avais pourtant prévenue qu'elle me serrait quand la couturière est passée la semaine dernière pour l'essayage.

— Si elle est trop petite pour toi, moi, je veux bien la prendre, chuchota tout haut Portia en laissant derrière elle leur sœur benjamine pour se porter à la hauteur de son aînée. Voilà des semaines que je réclame une nouvelle toilette, mère. Je suis certaine que lord Carter…

— Oh, qui se soucie de lord Carter ? rétorqua Camille en pivotant vers Portia.

L'organiste avait déjà entamé l'introït. Elles *étaient* en retard.

— C'est d'abord moi qui dois me marier, précisa Camille. Mère me l'a promis.

— Et qui as-tu l'intention d'épouser au juste ? répliqua Portia. Ou, plus exactement, qui peut bien avoir l'intention de t'épouser, toi ? Tu effraies tous les hommes qui t'approchent, avec tes perpétuelles jérémiades.

Elles s'engagèrent dans l'allée centrale que remplissaient les échos caverneux de l'orgue.

— Ce n'est pas vrai ! Tu dis n'importe quoi ! protesta Camille de sa voix stridente. N'est-ce pas que Portia a tort, mère ? Je n'effraie pas les messieurs. J'ai mon tempérament à moi, c'est tout.

— Suffit, mesdemoiselles, les interrompit lady Wessex en relevant son nez en lame de couteau sous le bord de son chapeau et en se dirigeant tout droit vers le chœur, sans se soucier des coups d'œil réprobateurs de certains membres de l'assistance. Nous sommes dans la maison du Seigneur. Vous devriez plutôt vous recueillir et adopter l'attitude humble qu'exige la célébration du sabbat.

Elle s'installa au troisième rang dans la travée de gauche. Quoiqu'il n'existe pas officiellement de places réservées à St. George, les Wessex, si elle devait en croire son défunt mari, y priaient et chantaient toujours sur le même banc depuis plus d'un siècle.

Juste au moment où la douairière et ses filles s'asseyaient, le célébrant entra et les fidèles se levèrent. Avec un flegme soigneusement étudié, lady Wessex prit le temps de trouver la bonne page dans le livre de cantiques qu'elle serrait sous son bras avant de se tourner vers sa bonne amie, lady Wellington.

— J'avais peur que vous soyez malade, murmura cette dernière en prenant soin de garder les yeux fixés sur son propre missel.

— Nous sommes en retard, je sais. Il y a tant à faire à la maison, maintenant qu'un homme y habite de nouveau, lâcha lady Wessex avec un petit soupir théâtral.

— Ah oui, l'Américain… Il est donc si exigeant que ça ?

Lady Wessex esquissa un sourire supérieur.

— Pas plus que les autres hommes — mais pas moins non plus.

Baissant la voix, lady Wellington regarda en direction de Camille.

— Lord Wessex est-il aussi entiché de votre aînée que les autres jeunes gens qui lui tournent autour ?

— J'en ai bien l'impression, acquiesça lady Wessex avant de reprendre avec l'assemblée les derniers mots d'un verset.

— Bonjour, lady Wessex, la salua lady Marlboro depuis la rangée suivante.

Quelques paroissiens les considérèrent en fronçant les sourcils. De fait, lady Marlboro, qui appartenait également au cercle des proches de lady Wessex, avait l'ouïe déclinante et parlait en conséquence un peu trop fort. Il lui arrivait même de couvrir de sa voix les beuglements un tantinet discordants de l'orgue de M. West.

— Bonjour, lady Marlboro, lui répondit poliment la douairière par-dessus son épaule.

Remarquant soudain que son aînée échangeait encore des chuchotements aigres-doux avec sa cadette au sujet de leurs toilettes respectives, elle enfonça sèchement son coude dans les côtes de Camille.

— Aïe ! s'écria cette dernière.

Une femme assise devant elles sursauta nerveusement.

— Les avez-vous vues ? se mit alors à brailler lady Marlboro dans le creux de l'oreille de lady Wessex.

L'assistance continuait à chanter un des hymnes que John Neale avait traduits du latin — mais peu importait à lady Wessex : de toute façon, elle n'aimait pas les cantiques. Et même si tous leurs voisins les dévisageaient désormais avec un air courroucé, elle savait qu'aucun n'aurait osé leur suggérer de baisser le ton. Elle-même et ses amies étaient alors trop en vue pour qu'on prenne le risque de les froisser. Le mari de lady Wellington avait ainsi la réputation d'être un conseiller écouté du roi Guillaume, notamment en matière d'attribution des sièges à la Chambre des lords. Quant à celui de lady Marlboro, il était un membre influent de la commission des concessions et franchises et son appui était indispensable pour obtenir l'octroi d'un privilège.

Lady Wessex, enfin, était au centre de toutes les conversations depuis l'arrivée en Angleterre de l'héritier de feu son époux. Il n'était aucune de ses relations qui ne la ménage dans l'espoir d'être invitée à l'un de ses thés, voire à la fête de fiançailles d'une de ses filles — puisque, s'il fallait en croire la rumeur, l'héritier en question avait des vues sur Camille, l'aînée de lady Wessex.

Celle-ci se renfonça contre le dossier de son banc.

— Si j'ai vu qui, très chère ? demanda-t-elle à lady Marlboro.

— Ces jeunes dames qui sont venues au bal que vous avez donné en l'honneur de lord Wessex, répondit lady Marlboro avant d'adopter un ton lourd de reproches. Vous savez bien, la jolie rousse qui a été surprise avec lord Wessex... Sa sœur est également ici. Enfin, sa *soi-disant* sœur. Car, franchement, comment peut-elle prétendre être sa parente avec cette couleur de peau ?

De son mouchoir parfumé, elle indiquait à lady Wessex un des bancs qui se trouvaient de l'autre côté de l'allée centrale.

— Et vous ne savez pas la dernière ? s'enquit-elle à tue-tête.

L'hymne s'acheva enfin, mais l'organiste en commença aussitôt un autre.

— Que lord et lady Carlisle ont été forcés de les prier de déguerpir ? Si, bien sûr, repartit lady Wessex avec un reniflement dédaigneux.

— Mais non, je ne vous parle pas de ça ! s'écria lady Marlboro au comble de l'excitation.

Elle se pencha vers son amie tout en repliant le bord de son large chapeau pour ne pas percuter celui de lady Wessex.

— Vous n'avez donc pas appris la nouvelle ? J'ai du mal à y croire. Il me semblait pourtant que vous étiez également au théâtre, hier soir. Vous avez dû les y croiser tout de même, non ?

— Et si vous éclairiez ma lanterne au lieu de tourner autour du pot ? suggéra lady Wessex.

— Eh bien, expliqua lady Marlboro avec un air gourmand,

maintenant que Mlle Fabergine et sa marraine ne disposent plus du vivre et du couvert chez les Carlisle, elle et la petite noiraude sont obligées de se chercher un protecteur pour les entretenir !

— Non ? souffla lady Wessex.

— Non ? pépia lady Wellington en chœur.

— C'est la vérité vraie, Dieu m'en soit témoin, jura lady Marloboro sans considération aucune pour le lieu sacré où elle évoquait ainsi le nom du Seigneur. Mais il paraît qu'elles n'ont pas encore — comment dire ? — fait leur choix…

— Oh, c'est choquant ! décréta lady Wellington en posant sa main sur le bras de lady Wessex et en la regardant sous le nez. Encore heureux que les Carlisle aient pris leurs distances avec elles, n'est-ce pas ? Imaginez-vous le scandale qu'ils auraient dû affronter si elles étaient encore sous leur toit ?

— Moi, je dis qu'il vaut mieux que ces gens-là n'aient pas de proches en Angleterre, reprit lady Marlboro avec emphase. Un tel manquement aux convenances risquerait de ruiner la réputation de n'importe qui en l'espace de quelques semaines à peine et de souiller durablement le nom des familles les plus illustres.

— Et dire que vous avez invité Mlle Fabergine chez vous ! murmura lady Wellington avec épouvante tout en comprimant le bras de lady Wessex. Mais bon, il est vrai aussi que vous n'aviez pas alors idée du genre de personne qu'elle pouvait être.

— Pas la moindre, en effet. Toutes trois arrivaient de la Martinique et étaient encore logées chez les Carlisle. Comment aurais-je pu avoir le moindre doute sur leur moralité ? De plus, la bienséance m'imposait de les convier avec les Carlisle.

— En fait, elles ont abusé de la confiance de *tout le monde* ! s'emporta lady Marlboro. Il n'y a pas de mot pour qualifier un tel outrage !

Le cantique se termina et, sur un signe du prêtre, l'assemblée se rassit. Juchée sur le coussin qui garnissait l'assise du banc, lady Wessex jeta un coup d'œil à ses filles installées à côté d'elle. « Pauvre lady Carlisle ! », songea-t-elle. Son amie devait être dans tous ses états après avoir appris qu'elle avait réchauffé de telles vipères en son sein. Dieu merci, ses enfants étaient toutes mariées et parties de la maison.

Ayant refermé son missel, lady Wessex croisa les mains sur ses genoux avec componction pour écouter le prêche de l'officiant. Bien que ce dernier prise les sermons aussi ennuyeux que longs, elle était heureuse de ce moment de paix qui lui était ainsi offert chaque dimanche. Cela lui donnait une occasion idéale pour préparer dans sa tête les menus de la semaine.

— Je vous remercie d'avoir pris le temps de venir me voir, lord Wessex, déclara Jessup Stowe avant de s'éclaircir la voix. J'espère que votre séjour à Londres s'est bien déroulé jusqu'à présent.

— Navré de vous décevoir, mais ce n'est pas le cas, répliqua Blake avec une ironie mordante en s'installant dans le même fauteuil qu'à sa première visite chez l'avoué. Lady Wessex est la créature la plus assommante que j'aie jamais eu le malheur de rencontrer. Elle semble incapable de s'arrêter de jacasser. En sa présence, toute parole et même toute pensée deviennent impossibles.

— Je comprends, convint Jessup Stowe en hochant gravement la tête.

Son visage s'éclaircit soudain.

— Et sa fille Camille ? s'enquit-il avant d'afficher un sourire entendu. J'ai cru comprendre que vous aviez manifesté quelque intérêt à son endroit. C'est très avisé de votre part — même si, comme j'ai déjà eu le regret de vous en informer, la famille ne possède pratiquement plus un sou. Son père, lord Danby, le premier mari de lady Wessex, n'était pas seulement un personnage influent, mais aussi un homme fort respecté par ses pairs. Il paraît, hélas, que sa succession serait également échue à un lointain parent.

— Mais qu'est-ce que vous me chantez là ? demanda Blake avec humeur.

Il avait mal dormi la nuit précédente et n'avait plus qu'une envie : rentrer chez lui à Boston. Or, s'il avait annulé un de ses rendez-vous d'affaires pour répondre à la convocation de l'avoué, c'était bien dans l'espoir que celui-ci aurait à lui communiquer des nouvelles susceptibles de lui permettre de hâter son retour.

— Je ne sais même pas laquelle des filles de lady Wessex est Camille, ajouta-t-il. Je leur ai à peine dit deux mots depuis mon arrivée à Londres et aucune n'a jusqu'à présent daigné m'adresser la parole. De toute façon, je doute qu'elles sachent se servir de leur langue autrement que pour glousser comme des idiotes ou égrener d'insupportables jérémiades, à l'instar de leur mère.

Devant cette salve, Stowe s'empressa de baisser les yeux sur les papiers étalés devant lui.

— Bien, dans ce cas…

— Allons à l'essentiel, voulez-vous ? suggéra Blake avec raideur. Pour quelle raison m'avez-vous demandé de venir, au juste ? Des papiers à signer ? D'autres factures à honorer peut-être ?

— Oui, certes, admit Stowe. J'ai à vous montrer plusieurs documents…

Il s'interrompit, redressa la tête, puis évita de nouveau le regard de son client.

— Une question délicate a été portée dernièrement à mon attention, articula-t-il enfin.

Nouvelle pause.

Blake attendit en rongeant son frein, comprenant qu'il ne servirait à rien de bousculer le juriste.

— Il se trouve qu'une jeune femme…, poursuivit-il en ayant visiblement du mal à choisir ses mots. Il se trouve qu'une jeune femme, euh…, se prétend la fille légitime de lord Wessex.

Blake bondit aussitôt de son siège.

— Elle vous a aussi harcelé ? s'exclama-t-il. Ah, la sale petite intrigante !

Il s'essuya la bouche du dos de la main et contempla fixement le plancher ciré avant de contourner le fauteuil et de se mettre à arpenter le bureau de Stowe.

— Il faut reconnaître qu'elle a de la persévérance, marmonna-t-il à moitié pour lui-même.

— Vous avez donc déjà pu vous entretenir avec elle, milord ?

— C'est une opportuniste doublée d'une affabulatrice, comme tous les autres vautours qui sont venus m'importuner pour me réclamer, qui le règlement d'une dette laissée par lord Wessex, qui une faveur que lui aurait promise feu mon cousin.

— Cette…, articula Stowe avec hésitation, cette jeune femme ne souhaite ni argent ni privilège d'aucune sorte, milord. Elle aimerait simplement être reconnue comme la fille légitime de lord Wessex.

— Et comment diable pourrait-elle être sa fille ? s'emporta Blake. La première épouse de mon défunt parent est morte en couche il y a dix-huit ans de cela, et leur enfant avec elle. Quant à sa seconde femme — ou seconde compagne, pour ce que j'en sais —, cela faisait seulement dix à douze ans qu'ils vivaient ensemble.

— La personne dont je vous parle s'appelle Sapphire Fabergine.

— Je sais très bien quel est son nom ! gronda Blake. Voilà des semaines que je l'ai sur le dos…

Stowe garda le silence un instant avant de poursuivre.

— Milord, elle soutient que sa mère a été officiellement unie à lord Wessex il y a environ vingt ans de cela. Comme c'était une pauvre fille sans aucune éducation, la famille de votre parent a catégoriquement refusé l'éventualité d'une telle mésalliance. S'il faut en croire à ce sujet Mlle Fabergine, après avoir découvert que le mariage avait quand même eu lieu, les Thixton auraient enlevé sa mère et l'auraient envoyée en Amérique, où elle aurait donné naissance à l'enfant conçu avec feu lord Wessex. Si l'on doit prêter crédit à ce récit, la douairière serait donc, pour ainsi dire, sa troisième femme…

— Toute cette histoire n'est qu'un tissu de mensonges ! Cette fille l'a inventée dans le seul but d'améliorer sa condition.

— Oui, milord, cela semble effectivement difficile à croire, concéda Stowe. Mais parfois les propos les plus invraisemblables n'en sont pas moins les plus véridiques. Ce ne serait d'ailleurs pas la première fois qu'une famille en vue aurait tenté d'effacer le souvenir d'un mauvais mariage de ses annales. Cette possibilité existe, en tout cas, et je me demandais si vous verriez une objection à ce que j'entreprenne des recherches pour vérifier les allégations de Mlle Fabergine — à mes propres frais, naturellement.

Blake s'immobilisa, une main sur le cuir épais et moelleux du fauteuil. Stowe, une fois de plus, venait de le surprendre et ce n'était pas pour lui déplaire, les gens qu'il côtoyait d'habitude ayant le plus souvent tendance à se conformer désespérément à l'image qu'ils donnaient d'eux-mêmes. Or, il semblait bien que Jessup Stowe fût un homme au caractère bien mieux trempé que ne le laissaient présager ses manières prudentes et réservées ainsi que sa silhouette replète.

— Et moi, je vous répète que vous courez après une chimère, Stowe, répondit-il. Peu m'importent les intentions affichées par cette manipulatrice, elle est seulement un peu plus finaude que les autres. Tout ce qu'elle veut, c'est de l'argent. Et de l'argent, vous le savez encore mieux que moi, elle ne peut guère en attendre de la succession de feu lord Wessex.

Stowe hocha lentement la tête.

— Si vous voulez bien maintenant apposer votre paraphe sur ces documents, milord, demanda-t-il en poussant devant lui une liasse de feuillets et en présentant à Blake un porte-plume.

Celui-ci contourna le fauteuil pour accéder à la requête de l'avoué. Stowe attendit qu'il ait achevé de signer les papiers avant de reprendre la parole.

— Vous me permettez donc de procéder à une petite enquête sur les origines de Mlle Fabergine et le bien-fondé de ses réclamations ?

Blake se redressa.

— Agissez comme bon vous semble, maître, repartit-il en se dirigeant aussitôt vers la porte. Mais vous perdez votre temps. Arrangez-vous simplement pour ne pas me faire perdre le mien et me permettre de regagner au plus vite mes pénates. Salutations.

Sur ce, il sortit en claquant la porte derrière lui.

— Où vas-tu, mon amour ? s'enquit Jessup, tendant les bras à Lucia, qui se levait du lit.

En la voyant, à la lueur de la chandelle posée sur la table de chevet, traverser la chambre dans le plus simple appareil, il crut que son cœur allait lui crever la poitrine. Jamais, de tout leur mariage, sa chère et regrettée Emma ne lui avait permis de contempler ainsi sa nudité.

— Je te l'ai déjà dit, Jessup : mes petits poussins m'attendent à la maison.

Elle ramassa un peignoir de soie qui traînait sur les bras d'un fauteuil, dans le coin de la pièce, et en enveloppa son corps pâle — non sans donner à Jessup un dernier aperçu de sa poitrine.

— Mais que vais-je faire sans toi ? Je ne pourrai supporter ton absence.

Elle s'esclaffa et revint s'asseoir sur le bord du lit.

— Ce que tu vas faire ? répliqua-t-elle avec un air amusé. Eh bien, ce que font tous les hommes après l'amour, mon bichon. Tu vas t'enfoncer douillettement dans ce matelas et t'endormir avant même que j'aie hélé un fiacre.

Il prit sa main et la porta à sa joue. Il chérissait tellement sa présence, son contact, sa personne tout entière qu'il lui était réellement pénible de devoir la laisser repartir, même si c'était seulement pour la nuit. Ou, plutôt, *parce que* c'était pour la nuit. Voilà trop longtemps qu'il dormait seul et il avait horreur de ça.

— Encore quelques minutes, Lucia. Je te ramènerai moi-même.

— Il est hors de question que tu te rhabilles et que tu ressortes dehors rien que pour mes beaux yeux. Je tiens trop à mon indépendance pour te le permettre.

Elle se pencha vers lui et déposa un léger baiser sur ses lèvres.

— Cela dit, murmura-t-elle, je dois t'avouer que ton désir ne m'est pas désagréable.

— Ce n'est pas seulement du désir que j'éprouve pour toi, Lucia, répliqua-t-il à mi-voix. Je t'aime.

Elle sourit. Elle aurait bien voulu le croire, mais elle était trop avisée pour se fier aux confidences d'aucun homme.

— Peut-être pourrai-je revenir demain soir. Sapphire et Angélique sont invitées à dîner tous les jours et j'ai pu constater qu'elles n'avaient pas besoin de moi. Du reste, ces sorties à répétition commencent à me lasser. Ce ne sont plus vraiment des distractions de mon âge.

— De ton âge ? répéta-t-il sur un ton incrédule avant d'embrasser sa main. Tu es deux fois plus belle qu'aucune autre femme de *moitié* ton âge.

— Parce que tu sais quel âge j'ai ? s'enquit-elle avec un haussement de sourcils.

Il sourit à son tour.

— Mettons que je puis le deviner.

Elle secoua la tête avec un air malicieux.

— Deviner n'est pas connaître, mon tout beau. Bon, il faut vraiment que je file, maintenant — mais je repasserai samedi soir, promis.

Elle allait se redresser quand il la retint par le bras.

— J'ai d'abord une nouvelle à t'annoncer, la prévint-il. Une nouvelle qui, je crois, te fera plaisir. As-tu encore un peu de temps pour l'entendre ?

— De quoi s'agit-il au juste ? Lord Wessex aurait-il par hasard retrouvé la raison et accepté d'accorder un entretien à ma nièce ?

Elle leva soudain un doigt et en effleura le bout du nez de Jessup.

— Mieux encore, reprit-elle. Il a renié la comtesse de Wessex, reconnu la mère de Sapphire comme la seule épouse légitime d'Edward et brûle de présenter sa parente au Tout-Londres.

Jessup baissa les yeux sur le drap qui couvrait chastement son ventre.

— Ce n'est pas une aussi bonne nouvelle que ça, ma chérie, mais elle représente tout de même un progrès.

Lucia lui caressa la joue et sentit avec émotion sa paume chatouillée par le chaume de sa barbe naissante.

— Raconte-moi tout, lui susurra-t-elle. Je suis suspendue à tes lèvres.

— Hier, j'ai reçu lord Wessex à mon étude, pour aborder avec lui une tout autre question. J'en ai néanmoins profité pour évoquer Sapphire au cours de la conversation.

Lucia releva brusquement les yeux vers lui.

— Tu étais déjà en rapport avec lord Wessex et tu ne m'en as jamais rien dit ?

— Je suis tenu par mon métier à une certaine discrétion, Lucia, lui rappela-t-il. Les règles déontologiques de ma profession m'interdisent de parler d'un client à un autre client.

Elle se rembrunit.

— Je ne suis pas simplement pour toi « un autre client », Jessup, du moins si je dois en croire les caresses passionnées que tu m'as prodiguées tantôt, rétorqua-t-elle en resserrant la ceinture de soie du peignoir. Or, alors même que tu viens de me déclarer ta flamme, voilà que tu me laisses entendre que lord Wessex est ton client, sans que tu aies jamais daigné m'en informer !

Jessup se redressa et s'adossa contre le chevet du lit en tirant le drap sur son torse.

— Vas-tu enfin m'écouter, oui ou non ? demanda-t-il calmement.

Elle le dévisagea un moment, un peu étonnée et secrètement

admirative : d'ordinaire, après l'amour, les hommes se laissaient aisément dominer et plus facilement encore manipuler.

— C'est bon, vas-y, acquiesça-t-elle. Je suis tout ouïe.

Il demeura coi quelques secondes.

— Quoique lord Wessex estime infondée la requête de Sapphire..., commença-t-il à expliquer.

— De quel droit ? s'écria Lucia. Cet Américain débarque à peine de son pays et...

— Pourrais-tu avoir l'obligeance de me laisser au moins terminer mes phrases ? l'interrompit-il.

Lucia pinça les lèvres et opina en silence.

Jessup toussota.

— Quoique lord Wessex estime infondée la requête de ta filleule, reprit-il, il m'a donné l'autorisation d'en vérifier moi-même la légitimité.

— Oh, Jessup, c'est fantastique ! s'exclama Lucia en se jetant à son cou. Pourquoi ne pas me l'avoir dit tout de suite ?

Il lui caressa les cheveux et lui vola un baiser.

— Parce que tu ne m'en as pas donné la possibilité, mon amour.

— Espèce d'idiot, chuchota-t-elle avec tendresse. Tu aurais dû ignorer mes interventions et continuer quand même.

Elle lui tendit ses lèvres.

Quand ils se furent enfin écartés l'un de l'autre, elle coula vers lui un regard lascif, le cœur battant à tout rompre.

— Veux-tu que je reste encore un peu ? s'enquit-elle dans un soupir tout en glissant une main sous le drap pour caresser son torse.

— Pourquoi pas ? répondit-il tout en prenant sa main pour la guider plus bas. Peut-être qu'ensuite j'aurai d'autres bonnes nouvelles à t'annoncer...

*
* *

— Ne pars pas, supplia Clarabelle, accroupie sur le lit à baldaquin, en agitant effrontément ses seins nus.

— Pas si vite, renchérit Clarissa, sa sœur jumelle, en se frottant contre elle.

Comme Clarabelle, elle avait de longs cheveux roux dont les lourdes boucles lui dévalaient le long du dos jusqu'à la taille. Seul le grain de beauté qui ponctuait la commissure droite de ses lèvres sensuelles permettait de la différencier de sa sœur.

La voyant caresser avec tendresse le sein gauche de Clarissa, Blake soupesa un bref moment la proposition des jumelles. Voilà des heures qu'il se prélassait dans leur appartement et elles lui avaient certes apporté beaucoup de plaisir, mais aucune des deux, ni ensemble ni séparément, ne l'avait vraiment satisfait. Oh, elles avaient bien contribué à lui détendre les nerfs, et cela avec une belle inventivité, mais il se sentait encore fébrile et l'image d'une certaine autre rousse n'avait cessé de le hanter durant tous leurs ébats, si délassants et instructifs eussent-ils été.

— Tu vas beaucoup nous manquer, bouda Clarabelle en glissant une main entre ses cuisses.

Elle ferma ses grands yeux bleus avec un petit sourire espiègle et se mit à haleter de plaisir, en répétant comme un refrain :

— Reste, reste, reste…

Emoustillant, admit Blake en son for intérieur. Mais pas assez.

Il enfila son pantalon, qu'il avait soigneusement plié sur une chaise de style Louis XIV. Les deux coquines avaient bon goût, pensa-t-il, tant en matière de meubles que de toilettes. Il était vrai aussi que les fréquentes convocations que, selon la rumeur, leur adressait Sa Majesté devaient leur assurer de confortables revenus.

Après avoir revêtu sa chemise blanche, il s'assit sur le lit pour tirer sur ses bas. Il était plus de 1 heure du matin et la fatigue avait planté ses griffes dans les muscles de sa nuque. Il avait également beaucoup bu et avalé en trop grandes quantités une nourriture trop riche. Or, il avait rendez-vous dans quelques heures à peine avec un fréteur de transatlantiques à vapeur et cette réunion allait exiger de lui la plus grande clarté d'esprit.

Il avait décidé de repartir en Amérique sans plus attendre, quitte à précipiter ses affaires en cours dans la capitale anglaise, et de donner mandat à Stowe pour prendre à sa place toutes les décisions nécessaires au règlement de la succession de feu lord Wessex. Il faisait désormais entièrement confiance à l'avoué, le sachant aussi pugnace qu'intègre. Et puis sa vie l'attendait à Boston. Il était plus que temps qu'il y reprenne le cours normal de son existence.

— Je n'arrive pas à croire que tu nous laisses toutes seules dans ce grand lit, dit Clarissa en cessant de gémir d'extase, consciente du peu d'effet que cette comédie avait sur leur amant d'une nuit.

L'interpellé se pencha pour rechausser ses bottes. Puis, s'étant redressé, il remit son gilet, récupéra sa veste et son manteau et prit le chemin de la sortie.

— Je vous ai déposé votre petit cadeau sur la table de chevet, lança-t-il aux jumelles sur le pas de la porte.

Plantant là sa sœur, Clarabelle sauta aussitôt sur le paquet de billets.

— Tu reviens demain soir ? s'enquit-elle dans un ronronnement languide après avoir constaté la générosité du client.

Blake pouvait se permettre ce genre de largesses. Gagnant plus d'argent qu'il ne pouvait en dépenser, il n'y attachait qu'une importance toute relative.

— Bonne nuit, se contenta-t-il de répondre à la belle rousse en la saluant de la main.

Vingt minutes plus tard, il rentrait dans son hôtel particulier. Le majordome, qui sommeillait sur une chaise du vestibule, bondit sur ses pieds dès qu'il entendit le pas de son maître sur le dallage de marbre.

— Lord Wessex, articula Preston d'une voix légèrement pâteuse tout en s'efforçant de cacher sa somnolence.

— Allez donc vous coucher, Preston, repartit Blake en lui tendant son chapeau et son manteau. Je n'ai plus besoin de vos services. Pour être plus clair, je vous autorise à regagner votre lit tous les soirs dès 23 heures quand je ne suis pas là.

Le majordome prit ses affaires, mais ne s'éloigna pas.

— Milord ? s'enquit-il au moment où Blake passait devant lui.

Celui-ci se massait les tempes. Il sentait poindre sous les os de son crâne une migraine qu'il craignait fort de devoir endurer jusqu'au lendemain midi.

— Oui ? fit-il sans prendre la peine de se retourner vers le domestique.

— C'est lady Wessex, milord, répondit Preston sur un ton incertain. Elle vous attend dans le salon.

Les sourcils froncés par la perplexité, Blake pivota enfin vers le majordome.

— Maintenant ? demanda-t-il avec incrédulité. Il est près de 2 heures !

Preston hocha silencieusement la tête, le regard fixé sur une lointaine, très lointaine ligne imaginaire.

Etouffant un gémissement de frustration, Blake quitta le domestique. Bien qu'ayant envie de monter se coucher quand même et de laisser la vieille bique se morfondre inutilement dans le salon, il prit la direction de la pièce où il avait rencontré Sapphire pour la première fois. Comme il tournait la poignée de la porte, il se demanda ce qui pouvait bien l'amener à penser à la jeune femme en cet instant…

— Vous désirez me parler, lady Wessex ? s'enquit-il avec une curiosité des plus mitigées.

A la différence de Preston, la douairière était, hélas, parfaitement alerte. Elle se leva aussitôt du canapé sur lequel elle l'attendait et s'approcha de lui en se tamponnant les yeux de son mouchoir roulé en boule.

— Dieu merci, milord, vous êtes rentré ! Je viens d'apprendre la plus inquiétante des nouvelles et j'ai pensé que vous apprécieriez d'en être informé au plus vite.

Il la contempla pendant un certain temps d'un air absent, une main posée sur le dossier d'une ottomane, les paroles qu'elle venait de prononcer peinant à trouver le chemin de sa conscience à travers les volutes d'alcool qui lui embrumaient encore la cervelle.

— Ce qui veut dire ? demanda-t-il en désespoir de cause.

— Eh bien, vous connaissez cette jeune femme qui résidait naguère chez lord et lady Carlisle mais qui a dû en partir en raison de ses écarts de conduite ?

Il sentit son front se plisser depuis ses sourcils jusqu'à la racine de ses cheveux.

— Non, répondit-il enfin, je ne vois absolument pas de qui vous parlez.

Elle s'avança plus encore et baissa modestement les paupières.

— La... personne qui a été surprise en votre compagnie, milord.

— Quand ? s'enquit-il impatiemment.

— Elle s'appelle Sapphire Fabergine.

Lady Wessex gagna sur-le-champ toute son attention, cependant que le brouillard obscurcissant jusqu'alors son esprit se dissipait comme par magie.

— Je m'en veux d'avoir à évoquer de nouveau ce sujet délicat, susurra lady Wessex.

Il l'encouragea du geste à lui épargner les précautions oratoires et à en venir au fait.

— Il y a deux ou trois semaines de cela, poursuivit la douairière sans croiser son regard, elle a laissé entendre qu'elle désirait être entretenue et qu'elle cherchait à cette fin un protecteur.

— Oui, oui, il me semble en avoir entendu parler, acquiesça-t-il rapidement, sans chercher à dissimuler son irritation. La question est : quel rapport tout cela peut-il avoir avec moi ?

— Milord, dit lady Wessex d'une voix mouillée de larmes, elle raconte aussi à qui veut l'entendre qu'elle serait la fille légitime de mon regretté époux.

Elle se mit brusquement à pâlir. Pressentant une pâmoison prochaine, Blake lui saisit le bras.

— Et si vous vous rasseyiez, milady ? lui suggéra-t-il.

Comme il le craignait, elle en profita pour l'agripper par la manche de sa veste.

— Oui, c'est une bonne idée, merci, soupira-t-elle.

Il l'aida à reprendre place sur le sofa.

— Je... je ne sais comment réagir à cette impudence. C'est... c'est totalement faux, bien entendu.

Elle s'essuya la bouche de son mouchoir.

— Mais je ne voulais surtout pas que vous puissiez vous imaginer que notre famille, que ma petite Camille...

Elle laissa sa phrase en suspens. Il se retint de lever les yeux au ciel.

— Avec tout le respect que je vous dois, milady, puis-je vous demander ce que Camille vient, à son tour, faire dans toute cette histoire ?

— Milord, si l'intérêt que vous témoignez à mon aînée doit être considéré avec sérieux...

— L'intérêt que je témoigne à votre aînée ? répéta-t-il, abasourdi.

Après Stowe, songea-t-il avec un effarement courroucé, voilà qu'elle s'y mettait, elle aussi ! Tout Londres était-il donc persuadé qu'il avait des vues sur l'une des trois mochetés sorties des entrailles de lady Wessex ?

— Madame, loin de moi l'idée de vous offenser ou d'insulter votre fille, mais je doute lui avoir jamais dit le moindre mot et je suis pratiquement sûr qu'elle ne m'a jamais adressé elle-même la parole. Comment voulez-vous que, dans ces conditions, j'aie pu lui *témoigner* quoi que ce fût ? D'autant que, pour être franc, je ne suis même pas sûr de pouvoir la distinguer de ses sœurs.

« Elles sont aussi insupportables l'une que l'autre », ajouta-t-il *in petto.*

— Milord, cette situation est des plus délicates, j'en suis la première convaincue, continua lady Wessex sans paraître prêter la moindre attention à ses protestations. Je puis cependant vous certifier que les prétentions de cette jeune femme ne reposent sur aucun fondement. Si vous voulez mon avis, elle désire seulement voir combien d'argent il lui serait possible de soutirer de l'héritage de feu mon mari.

— Elle risque d'être amèrement déçue, repartit Blake avec aigreur.

— Je tenais toutefois à ce que vous sachiez que cela ne doit en rien altérer les sentiments que vous vouez à ma fille. Vos intentions à son égard…

— … n'existent que dans votre imagination, sacredieu ! coupa-t-il, au comble de l'agacement. Quand allez-vous enfin m'écouter, madame ?

En guise de réponse, elle se mit à sangloter.

— Quel scandale malgré tout, même si ce n'est qu'un mensonge éhonté ! pleurnicha-t-elle. J'aurais dû me douter que cette petite et sa prétendue « sœur » noire comme le péché ne nous apporteraient que des malheurs. J'aurais dû m'en douter !

Blake préféra ne pas en entendre plus. Il tourna les talons et se dirigea résolument vers la porte.

— Milord, où allez-vous ? ulula la douairière en se remettant sur ses pieds.

— Je ne sais pas ! vociféra-t-il. Ailleurs !

12

— Ah, bon sang de bois ! grommela Angélique en avisant l'heure affichée par le cadran de la pendule irlandaise appuyée contre le mur. Il faut que j'y aille.

— Ne pars pas, bredouilla Henry d'une voix cotonneuse tout en la saisissant par la taille pour embrasser son épaule nue.

— Si je ne rentre pas, Sapphire va se ronger les sangs jusqu'à demain matin, répliqua-t-elle tout en lui ébouriffant les cheveux.

Elle le chevaucha pour sortir du lit à baldaquin.

— Tu nous quittes déjà ? demanda une autre voix, tout aussi avinée et trébuchante que celle de Henry, cependant qu'une deuxième main lui attrapait le bras.

Elle jeta un coup d'œil par-dessus son épaule et vit la tête de Charles émerger de son oreiller, la paupière lasse, la joue flétrie et l'œil rougi par la débauche et par le manque de sommeil.

— Charles…, lui lança-t-elle sur un ton irrité.

Quoiqu'il fût beaucoup plus riche que Henry, elle n'arrivait décidément pas à apprécier le bonhomme. Au lit, c'était un vrai rustre.

— Je vous avais pourtant prévenus que je ne pourrais passer toute la nuit avec vous, lui rappela-t-elle tout en regardant sa main avec insistance.

Il finit par la relâcher.

— Et puis tu aurais besoin d'un bon bain, lui fit-elle remarquer.

— Mais j'aimerais bien te faire encore l'amour, moi, se plaignit-il.

Elle leva les yeux au ciel.

— Ma parole, Charles, tu as dû être satyre dans une vie antérieure !

— Moi aussi, j'aimerais bien te faire encore l'amour, renchérit Henry en tentant de la saisir une nouvelle fois par la taille.

Elle lui donna une tape amicale sur la main et sauta pieds nus sur le vieux tapis oriental de la garçonnière.

— Alors vous êtes tous les deux de vilains petits cochons insatiables, leur dit-elle. Et vous savez ce qu'on fait aux petits cochons vicieux, en Martinique ?

Debout près du lit, dans toute la gloire de son onctueuse nudité caramel, elle se versa un verre du sherry contenu dans une carafe en cristal qui était désormais presque vide.

— On les coupe en morceaux, on les met dans une cocotte et on les mange au déjeuner dominical, après la messe !

Elle avala une longue gorgée d'alcool et tendit le verre à Henry, qui y but à son tour avant de le transmettre à Charles.

Henry se laissa ensuite retomber sur le lit et, les paupières mi-closes, regarda la somptueuse métisse déambuler dans la pièce à la recherche de ses affaires sans cacher ses appas.

Charles occupait un appartement dans le même immeuble. Ce dernier était situé dans le quartier de Temple Gardens et géré par une certaine Mme Talbot dont Angélique avait appris qu'elle acceptait parfois les faveurs en nature de ses pensionnaires en échange des loyers impayés. Les deux jeunes gens la considéraient comme folle et, bien que l'un comme l'autre lui aient plus d'une fois proposé de partager son lit pour l'empêcher de réclamer à leurs pères le règlement de leur ardoise, ils ne se gênaient pas pour la déprécier auprès de leurs amis et relations de passage. Angélique, pour sa part, respectait cette femme qui réussissait à être financièrement autonome tout en y trouvant son plaisir et estimait que toute représentante du beau sexe ne pouvait qu'admirer son exemple.

— As-tu parlé du bal à Sapphire ? s'enquit-elle tout en remontant la mèche de la lampe à huile.

Comme Charles ne répondait pas, elle retourna vers le lit et s'assit dessus pour enfiler un de ses bas.

— Charles, je t'ai posé une question : as-tu invité ma sœur au bal ?

— Evidemment, grommela-t-il en reposant le verre vide dans la ruelle du lit.

A le voir ainsi allongé dans le plus simple appareil à côté de Henry, qui était nu lui aussi, Angélique eut l'impression saugrenue de contempler deux amants.

— Je dois t'avouer, Angie chérie, reprit-il, que je commence à perdre patience. J'ai déjà dépensé une fortune en soupers fins, en sorties au théâtre et à l'opéra, en babioles diverses et variées, depuis le bracelet en or jusqu'à l'étole de fourrure, sans rien obtenir en retour que des petits bisous d'écolière effarouchée.

— Je t'ai déjà dit qu'elle n'était pas comme moi, repartit Angélique avec impatience. Je t'en ai averti depuis le début.

— Ah, ça, tu ne lui ressembles pas du tout, approuva Henry sur un ton égrillard.

Charles gloussa. Angélique resta de marbre.

— Tu la veux, oui ou non ? lui demanda-t-elle en remettant l'autre bas.

— Oui, oui, bien sûr. J'ai même tellement envie d'elle, bon Dieu, que j'ai failli lui proposer le mariage, l'autre jour !

— Vraiment ? fit Angélique en se relevant pour chausser ses escarpins et revêtir sa chemise froissée. Elle ne m'en a rien dit. Invite-la déjà au bal. Je suis sûre qu'elle acceptera de t'y accompagner.

— Bah, je ne sais pas, murmura Charles en se renfrognant et en posant son avant-bras sur son front. Elle m'a plutôt l'air d'en pincer pour Salmons.

— Salmons ne t'arrive pas à la cheville, Charlie, lui assura Henry en tapotant fraternellement le ventre de son ami.

— A part ça, tu étais sérieux à l'instant ? demanda la

jeune femme en ramassant son corset. Quand tu parlais de mariage ?

Charles haussa les épaules.

— Il faudra bien que je me résigne un jour ou l'autre à prendre femme, et si je la choisis, elle, avec la réputation qu'elle a, mes parents en écumeront de rage. Or, rien que pour ça, je serais tenté de la mener devant l'autel.

Angélique s'abstint de relever l'extraordinaire puérilité que dénotait cet aveu.

— Parce qu'elle cherche justement à se marier, tu sais, enchaîna-t-elle en remettant rapidement son corset sans en resserrer les lacets. Avec quelqu'un de bien.

— Alors Charlie est l'homme qu'il lui faut, intervint Henry. Y a pas type plus réglo, je te le garantis.

Et il claqua de nouveau le ventre de son ami. Si ça continuait, songea Angélique, ils allaient pouvoir se passer d'elle pour le reste de la nuit…

— Je me demande quand même si tu es bien l'époux qu'il lui faut, énonça-t-elle tout haut.

Elle se plaça au centre de la flaque formée par sa robe rose qu'elle remonta le long de ses jambes et ajusta à sa taille avant d'insérer ses bras dans les manches de la toilette.

— Qu'est-ce que ça signifie ? répliqua Charlie sur un ton contrarié. Ma famille…

— Ta famille, le coupa Angélique, a acquis sa fortune il y a moins d'un siècle en s'enrichissant aux dépens des autres. Sa famille à elle, quoique plus modeste, n'en descend pas moins de rois anglo-saxons.

— Voilà qui reste encore à prouver, rétorqua Charlie.

— Je vous prierais de montrer un peu plus de respect envers ma sœur, lord Thomas, gronda Angélique en marchant vers lui, l'arrière de sa robe palpitant dans son sillage. Retirez immédiatement ces paroles ou je révélerai à Sapphire que vous étiez ce soir avec moi dans ce lit.

Le jeune homme se rembrunit et croisa les bras comme un enfant boudeur tancé par sa nounou.

— Et tu crois qu'elle ne t'en voudrait pas autant qu'à moi si tu lui racontais ça ?

— Sapphire m'aime.

— Moi aussi, je t'aime, susurra Henry en prenant sa main pour la porter à ses lèvres.

Elle lui sourit.

— Je sais que tu le crois, mon chéri, répondit-elle finement.

C'était lui qui avait dû meubler cet appartement, se prit-elle à songer. La pendule était une Alex Kelt et les deux tapis d'Orient parfaitement authentiques, ainsi que le prouvait le lustre velouté que leur avait conféré leur usure. A défaut d'argent, Henry ne manquait pas de personnalité.

— Non, je suis sérieux, protesta-t-il en s'asseyant dans le lit. Angélique Fabergine, épousez-moi. Au diable Portia Stillmore, au diable mes parents ! Je suis prêt à renoncer à mon héritage pour me marier avec toi sur-le-champ !

— Et pourquoi donc t'épouserais-je si tu n'as plus un penny en poche ? répondit-elle avec un sourire mutin avant de s'asseoir sur le bord du lit et de lui présenter son dos. En attendant, reboutonne ma robe, veux-tu ? Il faut vraiment que j'y aille.

Henry s'exécuta. Quand elle se fut redressée, elle le gratifia d'un baiser sonore.

— On se voit demain soir ?

— On est déjà demain, lui rappela-t-elle tout en se reprochant d'apprécier sans doute un peu trop ce garçon.

— Alors, on se revoit ce soir ? insista-t-il.

Elle haussa ses épaules graciles.

— Probablement, admit-elle.

Elle se pencha par-dessus Henry pour embrasser Charles sur les lèvres.

— Au revoir, mon lapin.

— Transmets mes salutations à ta sœur, repartit Charles sur un ton guindé dont la jeune femme eut le plus grand mal à ne pas rire.

Ayant récupéré son châle de soie et son réticule, elle se dirigea vers la porte.

— Je n'y manquerai pas, lui promit-elle. D'ici là, dormez bien, gentlemen. Et ne faites pas trop de bêtises en mon absence.

Elle adressa aux garçons un petit signe de la main et les laissa à leur amitié virile.

— Vous vouliez me voir au sujet de ce ruban vert, mademoiselle Sapphire ? s'enquit Avena en prenant grand soin d'articuler chaque syllabe. Je peux toujours descendre vous en chercher encore à la boutique de la modiste.

— Et en profiter pour voir Bixby Dawson par la même occasion ? suggéra Angélique sur un ton taquin.

Assise sur un tabouret en face de la coiffeuse, elle était en train de façonner ses cheveux en anglaises à l'aide du fer à friser qu'Avena avait mis à chauffer pour elle.

Lord Carter devait venir la chercher à midi pour l'emmener à une course de bateaux organisée sur la Tamise. Sapphire avait été également invitée par plusieurs des jeunes gens qui la courtisaient assidûment, mais elle avait préféré prétexter la fatigue pour pouvoir s'octroyer enfin une journée de repos à la maison. Elle avait l'impression que cela faisait plusieurs mois et non plusieurs semaines qu'elle n'avait pas eu la possibilité de s'asseoir tranquillement pour se plonger dans un livre ou de sortir se promener sans avoir à se soucier de répondre aux attentes de la cohorte d'adulateurs qui l'entouraient du matin au soir.

Avena eut un sourire coquet, cependant que ses joues se coloraient comme deux pommes d'api.

— Sauf votre respect, mademoiselle Angel, ça ne vous regarde pas si je vois ou pas M. Dawson.

— Non, vous avez sans doute raison, admit la métisse. Et je suppose que ça ne me regarde pas non plus si vous vous éclipsez de l'appartement aux petites heures de la nuit pour descendre le retrouver.

Le sourire mutin d'Avena s'élargit en une expression de fierté radieuse.

— On fait rien de mal ensemble.

— Avena, intervint Sapphire sur un ton patient de maîtresse d'école.

— On *ne* fait rien ensemble, se reprit consciencieusement la domestique. On sort juste se balader au clair de lune. Je suis une fille bien, maintenant, vous savez.

Elle plaqua une main contre sa bouche et se mit à pouffer comme une écolière.

— Bixby, par contre, il aurait bien envie de passer à des choses plus sérieuses ! Alors, hier soir, il m'a carrément demandé s'il était le genre d'homme que j'aurais envie d'épouser.

— Oh, comme c'est romantique ! s'exclama Angélique en battant des mains cependant que Sapphire levait les yeux au ciel.

— Et vous lui direz oui s'il se déclare, n'est-ce pas ? s'enquit cette dernière.

— Vous imaginez un peu ? murmura rêveusement Avena. Moi, avec un homme comme lui ? Mme Bixby Dawson, la femme du tailleur !

— Il aura bien de la chance de vous avoir pour épouse, Avena, lui assura Sapphire tout en éprouvant comme un pincement de jalousie.

De fait, sans convoiter M. Bixby ni aucun autre homme de son genre, elle n'en aspirait pas moins à trouver quelqu'un qui saurait lui témoigner la même affection que celle que le fils de la modiste semblait vouer à leur bonne.

— Si ça ne vous dérange pas de redescendre, reprit-elle, j'aimerais effectivement une longueur supplémentaire de ruban pour le costume que je compte porter au bal masqué de samedi soir. Trois à quatre mètres de plus devraient suffire.

Elle s'assit ensuite sur le lit, la boîte à bijoux de sa mère posée à côté d'elle, et attendit qu'Avena soit ressortie de la pièce pour ouvrir le coffret.

Angélique l'observait dans le miroir de la coiffeuse.

— Tu me parais bien taciturne, ce matin. Qu'est-ce qui t'arrive ? Pourquoi ce manque d'entrain ? Tu seras la reine du bal, samedi soir.

— Ce sera toi plutôt, rectifia Sapphire tout en écartant précautionneusement les lettres d'amour de son père pour récupérer la pierre précieuse cachée dans sa bourse de velours.

Angélique reposa le fer à friser et se leva de la coiffeuse pour venir s'installer près de sa sœur sur le lit et la prendre par les épaules.

— Dis-moi ce qui ne va pas, Sapphire. Nous avons passé de si merveilleux moments ensemble, ces dernières semaines, avec tous ces hommes distingués et séduisants qui se prosternaient à nos pieds. Des hommes que nous n'aurions jamais eu la chance de rencontrer en Martinique. Tiens, il paraît que la moitié des célibataires de Londres sont éperdument amoureux de toi !

Elle glousse et pinça la joue de sa sœur en ajoutant :

— Et la moitié des hommes mariés aussi, à ce que j'ai cru comprendre !

Sapphire tira la bague de sa pochette et, la déposant dans le creux de sa paume, la soupesa d'un air pensif.

— Je ne peux continuer à me jouer ainsi de ces jeunes gens, murmura-t-elle. Ils commencent à s'impatienter et me pressent de prendre une décision. Je savais depuis le début que c'était une mauvaise idée.

Elle leva la tête vers sa sœur.

— Angel, ils croient que, moyennant une certaine somme, je leur permettrai de…

Elle ne put achever sa phrase. Ce n'était pas la pudeur qui la retenait de préciser son propos, mais un sentiment de culpabilité qui la taraudait depuis des semaines.

Il n'y avait désormais personne à Londres qui ignorât qui elle était et qui elle affirmait être ; or, elle n'avait toujours reçu aucune nouvelle de M. Thixton. Elle avait appris qu'il avait déménagé de l'hôtel particulier des Wessex pour aller s'installer dans une auberge. Puis, la veille, elle avait entendu dire qu'il avait demandé la main de la fille aînée de lady Wessex et qu'une cérémonie de fiançailles serait organisée à la hâte avant qu'il reparte pour l'Amérique. Curieusement, elle avait du mal à imaginer M. Thixton s'éprenant de quelqu'un comme Camille. Mais qu'en savait-elle, au fond ? Et que lui importaient ces commérages ? De toute façon, elle méprisait l'Américain, et Camille Stillmore pouvait fort bien lui mettre le grappin dessus si ça lui chantait !

Le problème, c'était que Blake risquait maintenant de quitter l'Angleterre sans même lui avoir accordé la possibilité de lui expliquer sa requête et de clarifier ses intentions. Tante Lucia lui avait certes soutenu que son cher M. Stowe finirait par trouver des preuves du mariage de Sophie et d'Edward — mais quand ? Ne serait-il pas alors déjà trop tard ? Et que faire en attendant ? Jamais, jusqu'à présent, elle n'avait envisagé d'échouer dans sa mission ; or, elle se sentait désormais aussi perdue que si le bateau qui les avait amenées de Martinique avait sombré avant d'atteindre l'Angleterre, les laissant totalement seules et désorientées sur une chaloupe, en plein milieu de l'océan.

— Bon, soit, convint Angélique en croisant les mains sur ses genoux, l'heure n'est plus aux tergiversations. Dans ce cas, pourquoi ne choisirais-tu pas clairement l'un de ces messieurs pour protecteur ?

Sapphire se tourna vers elle et la toisa sans mot dire.

— Ce ne serait pas une existence si désagréable que ça, tu sais, insista Angel sur un ton badin.

A un moment donné, au cours de la semaine passée, elle avait elle-même décidé de ne plus accorder ses faveurs qu'à lord Carter, l'ex-soupirant de Portia Stillmore. Elle n'avait pas encore quitté l'appartement qu'elle partageait avec Sapphire et Lucia, mais Henry et elle avaient déjà entamé ensemble des recherches pour dénicher le nid qui abriterait dorénavant leurs roucoulades. Leur idylle n'était guère du goût des parents du jeune homme, qui l'avaient menacé de le déshériter s'il ne coupait pas immédiatement tous les ponts avec sa maîtresse et n'essayait pas de se raccommoder avec Mlle Stillmore. Angélique savait cependant que son cher Henry n'était pas du genre à obéir sans rechigner, même si son père lui allouait trois cents livres par an de pension et payait ses dettes en sus.

— Je ne peux pas prendre d'amant, Angel, et tu le sais très bien, repartit Sapphire en laissant la bourse de velours sur ses genoux pour saisir la main de sa sœur adoptive. Cela ne correspondrait ni à ce que je veux ni à ce que je suis.

Angélique haussa nonchalamment les épaules.

— Il te suffit alors de prévenir tes soupirants que tu as changé tes prix. Cela ne les surprendra pas. Après tout, les femmes sont coutumières de ce genre de revirement. Annonce-leur que tu te donneras uniquement à celui qui t'épousera.

— *Quoi ?*

Angélique se leva et se mit à faire les cent pas devant le lit.

— Si tu estimes que le prix de ta virginité ne peut être que le mariage, n'hésite pas à être claire sur ce point avec eux. A propos, est-ce que lord Thomas ne t'aurait pas justement demandé ta main hier, à l'hippodrome ?

Sapphire leva les yeux au ciel puis, pour s'occuper les doigts, ramassa le sac contenant la bague et se mit à jouer avec le cordon.

— Il plaisantait. Tu l'as bien vu : il était ivre.

Angélique gloussa.

— Comme tous les autres, non ?

Sapphire sourit. Elle s'était beaucoup amusée, la veille, d'abord à une garden-party où elle avait joué au croquet avec une demi-douzaine de célibataires quémandant son attention, puis à un thé donné l'après-midi à l'hippodrome, où ces messieurs avaient fait honneur à un punch copieusement arrosé de rhum.

— Je ne suis pas amoureuse de Charles, reprit-elle. Et je ne veux pas l'épouser.

— Il reste M. Salmons, en ce cas. Ou encore M. Cortez, énuméra Angélique avec espoir. Et aussi lord Raleigh.

Sapphire secoua silencieusement la tête.

Angélique leva les mains au ciel et retourna à son tabouret devant la coiffeuse.

— Toi et ta conception romantique de l'amour…, grommela-t-elle en reprenant le fer à friser. Je pensais que tu avais renoncé à tous ces songes creux pour une vision plus pragmatique des choses. Enfin, voyons, le coup de foudre, ce n'est plus de ton âge ! L'entente, la complicité : voilà des valeurs réelles, solides.

Elle considéra sa sœur dans le miroir et lui lança un coup d'œil salace.

— Sans oublier le sexe, ajouta-t-elle.

— Allons, tu te moques de moi, répliqua Sapphire.

Elle s'approcha de la fenêtre pour regarder la rue en contrebas, le sac en velours serré dans son poing.

Tout l'espace compris entre la façade du bâtiment et celle de la maison d'en face grouillait d'une activité frénétique : charrettes, cavaliers et attelages les plus divers ne cessaient de se croiser sous les yeux de la jeune femme, encadrés par une double ligne continue de piétons de toutes les conditions que ponctuaient par endroits les carrioles de marchands ambulants.

— Est-il donc si répréhensible que ça de vouloir plus que ce qu'on a ? s'enquit-elle d'une voix songeuse tout en repensant aux rêves d'Avena qui étaient sur le point de se réaliser.

— Non, bien sûr que non, repartit Angélique avant de reposer le fer à friser sur le plateau de la coiffeuse. Ce maudit engin est froid… Il va falloir le remettre à chauffer.

Elle pivota sur le tabouret pour regarder Sapphire.

— Il n'est pas répréhensible d'avoir des désirs ou des ambitions, précisa-t-elle, mais il vaut cent fois mieux jouir de chaque instant qui passe. A quoi bon vivre, si c'est pour se refuser les plaisirs qu'offre le présent dans l'attente d'éventuels lendemains qui chantent ?

— Je ne dis pas que je ne profite jamais du présent, répliqua Sapphire.

Elle se tut soudain en se rappelant M. Thixton et leur rencontre inopinée au restaurant. Elle n'avait pas parlé de leur baiser à Angélique, le gardant secret pour une raison qu'elle préférait confusément ignorer. Le souvenir de cette brève étreinte suffit cependant à lui enflammer les joues.

Car force lui était d'admettre qu'elle n'avait pas détesté cette fulgurante embrassade sur le palier exigu de l'escalier de la taverne. Et quitte à être totalement honnête avec elle-même, il lui fallait aussi reconnaître qu'au bal donné chez lui par lady Wessex, quand ils s'étaient retrouvés seuls dans la salle de billard, il ne l'avait pas seulement effrayée ou mise en colère, mais l'avait également… Les mots lui manquaient pour décrire la sensation inconnue qui l'avait alors envahie, une sensation qui s'était déployée au creux de son ventre, mais dont les racines lui semblaient remonter plus loin encore en son être, jusqu'à une profondeur dont le gouffre, depuis, ne cessait de l'attirer. Vertige délicieux…

Son souffle se bloqua dans sa gorge. Elle tourna le dos à Angélique pour lui cacher son trouble et, afin de se donner une contenance et de justifier son mouvement, entreprit de ranger la bourse dans la boîte à bijoux de sa mère. Elle ne voulait parler de ça avec personne, pas même avec sa sœur adoptive. Après tout, se dit-elle, Blake Thixton demeurait son ennemi, l'unique obstacle qui se dressait entre elle et le succès de sa mission — et, aussi, l'unique personne qui en détenait la clé.

Peut-être Angélique avait-elle raison, finalement, pensa-t-elle. Peut-être devrait-elle reconsidérer son objectif. A supposer, en effet, que M. Stowe soit capable de prouver sa parenté avec les Wessex, cela risquait de lui prendre des semaines, voire des années. Entre-temps, M. Thixton serait depuis belle lurette retourné en Amérique avec sa jeune épouse. Et elle-même se retrouverait le bec dans l'eau.

Elle n'avait pas encore choisi son cavalier pour le bal masqué de samedi soir. Pourquoi ne jetterait-elle pas son dévolu sur lord Thomas et ne prendrait-elle pas au sérieux sa demande en mariage ? Il était riche, issu d'une famille respectable et apparemment doté d'un caractère accommodant, quoiqu'un peu immature. Et puis, surtout, il était aux petits soins pour elle, alors que Blake Thixton l'accablait de son mépris, la considérant comme une arriviste sans scrupule, une menteuse, une catin.

Or, si elle se mariait avec lord Thomas, elle deviendrait lady Thomas, et cela, n'est-ce pas, amènerait certainement l'irascible Américain à changer d'avis à son sujet.

— Lord Wessex, vous exigez l'impossible. Le bateau ne peut être prêt à appareiller avant la semaine prochaine. Nous venons tout juste de commencer l'embarquement de la cargaison et nous attendons encore des lots en provenance de Chine qui ne devraient pas arriver avant demain matin, au plus tôt.

Blake arpentait d'un pas sec le bureau minuscule et spartiate aménagé sous le toit de l'entrepôt et n'écoutait que d'une oreille les protestations de M. Klaus, l'agent d'affrètement avec lequel il était en affaires depuis maintenant plusieurs semaines. Par les carreaux crasseux et enfumés de la fenêtre, il distinguait la Tamise qui s'écoulait paresseusement le long du quai et léchait les flancs du navire sur lequel des débardeurs chargeaient par caisses entières les toutes dernières créations de la mode parisienne, les grains de café importés des Caraïbes et les soies du Moyen-Orient dont il comptait approvisionner le marché américain.

Les articles de luxe n'étaient évidemment pas les seules marchandises qui l'intéressaient. En négociant avisé, il avait appris à ne pas mettre tous ses œufs dans le même panier et s'occupait aussi de fournir à ses compatriotes sucre, mélasse, bananes, thé, gypse, craie, soufre, guano, fer, laine, chanvre, alcools, fourrures, lin et bien d'autres produits encore. Sur le trajet du retour, suivant la saison et les opportunités, il exportait de la Nouvelle-Angleterre à destination de l'Europe du bois de qualité, des étoffes ainsi que de l'huile de baleine.

— D'ailleurs, milord, poursuivait le petit homme mince aux favoris gris et à la moustache fournie, vous seriez bien plus à votre aise sur un de nos nouveaux paquebots à vapeur.

— Oui, mais il y a les gens, répliqua Blake en s'arrêtant devant lui.

— Je vous demande pardon ?

Blake arracha son cigare de ses lèvres et se remit à faire les cent pas devant le bureau du fréteur. Tout en arpentant ainsi le plancher de bois brut incrusté de poussière et poli par le frottement, il s'exhortait mentalement à la patience.

— Il y aura bien d'autres passagers à bord, Klaus, n'est-ce pas ?

— Eh bien, naturellement, milord. Comme je vous le disais à l'instant, c'est un paquebot, pas un cargo. Il est précisément conçu pour le transport des personnes à travers l'Atlantique. De tels progrès ont été accomplis dans le domaine de la maîtrise de la vapeur, milord, que nous sommes aujourd'hui capables de…

— Je suis parfaitement au courant des performances des machines modernes, monsieur Klaus, rétorqua Blake avec humeur. Il se trouve que c'est mon métier. Ce que j'essaie de vous amener à comprendre, c'est que je ne souhaite pas voyager avec un *paquebot* entier de passagers. La cabine qui m'a été préparée sur ce cargo suffira amplement à mon confort. Ce que je veux par-dessus tout, monsieur Klaus, c'est la paix !

L'interpellé voûta les épaules, ses petits doigts fins se crispant sur les papiers empilés devant lui, sur le plateau de sa table de travail.

— Oui, milord, murmura-t-il, soumis. Comme il vous plaira, milord.

— D'après l'indicateur des marées, nous pourrions appareiller dès dimanche matin. Et c'est ce que nous ferons.

— Lord Wessex, répondit M. Klaus, la moustache frémissante, je me permets de vous répéter qu'il est impossible que nous achevions le chargement de la cargaison d'ici là, étant donné que nous attendons encore…

— Dimanche, à 6 heures du matin, l'interrompit Blake en se dirigeant vers la porte. C'est mon dernier mot, monsieur Klaus. Au revoir, monsieur Klaus.

M. Klaus eut la sagesse de ne pas insister.

Une fois dehors, au soleil, Blake sentit ses narines se remplir de l'odeur du goudron de calfatage et une singulière nostalgie l'envahit.

Il ne s'était jamais bien entendu avec son père, Josiah Thixton, pas plus dans son enfance que plus tard, à l'âge adulte. Il lui restait cependant de leurs rapports un certain souvenir qu'il aurait pu qualifier de paisible, sinon d'heureux. C'était celui de leurs déambulations sur les docks de Boston, en fin d'après-midi. Il se rappelait encore les navires chargés de grumes et d'étoffes, prêts à appareiller dès la marée suivante pour des destinations qui lui paraissaient alors furieusement exotiques : Londres, Anvers, Cherbourg... Il suivait son père en trottant pour rester à sa hauteur tandis que ce dernier réglait les derniers détails avant le départ des navires, n'hésitant pas à s'adresser aussi bien aux débardeurs et aux matelots des équipages qu'aux fréteurs et aux capitaines.

Car si Josiah Thixton était un père et un mari ignoble, il montrait un tout autre visage aux hommes qui travaillaient en collaboration avec lui ou sous ses ordres. A eux les sourires, les questions inquiètes sur la santé du petit dernier ou sur la convalescence de l'épouse... Et cet intérêt, que Blake soupçonnait d'être parfaitement sincère, pour le sort de ses employés ou de ceux qui assuraient le transport de ses marchandises encourageait ceux-ci à donner le meilleur d'eux-mêmes dans leur travail et contribuait ainsi au succès florissant des affaires de son père.

Il était dommage qu'ensuite, une fois de retour à la maison, ce même entrepreneur modèle éprouve parfois le besoin de battre à coups de poing son enfant de dix ans.

Blake trouva subitement un goût amer au cigare français qu'il avait encore à la bouche et le cracha par terre avant d'en écraser l'extrémité incadescente du talon de sa botte. Puis il remonta dans sa voiture et indiqua au cocher leur prochaine destination avant de rabattre sur lui la portière.

Vingt minutes plus tard, il se présentait à l'étude de Stowe où le clerc de la réception, affolé, lui bredouilla que son patron était occupé.

— Peu importe, rétorqua-t-il, moins disposé que jamais à se laisser éconduire. J'ai juste deux mots à lui dire. Ça ne prendra qu'un instant.

— Nous pourrions peu… peut-être convenir d'un rendez-vous, suggéra l'employé en bafouillant, le teint verdâtre.

— Vu les émoluments que je verse à M. Stowe, je crois qu'il peut bien me sacrifier deux petites minutes de sa sieste matinale, répliqua Blake tout en se dirigeant vers le bureau de l'avoué sans attendre l'autorisation du clerc.

Ce dernier bondit de son tabouret, contourna sa banque et, se précipitant dans le couloir à la suite de Blake, réussit à se faufiler entre ce dernier et la porte de son employeur.

— Mi… milord, je vous en prie, permettez au moins que je vous a… annonce…

Blake considéra avec irritation l'importun. De fines gouttes de sueur perlaient au front de celui-ci. Un soupçon naquit dans l'esprit de Blake.

— Il est en train de recevoir un client ? s'enquit-il.

— Oui… Enfin, non !

— Décidez-vous ! s'exclama-t-il. C'est oui ou c'est non ?

La porte s'ouvrit à cet instant et M. Stowe apparut sur le seuil.

— Lord Wessex, dit-il, le visage fermé.

— Maî… maître, Sa Sei… Seigneurie tient absolument à vous par… parler…, commença à expliquer le clerc.

— C'est bon, Turnberry, repartit Stowe. Vous pouvez nous laisser. Retournez à votre travail. Je me charge de lord Wessex.

Vaguement agacé par la formulation de cette dernière phrase, Blake se pencha vers l'avoué en fronçant les sourcils de manière menaçante. Tout autre que Stowe aurait sans doute bronché, mais l'avoué resta fermement campé sur ses pieds, l'air compétent et digne dans son impeccable redingote de laine noire.

— J'ai à vous parler de toute urgence, Stowe. Je suppose

que votre client peut bien attendre que vous ayez fini de vous « charger » de moi, n'est-ce pas ?

— En fait, lord Wessex, répondit Stowe en bloquant la porte de sa silhouette replète, cette personne... est de mes intimes.

A cette révélation, Blake sentit sa colère s'évanouir d'un coup. Il fixa l'avoué avec un haussement de sourcils, amusé.

— Dois-je comprendre que vous recevez une dame ? demanda-t-il avec incrédulité tout en essayant de jeter un coup d'œil au-delà du battant de noyer à caissons. Décidément, Stowe, vous ne cessez de me surprendre. Vous, les Anglais, vous semblez si coincés qu'on aurait du mal à croire que...

— Jessup, est-ce un client, mon ami ? l'interrompit une voix de femme âgée qui s'exprimait avec un fort accent français.

Plus précisément, Blake reconnut les intonations chantantes du cajun de La Nouvelle-Orléans. Sa curiosité en fut aiguisée. Une Américaine ? se dit-il. Stowe avait pour tendre amie une compatriote ? Instinctivement, poussé par le mal du pays qui le tenaillait, il fit un pas en avant.

— Ne t'inquiète pas, très chère, repartit M. Stowe en bombant le torse, visiblement résolu à barrer le chemin à Blake. Lord Wessex peut patienter quelques instants.

Et ils se tutoyaient, par-dessus le marché ? songea Blake. De mieux en mieux !

— Lord Wessex ? s'écria la dame. Doux Jésus !

Ce changement de ton acheva d'intriguer Blake : apparemment cette femme le connaissait, même si sa voix ne lui disait rien.

— Fais-le donc entrer, Jessup.

Vraiment, ma chérie, objecta Stowe, je ne pense pas que ce soit...

« Ma chérie » ? se répéta Blake, au comble de l'amusement et de la perplexité à la fois.

— Il me semble que madame souhaiterait m'être présentée, susurra-t-il à l'intention de l'avoué. Et vous savez que j'ai pour principe de ne jamais décevoir une dame...

Dès que Stowe, vaincu, se fut effacé, et que les yeux de Blake se furent posés sur l'inconnue, celui-ci sut qui elle était. Ils ne s'étaient jamais rencontrés, mais il savait malgré tout à qui il avait affaire. Il avait souvent aperçu cette personne de loin, au cours des dernières semaines : au théâtre, aux bals, aux courses… C'était le prétendu « chaperon » de Sapphire Fabergine, sa tante pour être plus exact — et même, si sa mémoire ne le trompait, sa marraine.

— Mademoiselle Lucia Toulouse, lord Wessex, énonça Stowe avec une réticence manifeste après avoir refermé la porte. Lord Wessex, voici Mlle Lucia Toulouse, la femme que je compte épouser dès qu'elle m'aura donné son consentement.

Il n'échappa point à Blake que l'avoué l'avait d'abord présenté à cette dame, contrevenant ainsi aux règles les plus élémentaires de la préséance — et cela à dessein, il en était certain. Cette impertinence le réjouit au plus haut point, car elle révélait combien le scrupuleux et intraitable juriste était épris de sa « chérie ».

Blake s'inclina d'autant plus profondément devant elle. Mlle Toulouse effectua en retour une révérence avant de lui donner sa main à baiser.

— Mademoiselle Toulouse, proféra-t-il dans un français parfait.

— Lord Wessex, c'est un plaisir…

Il relâcha sa main. La fiancée de l'avoué lui paraissait encore fort attrayante pour une dame qui n'était plus de la première jeunesse. Elle était plutôt menue, bien ronde et présentait un visage relativement épargné par le temps, tant et si bien qu'il peinait à deviner son âge. Entre quarante-cinq et cinquante-cinq ans, sans doute — il n'aurait pu être plus précis.

— Le plaisir est partagé, madame. Veuillez me pardonner mon indiscrétion, mais je n'ai pu manquer de remarquer votre accent. Il n'est pas français, n'est-ce pas ? Il vient, si je ne m'abuse, de La Nouvelle-Orléans.

Elle gloussa, comme pour saluer sa perspicacité.

— En vérité, avoua-t-elle en souriant, je suis née ici même, à Londres. Mais vous avez raison : j'ai longtemps séjourné à La Nouvelle-Orléans, jadis.

Blake fut un moment tenté d'en profiter pour lui demander pourquoi diable sa filleule s'était mis en tête de se prétendre l'héritière de son grand-cousin, mais il se ravisa. Dans trois jours d'ici, il aurait quitté Londres et laissé derrière lui cet imbroglio sans queue ni tête. Sapphire Fabergine comme sa tante seraient alors le cadet de ses soucis.

— Navré de vous interrompre, reprit-il à l'adresse de Stowe, qui était retourné s'asseoir derrière son secrétaire tandis Mlle Toulouse avait repris place dans le fauteuil de cuir rouge, en face du bureau. Je souhaitais seulement vous informer que j'embarque pour Boston dimanche matin. Si vous désirez que je vous signe une procuration avant mon départ pour vous donner la liberté de régler la succession de feu lord Wessex au mieux de mes intérêts, il vous faudra avoir préparé les documents nécessaires avant demain soir.

— Vous rentrez en Amérique ? s'enquit Mlle Toulouse, alarmée.

Blake la dévisagea avec froideur.

— Voilà plus de deux mois que je suis ici aux prises avec la succession de mon parent ainsi qu'avec certaines autres difficultés afférentes dont vous n'ignorez rien, madame. Je ne puis demeurer plus longtemps.

Elle se rembrunit et, redressant le menton, feignit de se désintéresser de lui.

Stowe les regarda tour à tour.

— Votre Seigneurie…, commença-t-il.

— J'ai pris ma décision, Stowe, et je n'y reviendrai pas, le coupa Blake. Il m'est tout simplement impossible de rester en Angleterre une seule semaine de plus. J'ai un dernier engagement à honorer, une invitation à un bal masqué à laquelle j'ai eu la stupidité de répondre favorablement, mais je ne m'attarderai pas plus longtemps. Mes affaires m'attendent à Boston.

Sur ce, il rebroussa chemin vers la porte, s'abstenant d'ajouter que, s'il hâtait ainsi son départ, c'était aussi et surtout pour fuir une certaine rousse aux yeux vairons. Cette raison, cependant, lui était demeurée obscure jusqu'à présent. Il n'en avait pris conscience qu'à l'instant, en présence de la tante de la jeune femme, au moment même où il proférait le demi-mensonge censé justifier la précipitation qu'il mettait ainsi à rentrer chez lui.

— Lord Wessex, insista Stowe en se relevant précipitamment pour lui emboîter le pas, nous avons encore certains problèmes à régler, des décisions à prendre...

— Vous avez ma confiance pleine et entière, Stowe.

— Mais, milord...

L'avoué s'interrompit pour baisser la voix, de sorte que Mlle Toulouse ne pouvait plus l'entendre.

— ... je comprends bien que cette question ne soit pas de mon ressort, mais que va-t-il advenir de lady Wessex ? Si vous vendez les biens de son défunt mari, elle n'aura plus nulle part où aller avec ses filles.

Blake se renfrogna : il les avait oubliées, celles-là ! Mais il n'était pas dans son caractère de jeter des femmes à la rue, si insupportables fussent-elles.

— Cela ne vous regarde pas, en effet, répondit-il avec quelque raideur. J'ai hérité de cette maudite baraque, mais...

Il hésita. Ah ! Dieu, songea-t-il, comme il lui tardait d'être loin de tout ça !

— Donnez-leur la maison de campagne, trancha-t-il finalement, désireux de se retrouver dehors au plus vite.

— Pardon, milord ?

— Vous m'avez très bien entendu. Elles n'ont pas besoin de l'hôtel particulier. Et, surtout, les Londoniens n'ont pas besoin de les avoir sur le dos. La charité m'impose de leur épargner les jacasseries dont ces incorrigibles pipelettes m'ont rebattu les oreilles des semaines durant. Qu'elles prennent les vaches pour auditoire si elles n'arrivent pas à fermer leur clapet. Ce sera une mesure de salubrité publique !

— Mais... et l'hôtel, justement, milord ? l'interrogea Stowe avec effarement. Désirez-vous que je le vende ou que je vous le garde en prévision de votre prochain séjour à Londres ?

— Je ne sais pas. Je vais y réfléchir, lâcha Blake en remettant son chapeau. Bien le bonjour, Stowe.

— Au revoir, milord, et bon voyage, repartit Stowe sur le seuil de son bureau en regardant Blake s'éloigner.

— Et, Stowe, ajouta Blake par-dessus son épaule, c'est un joli brin de femme que vous achez choisi là. Félicitations !

Il lança un clin d'œil à l'avoué.

— Moi aussi, j'aime bien les rousses ! déclara-t-il dans un chuchotement théâtral.

Quand Jessup rentra dans son bureau, Lucia s'était relevée à son tour.

— Je suis vraiment désolé de cette intrusion, ma chérie, lui assura-t-il. Comte ou pas, cet Américain n'avait pas le droit de s'introduire ici comme ça.

— Allons, allons, murmura Lucia d'une voix apaisante, les yeux fixés sur la porte par laquelle M. Thixton venait juste de sortir. C'est un jeune homme impétueux, manifestement habitué à n'en faire qu'à sa tête. Tu devais très certainement lui ressembler à son âge, avant que tu n'acquières un peu de bon sens.

— Peu importe. C'est là une conduite inexcusable, s'entêta Jessup tout en tirant sur le bas de son gilet.

— Crois-tu vraiment qu'il va retourner en Amérique sans même daigner écouter Sapphire ni attendre le résultat de tes recherches ?

— Mon amour, soupira-t-il en posant une main sur l'épaule de sa maîtresse, je te l'ai déjà dit : cela risque de me prendre des jours, pour un résultat qui n'est pas garanti. Si ça se trouve, il n'existe plus aucune preuve permettant d'établir que feu lord Wessex était bien le père de Sapphire.

— Je sais, concéda-t-elle en rivant ses yeux dans les siens.

Tous deux étaient de la même taille, ce qu'elle appréciait. Elle détestait devoir lever la tête pour regarder ses interlocuteurs.

— Il y a seulement que…

Elle laissa sa phrase en suspens.

— Je comprends, déclara Jessup. Son refus d'entendre Sapphire est presque insultant. Mais, vois-tu, les hommes comme lui peuvent parfois se montrer très obstinés.

Il hésita avant d'ajouter :

— Cela ne signifie pas pour autant que ce soient de mauvais bougres.

Le sens de cette dernière remarque échappa quelque peu à Lucia.

— Il n'y a pas que ça, lâcha-t-elle dans un souffle.

— Que veux-tu dire ?

Lucia aurait préféré ne pas avoir à lui avouer les angoisses qui la tourmentaient ainsi, mais, pour récente que soit leur liaison, elle lui semblait de celles qui durent toute la vie. En conséquence, elle n'avait d'autre possibilité que d'avoir en Jessup une confiance qu'elle n'avait jamais eue jusqu'alors en aucun autre homme, pas même en son cher Armand.

— Je suis inquiète… des sentiments que Sapphire pourrait nourrir envers M. Thixton.

Jessup haussa un de ses sourcils broussailleux, puis hocha pensivement la tête.

— Hum ! fit-il. Voilà qui pourrait en effet compliquer la situation.

Lucia sourit et porta une main à la joue de l'avoué, comme pour effacer les rides soucieuses qui creusaient les coins de sa bouche.

— Tu sais, mon ami, tu es très beau avec cette expression préoccupée sur le visage.

— C'est que je ne voudrais pas que Sapphire souffre au cas où lesdits sentiments ne seraient pas partagés, répondit-il d'une voix douce. Or, il y a à craindre qu'ils ne le soient justement pas, vu la hâte que M. Thixton paraît vouloir mettre à s'éloigner de Londres.

— Les apparences sont parfois trompeuses, Jessup, lui rappela-t-elle. Tu n'as pas surpris comme moi les regards dont il est arrivé à M. Thixton de couver ma petite Sapphire, au bal comme au théâtre. Ces coups d'œil-là sont plus éloquents que n'importe quelle parole. Je connais les hommes, mon ami, et je peux t'assurer que celui-ci est amoureux de ma filleule. Et pas qu'un peu.

— Sans doute, admit Jessup, mais je ne me souviens pas,

pour ma part, que Sapphire ait jamais insinué qu'elle éprouvait en retour le moindre penchant pour lui.

— Et moi, je connais ma Sapphire encore mieux que les hommes, se contenta de répliquer Lucia avant de se pencher vers lui pour déposer un léger baiser sur ses lèvres. Bon, je te laisse pour aller courir les boutiques. On se retrouve samedi soir, comme convenu. Chez toi. Ou, plus précisément…

Elle s'interrompit pour passer un doigt malicieux sous son menton.

— … dans ta chambre, acheva-t-elle en se dirigeant vers la porte.

13

— Seigneur Dieu, Hattie, est-ce que tu l'as vu ? s'enquit Odelia en trottant derrière sa collègue dans l'étroit et sombre corridor qui menait à l'office, tout en tenant à bout de bras un lourd plateau surchargé de verres sales.

Derrière elles s'entendaient en sourdine les accents de la valse jouée par l'orchestre dans la salle de bal.

— Pas étonnant que toutes ces dames tournent de l'œil sur son passage, lança Hattie par-dessus son épaule d'une voix excitée. Je crois bien n'avoir jamais posé les yeux sur un aussi beau garçon de toute ma vie !

L'encombrant plateau qu'elle transportait elle-même se mit à pencher de côté.

— Holà ! s'écria-t-elle en lui redonnant de justesse son équilibre. Je ne comprends vraiment pas pourquoi notre maître ne nous met jamais de chandelles dans ce fichu couloir. Il en aurait pourtant les moyens, ce vieux grippe-sou !

— Justement, repartit Odelia, non sans bon sens.

Son nez la chatouillait affreusement, mais elle ne pouvait le gratter au risque de tout renverser par terre. Elle savait que, si par malheur elle brisait un seul de ces verres, Mme Paxton, la gouvernante, lui passerait un savon et la priverait en plus d'un mois de salaire.

— Il lui faut déjà payer toutes les robes hors de prix que madame n'arrête pas de s'acheter, expliqua-t-elle tout en tordant le nez. Rien que celle qu'elle porte ce soir a dû lui coûter une fortune !

— Ah, ça, pour sûr ! approuva Hattie. Et son masque, tu l'as vu ? Toutes ces plumes ! Je te demande un peu… A croire qu'elle se prend pour un oiseau et qu'elle va s'envoler d'un moment à l'autre pour aller se percher sur le lustre !

— Arrête, la supplia Odelia en gloussant. Ne me fais pas rire ou je vais tout lâcher !

Hattie s'arrêta devant la porte fermant le corridor de service qui sentait le moisi. Tout en veillant à ne pas renverser son plateau, elle donna un coup de pied dans le battant, puis un autre, et encore un troisième, pour faire bonne mesure. Puis elle pivota d'un quart de tour pour s'adosser contre le mur. Odelia l'imita, les bras rompus de fatigue et les narines toujours irritées. Au vrai, ses courbatures étaient si douloureuses qu'elle en oubliait presque cet agaçant prurit.

Hattie et elle se coltinaient ces lourds plateaux de verres, de couverts en argent et de vaisselle en porcelaine depuis le matin. Il leur avait d'abord fallu les emmener de l'office jusque dans les salons pour préparer les tables du buffet, lequel était dispersé un peu partout dans la maison, lady Harris tenant à ce que chacun de ses invités ait à portée de main de quoi se sustenter et se rafraîchir. Et voilà qu'elles devaient maintenant les ramener à l'office pour qu'ils y soient lavés et remplacés ! Le pire était que la réception risquait de durer jusqu'à l'aube… Ce qu'Odelia ne saisissait vraiment pas, c'était pourquoi ces gens ne pouvaient pas se contenter d'un seul verre ou d'une seule assiette pour toute la soirée. Mais bon, elle se garderait bien d'en faire la remarque : elle tenait à ses gages, si misérables soient ils !

— Une qu'on peut pas louper non plus, poursuivit Hattie, l'arrachant à ses pensées, Mlle Fabergine — tu sais, celle qui piste tous les célibataires de la ville ? Elle a pratiquement le même masque et la même robe chic de soie blanche que madame, mais ça lui va autrement mieux qu'à l'autre dindon, tu peux me croire.

Tout en écoutant sa camarade, Odelia ouvrait grand la bouche et remuait furieusement la lèvre supérieure pour tenter d'apaiser le picotement qui lui agaçait le nez.

— Je me demande bien quel animal peut avoir des plumes pareilles, s'interrogea tout haut Hattie.

— Une oie ? suggéra Odelia, qui, renonçant à maîtriser son chatouillement, écarta les pieds et laissa pendre le plateau au bout de ses bras pour détendre un peu ses épaules. Tu crois que cette fille a copié la toilette de lady Harris ?

— Bah, ça ne serait pas impossible, répliqua Hattie avant d'ébranler une nouvelle fois la porte du pied. Mais qu'est-ce qu'ils fichent donc là-dedans ? Ils pensent peut-être qu'on n'a que ça à faire, lanterner dans ce boyau puant ?

— De toute façon, reprit Odelia d'une voix lasse, ces dames de la haute passent leur temps à rivaliser l'une avec l'autre. Il paraît qu'elles vont parfois jusqu'à payer le couturier d'une de leurs prétendues amies pour avoir la même robe qu'elle à un bal et la couvrir de ridicule.

— Sauf que, d'après lady Harris et ses amies, Mlle Fabergine *n'est pas* une dame de la haute, rétorqua Hattie avant de marquer une pause et de prendre un ton de conspiratrice. Maintenant, ce n'est pas ce que tout le monde pense… Tu sais ce qui se raconte sur elle ?

— Qu'elle serait la fille cachée de feu lord Wessex ?

Hattie hocha sentencieusement la tête.

— Ça, ça serait quelque chose, hein ?

— A condition que ce ne soit pas encore un mensonge, objecta judicieusement Odelia. Pour en revenir à cette toilette, tu n'as pas entendu ce qu'a dit Tula l'autre jour ?

— Tula ? répéta Hattie en écarquillant les yeux. C'est qui, celle-là ?

— L'une des femmes de chambre de madame. Celle avec le bec-de-lièvre.

— Ah, oui, ça y est, je la remets, acquiesça Hattie avec un nouveau hochement de tête qui dégrafa sa coiffe. Ah, zut ! Voilà encore ce maudit truc qui fiche le camp…

— Eh bien, continua Odelia imperturbablement, d'après Tula, madame a envoyé le valet de monsieur courir la ville avec un petit sac de pièces pour découvrir ce que Mlle Fabergine comptait porter ce soir.

Hattie eut un reniflement moqueur.

— Comme si madame pouvait espérer lui faire de l'ombre, avec les espèces de jambonneaux qu'elle a pour cuisses !

Odelia laissa échapper un soupir extasié.

— Quand même, cette Mlle Fabergine, quelle belle femme ! Tous ces messieurs ont la langue qui pend jusqu'au parquet quand ils la regardent !

— C'est à cause des cheveux roux, énonça Hattie sur un ton docte. Ma maman répétait toujours que les rousses ont la séduction dans le sang.

Elle se tut soudain et, tournant la tête vers la porte :

— Si quelqu'un ne vient pas tout de suite nous ouvrir, je défonce cette sacrée lourde à coups de tatane ! hurla-t-elle.

— On arrive, on arrive ! lui répondit une voix étouffée depuis la cuisine.

— Tu crois qu'un de ces verres est le sien ? demanda Odelia en fixant d'un œil embué le contenu de son plateau dont le poids persistait à lui cisailler les bras, du poignet jusqu'au cou.

— De qui tu parles ? s'enquit Hattie en se retournant vers elle.

— De lord Wessex, tiens. Par tous les saints du paradis, c'est un sacré beau morceau, lui aussi ! Paraît qu'il est américain.

— Qu'est-ce que ça peut te faire ? De toute manière, il ne te causera jamais !

— J'sais bien, reconnut Odelia en soupirant derechef. Mais il n'est pas interdit de rêver, non ?

La porte tourna enfin sur ses gonds. Les bruits et les odeurs de la cuisine leur sautèrent aussitôt à la figure. Le gâte-sauce qui leur avait ouvert s'essuya les mains au torchon pendu à sa ceinture et retint le battant pour leur permettre d'entrer dans la pièce avec leur plateau.

— Quitte à rêver, Odelia, je te conseille plutôt de te choisir un gars qui pourra te payer le vivre et le couvert. Un type bien, comme mon Denley, décréta Hattie avant de considérer le garçon toujours planté près de la porte. Dis voir un peu, mon p'tit, t'aurais pas un frère, par hasard ? Un certain Elwood ?

L'interpellé, qui ne devait pas avoir plus de neuf ou dix ans, s'empourpra et hocha la tête en gardant les yeux fixés sur les tommettes qui recouvraient le sol de l'office.

— Si fait, m'dame. Il s'occupe des chevaux à l'écurie.

— Voilà un homme auquel peut rêver une femme, proféra Hattie en dépassant le marmiton. Un travailleur honnête qui prendrait bien soin de toi, Odelia.

— Elwood, tu dis ? demanda cette dernière en fronçant le nez et en emboîtant le pas à son amie, laquelle avait plus d'expérience qu'elle en matière de garçons.

En effet, bien qu'âgée de dix-sept ans à peine, Hattie avait l'intention de convoler en justes noces et comptait bien traîner son marin de petit ami devant l'autel dès que celui-ci serait revenu à terre.

— C'est pas celui qui a un œil mort qui roule dans tous les sens quand tu lui parles ?

— Hé ! lui lança Hattie par-dessus son épaule. T'as vite fait de l'oublier, son œil, si tu ne le regardes pas !

— Un rafraîchissement, ma chérie ? suggéra lord Thomas à Sapphire en rapprochant un peu trop son visage au goût de la jeune femme.

Ils se trouvaient dans l'embrasure d'une des fenêtres d'un salon à l'écart de la salle de bal, et Sapphire ressentait un léger vertige, étourdie par la chaleur et le monde qui se pressait dans toutes les pièces de la demeure de lord et lady Harris. Elle était surtout lasse de sourire, de rire et de continuer à jouer ce rôle de coquette pour lequel, à la différence de sa sœur, elle ne se sentait aucune aptitude.

La crème de la bonne société avait sorti bijoux et toilettes d'exception pour venir assister en masse au bal masqué annuel des Harris. Outre des membres du Parlement et de la Cour, il y avait là des ducs et des duchesses, des barons et des baronnes du royaume. Certains avançaient même que le roi Guillaume en personne ferait une apparition juste avant l'aube, au retour d'une de ses fameuses nuits d'ivresse et de débauche dans la capitale.

Son accession au trône ne remontait qu'à l'année précédente, quand il avait succédé à son défunt frère, et le peuple semblait l'apprécier. Quoique Sapphire peine à comprendre les principes à l'œuvre dans le *Reform Act*, qui cédait une partie du pouvoir monarchique au Parlement, les journalistes s'accordaient pour écrire que le souverain « jouait une donne délicate avec beaucoup de finesse ».

La jeune femme eut un mouvement de recul pour échapper à l'haleine avinée de Charles qui, un peu plus tôt dans la soirée, avait bu à une flasque en argent qui contenait quelque alcool fort et que lui-même et d'autres jeunes aristocrates s'étaient échangée dans un salon à l'écart, sans trop chercher à s'en cacher. En fait de révulsifs, lady Harris n'avait à proposer à ses invités rien de plus stimulant que du madère, ce qui ne manquait jamais de contrarier tous les messieurs conviés à son bal annuel... et de les inciter à contourner plus ou moins discrètement cette prohibition qui ne disait pas son nom, puisque pour rien au monde ils n'auraient manqué cet événement.

— Je prendrai juste un peu d'eau fraîche, merci, répondit-elle à Charles.

Avant de remettre son masque, elle mit délibérément dans son regard cette petite étincelle aguicheuse qu'Angélique lui avait appris à allumer à volonté.

Elle continuait donc à jouer le jeu, même si Charles n'avait cessé de se comporter étrangement avec elle depuis leur arrivée à la réception, la pressant à plusieurs reprises d'accepter sa proposition de l'entretenir. Il n'avait tenté qu'une seule fois de l'embrasser au cours des semaines passées, mais ce soir-là elle le trouvait particulièrement intenable. En trois occasions, déjà, il avait réussi à s'isoler avec elle dans un coin et quoique, naguère encore, elle ait été éventuellement disposée à lui concéder un baiser, ne fût-ce que par curiosité, cette perspective l'attirait de moins en moins à mesure que la réception traînait en longueur. Certes, la raison lui dictait de jeter son dévolu sur Charles et de lui accorder enfin ce qu'il demandait, mais son intuition lui soufflait que le jeune lord Thomas lui cachait un aspect de sa personnalité qu'elle n'avait pas envie de connaître et qui, l'alcool aidant, commençait malgré tout à transparaître sous son vernis de distinction et de bonnes manières.

— Je n'en ai que pour un instant, mon beau cygne blanc, lui assura-t-il avant de porter sa main à ses lèvres.

Elle le gratifia d'un bref sourire. Hormis quelques écarts, il s'était jusqu'alors montré fort prévenant avec elle, manifestement enchanté qu'elle l'ait préféré aux autres pour l'accompagner au bal. Malheureusement, il avait l'air de croire que cette faveur signifiait également qu'elle songeait à accepter de devenir sa maîtresse.

— Je vous attends ici, lui dit-elle. Peut-être pourrions-nous aller ensuite nous promener dans le jardin. J'ai entendu dire qu'il était illuminé par des milliers de bougies et que toutes ces lumières lui donnaient un aspect féerique.

— Excellente idée, approuva Charles. Si vous voulez bien m'excuser…

Sapphire hocha la tête et ne put réprimer un soupir de soulagement quand lord Thomas s'éloigna enfin, fendant la foule de toilettes et de fracs qui les environnait, peuple bizarre et chatoyant de créatures aux têtes d'animaux ou de personnages historiques. Pour sa part, elle avait choisi un masque blanc et noir de cygne ainsi qu'une ravissante robe toute blanche dont le bustier de soie épousait effrontément les courbes de son corps. Charles, en honneur au costume qu'elle s'était ainsi choisi, avait lui-même décidé de se déguiser en oiseau. Comme elle aurait pu s'y attendre, il avait opté pour le paon, dont il portait les plumes iridescentes sur son propre masque.

— Sapphire !

La jeune femme releva la tête en entendant la voix d'Angélique et essaya de la repérer dans la foule.

— Sapphire, on te cherchait partout ! criait sa sœur à tue-tête.

Dressée sur la pointe des pieds au milieu des ours, des bouffons, des princes et des princesses égyptiens, elle ignorait superbement leurs regards courroucés et leurs murmures désapprobateurs, et balançait joyeusement des hanches sous son habit de sirène vert émeraude, son masque de soie verte à la main.

— La voilà, Henry ! Je savais bien qu'elle ne serait jamais partie sans nous dire au revoir.

Angélique eut tôt fait de rejoindre la jeune femme au bras de son cher Henry.

Abaissant son masque, Sapphire embrassa sa sœur et fut chagrinée de constater qu'elle aussi empestait le whisky, de même que lord Carter. Au vrai, avec ses yeux larmoyants et son teint rubicond, ce dernier semblait avoir totalement succombé aux démons de l'ivresse.

— Je suis tellement contente que tu ne sois pas encore rentrée ! poursuivit Angélique avec un enthousiasme tapageur, sans se soucier aucunement de baisser la voix. Quelle merveilleuse fête ! N'est-ce pas, Sapphire ?

— Oui, oui..., marmonna cette dernière.

— A propos, où est Charles ? questionna Angélique en regardant autour d'elle. Il ne t'a quand même pas abandonnée ?

— Je vais lui apprendre les bonnes manières, moi, grommela Henry d'une voix menaçante, bien qu'incertaine, avant d'éclater de rire.

Angélique s'esclaffa avec lui tout en lui caressant le bras. Il avait oublié sa redingote quelque part, ainsi que le masque de lion que Sapphire lui avait vu plus tôt. A la place, il tenait un masque rose de dame qui était agrémenté sur le côté d'une pendeloque en vraies perles, de sorte que l'amant de sa sœur semblait affublé d'une boucle d'oreille.

— Comment trouvez-vous mon déguisement ? demanda-t-il à Sapphire en la lorgnant à travers les trous du masque. Fabuleux, non ?

Elle posa une main sur sa poitrine et le repoussa doucement.

— Divin, approuva-t-elle.

Puis, se tournant vers Angélique :

— Peut-être feriez-vous mieux de vous éclipser, chuchota-t-elle. Les parents de Henry sont là. Je viens juste de leur être présentée. Il serait préférable qu'ils ne le voient pas dans cet état.

— Dans quel état, très chère Sapphire ? s'enquit jovialement l'intéressé. Je nage dans le bonheur, figurez-vous ? Et même, ajouta-t-il en beuglant, dans l'Aââmour ! Voilà bien cent fois déjà que j'ai supplié votre adorable sœur de m'accorder sa main.

Sapphire dévisagea Angélique avec surprise. Celle-ci ne lui en avait rien dit !

— Que je lui ai refusée chaque fois, précisa la métisse. Pourquoi diable lui mettrais-je la corde au cou ? Je l'aime trop pour ça.

— Oh, tu finiras bien par céder, ma jolie, répliqua Henry en la saisissant par la taille et en la soulevant de terre pour la plaquer contre lui.

Tous deux s'esclaffèrent de nouveau.

— Henry !, le sermonna Sapphire à voix basse avant de braquer un regard soucieux sur sa sœur.

— Que veux-tu ? répondit cette dernière en haussant les épaules. Ce jeune homme est incontrôlable. A plus tard, ma chérie.

Sapphire regarda Angélique repartir au bras de Henry tout en s'éventant avec l'éventail en ivoire que Charles venait de lui offrir. Elle avait soudain très chaud et se sentait suffoquer. Trop de gens l'entouraient, la bousculant au passage. Elle n'avait désormais plus qu'un seul désir : que Charles revienne au plus vite et qu'il la ramène chez elle.

Elle se haussait sur la pointe des pieds pour guetter son retour quand elle sentit une présence dans son dos.

— Charles ? fit-elle en se retournant.

Dès qu'elle avisa l'homme au loup de soie noire qui se tenait si près d'elle, elle comprit qu'il ne pouvait s'agir de lord Thomas. L'inconnu était trop grand et avait les épaules trop larges pour ressembler, même de loin, à l'étudiant.

— Non, ce n'est pas Charles, repartit-il en inclinant le buste.

Reconnaissant aussitôt cette voix, elle fronça les sourcils.

— Monsieur Thixton, quel est donc ce costume ? lui lança-t-elle sur un ton caustique.

— Celui d'un homme qui n'aime pas les bals masqués.

Elle se remit à agiter l'éventail, ayant subitement l'impression de brûler de la tête aux pieds.

— Et, à part ça, qu'êtes-vous censé être ?

— Moi-même, répondit-il en ôtant le masque qu'il glissa dans une des poches de sa redingote. Quant à vous, je suppose que vous n'êtes pas le vilain petit canard.

— Je vous demande pardon ?

Il posa d'autorité une main sur sa taille.

— Je faisais allusion au conte de Hans Christian Andersen, celui qui narre la transformation d'un vilain petit canard en cygne.

Il ponctua son explication d'un sourire moqueur.

Sapphire voulut échapper à sa main, mais deux gentlemen la serraient de près, plongés dans une discussion animée avec un troisième homme.

— Je ne vois pas de quoi vous voulez parler, rétorqua-t-elle tout en s'efforçant de retenir sa respiration pour empêcher ses seins de toucher la poitrine de Blake Thixton.

— Vous ne connaissez pas Hans Andersen ? s'enquit-il avec un air faussement innocent.

— Bien sûr que si ! dit-elle dans un souffle. Je voulais seulement dire…

Elle ne put achever sa phrase.

— Que vous arrive-t-il ? s'inquiéta Thixton. Vous êtes toute pâle.

Il fronça les sourcils et resserra sa prise sur sa taille, achevant ainsi de lui mettre les sangs en ébullition.

— Monsieur… Milord, bredouilla-t-elle d'une voix mourante.

Elle ferma les yeux un instant. Quand elle les rouvrit, elle eut l'impression que les candélabres et les lustres s'étaient mis à tournoyer autour d'elle et que les flammes de leurs bougies traçaient des sillons de feu dans l'atmosphère étouffante de la salle, comme des météores zébrant la pénombre d'un ciel nuageux.

— Et si nous allions prendre l'air ? lui proposa Blake Thixton.

Déjà il l'entraînait à travers la foule qui semblait s'écarter spontanément devant lui, tels les flots de la mer Rouge devant Moïse.

Malgré l'état second dans lequel elle se trouvait, elle eut conscience que tout le monde les regardait. Des murmures parcouraient l'assistance, les invités s'échangeant sans doute à voix basse la rumeur scandaleuse qui courait sur son compte depuis des semaines — et qu'elle avait elle-même contribué à répandre. Mais elle n'en avait cure. Elle n'avait plus qu'une envie : quitter cette ambiance suffocante et mettre un peu de distance entre l'Américain et elle. Hélas, elle se sentait trop affaiblie pour refuser son assistance. Aussi le laissa-t-elle l'emmener le long d'un interminable couloir dallé de marbre, puis à travers un autre salon qui donnait lui-même sous une véranda.

— Ça… ça ira, je vous remercie, murmura-t-elle.

Elle porta une main à sa tempe, se demandant pourquoi ses paumes étaient si moites et son cœur battait si fort.

— Il y a encore trop de gens par ici, marmonna Thixton en la guidant au bas du perron qui rejoignait le niveau du jardin.

Beaucoup d'autres invités, cependant, avaient eu la même idée qu'eux. La plupart des bancs en pierre de taille étaient occupés et des silhouettes déambulaient sur les sentiers pavés. Fort heureusement, une brise rafraîchissante soufflait alors sur les massifs et dans les allées, dissipant les effluves entêtants d'eau de rose et de parfums français qui avaient presque asphyxié la jeune femme à l'intérieur de la demeure. Blake Thixton la guida vers un banc libre, près d'un pacanier.

— Asseyez-vous, lui ordonna-t-il.

Elle obtempéra et posa son masque à côté d'elle. De ce lieu en retrait, elle avait un point de vue privilégié sur la résidence des Harris. Chaque fenêtre de l'hôtel particulier scintillait de l'éclat de centaines de bougies. Sur cette lumière vive, comme projetés dans l'air du soir par le feu d'une lanterne magique, se détachaient les silhouettes des invités qui apparaissaient et disparaissaient tour à tour aux croisées, telles des marionnettes aux habits de fête dansant sur la musique dont les accords flottaient jusqu'à la jeune femme.

— Vous vous sentez mieux? demanda M. Thixton après qu'elle eut pris plusieurs inspirations profondes.

Elle hocha la tête, son regard se posant sur une petite statue de pierre qui se dressait près du banc et qui représentait une jeune fille.

— Je me sens surtout idiote, répliqua-t-elle en tripotant son éventail. Je ne sais pas ce qui s'est passé. L'instant d'avant, j'allais bien, et puis…

— Je pense que c'est à cause de tout ce monde. Ça me met mal à l'aise, moi aussi. On n'est pas habitué à ce genre de foule, à Boston. Et encore moins en Martinique, j'imagine.

Elle lui jeta un coup d'œil, surprise d'apprendre qu'il savait d'où elle venait.

— Ces réceptions sont parfois assommantes, en effet, renchérit-elle sans trop savoir ce qu'elle disait.

Elle se rappela alors que Charles était allé lui chercher un rafraîchissement et ramena son attention sur la maison.

— Je crois que je devrais rentrer, reprit-elle. Lord Thomas, mon cavalier, risque de s'inquiéter en ne me voyant plus.

Thixton continuait à la dévisager et, à son expression, il était clair que Charles lui inspirait des sentiments pour le moins mitigés.

— C'est un garçon intelligent, répondit-il sèchement. Il saura bien vous retrouver.

Son ton batailleur la contraria et la poussa presque malgré elle à prendre la défense de Charles.

— Lord Thomas étudie à Oxford, monsieur, et sa famille est des plus aisées.

Thixton se rembrunit.

— Sa *famille*, en effet. Lui, en revanche, n'a jamais dû travailler un seul jour de sa vie. Mais peut-être est-ce précisément le genre de proie qu'une femme comme vous convoite, ajouta-t-il avec un haussement de sourcils, ironique.

L'esprit plus dégagé et les idées plus claires, Sapphire reçut l'affront de plein fouet. Se raidissant, elle choisit toutefois d'ignorer la pique.

— Pourquoi ce mépris pour les fortunes familiales, monsieur ? J'ai cru comprendre que vous aviez vous-même hérité un pactole non négligeable de votre père, en Amérique.

— Pactole que j'ai plus que doublé en six ans, répliqua-t-il avec orgueil. Et je suis assez lucide pour me rendre compte que le commerce transatlantique n'offrira pas éternellement la possibilité de réaliser de tels profits. Je compte me lancer avant peu dans d'autres entreprises.

— Ah oui ? Et lesquelles, je vous prie ?

— Ça vous intéresse réellement ?

— Je ne vous poserais pas cette question si ce n'était pas le cas, risposta-t-elle avec autant d'animosité que lui.

L'espace d'un instant, elle crut bien surprendre un sourire à la commissure de ses lèvres.

— L'exploitation du pétrole — de l'huile minérale, si vous préférez.

— L'huile… *minérale* ? répéta-t-elle dans un éclat de rire.

— C'est un produit géologique naturel.

Il la fusillait du regard. Elle refusa de baisser les yeux.

— Comme son nom l'indique, articula-t-elle froidement.

— C'est le combustible de l'avenir. Non seulement il brûle plus proprement dans les lampes, mais offre un rendement supérieur comme carburant. Le pétrole nous permettra bientôt de traverser les mers et les océans en un rien de temps, de sillonner les terres plus rapidement que le plus véloce des attelages et, qui sait ? de voler peut-être un jour dans le ciel.

Elle s'esclaffa de nouveau et plaqua une main sur sa bouche.

— Et tout ça avec de l'huile minérale ? Des machines qui volent, dites-vous ? Oh, monsieur Thixton, n'avez-vous pas honte d'abuser ainsi de la naïveté de la pauvre fille des îles que je suis ?

Il détourna la tête et se passa une main sur les lèvres. Sapphire se sentit fascinée par ce geste. Comme son regard s'attardait sur la bouche de Thixton, elle se rappela leurs précédentes étreintes, d'abord au bal donné par lady Wessex, puis à la taverne. Elle se souvenait avec une intensité singulière de leurs baisers et des sensations, neuves et intenses, qu'avaient levées en elle ces moments d'intimité impromptus.

Il cueillit une des feuilles du pacanier.

— Passons un marché, dit-il en contemplant le jardin derrière eux.

— Un marché ?

Ses sourcils se froncèrent et il parut soudain en colère contre elle.

— Le double de ce que vous a proposé le gamin. Le double de la meilleure offre qu'on vous a faite jusqu'à présent.

La gêne enflamma les joues de la jeune femme — la gêne et un autre sentiment qu'elle ne put identifier, mais tout aussi violent.

— C'est hors de question.

— Et pourquoi ça, bon sang ? l'interrogea-t-il en la fixant. Vous avez besoin d'un protecteur et je…

— Et vous quoi, monsieur ? demanda-t-elle, prise d'une rage incontrôlable.

— C'est pourtant simple, expliqua-t-il d'une voix dénuée d'émotion, comme s'il concluait une affaire ou achetait un cigare. J'ai envie de vous. Et vous, vous avez besoin d'une bonne leçon. Vous avez débarqué à Londres en débitant sornettes sur sornettes…

— J'ai dit la vérité !

— … et en vous pavanant devant tous ces godelureaux. Vous n'êtes qu'une allumeuse, mademoiselle Fabergine, et il est temps que vous appreniez jusqu'où exactement ce petit jeu risque de vous mener.

Elle bondit du banc.

— Je me sens beaucoup mieux maintenant, monsieur, déclara-t-elle sur un ton glacial tout en récupérant son masque. Cette conversation est close. Merci pour votre aide.

Comme elle s'éloignait de Thixton, elle remarqua, en dépit de son irritation, que les gens s'immobilisaient les uns après les autres autour d'elle, les yeux levés vers l'un des deux étages de l'hôtel particulier.

Blake, qui avait lui-même remarqué ces attroupements, suivit le regard des invités qui s'étaient mis à échanger entre eux des chuchotement tantôt hilares, tantôt indignés. Son visage se figea brusquement et, se levant à son tour, il voulut s'interposer entre la jeune femme et le bâtiment. Elle l'esquiva en saisissant la jupe en satin de sa toilette à pleines mains pour ne pas trébucher. Puis elle parcourut la façade des yeux à la recherche de ce qui pouvait susciter des réactions aussi contrastées et énigmatiques. Tout lui paraissait normal : au premier comme au deuxième, des gens dansaient, des hommes fumaient et des femmes papotaient. Elle allait se tourner vers Blake pour lui demander d'éclairer sa lanterne quand un mouvement au deuxième étage retint son attention.

Pendant un moment, elle ne sut interpréter ce qu'elle voyait, sinon qu'il s'agissait d'un homme et d'une femme. Celle-ci avait le haut de sa robe baissé jusqu'à la taille et ses jupons retroussés au-dessus de ses hanches. Le rebord de la fenêtre la coupait au niveau des reins, mais on distinguait clairement son dos nu. Quant à l'homme qui lui faisait face, il s'agitait contre elle en une succession de mouvements répétitifs et saccadés.

Sapphire blêmit. Non seulement elle avait compris à quelle activité se livrait ce couple, mais elle en avait identifié les deux partenaires. Elle connaissait en effet ce dos ambré. Et elle connaissait aussi la robe de soie verte dont le corsage bouchonnait au bas du dos en question.

— Il… il faut que j'y aille, murmura-t-elle en se reculant.

— Non, ne partez pas comme ça, dit Blake en lui attrapant le bras. Laissez-moi vous raccompagner.

— Veuillez m'excuser, milord, intervint Charles en surgissant de nulle part, un verre d'orangeade à la main, visiblement ignorant du spectacle qui se déroulait au vu et au su de tous les invités alors présents dans le jardin. Y a-t-il un problème, mademoiselle Fabergine ?

— Non, non, aucun, s'entendit répondre la jeune femme en chancelant en arrière.

Elle aurait voulu disparaître dans la végétation environnante ou se changer en pierre, comme la statue à côté du banc. L'impudence de sa sœur l'atterrait. Comment Angel osait-elle se livrer à une pareille débauche en public ?

— Vous devriez la ramener chez elle, suggéra Blake au jeune homme.

— Monsieur, je suis parfaitement capable de savoir ce qui convient ou non à Mlle Fabergine.

— Charles, je vous en prie, réussit-elle à articuler tout en lui saisissant le bras pour retrouver son équilibre. Et si nous allions jusqu'au perron de l'entrée principale pour appeler votre voiture ?

Charles reposa aussitôt le verre sur le banc et, couvrant sa main de la sienne, l'entraîna vers la maison. Sapphire garda les yeux baissés et s'éloigna sans un regard pour Thixton.

Ce dernier s'embarquait avec la marée le lendemain matin. Jamais plus elle ne le reverrait et, en cet instant, elle en éprouvait un amer soulagement.

Dans le carrosse de Charles, Sapphire se glissa au milieu de la banquette du fond, dans le sens de la marche. L'étudiant l'y suivit bientôt. Tandis que le valet de pied refermait la portière de la voiture, la jeune femme lança un coup d'œil perplexe à lord Thomas, se demandant pourquoi ce dernier s'était assis à côté d'elle plutôt que sur la banquette opposée, ainsi qu'il en avait l'habitude. Ce ne fut cependant qu'une interrogation fugitive : la conduite scandaleuse d'Angélique occupait alors toutes ses pensées.

— Je suis navré d'avoir mis si longtemps à vous retrouver, très chère, déclara Charles. J'espère que cet Américain ne vous a pas manqué de respect. S'il a eu cette audace, je puis vous jurer qu'il…

— Calmez-vous donc, lord Thomas, répliqua-t-elle dans un souffle, regrettant qu'il ne garde point le silence. Ce n'est pas lui qui m'a bouleversée ainsi. Je peux parfaitement me protéger toute seule contre des hommes comme M. Thixton.

— Je vous en prie et je vous le répète : appelez-moi Charles.

Il se rapprocha d'elle et coula un bras le long du dossier en cuir fin de la banquette jusqu'à ce que sa main repose sur l'épaule nue de Sapphire.

Celle-ci s'aperçut alors que, dans sa hâte, elle avait oublié chez les Harris l'écharpe de soie blanche assortie à sa robe. Elle songea qu'elle devait l'avoir laissée dans les toilettes pour dames.

— J'espérais que vous alliez me permettre en retour de vous appeler par votre prénom, reprit Charles en se penchant vers elle, la voix soudain plus rauque et plus grave.

La jeune femme sentit son haleine brûlante sur la peau de son cou.

— En privé, du moins, crut-il nécessaire de préciser.

Agacée de constater qu'il semblait incapable de s'apercevoir qu'elle n'était guère d'humeur à marivauder avec lui, elle plaqua une main sur sa poitrine pour le repousser. Il dut mal interpréter son geste car, avec une précipitation qui la laissa pantoise, il la renversa sur la banquette et entreprit de monter sur elle.

— Milord ! s'écria-t-elle.

Il fourra le nez dans son décolleté et se mit à lui lécher sans vergogne la naissance des seins.

— Milord, vous me faites mal ! Vous êtes trop lourd ! hurla-t-elle en tentant de se dégager. S'il vous plaît, Charles... Non !

— Assez de chichis, rétorqua-t-il sur un ton rageur tout en empoignant le haut de sa robe pour lui dénuder le torse. Voilà des semaines que vous me faites tourner en bourrique. Donnez-moi ce que je veux et vous aurez tout ce que vous désirez en retour — argent, robes et promesse de mariage si vous y tenez — mais je ne tolérerai pas que vous vous défiliez encore une fois. Pas ce soir !

Juste à ce moment, par chance, l'attelage négocia un peu rudement un virage et le carrosse oscilla sur ses ressorts, écartant Charles de Sapphire, qui en profita pour se dégager.

— Charles, je vous en prie ! le supplia-t-elle en se serrant contre un des coins de l'habitacle.

Elle distinguait à peine le jeune homme dans la pénombre de la voiture.

Ce dernier, qui avait chu sur le plancher du carrosse, s'était entre-temps laborieusement redressé. Se guidant à la voix de la jeune femme, il lui tomba dessus à bras raccourcis, la coinçant dans l'angle. Avec un grommellement de colère, il inséra ensuite un genou entre ses cuisses et, lui saisissant les poignets, les immobilisa au-dessus de sa tête, contre la paroi de la voiture.

— Non..., gémit Sapphire, terrorisée.

Il écrasa alors ses lèvres contre les siennes, la réduisant au silence, et, quoique Blake Thixton se soit montré tout aussi violemment possessif avec elle, elle ressentit un profond frisson de dégoût sous le baiser de l'étudiant.

Sans aucunement remarquer sa répugnance, Charles introduisit sa langue dans sa bouche. La jeune femme suffoqua, écœurée par son haleine qui empestait le whisky et le tabac froid.

« Non ! hurla-t-elle en pensée. Ce n'est pas possible ! Je ne vais pas laisser cet homme me prendre la seule chose qu'il me revient de donner librement ! »

Relâchant un de ses poignets, Charles abattit une main sur une de ses épaules et agrippa la soie de sa belle robe blanche. Elle entendit l'étoffe se déchirer.

— Par pitié, sanglota-t-elle. Charles, je vous en supplie, arrêtez !

— C'est pourtant ce que vous souhaitiez depuis le début, non ? répliqua-t-il en se mettant à pétrir avec rudesse sa poitrine à demi découverte. Un mâle plein aux as pour vous permettre de mener la belle vie !

A ces mots, le désespoir céda en Sapphire à la révolte. De sa main libre, elle gifla Charles en pleine face et, lui saisissant les cheveux, tira dessus de toutes ses forces.

— Ouille ! s'écria-t-il en reculant, éberlué.

Puis ses trais se tordirent en un masque dément.

— Espèce de garce ! vociféra-t-il en la frappant à la joue du dos de la main.

L'attelage effectua à cet instant une nouvelle embardée. Sapphire en profita, comme la fois précédente, pour repousser Charles. Surpris, celui-ci partit en arrière. L'accompagnant dans sa chute, elle atterrit sur lui et, le visage encore vibrant du coup qu'elle avait reçu, s'empressa de se relever.

— Au secours ! Laissez-moi sortir ! cria-t-elle tout en se retenant à l'une des courroies de cuir qui pendaient du plafond.

Le cocher dut percevoir ses appels, sinon en comprendre le sens, car le carrosse ralentit peu à peu.

Sans hésiter, Sapphire actionna la poignée de la portière.

— Oh, non ! Tu ne m'échapperas pas ! proféra le jeune homme. Tu es à moi, sale catin ! A moi !

Toujours agenouillé sur le plancher de l'habitacle, il plongea vers Sapphire et déchira ses jupons en voulant empoigner sa cheville.

La portière s'ouvrit alors d'un coup.

Lançant sa jambe en arrière, la jeune femme atteignit Charles à l'épaule, l'obligeant à lâcher prise. Elle se retrouva libre, suspendue au-dessus de la chaussée.

Déséquilibrée, elle tomba de la voiture.

14

Elle se reçut sur les pieds, mais se tordit la cheville en heurtant les pavés. Une douleur atroce fusa dans son mollet droit, lui coupant les jarrets. Elle s'abattit sur la chaussée, les genoux en avant. Elle eut le réflexe de tendre les bras, ce qui amortit sa chute. Après avoir dérapé sur deux ou trois mètres, elle s'immobilisa enfin et roula sur le flanc. Elle entendit alors le conducteur crier derrière elle et les sabots ferrés des chevaux claquer sur les pavés tandis que l'attelage s'arrêtait brusquement. La jambe d'une des bêtes apparut dans son champ de vision : à quelques centimètres près, celles-ci la piétinaient.

— Ça va, m'dame ? s'enquit le cocher.

— Remontez ici tout de suite ! lui hurla Charles. Vous donner ainsi en spectacle... Vous n'avez donc aucune pudeur ?

Tremblante de peur, de colère et d'indignation mêlées, Sapphire prit appui sur ses paumes à vif pour se redresser et vit les chaussures de lord Thomas s'avancer vers elle.

— Que diable se passe-t-il ici ? s'enquit alors un troisième homme.

Pour le coup, la jeune femme s'assit sur le pavé, malgré le vertige qui l'assaillait et les courbatures qui lui rompaient les membres — car cette voix lui était familière. A la lueur des lampes à huile du carrosse, elle avisa un deuxième attelage rangé derrière le carrosse de lord Thomas, puis elle reconnut la silhouette haute et large de Blake Thixton, qui se rapprochait d'eux à grands pas.

— Restez en dehors de ça, Wessex ! lui ordonna Charles sur un ton frisant l'hystérie.

Il tendit la main à Sapphire, sans lâcher des yeux l'Américain.

— Debout, mademoiselle Fabergine ! Allons-nous-en !

— Plutôt mourir ici que repartir avec vous ! répliqua la jeune femme en écartant sa main d'une tape.

Elle se rendit alors compte que tout le haut de sa toilette était déchiré, exposant sa poitrine aux regards des trois hommes. Elle se hâta de ramener contre son buste les lambeaux du corsage.

Surprenant son mouvement et la découvrant à moitié nue, Blake se rua sur Charles et lui décocha un crochet au menton.

Sapphire laissa échapper un cri cependant que l'étudiant était projeté en arrière sous la brutalité de l'impact. Thixton fut sur lui en deux enjambées et, avant qu'il puisse se relever, l'empoigna par les revers de sa luxueuse redingote.

— Si vous touchez encore une fois à cette femme, si vous osez seulement lui adresser la parole, gronda-t-il en décollant le jeune homme de terre, je jure par le Dieu de ma mère que je vous tuerai de mes propres mains — m'avez-vous compris, Charles ?

— Milord…, protesta ce dernier en écarquillant les yeux d'effroi.

— Est-ce que c'est clair ? répéta Blake en desserrant à peine les dents.

Charles hocha frénétiquement la tête.

Blake le relâcha. Charles trébucha en arrière, éberlué. Sapphire demeurait pour sa part assise sur la chaussée, tétanisée. Jamais jusqu'alors elle n'avait été le témoin d'une telle explosion de rage ni assisté à une aussi impressionnante démonstration de force.

— Ça va ? lui demanda Blake en se penchant vers elle.

Des larmes lui montèrent soudain aux yeux. De peur de se remettre à pleurer, elle se contenta d'opiner du chef en silence.

Se baissant vers elle, Blake la souleva dans ses bras. Elle faillit lui faire remarquer qu'elle pouvait marcher, mais s'en abstint. Sa cheville la lançait si douloureusement qu'elle craignait fort de ne plus pouvoir s'appuyer dessus. Accablée par sa propre impuissance, elle enfouit son visage contre le manteau de Blake et s'efforça de réprimer les sanglots convulsifs qui lui serraient la gorge.

— Allez ! cria l'Américain à l'adresse de son cocher.

Les paupières étroitement fermées, Sapphire se sentit transporter dans la voiture de Blake. Une fois qu'ils furent à l'intérieur, ce dernier la serra contre lui. De nouveau, elle voulut protester, mais elle éprouva soudain une peur rétrospective si intense, elle fut si affolée par ce qui aurait pu arriver et si honteuse de s'être ainsi laissé piéger qu'elle se cacha encore une fois contre la poitrine de son sauveur et qu'elle se remit à pleurer.

— C'est bon, tout va bien, lui murmura ce dernier avec une gentillesse qu'elle ne lui connaissait pas.

Il caressa sa coiffure qui s'était défaite dans son combat contre Charles.

— Vous êtes désormais en sécurité, lui assura-t-il à voix basse. Plus jamais personne ne lèvera la main sur vous, je vous le promets.

Peu de temps après, la voiture ralentissait.

— Non, déposez-nous plutôt devant la porte de service, précisa Blake au cocher.

Puis, s'adressant à la jeune femme :

— Mieux vaut qu'on ne vous voie pas dans cet état, lui chuchota-t-il.

Elle hocha la tête. Ses larmes avaient séché, mais elle ne se sentait pas encore la force de se redresser et de croiser le regard de Blake Thixton. Elle était affreusement gênée et atterrée par le comportement de Charles à son égard. Comment avait-elle pu se méprendre à ce point sur son compte ? s'interrogea-t-elle. Comment avait-il pu lui-même la prendre pour… pour… pour ce qu'elle n'était pas, grands dieux ! Ah, ces insultes qu'il lui avait crachées à la face ! Ces privautés qu'il s'était arrogées sur sa personne ! C'était presque trop pour qu'elle puisse y croire. Mais quand et comment en étaient-ils arrivés là ?

Au bout de quelques secondes, l'attelage s'immobilisa de nouveau. Blake sortit aussitôt avec la jeune femme, sans attendre que le valet de pied descende lui ouvrir la portière. Mortifiée, Sapphire n'osait lever les yeux vers les deux domestiques et garda les paupières closes, le visage collé contre la redingote de Blake, jusqu'à ce que ce dernier l'eût déposée doucement sur un lit.

— Sapphire, m'entendez-vous ? lui demanda-t-il tout en la calant contre des oreillers.

Elle hocha une nouvelle fois la tête, sans rouvrir les yeux.

— Il faut que je vous pose une question.

Elle sentit le matelas se creuser sous son poids tandis qu'il s'asseyait près d'elle.

— Vous a-t-il… ?

Elle ne le laissa pas terminer sa phrase, devinant où il voulait en venir.

— Non, répondit-elle. Mais il a essayé. C'est… c'est pour ça que j'ai sauté du carrosse.

Elle eut l'impression qu'une grosse boule lui obstruait la gorge et dut s'interrompre pour déglutir avec peine.

— Là, là…, fit-il en lui caressant le dos. Vous avez réagi très courageusement.

Il passa l'autre main sur sa joue. Instinctivement, elle appuya son visage contre sa paume, assoiffée du réconfort qu'il lui offrait ainsi.

— Où avez-vous mal ?

— Hein ?

Elle rouvrit les paupières. Ils se trouvaient dans une très belle chambre lambrissée de bois sombre. Le lit et la fenêtre avaient de lourds et somptueux rideaux vert bouteille dont deux lampes à huile soulignaient les plis, l'une sur la table de chevet, l'autre sur le manteau de la cheminée dont l'âtre s'ouvrait dans le mur opposé.

— Vous saignez, ajouta Blake.

Baissant les yeux, Sapphire s'aperçut que sa belle robe blanche était effectivement tachée de sang. Elle connut un bref moment de panique, craignant d'être plus gravement blessée qu'elle ne l'avait d'abord imaginé. Puis elle se souvint s'être écorché les mains sur les pavés, en tombant de la voiture de lord Thomas, et réussit à se maîtriser. Elle tendit ses paumes à Blake pour lui montrer les profondes éraflures qui lui entaillaient la peau et qui commençaient seulement à la faire souffrir.

— C'est à cause de la chute, expliqua-t-elle d'une voix atone.

Elle avait l'impression de vivre un songe, tant la suite d'événements qui l'avait conduite jusque dans cette pièce lui paraissait improbable : Angel et Henry copulant chez les Harris devant tout le monde, Charles tentant de la violer, elle-même s'enfuyant du carrosse en marche, au risque de se rompre le cou, Blake survenant au moment opportun et leur arrivée dans cette chambre luxueuse et douillette où elle se retrouvait seule avec cet homme qui l'horripilait et la captivait à la fois…

L'irréalité de sa situation la frappa de plein fouet. Elle sentit son pouls s'accélérer et son cœur s'affoler dans sa poitrine.

— Bah, ce n'est pas si méchant que ça en a l'air, décréta Blake après avoir inspecté ses mains. Et à part ça ? Vous n'avez pas d'autres blessures ?

— Ma cheville droite, murmura-t-elle. Et… mes genoux.

Il recula jusqu'au pied du grand lit à colonnes et entreprit de lui retirer doucement ses chaussures, la droite d'abord, puis la gauche, qu'il lui ôta avec encore plus de précautions.

Sapphire grimaça lorsqu'il effleura d'un doigt prudent l'articulation protégée par le bas.

— C'est un peu enflé, constata-t-il avant de relever la tête et de croiser son regard. Je doute cependant que l'os soit cassé. Je pencherais plutôt pour une entorse.

Comme il retroussait le bas de sa toilette, elle se raidit et tendit les mains pour arrêter son geste.

— Je désire seulement examiner vos genoux, lui rappela-t-il avec la patience appliquée d'un père cherchant à rassurer son enfant. Toutes sortes de débris contondants peuvent se loger entre les pavés : bouts de verre, clous de fer à cheval, esquilles de bois et j'en passe. De plus, les chaussées londoniennes ne sont pas spécialement réputées pour leur propreté. Vous connaissez comme moi les immondices qui peuvent s'y accumuler : crottin, ordures ménagères et Dieu seul sait quelles autres déchets.

Résignée, Sapphire se radossa contre les oreillers, des larmes de honte lui picotant les paupières. Elle sentit le satin de ses jupons remonter au-dessus de ses chevilles, puis la tiédeur de la main de Blake sur le tibia de sa jambe valide quand il en libéra le genou du bas qui s'était à moitié détaché de sa jarretière.

— Là aussi, vous avez de belles écorchures, nota-t-il. Mais rien de bien sérieux.

Il la dévisagea de nouveau.

— Avez-vous mal autre part ? s'enquit-il. Au cou, peut-être ? Aux bras ?

Elle secoua la tête.

— Bon, tant mieux.

Il se leva et se dirigea vers un buffet de toilette qui était situé à gauche de la cheminée, près de la fenêtre masquée par les rideaux et sur laquelle était posée une bassine émaillée. Il enleva alors sa redingote, retroussa les manches de sa chemise de toile fine, ôta sa cravate et versa dans la cuvette de l'eau contenue dans un broc de grès. Il entreprit ensuite de se frictionner soigneusement les mains avec un savon parfumé au laurier, puis il les rinça, vida la bassine dans la cruche en terre cuite prévue à cet effet et placée à côté du buffet, remplit le récipient orné de roses peintes, ouvrit le meuble pour y prendre une des serviettes en lin qui s'y trouvaient rangées et la transporta avec la bassine sur la table de chevet près du lit.

Ce ne fut que lorsqu'il eut plongé la serviette dans la cuvette, qu'il l'eut essorée et qu'il se pencha vers la jeune femme que celle-ci comprit qu'il avait l'intention de nettoyer ses plaies.

— Non, murmura-t-elle en levant les mains, comme pour conjurer sa propre impuissance. Je peux m'en occuper toute seule, je vous assure… Il n'est vraiment pas nécessaire que vous…

— Ne soyez pas ridicule, la coupa-t-il en approchant le linge humide de sa joue. Vous avez juste un peu de poussière, là…

Elle ferma les paupières pour le laisser nettoyer la crasse de la rue et les traces de ses larmes. Sapphire dut bientôt reconnaître en son for intérieur que ce contact n'était pas pour lui déplaire : la fraîcheur de la serviette sur sa peau était apaisante et les gestes de Blake Thixton d'une très grande douceur.

Il rinça et tordit encore une fois le rectangle de tissu avant de le passer une dernière fois sur son visage.

— Et voilà !, dit-il. Vous ne vous sentez pas mieux, maintenant ?

Elle hocha la tête.

— Bien, fit-il.

Il posa ensuite une de ses mains sur ses genoux pour la nettoyer à son tour. Le frôlement du linge mouillé éveilla d'abord des picotements douloureux dans la paume de Sapphire, qui sentit de nouvelles larmes lui monter aux yeux, puis la souffrance fit place au soulagement. Blake prit son temps pour nettoyer ses mains l'une après l'autre et, peu à peu, la jeune femme eut l'impression qu'une étrange chaleur naissait dans le creux de ses paumes et gagnait lentement ses bras, sa poitrine et son ventre pour se diffuser dans son corps tout entier.

— Je ne crois pas que ces éraflures nécessitent d'être bandées, mais vous verrons ça demain matin, déclara-t-il en déposant la serviette dans la cuvette où elle atterrit avec un bruit d'éclaboussure.

Le sentant se redresser, Sapphire rouvrit les yeux et le vit traverser la pièce. Celle-ci, s'aperçut-elle, devait être une chambre d'auberge ou de taverne. Sur un guéridon, à droite de la cheminée, se trouvait une carafe de cristal contenant un liquide sombre dont Blake remplit un verre ballon. Il présenta celui-ci à la jeune femme.

— Du cognac, lui expliqua-t-il en se rasseyant près d'elle. C'est tout ce que je puis vous proposer. Buvez.

Elle releva la tête et, croisant son regard, le défia avec un air buté.

— Je n'en veux pas.

Il lui poussa le verre dans les mains.

— Avalez-moi ça, lui enjoignit-il sur un ton sans appel. Vous avez subi un choc moral et ce genre de traumatisme peut parfois s'avérer plus préjudiciable que des blessures physiques.

Tenant le verre à deux mains, elle le pencha vers ses lèvres. Elle goûta d'abord le breuvage avec méfiance, puis plus franchement. Le goût en était puissant et âpre, mais beaucoup moins désagréable qu'elle ne l'avait redouté. L'alcool creusa un chemin de feu le long de sa gorge, jusque dans son estomac où il alluma un chaud brasier.

— Doucement, tout de même, la prévint Blake en refermant ses doigts sur les siens.

Elle toussa.

— Il vaudrait sans doute mieux que vous n'en preniez qu'un peu à la fois, décréta-t-il en lui retirant le verre des mains pour le déposer sur la table de chevet de bois de rose artistement sculptée. Il va falloir que je jette un coup d'œil à votre cheville. Et, pour cela, je vais devoir vous enlever l'autre bas.

Il riva ses yeux dans les siens. Son regard était grave mais serein, ne trahissant ni amusement ni inquiétude.

— M'avez-vous compris, Sapphire ? s'enquit-il.

Elle opina lentement, toujours dans un état second. Elle ne savait à quoi attribuer au juste son hébétude. Peut-être était-ce l'enchaînement hallucinant des événements de la soirée, songea-t-elle. Ou bien, plus simplement, le cognac qu'elle avait bu.

Ou encore la sollicitude que lui témoignait Blake. Cette gentillesse lui paraissait pour le moins inattendue de la part d'un homme qu'elle considérait jusqu'alors comme son pire ennemi, puisqu'il s'acharnait à la priver de ce qu'elle souhaitait le plus au monde. Son attitude présente la déconcertait. C'était décidément la soirée de toutes les surprises, se dit-elle. Juste après que Charles, qui prétendait l'aimer, se fut comporté envers elle de la manière la plus méprisable qui soit, voilà que Blake Thixton, qui n'avait jusqu'alors même pas daigné répondre à ses demandes d'entretien, pansait ses plaies avec toute la tendresse attentive d'une nounou soignant un bambin turbulent.

— Faites comme bon vous semble, s'entendit-elle lui répliquer.

Sans cesser de guetter ses réactions, il entreprit de dénouer sa jarretière de velours blanc avant de rouler lentement le bas de soie le long de son mollet.

« Il a fait ça des centaines de fois, pensa Sapphire, l'esprit embrumé. Il a l'habitude de déshabiller des dames... » Le cognac avait déjà amoindri la souffrance qui pulsait de ses paumes, de ses genoux et de ses chevilles. Elle n'éprouvait plus que l'ardeur que l'alcool diffusait dans ses veines et le sentiment de sécurité qu'il lui procurait... ainsi qu'un élancement sourd et singulier dans le creux de son ventre qu'elle n'avait jamais expérimenté jusqu'alors mais qui était loin d'être déplaisant, lui aussi.

Elle se crispa soudain quand il posa la main sur sa cheville.

— C'est plutôt sensible, constata-t-il tout en achevant de débarrasser son pied du bas filé et souillé qu'il laissa tomber sur le plancher.

— Je... je n'ai rien de cassé, si ?

Il tourna prudemment sa cheville de droite et de gauche. Elle serra les dents pour résister à la douleur, déterminée à ne plus pleurer.

— Remuez les orteils.

Elle les lui agita sous le nez.

— Pliez le pied vers l'avant.

Elle obéit, sans pouvoir réprimer une grimace.

— Bon, dit-il, il me semble que l'os est intact.

Il récupéra la serviette dans la bassine, l'essora et en enveloppa la cheville de la jeune femme.

Elle ferma les paupières et pinça les lèvres pour ne pas crier.

— La fraîcheur de l'eau est recommandée pour guérir les entorses, lui apprit-il en plaquant sa main sur son tibia. Elle aide à contenir l'enflure des chairs.

Elle se contenta de hocher encore une fois la tête.

— Rebuvez donc un peu de cognac.

Comme auparavant, ce n'était pas une requête, mais une injonction, et la jeune femme se surprit à lui obéir de nouveau. Alors qu'elle s'était remise à siroter l'alcool contenu dans le verre ballon, Blake enleva la serviette humide de sa cheville et la retrempa dans la cuvette avant de la reposer sur l'articulation congestionnée.

Elle avait fini le spiritueux quand il rinça le linge pour la troisième fois et le fit glisser le long de son tibia. Gagnée par un profond délassement, Sapphire s'enfonça dans les oreillers moelleux qui lui soutenaient le buste. Ses paupières se fermèrent d'elles-mêmes et elle écarta légèrement les lèvres en soupirant, ravie par la fraîcheur de la serviette — et peut-être plus encore par la tiédeur des mains de Blake.

Quand elles atteignirent son genou, toutefois, elle recommença à se raidir. Le tissu mouillé lui sembla soudain insupportablement rugueux et ses écorchures la brûlèrent tandis que Blake s'efforçait d'en déloger avec précaution les saletés qui s'y trouvaient incrustées.

— Encore heureux que vous ayez eu tous ces chiffons sur vous, déclara-t-il sur un ton moqueur en écartant des replis de jupe en satin et de jupons froissés. Autrement, vous auriez pu être plus gravement blessée.

Elle esquissa un faible sourire.

— Je… j'aimerais vous remercier pour…

— Plus un mot là-dessus, l'interrompit-il. Je ne puis croire que vous auriez accepté d'être seule avec cet homme s'il n'y avait eu ce soir un concours de circonstances… pour le moins exceptionnelles. Je suis certain que, dans un groupe, il sait parfaitement se tenir, mais…

Au lieu de finir sa phrase, il fronça les sourcils et lâcha dans la cuvette la serviette tachée du sang de la jeune femme.

— Certaines de ces éraflures sont assez profondes et je suppose que le bon sens nous commanderait d'appeler un médecin pour qu'il vienne les soigner — mais il serait difficile d'en amener un ici sans attirer l'attention sur nous, n'est-ce pas ?

Il remua le linge dans l'eau de la bassine, puis le pressa dans son poing. Comme il effectuait ce geste qui était maintenant devenu familier à Sapphire, celle-ci ne put s'empêcher de remarquer la vigoureuse musculature de son avant-bras.

Elle savait qu'il possédait et dirigeait une société de fret à Boston, mais elle était loin de s'imaginer qu'il ait jamais pu accomplir lui-même aucune tâche manuelle. Armand, tout riche planteur qu'il soit, considérait jadis comme son devoir d'accompagner régulièrement ses hommes au champ ou au séchoir et de peiner à leurs côtés. Il affirmait que cela lui permettait de rester en contact étroit avec la terre et avec le café auquel il devait toute sa fortune.

Les avant-bras de Blake étaient ceux d'un homme capable de transporter de lourdes charges sur de longues distances. Elle se demanda si, comme Armand avec ses employés, il ne lui arrivait pas de travailler avec les débardeurs sur les docks ou avec les manutentionnaires de ses entrepôts. Peut-être même carguait-il les voiles avec les matelots sur les bateaux qui transportaient ses marchandises et suait-il à leur côté sur les bancs de nage pour amener les navires à quai.

Elle aurait bien aimé lui poser des questions à ce sujet, mais elle ne pouvait se résoudre à lui parler. Une sorte de charme la forçait à l'immobilité et au silence. Son charme.

De nouveau il se retourna vers elle : elle percevait la chaleur et le poids de sa hanche contre la sienne. Alors qu'il passait la serviette humide sur le bas de son autre jambe, elle croisa son regard. Son cœur se mit à cogner brusquement dans sa poitrine, non de peur cette fois-ci, mais sous le choc d'une autre émotion.

Blake se pencha vers elle, une main sur son genou — ou, plus précisément, un peu au-dessus de son genou.

— Vous n'avez cessé de m'intriguer, vous savez, murmura-t-il d'une voix à peine audible. Et cela, dès le jour où vous êtes apparue dans mon salon en vous prétendant la fille de Wessex.

— Mais je *suis* la fille de lord Edward Wessex…

— Chut, Sapphire, laissez-moi terminer. Vous devez quand même savoir qu'il est mal élevé d'interrompre quelqu'un. Nul doute que les bonnes sœurs qui vous ont éduquée, sur votre île tropicale, vous ont réprimandée plus d'une fois pour ce vilain défaut.

Elle planta ses coudes dans le matelas souple et redressa le buste.

— Comment savez-vous… ?

— Vous recommencez, Sapphire. Vous me coupez encore la parole.

Elle se laissa aller contre les oreillers, les lèvres serrées. Il rapprocha encore son visage du sien, si près qu'elle sentit son haleine sur ses joues.

— Captatrice d'héritage ou non…

— Je ne suis pas…

Pour le coup, il lui plaqua une main sur la bouche pour la forcer à se taire.

— Va-t-il donc falloir que je vous bâillonne pour pouvoir enfin placer un mot ? s'enquit-il.

Elle sentit ses yeux s'écarquiller et se mit à avoir un peu peur de son sauveur en se rappelant la rage avec laquelle il avait soulevé lord Thomas de terre, dans la rue. Elle secoua la tête.

— Bien, l'approuva-t-il.

Il libéra ses lèvres, mais n'en laissa pas moins sa main reposer à quelques centimètres de sa joue sur l'oreiller.

— Ce que je voulais dire, c'est que vous n'avez cessé de m'intriguer et que… malgré moi, j'ai fini par vous désirer, ainsi que je vous en ai du reste déjà informée dans le jardin des Harris.

Il lui sourit.

— Pourtant, vous n'êtes vraiment pas mon type de femme, vous savez.

— Monsieur Thixton, je…

Cette fois-ci, il la réduisit au silence avec sa bouche. Sapphire avait ouvert la sienne pour répliquer ; il eut tôt fait d'étouffer ses protestations et de la renverser contre le matelas.

— Sapphire, chuchota-t-il en quittant ses lèvres pour l'embrasser sur la joue.

Le nom de la jeune femme était sorti de sa gorge comme un grondement étouffé, déclenchant un frisson d'appréhension chez cette dernière.

— Sapphire..., répéta-t-il tout en lui mordillant le lobe de l'oreille. Un bijou de nom... Si tendre... et qui vous va si bien...

Elle s'entendit gémir en sentant ses doigts remonter le long de sa jambe. De son autre main, il baissa la soie déchirée du corsage de sa toilette et dénuda sa poitrine.

« Ce n'est pas possible... Ça ne peut pas arriver », songea Sapphire dans quelque obscur recoin de son esprit. Et pourtant elle savait qu'au fond d'elle-même... Oui, elle avait envie de lui comme elle devinait qu'il avait envie d'elle.

Avant qu'elle puisse articuler la moindre parole, ses lèvres vinrent se nicher dans le creux sensible entre ses seins, lui coupant le souffle.

Blake se mit alors à couvrir sa poitrine de baisers torrides et, chaque fois qu'elle ouvrait la bouche pour le supplier d'arrêter, il l'embrassait encore et ses paroles de refus se fondaient, presque naturellement, en un nouveau soupir d'extase.

Puis il baissa la tête et concentra ses caresses sur ses mamelons gonflés de désir. Malgré elle, la jeune femme arqua les reins pour mieux lui offrir ses seins. Son sang rugissait à ses oreilles et sa respiration n'était plus qu'un souffle entrecoupé de gémissements de plaisir.

Or, pendant ce temps, la main de Blake n'avait cessé de s'insinuer plus avant sous sa jupe de satin et ses jupons de coton. La serviette de lin humide avait disparu. Où ? Elle n'aurait su le dire — et n'en avait cure. Les doigts de Blake l'avaient remplacée et lui donnaient l'impression de tracer un sillon de feu sur sa peau. Les yeux clos, elle se mit à agiter la tête sur l'oreiller dans une dénégation muette. Elle ne parvenait cependant à l'exprimer tout haut, ses forces semblant l'abandonner à mesure que la main de Blake glissait vers le haut de sa cuisse.

Elle se sentait totalement perdue. Elle détestait cet homme et, en même temps, elle aspirait à sa présence, à ses caresses — tout comme, comprenait-elle maintenant, Angélique devait aspirer à la présence et aux caresses de ses amants.

Un nœud brûlant lui parut brusquement s'embraser au creux de son ventre, consumant ses pensées et la faisant frémir de la tête aux pieds. Comme à un signal, Blake déposa un dernier baiser sur sa poitrine avant de lui embrasser de nouveau le cou et les lèvres tout en insérant ses mains sous son dos. La soulevant légèrement, il commença à déboutonner l'arrière de sa robe. Les yeux mi-clos, Sapphire le vit ensuite se rasseoir et tirer sur la toilette qu'il descendit jusqu'à sa taille, puis le long de ses jambes. Enfin, avec des gestes mesurés, il la fit passer par-dessus ses pieds.

Elle frémit en sentant ce mince rempart d'étoffe couler loin d'elle. Il laissa négligemment tomber la dépouille de soie, de satin et de coton par terre. Peu importait, pensa confusément Sapphire. Sa toilette était de toute façon perdue.

Plus rien ne les séparait désormais, sinon sa mince chemise blanche qui bâillait sur sa poitrine et sa culotte fendue. Quand Blake pressa de nouveau ses lèvres contre les siennes tout en se remettant à flatter sa poitrine de la paume et à en taquiner la pointe du pouce, elle lui rendit son baiser. Contre toute raison, contre toute logique. En éprouvant au contraire une curiosité aussi passionnée que subite pour ce qui allait suivre, pour ce mystère si attirant que représentait pour elle l'union charnelle entre deux êtres.

Toujours habillé, Blake s'étendit sur elle, la clouant sur le lit, une jambe possessive jetée par-dessus les siennes. Sa bouche se posa sur son cou, ses seins et même son ventre qui, bien qu'encore protégé par le tissu de la chemise, tressaillit spontanément sous cette caresse.

Puis il embrassa ses lèvres, encore et encore, cependant que ses doigts serpentaient sous sa culotte. A ce moment-là, Sapphire aurait été bien en peine de lui résister tant elle était occupée à répondre à ses baisers ravageurs.

Néanmoins, quand il se redressa et que, lui ayant ôté le sous-vêtement, il fit remonter sa main le long de son mollet, puis sur l'intérieur de sa cuisse, la jeune femme se raidit, effarouchée.

— Du calme, lui murmura alors Blake tout en lui écartant les jambes. Tu es si belle, Sapphire, ton corps est fait pour l'amour. Laisse-toi aller.

Les intonations de sa voix, graves et profondes telle la rumeur du ressac, la détendirent progressivement, l'entraînant d'abord sur une plage plus sereine et plus calme, avant de l'emporter vers le large : vaste, obscur et inconnu.

Au bout d'un moment, ses doigts se risquèrent à la jointure de ses jambes. Elle émit un cri rauque, résistant malgré elle à ce plaisir intense, neuf, affolant.

— Chut, fit-il en posant la joue sur son abdomen.

L'instant d'après, elle avait oublié qui elle était et avec qui elle se trouvait.

Blake continuait à la caresser sur un rythme patient, à petites touches, éveillant en elle des sensations qui lui étaient à la fois inconnues et familières, semblables à quelque rêve lumineux soudain rappelé à sa mémoire.

Emue aux larmes, elle tendit la main vers sa tête toujours nichée au creux de son ventre et plongea les doigts dans ses cheveux sans cesser d'onduler sous ses attouchements experts.

— Blake, chuchota-t-elle d'une voix désincarnée. Oh, Blake…

La douceur torturante de la volupté la fouaillait, l'enflammait. Le temps lui parut s'étirer, se ralentir, s'arrêter.

Elle demeura ainsi suspendue entre ciel et terre durant des secondes éternelles, torche immobile et palpitante.

Enfin, avec une lenteur de feuille balancée par le vent, elle redescendit vers la réalité, vers la chambre, vers son amant.

— Oh, Blake, répéta-t-elle, encore éblouie par son ascension sur les hauteurs du plaisir, comment pouvais-je savoir… ?

Elle n'acheva pas sa phrase, terrassée par un maelström d'émotions où la honte le disputait à l'allégresse.

Il s'étendit près d'elle, le sourire aux lèvres, et la serra dans ses bras.

— Tu vois bien que ton corps était fait pour l'amour, lui dit-il en repoussant derrière son oreille une mèche de cheveux qui lui chatouillait la joue.

Elle resta silencieuse un instant, ébranlée par l'intensité de ce qu'elle venait de vivre.

— Je… je devrais rentrer, dit-elle enfin.

— Pas maintenant, repartit-il en déposant un baiser léger et tendre sur sa bouche. Dors plutôt. Nous reparlerons de tout ça demain.

Sapphire avait bien conscience qu'elle ne pouvait demeurer ici, dans ce lit, dans cette tenue, après ce qui s'était passé, mais elle était rompue et la fatigue eut bientôt raison de ses scrupules.

Sans rien ajouter, elle s'abîma dans un sommeil bienheureux.

15

Percevant du mouvement dans la pièce, Sapphire ouvrit des yeux ensommeillés. Elle reconnut aussitôt l'endroit où elle se trouvait. Une lampe brûlait toujours sur la table de chevet. Blake, toutefois, n'était plus allongé sur le lit à côté d'elle.

Il était assis dans un fauteuil près de la cheminée et enfilait une paire de hautes bottes en cuir. Il portait une gabardine de laine qui ressemblait plus à un paletot d'ouvrier qu'au frac élégant dont il s'était débarrassé sitôt rentré du bal. Comme pour compléter ce costume, il avait par ailleurs troqué son huit-reflets de la veille contre une casquette de marin et plusieurs sacoches de cuir étaient posées sur le plancher autour de lui. Il semblait sur le point de partir.

La jeune femme réprima un sourire. Bien sûr qu'il s'éclipsait, songea-t-elle. Blake Thixton était plus gentleman qu'elle ne l'avait d'abord cru. Il ne dirait rien de ce qui venait de se passer entre eux, ici même, dans ce lit, et emporterait avec lui le secret de cette erreur ou de ce moment d'égarement — peu importait le nom qu'il fallait lui donner. Il avait l'intention de ressortir de l'hôtel aussi discrètement qu'ils s'y étaient introduits la veille, sans doute en empruntant de nouveau la porte de derrière, et de gratifier au passage tous les employés de l'hôtel susceptibles de les avoir vus d'un pourboire assez généreux pour les inciter au silence, permettant ainsi à sa maîtresse d'une nuit de rentrer chez elle au matin en inventant une fable à même de protéger sa réputation.

A cette pensée, elle faillit éclater de rire. A quoi bon s'inquiéter désormais de sa réputation ? pensa-t-elle. La moitié de Londres la prenait déjà pour une demi-mondaine !

— Ah, tu es réveillée, murmura Blake. Désolé de t'avoir tirée du sommeil. J'ai pourtant veillé à faire le moins de bruit possible.

Se levant du fauteuil, il repoussa la casquette sur son crâne et s'approcha du lit.

Craignant soudain les réactions que pourrait avoir son corps à sa présence, elle ramena la couverture jusque sous son nez. Sa confusion ne connut plus de bornes quand, dans ce mouvement, elle s'aperçut qu'elle était totalement nue. Elle promena aussitôt un regard paniqué autour d'elle, mais en vain : tous ses vêtements, y compris ses dessous, avaient disparu.

— Où sont mes habits ? demanda-t-elle à Blake sur un ton de reproche, regrettant d'avoir pu songer un seul instant qu'il y avait en lui la moindre parcelle de galanterie.

Il lui décocha un de ses sourires en coin qui l'avaient tant séduite la veille, mais qui, maintenant, paraissaient avoir pour seul effet d'envenimer sa fureur.

— Ils étaient plus ou moins réduits à l'état de loques, répondit-il. Tu n'aurais guère pu les remettre.

Elle serra les poings sur le bord de la couverture et fusilla Blake du regard.

— Mais… je ne vais quand même pas rentrer à la maison toute nue !

— Tu ne rentres pas à la maison.

— Quoi ?

— Ma proposition… Tu l'as acceptée.

— Ta proposition ? Quelle proposition ? demanda-t-elle d'une voix réduite à un murmure.

— Celle de devenir ma maîtresse.

— Jamais je n'ai accepté ça ! Saperlipopette, il en serait hors de question quand bien même… Quand bien même tu serais le dernier homme sur cette…

— Et voilà, la coupa-t-il sur un ton las tout en récupérant sur la table de chevet un portefeuille en cuir qu'elle n'avait pas remarqué jusqu'alors et qu'il glissa dans la poche intérieure de sa gabardine. Je me doutais bien qu'avec toi ça ne se passerait pas tout seul. Pourquoi, grands dieux, vouloir compliquer cette situation par ailleurs fort simple ?

Elle s'assit dans le lit tout en veillant à se protéger au mieux avec la couverture.

— De quoi parles-tu donc ? répliqua-t-elle en le dévisageant avec incrédulité. M'aurais-tu sauvée de Charles dans le seul but de…

— Sapphire, je n'ai pas l'intention de te violer, l'interrompit-il de nouveau en se rembrunissant. Je ne suis pas le genre d'homme obligé de recourir à ces extrémités pour coucher avec des femmes.

Il arbora une fois de plus son petit sourire fat.

— D'ordinaire, précisa-t-il, ce sont elles qui se jettent à mes pieds.

Elle prit une inspiration frémissante, éberluée par ses prétentions.

— Tu… tu es l'individu le plus vaniteux, le plus égoïste et le plus narcissique que j'aie jamais eu le malheur de rencontrer ! lui lança-t-elle avec rage. Que vas-tu faire de moi ? Et quelle est cette « situation » simplissime que tu évoquais à l'instant ?

Il retourna près du fauteuil et saisit un petit sac en cuir à large bride qu'il passa en bandoulière.

— J'ai décidé de t'emmener avec moi.

Elle enfonça ses pieds dans le matelas pour se reculer, désireuse de mettre le plus de distance possible entre elle et lui. Elle n'avait pas plus tôt pris appui sur le lit qu'une douleur fulgurante jaillit de sa cheville foulée.

— Reste tranquille si tu ne veux pas aggraver ton entorse, lui conseilla-t-il en venant se pencher au-dessus d'elle.

Il entreprit alors de déborder la couverture et d'en rabattre les coins vers elle.

— J'exige de savoir où vous me conduisez, monsieur Thixton !

Il poursuivit sa tâche et acheva de replier drap et couverture autour d'elle.

— Tiens, c'est de nouveau le vouvoiement et « monsieur Thixton » ? dit-il avec un haussement de sourcils. Aurions-nous donc cessé d'être… intimes ?

Cette repartie mit Sapphire en fureur. Elle eut envie de le gifler à toute volée pour effacer de son visage le détestable rictus qu'il se complaisait à afficher.

— Tu n'as pas le droit de faire ça ! Tu ne peux pas m'enlever ainsi.

— Ce n'est pas exactement un enlèvement, rectifia-t-il. Après tout, voilà des semaines que tu étales tes charmes partout dans Londres en les promettant au plus offrant. Jusqu'à plus ample informé, *je* suis le plus offrant. Donc à toi, maintenant, de remplir ta part du contrat.

— Même pas dans tes rêves ! rétorqua-t-elle d'une voix sifflante.

Il commença à tirer le drap par-dessus ses épaules et ses genoux. Elle se débattit et tenta de repousser ses mains.

— Franchement, Sapphire, grommela-t-il, tu t'épuises inutilement. Où comptes-tu aller dans cette tenue, alors que tu peux à peine marcher ? Pas chez lord Thomas, en tout cas, je te le garantis. Tu as fait de ta vertu un argument de vente et c'est vierge que je te veux.

— Je… je le suis encore, bafouilla-t-elle tandis qu'il la soulevait dans ses bras.

— C'est bien ce que je disais — mais qui te croira ?

— Oh ! s'écria-t-elle, les yeux remplis de larmes de frustration.

Elle voulut sortir un bras pour le frapper, le griffer ou, à tout le moins, l'obliger à se taire. Malheureusement, il l'avait si étroitement serrée dans le drap et la couverture qu'elle ne pouvait plus en sortir ni bras ni jambes. Elle était paralysée, à sa merci.

— Allons, du calme, ma chérie, murmura-t-il tout en la pressant contre son torse.

Son visage ainsi levé de force vers le sien, elle fut contrainte de croiser son regard.

— Je suis sûr que tu t'habitueras à l'idée d'être ma maîtresse, lui susurra-t-il. Je pense même que tu finiras par aimer ça.

— Lâche-moi ! hurla-t-elle. Laisse-moi tranquille ou je vais…

— Ou tu vas quoi ? Crier ? Et qui aurait l'idée saugrenue de se porter à ton secours ? Je ramène des femmes ici presque chaque soir. Certaines sont des putains, mais la plupart sont des dames parfaitement respectables qui prisent la discrétion. Nul ne prendrait tes appels au sérieux, ma chère. Quiconque les entendrait conclurait seulement à une galipette matinale un peu mouvementée.

Sapphire serra les dents.

— Mais peut-être espères-tu te dépêtrer de ce paquet et t'enfuir à toutes jambes. Voilà qui serait un spectacle plaisant ! Une splendide rousse courant toute nue au beau milieu de la rue ! Sans compter qu'avec ton entorse il te faudrait plutôt sauter à cloche-pied, ce qui, outre ton absence de vêtement, ne manquerait pas d'attirer sur toi l'attention des badauds, voire celle de la police. Tu terminerais ta journée en prison, ta réputation serait, je le crains, fort compromise — du moins celle de courtisane — et tes appas n'intéresseraient plus guère ceux-là mêmes qui auraient été le plus susceptibles de te les monnayer contre une relative sécurité financière. En bref, tu serais perdante sur tous les tableaux… Dois-je continuer ou as-tu saisi la conclusion qui s'impose ?

— Je ne partirai avec toi nulle part, répondit-elle avec précipitation, effrayée par tous les risques auxquels elle se découvrait brusquement exposée. Cette nuit ensemble était… une erreur. J'avais trop bu et je…

— Libre à toi de penser ce que tu veux, repartit-il. Tout ce que je te demande, c'est de te taire pendant que je te sors de là. Si tu continues à parler à tort et à travers, je te jure sur la bouteille de gin de mon père que je te libère en pleine rue dans l'état où tu es — sans drap ni couverture !

Sapphire ne put émettre qu'une exclamation indignée avant qu'il ne lui rabatte un coin de la couverture sur le visage, la réduisant ainsi au silence et la plongeant dans le noir tandis qu'il l'emportait hors de la chambre.

Quand Angélique rentra à l'appartement, l'aube poignait déjà.

Assise sur le canapé en chemise de nuit, Lucia oscillait au bord de l'assoupissement. Au bruit de la porte qui s'ouvrait, elle bondit sur ses pieds.

— Sapphire ?

— Tante Lucia, que fais-tu debout à cette heure de la matinée ? s'enquit la métisse.

Encore en toilette de bal, mais recouverte d'une redingote masculine, ses cheveux d'ébène cascadant sur ses épaules, Angélique referma la porte derrière elle et se retourna vers sa parente avec une mine soucieuse.

— Serais-tu malade ? lui demanda-t-elle.

Lucia se porta à sa rencontre et lui prit les mains.

— Sapphire n'a pas encore donné signe de vie. J'espérais qu'elle serait avec toi.

— Avec moi ? répéta la jeune femme en se reculant. Certainement pas. J'étais avec Henry. Après le bal, nous sommes allés chez ses parents. Il s'était mis en tête de leur annoncer qu'il voulait m'épouser, avec ou sans leur consentement.

Elle s'écarta de Lucia et se dirigea vers la cuisine en jetant au passage la redingote sur le dossier d'une chaise.

— Il devait considérer le mien comme acquis, je suppose, ajouta-t-elle.

Angélique poussa les portes battantes qui donnaient sur le réduit où étaient logés poêle et buffet. Lucia lui emboîta le pas. Les dimensions exiguës de la pièce ne les gênaient guère : jusqu'alors elles avaient commandé presque tous leurs repas au traiteur de leur rue, et cette situation n'avait guère changé avec l'arrivée d'Avena, puisque, ainsi que Lucia s'en était vite rendu compte, si l'ancienne prostituée avait su devenir remarquablement vite une chambrière fort acceptable, elle n'avait absolument pas l'étoffe d'un cordon-bleu, loin de là !

Angélique ouvrit la partie haute du buffet et, après avoir fouillé à l'intérieur, en retira une assiette à fromage protégée par un carré de mousseline.

— Je meurs de faim, avoua-t-elle.

— N'aurais-tu pas au moins une idée de l'endroit où elle aurait pu se rendre ? l'interrogea Lucia. Je suis morte d'inquiétude. Penses-tu qu'elle soit avec Charles ?

Angélique souleva la mousseline, découvrant un quart de boule de cheddar. Elle s'empara d'un couteau dans un des deux tiroirs du meuble et se coupa une tranche de fromage.

— Avec Charles ? Non, ça m'étonnerait, répondit-elle. Nous avons croisé lord Thomas vers 3 heures du matin dans un pub près de Westminster et je dois t'avouer qu'il était d'une humeur plutôt massacrante.

S'adossant contre le rebord du buffet, elle mordit à belles dents dans le morceau de cheddar.

— Apparemment, poursuivit-elle, la bouche pleine, il s'était disputé avec Sapphire. Il n'a pas voulu nous raconter ce qui s'était passé, mais il était clair qu'il lui en voulait beaucoup. Il ne cessait de me demander ce qu'elle m'avait dit et, quand j'ai enfin réussi à le persuader que Sapphire et moi ne nous étions pas revues depuis le bal, il m'a sorti que, de toute manière, il ne fallait pas la croire, qu'on lui avait bourré le crâne d'idées fausses sur son compte et qu'elle avait mal interprété ses intentions.

Elle agita la main en un geste désinvolte.

— Tout ça ne rimait à rien et je ne voyais franchement pas de quoi il parlait.

— Mon Dieu !, soupira Lucia en portant une main à sa bouche et en détournant les yeux. Où a-t-elle bien pu aller, en ce cas ? Cela ne lui ressemble vraiment pas, de découcher ainsi. C'est même la première fois que ça lui arrive.

— Au vrai, reprit Angélique d'une voix hésitante tout en se

coupant une deuxième tranche de fromage, je suis peut-être responsable de son absence. Charles et elle sont partis assez tôt de chez les Harris, à cause de…

Elle parut chercher ses mots, son couteau suspendu au-dessus de l'assiette.

— … de l'incident que Henry et moi avons involontairement provoqué au bal, termina-t-elle sur un ton circonspect tout en reposant son couteau.

Lucia la considéra avec un haussement de sourcils interrogateur.

— Ne va pas écouter les ragots, la prévint la jeune femme. Ce ne sont que mensonges.

Elle haussa une de ses minces épaules nues, avant d'ajouter :

— Enfin, presque tous.

— D'après toi, Sapphire se serait donc enfuie ?

— Enfuie ? Et pour aller où, grands dieux ? Allons, tu la sous-estimes, tante Lucia. Notre petite Sapphire n'est plus une enfant. Et elle sait fort bien se débrouiller toute seule. Je te rappelle tout de même que, dans son enfance déjà, elle savait montrer à l'occasion plus de courage qu'un adulte et qu'elle n'a pas hésité, pour me sauver la vie, à se jeter sur les chiens errants qui voulaient me boulotter.

Sur ce, elle s'appropria le reste du cheddar et ressortit de la cuisine.

— Où vas-tu ? s'enquit Lucia en la suivant dans le salon.

— Me coucher, articula Angélique avant de se retourner vers elle. Et je te conseille de m'imiter. Tu as une tête de zombie.

— Je ne pourrais pas dormir, repartit Lucia en se tordant les mains. Armand m'a confié ta sœur et voilà que…

— Tante Lucia, l'interrompit Angélique en la prenant par les épaules, tu te ronges les sangs pour rien.

Elle la relâcha.

— Peut-être a-t-elle eu la bonne fortune de tomber sur l'éblouissant lord Wessex. Elle est à moitié amoureuse de lui, tu sais, et réciproquement.

Cette remarque n'eut pas vraiment l'air d'apaiser Lucia.

— Bon, reste debout si ça te chante, proféra Angélique en bâillant. Moi, je vais au lit. Henry m'a promis de passer me chercher avant midi.

Elle lança un grand sourire à sa parente par-dessus son épaule.

— Promesse d'ivrogne, à mon avis. M'étonnerait qu'il arrive à se lever avant 2 heures de l'après-midi. Je lui ai conseillé de cuver d'abord son vin et de présenter ses excuses à ses parents. Je n'ai pas envie d'épouser un miséreux.

Lucia leva les yeux vers elle.

— Et lui ? répliqua-t-elle. A-t-il envie d'épouser une pauvresse ?

— Je ne suis pas une pauvresse. J'ai l'argent que m'a légué Sophie… et les moyens d'arrondir encore ma pelote.

Elle gloussa et salua Lucia en agitant le cheddar avant de disparaître dans le couloir qui menait à la chambre qu'elle partageait avec Sapphire.

Lucia secoua la tête, estimant que sa nièce adoptive avait des vues encore très limitées sur l'amour. Elle le considérait comme une sorte de jeu, alors qu'en vérité il ne survenait qu'une ou deux fois dans une vie — quand il survenait. Elle priait seulement le ciel pour qu'Angélique ne soit pas en train de gâcher une de ces chances-là. Car elle se rendait bien compte pour sa part que Henry, malgré l'immaturité de son caractère et ses manières insouciantes, était profondément épris d'Angélique, et elle frémissait à l'idée que cette petite étourdie ne veuille ou ne sache en profiter. Mais il était vrai, aussi, que nul n'avait jamais pu lui dicter sa conduite, même pour son propre bien.

En somme, elle était aussi incontrôlable que sa sœur.

A cette pensée, Lucia réprima un soupir d'angoisse et d'exaspération à la fois. Allait-elle donc continuer à attendre sans rien faire le retour de Sapphire ? s'interrogea-t-elle. Et si elle ne revenait pas ?

A la fin, n'y tenant plus, elle pivota sur elle-même, se rendit dans sa chambre, s'empara d'un manteau et de son réticule et se précipita hors de la maison en espérant pouvoir trouver rapidement un fiacre libre en ce dimanche matin.

— Lucia, mon amour, qu'y a-t-il? lui demanda Jessup en venant l'accueillir dans le vestibule de sa maison.

Il était en robe de chambre et ouvrait grand les bras à sa maîtresse. Celle-ci s'y jeta en pleurant.

— C'est Sapphire ! laissa-t-elle échapper dans un sanglot. Elle n'est pas rentrée de la nuit !

Elle leva les yeux vers son amant, soudain consciente de la virulence de l'anxiété qui l'avait jusqu'alors sourdement minée.

— Je suis affreusement désolée de te réveiller, Jessup, mais je ne savais plus que faire ni vers qui me tourner.

— Tu as choisi la bonne personne, répliqua-t-il avec gravité avant de l'entraîner dans le salon.

Puis, s'adressant au majordome qui avait ouvert à Lucia et s'évertuait maintenant à rallumer les lampes avec le maximum de célérité possible :

— Malcolm, lui ordonna-t-il, allez donc prier Ella de nous préparer un thé.

— Je crois qu'elle n'est pas encore arrivée pour reprendre son service, monsieur. Nous sommes dimanche.

— Eh bien, allez donc vous en occuper vous-même !

Il se retourna ensuite vers Lucia.

— Assieds-toi, ma chérie, je t'en prie, lui murmura-t-il en la guidant vers son fauteuil favori qui était situé en face de la cheminée et dont le brocart élimé avait connu des jours meilleurs. Et donne-moi d'abord ce manteau, veux-tu ?

Comme Lucia se laissait enlever le vêtement, il ouvrit de grands yeux.

— Mais, ventrebleu, tu es presque nue ! s'exclama-t-il.

La forçant à prendre place dans le fauteuil, il se dévêtit de son vieux peignoir de flanelle et, sans se soucier d'apparaître à ses domestiques en pyjama, il jeta l'habit sur les genoux de sa maîtresse, afin de ménager sa pudeur et de la protéger du froid.

— Tu aurais dû m'envoyer Avena ou Angélique, lui reprocha-t-il doucement en s'asseyant près d'elle sur le repose-pied.

Elle se renfrogna.

— Angélique estime que je me tracasse pour rien.

Elle riva son regard dans celui de l'avoué.

— Mais cela ressemble tellement peu à ma petite Sapphire.

— Hum ! fit Jessup sans se compromettre.

Il se mit à lui frictionner les mains.

— Tu as les doigts gelés... Malcolm ! cria-t-il en direction de la cuisine. Venez immédiatement nous allumer un feu !

Ramenant son attention sur Lucia, il passa une main dans sa maigre chevelure grisonnante.

— Tu dis qu'elle n'est pas rentrée de la nuit, répéta-t-il sur un ton pensif. Dois-je comprendre qu'Angélique ne sait pas non plus où elle est ?

— Sapphire s'est rendue avec lord Thomas au bal masqué donné par lord et lady Harris, mais personne ne sait ce qu'elle est devenue ensuite.

— Ne le prends pas mal, ma chérie, la prévint Jessup, mais ne crois-tu pas qu'elle pourrait être partie avec lord Thomas... chez lui ?

— Certainement pas ! Je te répète que cette prétendue recherche d'un protecteur n'était qu'une comédie depuis le début.

Elle joignit les mains sur ses cuisses.

— Et dire que c'est moi qui ai eu cette idée stupide ! Pourvu qu'il ne lui soit rien arrivé... Je ne me le pardonnerais jamais !

— Ecoute, Lucia, reprit Jessup en serrant ses doigts dans les siens, je suis certain qu'elle va bien et qu'il existe une explication logique à son absence — explication dont je vais d'ailleurs m'enquérir de ce pas.

— Tu vas la chercher ? demanda Lucia, soulagée.

Jessup se redressa et se pencha vers elle pour l'embrasser sur le front.

— Bien sûr que je vais la chercher. Allons, repose-toi tranquillement ici et bois ton thé. Je monte tout de suite m'habiller.

— Je viens avec toi, décida-t-elle en commençant à se relever.

Il la repoussa gentiment dans le fauteuil qui sentait son odeur et le tabac à pipe, ce mélange de fragrances réconfortant que Lucia en était venue à chérir.

— Non, pas question, répliqua-t-il. A moins, bien sûr, que tu souhaites que je te raccompagne à la maison. On dirait que tu n'as pas fermé l'œil de la nuit.

Elle secoua la tête.

— C'est vrai, mais je n'ai vraiment pas sommeil.

Elle pressa convulsivement ses mains l'une contre l'autre.

— Oh, Jessup, je t'en supplie, retrouve-la.

— Tu peux compter sur moi, mon amour. Je la retrouverai.

Après avoir subi maints soubresauts, les secousses d'un trajet en voiture et l'humiliation d'être portée comme un quartier de viande durant ce qui lui parut une éternité, Sapphire sentit enfin Blake la laisser tomber sans cérémonie sur un lit. Dès qu'il l'eut relâchée, elle s'empressa de s'extirper des plis du linge qui la retenait jusqu'alors prisonnière.

— Tu n'as pas le droit de faire ça ! cria-t-elle tout en inspectant rapidement du regard son nouvel environnement.

Ils se trouvaient dans une petite pièce grossièrement lambrissée de lattes de pin noueux. La couche sur laquelle elle avait échoué était une sorte de banquette étroite, visiblement prévue pour une seule personne et encastrée dans la cloison. Puis elle perçut comme une oscillation qui semblait animer toute la chambre alentour et elle comprit que ce qu'elle redoutait le plus était précisément en train de lui arriver. Déjà, quand il l'avait sortie de la voiture, elle avait reconnu l'odeur de l'iode et en avait déduit qu'il l'embarquait sur un navire. Or, elle avait maintenant confirmation de ses pires craintes : il l'emmenait bel et bien en Amérique !

— Tu m'entends ? hurla-t-elle en se redressant sur les genoux et en ignorant la douleur qui fusa aussitôt de sa cheville blessée.

Debout devant la porte de l'étroite cabine, Blake la toisait avec son insupportable sourire en coin.

— Honnêtement, très chère, il est plutôt malaisé de prêter la moindre attention à la teneur de tes propos quand tu te livres à une exhibition aussi généreuse de tes appas.

Baissant les yeux, la jeune femme s'aperçut alors que, dans sa colère, elle avait relâché un des coins de la couverture, découvrant involontairement le mamelon rosé d'un de ses seins.

— Oh ! s'exclama-t-elle en tirant vivement l'étoffe de laine sur sa poitrine, des larmes de rage lui montant aux yeux. Tu n'as quand même pas l'intention de me ramener avec toi ? Tu plaisantais tout à l'heure, non ?

— Pas le moins du monde, répliqua-t-il tout en allant poser sa sacoche de cuir sur un bureau assujetti lui aussi à la paroi de planches. Tu voulais un protecteur, tu en as un.

Il leva les mains, paumes en l'air, pour lui signifier qu'il ne lui restait qu'à se résigner à la situation qu'elle avait elle-même contribué à créer.

— Ce que je voulais, c'était seulement que tu me reconnaisses comme la fille de lord Edward Wessex ! protesta-t-elle.

Ouvrant la sacoche, il entreprit d'en retirer plusieurs livres ainsi qu'un cahier à la couverture de cuir éraflée.

— Tu sais, nos rapports s'amélioreraient considérablement si tu acceptais de renoncer à cette prétention. Comme tu as pu le constater, je ne suis pas naïf. Alors pourquoi ne pas admettre tout simplement que tu es ce que tu es, Sapphire, à savoir une fort belle jeune femme essayant de se conquérir une place au soleil ? Il n'y a là rien de déshonorant, je t'assure — à mes yeux, du moins. J'aurais même tendance à considérer l'ambition comme une qualité… chez une courtisane. Et puis dis-toi bien que tu as la meilleure part : les hommes traitent généralement bien mieux leurs maîtresses que leur épouse légitime.

Sapphire s'assit sur la couchette et s'adossa contre les lambris pour soulager sa cheville. Elle n'arrivait pas à croire ce que lui racontait Blake, pas plus qu'elle ne parvenait à se persuader qu'elle était désormais captive sur un bateau en partance pour le Nouveau Monde.

— Une captatrice d'héritage, articula-t-elle en plissant les paupières. Tu n'as pas changé d'opinion à mon sujet, n'est-ce pas ? C'est toujours ainsi que tu me considères ?

Il parut réfléchir à sa question, puis hocha posément la tête.

— Oui.

— Oh ! s'écria-t-elle de nouveau, ses épaules s'affaissant contre les planches de pin.

Des bruits venant de l'extérieur attirèrent soudain son attention. Elle entendait des appels, des pas et sentit bientôt le roulis caractéristique d'un bateau s'éloignant de son appontement.

— Nous appareillons ? s'enquit-elle. Mais c'est impossible ! Je ne peux pas... Ma tante Lucia, elle va être morte d'inquiétude ! Je t'en prie, Blake...

Malgré son ton suppliant, ce dernier ne se laissa pas fléchir. Elle le dévisagea avec incrédulité.

— Ce n'est pas vrai, murmura-t-elle en refoulant ses larmes, je rêve. Tu... tu es en train de m'enlever !

— Pas vraiment, daigna-t-il enfin répondre. La porte n'est pas verrouillée. Au mouvement du navire, je pense que nous avons effectivement largué les amarres, mais tu pourrais sans doute rejoindre la terre par tes propres moyens si tu le souhaitais. Il se pourrait même qu'on te repêche avant que tu n'aies atteint le quai. A propos, tu sais nager, n'est-ce pas ?

— J'ai grandi en Martinique, lui rappela-t-elle d'une voix indignée tout en redressant l'échine. Bien sûr que je sais nager !

— Alors ne te gêne pas pour moi, repartit-il en lui montrant la porte. La voie est libre...

— Mais je suis nue ! objecta-t-elle tout en regardant avec désespoir dans la direction qu'il lui indiquait.

— En effet, convint-il.

Elle contempla la porte pendant encore un moment. Puis, avec un gémissement de frustration, elle se jeta à plat ventre sur la couchette et ramena la couverture au-dessus de sa tête.

— Si tu préfères jouer à l'autruche plutôt qu'au poisson, à ta guise, l'entendit-elle articuler, ses intonations moqueuses fort heureusement étouffées par l'épaisseur du tissu. Je te signale néanmoins que nous sommes dépendants des vents et que le voyage risque d'être long. Il ne tient qu'à toi de le rendre quelque peu intéressant ou mortellement ennuyeux.

Sapphire l'entendit sortir puis rentrer. Des chocs sourds sur le plancher de la cabine lui apprirent qu'il était allé chercher le reste de ses bagages.

— Je doute que tu trouves à te distraire longtemps sous cette couverture, reprit-il, tandis qu'en acceptant de me tenir compagnie tu pourrais partager avec moi repas fins, parties d'échecs, lectures… et d'autres formes de délassement qui se pratiquent à deux.

La jeune femme saisit parfaitement l'allusion — et devina sans peine le rictus faraud qui devait en cet instant même lui barrer la face. Se contentant de dégager sa bouche, elle le gratifia d'une injure qu'elle n'aurait jamais osé prononcer auparavant et qui, du reste, la fit rougir elle-même.

Comme elle rabattait la couverture sur sa tête, furieuse et confuse à la fois, elle entendit son rire résonner longuement entre les parois de la cabine.

Oh, comme elle le détestait !

Après le départ de Jessup, lorsqu'elle eut fini de boire son thé, Lucia décida de suivre son dernier conseil et de tenter de dormir un peu. Plutôt que de rentrer chez elle, cependant, elle monta l'escalier de la confortable maison de l'avoué et alla s'affaler dans son lit, au creux des draps qui lui offraient au moins le réconfort de son odeur. Si Malcolm, le majordome, estima pour le moins curieux qu'elle s'arroge ainsi la couche de son maître, il n'en laissa rien paraître.

A la grande surprise de Lucia, elle sombra dans le sommeil sitôt que sa tête eut touché l'oreiller et ne se réveilla qu'en entendant quelqu'un pénétrer dans la pièce.

— Des nouvelles ? demanda-t-elle à Jessup, qui n'avait pas encore quitté son manteau.

Il secoua la tête.

— Je me suis rendu à l'hôtel particulier des parents de lord Thomas, lui annonça-t-il en retirant le vêtement qu'il suspendit à un crochet derrière la porte. Pas terriblement accueillante, cette famille. Au vrai, je serais presque heureux d'apprendre que Sapphire a rompu avec ce jeune homme.

— Parce que ce n'est pas le cas ? s'enquit-elle en fronçant les sourcils.

Il s'approcha du lit.

— Charles n'a pas été clair à ce sujet, c'est le moins qu'on puisse dire. J'ai cru toutefois comprendre qu'au retour du bal, alors qu'il raccompagnait Sapphire chez vous, celle-ci aurait — je le cite — « piqué une crise » et serait descendue du carrosse en marche pour disparaître dans la nuit.

— Sapphire, piquer une crise ? répéta Lucia en s'asseyant sur le lit et en se frottant les yeux. Voilà qui est difficile à avaler.

Jessup s'assit près d'elle et la dévisagea.

— C'est aussi mon opinion, déclara-t-il.

Elle lui prit la main et scruta son regard.

— Tu penses que Charles t'a menti ?

— Par omission, au moins. Ce qu'il n'a pas manqué de me révéler, en revanche, c'est que ta petite diablesse d'Angélique et lord Carter auraient offert un spectacle impromptu et plutôt salace aux invités des Harris hier soir.

Elle accueillit la nouvelle avec un geste désinvolte de la main.

— Oui, oui, fit-elle, je sais, elle m'en a déjà parlé.

Il haussa un de ses sourcils broussailleux.

— T'a-t-elle dit *exactement* ce qu'elle avait fait ?

— Non, mais peu m'importe. Tout ce qui m'intéresse pour l'instant, c'est retrouver Sapphire. Et d'abord je compte bien aller dire deux mots à ce maudit Charles ! Comment a-t-il osé la laisser partir seule, au beau milieu de la nuit ? N'a-t-il donc aucune idée des dangers qui guettent les jeunes femmes isolées dans les rues de Londres, après le coucher du soleil ?

— Ma chérie, murmura Jessup en lui prenant la main, une éventualité m'a traversé tantôt l'esprit.

— Comment ça ?

Il parut hésiter.

— Je t'en prie, le supplia-t-elle en serrant ses doigts entre les siens. Si tu sais du nouveau, si affreux cela soit-il, tu dois absolument…

Il lui sourit avec tendresse.

— Toujours aussi mélodramatique, hein, mon amour ? l'interrompit-il.

— C'est bien comme ça que tu m'aimes, non ? Alors, qu'as-tu appris ?

— Eh bien, il semblerait que lord Wessex ait appareillé pour l'Amérique ce matin même.

— Lord Wessex !

Tout en exhalant ces trois syllabes, elle baissa les yeux sur ses mains qui lui parurent brusquement plus ridées qu'elle n'en avait le souvenir.

— Angélique a également pensé à l'Américain, confia-t-elle à Jessup en plongeant de nouveau son regard dans ses beaux yeux bruns. Crois-tu qu'il pourrait être mêlé à la disparition de Sapphire ?

Il haussa les épaules.

— Tu m'as confié toi-même que, selon toi, ils étaient attirés l'un par l'autre sans qu'aucun des deux n'en ait encore conscience. Peut-être ont-ils fini par s'en rendre compte.

— Mais, s'ils avaient décidé de partir ensemble, Sapphire serait venue me dire au revoir ou m'aurait au moins envoyé un message pour m'en avertir. Jamais elle ne nous aurait abandonnées ainsi, sans un mot, Angélique et moi.

Elle inspira profondément pour se calmer.

— Tu soupçonnes lord Wessex de l'avoir forcée à le suivre, c'est ça ?

— Quoique ayant du mal à imaginer que quelqu'un puisse jamais contraindre ta nièce à agir contre sa volonté, je reconnais que…

Il se tut subitement.

— Que quoi ? l'encouragea-t-elle en rivant ses yeux dans les siens.

— Que Blake Thixton n'est pas non plus un homme qui a l'habitude qu'on lui résiste.

Elle joignit les mains.

— Je prie seulement le ciel pour qu'elle soit avec lui et en bonne santé. A ton avis, est-ce qu'il aura un comportement honorable avec elle… Je veux dire : si elle s'est enfuie avec lui sur un coup de tête ?

— En d'autres termes, tu te demandes s'il l'épousera ?

Elle opina en silence.

Il prit le temps de choisir ses mots.

— Tout ce que je peux t'assurer, ma chérie, répondit-il enfin en posant sa main sur la sienne, c'est que Blake Thixton est l'homme le plus digne et le plus respectable que j'aie jamais eu le privilège de rencontrer.

— Tu penses donc qu'elle est en sécurité avec lui ? chuchota-t-elle.

Il sourit et porta sa main à ses lèvres.

— Je suis certain qu'il saura veiller sur elle.

16

Sapphire demeura prostrée sous la couverture jusqu'à ce que l'air commence à lui manquer et que sa lèvre supérieure se couvre de sueur. Au début, alors que les minutes s'écoulaient interminablement et qu'elle entendait Blake aller et venir dans la chambre, ranger ses affaires, puis s'installer à son bureau, la situation affreuse et désespérée dans laquelle elle se retrouvait occupa toutes ses pensées. Cependant, à mesure que le cocon dans lequel elle s'était enfermée devenait d'une chaleur insupportable, provoquant d'irritantes démangeaisons sur sa peau nue, son abattement se transforma en rancœur et le ressentiment en rage.

Comment avait-il osé ? se répétait-elle. Comment Blake Thixton avait-il eu le front de lui infliger cette avanie ?

Peu lui importait qu'il ait étudié à l'université Harvard de Boston et qu'il soit un homme d'affaires avisé à la tête d'une entreprise florissante, peu lui importaient même son titre et son statut d'héritier légitime de son père biologique. Il aurait été le roi d'Angleterre en personne qu'elle lui aurait tout aussi farouchement nié la liberté de disposer ainsi de sa personne. Il n'avait pas le droit de la kidnapper ainsi, ni de l'enlever à sa famille ni de la soumettre à un pareil traitement !

Qu'était-il, au fond ? Un Américain. Un simple négociant singeant l'homme du monde. Autant dire rien, ou presque. Fallait-il donc qu'il soit vaniteux au dernier degré pour se croire autorisé à considérer la fille d'un noble du royaume comme la dernière des catins et à l'écraser de sa morgue de parvenu ?

A cette pensée, Sapphire rejeta la couverture et rampa hors de la couchette en s'efforçant d'ignorer la souffrance qui lui transperçait la cheville. Comme elle posait sur le plancher son pied valide et ramenait sur elle un pan de drap pour couvrir sa nudité, Blake leva négligemment les yeux du bureau.

— Tu n'as pas le droit ! s'exclama-t-elle tout en boitillant vers son ravisseur.

Ce dernier se leva, manifestement surpris — mais sans se départir pour autant de son petit sourire.

— Je ne veux pas partir avec toi, tu m'entends ? cria-t-elle en se saisissant d'un livre posé sur le coin du meuble pour le lui lancer à la figure. Je refuse d'aller en Amérique !

Il esquiva le projectile et recula d'un pas.

— Tu finiras par t'y faire. Boston est une grande ville très animée — différente de Londres, certes, mais tout aussi captivante. Etant ma maîtresse attitrée, tu pourras m'y accompagner au théâtre, aux concerts ainsi qu'aux réceptions données par les hommes et les femmes les plus entreprenants et les plus fortunés des Etats-Unis.

— Je *ne* suis *pas* ta maîtresse et ne le deviendrai *jamais* ! s'insurgea-t-elle en s'emparant d'un deuxième volume pour le jeter dans sa direction.

Cette fois-ci, elle visa mieux ou il fut moins rapide qu'elle, car le livre le heurta à l'épaule avant de choir sur le parquet ciré avec un choc sourd.

— Tu t'y habitueras, répéta-t-il, les yeux brillants. Je peux être d'une compagnie fort agréable, tu sais. Il en est même pour penser que j'ai le chic avec les femmes.

— Pas avec moi ! rétorqua-t-elle avant de se pencher pour s'emparer d'une de ses bottes.

— Ouille ! gémit-il en recevant le talon de la chaussure sur le front. Sapphire, arrête ! Tu vas finir par blesser l'un de nous deux !

— J'y compte bien ! répliqua-t-elle, déchaînée. Et je peux te promettre que ce ne sera pas moi !

Tout en continuant à plaquer le drap contre ses seins, elle

empoigna la sangle d'une des sacoches qui traînaient encore par terre et, en équilibre instable sur son pied valide, voulut la soulever pour s'en servir comme d'une arme.

— Ça suffit ! rugit Blake.

L'instant d'après, il se jetait sur elle et la ceinturait. Obligée de relâcher le bagage sous le choc, Sapphire sentit un brusque élancement vriller sa cheville contusionnée. Elle tomba à la renverse et, si elle n'atterrit pas sur les fesses, ce fut uniquement parce que Blake la retint dans ses bras et la serra aussitôt contre lui.

— Laisse-moi ! hurla-t-elle. Laisse-moi !

Loin de lui obéir, il la pressa plus étroitement contre lui, immobilisant ses bras contre ses flancs et se collant à elle de toute la longueur de son corps mince et musculeux. Voulant se libérer de son étreinte, Sapphire bascula en arrière, entraînant Blake dans sa chute. Elle se reçut sur l'étroite couchette et fut bientôt écrasée par ce dernier.

— Oh ! fit-elle en sentant le drap glisser et la barbe naissante de Blake irriter la peau sensible de ses mamelons. Tu es lourd !

Elle détourna la tête, ulcérée et troublée à la fois.

— Pourquoi tant de violence ? l'interrogea Blake en se soulevant légèrement.

Tout en parlant, il regardait sa poitrine. Sapphire percevait son haleine brûlante sur ses seins dénudés. Elle n'osait plus bouger.

— Toi et moi étions de toute façon destinés à nous retrouver ensemble au lit, Sapphire, dit-il dans un chuchotement rauque. Tu le sais. Et je le sais.

Puis il ne dit plus rien, ses lèvres et sa langue s'exprimant à sa place sur le corps de la jeune femme et lui procurant des sensations indicibles qui eurent tôt fait de l'électriser du bout des orteils à la racine des cheveux.

— Non, murmura-t-elle, le sang battant violemment à ses tempes, alors même que chaque cellule de son être semblait répondre instinctivement aux sollicitations de Blake.

C'était mal, songea-t-elle. C'était forcément mal. Voilà qu'elle le désirait à son tour, tout autant qu'il avait envie d'elle, avec un appétit d'une intensité presque effrayante. Mais cette ambivalence torturante des émotions qui l'envahissaient en cet instant le céda bientôt en elle à la seule volupté que lui procuraient les caresses de Blake et sa voix aux intonations si suggestives.

N'y tenant plus, elle plongea les mains dans l'épaisseur drue et soyeuse de ses cheveux, lesquels avaient bien poussé depuis qu'elle l'avait rencontré pour la première fois, deux mois auparavant. Comme il baissait le drap, elle perçut sur ses mamelons frémissants le frôlement de ses doigts aux extrémités un peu rugueuses.

Quittant les seins de la jeune femme, les lèvres de Blake remontèrent ensuite le long de son cou avant de se poser sur sa bouche. Gagnée par sa fièvre, Sapphire lui rendit ardemment son baiser, cependant qu'un lent brasier naissait entre ses cuisses, gagnait son ventre et irradiait dans chaque fibre de son être, jusqu'à ce que son cœur en fusion bouillonne contre ses côtes.

Enfouissant son visage dans la chevelure de la jeune femme, Blake se mit alors à lui caresser les seins, avant de laisser sa main partir à l'aventure et explorer en détail tous les creux et les courbes de son corps.

Leur baiser s'approfondit. Sapphire n'opposait plus aucune résistance aux tendres assauts de Blake. Il avait raison, pensa-t-elle. Leurs rapports ne pouvaient avoir que cette issue. C'était écrit depuis le début, dès l'instant où elle s'était présentée à l'hôtel particulier des Wessex, juste après son arrivée à Londres. Elle n'avait cure, désormais, d'être emmenée à Boston contre sa volonté. Elle ignorait quelles en seraient les conséquences et les souffrances qui risquaient d'en résulter. Tout ce qu'elle savait, avec une certitude que lui inspirait sa chair même, c'était qu'elle avait besoin de cet homme, que sa présence lui était aussi nécessaire que l'air qu'elle respirait et qu'elle ne se lasserait jamais de l'incroyable sensation d'être *femme* qu'elle éprouvait dans ses bras.

Changeant de position sur la couchette exiguë, Blake glissa sur le flanc pour soulager Sapphire de son poids et recommença à taquiner ses mamelons avec ses lèvres, sa langue et même ses dents. Au bout d'un moment, la jeune femme eut l'impression que tout son être était comme concentré dans la pointe de ses seins, en une perle dure et incandescente, un diamant de pur plaisir. Elle s'entendit haleter et marmonner des paroles indistinctes.

— Blake, gémit-elle enfin. Je t'en prie… Je veux…

Elle ne put aller plus loin, impuissante à déterminer et encore plus à formuler l'impulsion qui lui fouettait les sens et la mettait aux abois. Comment aurait-elle pu expliquer ce qui lui arrivait quand elle ne le comprenait pas elle-même ? Elle n'en sentait pas moins la pression qui gonflait en elle, telle la bourrasque précédant la tempête, cette trémulation qui imprégnait l'intimité de sa personne et semblait la propulser dans une atmosphère de plus en plus raréfiée, de plus en plus âpre.

— Doucement, répondit Blake. Je le sais, moi, ce que tu veux.

Il gloussa et dirigea ses doigts vers l'œil de l'ouragan qui avait chaviré et emporté Sapphire.

— Mais plus on attend et meilleur c'est ensuite, ajouta-t-il.

Il avait prononcé ces derniers mots avec un autre de ses petits sourires en coin que la jeune femme perçut derrière ses paupières closes. Cette fois-ci, cependant, cette mimique, loin de l'agacer, eut sur elle un effet apaisant.

Elle ne chercha pas à élucider ce mystère. Se détendant peu à peu, elle apprenait à chevaucher la furie de ses propres émotions.

— Ecarte les jambes, lui demanda Blake à voix basse.

Elle obéit.

— Je… je ne sais pas ce que je suis censée faire, avoua-t-elle.

— Ecoute-moi simplement. Et profite de l'instant présent.

Glissant une main entre ses cuisses, il commença à effleurer les replis de son intimité. Le corps de Sapphire réagit aussitôt, se souvenant parfaitement de la jouissance que cette caresse lui avait déjà apportée, quelques heures à peine auparavant.

— Oui, c'est ça, mon amour, l'encourageait Blake.

Tout en continuant à la caresser ave une lenteur exquise, il se mit à lui mordiller le lobe de l'oreille.

Sapphire soupira et se laissa dériver sur les ondes de la volupté, libre de toute attache, de toute pesanteur. Et dans ce flottement indéfini, progressivement, les vagues du bonheur l'enveloppèrent, l'enlacèrent.

Elle cria en enfouissant les doigts dans les cheveux de Blake, le souffle court.

— Qu'est-ce… Oh, mon Dieu…, bredouilla-t-elle, grisée par le flot de sensations qui l'engloutissait. Jamais je ne…

— Tu parles trop, la coupa Blake en relevant la tête.

Devinant de nouveau l'amusement qui perçait dans sa voix, elle battit des paupières et ouvrit les yeux. Le regard orageux et indéchiffrable de son amant surplombait son extase. Elle aurait tant aimé savoir ce qu'il pensait d'elle en cet instant, hors le désir qui l'animait aussi.

— Ce n'est pas tout, mon amour, ajouta-t-il. Loin de là… Et pour commencer, déshabille-moi.

Elle se raidit, ayant soudain peur de lui, peur d'elle-même. Le rouge de l'embarras lui monta aux joues. La position passive qu'elle avait adoptée jusqu'alors lui convenait très bien — ou, du moins, sa pudeur la tolérait-elle. Mais de là à participer activement à ces étreintes…

— Je ne peux pas, dit-elle d'une toute petite voix.

— Mais si, répliqua-t-il. La preuve…

Et, lui saisissant la main, ses yeux toujours rivés dans les siens, il lui fit franchir le barrage de sa chemise.

Les doigts de Sapphire se posèrent sur la peau nue de son torse, timidement d'abord. Elle le toucha ainsi une toute première fois, puis une deuxième, puis une troisième, jusqu'à ce qu'elle oublie toute crainte et toute retenue pour simplement s'émerveiller de la vigueur de ce corps mâle et du sentiment d'étrangeté que lui procurait son contact.

Quand, presque par mégarde, elle passa la paume sur l'un des mamelons de Blake, elle l'entendit retenir son souffle. Elle sourit, séduite par la possibilité qui lui était ainsi révélée de stimuler son désir de la manière dont il l'excitait lui-même.

Coupant court à ses réflexions, Blake la poussa à poursuivre ses explorations plus bas. Quand elle parvint au niveau de sa culotte, elle retira ses doigts comme si elle venait de se brûler.

— Cette timidité n'est plus guère de mise, lui fit-il remarquer. N'es-tu pas curieuse d'en savoir plus, ma précieuse petite vierge ?

Entrouvrant les paupières, elle le vit se relever, ôter sa chemise en la passant par-dessus sa tête et détacher enfin le bouton du seul habit qui les séparait encore. Elle ne put réprimer un frémissement quand sa virilité jaillit à l'air libre.

— Il est plus malaisé pour un homme que pour une femme de dissimuler ses envies, énonça-t-il sur un ton amusé tout en repoussant la culotte du pied. Allez, vas-y, touche-moi.

Sapphire se mordit la lèvre inférieure, impressionnée malgré elle. Ce n'était après tout qu'un bout de chair, tentait-elle de se raisonner. Mais ce bout de chair paraissait palpiter d'une vie propre…

Fascinée plus qu'apeurée, elle tendit une main hésitante. Et arracha un nouveau gémissement à celui qu'elle devait bien considérer désormais comme son partenaire. Elle se souvint alors brusquement d'un propos que lui avait tenu Angel au sujet du pouvoir qu'une femme pouvait détenir sur un homme. La signification de cette phrase lui apparaissait maintenant clairement.

— Comme ça, lui recommanda Blake en intimant à sa main un mouvement de va-et-vient sur ce fourreau de peau à la douceur veloutée.

Il se recoucha près d'elle. Sans qu'il ait besoin de le lui suggérer, elle continua à le caresser.

— Voilà, c'est bien, chuchota-t-il en recommençant à l'embrasser.

Cette fois, cependant, son baiser ne fut ni tendre ni léger, mais quasi brutal. Cette fièvre subite donna à la jeune femme la pleine conscience du contrôle que, de fait, elle exerçait sur lui.

Elle y puisa un surcroît de courage et, tandis que leur baiser se prolongeait, elle prit sur elle d'abandonner un instant son sexe pour effleurer ses cuisses, frôler son aine et flatter son ventre plat — avant de reprendre possession de ce qui le faisait homme.

Tant de force et tant de fragilité à la fois, songea-t-elle. On eût dit une étoffe de soie tendue sur un pic de marbre. C'était si différent de ce qu'elle avait imaginé... Tellement plus tendre... Tellement plus gros aussi... Trop gros pour que...

— Sapphire, dit Blake en tremblant alors qu'elle continuait à le masser avec passion, va moins vite ou j'en aurai fini avant que nous ayons eu le temps de commencer !

Il plaqua sa main sur la sienne et, la forçant à ralentir le mouvement, enfouit son visage dans ses cheveux.

— Oui, chuchota-t-il, c'est mieux comme ça... Beaucoup mieux.

Il se jucha alors sur elle et planta ses bras de part et d'autre de son torse. Elle laissa ses mains retomber le long de ses flancs dans l'attente de la suite.

Il inséra un genou entre ses cuisses ; elle ne protesta pas. Elle voulait vivre cette expérience jusqu'au bout, tout apprendre de cet acte mystérieux qui, dans l'histoire du monde, avait ébranlé des trônes, provoqué des querelles fratricides et déclenché des guerres.

Se saisissant de ses poignets, Blake lui leva les bras au-dessus de la tête et plaqua sa bouche contre la sienne, étouffant ses soupirs tandis qu'il la pénétrait lentement.

Il prit garde à procéder lentement, précautionneusement, mais, au bout d'un moment, il n'eut d'autre choix que de forcer le passage. Sapphire, comme il s'y attendait, émit un cri de douleur et ouvrit aussitôt les yeux.

— Aïe ! protesta-t-elle. Ça fait mal ! Tu ne m'en avais pas avertie !

Il rit, ravi et flatté d'avoir su s'attirer l'intérêt d'une pouliche au caractère si ombrageux. Comme il lui couvrait le visage de baisers, elle détourna celui-ci, l'air courroucé.

— Allons, mon amour, calme-toi, lui conseilla-t-il. Toutes les femmes sont passées par là. Tu ne souffriras plus, maintenant, je te le jure. A partir de là, ce n'est rien que du bon !

Quelques caresses suffirent à apaiser la jeune femme qui se remit bientôt à répondre à ses baisers. Au bout d'un moment, elle dut se rendre à l'évidence : une fois de plus, il avait eu raison ; elle n'avait plus mal — bien au contraire.

Inconsciemment, elle en était venue à haleter au rythme de ses poussées et, à chaque inspiration, un entrelacement de sensations délectables se nouait peu à peu au fond d'elle-même. Comme naguère, quand il l'avait caressée au même endroit, une tension sourde s'épanouit en son ventre, avant de se diffuser progressivement à tout son corps. Il y avait cependant une différence notable : quand elle crut accéder enfin au sommet du plaisir, elle eut la surprise effarée de se sentir monter encore plus haut, toujours plus haut… Elle perdit à la fin tout repère et s'envola sur les ailes d'une jouissance qu'elle n'aurait jamais imaginée possible.

Blake eut un dernier coup de reins et se raidit entre ses jambes avec une plainte presque animale. Elle comprit qu'il venait également de connaître la volupté.

Plus tard, alors qu'elle était blottie contre son torse, aussi faible qu'un agnelet à peine sorti du ventre de sa mère, et qu'elle redescendait des hauteurs du plaisir en aspirant l'air à longues goulées, elle eut l'impression enivrante de comprendre intimement sa sœur et de partager enfin avec elle ce trésor précieux entre tous : le bonheur d'être femme, le bonheur d'aimer et d'être aimée.

— C'était bon, lui chuchota Blake, les yeux clos, avant d'embrasser son épaule nue. Tu vois ? Nous étions faits pour nous entendre.

En guise de réponse, elle se tourna sur le côté et cala ses fesses contre son sexe. Puis elle rabattit sur eux le drap et la couverture, et s'endormit enfin dans la tiédeur de son amant, provisoirement satisfaite.

Sapphire se réveilla tard et découvrit qu'elle était seule dans la cabine du bateau. Blake était parti. Sur son bureau, elle avisa un petit plateau où étaient disposés du pain blanc, du fromage, une pomme et un gobelet en étain. Soudain tenaillée par la faim, elle s'enveloppa dans le drap et claudiqua jusqu'à la chaise placée devant le bureau. Sitôt assise, elle s'empressa de rompre un morceau de pain. Alors seulement, elle avisa un message posé près du plateau. C'était la toute première fois qu'il lui était donné de contempler l'écriture de Blake : celle-ci était haute, déliée, tracée d'une main ferme et vigoureuse.

« Bon appétit ! » disait le message. Cette injonction fit sourire la jeune femme. Blake lui suggérait-il ainsi de reprendre des forces après leurs étreintes passionnées… ou dans la perspective d'autres efforts tout aussi soutenus ?

Qu'elle puisse nourrir des idées à coloration si sensuelle la choqua quelque peu. Elle venait à peine de perdre sa virginité dans des circonstances fort inconvenantes, et voilà qu'elle envisageait déjà de recommencer ? Venant d'Angélique, semblables pensées n'auraient rien eu d'extraordinaire. De sa part à elle, en revanche, elles étaient pour le moins insolites. Jusqu'à aujourd'hui, du moins.

Peut-être était-elle finalement victime de la comédie qu'elle s'était obligée à jouer pendant ces dernières semaines. A force de faire semblant d'être une catin, s'interrogea-t-elle, ne finissait-on pas par le devenir ?

Cette hypothèse ne lui avait pas plus tôt traversé l'esprit qu'elle faillit éclater de rire tant elle lui parut complètement absurde. Car, en dépit de l'image qu'elle avait donnée d'elle-même à Charles comme à ses autres soupirants, sa conduite n'avait pas été si terrible. Et même, en vérité, elle savait qu'elle avait bien moins à se reprocher que beaucoup d'autres demoiselles issues pourtant des meilleures familles. Elle avait en effet reçu les confidences de certaines d'entre elles dans les salons de la bonne société ; elle avait eu également l'occasion de surprendre les rodomontades de leurs cavaliers attitrés dans les fumoirs où ces messieurs se croyaient « entre hommes ». Force lui avait été d'en conclure que ces jeunes personnes n'étaient pas aussi ingénues ni aussi innocentes que voulaient s'en persuader leurs parents et leurs chaperons.

Après avoir savouré son sandwich, Sapphire croqua une pomme à belles dents avant d'avaler une gorgée du cidre contenu dans le gobelet en étain. C'est alors que la porte de la cabine s'ouvrit.

— Ah, tu es réveillée, constata Blake en pénétrant dans la pièce.

Sapphire se tint coite, ne sachant trop comment réagir.

— Je vois que tu as trouvé la collation que j'avais commandée pour toi. Je me suis dit que tu risquais d'avoir faim.

Il s'avança vers elle, le sourire aux lèvres. Puis il prit sa main, qu'il baisa avec dévotion.

Ce simple geste ébranla profondément la jeune femme. Elle détourna les yeux pour cacher son trouble.

— Allons bon ! s'exclama-t-il. Voilà bien la première fois que je vous vois muette, mademoiselle Sapphire Fabergine.

— Donne-moi de quoi m'habiller, exigea-t-elle.

Elle reprit sa pomme sur le plateau et, tout en veillant à ménager sa cheville toujours endolorie, se leva du bureau pour aller se réfugier de nouveau sur la couchette.

— Je me doutais que tu allais me demander ça, répliqua-t-il. Aussi ai-je préféré prendre les devants.

Il brandit dans sa direction un paquet de vêtements. Ce dernier semblait cependant trop compact pour contenir sa robe et ses dessous.

Elle considéra le tas que ficelait une méchante cordelette de chanvre.

— Je veux mes habits.

— Désolé, répondit-il en se renfrognant. Je t'ai déjà dit qu'ils étaient perdus. D'ailleurs, une toilette de soie avec une montagne de jupons n'est pas une tenue très pratique pour évoluer sur un bateau.

Elle ramena son attention sur le paquet et convint en son for intérieur que, à tout prendre, n'importe quel costume remplacerait avantageusement le drap qu'elle avait toujours sur le dos. Une fois qu'elle serait rhabillée, elle se sentirait moins vulnérable, pensa-t-elle.

Elle tendit la main vers Blake.

Ce dernier laissa le paquet se balancer au bout de sa main en couvant Sapphire d'un regard ouvertement concupiscent.

— Maintenant, ajouta-t-il, je dois t'avouer que je t'aime peut-être mieux comme ça.

Resserrant sa prise sur le drap, la jeune femme ouvrit les doigts, paume en l'air.

— S'il te plaît, Blake.

Avec une grimace ironique, il jeta les vêtements sur le lit et s'empara du plateau.

— Je suis toujours ébahi de constater l'appétit dévorant des représentantes les plus fluettes du beau sexe, déclara-t-il avant de se couper une tranche de fromage. C'était aussi censé être *mon* petit déjeuner.

Sapphire, pendant ce temps, s'était hâtée de dénouer la cordelette. Un pantalon de mousse et une simple chemise de coton blanc churent sur ses genoux.

— C'est tout ? s'enquit-elle avec incrédulité. Tu n'as trouvé que ça pour m'habiller ?

— J'en suis aussi navré que toi, mais je te rappelle que nous sommes en pleine mer et qu'il est rare d'y croiser des boutiques de modiste.

— Tu ne t'attends tout de même pas à ce que je porte cette tenue ! Ce serait… indécent !

— A peine plus que ce que nous avons fait sur cette même couchette il y a peu.

— Oh, tu n'es qu'une canaille !

— Si j'étais une canaille, tu n'aurais droit qu'à ce drap. Cela étant, si tu le préfères, je peux remporter ces vêtements et te laisser… au naturel.

— Non ! répliqua-t-elle.

Secouant la chemise, elle réussit à y insérer la tête et à y glisser le torse sans relâcher le drap.

— Tu te crois vraiment supérieur, hein ? grommela-t-elle à l'intérieur de l'habit avant que sa tête ne jaillisse du col. Moi, je dis que, si tu avais été intelligent, tu aurais prévu de me procurer de quoi me changer *avant* de m'enlever.

Il se coupa avec nonchalance une deuxième tranche de fromage.

— Et toi, si tu avais été intelligente, tu aurais sans doute dû réfléchir à deux fois avant de sauter de ce carrosse et d'esquinter ta toilette. Tu peux encore t'estimer heureuse de ne t'être que tordu la cheville. C'est un miracle que tu ne te sois pas rompu les os dans ta chute et que l'attelage ne t'ait pas écrasée.

Elle lui décocha un regard noir tout en glissant ses pieds nus dans les jambes du pantalon, puis elle se redressa et remonta celui-ci sur ses hanches. Le tissu usé et doux la serrait légèrement à la taille, épousant ses formes presque à la perfection. Elle ne relâcha pas le drap avant d'avoir consciencieusement noué le cordon du pantalon.

Blake recula pour mieux juger de l'effet produit.

— Voilà bien le plus joli mousse que j'aie jamais vu, la complimenta-t-il. Je le dirai à Ralphie, ça le consolera.

— Ralphie ? demanda-t-elle en rejetant ses cheveux sur ses épaules. Qui est-ce, celui-là ?

— Le propriétaire de ces vêtements. Un garçon charmant, au demeurant. Je suis sûr que tu l'adoreras.

— J'en doute, répliqua-t-elle avec raideur.

Elle récupéra sa pomme pour la terminer, n'ayant aucune intention de la partager avec Blake.

Ce dernier la contemplait sans mot dire.

— Et maintenant ? s'enquit-elle au bout d'un moment, irritée par son silence.

Il esquissa un sourire, ce qui acheva d'agacer la jeune femme.

— Et maintenant quoi ? articula-t-il sur un ton mielleux.

Elle souffla par le nez, exaspérée.

— Que suis-je censée faire, coincée contre ma volonté sur ce bateau avec toi ?

— L'amour, par exemple, suggéra-t-il avant de hausser les épaules. Il ne m'a pas semblé que cela te déplaisait, tantôt.

Elle fut tentée de lui jeter la pomme à la figure. Seule la faim l'en retint.

L'expression de son visage dut toutefois la trahir, car Blake s'empressa d'ajouter :

— Nous pourrions aussi lire, jouer aux cartes. Ou aux échecs. J'ai amené un échiquier et des pièces. Est-ce que tu sais jouer aux échecs ?

Elle croisa les bras sur sa poitrine et, se rasseyant sur la couchette, entreprit de finir sa pomme.

— Evidemment que je sais jouer aux échecs. Armand, mon beau-père, me l'a appris. Et je dois te prévenir que je suis plutôt bonne, précisa-t-elle avec un haussement de sourcils.

— Moi aussi. Et pas seulement aux échecs, si tu veux tout savoir.

Il marqua une pause, avant de préciser, avec son horripilant petit sourire :

— Mais je crois que tu as déjà pu le constater.

Elle le foudroya du regard.

— Bon, poursuivit-il, quand tu auras terminé de fulminer, rejoins-moi sur le pont. Le temps est splendide et la mer magnifique.

Elle ne put s'empêcher d'afficher un grand sourire.

— Un peu d'air frais, enfin ! murmura-t-elle. Ce serait merveilleux !

Tout en prononçant ces paroles, elle essayait d'évaluer le temps écoulé depuis leur départ de Londres. S'ils ne s'étaient pas trop éloignés du rivage, réfléchit-elle, leur route viendrait peut-être à croiser celle d'un autre vaisseau et elle aurait alors une chance d'attirer l'attention d'un de ses occupants. Elle pouvait également espérer se gagner la sympathie d'un des membres de l'équipage de Blake — le fameux Ralphie, par exemple.

— Ne va pas te mettre des idées en tête, l'avertit Blake, comme s'il avait lu dans ses pensées. Personne à bord de ce navire ne sera assez stupide ou téméraire pour t'aider à t'échapper ou te ramener à terre dans une chaloupe.

Il se lécha les doigts et se saisit du gobelet rempli de cidre.

— C'est moi l'armateur exclusif de ce bateau. Durant tout le temps que durera la traversée, le contenu de ses cales et celui de cette cabine ne regarderont que moi, et moi seul. Nul n'a le droit de me réclamer des comptes à ce sujet et, du reste, nul ne l'osera. Les marins que j'ai engagés savent qu'arrivés à Boston, si je suis satisfait de leurs services, ils seront payés rubis sur l'ongle — et grassement.

— Quand même, hasarda la jeune femme, tu dois avoir au moins donné une explication au capitaine pour justifier ma présence à bord. Ne s'est-il pas étonné en découvrant qu'au lieu d'un seul passager il en avait désormais deux ?

Blake vida le gobelet et le reposa sur le plateau.

— Je lui ai tout simplement dit la vérité.

— A savoir que tu m'avais kidnappée ?

— Non : que tu étais ma maîtresse.

En récompense, il reçut le trognon de pomme en pleine figure.

Mais Sapphire n'en retira qu'une piètre consolation.

17

— Monsieur.

Armand entendit bien Tarasai l'appeler, mais il garda le dos tourné.

— Monsieur, il suffit que je parte au village pour que vous vous échappiez de la maison. Vous êtes plus incorrigible qu'un petit garçon !

Elle le rejoignit sur l'appontement et lui couvrit les épaules d'un manteau, le vent bousculant les fines tresses qui lui entouraient le visage. Elle les ramena derrière ses oreilles délicates.

— Armand, vous m'entendez ? Vous devriez être au lit, lui murmura-t-elle avant de l'embrasser sur la joue.

Il resserra autour de son buste les pans du manteau et continua à fixer en tremblant les vagues sombres qui giflaient les piles de l'embarcadère. Il se tenait là, au milieu des embruns, depuis plus d'une heure et, en dépit de la tiédeur de l'air, il avait les pieds glacés et se sentait pris de vertiges. Néanmoins il ne parvenait pas à détacher son regard de l'océan en furie.

— Je trouve la mer bien agitée, Tarasai, pas toi ? C'est plutôt inhabituel, en cette saison.

— Simple tempête d'été, repartit-elle.

Elle considéra les flots un instant, puis les chassa de sa pensée pour glisser un bras sous celui de son maître.

— Mon cher Armand, vous feriez mieux d'écouter le médecin si vous voulez guérir.

Il soupira, en proie à une immense lassitude, un sentiment de défaite proche de l'anéantissement.

— Tarasai, dit-il à voix basse en tournant la tête pour plonger son regard dans l'obscurité liquide des yeux de son amante, toi et moi savons tous deux que je ne guérirai pas.

— Non, chuchota-t-elle en lui agrippant le bras et en passant son autre main sur son ventre qui commençait tout juste à s'arrondir, les médicaments que vous donne le médecin vous rendront des forces. Vous vivrez. Pour voir l'enfant.

— J'aimerais beaucoup partager tes espérances, Tarasai, répliqua-t-il avec tristesse. Hélas, la maladie me ronge. Je m'affaiblis de jour en jour.

— Mais…

Il posa son index sur les lèvres suaves de l'indigène, lui imposant le silence.

— Regarde-moi donc : je ne peux même plus me promener tout seul dans la jungle comme avant. Il faut désormais que des hommes me portent partout où je désire aller.

Il désigna les deux adolescents du village qui se tenaient discrètement en retrait sur la jetée, attendant qu'Armand leur demande de le ramener à la résidence dans le siège à porteurs qu'il avait fait fabriquer à partir de vieilles chaises de salle à manger héritées jadis de sa grand-mère.

— Non, non, répéta obstinément Tarasai, les yeux clos, en frottant son visage contre son bras et en humant son odeur.

— Là, là, lui chuchota-t-il sur un ton apaisant. Ce n'est pas si grave que ça, tu sais. Après tout, je suis beaucoup plus âgé que toi et ma vie est maintenant derrière moi — une vie longue et bien remplie, crois-moi.

Il embrassa la jeune femme sur le front, tout près de ses nattes aussi dures et lisses que des rangs de perles noires. Puis il reporta son attention sur la houle.

— Je regrette seulement que les nouvelles mettent autant de temps à nous arriver de Londres. J'ai envoyé les autorisations de retrait voilà plusieurs semaines, dès que Lucia m'a appris la situation dans laquelle elle se trouvait avec les filles, et je n'ai toujours reçu aucune réponse.

— Elles vont bien toutes les trois, Armand, lui assura Tarasai.

— C'est ce que je n'arrête pas de me répéter, moi aussi, dit-il en plissant les paupières sous les embruns qui continuaient à lui fouetter par moments le visage. Il n'empêche que je m'inquiète pour ma petite Sapphire. Appelle ça de l'intuition ou de l'instinct, mais…

Il serra sa main libre.

— Je sens comme… Je ne sais pas. De l'inquiétude. De la peur.

Il tourna de nouveau la tête vers sa maîtresse.

— Tu vas sans doute me juger idiot, mais je crains qu'elle n'ait des ennuis et ait besoin de mon aide.

— Venant d'un homme aussi instruit que vous, Armand, rien ne peut me paraître idiot. Beaucoup de sages, sur l'île, sont eux-mêmes versés dans les arts de la magie.

Elle se tut et garda le silence quelques minutes. Puis elle se secoua, comme si elle sortait d'un mauvais rêve.

— Allons, assez bavardé, déclara-t-elle en lui tirant le bras. Rentrez donc, que je vous aide à vous coucher.

Il soupira derechef et hocha la tête avec un air exténué.

— Tu as raison, naturellement… Mais comme j'aimerais désormais pouvoir m'étendre et m'en aller paisiblement. J'aurais d'ores et déjà renoncé à me battre, vois-tu, si seulement j'avais la certitude que ma chère petite Sapphire est heureuse.

— Elle est assez grande pour se débrouiller toute seule, rétorqua Tarasai. Et puis cessez de parler de mort, ça porte malheur !

Elle passa un bras menu autour de sa taille tout en esquissant dans l'air le signe censé éloigner le mauvais sort.

— Retournons au lit, Armand. Je vais m'étendre un peu avec vous.

— C'est la première fois que tu viendrais me rejoindre au milieu de la journée.

— Pour vous, mon amour, je suis prête à tout. Je resterai avec vous jusqu'à ce que vous vous rendormiez.

— Ce serait bien, dit-il d'une voix éteinte, se sentant subitement si harassé qu'il peinait à mettre un pied devant l'autre.

Cependant, après avoir jeté un dernier coup d'œil par-dessus son épaule aux vagues déchaînées, il finit par repousser dans un coin de son esprit le souci que lui inspirait le sort de Sapphire, et se laissa entraîner par Tarasai vers la maison et le délassement provisoire que la généreuse indigène lui offrait.

Dès le premier coup frappé à la porte de l'appartement, Lucia se redressa d'un bond.

— Avena, ordonna-t-elle en agitant la main.

La domestique se hâta vers le vestibule.

— Bonjour, maître, énonça-t-elle en articulant soigneusement les syllabes. Si vous voulez bien vous donner la peine d'entrer, monsieur Stowe…

— Alors, toujours pas de nouvelles ? demanda Lucia en se précipitant vers l'avoué dès que celui-ci apparut sur le seuil de la pièce.

Il lui ouvrit les bras et se fendit d'un large sourire.

— Eh bien, si, figure-toi ! Un message m'attendait justement ce matin à mon étude.

Il embrassa Lucia sur le front.

— J'ai aussitôt annulé mon premier rendez-vous de la journée pour venir t'en communiquer la teneur.

— Où est-elle ? s'enquit Lucia en serrant ses mains potelées dans les siennes et en remerciant une fois de plus la Providence d'avoir mis sur son chemin cet irremplaçable poussah. Va-t-elle bien ? Quand puis-je la voir ?

— Elle va bien, répondit-il avec un hochement de tête avant de s'adresser à Avena. Apportez-nous du thé, voulez-vous ?

Avena ploya le genou et disparut dans la cuisine.

— Elle va bien, reprit-il, mais il semblerait que lord Thomas ne se soit pas montré entièrement franc avec moi l'autre soir.

Il mena Lucia jusqu'au sofa et l'incita à s'asseoir avant de prendre place à côté d'elle.

— Que veux-tu dire au juste ? repartit Lucia, que ces circonlocutions irritaient. Si ce jeune homme a touché un seul des cheveux de la tête de ma petite Sapphire, je te jure que, lord ou pas…

— Allons, allons, l'interrompit Jessup, ne monte pas si vite sur tes ergots.

Elle recula le buste et le fusilla du regard.

— Je n'ai pas d'ergots ! rétorqua-t-elle. Et je te prie de m'apprendre sans plus tarder ce qu'est devenue ma filleule.

L'avoué hésita, puis il inspira profondément et saisit la main de son amante.

— J'avais apparemment deviné juste. Elle est partie en Amérique avec lord Wessex.

Des larmes montèrent aux yeux de Lucia, qui détourna la tête. Sa chère petite avait quitté le nid, se répéta-t-elle. Evidemment, elle savait bien que Sapphire volerait un jour de ses propres ailes — mais elle ne s'était pas attendue à ce qu'elle s'y risque si tôt.

— Je ne te crois pas, décréta-t-elle. Jamais elle ne nous aurait quittées, Angélique et moi, sans même nous dire au revoir ni nous indiquer l'endroit où elle se rendait.

— Elle a cependant laissé un message, ma chérie, non ? répliqua Jessup. Enfin, pour être plus exact, c'est lord Wessex qui m'a envoyé ce pli. Malheureusement, il l'a adressé à mon étude au lieu de le faire porter directement chez moi, ce qui explique pourquoi je n'en ai eu connaissance qu'aujourd'hui.

Lucia fronça les sourcils, perplexe et un peu méfiante.

— Tu dis que c'est lord Wessex qui a écrit ce message ? Et qu'y raconte-t-il au juste ?

— Au vrai, c'est une note assez brève, où il me donne surtout des instructions relatives au règlement de la succession de feu son grand-cousin.

Lucia se renfrogna de plus belle.

— Et lord Thomas ? Que vient-il donc faire là-dedans, celui-là ?

— Je n'ai encore aucune certitude à ce sujet, commença à répondre Jessup sur un ton hésitant, mais j'ai cru comprendre que lord Wessex avait sauvé Sapphire de… la fougue de lord Thomas. Tu sais combien ces jeunes gens peuvent se montrer impulsifs avec le sexe opposé. Enfin, toujours est-il que Sapphire a accepté ensuite de suivre lord Wessex aux Etats-Unis.

Un sourire se dessina sur les lèvres de Lucia.

— Oui, oui, oui, murmura-t-elle, je vois maintenant le tableau. A mon avis, ils sont tombés amoureux fous l'un de l'autre dès le premier jour et les avances de Charles lui ont soudain dessillé les yeux. Comprenant alors vers qui la portait véritablement son cœur, elle s'est jetée dans les bras de lord Wessex et s'est embarquée avec lui sans réfléchir…

— Euh, oui, bredouilla Jessup, ça doit être quelque chose comme ça.

Il se mit à sourire à son tour.

— Terriblement romantique, non ?

— Et complètement idiot, riposta Lucia. Mais bon, ça ressemble bien à ma petite Sapphire. Je me doutais que, le jour où elle s'éprendrait d'un homme, ce serait le coup de foudre, comme dans les romans à l'eau de rose qu'elle dévorait à la maison.

Elle parut brusquement se rappeler d'un détail qu'elle avait négligé jusqu'alors.

— Et en quoi consistait exactement ladite « fougue » de lord Thomas dont lord Wessex aurait sauvé ma filleule ? s'enquit-elle sur un ton menaçant.

— Ce n'est pas de lord Wessex que je tiens cette information, mais d'une source bien plus fiable.

— A savoir ?

Il lui décocha un sourire en coin.

— L'un de mes domestiques, lui confia-t-il. Il se trouve que le frère du gendre de ma gouvernante n'est autre que le cocher de lord Thomas et qu'il a été le témoin du… vol plané de Sapphire.

— Doux Jésus, Jessup, pourrais-tu, s'il te plaît, ne plus te complaire dans les allusions ? Qu'est-ce que c'est que cette histoire de vol plané ?

— D'après cet homme, ce ne serait pas son maître qui aurait abandonné Sapphire, mais celle-ci qui l'aurait quitté.

Lucia eut un haussement de sourcils.

— S'il faut en croire ce monsieur, expliqua Jessup, il y aurait eu une sorte de… bagarre dans la voiture, à la suite de laquelle Sapphire serait carrément descendue, sans même demander au conducteur de s'arrêter.

Lucia gloussa.

— De la bagarre ? Je reconnais bien là la fille de ma chère Sophie. Sapphire n'a jamais été du genre à s'en laisser imposer. Mais elle n'a pas été blessée, au moins ? Oh, Jessup, dis-moi qu'elle n'a rien !

— A ce que je sais, tout le monde s'en est sorti indemne — à l'exception notable de lord Thomas, que lord Wessex aurait gratifié d'une belle contusion au menton pendant l'opération de sauvetage.

— Bien fait pour lui, approuva Lucia avant de pousser un soupir de soulagement. Je suis vraiment heureuse d'apprendre que ma petite Sapphire est saine et sauve. Et ce lord Wessex, tu penses qu'il va bien s'occuper d'elle, n'est-ce pas ?

— Je te répète que c'est le plus honorable gentleman qu'il m'ait sans doute jamais été donné de rencontrer, lui certifia Jessup. Oh, il est bien un peu arrogant, un peu trop infatué de ses succès et de ses mérites — mais qui ne le serait, à son âge, après avoir aussi brillamment prouvé ses capacités ?

Lucia lui sourit.

— Merci, murmura-t-elle en lui offrant sa main. Merci beaucoup. Tu m'avais promis de retrouver Sapphire et tu as tenu parole.

Il baisa sa main.

— Je suppose qu'il n'est plus guère nécessaire, désormais, que je poursuive mes recherches relatives au père de Sapphire ?

Lucia lui retira ses doigts.

— Comment ça ?

Il la considéra avec un air confus.

— Eh bien, je voulais simplement dire que, puisque ta filleule est partie avec lord Wessex, la question de l'identité de son père ne se pose plus vraiment…

Lucia se leva.

— C'est là une opinion que je ne partage pas, monsieur Stowe, signifia-t-elle à l'avoué.

— Mais je… je ne…, bafouilla lamentablement le pauvre bougre.

— L'origine de Sapphire est tout aussi importante à prouver aujourd'hui que la semaine dernière. Ce sera même encore plus indispensable si, d'aventure, elle épouse Blake Thixton. Certes, elle est partie vivre le grand amour et explorer les Etats-Unis — et, à son retour, il est probable qu'elle sera devenue la femme de lord Wessex —, mais je peux te garantir que sa volonté d'être reconnue pour la fille de son père biologique n'aura pas faibli entre-temps, car ce sera alors la filiation de ses futurs enfants qui sera en jeu.

Elle s'interrompit soudain en avisant l'expression de Jessup.

— Quoi ? s'écria-t-elle. Douterais-tu qu'elle revienne ?

— Eh bien, je…

— Tu as tort, voilà tout ! coupa-t-elle. Je connais ma petite Sapphire sur le bout des doigts et, même si elle nous a quittés sur un coup de tête, elle ne nous oubliera pas ni ne perdra de vue ce qu'elle est. Et si tu ne me crois pas, Jessup Stowe, peut-être vaudrait-il mieux que je prie Avena de te raccompagner à la porte.

L'espace d'un instant, Lucia eut l'impression qu'elle allait éclater en sanglots.

— Non, non, non, repartit alors Jessup en lui prenant la main. Il y a seulement que je ne suis pas certain…

Il se tut et baissa les yeux avant de croiser de nouveau son regard.

— Lucia, mon amour, reprit-il, si tu tiens à ce que je continue à enquêter sur l'ascendance de Sapphire, je le ferai. Je découvrirai la vérité pour toi, même si cette tâche doit m'accaparer jusqu'à la fin de mes jours.

Il laissa retomber sa main.

— Je t'en prie, ajouta-t-il sur un ton humble, ne te mets pas en colère contre moi. Je ne peux pas supporter que tu m'en veuilles.

Elle le dévisagea un moment en silence.

— Oui, Jessup, répondit-elle enfin, j'y tiens.

— Dans ce cas, tu peux compter sur moi, aujourd'hui comme hier, lui certifia-t-il en lui tendant la main. Allons, reviens t'asseoir près de moi et dégustons ensemble une tasse de thé avant que je retourne à mon étude.

— Partie ? Comment ça, elle est partie ? s'enquit Henry tout en essayant de nouer sa cravate devant une psyché au cadre doré.

Revêtue de sa seule chemise, Angélique était allongée à plat ventre sur le lit et se régalait de fraises qu'elle trempait dans un bol de crème posé devant elle sur le plancher.

— Elle a apparemment décidé de suivre son Américain à Boston, répondit-elle après avoir gobé un des fruits.

Henry détourna le regard de son reflet, les doigts empêtrés dans l'étoffe de la cravate.

— La tendre et naïve petite Sapphire s'est enfuie avec lord Wessex ? demanda-t-il en écarquillant les yeux de stupéfaction.

Angélique trempa une deuxième fraise dans la crème et lécha voluptueusement celle-ci avant de replonger le fruit dans le bol.

— Wessex ou Thixton, comme tu voudras, a laissé un message à son avoué, M. Stowe — le Jessup de ma tante Lucia. Il n'a pas donné beaucoup d'explications, mais a averti M. Stowe que ma sœur se trouvait avec lui et qu'elle allait bien.

— Que je sois damné ! s'exclama Henry, ébahi, avant de se retourner vers le miroir. Et tu penses que ce type est… comment dire… honnête ?

Angélique haussa les épaules.

— Aussi honnête que toi, mon cher lord Henry Carter.

Il pouffa.

— Pour une surprise, en tout cas, c'est une sacrée surprise ! Je ne me serais jamais attendu à ça de la part de Sapphire. D'après Charles, elle ne tolérait même pas qu'on lui chatouille le téton.

— Elle était en fait amoureuse de Wessex alors qu'elle croyait le détester, repartit Angélique en levant les yeux au ciel. Voilà ce qu'il en coûte de se gaver d'idées romantiques. A mon avis, elle a trop lu Keats, Byron, Shelley et tous ces autres poètes qui se pâment comme des sots dès qu'ils sentent leur petit cœur palpiter !

— Je ne trouve pas que l'amour soit bête, répliqua-t-il en la regardant dans le miroir. Je t'aime, Angel.

Elle suça ses doigts et fronça les sourcils.

— Ne dis donc pas de bêtises. Ce que tu aimes, c'est mon corps et la façon dont je peux m'en servir — ou, plutôt, dont *tu* peux t'en servir.

— Je t'aime tout entière, corps et esprit.

Elle se leva du lit et s'avança vers lui.

— Te serais-tu mis, toi aussi, à lire de la poésie romantique ? l'interrogea-t-elle tout en venant se camper derrière lui et en passant les mains autour de son cou pour nouer sa cravate à sa place. Si tu ne te dépêches pas, tu vas arriver en retard pour le dîner chez tes parents.

— Et si tu venais avec moi ?

— C'est vrai : j'accompagnerais à merveille le faisan rôti, déclara-t-elle avec ironie. Ne m'as-tu pas dit que tes grands-parents maternels étaient également invités à ce repas ? Je vois d'ici le tableau : lord et lady Carter, lord et lady Bottlewait, les parents de madame, lord Carter, l'héritier présomptif… et sa catin, Angel.

— Tu n'es pas une catin, protesta-t-il en pivotant sur lui-même pour la prendre dans ses bras. Je t'aime, Angel, et je veux t'épouser.

— Pour que ton père te déshérite ? Merci bien ! rétorqua-t-elle.

Elle tira une dernière fois sur sa cravate, puis recula pour contempler le fruit de son travail et hocha la tête avec satisfaction.

— Allons, file maintenant.

Il soupira, lui prit le bras et plaqua un baiser sonore sur ses lèvres avant de la relâcher.

— Tu m'attends ici ?

Elle sourit en retournant s'allonger sur le lit.

— Naturellement, susurra-t-elle avant de tremper un doigt dans la crème et de le lécher de façon suggestive. Je te garderai même un peu de dessert.

Il récupéra sa redingote sur le valet à côté de la psyché et entreprit de l'enfiler.

— Tu as intérêt, répliqua-t-il.

Henry ne cessait de lui répéter qu'il l'aimait, songea Angélique, mais c'était le cas d'à peu près tous les hommes avec lesquels elle couchait. Or, elle savait que pas un d'entre eux ne le pensait. Non qu'elle leur en tienne rigueur : la vie était, d'après elle, bien trop courte pour se donner tout entière à un seul être.

Trop de femmes de sa connaissance n'étaient tombées amoureuses que pour en avoir ensuite le cœur brisé. Et ce n'était pas là qu'une image, comme elle l'avait très tôt appris. Quand, en effet, le planteur blanc qui venait rendre visite à sa mère dans sa hutte toutes les nuits — ce père dont Angélique n'avait jamais connu le nom — l'avait dédaignée pour une autre maîtresse, elle avait fini par en mourir cinq années plus tard. Certes, son décès était officiellement dû à une mauvaise fièvre, mais toutes les vieilles femmes du village répétaient à qui voulait l'entendre qu'elle avait surtout succombé à l'infidélité de son amant. Et cela parce qu'elle avait commis la bêtise de s'éprendre de lui au lieu de simplement profiter du bon temps qu'ils partageaient ensemble, sans chercher à s'engager plus avant.

— Angel ? s'enquit Henry, la distrayant de ces tristes réflexions.

Elle releva la tête et lui sourit.

Il ouvrit la porte après avoir récupéré son haut-de-forme sur la patère accrochée derrière le battant.

— Je veux que nous ayons notre appartement à nous et que nous y vivions ensemble, lui déclara-t-il sur un ton solennel.

— Et si tes parents te renient, qui te paiera ce bel appartement ? demanda-t-elle.

— Ils ne me renieront pas. Ils me mettent juste à l'épreuve pour savoir si je t'aime vraiment, repartit-il tout en coiffant son chapeau. Laisse-moi m'occuper de ces questions d'argent. Je me charge de tout.

— Oh, je te fais totalement confiance pour régler ce genre de problèmes. Tu t'en es fort bien tiré jusqu'à présent.

Et comme pour ponctuer son propos, elle recommença à tremper des fraises dans la crème.

Il lui envoya un baiser du pas de la porte.

— A bientôt, mon amour, articula-t-il en français.

— Ton accent est atroce, s'esclaffa-t-elle, touchée malgré elle.

— N'empêche que je t'aime... Et que tu m'aimes aussi, répliqua-t-il. Allons, dis-le-moi, Angel. Dis-moi que tu m'aimes.

— Moi aussi, je t'embrasse, répondit-elle en imitant son geste, un peu gênée par son insistance.

— Ce n'est pas suffisant.

Elle soupira et détourna la tête.

— Il faudra pourtant que tu t'en contentes, murmura-t-elle.

Assise jambes croisées sur la couchette, Sapphire se tenait aussi loin que possible de Blake et le regardait lire à son bureau.

Chaque fois qu'il tournait la tête vers elle, elle s'empressait de baisser les yeux et feignait d'être absorbée dans la contemplation de ses ongles ou du motif de la couverture tissée.

Des heures s'écoulèrent ainsi. Sapphire sommeilla, puis, l'après-midi venu, se restaura avant de sombrer de nouveau dans une apathie somnolente. Bientôt la nuit commença à tomber derrière l'unique hublot dont était dotée la cabine, et la réalité de cette traversée de l'Atlantique s'imposa avec encore plus d'acuité à la conscience de la jeune femme. Comme le silence qui régnait dans l'espace exigu qu'elle partageait avec Blake finissait par lui peser, elle décida de faire le lit, sembla insatisfaite du résultat, et recommença. Apparemment sensible à son besoin de s'occuper, Blake lui proposa un livre à deux reprises. Elle déclina son offre chaque fois.

Quand l'obscurité rendit toute lecture impossible, il alluma deux lampes en cuivre accrochées à la cloison ainsi qu'une troisième qui était judicieusement placée sur le plateau du bureau encastré et qui, comme celles fixées au mur, oscillait dans un berceau articulé compensant les mouvements du bateau.

— Comptes-tu donc bouder jusqu'à Boston ? s'enquit-il brusquement, l'arrachant en sursaut à sa léthargie.

— Je ne boude pas.

Il referma son livre.

— Si. Mais bon, libre à toi de continuer si ça t'amuse…

Elle croisa les bras et se renfrogna.

— D'abord, je ne suis pas libre, et, ensuite, je ne m'amuse pas, riposta-t-elle. J'ai été enlevée et embarquée sur ce bateau contre ma volonté…

Blake se redressa de sa chaise et leva les mains en signe d'apaisement.

— Bon, très bien, soit, l'interrompit-il. Je n'ignore pas que tu n'es pas ici de ton plein gré. Nous en avons déjà discuté et j'ai reconnu que tu avais raison. Maintenant, la question reste posée : quelles sont tes intentions ?

Comme elle gardait le silence, il précisa :

— Car c'est cela qui est vraiment révélateur du caractère d'un homme : la façon dont il réagit à l'adversité.

— Je ne suis pas un homme.

La commissure des lèvres de Blake se retroussa en une de ces ébauches de sourire dont il avait l'irritant secret.

— Je suis le premier à en être persuadé.

Elle demeura un moment interdite, hésitant entre l'indignation et l'hilarité. Finalement elle baissa les yeux sur ses pieds.

— Je souhaiterais monter sur le pont avant qu'il fasse complètement noir. J'aimerais voir l'océan.

— Veux-tu que nous dînions là-haut ?

Cette suggestion la rendit perplexe.

— C'est possible ? s'enquit-elle.

— Je te rappelle que c'est moi l'armateur de ce navire et qu'en conséquence je puis y agir à ma guise.

— Est-ce que tu n'en fais donc toujours qu'à ta tête ? lui demanda-t-elle en se laissant retomber les mains le long du corps. Est-ce que tu obtiens toujours tout ce que tu veux avec de l'argent ?

— En règle générale, oui.

— Voilà une réponse pour le moins arrogante, remarqua-t-elle.

— C'est néanmoins la stricte vérité.

Elle se remit à contempler ses orteils.

Blake attendit patiemment qu'elle eût terminé de réfléchir.

A contrecœur, elle leva les yeux vers lui et ne put s'empêcher de le trouver beau à la lueur vacillante des lampes à huile. Vêtu avec simplicité d'un pantalon de toile, d'une chemise de lin et de hautes bottes, il était peut-être encore plus séduisant qu'en frac et chapeau haut de forme.

— Eh bien oui, se décida-t-elle, je veux bien dîner sur le pont.

Elle se hâta de préciser aussitôt :

— Seule, si possible.

— Ce n'est justement pas possible. Soit nous mangeons là-haut ensemble, soit nous mangeons ici même — ensemble aussi.

Se dirigeant vers le lit, il se pencha vers elle et lui présenta son bras.

Sapphire le contempla sans mot dire. Il garda la pose. Elle soupira et se redressa lentement, prenant garde à ne pas trop appuyer sur sa cheville blessée.

Elle était résignée à lui accorder cette trêve. Mais pour la soirée seulement.

A la fin du repas, quand ils se furent régalés de poisson au court-bouillon, d'un riz aux épices des Caraïbes préparé exactement comme Sapphire l'aimait, et de quelques fruits frais, Blake et la jeune femme allèrent s'accouder au bastingage pour deviser à bâtons rompus tout en contemplant distraitement les vagues ténébreuses qui léchaient les flancs du navire.

Comme il lui posait des questions sur la Martinique, Sapphire se mit à lui décrire sa vie sur l'île, à lui parler d'Armand et de sa mère, sujets qu'elle n'avait eu jusqu'alors l'occasion d'aborder qu'avec des personnes de son entourage immédiat. En retour, elle l'interrogea sur Boston et l'Amérique. Ses réponses l'intriguèrent. Elle s'aperçut notamment qu'il n'était pas qu'un homme d'affaires, mais aussi un philanthrope, même s'il prenait grand soin de le cacher. Ainsi, tout en lui décrivant avec enthousiasme les améliorations obtenues dans le transport et la fabrication des biens grâce à la domestication de la force motrice de la vapeur, lui confia-t-il son souci d'utiliser ces mêmes gains de productivité pour améliorer les conditions de travail et d'existence des ouvriers. Ce trait de caractère, pour discret qu'il fût, n'en donnait pas moins à son personnage un côté très attachant. Au vrai, la jeune femme se rendait compte qu'il fallait, pour ainsi dire, peler l'individu de ses apparences parfois rébarbatives pour prétendre le connaître réellement.

Appuyée contre le garde-corps, elle veillait à porter son propre poids sur sa jambe valide, Blake l'aidant à garder son équilibre en la tenant par la taille. Tandis qu'elle contemplait les lignes des embruns dont les traînées d'un blanc vif palpitaient dans la pénombre, la brise iodée lui taquinait les cheveux, les détachant du ruban qui les maintenait sur sa nuque.

— Le Dieu de ma mère..., chuchota-t-elle soudain.

— Pardon ? fit-il en la dévisageant.

— A Londres, je t'ai entendu jurer par le Dieu de ta mère, expliqua-t-elle en se tournant vers lui. Quel est-Il, ce Dieu de ta mère ?

— Ce n'était qu'une expression.

Il haussa les épaules avec une désinvolture que démentait la tension perceptible dans sa voix.

— Ta mère est très pratiquante ?

— Elle l'était, oui. Du moins à ce qu'on m'en a rapporté, car je ne l'ai pratiquement pas connue. Elle est morte quand je n'étais encore qu'un bébé. J'ai été élevé par une belle-mère. D'après ceux qui l'ont connue, toutefois...

Il haussa de nouveau les épaules.

— ... c'était une femme de bien animée par une foi profonde.

— La tienne ne l'est pas ?

Il s'esclaffa.

— Tu ne crois pas en Dieu ? insista-t-elle.

Il parut soupeser sa réponse.

— Je crois au travail, articula-t-il enfin. A la force des convictions personnelles. A l'intégrité.

— Mais pas en Dieu ? s'enquit-elle. Pourtant, comment ne pas croire en Lui quand on a sous les yeux le spectacle de cet océan et de ce ciel étoilé ? Comment, en voyant deux personnes âgées se promener ensemble, ou un bébé dans son berceau, ne pas prêter foi à l'existence d'un Créateur ?

La flamme de la lampe à huile posée sur la table derrière eux soulignait d'une mince lueur le profil de Blake.

Ce dernier resta coi un instant.

— D'après tes confidences de tout à l'heure, Sapphire, j'ai cru comprendre que tu avais grandi au sein d'une famille où les enfants étaient choyés, et que ton beau-père était profondément attaché à ta mère. Ma propre enfance n'a pas été aussi… heureuse.

Comme la jeune femme ignorait tout de cette période-là de son existence, au lieu d'exprimer à voix haute les premières pensées qui lui traversaient l'esprit, comme à son habitude, elle préféra, une fois n'était pas coutume, garder un silence respectueux. Le ton employé par Blake pour lui répondre l'avait cependant attristée. A son avis, chaque enfant en ce bas monde méritait d'être aimé ; or, elle devinait que, malgré tous les avantages que ses parents avaient pu lui procurer, leur affection lui avait cruellement manqué.

— Crois-tu que l'amour ait la capacité de tout changer ? demanda-t-elle enfin.

Il la serra plus étroitement contre lui.

— Ce que je crois, c'est que *faire l'amour* change parfois beaucoup de choses.

Il prit la main de Sapphire, la porta à ses lèvres, l'embrassa et la passa sur sa joue.

La jeune femme sentit aussitôt son visage s'empourprer et la pointe de ses seins se durcir — réactions aussi violentes qu'involontaires qui, elle n'en doutait pas, n'avaient point échappé à Blake. Elle eut l'impression d'osciller au bord d'un précipice.

— Dois-je comprendre que tu as aimé beaucoup de femmes ?

— Beaucoup de femmes m'ont effectivement laissé leur témoigner le désir qu'elles m'inspiraient.

— Mais n'est-ce pas frustrant, à la fin ? Les rendre ensuite à leur mari ou les céder à d'autres amants de passage ? l'interrogea-t-elle avec un intérêt sincère.

— Pas vraiment.

Il lui embrassa de nouveau la main avant de repousser la manche de sa grossière chemise pour déposer des baisers délicats et furtifs sur la peau sensible de son avant-bras.

— Dès lors que tu n'attends rien de personne, lui expliqua-t-il à voix basse, il est facile de s'éloigner sans un regard en arrière. De la sorte, il n'y a pas de rupture et aucun des deux partenaires ne souffre.

Que signifiait au juste ce discours ? se demanda Sapphire tandis qu'il lui relevait le menton pour effleurer ses lèvres des siennes. Que tant qu'elle n'espérait rien de lui, il ne lui ferait aucun mal ? Qu'il valait mieux pour eux profiter du moment présent et se séparer ensuite sans cris ni larmes ?

Au fond, n'était-il pas en train de lui dire qu'il ne pourrait jamais l'aimer ?

C'était là une pensée bien triste, songea-t-elle, mais cette éventualité n'en était pas moins à prendre au sérieux.

18

Après leur première nuit sur le bateau, Sapphire et Blake s'installèrent dans une routine qu'en d'autres circonstances la jeune femme n'aurait certainement pas manqué de trouver agréable.

En ce début du mois d'août, les belles journées se succédaient sans interruption. Ce temps clément leur permettait de prendre la plupart de leurs déjeuners sur le pont, à la petite table que Blake avait précisément apportée avec lui pour cet usage et qu'il avait fait disposer sur le château de poupe, là où l'ensoleillement compensait la fraîcheur de la brise.

Entre les repas, Sapphire passait le temps en lisant des livres choisis dans la bibliothèque portative de Blake, laquelle se révéla aussi variée qu'abondamment fournie, en jouant avec lui aux échecs et aux cartes ou bien en contemplant simplement la mer, dont le spectacle ne laissait pas de la fasciner, et en aspirant à pleines goulées l'air vif du large.

Quoique accoutumée à une existence moins oisive, la jeune femme ne tarda pas à s'adapter à ce rythme de vie indolent et à profiter des plaisirs que pouvait lui offrir la traversée. Et si parfois elle éprouvait encore du ressentiment envers son hôte pour l'avoir enlevée, elle se consolait en pensant que ces vacances forcées avaient au moins l'avantage d'accorder à sa cheville le délai nécessaire pour guérir. Ainsi, au bout de dix jours de navigation, alors qu'ils se trouvaient à mi-chemin de leur destination, lui fut-il possible de se remettre à marcher sans l'aide de personne, les séquelles de son entorse ne lui occasionnant plus que des tiraillements très supportables.

A l'exception de Ralphie, le mousse qui leur servait de garçon de cabine, Sapphire ne côtoyait que rarement les autres marins et ne les apercevait généralement que de loin. Blake l'informa un jour qu'il avait donné des ordres très stricts pour que nul ne les dérange pendant le trajet, et l'équipage, comme elle avait fini par s'en rendre compte, respectait scrupuleusement cette consigne. La jeune femme les soupçonnait de craindre l'armateur, sachant d'expérience combien ce dernier pouvait se montrer intimidant.

Le capitaine, un Bostonien du nom de Jeremy Pottle, venait quotidiennement faire son rapport à Blake. Il lui annonçait le temps prévu pour la journée, la distance parcourue la veille et celle qu'il comptait franchir avant le lendemain. Parfois Blake et lui s'entretenaient du fonctionnement de la machine à vapeur, mais jamais le capitaine ne se permettait de son propre chef la moindre digression. Il s'exprimait avec clarté et concision, sans jamais demeurer en présence de l'armateur une seconde de plus qu'il n'y était obligé.

Ce matin-là, quand le capitaine Pottle, sanglé dans sa vareuse de laine aux boutons étincelants et la casquette enfoncée jusqu'aux sourcils, se fut éloigné de la table à laquelle Blake, comme à l'accoutumée, s'était assis pour l'écouter, à la poupe du navire, la jeune femme ne put s'empêcher de formuler tout haut la question qui lui brûlait les lèvres.

— Quel sort lui as-tu donc jeté ? s'enquit-elle en désignant l'officier du menton.

— Je te demande pardon ? repartit Blake en relevant les yeux de l'ouvrage dont il venait de reprendre la lecture après l'audition du capitaine et qui traitait justement des derniers progrès dans la production des combustibles destinés aux machines à vapeur.

En le voyant assis face au soleil, un pied posé sur la table et sa chemise à moitié déboutonnée, Sapphire se surprit à nourrir des pensées sensuelles.

Pourtant, se sermonna-t-elle, ils avaient déjà fait l'amour le matin même, avant de monter sur le pont prendre le petit déjeuner. Pour quel genre de femme allait-elle donc passer aux yeux de Blake si par malheur il devinait qu'elle le désirait de nouveau ? Elle ne valait pas mieux que sa chère Angel — qui du reste lui manquait beaucoup.

Cette idée ne lui eut pas plus tôt traversé l'esprit qu'elle la jugea risible. Certes, convint-elle en son for intérieur, elle se comportait comme la dernière des catins. Néanmoins elle n'en éprouvait aucun remords. Pas aujourd'hui, en tout cas.

— Je ne comprends pas ta question, précisa Blake en interrompant le cours de ses réflexions.

— Le capitaine Pottle… Il a l'air terrorisé devant toi. Pourquoi ?

— Je ne vois vraiment pas de quoi tu veux parler, répliqua-t-il en saisissant une tasse en grès rempli de café frais.

Bien qu'ils soient à bord d'un cargo, Blake, qui semblait tenir beaucoup à son confort, s'était arrangé pour disposer des gâteries parmi les plus rares dans ce genre de voyage : fruits et légumes frais, pain cuit chaque jour et une variété de café des Caraïbes qui donnait un jus noir à l'arôme puissant.

— Tu n'as donc pas noté la raideur de son maintien et ses manières brusques ? A croire qu'il redoute constamment une réprimande de ta part.

Blake fronça les sourcils.

— Non, je t'avoue que cela m'a échappé.

— Le contraire m'aurait étonnée, murmura-t-elle.

Quel homme complexe, songea-t-elle, tantôt arrogant et égocentrique, tantôt d'une gentillesse et d'une simplicité qui confinaient à la naïveté, pour ne pas dire à l'aveuglement !

Elle se leva.

— Où vas-tu ?

— A la cabine chercher l'échiquier et les pièces. La mer est assez calme aujourd'hui pour qu'on puisse jouer ici. Tu m'as peut-être battue hier, mais c'était un pur coup de chance.

Elle passa derrière lui, pieds nus sur les lattes du pont, et lui caressa la nuque du bout des doigts avant d'emprunter l'écoutille.

Une fois dans la cabine, Sapphire s'assit par terre, devant le lit qu'elle partageait avec Blake, et ouvrit le tiroir encastré sous le meuble. Tout en sortant le coffret de bois contenant les pièces d'échecs en ivoire et onyx sculpté, elle songea à une autre boîte dissimulé sous un autre lit, très loin de là, la boîte qui avait jadis appartenu à sa mère et où celle-ci avait rangé tous ses secrets et ses bijoux.

Des larmes montèrent aux yeux de la jeune femme tandis qu'elle repensait à ce coffret à bijoux caché sous son lit, dans l'appartement loué par tante Lucia. Seigneur, se dit-elle, comme cette boîte lui manquait ! Et sa famille aussi.

Se sentant stupide, elle s'essuya les yeux.

Ses propres émotions la remplissaient de confusion. Comment pouvait-elle se prélasser ainsi sur le pont du bateau avec Blake, rire et manger en sa compagnie, alors qu'il l'avait enlevée à sa marraine, qui n'avait aucune idée de ce qu'elle avait pu devenir ? Mais, pensa-t-elle, il y avait pire encore, car comment pouvait-elle faire l'amour avec cet homme qui persistait à la considérer comme une opportuniste cupide et refusait toujours de croire qu'elle puisse réellement être la fille de feu lord Wessex ?

N'était-ce pas d'ailleurs pour cela qu'elle regrettait autant le coffret à bijoux de sa mère ? Celui-ci renfermait la preuve — à ses yeux, du moins, sinon à ceux de Blake — qu'elle était bel et bien la fille d'Edward, que sa mère l'avait effectivement épousé et qu'elle-même était *quelqu'un*, qu'elle avait une identité propre, qu'elle n'était pas uniquement le rejeton d'une prostituée, mais l'enfant d'un riche aristocrate et de son épouse adorée. Non, se dit-elle, la traiter de captatrice d'héritage était inique. Elle appartenait à une lignée prestigieuse. Elle était digne d'être aimée et chérie comme l'avait été sa mère, y compris par un homme qui avait déjà tout, titre et fortune, à l'instar de Blake Thixton…

« Etre aimée par Blake Thixton ? » se répéta-t-elle soudain. Mais d'où cette idée pouvait-il lui venir ?

De nouvelles larmes dévalèrent le long de ses joues. Elle ne voulait pas de l'amour de Blake ! Il lui avait du reste clairement fait comprendre qu'il ne recherchait avec elle qu'un plaisir sans lendemain. Et elle-même ne lui faisait l'amour que parce que... parce que...

Ses pleurs se transformèrent en sanglots. Ce n'était pas parce qu'elle s'était donnée à lui qu'elle était pour autant sa maîtresse, songea-t-elle. Jamais elle ne se résignerait à ce rôle. Elle méritait mieux.

Ce dont Blake Thixton semblait ne pas se rendre compte, c'était qu'elle n'avait pour l'instant d'autre issue que de lui complaire. Sitôt qu'ils auraient atteint l'Amérique, cependant, elle avait la plus ferme intention de remettre les pendules à l'heure. Elle lui signifierait alors son refus tout net de devenir sa maîtresse et exigerait de lui qu'il lui paye une place sur le prochain navire en partance pour l'Angleterre. Jusqu'à présent, il ne lui avait même pas permis d'aborder avec lui le sujet de sa véritable identité ; or, chaque jour qui passait raffermissait sa détermination de démontrer le bien-fondé de ses revendications. Blake avait trop souvent raison. Au moment de la kidnapper, il avait prétendu vouloir lui apprendre une leçon. Eh bien, en temps voulu, elle comptait bien lui rendre la monnaie de sa pièce !

— Sapphire ? Ça va ?

La question inquiète de Blake résonnant dans la coursive la fit sursauter. Elle se redressa sur les genoux et tendit aveuglément les mains vers la boîte contenant les pièces du jeu d'échecs.

— Oui... oui, bredouilla-t-elle. J'arrive !

Cependant il se dressait déjà sur le seuil de la cabine.

— Comme tu tardais à revenir, j'ai eu peur que tu sois tombée ou que tu te sois de nouveau foulé la cheville.

Entendant la porte se refermer derrière elle, la jeune femme redéposa par terre le coffret de bois et s'essuya les yeux des deux mains.

— Non, ça va. C'est seulement...

Elle n'acheva pas sa phrase : les lèvres tremblantes, elle laissa ses mains retomber sur ses genoux.

— Sapphire, qu'est-ce qu'il y a?

Il s'agenouilla aussitôt près d'elle et, lui agrippant les épaules, la força à se tourner vers lui. Comme il remarquait ses larmes, une émotion singulière passa brièvement sur son visage, une émotion que Sapphire n'y avait jamais vue jusqu'alors.

— Tu es encore tombée, n'est-ce pas? s'enquit-il.

Elle secoua la tête et détourna le regard, honteuse de pleurer ainsi sur une stupide boîte pleine de vieilles lettres.

— Laisse-moi t'examiner, Sapphire.

— Non!

— Sapphire, si tu as mal…

— Je n'ai pas mal, répliqua-t-elle.

Mais c'était faux. En fait, elle avait le cœur en capilotade.

La saisissant par la taille, Blake l'obligea à se rasseoir par terre. Elle garda les yeux obstinément baissés. Il palpa ensuite d'une main prudente sa jambe droite, juste au-dessus de sa cheville blessée.

— L'enflure s'est complètement résorbée, constata-t-il. Peux-tu tenir debout?

— Ce n'est pas ma cheville, dit-elle piteusement, sans oser croiser son regard. C'est… ma tante Lucia.

Ce qui, pensa-t-elle fugacement, n'était qu'un demi-mensonge.

— Elle doit être folle d'inquiétude pour moi. Si ça se trouve, elle me croit morte.

Blake détourna les yeux à son tour.

— Cela m'étonnerait, repartit-il sur un ton subitement distant.

— Non, tu ne comprends pas, rétorqua Sapphire en continuant à secouer la tête. Quand ma mère est morte, tante Lucia…

— Sapphire, cesse de te faire du souci pour rien, la coupa-t-il en la prenant par les épaules et en rivant son regard dans le sien. J'ai adressé un message à Jessup Stowe juste avant notre départ d'Angleterre. Dans trois jours, nous serons rendus à Boston. Tu pourras là-bas envoyer une lettre à ta tante pour la rassurer, lui dire que tu vas bien…

Il marqua une pause.

— Et que tu es avec moi, ajouta-t-il.

— Mais ce courrier va mettre un temps fou à lui parvenir ! Et puis il va falloir que j'écrive aussi à Armand, au cas où Lucia l'aurait alerté de ma disparition.

— Les lettres franchissent l'Atlantique plus vite que tu ne le crois, repartit-il. Regarde avec quelle célérité nous avons nous-mêmes effectué la traversée, grâce à la merveilleuse machine à vapeur dont est équipé ce navire !

Il se serra contre elle, ses lèvres effleurant presque les joues de la jeune femme.

— J'enverrai ton courrier dès que nous serons à Boston, lui murmura-t-il. Il partira par le bateau le plus rapide qui se trouvera à ce moment-là dans le port.

Sapphire se sentit fondre, bouleversée par les émotions qui l'étreignaient alors, par la proximité de Blake, par la tiédeur de sa main sur sa cheville nue, la chaleur de son haleine sur sa joue. Il éprouvait de l'attachement pour elle, se dit-elle. Cela s'entendait dans sa voix. Il lui vouait une affection sincère, elle ne pouvait en douter.

— Qu'en dis-tu ? lui demanda-t-il. Cela suffirait-il à te rassurer ?

Il prit son menton du bout des doigts et la contraignit à soutenir son regard.

Elle hocha la tête.

— Nous nous en occuperons alors dès notre arrivée, lui promit-il avant de l'embrasser. Et après que nous aurons envoyé ces lettres, je t'emmènerai visiter Boston. Je te montrerai les plus beaux navires et les plus beaux bâtiments. Je te présenterai aux hommes et aux femmes les plus remarquables du pays.

Il l'embrassa de nouveau.

— Ça te plairait ?

Elle était comme hypnotisée par les intonations graves et profondes de sa voix, par le contact de ses lèvres sur les siennes.

— Oui, chuchota-t-elle en levant les mains pour les poser sur ses épaules, ça me plairait beaucoup.

— Je t'achèterai les plus belles robes qu'on peut trouver à Boston et aussi, si tu le désires, les plus beaux bijoux.

Il se remit à l'embrasser, avec plus de fougue, et la jeune femme se mit à lui rendre ses baisers. Son anxiété comme ses craintes l'avaient quittée. Une fois de plus, plus rien ne lui importait que son cœur battant la chamade et les sensations que lui procuraient les caresses de Blake.

— Tu disposeras dans ta garde-robe des dernières toilettes à la mode et nous nous rendrons ensemble dans les réceptions les plus huppées. Tu seras la coqueluche de toute la ville.

Il la pressa contre lui et écarta ses cheveux de son visage afin de pouvoir plonger ses yeux dans les siens.

— Tu oublieras bien vite Londres et Charles, lui assura-t-il.

— Et si je n'aimais pas Boston ? s'enquit-elle.

— Alors je te renverrais à Londres, auprès de ta tante Lucia.

Elle opina du chef, tout en regrettant obscurément qu'il ne lui ait pas répondu qu'il ne la laisserait jamais repartir, et cela parce qu'il en était *incapable.*

— Assez parlé maintenant, décréta-t-il en scellant ses lèvres du bout des doigts avant de recommencer à l'embrasser.

Il l'attira sur ses genoux.

— Ah, Sapphire !, grommela-t-il. Je n'arrive pas à me lasser de toi.

Il approfondit leur baiser ; la jeune femme ferma les yeux pour mieux jouir de cet instant. Quand elle recula la tête, essoufflée, son humeur avait changé. Elle se sentait désormais l'esprit et le cœur légers, légers…

— Et toi, as-tu peur de moi ? demanda-t-elle à Blake sur le ton de la plaisanterie.

Il se pencha vers elle, l'entraînant dans son mouvement, si bien qu'ils se retrouvèrent bientôt allongés sur le plancher de la cabine.

— Peur de toi ? répéta-t-il.

Il éclata de rire et entreprit de déboutonner sa chemise de mousse.

Elle hocha la tête et leva les bras pour l'aider à lui ôter le vêtement.

— Dans le village près de chez moi, en Martinique, il y avait des hommes et des femmes qui me craignaient, expliqua-t-elle tout en scrutant son regard.

Elle avait lu quelque part que les yeux étaient les fenêtres de l'âme et elle aurait bien voulu être capable de voir à travers ceux de Blake. Mais, comme toujours, ils lui paraissaient aussi indéchiffrables qu'une mer tempétueuse, tourbillons jumeaux de mouchetures brunes farouchement serrés sur leur secret.

— Peur de toi ? dit-il encore une fois en l'enveloppant de ses bras.

Il tira sur le ruban qui attachait les longs cheveux roux de Sapphire et les regarda retomber sur ses épaules tel un rideau de flammes.

— Un œil bleu et un œil vert, parvint-elle à énoncer malgré les longs frissons de plaisir qui la parcouraient. C'est pour certains un signe du Malin.

Elle ouvrit grand les paupières, comme si elle voulait l'effrayer.

Il s'esclaffa de nouveau et courba la tête pour embrasser le creux tiède entre ses seins avant de prendre un des mamelons entre ses lèvres.

— Tes yeux, moi, je les trouve tout simplement beaux. Ils te donnent un air mystérieux. Imprévisible.

Il lécha la pointe du sein du bout de la langue, lui arrachant un petit tressaillement de volupté.

— Imprévisible ?

— C'est pour ça que tu me plais. C'est ce qui m'a d'abord frappé chez toi… Hormis tes cheveux roux, évidemment.

Il taquina le mamelon jusqu'à ce qu'il durcisse.

— Je ne sais jamais à quoi m'attendre de ta part. Tes paroles comme tes actes sont une surprise permanente. Et c'est tant mieux, parce que je suis fatigué des femmes trop prévisibles.

Elle éclata de rire à son tour.

— Tu seras alors peut-être doublement heureux d'apprendre que j'ai tendance à me trouver moi-même imprévisible, depuis quelques jours.

Puis elle se tut et, avec un soupir, se détendit sous les baisers de Blake qui, de la bouche et de la langue, traçait un sillon de feu depuis sa poitrine jusqu'à son nombril, et plus bas encore. Quand il glissa une main entre ses cuisses et atteignit son intimité, elle écarta les jambes et se mit à haleter de plus en plus fort, cependant que les lèvres de son partenaire se joignaient à ses doigts pour enflammer le nœud de volupté lové au creux de son ventre.

Blake la connaissait maintenant fort bien, sachant exactement ce qui était susceptible de susciter en elle l'hilarité ou le plaisir, et mettait toute cette science en pratique chaque fois qu'ils faisaient l'amour. Il l'amena ainsi jusqu'à l'extrême bord de la jouissance, avant de se redresser soudain, la laissant pantelante et les reins arqués de frustration.

— Blake, je t'en prie, le supplia-t-elle.

— Viens t'asseoir sur moi, lui suggéra-t-il tout en roulant sur le dos pour enlever son pantalon.

Elle secoua la tête, le rouge aux joues.

— Je ne saurai pas... Je ne sais pas comment faire, avoua-t-elle dans un murmure.

— Moi, je pense que si. Je suis convaincu que tu es douée par nature pour contenter les hommes.

Il lui embrassa le lobe de l'oreille, la joue. Elle se tourna vers sa bouche, dont elle accepta l'offrande avec avidité.

— Je crois que tu as le don de *me* contenter, précisa-t-il dans un chuchotement rauque.

Sans lui laisser la possibilité de protester, il la souleva pour la déposer sur ses cuisses et la jeune femme se retrouva assise à califourchon sur lui. Rendue hardie par le besoin d'être comblée, elle se haussa pour se laisser ensuite couler sur lui et eut la satisfaction de l'entendre gémir à son tour.

— Pour quelqu'un qui se prétend ignorante, tu t'en tires… plutôt bien, dit-il d'une voix amusée, les paupières alourdies par la passion.

— Chut, fit-elle en se penchant vers lui pour l'embrasser, ses cheveux les enveloppant tous deux dans leur douceur soyeuse.

Blake gémit une nouvelle fois quand elle commença à bouger.

— Et dire que j'ai failli te perdre à cause de l'autre godelureau…

— Tais-toi donc, lui ordonna-t-elle avant de plaquer ses mains de part et d'autre de sa tête et d'accélérer le rythme.

Sa réaction fut exactement celle qu'elle escomptait.

— Bon sang, tu apprends drôlement vite, grommela-t-il, les paupières closes.

Elle s'allongea alors sur lui, son ventre pressé contre le sien, pour mieux garder le contrôle du plaisir de Blake comme du sien.

— Chut, lui glissa-t-elle dans le creux de l'oreille qu'elle se mit à taquiner du bout de la langue.

Puis elle se redressa, sans rompre la cadence. Quand elle avait confié à Blake ne pas savoir comment s'y prendre, elle ne mentait pas. Ce qu'elle ignorait alors, c'était que son corps, lui, était expert en la matière. Elle n'eut donc qu'à écouter les impulsions de sa chair pour moduler exactement comme il le fallait le rythme de ses poussées.

— Passe en dessous, lui enjoignit Blake au bout d'un moment en posant les mains sur ses hanches.

Elle se contenta de lui sourire et de ralentir le mouvement avant de lui couvrir le visage de petits baisers.

— Comment puis-je apprendre si tu m'empêches de m'exercer ? répliqua-t-elle.

Pour toute réponse, il bascula la tête en arrière.

Elle sourit encore une fois et poursuivit sa chevauchée sans plus chercher à juguler en elle la montée de la jouissance. Et, bientôt, elle se coucha de tout son long sur Blake, ses tendres rondeurs épousant ses reliefs musculeux, et cria tout haut son bonheur tandis qu'il se libérait lui-même au creux de son ventre. Des vagues de volupté l'engloutirent et l'abandonnèrent sur le corps de son amant, frémissante et repue.

Avec d'infinies précautions, Blake la fit basculer sur le côté avant de la serrer doucement contre lui. Elle se blottit contre son torse et, à mesure que la marée du plaisir s'apaisait au fond d'elle, il lui embrassa les paupières, les joues, le menton, le bout du nez...

— Personne ne m'a jamais raconté que ça serait comme ça, lui confia-t-elle finalement quand elle eut retrouvé sa voix.

Elle avait encore les yeux fermés, pelotonnée dans la sécurité des bras de Blake et la tiédeur de son haleine.

— Ce n'est pas comme ça d'habitude, répondit-il en déposant un baiser sur son épaule.

Elle aurait bien voulu lui demander ce qu'il entendait par là, mais elle s'en abstint, retenue par un sentiment qui ressemblait fort à de la peur.

La veille de leur arrivée dans le port de Boston, il se mit à pleuvoir, si bien que Blake et Sapphire restèrent nichés dans l'intimité douillette de leur cabine et passèrent la journée à lire, à faire l'amour et à discuter.

A l'approche du crépuscule, étendue sur le lit et revêtue de sa seule chemise, qui était toutefois assez longue pour lui couvrir les hanches, Sapphire parcourait un des ouvrages de Blake. Il s'appelait *La Prairie* et avait été écrit par un certain James Fenimore Cooper.

Quoique la jeune femme apprécie beaucoup le tableau fascinant que Cooper brossait dans ce roman de l'Amérique ainsi que des possibilités d'aventure qu'offrait ce vaste continent, elle commençait à être lasse de lire et de demeurer ainsi confinée dans cette cabine du matin au soir. Elle était aussi un peu inquiète de ce que lui réservait le lendemain. Blake et elle n'avaient pas encore parlé de ce qui se passerait à ce moment-là. Comme il lui avait promis de la renvoyer en Angleterre, elle avait décidé de rester avec lui quelques jours de plus, voire une semaine entière. Il lui avait décrit avec tant d'enthousiasme les villes de Boston et de New York qu'elle avait hâte de les visiter et ne voyait guère de raison de s'en priver alors qu'elle venait de franchir tout un océan.

Elle estimait toutefois nécessaire de rappeler à Blake qu'elle n'avait aucunement l'intention de devenir sa maîtresse, malgré tout le plaisir que lui procurait sa compagnie, au lit comme ailleurs.

Reposant le livre à côté d'elle, elle se haussa sur un coude et considéra son hôte. Comme à son habitude, ce dernier lisait à son bureau, un pied sur le plateau du meuble. Un courant d'air venu du hublot ébouriffait ses cheveux autour de son visage et lui donnait une allure plus détendue et plus insouciante qu'à l'accoutumée.

Sapphire prit alors conscience que si elle répugnait tant à aborder le sujet de son statut, c'était parce qu'elle n'avait pas voulu se disputer avec lui. Jusqu'à présent, du moins. Pendant ces quelques derniers jours, la présence de Blake, le spectacle de l'océan, les romans, les rires partagés et les étreintes amoureuses lui avaient suffi. Et l'avaient même contentée. Malheureusement le temps filait et rien de ce qui était survenu entre elle et Blake n'était de nature à changer ce qu'elle était. Ni ce qu'elle était résolue à devenir.

— Blake, dit-elle.

Il n'eut pas l'air de l'entendre.

— Blake, répéta-t-elle en haussant la voix.

— Oui ? fit-il sans relever la tête.

— Blake, il faut que je te parle.

Il avait dû remarquer la gravité de son ton, car il soupira et ferma lentement son livre.

— Je t'écoute.

— Viens ici, lui demanda-t-elle en tapotant le lit. Assieds-toi près de moi, s'il te plaît.

— Je préfère rester où je suis, répliqua-t-il en se renfrognant.

Sans manifester la moindre contrariété, elle se remit à tapoter le matelas.

Blake soupira derechef et, se levant du bureau, s'approcha de la couchette sur laquelle il se posa avec réticence. Il garda toutefois les yeux fixés sur la porte.

— Il faut que nous discutions de ce qui se passera quand nous débarquerons demain.

— Eh bien, nous nous rendrons chez moi, répondit-il. Je suis sûr que tu aimeras ma maison. Elle est construite non loin du rivage et offre un point de vue fantastique sur le port et la mer. Comme je te l'ai déjà dit, plusieurs de ses pièces ne sont toujours pas meublées et je comptais justement sur toi pour m'aider dans cette tâche. Je n'ai, hélas, que peu de loisirs et, comme tu as du goût, j'ai pensé que tu…

Elle interrompit cette logorrhée en posant une main sur son bras et sentit ses poils lui chatouiller la paume.

— Blake, ce n'est pas de ta maison que je souhaite te parler et tu le sais très bien. C'est de moi. Tu as conscience, n'est-ce pas, que je ne peux pas être ta maîtresse ?

— Que tu ne le peux pas ou que tu ne le *veux* pas ?

Pour le coup, ce fut au tour de Sapphire de soupirer. Elle retira sa main et s'adossa contre la paroi de planches.

— Les deux, admit-elle en adoptant délibérément le phrasé lent et mesuré de Blake pour se donner le temps de choisir ses mots. Je suis l'enfant unique de lord Wessex, la fille d'Edward et de Sophie Thixton. Il serait indigne de ma part de me complaire dans le rôle que tu veux m'assigner.

Il se rembrunit et se releva de la couchette.

— Je ne comprends pas pourquoi tu t'obstines encore à vouloir me jouer cette comédie, Sapphire, rétorqua-t-il en fourrant les mains dans les poches de son pantalon avant de se mettre à arpenter le plancher de la cabine. Tu es pourtant une femme intelligente — brillante, même. Tu ne manques en outre ni d'humour ni de chien. Bref, je te reconnais plein de qualités. Alors pourquoi gâcher l'opinion que j'ai de toi en persistant à me réclamer ce qui ne te revient nullement ? Au vrai, ça commence à m'irriter. Que te faut-il donc que je ne te propose déjà ? Je t'offre tout et ce n'est pas encore assez à tes yeux ! Tu es insatiable, Sapphire.

— Non, rétorqua-t-elle tout en s'efforçant de maîtriser ses propres émotions, je ne suis pas insatiable.

Elle leva les yeux au plafond. Elle entendait les lattes de pin résonner sous les bottes de Blake.

— Je ne te demande que ce à quoi tout être humain a droit : la reconnaissance de la vérité.

— Et moi, ce que j'aimerais, c'est que tu me la dises enfin, cette vérité.

Elle réprima le ressentiment qui bouillonnait en elle, se rappelant que la colère s'était jusqu'à présent révélée totalement inopérante sur Blake Thixton. Il lui fallait au contraire demeurer calme, ne fût-ce que pour garder son attention.

— Quand nous quitterons ce bateau, demain, j'aurai besoin d'habits convenant à une femme de mon rang, lui expliqua-t-elle. Une fois chez toi, où je dormirai dans une chambre différente de la tienne, nous pourrons rediscuter de tout ça.

— Très bien, fit-il.

Elle rabaissa les yeux vers lui, un peu étonnée.

— Très bien ?

Il ouvrit la porte.

— Je monte prendre l'air, lui annonça-t-il.

Elle jeta un coup d'œil au hublot qui était resté entrouvert : la vitre était constellée de gouttes d'eau.

— Il pleut, dehors, l'informa-t-elle.

— Je reviens tout de suite.

Quoique désireuse de l'accompagner, la jeune femme se contenta de se rallonger sur la couchette et, tout en prêtant l'oreille au bruit des pas de Blake qui décroissait dans la coursive, s'efforça de refouler les larmes qui lui montaient aux yeux.

19

Quand Sapphire se réveilla, le lendemain matin, Blake était déjà parti, de même que les lettres qu'elle avait écrites à Armand et tante Lucia, et que Blake lui avait promis d'envoyer sitôt qu'ils auraient touché terre.

Ils avaient franchi l'embouchure du port au milieu de la nuit et, après avoir contemplé un instant, sur le pont, les lumières de la ville qui se rapprochaient, ils s'étaient retirés dans leur cabine où ils avaient fait l'amour. La jeune femme avait néanmoins senti une certaine froideur chez Blake et, ce matin-là, ce fut avec quelque appréhension qu'elle se prépara pour la journée à venir.

Elle avala le café que Blake avait commandé pour elle à la coquerie, mais ne toucha qu'à peine au pain disposé sur le plateau, se sentant trop nerveuse pour ingérer aucune nourriture solide. Bientôt, elle sentit le navire osciller sous la traction des remorqueurs qui le halaient jusqu'à l'emplacement qui lui avait été attribué le long des quais. Quoique curieuse d'assister aux manœuvres d'amarrage, elle se retint de remonter sur le pont, craignant d'être aperçue dans les vêtements du garçon de cabine par les dockers ou des badauds.

Fort heureusement, songea-t-elle, nul ne la connaissait à Boston et, dès qu'elle serait descendue à terre, la quinzaine écoulée ne serait plus qu'un souvenir. Il lui suffirait dès lors de reprendre le cours de l'existence qui avait été la sienne avant que Blake ne l'enlève et ne l'embarque contre son gré sur ce bateau.

Forte de cette pensée, elle alla récupérer dans les bagages de

Blake la brosse à manche d'argent de ce dernier et s'assit, jambes croisées, sur la couchette pour démêler ses cheveux en attendant les habits que son hôte lui avait promis d'envoyer chercher en doris dès les premières lueurs de l'aube.

Les minutes passèrent et le temps lui parut s'éterniser. Elle percevait le chuintement de la houle contre le bordage, les appels des débardeurs qui avaient commencé à décharger la cale et les cris excités des marins qui s'apprêtaient à dépenser leur solde en ville.

Blake ne revenait toujours pas.

Elle émit un soupir exaspéré. Elle était la fille de lord Wessex tout de même ! se dit-elle. Il était hors de question qu'elle débarque dans cette tenue indécente, au risque d'être prise pour une des roulures du port !

Elle était au bord du désespoir, pensant que Blake l'avait peut-être oubliée, quand elle reconnut son pas dans la coursive. Elle courut aussitôt ranger la brosse dans la sacoche où elle l'avait prise et ramena prestement en arrière ses cheveux qu'elle se contenta de nouer en queue-de-cheval.

Quand Blake pénétra dans la cabine, elle l'attendait debout au milieu de la pièce, pieds nus et, les mains dans le dos, se tordait anxieusement les doigts.

— Nous descendrons à terre dès que tu seras habillée, lui annonça-t-il en jetant un paquet sur la couchette.

Il avait lui-même revêtu un complet sombre et s'était coiffé d'un chapeau melon. Avec sa chemise d'un blanc immaculé et son air renfrogné, il semblait l'exemple même de l'homme d'affaires respectable qu'il était et ne ressemblait plus du tout à l'amant qui avait tenu la jeune femme dans ses bras des nuits durant et qui, après leurs ébats, s'amusait parfois à tirer sur ses boucles pour les voir ensuite rebondir.

— Ma voiture nous attend sur le quai, ainsi que mon secrétaire.

Sapphire reporta son attention sur le paquet et s'aperçut qu'il ne pouvait raisonnablement contenir une robe de dame avec tous ses jupons : il était trop petit pour ça.

— Ton secrétaire ? répéta-t-elle, abasourdie.
— M. Givens, précisa-t-il. Il était jadis le bras droit de mon père. Ce n'est franchement pas un boute-en-train, mais il est travailleur. Et très loyal.
Il avait débité toute cette tirade sans exprimer la moindre émotion.
Sapphire alla tirer sur la corde enserrant le paquet de vêtements. Le papier protégeant ces derniers s'ouvrit, révélant une jupe de femme en laine grise, un chemisier de coton à manches longues qui avait connu des jours meilleurs, des bas noirs, une paire de chaussures éculées et un béguin. Des habits de domestique, en somme. Et encore ne s'agissait-il même pas d'un costume de suivante ou de chambrière. Non : c'était l'uniforme de la dernière des bonnes de la maison — la plongeuse.
Sapphire contempla l'infâme accoutrement en silence avant de se touner vers Blake et de le fusiller du regard.
— Qu'est-ce que c'est que *ça* ? demanda-t-elle.
— Des vêtements, répondit-il laconiquement.
Elle serra les dents.
— Je le vois bien.
— Tu as exigé une tenue appropriée à ton rang, Sapphire, lui rappela-t-il. Et je t'ai promis de te la procurer.
Il désigna le paquet.
— La voici, conclut-il.
— Espèce de…
Elle se tut juste avant que l'insulte ait franchi ses lèvres. Elle était une dame, une vraie, se répéta-t-elle, et les dames ne juraient jamais, si furieuses soient-elles.
— Je ne porterai pas ce… déguisement, cracha-t-elle. Je suis la fille de lord Wessex, pas une bonne. Je ne m'abaisserai pas à cette mascarade !
— Libre à toi de sortir comme tu es, repartit-il en rebroussant chemin vers la porte.
— Je ne peux pas me montrer comme ça ! s'exclama-t-elle en reculant et en écartant les bras. Si je suis vue dans la rue habillée ainsi, je… je risque d'être arrêtée pour attentat à la pudeur !

Elle tira sur la chemise pour montrer combien elle était transparente.

— Je ne vais quand même pas me présenter dans ces vêtements à ton secrétaire et aux gens de ta maison. Que vont-ils penser de moi ?

— Sapphire, ma voiture part pour Beacon Hill dans cinq minutes, avec ou sans toi.

Il ouvrit la porte, puis se retourna vers la jeune femme.

— A moins, bien sûr, que tu te contentes d'être tout simplement Sapphire Fabergine, une fille rusée qui a su me taper dans l'œil. En un mot, ajouta-t-il avec un haussement de sourcils, ma maîtresse.

Cinq minutes plus tard, Sapphire empruntait la passerelle derrière Blake pour le suivre sur le quai, revêtue de l'uniforme de soubrette et si en colère que, avec un peu de concentration, elle pensait pouvoir percer de la flamme de son regard le costume chic du négociant.

— Heureux de vous revoir, monsieur, le salua un homme un peu plus âgé que lui qui se tenait près d'une grande et luxueuse voiture.

La jeune femme songea qu'il n'aurait pas été trop vilain à regarder si seulement il n'arborait pas un air encore plus rébarbatif que celui de son employeur. Il ne s'adressa pas à elle et Blake ne se soucia pas de les présenter l'un à l'autre.

A l'intérieur de la spacieuse voiture, elle s'assit sur la banquette de cuir aussi loin de Blake que possible. Comme ils s'engageaient dans les rues encombrées de la ville, elle jeta un coup d'œil par l'interstice des rideaux de brocart qui occultaient les vitres de son côté.

Comme à Londres, les avenues qu'ils longeaient étaient bondées de véhicules et de piétons. Elle avisa des équipages aussi élégants que le leur, mais aussi de simples carrioles tirées par de pauvres bidets fatigués et des charrettes à bras que manœuvraient des gamins. Autour de leur attelage se pressait une foule composite où se voyaient des hommes et des femmes du peuple habillés simplement et transportant qui des sacs, qui des quartiers de bœuf, qui des seaux de charbon. A côté d'eux déambulaient des promeneurs revêtus, tout comme Blake, de costumes sombres coupés sur mesure et accompagnés, pour certains, de dames qui portaient de ravissantes toilettes du matin ainsi que des bonnets et des ombrelles pour protéger leur peau des ardeurs du soleil estival.

Bien que ce quartier soit celui du port — d'ordinaire le plus pauvre et le plus délabré d'une ville —, les Américains qui se présentaient à la curiosité de Sapphire avaient un aspect singulier. Depuis les vendeurs ambulants jusqu'aux débardeurs des quais, en passant par les saute-ruisseau transportant lettres et paquets, tous les gens que regardait la jeune femme, aussi miséreux qu'ils paraissent, offraient malgré tout un aspect moins sale et moins désespéré que leurs homologues londoniens. Sapphire ne distinguait nulle part ces tas d'ordures qui croupissaient au bas des maisons de la capitale anglaise ni ne percevait dans l'air le fumet d'ordures si particulier à la City. Certes, ici comme là-bas, porcs et poulets erraient sur le pavé et la jeune femme aperçut même une vieille chèvre juchée sur une pile de tonneaux, mais les rues étaient relativement propres et la plupart des enfants qui se pourchassaient au milieu des balles et des caisses avaient des chaussures aux pieds.

En vérité, Sapphire ne s'était fait aucune idée préconçue de Boston, mais les conditions d'existence apparemment décentes du petit peuple de la ville étaient pour elle une heureuse surprise. Si elle avait trouvé Londres aussi enthousiasmante qu'affligeante, ce premier aperçu de la cité de Blake lui semblait pour le moins prometteur.

L'allure des bâtiments se modifia sensiblement une fois qu'ils se furent éloignés des quais et la jeune femme fut si fascinée par le spectacle qui se mit bientôt à défiler devant elle qu'elle repoussa carrément le rideau de sa vitre pour mieux voir les édifices. Ceux-ci étaient grands, beaux et nettement plus resplendissants que les maisons à colombages souillées de suie de la capitale anglaise. Leur architecture était également remarquable. Même si Sapphire ne s'était jamais considérée comme une esthète, Armand avait insisté pour qu'elle acquière tout un ensemble de connaissances qui, d'ordinaire, demeurent étrangères au beau sexe, et l'architecture était une des disciplines auxquelles il l'avait incitée à s'intéresser.

— Bonté divine, s'entendit-elle murmurer. Ces immeubles sont splendides !

Elle désigna la façade d'une banque qui se déployait en hauteur sur trois niveaux soutenus par des colonnes et des pilastres.

— C'est inspiré du style grec antique, n'est-ce pas ? demanda-t-elle.

Blake, qui jusqu'alors discutait affaires avec son secrétaire, s'interrompit soudain et se tourna vers Sapphire, visiblement étonné par sa culture.

— Oui, répondit-il, en effet.

— Et regarde-moi ça ! s'exclama-t-elle.

Sans réfléchir, elle se jucha à genoux sur la banquette.

— Qu'est-ce que c'est ? s'enquit-elle. Cette coupole dorée est d'une finesse exquise !

— C'est le Parlement de l'Etat, l'informa Blake en pinçant le pli de son pantalon avant de croiser les jambes.

— Néoclassique ? repartit-elle en tournant la tête vers lui.

— Oui, je suppose, dit-il en affichant de nouveau un air surpris. Son architecte est Charles Bullfinch. Il a dessiné beaucoup d'autres bâtiments ici, à Boston. C'est un homme fort intéressant. Il te plairait, je crois. Je pourrais d'ailleurs te le présenter. Il est très urbain.

Sapphire vit M. Givens interroger Blake du regard, comme s'il s'étonnait que son employeur puisse témoigner une telle familiarité à l'égard d'une simple domestique. La jeune femme brûlait d'éclairer sa lanterne, mais elle préféra lui épargner des tentatives d'explication qui n'auraient sans doute pas manqué d'amuser Blake. Elle était de toute façon résignée à accorder à ce dernier le gain de cette première manche. Cependant, sitôt qu'ils seraient parvenus chez lui et qu'elle se serait trouvé une tenue plus convenable, elle s'empresserait de notifier à M. Givens sa véritable identité.

— J'aimerais visiter certains de ces édifices, dit-elle à Blake. Armand possédait plusieurs carnets de dessin sur le néo-hellénisme en architecture et je dois admettre que leur consultation a fortement influencé mon jugement.

Elle marqua une pause, un demi-sourire aux lèvres.

— Peut-être est-ce également mon goût pour les tragédies qui me porte plus particulièrement vers ce style.

Givens haussa une nouvelle fois ses minces sourcils.

— Si tu aimes le néoclassicisme, reprit Blake, alors la maison va t'enchanter.

Il braqua un index dans la direction suivie par la voiture.

— Nous en approchons, du reste, poursuivit-il. Cette éminence que tu vois là-bas s'appelle Beacon Hill — la colline du Phare. Elle est bordée par le fleuve Charles et, si elle porte ce nom, c'est parce que, jusque dans les années 1780, un feu était allumé en permanence à son sommet pour avertir les navires croisant dans la baie de la proximité de la côte. Bullfinch et son équipe ont depuis arasé cette butte sur plus de dix-huit mètres de haut pour y construire les demeures que tu vois là-haut. Celles qui dominent toutes les autres forment le Louisburg Square et ont été achevées il y a quelques années à peine.

— Et ta maison fait partie de ce groupe ? s'enquit Sapphire, impressionnée malgré elle.

Il hocha la tête et détourna les yeux de la fenêtre.

— Elle a été dessinée par Alexander Parris. Il doit être aujourd'hui l'architecte le plus réputé de toute l'Amérique. Quand je lui ai demandé de me concevoir ce nid d'aigle, il était déjà au service de l'Etat fédéral et ne travaillait plus pour des particuliers depuis plusieurs années. Il a accepté d'honorer ma commande en souvenir de l'amitié qui le liait à mon père.

L'attelage montait maintenant le flanc de la colline et Sapphire se tordait le cou pour admirer les habitations des privilégiés de Louisburg Square.

— Laquelle est la tienne ?

— Celle en pierre grise, avec les baies jumelées qui dépassent du chéneau.

Il indiqua d'un geste du menton une magnifique résidence en granit à laquelle sa façade rustiquée donnait une apparence monumentale. Son fronton cintré comportait des décorations qui, selon la jeune femme, devaient être d'inspiration française. Malgré cela, elle ne jurait nullement avec les villas voisines qui, pour leur part, étaient de style fédéraliste.

— Elle s'appelle simplement la « Maison Thixton », continua Blake. Nous autres, Américains, n'avons pas l'inventivité des Anglais pour baptiser nos demeures.

La voiture parvint enfin devant la porte principale de l'imposant bâtiment à deux étages qui surplombait le panorama du port et de l'océan. Plusieurs domestiques accoururent aussitôt pour saisir les chevaux de trait par leur harnais.

— Ah, s'exclama Blake, nous voici arrivés !

Dès que l'attelage s'immobilisa, un jeune homme revêtu d'une somptueuse livrée vert bouteille apparut sur le perron de la résidence.

— Soyez le bienvenu chez vous, monsieur Thixton ! déclara-t-il.

— Merci, Billy, repartit Blake en descendant de la voiture.

M. Givens lui emboîta le pas, laissant Sapphire sortir seule de l'habitacle.

Ils passèrent entre les épais vantaux en cèdre de la porte que leur tenait un deuxième domestique habillé de la même livrée vert sombre.

— Soyez le bienvenu chez vous, monsieur Thixton.

Ce salut fut ensuite répété avec tout autant de déférence par une demi-douzaine d'autres serviteurs, avant que M. Givens ne quitte Blake et Sapphire dans l'énorme vestibule. Sitôt qu'ils se retrouvèrent seuls, la jeune femme détacha les yeux des fabuleuses marines à l'huile accrochées aux murs du hall d'entrée et braqua un regard glacial sur Blake.

— Très bien, énonça-t-elle d'une voix posée, tu t'es amusé

tout ton soûl, tu m'as humiliée devant ton secrétaire et tes domestiques. Maintenant, j'aimerais avoir des habits décents — et je souhaiterais qu'ils me soient apportés immédiatement.

— Tu as réclamé une tenue appropriée à ton rang, lui rappela-t-il, et tu l'as eue. Si elle ne te satisfait pas, à toi de me préciser ce que tu es au juste : une simple fille du peuple désireuse d'améliorer son sort et souhaitant pour cela s'élever au-dessus de sa condition… ou ma maîtresse ?

Il souligna sa question d'un haussement de sourcils.

Il fallut un moment à Sapphire pour saisir toute la portée de ses propos. Entre-temps, un bruit de pas accompagné d'un cliquetis métallique avait commencé à résonner dans l'un des longs couloirs menant au vestibule et s'avançait inexorablement vers le couple.

La jeune femme releva le menton pour croiser le regard de Blake, dont l'expression fermée l'ulcéra.

— Allons, décide-toi, lui conseilla-t-il à voix basse. La personne que tu entends approcher est ma gouvernante. Elle s'appelle Mme Dedrick et elle est très à cheval sur les bienséances. Or, je doute qu'elle puisse tolérer qu'une bonne s'attarde dans le hall d'entrée pour parler avec le maître des lieux.

Il marqua une pause.

— Quand bien même ce serait une bonne que j'aurais ramenée de ma nouvelle résidence londonienne, ajouta-t-il.

Sapphire sentit le sang refluer de son visage et demeura un moment interdite. Comment se permettait-il de lui parler ainsi après tout ce qu'ils avaient partagé ? s'indigna-t-elle au fond d'elle-même. Comment osait-il lui tenir un pareil langage ?

— Je ne suis pas ta maîtresse.

— Si tu l'étais, tu dormirais dans une élégante chambre du deuxième étage, l'informa-t-il tout en lui désignant le large escalier qui déployait devant eux ses volutes de marbre. Tu serais habillée à la dernière mode, tu m'accompagnerais aux dîners, aux réceptions et aux bals auxquels je suis régulièrement tenu d'assister et tu organiserais en retour les soirées que je donnerais ici même — et dont tu serais la reine.

Elle se tint coite.

— Mes domestiques, en revanche, dorment sous le toit, à plusieurs par dortoir, crut-il bon de lui préciser. Je ne suis que rarement monté là-haut, mais je me souviens que les pièces en question ne disposent que de fenêtres fort exiguës. J'imagine donc qu'il doit y faire un peu chaud à cette époque de l'année. Et puis, bien sûr, tu sais déjà quelle tenue portent mes bonnes.

Il s'interrompit pour détailler d'un air dédaigneux ses vêtements râpés et informes.

— Je te laisse du temps pour réfléchir à tout cela, dit-il avant de reporter ses regards vers le corridor où les pas s'étaient faits plus sonores. Mais ne tarde quand même pas trop à prendre ta décision.

— Je ne suis pas ta maîtresse, répéta-t-elle entre ses dents serrées.

— A ta guise, répliqua-t-il avant de se tourner vers le couloir.

— Soyez le bienvenu chez vous, monsieur Thixton, le salua la petite femme mince en robe grise qui les rejoignit dans le vestibule.

Elle portait une ceinture en cuir à laquelle pendait un trousseau de clés, celui-ci étant à l'origine du cliquetis qu'avait perçu Sapphire.

— Tiens ! s'exclama-t-elle en considérant la jeune femme d'un œil méprisant. Qu'avons-nous donc là ?

— C'est Sapphire, expliqua Blake. J'ai hérité de plusieurs maisons à Londres et… j'ai trouvé cette pauvre orpheline dans la rue. L'estimant capable de devenir une domestique acceptable — moyennant formation, bien entendu —, j'ai décidé de la ramener avec moi. Je suis désolé de ne pas vous avoir demandé votre avis à son sujet, mais c'était… un cas urgent. Si vous n'avez pas de travail à lui confier en cuisine ou ailleurs…

Il n'acheva pas sa phrase, ses derniers mots demeurant en suspens dans l'atmosphère lourde de tensions.

— Ce n'est pas le labeur qui manque, décréta l'intraitable cerbère. Allons, ma fille, suis-moi. Je suis certaine que le maître souhaite se reposer et ne pas être importuné par tes semblables.

Sapphire se tourna vers Blake, mais celui-ci s'éloignait déjà vers l'escalier.

— Je serai dans mon bureau, madame Dedrick, lança-t-il à la gouvernante. Pourriez-vous me faire monter un peu de café et peut-être aussi quelques sucreries — deux ou trois roulés à la cannelle de Mme Porter, par exemple ?

Sapphire en eut aussitôt l'eau à la bouche. Elle n'avait avalé qu'une demi-tasse de café depuis son réveil, et son estomac criait famine.

— Naturellement, monsieur Thixton, repartit Mme Dedrick. Mme Porter en a justement préparé toute une fournée en prévision de votre retour. Ils vous seront servis bien tièdes, comme vous les aimez.

Blake posa une main sur le bois ciré de la rampe en acajou sculpté de l'escalier et se mit à en grimper les marches d'un pas alerte.

— Excellent ! déclara-t-il.

— Et qu'est-ce que tu regardes comme ça, ma petite ? demanda la gouvernante à Sapphire.

Celle-ci détacha ses yeux de Blake, ne comprenant pas pourquoi cette femme s'adressait ainsi à elle. Perdue, elle ne put que balbutier des paroles incohérentes.

— Je… je…

— Mieux vaut encore que tu fermes ton clapet, ma fille, la coupa Mme Dedrick. Désormais, tu t'appelleras Molly. Sapphire n'est pas un nom qui convient aux petites bonniches. Suis-moi, Molly.

Pivotant sur elle-même, la gouvernante repartit en direction du couloir par lequel elle était venue, ne laissant d'autre choix à Sapphire que de lui emboîter le pas.

Alors que celle-ci traversait la cage d'escalier, elle releva la tête et avisa Blake sur le palier du premier étage. Celui-ci la contemplait avec un sourire narquois aux lèvres.

Elle détourna les yeux et courut après Mme Dedrick, préférant encore balayer les cendres des cheminées et nettoyer la vaisselle que se plier aux caprices du maître des lieux.

Plus tard dans la soirée, Sapphire se retrouva étendue sur une étroite paillasse dans le dortoir des bonnes, n'ayant sur elle qu'une chemise de nuit à l'étoffe amincie par l'usage que lui avait prêtée une fille de l'office qui se prénommait Myra et qui avait eu pitié d'elle.

Comme Blake l'en avait avertie, une chaleur étouffante régnait dans la soupente et, bien qu'épuisée par la longue et éprouvante journée qu'elle venait de vivre, la jeune femme ne parvenait à trouver le sommeil. Elle était trop bouleversée pour dormir, trop en colère contre Blake et contre elle-même.

Elle se reprochait amèrement d'avoir pu accorder ses faveurs au négociant. Elle aurait plutôt dû plonger nue dans les eaux du port de Londres, songea-t-elle, car le scandale qui se serait ensuivi aurait été encore préférable au spectacle du rictus satisfait que Blake avait affiché quand Mme Dedrick l'avait conduite en cuisine pour commencer à lui apprendre les devoirs inhérents à sa « nouvelle condition ».

Le jour durant, elle avait espéré sa visite. Elle se l'était imaginé, débarquant dans la cuisine pour lui arracher des mains balai et serpillière et l'emmenant dans une des chambres pour dames de l'étage où elle aurait pu prendre un bain et revêtir une légère robe d'été avant de le rejoindre dans la magnifique véranda qui dominait la baie. Mais il n'était pas venu et, à mesure que les heures s'écoulaient, ses mains avaient rougi, son dos s'était mis à la lancer et sa résolution de ne pas lui céder s'était raffermie.

De toute façon, sa décision était arrêtée : dès demain, elle lui annoncerait qu'elle rentrait à Londres. Il lui avait promis de la renvoyer dans ses foyers et elle comptait bien le prendre au mot.

Certes, elle désirait toujours visiter Boston et pouvoir contempler ses splendides bâtiments de plus près. Elle aurait aimé aussi faire la connaissance de M. Bullfinch, cet architecte auquel elle vouait déjà une profonde admiration. Seulement, il ne lui serait désormais loisible de le rencontrer que si elle était promue du poste de souillon à celui, à peine plus enviable, de soubrette et était chargée d'aller ouvrir aux visiteurs. Et encore Mme Dedrick lui interdirait-elle certainement, en ce cas, de s'adresser de son propre chef aux visiteurs !

A cette pensée, la jeune femme sentit sa gorge se serrer. Elle ne se permit toutefois aucune larme : pleurer aurait été trop facile et n'aurait strictement rien arrangé.

Elle roula donc sur le flanc, récita ses prières et ferma les yeux en appelant le sommeil de toute la force de sa volonté.

— Manford ! s'exclama Blake en se levant de son bureau où il était en train de lire pour venir tendre la main à l'une des rares personnes qu'il pouvait compter au nombre de ses amis.

— Blake, repartit l'homme grand et mince en prenant sa main entre les siennes. Ou devrais-je t'appeler plutôt lord Wessex ?

Blake se rembrunit et se recula, gêné comme toujours par les démonstrations d'affection de Manford.

Ils s'étaient connus tous deux à Harvard, où Manford était alors enseignant. Sa famille, établie à Baltimore, était également dans le commerce maritime. Après avoir épousé une Bostonienne du meilleur monde, il avait d'abord habité la ville pendant un temps avant de retourner à Baltimore reprendre la direction de l'entreprise familiale. Puis, à la mort de son père, il avait décidé de revenir vivre à Boston et d'y installer la direction de ses affaires.

— Que dirais-tu d'un brandy ? lui proposa Blake.

Manford s'esclaffa.

— M'as-tu jamais vu refuser un bon brandy ? répliqua-t-il. Ou même un mauvais brandy ?

Ayant dénoué sa cravate, il la retira et la jeta sur le dossier du fauteuil tapissé de brocart dans lequel lisait Blake avant son arrivée.

— Désolé de n'avoir pu venir plus tôt, reprit-il, mais Elizabeth s'était encore engagée à assister avec Clarice et moi à un de ces assommants bals de charité qu'elle a la manie de nous imposer à tous trois comme une sorte de pénitence.

Il leva les yeux au ciel.

— A propos, poursuivit-il, je te signale que ma petite fille a eu, comme d'habitude, beaucoup de succès et que plusieurs jeunes gens issus des familles les plus respectables de la région lui ont déjà demandé sa main.

Il accepta le verre en cristal taillé que lui offrait Blake.

— Mais rassure-toi, ajouta-t-il, elle les a tous éconduits. Elle prétend préférer rester célibataire plutôt que se marier avec un autre que toi. Elle en pince drôlement pour toi, mon gars !

Blake dissimula son embarras en levant son verre.

— Aux vieux amis, dit-il en guise de toast.

— Ouais, Dieu sait qu'on ne rajeunit pas, acquiesça Manford en effleurant des doigts ses tempes grisonnantes avant d'imiter Blake et de goûter le brandy. Sortons sous la véranda, veux-tu ? Fait chaud comme en enfer, ici !

Blake alla se reverser un soupçon d'alcool, prenant tout son temps avant de franchir à son tour la porte-fenêtre qui donnait sous la véranda.

Le seul avantage qu'il ait jamais reconnu à son interminable séjour à Londres était l'opportunité qui lui avait été ainsi donnée de s'éloigner pendant plusieurs bonnes semaines de Mlle Clarice Lawrence, la fille de Manford. Quoique de dix ans sa cadette, cette dernière s'était mis en tête qu'elle était éperdument amoureuse de lui et, malgré tous ses efforts pour se soustraire à ses assiduités, il lui était de plus en plus souvent arrivé de lui servir de cavalier dans les raouts de la haute société locale. Au début, il avait simplement voulu rendre service à Manford en escortant sa précieuse progéniture à tel bal ou tel vernissage, mais peu avant qu'il n'embarque pour l'Angleterre, le bruit courait déjà dans la moitié de la ville que des fiançailles étaient envisagées entre Clarice Lawrence et l'une des relations d'affaires de son père, qui se trouvait aussi être son meilleur ami — à savoir lui-même, Blake Thixton.

Clarice était une blonde élancée qui avait les traits fins et réguliers d'un marbre antique. Elle avait tout à la fois l'allure, l'éducation et la distinction du genre de femme que Blake savait devoir épouser un jour. Le problème, c'était quand la chère enfant ouvrait la bouche. Sa vraie nature se révélait alors, mélange de puérilité, d'étroitesse d'esprit, d'irascibilité et de prosaïsme affligeant.

En bref, Clarice était une raseuse.

Alors qu'il rejoignait son père sous la véranda, Blake se prit à songer, non sans étonnement, que Sapphire ne devait guère être plus âgée que Clarice.

Il chassa aussitôt cette pensée de son esprit, la jugeant totalement incongrue.

— Bon, fit-il en allant s'accouder à la balustrade de pierre, près de Manford, qui admirait le panorama de la baie. M. Givens m'a transmis toutes les informations relatives au commerce maritime à Boston, mais j'attends de toi les vraies nouvelles.

Dans un geste d'affection inhabituel de sa part, il assena une claque dans le dos de son ami.

— Allez, mon vieux, raconte-moi tout.

Manford gloussa et se remit à siroter son brandy.

— Content de te retrouver, Blake.

Celui-ci expira et, s'efforçant d'oublier que Sapphire partageait son toit en cet instant même, accorda toute son attention à son ami.

— Content d'être de retour, répliqua-t-il.

20

Sapphire comprit rapidement que son travail consisterait à effectuer toutes les tâches qui n'auraient pas été attribuées aux autres domestiques ou que ceux-ci se seraient bien gardés d'accomplir eux-mêmes — en d'autres termes, qu'il lui serait assigné les corvées les plus dures de la maisonnée.

La matinée de son second jour à Boston n'avait pas fini de s'écouler qu'elle avait ainsi lavé, séché et rangé un plein évier de vaisselle sale, récuré le sol de la cuisine, frotté les marches du perron, astiqué six chandeliers en argent ainsi que la poignée et le heurtoir de la porte d'entrée et transporté les restes du repas et les détritus de la cuisine sur le tas de compost, derrière l'abri de jardin. Or, voilà maintenant que, sans même lui laisser le temps de souffler un peu, la lingère lui ordonnait d'aller chercher draps et couvertures dans les quatre chambres du premier et de récupérer au passage les serviettes utilisées par M. Thixton dans sa salle de bains personnelle !

La première erreur de la jeune femme fut de vouloir emprunter l'escalier d'honneur pour monter à l'étage. Elle n'avait pas franchi la première volée de marches que Mme Dedrick surgissait comme par magie dans le vestibule et, la rabrouant vertement, la sommait de se contenter à l'avenir des espaces affectés au service pour ses allées et venues à l'intérieur du bâtiment. Elle rebroussa donc chemin et, se rendant à l'arrière de l'office, emprunta l'étroit escalier réservé au personnel de maison, en portant sous le bras le grand panier d'osier que lui avait confié la lingère.

Sa seconde erreur fut de se permettre de rêvasser pendant le trajet.

Une salle de bains ? se répéta-t-elle. Blake avait besoin de toute une *salle* pour prendre ses bains ?

Elle avait découvert que ce dernier était encore plus riche qu'elle ne l'avait supposé et que son existence en Amérique se déroulait dans un faste dont, jusqu'alors, elle ignorait elle-même l'existence. Armand, son beau-père, qui possédait maints serviteurs et esclaves, était certes un homme fortuné, mais l'aisance financière de Blake était sans commune mesure avec celle du planteur. Et si le Tout-Londres avait été impressionné par les propriétés et les titres que le nouveau lord Wessex avait reçus de feu son grand-cousin, nul n'avait eu la moindre idée du luxe dans lequel il vivait en son propre pays.

Sa résidence, juchée sur une hauteur qui offrait un point de vue incomparable sur la baie de Boston, avait beau ne pas être entièrement meublée, ainsi qu'il en avait d'ailleurs averti la jeune femme, les pièces dont il avait eu le loisir de s'occuper jusqu'à présent étaient tout simplement somptueuses et témoignaient d'un goût remarquable.

Ce qui frappait au premier abord, quand on passait de l'une à l'autre, c'était le mélange de l'ancien et du nouveau. Blake avait notamment choisi le style Louis XIV pour le salon du rez-de-chaussée — qui s'appelait ici un séjour — alors que, pour un de ses cabinets de travail, il avait préféré des éléments en merisier, aux lignes simples et élégantes. De plus, chaque lieu de la maison offrait un aspect cohérent, depuis les tissus des fauteuils jusqu'aux tableaux accrochés aux murs, si bien que le visiteur avait l'impression, en changeant d'endroit, de changer aussi d'univers : par exemple en quittant la petite salle à manger, à laquelle son tapis d'Orient et sa collection de porcelaines en vitrine donnaient une atmosphère résolument asiatique, pour se rendre dans la grande salle à manger, où trônait une vaste table du XVIIIe siècle français.

Blake n'avait pas plus regardé à la dépense pour la décoration du bâtiment que pour sa construction. Ainsi, alors qu'Armand ne disposait que de deux tapis en tout et pour tout, ce qui était déjà une innovation en soi, Blake, lui, en avait-il installé deux *par pièce*, certains importés de Chine, d'autres de Turquie et tous d'une splendeur inégalable. Par ailleurs, il n'était pas une des peintures suspendues à chaque mur qui ne soit authentique ou signée d'un grand maître. Sapphire reconnut ainsi des Watteau et des Raphaël, mais il y avait là aussi des œuvres d'artistes américains. Enfin, on trouvait partout dans la résidence des sculptures, de la verrerie et des céramiques qui provenaient pratiquement du monde entier.

Tout en grimpant l'escalier de service avec son encombrant panier à linge sale, la jeune femme ne pouvait s'empêcher de se demander en quoi consistait au juste la « salle de bains » du maître des lieux et ce qui avait pu le pousser à ériger une aussi dispendieuse demeure.

Elle ignorait cependant si elle aurait jamais la possibilité de lui poser ces questions. En effet, depuis le moment où ils s'étaient séparés, la veille au matin, Blake n'avait plus daigné lui donner signe de vie. D'après les renseignements que lui avait transmis Myra et que cette dernière tenait de son petit ami travaillant à l'écurie, M. Thixton était parti tôt ce jour-là pour ses bureaux sur les chantiers navals. Sapphire l'y aurait bien rejoint si elle n'avait craint que son absence soit remarquée. Non qu'elle redoute les remontrances de la sourcilleuse Mme Dedrick, mais elle préférait éviter d'être obligée d'éventer elle-même la mise en scène que lui avait imposée Blake. Ce dernier, estimait-elle, était le seul responsable de cette comédie, c'était donc à lui d'en expliquer la raison à son personnel. D'ici là, elle comptait bien accomplir les devoirs de sa charge malgré les cals que lui donnait aux mains ce labeur auquel elle n'était pas habituée et les ampoules qu'occasionnaient à ses pieds les chaussures grossières et mal adaptées que Blake lui avait attribuées d'autorité avec son costume.

La première chambre dans laquelle elle pénétra à l'étage n'avait manifestement pas été utilisée depuis longtemps, mais elle n'en dépouilla pas moins le lit de ses draps et de ses couvertures, ainsi qu'on le lui avait commandé. Ce ne fut qu'après avoir franchi le seuil de la deuxième chambre qu'elle se rendit compte qu'il s'agissait de celle de Blake : non seulement elle ressemblait à ce dernier, avec ses boiseries sombres et les lourds rideaux de brocart vert bouteille qui pendaient aux fenêtres ainsi qu'au ciel du lit, mais surtout elle était imprégnée de son odeur.

Laissant le panier en osier dans le couloir, la jeune femme se dirigea vers la couche du maître de céans. Au lieu d'en ôter la literie, cependant, elle se pencha sur un des oreillers et inspira profondément les senteurs qui s'en dégageaient. Ces fragrances, naguère encore si familières, affolèrent son cœur et réveillèrent ses souvenirs. Elle se rappelait le contact du corps de Blake contre le sien quand, après l'amour, elle demeurait allongée près de lui sur l'étroite couchette de la cabine du bateau. Elle se souvenait aussi, avec une intensité presque douloureuse, de la tiédeur de sa paume sur sa cuisse quand elle s'endormait, comblée, au creux de sa chaleur…

Etouffant un juron, elle se redressa d'un coup et, secouant violemment la tête, entreprit de dépouiller le lit de ses draps et de ses couvertures.

— Je ne sais pas pour qui tu te prends, Blake Thixton, mais si tu crois que je vais plier le genou devant toi, tu te mets le doigt dans l'œil jusqu'aux orteils ! grommela-t-elle tout en se dirigeant vers le couloir, la literie serrée en boule entre ses bras. Tu peux toujours me forcer à vider le seau à ordures de la cuisine, à laver tes draps et à polir ton argenterie, je ne suis pas près de…

Elle se tut soudain en entendant la voix de Blake dans le corridor et se figea sur place.

— Accordez-moi juste une demi-heure, Givens, et je vous retrouve à mon bureau du rez-de-chaussée, déclarait-il à son homme de confiance.

La jeune femme sentit son cœur manquer un battement. Cette rencontre inopinée la prenait de court : elle n'avait pas encore préparé son discours !

— Ah, désolé, fit Blake en avisant une de ses domestiques dans sa chambre.

Il se recula.

— Je vous laisse terminer, dit-il avec une courtoisie indifférente qui fit mal à la jeune femme.

— Non, je vous en prie, répondit-elle en jetant draps et couvertures dans le panier. Entrez donc, milord. J'en ai presque fini ici.

Reconnaissant sa voix, Blake leva aussitôt les yeux et parut aussi surpris qu'elle de la croiser en ce lieu.

— Sapphire ?

Elle laissa retomber ses bras et se contenta de le fixer sans rien dire.

Il remarqua alors le panier en osier et son contenu.

— Mais que fais-tu donc ici ? s'enquit-il.

Elle se sentit soudain très vulnérable. Pendant plus de deux semaines, elle n'avait pratiquement jamais quitté Blake et elle prenait subitement conscience que le brusque éloignement, tant physique que moral, qui avait suivi leur débarquement à Boston lui pesait beaucoup plus qu'elle n'aurait été prête à l'admettre. Ce n'était pas uniquement les caresses de son amant ni même l'effet qu'il avait sur elle qui lui manquaient, mais le simple son de sa voix, sa seule présence. Leurs conversations, aussi, leurs rires.

— Ce que je fais ici ? répéta-t-elle avec une ironie amère. Mais la tâche que vous avez vous-même décrétée comme étant la plus conforme à mon rang, monsieur Thixton : le ménage, bien sûr !

La saisissant par le bras, il la repoussa dans la chambre et referma la porte derrière lui.

— Pourquoi t'obstiner, Sapphire ? lui demanda-t-il sur un ton presque peiné. Pourquoi ne pas avouer tout bonnement la vérité et reconnaître que, si tu n'as cessé de me harceler, c'était uniquement pour mon argent et pour mon titre ? Il n'y a pourtant là rien de compliqué ni même, je te le répète, d'inavouable à mes yeux. Tu veux quelque chose de moi…

Il se toucha la poitrine.

— Et moi, je veux quelque chose de toi. C'est un accord commercial, de gré à gré — voilà tout.

Elle secoua la tête.

— Non, répliqua-t-elle, ce n'est pas tout. Si je t'ai harcelé, comme tu dis, c'est parce que tu es l'héritier de mon père et qu'il n'y a qu'auprès de toi que je peux espérer obtenir gain de cause.

A ces mots, son visage se durcit.

— Si ta requête était légitime, pourquoi ne t'es-tu pas tournée vers les tribunaux ?

— Parce que je n'ai d'autres preuves de ce que j'avance que ma propre conviction et les lettres écrites par mon père à ma mère…

— Dont, si je comprends bien, aucune ne permet d'établir avec certitude qu'ils se sont bel et bien mariés.

Elle soupira.

— En effet, convint-elle, mais…

— Enfin, voyons, Sapphire, c'est absurde ! s'exclama-t-il en renonçant soudain à sa froideur. Regarde-toi donc !

Il tira sur l'ourlet de son tablier qu'elle avait taché un peu plus tôt en allant vider les détritus de la cuisine sur le tas de compost.

— Ce déguisement est indigne de toi ! Tu devrais, au contraire, porter les toilettes les plus luxueuses qui se puissent offrir. Que *je* puisse t'offrir. Tu devrais être assise en ce moment même sur ce balcon, poursuivit-il en désignant les vantaux de la porte-fenêtre à l'autre bout de la pièce, en train de siroter de la limonade tout en choisissant le carrelage à poser sur le sol de la salle de bal pour l'arrivée de notre client italien à l'automne prochain !

Il serra les poings, le visage empourpré par la colère.

— Alors dis-le-moi, bon sang ! Dis-moi qui tu es exactement et ce que tu veux !

Sapphire ne fut nullement intimidée par cette sortie et, lorsqu'elle prit la parole, ce fut en laissant s'exprimer à travers son propos le courroux glacial de la vertu offensée.

— Ce que je suis et ce que je veux, je te l'ai déjà dit et répété.

Voilà la vérité. A toi maintenant d'admettre qu'il existe dans le monde une femme qui ne cède pas à tes moindres caprices, Blake Thixton, et que cette femme, c'est moi. Parce que j'aimerais encore mieux mourir que mentir et faillir ainsi à la mission sacrée que ma mère m'a confiée d'outre-tombe.

Saisi par la fermeté de sa réplique, Blake détourna les yeux et se gratta furieusement le menton avant de la fusiller de nouveau du regard. Il était si proche d'elle que la jeune femme pouvait sentir le parfum de son eau de toilette et distinguer les infimes rides de contrariété qui se creusaient de part et d'autre de sa bouche.

— Ah, tu es bien l'être le plus entêté, le plus…

Il s'interrompit brusquement pour lui empoigner les épaules et, la pressant contre lui, lui administrer un baiser sauvage. Sapphire leva aussitôt les mains pour le repousser et garda les lèvres serrées pour ne pas céder, une fois de plus, à la fureur de son désir. Mais que pouvait-elle contre l'odeur de sa peau et le contact de ses bras autour d'elle ? Pas grand-chose, hélas. Elle ne le savait que trop bien pour en avoir été maintes et maintes fois la victime.

Réprimant un sanglot, elle le prit finalement par la nuque et répondit avec fièvre à son baiser.

— Je te déteste, murmura-t-elle contre ses lèvres, contre ses dents. Je te déteste !

Tout se passa ensuite très vite.

Blake agrippa le devant de son tablier et manqua en déchirer la bride en la faisant passer par-dessus sa tête. Puis il sortit les pans de sa blouse de la ceinture de sa jupe grise et la déboutonna prestement. De son côté, elle tira sur sa chemise repassée de frais jusqu'à ce qu'elle puisse glisser la main sous l'étoffe et caresser ses puissants pectoraux.

Blake laissa échapper une plainte lorsqu'elle se mit à agacer l'un de ses mamelons du pouce : elle voulait le tourmenter à son tour, lui infliger cette torture délicieuse à laquelle il l'avait si souvent soumise elle-même.

Blake quitta ses lèvres pour sa joue et se mit à lui mordiller le lobe de l'oreille avant de lui embrasser le cou. Mais il eut tôt fait d'abréger ces manœuvres d'approche et la dévêtit promptement de sa blouse et de sa jupe. L'agrippant par la taille, il la fit ensuite tomber à la renverse sur le lit sans cesser de l'embrasser avec passion. Ses doigts se posèrent sur les seins de la jeune femme que protégeait encore sa longue chemise, bientôt rejoints par sa bouche et sa langue. Même à travers l'étoffe du sous-vêtement, Sapphire pouvait sentir la caresse brûlante de son souffle sur ses tétons érigés.

— La porte, énonça-t-elle dans un hoquet tout en se tortillant sous son poids. Blake, je t'en prie…

— Ne t'inquiète pas, rétorqua-t-il d'une voix tout aussi pantelante. Maintenant qu'elle est fermée, nul n'osera venir nous déranger, pas même le diable en personne.

Le désir qu'elle avait pour lui… Non, se corrigea-t-elle aussitôt, c'était plus que du désir : son *besoin* de lui… était tout simplement trop grand. Elle ne pouvait plus longtemps nier cette singulière attirance physique qui l'aimantait à Blake. Cette pulsion dévastatrice anéantissait en elle toute pensée logique. Elle avait presque l'impression de sentir sa raison la quitter, telle une fumée chassée par la brise tiède qui jouait avec les voilages de la porte-fenêtre ouverte sous la véranda.

Insérant une main entre leurs ventres joints, elle palpa la preuve de l'excitation de son amant. Etouffant un soupir, ce dernier entreprit aussitôt de se débarrasser de son pantalon. Elle en profita pour remonter sa chemise autour de sa taille. Comme ce dessous la dispensait de porter une culotte, plus rien ne la séparait désormais de Blake, ni habit ni refus.

Celui-ci la posséda sans préambule, lui arrachant un cri exprimant aussi bien la douleur et la joie que d'autres émotions encore qu'elle ne pouvait ni ne souhaitait identifier. Elle avait bien un peu honte d'elle-même et de la facilité avec laquelle elle lui cédait encore, mais cette ombre de remords ne tarda pas être submergée par la montée du plaisir.

Blake étouffa ses gémissements sous des baisers jusqu'à ce qu'ils se transforment en soupirs de volupté.

— Oh, Blake, sanglota-t-elle en enfonçant ses ongles dans son dos.

Il la prit avec rudesse, sans la moindre tendresse. Accrochée à lui, les jambes nouées autour de ses hanches, elle se soulevait en cadence du matelas pour accompagner ses coups de boutoir.

Enfin, tout son corps se raidit et elle connut la délivrance. Un instant plus tard, Blake s'effondrait à côté d'elle sur le grand lit.

Pendant un moment, Sapphire demeura étendue sur le dos en silence, sans bouger, les yeux fixés sur le plafond à caissons. Elle peinait à retrouver son souffle, et ses pensées semblaient fuser dans mille directions à la fois. Etait-elle donc folle ? s'interrogea-t-elle. S'il tenait tant que ça à ce qu'elle lui déclare qu'elle était une captatrice d'héritage et que cet aveu était son viatique pour échapper à la condition servile dans laquelle il l'avait reléguée, pourquoi ne lui faisait-elle pas ce plaisir ?

Parce qu'elle ne pouvait mentir, voilà pourquoi, se répondit-elle à elle-même. Et puis à quoi cette trahison de la vérité lui aurait-elle servi au bout du compte ? Certes, elle ne serait plus sa bonne et elle ne doutait pas qu'ils puissent jouir dès lors d'une cohabitation complice pendant des semaines, des mois, voire des années. Cependant qu'avait-il à lui offrir en retour ? La sollicitude d'un amant pour sa maîtresse. En d'autres termes, par les soins mêmes dont il l'entourerait, il lui prouverait qu'il ne l'aimait pas. Or, elle était assez lucide pour avoir compris depuis longtemps les messages insistants de son corps et ceux, plus subtils mais non moins pressants, de son cœur : ce qu'elle voulait, elle, ce n'était pas simplement devenir sa maîtresse. Ce qu'elle voulait, c'était justement ce qu'il lui refusait et lui refuserait peut-être toujours.

Ce qu'elle voulait, c'était son amour.

Elle se redressa pour récupérer sa blouse. Blake roula sur le flanc et lui saisit le bras.

— Où vas-tu ? lui murmura-t-il.

Elle s'écarta de lui.

— Descendre ces draps et ces couvertures à la buanderie où la lingère va me passer un savon.

— Pourquoi t'entêter ainsi, Sapphire ? lui demanda-t-il tout en se levant à son tour pour remettre son pantalon. Tu n'es pas obligée de faire ça.

— Je le fais pourtant, répliqua-t-elle tout en renfilant l'ignoble blouse de son costume et en ramassant sa jupe. Et je continuerai à le faire tant que tu n'auras pas pris les dispositions nécessaires pour me ramener à Londres.

Le pantalon ouvert, il entreprit de boutonner sa chemise. Comme il ne parvenait pas à aligner les boutons en face de leur boutonnière, il émit un grondement rageur et arracha le vêtement.

— Cette maudite chemise était froissée de toute façon, grommela-t-il.

Sapphire remonta sa jupe jusqu'à sa taille, puis commença à rentrer les pans de la blouse dans sa ceinture.

Blake marcha jusqu'à une commode qui se trouvait à l'autre bout de la pièce, ouvrit un de ses tiroirs et en retira une chemise amidonnée, identique à celle qu'il venait de jeter par terre.

— Tu m'avais promis que je pourrais rentrer chez moi si je ne me plaisais pas ici, lui rappela-t-elle. Eh bien, voilà, je ne me plais pas ici.

— Evidemment que tu ne te plais pas ici ! s'exclama-t-il avec colère. Comment le pourrais-tu ? Jamais je n'ai eu dans l'idée de te charger de mes lessives, Sapphire ! Tu étais censée être...

— ... ta putain, acheva-t-elle, les larmes aux yeux.

— Non, ce n'est pas du tout le mot que j'avais en tête. Et ce n'est pas non plus ce que je veux.

Elle se retourna vers lui et le toisa avec animosité, refusant de verser les larmes qui menaçaient de dévaler le long de ses joues.

— Si, c'est exactement ce que tu veux. Ni plus ni moins. Tu n'as qu'une seule envie : que je sois ta putain, lui jeta-t-elle au visage. Tu désires que je te distraie de ton travail et que, de temps en temps, je joue les potiches et me montre aussi décorative que les autres œuvres d'art qui encombrent cette maison et que tu chéris tant ! Mais jamais tu ne m'aimeras. Jamais… Jamais tu n'accepteras de m'épouser !

— T'épouser ? répéta-t-il d'une voix étonnamment douce. D'où sors-tu cette idée ?

Horrifiée par les paroles qui venaient de lui échapper, la jeune femme pivota aussitôt sur elle-même et courut vers la porte qu'elle ouvrit avant de ramasser son panier et de fuir dans le couloir.

— Sapphire !, la héla Blake depuis le seuil de la chambre en se retenant de crier.

Elle l'ignora et dépassa les marches menant au grand hall pour rejoindre l'escalier de service.

— Reviens, bon sang !

Sapphire l'entendit s'élancer après elle dans le corridor, puis s'arrêter brusquement, comme s'il avait changé d'avis.

— A ta guise ! lui cria-t-il. Continue donc à laver du linge et à polir de l'argenterie, et on verra si, dans quelques jours, tu ne seras pas revenue à la raison !

Quand elle s'engagea enfin sur les marches descendant à l'office, Blake était rentré dans sa chambre.

Son lourd panier de linge dans les bras, Sapphire s'adossa contre la paroi de l'étroite cage d'escalier et refoula les sanglots qui lui comprimaient la poitrine. Pourquoi donc avait-elle exprimé aussi ouvertement ses sentiments ? se reprocha-t-elle. Pourquoi avait-elle ainsi mis son cœur à nu devant Blake ? Ne se doutait-elle pas qu'il le piétinerait aussitôt ?

L'amour ? se dit-elle avec ironie. Il n'en avait jamais été question entre eux ! Pas une seule fois Blake n'avait laissé entendre qu'il puisse éprouver à son endroit une émotion s'en approchant un tant soit peu… Et, du reste, elle-même ne l'aimait pas. Non, elle *ne* l'aimait *pas* !

Après une minute ou deux, ayant recouvré un semblant de sang-froid, Sapphire renifla, s'essuya les yeux et repartit vers l'office. Blake lui avait juré qu'il la renverrait à Londres, pensa-t-elle, et elle avait la plus ferme intention de lui rappeler sa parole.

Quand elle le reverrait, néanmoins, elle se méfierait plus de sa propre vulnérabilité. Il était exclu qu'elle subisse de nouveau l'ascendant de son amant et qu'elle succombe encore et toujours à l'élan charnel qui la soumettait à ses appétits.

La prochaine fois, oui, la prochaine fois elle aurait la maîtrise de la situation. Et elle la garderait.

Sapphire ne revit plus Blake pendant plusieurs jours.

Elle en profita pour écrire une lettre aux termes soigneusement étudiés à tante Lucia et à Angélique ainsi qu'une autre à Armand. Elle alla ensuite chiper quelques *cents* dans le bureau de Blake et demanda à un des garçons d'écurie de lui poster son courrier.

Dans ce dernier, elle s'abstenait d'évoquer la nature exacte de ses rapports avec son hôte, mais laissait entendre que son séjour en Amérique tournait à la grande aventure. Elle promit à ses parents de leur récrire d'ici peu et leur demanda de ne surtout pas s'inquiéter pour elle, leur certifiant qu'elle aurait des histoires fabuleuses à leur raconter quand ils se retrouveraient.

Entre-temps, Mme Dedrick la tenait constamment occupée avec des corvées sans nombre.

Sapphire ne pensait pas avoir jamais manifesté le moindre mépris à l'égard des domestiques affectés à son service ou à ceux de ses proches, que ce soit en Martinique ou à Londres. Elle avait toujours veillé à leur parler avec courtoisie, à ne pas trop exiger d'eux et, plus généralement, à ne pas les considérer comme des bêtes de somme infatigables, censées pourvoir à son hygiène et à son confort en tout lieu et à toute heure. Or, elle se rendait maintenant compte que, jusqu'alors, elle n'avait pas réellement compris leur rôle et qu'une bonne ou un valet n'accomplissaient pas seulement un labeur beaucoup plus pénible qu'elle n'aurait pu l'imaginer, si bien traités soient-ils, mais qu'aussi et surtout ils avaient un accès quasi permanent et illimité à l'intimité de ceux qui les gageaient.

Myra, l'amie qu'elle s'était faite parmi les gens de Blake et qui travaillait depuis un peu plus d'un an à la Maison Thixton, en était la preuve, puisqu'elle n'avait pas tardé à tout lui raconter sur ses anciens employeurs, les Sheraton.

Mme Sheraton, lui apprit-elle ainsi, avait pour amant le cousin de son mari qui, de son côté, entretenait une liaison avec l'épouse de son associé, cependant que leur fille unique, quoique déjà fiancée, rencontrait secrètement un homme marié qui avait fini par la mettre enceinte, l'obligeant du coup à se donner à son promis avant leur nuit de noces pour faire croire à celui-ci que l'enfant était de lui ! Quand Myra narra à Sapphire ce rocambolesque chassé-croisé amoureux, cette dernière, malgré les soucis que lui inspirait sa propre situation et qui lui pesaient d'autant plus qu'elle ne les avait pour l'instant confiés à personne, fut prise d'un tel fou rire qu'elle dut s'interrompre au beau milieu de la tâche qu'elles effectuaient alors ensemble.

Sur le sujet des Sheraton, Myra semblait intarissable. Six jours après l'arrivée de Sapphire à Boston, alors qu'elles nettoyaient ensemble la cheminée de la plus grande des deux salles à manger de la Maison Thixton, elle se mit à détailler à la jeune femme les penchants et les aversions bizarres de ses ex-patrons, puis en vint à lui avouer qu'un des fils des Sheraton était à moitié tombé amoureux d'elle et que c'était à cause de ça qu'elle avait été « cédée » à M. Thixton — car, même si Mme Sheraton souhaitait protéger son fils de dix-sept ans de l'influence de Myra, elle ne pouvait la chasser comme ça de chez elle.

— Tu devrais avoir honte, Myra, commenta Sapphire pour la taquiner tout en s'agenouillant dans l'âtre qui aurait été assez vaste pour rôtir un bœuf entier. Abuser ainsi de ce pauvre garçon qui en pinçait pour toi !

Myra pouffa avant d'imiter Sapphire et d'entreprendre de récurer le foyer avec une brosse de chiendent, les boucles brunes qui dépassaient de sa coiffe tressautant à chacun de ses mouvements.

— C'est lui qui avait commencé, protesta-t-elle avec un

grand sourire. Je lui ai même dit que ça ne se faisait pas d'avoir le béguin pour la femme de chambre de sa maman.

Elle plongea la brosse dans le seau posé entre elles et l'en retira toute dégoulinante d'eau savonneuse.

— Et j'avais bien raison, ajouta-t-elle. Regarde où ça m'a menée : me voilà de nouveau en train de me casser le dos à nettoyer les sols ! Rétrogradée, que John m'a dit que j'étais ! Il était fou de rage quand sa mère m'a renvoyée de chez eux, tu peux me croire.

Sapphire ne put s'empêcher de sourire. Bien que dépourvue d'éducation, Myra n'en était pas moins vive, spirituelle et séduisante. Surtout, elle avait un cœur d'or. Dès le premier jour, elle avait eu la gentillesse de l'accueillir et de lui faciliter son adaptation à son nouvel environnement ainsi qu'au labeur qui serait désormais le sien. Sapphire était certaine qu'elle ferait le bonheur de son futur mari, quand bien même celui-ci ne serait pas le rejeton d'une famille aisée. D'ailleurs, songea la jeune femme avec humeur tout en appliquant avec un chiffon de la pâte à polir sur la pomme d'un des chenets de la cheminée, elle méritait sans doute mieux qu'un fils à papa, si du moins tous les représentants de cette engeance étaient aussi arrogants que Blake Thixton.

— Et… que sais-tu sur notre maître ? s'enquit-elle à voix basse.

Bien qu'il n'y ait alors personne dans la salle à manger ni dans la pièce voisine, elle savait désormais que, dans une grande maison comme celle-ci, il fallait rester constamment sur ses gardes.

— Pas grand-chose, repartit Myra avec un haussement d'épaules avant de lever vers Sapphire un regard pétillant d'excitation. Sauf que c'est bien le plus beau gentleman de tout Boston. Et l'un des plus généreux aussi. Enfin, je ne t'apprends rien, vu qu'il t'a ramassée dans les rues de Londres et que c'est grâce à lui que tu te retrouves ici.

Sapphire dut détourner la tête et se mordre les lèvres pour se retenir d'exprimer tout haut ce qu'elle pensait de la « générosité » de son hôte. Elle garda le silence un instant, frottant avec ardeur les décorations en cuivre de l'âtre.

— Pourquoi a-t-il choisi de vivre seul dans une aussi grande demeure ? demanda-t-elle enfin.

— Eh bien, figure-toi que je me suis, moi aussi, posé cette question au début, lui confia Myra en s'asseyant à croupetons et en laissant tomber sa brosse dans le seau pour prendre une de ces pauses clandestines qu'elle s'efforçait de s'octroyer le plus souvent possible à l'insu de Mme Dedrick. C'est un vrai bourreau de travail, notre maître, vois-tu. Il marne nettement plus que M. Sheraton en tout cas, je peux te le dire ! Il part tous les jours au petit matin et ne rentre jamais avant la nuit tombée. D'après des filles des cuisines qui connaissaient d'autres filles qui bossaient ici avant, son père était exactement pareil — sauf pour la gentillesse, bien sûr.

Elle accompagna cette dernière remarque d'une mimique entendue.

— Allez, dis-moi, la pressa Sapphire.

Prenant exemple sur sa compagne, elle s'arrêta à son tour et la considéra avec un air interrogateur.

— Un sale type, le père Thixton, déclara enfin Myra en fronçant le nez. Et ivrogne avec ça. Paraît qu'il battait notre maître quand il était petit. Et qu'il aimait aussi s'en prendre aux gens de la maison, ce qui explique d'ailleurs pourquoi il ne reste plus aucun de ses serviteurs ici aujourd'hui. Je veux dire : à part M. Givens. Mais ce n'est pas vraiment un domestique…

Elle s'interrompit pour se pencher vers Sapphire.

— Celui-là, reprit-elle dans un chuchotement théâtral, suffit de le regarder pour se rendre compte qu'il n'est pas heureux. J'sais pas si c'est parce que le père Thixton lui menait la vie dure, à lui aussi, ou parce qu'il est né avec la grimace, mais il a constamment la tête de celui qui a confondu son verre à dents et son pot de chambre.

Sapphire se couvrit la bouche d'une main qui empestait la pâte à polir pour réprimer le rire qui lui montait à la gorge. Elle devait admettre que Myra ne manquait pas de faconde et que, à défaut d'avoir un langage châtié, elle savait parfaitement bien exprimer ses pensées.

Myra gloussa de nouveau avant de taper sur la main de Sapphire.

— Non, à mon avis, reprit-elle, si M. Thixton travaille aussi dur, c'est pour tuer l'ennui. Des fois, le soir, je le vois assis tout seul sur le balcon de sa chambre, en train de regarder la mer. Il lui faut de la compagnie, à cet homme, c'est évident ! Et s'il a fait construire cette grande baraque, c'est pas pour la frime, comme certains l'imaginent, mais parce que, dans le fond de son cœur, il attend que quelqu'un vienne l'habiter avec lui, quelqu'un qui l'aimerait et qui lui donnerait des enfants.

Ces mots touchèrent une corde sensible chez Sapphire qui, une fois de plus, dut détourner la tête pour cacher son trouble à son amie. De fait, si elle en voulait encore terriblement à Blake, au point parfois d'en avoir presque le vertige, ce dernier ne laissait pas non plus de lui inspirer une indicible tristesse.

— Est-ce que… est-ce qu'il fréquente… ? s'entendit-elle demander.

— Oh, cela dépend ce que tu entends par là. Des femmes, il ne lui en manque pas, mais, à part une, c'est plutôt du genre qu'on reçoit par la porte de service — si tu vois ce que je veux dire, murmura Myra avec un clin d'œil. D'ailleurs, Mme Sheraton en fait partie.

Sapphire supposait qu'elle aurait dû être choquée par cette révélation, mais elle était trop fatiguée pour s'en offusquer. Et puis un détail des explications de la servante avait retenu son attention.

— Et… quelle est la personne qui ne rentre pas ici par la porte de service ? s'enquit-elle.

Toujours assise sur la pierre de l'âtre, Myra mit les mains sur sa taille et balança les hanches en imitant une démarche empruntée.

— Mlle Clarice Lawrence, très chère ! Son père est l'associé de M. Thixton. C'est un bien brave gentleman : il laisse jamais rien dans son assiette, précisa-t-elle avec un hochement de tête approbateur. Il paraît qu'il est l'ami de notre maître depuis des années. C'est sa fille qui a jeté son dévolu sur M. Thixton — pas l'inverse. Faut avouer aussi qu'elle est têtue et je préfère ne pas imaginer comment elle sera avec nous si elle devient Mme Thixton.

Pour le coup, Sapphire redressa le buste et, les mains appuyées sur les cuisses, posa à Myra la question qui la tarabustait.

— Parce que M. Thixton aurait aussi des vues sur elle ?

— Va savoir... Elle a beau être aussi agréable à vivre qu'un chardon dans la culotte, je dois reconnaître qu'elle n'est pas moins belle que la dame qui est sur ce tableau, là-bas, répondit Myra en indiquant un des portraits qui étaient accrochés au mur de la salle et qui représentaient des déesses romaines peintes dans le style rococo.

A ces paroles, Sapphire sentit sa gorge se serrer. Jamais Blake ne rechercherait auprès d'elle que ce qu'elle était susceptible de lui offrir au lit, pensa-t-elle tout en contemplant le portrait désigné par Myra. Comment pourrait-elle espérer rivaliser avec une femme comme Clarice Lawrence, alors qu'elle n'avait elle-même ni dot ni lignage prestigieux dont elle puisse légalement se prévaloir ?

Percevant soudain un bruit dans le séjour contigu, elle sursauta et se remit aussitôt à polir les chenets. Myra s'était elle-même empressée de récupérer sa brosse qui flottait dans l'eau sale du seau.

Sapphire reconnut bientôt la voix du majordome de Blake, M. Danz.

— Par ici, je vous prie, mademoiselle Lawrence, l'entendit-elle déclarer.

Les échos de deux pas leurs parvenaient depuis le salon, l'un féminin, l'autre masculin.

— Si vous voulez bien patienter ici, reprit M. Danz avec son élocution parfaite, je suis sûr que M. Thixton ne va pas tarder à venir vous rejoindre.

— C'est elle, chuchota Myra en articulant avec force grimaces. Il faut que tu voies comment elle se comporte avec lui. C'est tout juste si elle ne lui saute pas directement dans le pantalon sitôt qu'il s'assoit près d'elle !

Sapphire haussa les sourcils, taraudée par une curiosité qu'elle n'avait nul besoin de feindre.

— Elle débarque ici dès que son papa a le dos tourné, poursuivit Myra à voix basse tout en se remettant à récurer le foyer. Malgré toutes ses belles robes et ses grands airs, cette fille est rien qu'une traînée. Et si elle n'a pas encore réussi à persuader M. Thixton de baisser culotte, c'est pas faute d'avoir essayé, crois-moi. Attends un peu, tends l'oreille et tu pourras te rendre compte par toi-même si je mens.

Le bruissement des fibres de chiendent sur la pierre de l'âtre couvrait presque les murmures de la servante, et Sapphire avait le plus grand mal à suivre ses propos tout en astiquant de son côté les décorations en cuivre de la cheminée.

— Tu veux dire qu'il ne l'a pas encore…

Elle ne sut trouver le terme qui puisse traduire sa pensée avec autant de précision que de pudeur.

Myra, cependant, la comprit à demi-mot et se mit à glousser.

— Non ! Du moins, pas à ma connaissance. Et je peux te garantir que rien de ce qui arrive sur Beacon Hill n'échappe à Myra Clocker.

Sapphire ne put s'empêcher de sourire.

— Mais comment te débrouilles-tu donc pour… ?

— Chut ! l'interrompit Myra. Le voilà qui arrive ! Tiens, donne-moi un bout de ton torchon…

Lui prenant le carré de tissu des mains, elle le déchira en deux, tendit à la jeune femme l'une des moitiés, prit l'autre et l'invita du geste à la suivre.

Elles se rapprochèrent prudemment de la porte tout en feignant de dépoussiérer les meubles et les cadres des tableaux, l'oreille aux aguets.

Et, tandis que Sapphire épiait la conversation de Blake et de

Clarice Lawrence, le sentiment de culpabilité que lui inspirait cette indiscrétion fut bientôt atténué par l'espoir d'en retirer quelque avantage qui lui permettrait de sortir de l'impasse où elle se trouvait dans ses relations avec son amant et maître.

21

— Mademoiselle Lawrence, articula Blake, comme c'est aimable à vous de m'accorder l'honneur d'une visite...

Tout en se tenant face au mur de la salle à manger, Sapphire pouvait épier tout ce qui se passait dans le salon voisin par la porte cintrée qui séparait les deux pièces. Du coin de l'œil, elle vit ainsi Blake prendre la main d'une blonde habillée à la dernière mode pour la porter à ses lèvres.

Elle déglutit avec peine et ramena son regard sur le tableau pendu devant elle. Pour une fois, songea-t-elle, Myra n'avait nullement exagéré : avec ses longs cheveux dorés et ses yeux noisette, Clarice Lawrence était sans doute la plus belle femme qu'elle ait jamais vue. Ses traits étaient d'une délicatesse classique : un petit nez effronté, des pommettes haut placées, légèrement rosées, et un menton au dessin irréprochable.

Sapphire poussa un lourd soupir. En un mot comme en cent, pensa-t-elle avec un sentiment proche du désespoir, Clarice Lawrence était époustouflante.

D'une main tremblante, elle ramena sous sa coiffe une boucle de cheveux qui s'était échappée du chignon sévère que Mme Dedrick imposait à toutes les employées de la maison. Dans son geste, elle s'aperçut que la mèche était franchement grasse.

Elle soupira derechef. Si, pendant la traversée de l'Atlantique, elle avait pu se baigner dans le tub que Blake avait amené à bord dans cette intention, ce luxe était refusé aux domestiques de la Maison Thixton qui devaient se contenter d'une simple bassine. Et encore ne pouvaient-ils guère la remplir car, pour se laver, il leur fallait la monter ensuite dans leur chambre par l'escalier de service et donc grimper les quatre volées de marches qui séparaient les combles de la cour de la cuisine où se trouvait la pompe à main, seul point d'eau auquel il leur était autorisé de puiser pour leurs ablutions. La plupart des servantes préféraient donc attendre de rentrer chez elles pour se décrasser. Quant à celles qui habitaient sur place elles se contentaient de se débarbouiller rapidement les mains et le visage dans la cour chaque matin et de ne procéder à une toilette complète, dans l'intimité relative de leur dortoir, que pendant leurs jours de congé.

Au bout d'un moment, Sapphire jeta un nouveau coup d'œil dans le salon. Entre-temps, Myra avait fini de dépoussiérer la cimaise de la salle à manger et s'attaquait maintenant avec aplomb aux moulures de stuc qui soulignaient l'arc du passage voûté. Blake et Mlle Lawrence remarquèrent peut-être sa présence dans l'embrasure de la porte, mais ne parurent lui accorder aucune attention. Les servantes, se rappela Sapphire, étaient par nature invisibles. Et, manifestement, Myra avait su se rendre la plus invisible de toutes !

Celle-ci croisa le regard de la jeune femme et recourba discrètement l'index pour l'inciter à se rapprocher. Sapphire ne se le fit pas dire deux fois et, de la démarche la plus naturelle possible, vint se placer à côté de son amie, s'offrant ainsi une vue dégagée sur Blake et Clarice Lawrence.

Le couple s'était installé sur un splendide exemplaire de banquette italienne du XVIIIe siècle tapissée d'un brocart vert et brun qui, sur tout le dossier, était brodé d'une caractéristique scène de chasse dans un sous-bois.

— Vraiment, mademoiselle Lawrence, déclarait Blake, vous n'aviez pas besoin de braver ainsi la chaleur du jour pour venir me voir. Si je puis me permettre de vous le rappeler, votre père m'a invité à dîner chez vous demain soir.

Sapphire n'omit pas de noter qu'il était assis avec raideur sur le sofa, les mains jointes sur ses cuisses, et qu'il semblait prendre grand soin de ne pas toucher son invitée. Celle-ci, en revanche, se penchait vers lui comme si elle souhaitait poser la tête sur ses genoux et diffusait autour d'elle un parfum d'eau de rose dont Sapphire elle-même, malgré la distance, pouvait humer les fragrances.

Blake paraissait fatigué, comme s'il avait travaillé des heures durant — ce qui, d'après les confidences de Myra, devait être le cas.

— Je ne pouvais patienter plus longtemps, minauda Mlle Lawrence en s'inclinant encore plus vers son hôte. Je mesure l'impudence d'une telle confidence, monsieur Thixton, mais vous ne pourriez seulement imaginer combien vous m'avez manqué au cours de ces longs mois d'absence.

Il détourna les yeux.

— Appelez-moi Blake, je vous en prie. Après tout, je vous connais depuis l'époque où votre père vous faisait sauter sur ses genoux. Me donner ainsi du « monsieur » ne se justifie guère.

Clarice gloussa avec une telle coquetterie que Sapphire leva les yeux au ciel. Mlle Clarice Lawrence était le genre même de femmes qu'elle abhorrait. Elle en avait rencontré plusieurs de son espèce en Martinique — des filles de planteurs se disputant les meilleurs partis de l'île. Et ses semblables étaient par ailleurs légion à Londres. Oh oui, Sapphire ne les connaissait que trop, ces petites saintes-nitouches qui, sous des propos mielleux et des dehors prudes, s'exerçaient inlassablement à l'art de manipuler le sexe prétendu fort et nourrissaient les plus féroces ambitions matrimoniales.

Fort heureusement, Blake était un être authentique et franc qui prisait avant tout le travail et l'honnêteté. Malgré sa richesse et l'éducation qu'il avait reçue, il avait su rester un homme simple, attaché aux vraies valeurs. Jamais, songea Sapphire, il ne pourrait apprécier quelqu'un comme Clarice Lawrence. Elle doutait même qu'il puisse supporter de passer une seule soirée en sa compagnie.

La jeune femme baissa alors les yeux sur le chiffon qu'elle serrait dans sa main sale et reporta ensuite le regard sur la fille de l'associé de Blake, sa toilette couleur menthe à l'eau, son canotier de paille claire et ses gants de chevreau blancs dont les fines manchettes à lacet moulaient ses bras d'albâtre. Le contraste était non seulement affligeant mais profondément injuste. Et Blake Thixton, songea-t-elle, en était le seul responsable.

— Dites-moi que je vous ai manqué aussi, Blake chéri, susurra Mlle Lawrence en profitant aussitôt, avec une hardiesse éhontée, de la liberté que Blake venait de lui accorder.

Sapphire se retint d'éclater de rire. La situation, de fait, était d'une ironie mordante : la pimpante Mlle Lawrence s'efforçant en vain de séduire Blake, sous les yeux de celle qui, quoique ayant eu droit à ses faveurs un nombre incalculable de fois, croupissait présentement dans la condition de souillon ! C'était si hilarant, en fait, que la jeune femme ne savait si elle avait envie de s'esclaffer ou de fondre en sanglots.

— J'aimerais beaucoup prolonger cet entretien, repartit Blake en se redressant d'un bond pour s'éloigner de Clarice au moment où celle-ci tentait de lui prendre une main, mais, à mon grand regret, je dois me rendre séance tenante à un important rendez-vous d'affaires auquel je ne puis me soustraire.

— Le travail, toujours le travail : vous, les hommes, vous ne pensez qu'à ça, se plaignit Mlle Lawrence en se redressant à son tour. Papa passe aussi son temps au bureau. Il y file dès l'aube et ne rentre à la maison que tard dans la soirée. Pour tout vous avouer, vous lui ressemblez beaucoup, Blake...

Elle marqua une pause et battit des cils.

— C'est sans doute pour ça que vous m'attirez autant, avoua-t-elle en essayant une nouvelle fois de saisir la main de son hôte.

Celui-ci esquiva son geste d'une torsion du buste avant de se tourner résolument vers le vestibule.

— Moinsieur Danz, appela-t-il, auriez-vous l'obligeance de raccompagner Mlle Lawrence à la porte ?

— Qu'est-ce que je te disais ? chuchota Myra en revenant avec Sapphire vers la cheminée. Vierge ou pas, c'est rien qu'une putain ! D'ailleurs, les fausses modestes comme elle sont les pires. Sans en avoir l'air, elles tricotent patiemment leur toile et j'ai bien peur que M. Thixton finisse, bon gré, mal gré, par tomber dans la sienne.

Le lendemain, le hasard voulut que Sapphire croise le maître des lieux dans le couloir du premier étage.

Bien qu'il soit tard, la jeune femme avait pensé que Blake n'était pas encore rentré et avait décidé d'en profiter pour aller changer les serviettes dans sa salle de bains. Celle-ci, comme elle n'avait pas tardé à le découvrir, était une vaste pièce dotée d'une immense baignoire ainsi que de « commodités » au fonctionnement pour le moins fascinant puisque, reliées à tout un ensemble de canalisations, elles utilisaient les réserves d'eau pluviale et les seules lois de la gravité pour nettoyer la cuvette après chaque usage, et cela avec une promptitude et une efficacité remarquables.

Sapphire mourait d'envie de questionner Blake au sujet de cette prodigieuse invention, mais elle préférait brider sa curiosité, de peur qu'elle ne l'entraîne sur un certain terrain qu'elle savait des plus glissants.

Ce soir-là, à l'instant précis où elle s'apprêtait à franchir le seuil de sa chambre, dont la porte était ouverte, il en sortit revêtu du même peignoir de soie qu'il portait le matin où elle l'avait rencontré pour la première fois, à Londres, dans l'hôtel particulier des Wessex.

Surprise, elle recula d'un pas en serrant contre elle les plis moelleux de l'épais tissu-éponge des serviettes.

— Je… je suis désolée, balbutia-t-elle. Je ne m'étais pas aperçue que tu… que vous…

Elle ne sut comment terminer sa phrase, aussi incapable de se résigner à appeler Blake « monsieur » que de le vouvoyer.

Affolée, l'estomac noué et la gorge sèche, elle baissa les yeux. Elle se sentait tellement malheureuse sans lui… tout en sachant fort bien qu'elle serait également malheureuse *avec* lui ! Car, pour elle, il n'était pas plus envisageable qu'auparavant de devenir sa maîtresse, ne fût-ce que par respect envers la mémoire de sa mère.

Hélas, il lui semblait encore plus impossible d'anéantir en elle le désir irrépressible qui la portait vers lui et lui rendait sa présence aussi indispensable que peuvent l'être l'eau et la lumière du soleil à l'épanouissement d'une plante.

— C'est bon, Sapphire, ce n'est pas grave, repartit-il en tendant la main vers elle. J'avais justement l'intention d'aller te voir.

Sous son peignoir, il portait un pantalon de soie et des mules orientales en tapisserie. Sapphire serra plus étroitement les serviettes contre elle.

— J'ai cru comprendre que tu avais été très occupé, répliqua-t-elle, entre la direction de ton entreprise, les invitations à des dîners et à des réceptions, les exigences de Mlle Lawrence…

Il sourit.

— Est-ce bien de la jalousie qui me semble percer dans vos propos, mademoiselle Fabergine ?

— Pas du tout. Si Mlle Lawrence a envie de toi, qu'elle te prenne et qu'elle te garde — si tant est qu'après avoir passé par ton lit elle ne se retrouve pas comme moi à laver ton linge et à vider ton pot de chambre !

— Je doute que tu aies jamais dû accomplir cette besogne. Les commodités que j'ai fait installer à grands frais dans ma salle de bains ont rendu totalement inutile l'ustensile en question.

Il s'interrompit pour rire de nouveau.

— A moins que ce soit votre manière de me signifier que vous en avez enfin assez, *Molly* ?

— J'en ai effectivement assez, et cela ne date pas d'aujourd'hui. J'attends toujours que tu respectes ta promesse et que tu me renvoies à Londres.

— Allons, Sapphire, ne fais pas l'enfant.

Il lui saisit le bras et l'entraîna dans la chambre. Elle tenta bien de lui résister, mais il était trop fort pour elle.

— Regarde-toi donc, ajouta-t-il. Tu ne ressembles pas plus à une soubrette que… que le président Jackson !

— Tu me fais mal, rétorqua-t-elle avec raideur.

Il soupira et desserra son étreinte.

— Il doit bien y avoir un moyen d'arranger cette situation à notre satisfaction mutuelle, non ?

Il parut hésiter.

— Tu me manques, avoua-t-il enfin.

Il se mit à effleurer sa joue du bout des doigts. La jeune femme retint sa respiration.

— Ton corps me manque. Et je sais que le mien te manque aussi. Ma présence, mon contact, mes caresses…

Sapphire sentit ses lèvres trembler. Il lui aurait suffi de redresser la tête et de soutenir le regard de Blake pour que celui-ci l'enlace, elle en avait parfaitement conscience. Blake aurait alors refermé la porte avant de l'entraîner vers le lit. Et même si cela n'aurait rien réglé entre eux, pendant les quelques instants qui se seraient ensuivis, elle aurait été heureuse. Elle se serait sentie en sécurité, choyée — à défaut d'être aimée.

— Non, le coupa-t-elle en relevant le menton avec détermination. Je ne te laisserai pas recommencer.

— Recommencer quoi ? s'enquit-il d'une voix rauque. De te faire l'amour ?

Ses intonations profondes et vibrantes déclenchèrent de longs frissons chez la jeune femme. Blake, évidemment, n'ignorait pas cette réaction : c'était pour ça qu'il s'exprimait ainsi. Tout, dans sa parole comme dans ses gestes, était calculé pour vaincre la résistance de sa partenaire — quelle que soit cette dernière.

— Tiens, tes serviettes, dit sèchement Sapphire en lui poussant le paquet dans les bras.

— Merci, repartit-il. Je pense que je vais prendre un bain frais. Comme tu le sais sans doute, ma baignoire est directement reliée, par des canalisations, à des réservoirs qui sont installés sous le toit et dans lesquels je peux puiser de l'eau à volonté. Que dirais-tu de partager ce bon bain frais avec moi, Sapphire ? Je pourrais te savonner le dos… et tout le reste aussi.

Comme il approchait de nouveau la main de son visage, elle recula vivement la tête.

— Bonne nuit, Blake, dit-elle.

Sur ce, s'accrochant de toutes ses forces à sa résolution de ne plus céder à ses instincts les plus primaires, Sapphire tourna les talons de ses chaussures usées et trop grandes qui lui donnaient des ampoules, et ressortit de la chambre.

— Tu finiras bien par te lasser de ce petit jeu, lui cria Blake sur un ton presque vindicatif. Oui, tu t'en lasseras et tu me reviendras. Tu reviendras dans mon lit. Sans condition.

— Plus jamais, grommela-t-elle en réponse tout en se hâtant de regagner l'escalier de service.

Pendant les trois jours qui suivirent, la Maison Thixton connut une brusque recrudescence d'activités. Blake allait recevoir seize de ses intimes à dîner et Mme Dedrick tenait à ce que la résidence sur Beacon Hill soit, de la cave au grenier, d'une propreté irréprochable. Tous les lits furent donc garnis de draps frais, toutes les cheminées de marbre balayées, tous les meubles époussetés, tous les parquets récurés et cirés. Il n'était jusqu'aux pièces encore vides qu'on n'aérât durant de longues heures pour en chasser la moindre odeur de renfermé.

La tâche dévolue à Sapphire pendant la soirée consistait à aider Mme Porter en cuisine. Cependant, moins d'une heure avant l'arrivée des invités, Myra, habillée d'une robe noire de servante toute neuve, d'un tablier blanc et d'une coiffe, rejoignit son amie en courant.

Après avoir esquissé une révérence à l'intention de la cuisinière, elle se tourna vers Sapphire, qui s'exerçait à fabriquer des noisettes de beurre.

— Molly, il faut que tu viennes vite te changer ! l'informa-t-elle. Ordre de Mme Dedrick.

Elle parlait d'une voix animée, les joues empourprées par l'excitation.

— On t'attend pour le service dans la salle à manger d'honneur. Felicity ne se sent pas bien.

Puis, se penchant vers son amie et mettant une main devant sa bouche :

— Tu sais, c'est celle qui fait constamment de l'œil à M. Thixton. Et il paraît qu'elle n'est pas avare de ses faveurs, si tu vois ce que je veux dire. Alors moi, quand j'entends qu'elle a mal au ventre, je pense que c'est parce que le ventre, il doit pas être tout vide, tu piges ?

Sapphire jeta un coup d'œil à la cuisinière, puis regarda de nouveau Myra et secoua la tête.

— Non, murmura-t-elle en reculant, très peu pour moi. Je n'ai pas envie d'aller servir dans la salle à manger. Et puis je suis censée rester ici pour aider Mme Porter.

— Ah, faut apprendre à s'adapter, ma fille ! s'exclama Myra en imitant de façon saisissante le parler raide et guindé de la gouvernante.

Elle afficha ensuite un grand sourire.

— Allez, viens, supplia-t-elle, on va bien s'amuser...

Elle s'inclina de nouveau vers son amie pour lui chuchoter dans le creux de l'oreille :

— En plus, Mlle Lawrence est là !

Sapphire ne sut que lui répondre. Certes, elle ne souhaitait pas subir l'humiliation de servir à Blake et à ses invités la marinade de canard à la sauce truffée préparée par la cuisinière, mais, d'un autre côté, elle commençait à se demander si elle ne devrait pas changer diamétralement de point de vue sur sa situation. Après tout, n'avait-elle pas été arrachée à l'affection des siens et emportée de force à travers l'océan jusqu'ici, à Boston ? N'avait-elle pas été ensuite pratiquement obligée par Blake d'endosser l'uniforme et le rôle de soubrette dans sa maison ? N'était-ce pas, en conséquence, plutôt à lui d'être honteux de la voir ainsi réduite à cette triste condition ?

Et puis elle devait bien admettre au fond d'elle-même qu'elle était tentée de saisir la chance qui lui était offerte de pouvoir examiner d'un peu plus près cette gourgandine de Mlle Lawrence.

Elle reporta son attention sur Mme Porter, qui était occupée à dégraisser sa sauce. La cuisinière, qui avait surpris une partie de leur conversation, se redressa avec une grimace, les mains plaquées sur les reins, et considéra Sapphire d'un œil presque amusé.

— Allons, file, lui lança-t-elle. Tu dois savoir que Mme Dedrick adore montrer son pouvoir. Si je refusais de lui céder une de mes filles, elle me le ferait certainement payer au centuple. Va donc te changer et mettre un habit propre. Mais prends bien garde à ne pas renverser du jus de viande sur le pantalon de notre maître ou tu vas te retrouver *illico* à brosser ce carrelage !

Myra saisit la main de Sapphire et les deux jeunes femmes se précipitèrent vers l'office et l'escalier de service.

— On va devoir se dépêcher, dit Myra en grimpant les marches deux à deux.

Une demi-heure plus tard, Sapphire était revenue avec son amie dans la cuisine. Revêtue de la robe noire amidonnée de Felicity, qui était un rien trop longue pour elle, d'un tablier d'un blanc éblouissant et d'une petite coiffe arquée à bord noir, elle tenait un plateau sur lequel Myra déposait de hauts verres tulipes.

— Je pensais que nous devions seulement servir le repas, murmura Sapphire avec nervosité.

Toutes les coutures de la robe amidonnée la grattaient et elle craignait de trébucher sur l'ourlet de sa jupe pendant qu'elle porterait le lourd plateau et d'envoyer valser les verres de limonade sur les invités de Blake.

— Il y a d'abord les rafraîchissements à apporter dans la véranda, lui expliqua son amie. Le dîner vient ensuite. Après, les hommes se retirent dans le bureau de M. Thixton au premier, tandis que les femmes se retrouvent dans le salon pour siroter un sherry ou dans la véranda quand la nuit est belle, comme ce soir. Ce sera à Mme Sheraton de décider pour toutes ces dames — comme d'habitude.

Sapphire hocha la tête tout en essayant de maîtriser sa fébrilité et en regrettant de n'avoir des chaussures à sa taille. Si elle n'y prenait garde, songea-t-elle avec anxiété, ces péniches délabrées risquaient de signer sa perte plus sûrement encore que sa robe trop longue.

— Bon, ça ira comme ça, décréta Myra en posant un dernier verre sur le plateau. C'est toi qui portes et c'est moi qui sers, d'accord ?

Elle tourna la tête vers la porte de la cuisine où Mme Dedrick les attendait en tapant du pied, les clés tintant à sa ceinture.

— Dépêchez-vous donc, mademoiselle Clocker, dit-elle avec autorité.

— Prête ? chuchota Myra en regardant Sapphire dans les yeux.

Cette dernière déglutit avec peine.

— Prête, répondit-elle néanmoins.

— On arrive, madame Dedrick, repartit Myra d'une voix chantante.

Sapphire la suivit dans l'office, puis le long du couloir menant aux espaces de réception. Tout en marchant, elle surveillait d'un œil angoissé le plateau d'argent qui oscillait légèrement à chacun de ses pas.

— Je ne vais pas y arriver, Myra, murmura-t-elle.

— Mais si, répliqua son amie avant de ralentir. Relève les yeux, ma belle. Une servante honnête n'a pas le regard fuyant.

Sapphire redressa le menton et se concentra sur la tâche consistant à garder ses chaussures aux pieds.

— Bien, l'approuva Myra. Et détends-moi cette bouche. Tu ne dois ni sourire ni bouder. Oh, et puis j'allais oublier : évite tout contact visuel avec les invités de notre maître, même s'ils te parlent directement.

Sapphire hocha la tête.

— Je sais : aussi impassible qu'une potiche et aussi invisible qu'un fantôme. Et si c'est M. Thixton qui s'adresse à moi ?

— Il ne le fera pas, lui assura Myra. Ça ne lui est jamais arrivé jusqu'à présent.

Sur le seuil du salon, Myra effectua une dernière halte.

Sapphire percevait la rumeur de la réception, tintements de verres et brouhaha de voix qu'entrecoupaient par moments des rires et des exclamations joyeuses. Ce bruit familier provoqua chez la jeune femme un regain de nostalgie.

— Respire à fond et ne pense à rien, lui conseilla son amie avant de pénétrer dans la pièce.

Sapphire lui emboîta le pas.

Le salon était rempli de lampions et d'échos de la musique jouée sous la véranda par l'orchestre engagé pour l'occasion. Oh, songea Sapphire, comme elle regrettait le temps des fêtes données en Martinique ! Et comme tante Lucia lui manquait. Et Angélique. Pourquoi tout était-il allé de travers ? s'interrogea-t-elle avec désespoir. Pourquoi Blake ne pouvait-il comprendre que c'était elle qui aurait dû danser ce soir, que c'était elle qui aurait dû s'amuser et être servie par les domestiques de sa maison ?

Juste au moment où, sur les talons de Myra, elle quittait le salon pour la véranda, Blake rentrait à l'intérieur de la maison. D'abord il n'accorda qu'un coup d'œil distrait à Sapphire, qui s'était écartée pour le laisser passer, puis il dut la reconnaître, car il s'arrêta brusquement et, après avoir inspecté les alentours pour vérifier qu'ils étaient seuls, rebroussa chemin vers la jeune femme qu'il entraîna à l'écart de la porte-fenêtre.

— Qu'est-ce que tu fais là ? lui demanda-t-il avec colère tout en veillant à ne pas élever la voix.

Comme Myra le lui avait recommandé, Sapphire gardait les yeux fixés droit devant elle, le plateau de verres bien à plat.

— Je viens servir la limonade aux invités, répondit-elle posément.

— Bon sang, Sapphire !

— Molly… monsieur. C'est comme ça qu'il faut m'appeler, désormais, lui rappela-t-elle. Et je ne fais qu'obéir aux ordres de votre gouvernante, *monsieur.*

Et voilà, pensa-t-elle. Se montrer froide et distante avec lui n'était, au bout du compte, pas si difficile que ça… Blake, cependant, se rapprocha d'elle. Elle raidit encore plus le buste, refusant de se laisser intimider et s'efforçant d'ignorer l'odeur de sa peau lavée de frais ainsi que l'allure superbe que lui conféraient sa chemise blanche amidonnée et son frac noir.

— C'est grotesque ! grommela-t-il.

— Je ne vois vraiment pas de quoi vous voulez parler, monsieur Thixton.

— Oh ! que si, *mademoiselle Fabergine,* vous le voyez fort bien, répliqua-t-il avant de s'avancer d'un pas supplémentaire, la tête penchée au-dessus du plateau qui les séparait. Manford Lawrence est un de mes associés, mais c'est aussi un de mes chers amis. Si tu t'avises de tenir en sa présence le moindre propos susceptible de me gêner…

— Et Mlle Lawrence ? le coupa-t-elle en soutenant son regard.

Il était maintenant si près d'elle qu'elle percevait son haleine sur ses lèvres et qu'elle aurait presque pu l'embrasser sans avoir à bouger la tête — ou, si elle n'avait eu ce maudit plateau sur les bras, lui assener une gifle.

— Mmm ? s'enquit-elle. Mlle Lawrence est-elle aussi une de vos *chères amies* ?

Il recula le buste et se rembrunit.

— C'est bien ce que je disais : tu es jalouse.

— Ridicule.

— Tu es jalouse et je te manque, chuchota-t-il en se rapprochant de nouveau d'elle. La preuve…

Et il lui effleura la taille du bout des doigts.

Ce ne fut qu'un contact bref et léger, mais il suffit à enflammer les sens de Sapphire et à allumer instantanément un brasier au creux de son ventre.

— Je pense que tu as envie de m'embrasser et de te réconcilier avec moi, mais que seule une fierté complètement déplacée t'empêche de le reconnaître et de conclure avec moi un accord qui nous comblerait l'un et l'autre.

Sapphire se pencha vers lui, sentant, dans son mouvement, le plateau osciller sur ses mains.

— Tu sais ce que tu es ? murmura-t-elle. Tu es un paon vaniteux, un manipulateur, un…

— Monsieur Thixton ? héla une invitée sous la véranda.

Sapphire se recula juste à temps pour voir une séduisante brune revêtue d'une adorable robe de satin rose franchir d'un pas glissé le seuil du salon. Mme Sheraton, songea Sapphire, l'ancienne patronne de Myra et l'une des « chères » voisines de Blake. Son amie la lui avait désignée la veille, dans la rue.

— Ah, te voilà, Blake chéri.

Elle avait prononcé ces deux derniers mots à voix assez basse pour n'être entendue que de l'intéressé, la présence de la jeune femme lui étant apparemment indifférente.

— Je me demandais où tu étais passé, continua-t-elle dans un susurrement rauque. J'aimerais que tu décrives à Mme Carter la peinture italienne que tu viens d'acquérir. Tu ne l'as pas encore accrochée, si ?

S'agrippant au bras de Blake, elle prit un verre de limonade sur le plateau que tenait Sapphire et ramena son hôte sous la véranda.

La jeune femme demeura immobile un instant, figée dans ses vieilles chaussures éculées. Puis elle aperçut Myra, qui avait passé la tête dans la pièce et qui lui adressait des signes de la main frénétiques. Retrouvant l'usage de ses membres, Sapphire se hâta de la rejoindre près de la porte.

— Qu'est-ce que le maître t'a raconté ? s'enquit son amie. La limonade n'est pas bonne ?

Sapphire secoua la tête, encore trop peu sûre d'elle-même pour oser ouvrir la bouche.

— Allons, viens, enchaîna Myra. Ces dames attendent leurs rafraîchissements — sauf Mme Sheraton, évidemment, qui m'a déjà demandé s'il n'y avait pas moyen de lui servir quelque chose de plus fort avant le dîner !

Elle fit un clin d'œil à Sapphire, puis, comme elles entraient sous la véranda, se tourna obséquieusement vers la première invitée qu'elles vinrent à croiser.

— Limonade ? lui proposa-t-elle en prenant elle-même un des verres sur le plateau.

Une fois ce dernier vide, les deux jeunes femmes ne retournèrent pas en cuisine, ainsi que Sapphire l'avait espéré, mais se postèrent en faction le long du mur en pierre de la maison, à la disposition de leur maître et de ses invités, prêtes à débarrasser les verres.

— C'est le meilleur moment, expliqua discrètement Myra. Tu vas voir : on dirait qu'on est devenues invisibles.

Sapphire s'efforça de demeurer en alerte, les yeux rivés sur le paysage qui s'étendait au-delà de la véranda, en contrebas de la falaise qui dominait la baie de Boston.

Force lui était de reconnaître que, même au crépuscule, le panorama était sublime. Elle pouvait encore distinguer les rides frangées d'écume que les vagues dessinaient sur la surface de l'océan ainsi que la mince bande de terre du rivage que soulignait un semis de lumières. A cette heure de la soirée, peu de mouvements étaient visibles sur l'eau. Presque tous les bateaux étaient à l'ancre et arboraient des fanaux pour signaler leur position aux navires qui avaient quand même décidé de sortir en mer.

— Alors, est-ce qu'il t'a demandé ta main ?

Tirant Clarice Lawrence par la main, une jeune femme aux anglaises d'un noir de jais l'avait entraînée à l'écart, juste devant les deux domestiques, et lui parlait avec animation, la tête penchée vers elle.

— Alors ? répéta-t-elle avec insistance.

Les deux invitées étaient habillées avec élégance de toilettes en satin blanc pratiquement identiques dont le corsage généreusement échancré leur dénudait les épaules. Le seul détail qui les différenciait était la couleur de leur ceinture : mauve pâle pour Clarice, rose pour sa confidente. L'une et l'autre avaient les cheveux noués en un chignon sophistiqué dans lequel avaient été piquées des fleurs fraîches qui leur retombaient gracieusement sur l'oreille.

A les voir aussi belles et distinguées, Sapphire se prit à regretter de n'avoir elle-même une coiffure recherchée, retenue par des épingles en ivoire, et de ne pas porter une de ces toilettes claires qui semblaient sur elles si fraîches et si confortables — alors que le col de son uniforme lui chatouillait furieusement le cou, lui occasionnant une irritation d'autant plus gênante qu'elle savait ne pas avoir le droit de se gratter. D'ailleurs, à supposer qu'elle en ait la possibilité, jamais elle ne se serait permis un tel laisser-aller devant Mlle Clarice Lawrence.

— Mais quand va-t-il donc se déclarer ? s'enquit la brune. Je croyais que tu étais certaine qu'il demanderait ta main dès son retour de Londres. Si je me rappelle bien tes propos, tu prétendais que, puisqu'il avait désormais le titre de lord, il lui faudrait l'épouse parfaite.

Ces dernières paroles avaient été prononcées d'une voix sourde et sifflante, sur un ton presque accusateur.

Myra donna un coup de coude à Sapphire et lui désigna des yeux les deux invitées pour s'assurer qu'elle ne perdait rien de leur conversation, avant de se remettre à regarder droit devant elle, aussi immobile et raide qu'une statue.

— S'il ne se décide pas bientôt, reprit la débutante aux cheveux d'ébène, tu pourras aussi bien te chercher quelqu'un d'autre, car tu n'es certainement pas la seule femme à avoir jeté son dévolu sur M. Blake Thixton, comte de Wessex.

— Il finira par se déclarer, repartit Clarice tout en ouvrant un éventail en filigrane d'ivoire et en sirotant sa limonade. Ne t'inquiète pas pour ça.

— J'ai cru comprendre que Mme Sheraton lui avait vanté sa fille. Elle aura dix-huit ans le mois prochain, tu sais. Elle est plus jeune que toi et certains vont même jusqu'à la trouver plus jolie…

— Il m'épousera dès que mon père l'aura convaincu qu'il le doit, répliqua Clarice dans un chuchotement enfiévré.

— Et comment donc ton père espère-t-il persuader Blake Thixton… ?

La brunette se tut soudain, avant de laisser échapper un hoquet scandalisé et de se mettre à pouffer.

— Mademoiselle Lawrence, ne me dites pas que vous avez déjà offert votre virginité à M. Thixton ! murmura-t-elle avec une indignation mêlée d'excitation.

— Non, Mademoiselle Breton... Pas encore !

N'y tenant plus, Sapphire changea la position du plateau et se tourna légèrement vers les deux jeunes femmes pour pouvoir les regarder.

Il y eut une nouvelle salve de gloussements.

— Tu as donc l'intention de le séduire... bientôt ?

Se saisissant de la main de son amie, Clarice se rapprocha encore plus d'elle. Sapphire sentait la colère monter en elle et serrait le lourd plateau d'argent à s'en faire mal aux doigts.

— Demain soir, expliqua Clarice. Je suis censée accompagner mes parents à je ne sais plus quelle soirée de charité donnée dans la nouvelle galerie d'art sur Trudeau. M. Thixton a décliné pour sa part l'invitation en prétextant qu'il avait trop de travail.

Elle leva au ciel ses prunelles noisette.

— En d'autres termes, commenta son amie avec une mine gourmande, l'oiseau sera au nid demain soir — tout seul.

Clarice hocha solennellement la tête.

— Je trouverai bien une excuse pour fausser compagnie à mes parents, venir le retrouver ici... et lui permettre certaines libertés sur ma personne.

Elle souligna ce dernier point en tapotant l'épaule de la brune de la pointe de son éventail.

— Et, quelques jours plus tard, je déboulerai en larmes dans le bureau de mon papa pour lui confesser mon abominable péché.

Elle feignit de se pâmer.

— Ensuite, suggéra son amie, ton père ira mettre M. Thixton au pied du mur et notre beau lord n'aura plus d'autre possibilité...

— ... que de m'épouser séance tenante ou d'encourir l'opprobre de tous ses pairs ! approuva Clarice avec des yeux brillants de malice.

Se tournant subrepticement vers Sapphire, Myra la dévisagea avec une expression effarée.

Prenant sa décision, Sapphire serra les dents et s'avança brusquement d'un pas.

— Souhaitez-vous me rendre votre verre, mademoiselle Lawrence ? demanda-t-elle en tendant son plateau à la belle jeune femme.

— Euh, oui, pourquoi pas ? répondit Clarice en reculant d'un pas, visiblement interloquée par l'impudence de la servante.

— Prenez donc le mien aussi, ajouta la brune en reposant son verre avec une telle désinvolture qu'elle manqua de le renverser sur le plateau. Et je vous prierai de signaler à la cuisinière que cette limonade était infecte.

Elle avait prononcé cette sentence d'une voix quasi indifférente, sans même regarder Sapphire.

— Sitôt que tu seras mariée, reprit-elle en s'emparant du poignet de Clarice pour l'emmener ailleurs, cette maison aura besoin de connaître certains changements. L'insolence des domestiques y est tout simplement intolérable.

— Mais qu'est-ce qui te prend ? chuchota Myra dès que les deux invitées furent hors de portée de voix.

— Je remplis la tâche qui m'est assignée, rétorqua Sapphire en se dirigeant d'autorité vers le plus proche des convives pour le soulager de son verre qu'elle lui arracha presque des mains. Puis elle se dirigea vers la personne suivante, répétant chaque fois son manège et obligeant Myra à lui emboîter le pas.

— Vas-tu enfin m'expliquer à quoi rime tout ça ? s'exclama cette dernière quand elles furent revenues dans le couloir qui menait à l'office.

Sapphie soupira.

— Il faut que nous l'empêchions de réaliser son plan.

Il ne lui fut pas nécessaire de préciser de qui elle parlait ainsi.

Myra secoua la tête avec véhémence.

— Le personnel d'une maison n'a pas à se mêler de la vie intime de ses maîtres. On écoute et on regarde, soit, mais on se tait.

Sapphire haussa les sourcils, galvanisée par l'impression de pouvoir enfin exercer de nouveau un certain contrôle sur son existence.

— Dans ce cas, ce serait tout bonnement inacceptable.

Myra plissa les paupières et scruta son amie d'un œil inquisiteur.

— Qu'est-ce qui serait inacceptable, au juste ? s'enquit-elle en posant une main sur sa hanche. Tu sais, je n'ai jamais cherché à savoir ce que tu faisais dans les rues de Londres pour que M. Thixton éprouve le besoin de t'en sortir, mais, dis voir un peu… tu n'as jamais été servante jusqu'à aujourd'hui, n'est-ce pas ?

— Je ne souhaite pas parler de mon passé, Myra, répondit Sapphire.

Tenant le plateau rempli de verres d'une seule main, elle attrapa de l'autre son amie par la manche et l'entraîna vers l'autre bout du corridor.

— Ce que je veux, pour l'instant, ajouta-t-elle, c'est que tu me donnes un coup de main. Ou, pour être plus précise, que tu m'aides à tenir Mlle Lawrence éloignée du lit de M. Thixton.

Myra accueillit cette confidence avec effroi.

— Ce qu'ils font ou ne font pas ensemble ne me concerne pas, ma belle, ni toi non plus. Tu veux te retrouver sur le pavé ou quoi ?

Sapphire riva ses yeux dans ceux de la servante.

— Et toi, désires-tu vraiment que Mlle Lawrence devienne ta maîtresse ? Parce que, vois-tu, dès qu'une femme comme elle s'installe chez son mari, sa première décision est de renvoyer sur-le-champ toutes les femmes de chambre un peu jolies.

— Et de les remplacer par des laiderons, des vieilles ou des filles au bout du rouleau pour que son mari ne soit pas tenté de leur courir après, acquiesça Myra en hochant la tête. Je connais la chanson, figure-toi.

Sapphire faillit s'esclaffer.

— Myra, reprit-elle en posant son bras sur ses épaules, aimerais-tu garder ta place ici ?

Myra opina derechef.

— C'est une bonne maison, malgré Mme Dedrick — ou peut-être à cause d'elle, tiens.

— Alors, Mlle Lawrence ne doit pas venir demain soir.

Elles repartirent en direction de l'office.

— Et comment comptes-tu te débrouiller pour l'en empêcher, Molly ? s'enquit Myra.

— Je l'ignore encore, repartit Sapphire.

Elle n'eut cependant pas plus tôt prononcé ces mots qu'une idée germait dans son esprit — une idée vicieuse mais qui, si elle aboutissait, donnerait à coup sûr le résultat espéré.

— Ne m'as-tu pas confié un jour que ta grand-mère était guérisseuse et qu'elle t'avait appris à préparer toutes sortes de potions ?

— C'est vrai, admit Myra, mais elle s'occupait surtout des problèmes de ventre : aigreurs d'estomac, indispositions féminines, et j'en passe.

Arrivée devant la porte de la cuisine, Sapphire marqua un temps d'arrêt.

— Justement, dit-elle. Est-ce que, par hasard, elle ne t'aurait pas montré comment concocter… ?

Elle s'interrompit pour vérifier que personne n'était dans les parages, puis se pencha vers Myra pour lui chuchoter la suite de sa question dans le creux de l'oreille.

22

— Que diable veux-tu faire avec ça ? demanda Myra tout en tenant la porte de la cuisine ouverte pour laisser passer Sapphire, qui transportait un plateau d'assiettes creuses.

L'un des valets les précédait avec une monstrueuse soupière, Mme Dedrick venant d'annoncer en cuisine que M. Thixton et ses invités s'étaient rassemblés dans la salle à manger et qu'on devait donc y servir sans plus tarder le potage à la tortue.

— Je ne sais pas, murmura Sapphire tout en se hâtant derrière son amie. A vrai dire, je serais presque tentée d'en mettre dans la soupière et d'en servir à tout le monde.

— Oh, non, surtout pas ! s'exclama Myra, terrorisée. Si tu fais ça, ils sauront tout de suite que c'est nous !

Sapphire gloussa tout bas.

— Pourtant, répliqua-t-elle, certains d'entre eux le mériteraient bien, et notamment M. Thixton : ça lui apprendrait à se montrer aussi naïf avec la belle Clarice.

— C'est la fille d'un de ses meilleurs amis, lui rappela Myra en prenant la défense de son maître. Et M. Thixton est trop gentleman pour la contrarier.

Sapphire se renfrogna.

— A t'entendre, on pourrait croire que tu es aussi « attirée » par lui que prétend l'être Mlle Lawrence.

Myra pouffa.

— Pourquoi ? C'est pas ton cas ? lança-t-elle à son amie par-dessus son épaule.

Puis elle redressa le menton et pénétra dans la salle à manger derrière le valet, portant à la main un plateau sur lequel étaient disposées une louche et des cuillères à potage en argent.

— Mesdames et messieurs, déclara Blake, qui était assis au haut bout de la table en acajou massif que Sapphire avait cirée elle-même la veille, si vous voulez bien vous asseoir… Voici le premier plat.

Pendant la demi-heure qui suivit, Sapphire fut occupée à observer attentivement Myra, qui, par des mimiques et des gestes discrets, lui montra comment accomplir le service selon les exigences de leur maître. Quoique ayant conscience des coups d'œil que celui-ci jetait fréquemment dans sa direction, la jeune femme s'abstint scrupuleusement de croiser son regard. Comme jusqu'alors elle n'avait jamais servi aucun repas ni encore moins de dîner de réception, elle préférait se concentrer sur sa tâche. Néanmoins, tout en aidant le valet à verser la soupe, elle gardait les yeux et les oreilles ouverts dans l'attente du moment favorable à l'exécution de sa vengeance.

Ce moment arriva vers le milieu des agapes.

— Cette sauce à la truffe est divine ! s'écria Clarice Lawrence tout en en versant la dernière goutte dans son assiette. En reste-t-il ?

Elle était installée à la droite de Blake, dans le fauteuil qui, dans le souvenir de Sapphire, était normalement réservé à son père. La jeune femme en déduisit que l'intrigante avait dû intervertir les cartons sur la table juste avant le repas et n'en fut que plus déterminée à barrer la route à son ambition matrimoniale.

Myra consulta rapidement Sapphire du regard avant de répondre à Mlle Lawrence.

— Oui, mademoiselle. Bien sûr, mademoiselle, articula-t-elle avant d'enlever la saucière de la table.

Puis, dès qu'elle eut rejoint Sapphire au buffet où s'effectuait le remplissage des assiettes :

— Elle a déjà englouti à elle seule la moitié de la préparation de Mme Porter, qui en avait pourtant prévu pour seize personnes ! chuchota-t-elle à son amie.

— Peut-être est-il temps de lui apporter sa part personnelle, suggéra cette dernière.

Myra fronça les sourcils tout en remplissant la saucière avec le contenu d'un bol couvert qu'un des valets avait apporté de la cuisine.

— Cette petite goinfre en veut toujours plus, grommela-t-elle. Elle en a pourtant déjà eu plus que son content. Sais-tu au moins combien ça coûte, ces prétendus champignons qui ressemblent à des crottes de cochon ?

— Oh, moi, je pense au contraire qu'elle a absolument besoin d'une dose supplémentaire, murmura Sapphire avant de prendre un petit ramequin sur les étagères aménagées sous le plateau du buffet.

Elle sortit ensuite de la poche de son tablier la fiole renfermant la potion confectionnée par Myra et en laissa couler une bonne rasade dans le creux du récipient avant de remplir celui-ci de sauce à la truffe. Puis elle le disposa sur une soucoupe en porcelaine et, sans laisser à Myra le temps de protester, alla se placer à la droite de Clarice pour lui présenter le supplément de sauce.

— Rien que pour vous, mademoiselle, lui annonça-t-elle avec componction.

Elle effectua alors une brève révérence et déposa le ramequin à côté de l'assiette de Clarice. Au même moment, Myra ramenait la saucière au haut bout de la table, près de Blake.

Comme Sapphire se reculait, celui-ci capta son regard et, pendant un instant, la jeune femme se permit de river ses yeux dans les siens. Il entrouvrit ses lèvres sensuelles, comme s'il souhaitait lui parler, puis les pinça aussitôt et détourna la tête.

« Qui se montre entêté, maintenant ? » songea-t-elle.

Myra avait assuré à Sapphire que la potion qu'elle avait concoctée dans un des coins de la cuisine, pendant que la jeune femme distrayait l'attention de Mme Porter, avait une action foudroyante sur l'organisme. Sapphire put bientôt le constater par elle-même.

Elle venait de changer les couverts pour le dessert et Myra de servir aux invités de Blake le crumble aux myrtilles du Maine accompagné de crème anglaise, quand Clarice se mit à transpirer à grosses gouttes et à rouler des yeux égarés.

Du coin de l'œil, Sapphire aperçut le voisin de droite de la jeune femme lui saisir le bras et lui chuchoter quelque chose à l'oreille. Hochant vaguement la tête, Clarice avala une gorgée d'eau avant de se renfoncer contre le dossier de sa chaise, le front couvert de sueur. Les autres invités, auxquels n'avaient pas échappé ces curieux symptômes, n'en continuaient pas moins à deviser poliment, ne se permettant que quelques coups d'œil occasionnels en direction de l'indisposée.

Sapphire croisa le regard de Myra, qui la contemplait depuis l'autre bout de la table, et ne sut si son amie était sur le point de fondre en larmes ou d'éclater de rire.

— Clarice, ma chérie, tu ne te sens pas bien ? demanda enfin Patricia Lawrence à sa fille qui était assise en face d'elle.

— Je…, bredouilla faiblement cette dernière.

Soudain, son visage devint vert et elle se leva d'un bond. Puis elle se retourna en chancelant vers Myra et articula d'une voix mourante :

— Les toilettes… Vite !

Myra s'empressa aussitôt de montrer le chemin des commodités à la malheureuse qui rassembla sans plus de manières ses jupons de satin blanc pour la suivre. Pendant ce temps, Mme Lawrence marmonnait à l'adresse de son mari d'aller faire avancer leur voiture.

Sapphire dut tourner la tête pour cacher le rictus de satisfaction qu'elle sentait naître sur ses lèvres. Quand elle reporta son attention sur la table, cependant, Blake la fixait d'un air soupçonneux.

— Je devrais peut-être aller voir si elle n'a pas besoin de moi, suggéra Mme Lawrence, agréable femme replète qui, pour l'heure, montrait les signes de la plus vive inquiétude.

— Oui, c'est cela, approuva son mari, vas-y donc.

Subitement, tout le monde à table se mit à murmurer en même temps sur un ton excité, chacun paraissant avoir une anecdote à raconter à son voisin ou à sa voisine sur ce genre de retraite aussi infamante qu'impromptue. Sapphire, de son côté, avait le plus grand mal à contenir son hilarité.

Le dîner se termina donc en l'absence de Clarice et de sa mère.

Sapphire commençait juste à débarrasser la table quand Blake proposa à ces dames de se retirer dans le salon et à ces messieurs de l'accompagner dans son bureau pour y déguster cigares et liqueurs. Elle venait de le dépasser pour rapporter dans la cuisine un plateau couvert de vaisselle sale, quand il lui saisit le bras et, au vu de tous les invités, se pencha vers elle pour l'interroger à voix basse.

— J'espère que tu n'es pour rien dans le malaise de mon invitée.

Sapphire le considéra avec une expression innocente et se mit à battre des paupières à la manière de l'absente.

— Voyons, monsieur Thixton, répondit-elle, je suis une loyale servante. Comment pourrais-je être responsable de… l'indisposition de Mlle Lawrence ?

Puis, soutenant crânement son regard :

— Si vous voulez mon avis, précisa-t-elle en imitant le parler de Myra, c'est l'envie qui lui est remontée à la figure.

L'espace d'un instant, Sapphire crut que Blake allait sourire. Finalement, il se rembrunit de plus belle.

— Je veux te parler tout à l'heure, grommela-t-il entre ses dents.

— Certainement, monsieur Thixton, acquiesça-t-elle avant de plier le genou et de s'écarter promptement de lui pour poursuivre son chemin.

*
* *

Ce ne fut qu'une heure plus tard que Myra réapparut enfin dans la cuisine.

— Eh bien, il était temps que tu te décides à travailler un peu, toi ! lui reprocha Mme Porter en la voyant franchir le seuil de la pièce.

— Une des invitées de M. Thixton est tombée malade et Mme Dedrick m'a demandé de rester auprès d'elle, au cas où elle aurait besoin de moi, repartit Myra en réussissant à ne pas trop sourire.

Avec un reniflement dédaigneux, la cuisinière lui tourna le dos. Myra se précipita alors vers Sapphire et, lui prenant la main, se hâta de l'entraîner dehors.

Une fois dans la cour de la cuisine, Sapphire aspira à grands traits l'air de la nuit, plus frais qu'à l'intérieur, cependant que Myra tournait autour d'elle en s'esclaffant.

— Alors, ça a marché ? s'enquit Sapphire en gloussant.

— Si ça a marché ? J'ai passé toute cette heure à poireauter devant les toilettes !

Elle éclata de rire une nouvelle fois.

— Mlle Lawrence n'arrivait plus à en ressortir. Je peux te dire qu'elle n'est pas montée sur le trône pour rien !

Sapphire ouvrit des yeux ronds, vaguement choquée quand même.

— Non ? fit-elle dans un souffle.

Myra hocha rapidement la tête.

— Comme je te le dis ! Et la bassine et le broc d'eau qu'on m'avait ordonné de lui apporter n'ont pas été inutiles, car quand sa mère est finalement venue la chercher pour la ramener dans leur carrosse, eh bien, sa robe blanche, elle n'était franchement plus très blanche !

Sapphire la contempla, éberluée.

— Tu sais, les commodités sont plutôt loin de la salle à manger, quand on y pense, expliqua Myra avec une grimace entendue.

Sapphire sentit le fou rire la gagner à son tour.

— Parce que tu ne l'as pas emmenée dans la salle de bains de B… de M. Thixton ?

Fort heureusement, Myra était trop excitée pour remarquer ce lapsus.

— Pour qu'elle gâche toute l'eau de notre maître ? Jamais de la vie ! Et, en plus, ç'aurait été ensuite à nous de nettoyer derrière elle. Tandis que là, un bon coup de seau, et hop !

N'y tenant plus, Sapphire laissa enfin libre cours à son hilarité et se jeta en pleurant de rire dans les bras de Myra.

— Je crois qu'elle ne sera guère en état de séduire qui que ce soit pendant au moins plusieurs jours !

Prenant Sapphire par la taille, Myra lui fit exécuter quelques pas de gigue.

— C'est aussi mon avis, très chère, renchérit la servante en imitant à la perfection l'élocution soignée de son amie.

Sapphire espérait pouvoir regagner son lit, ce soir-là, sans tomber sur Blake.

Après que Mme Porter et ses aides eurent quitté la cuisine, laissant Myra et elle essuyer et ranger dans les armoires la vaisselle en porcelaine, Mme Dedrick entra dans la pièce en ôtant son tablier blanc — qu'elle arrivait à garder parfaitement propre, si longue soit sa journée de travail — et s'adressa à Sapphire tout en accrochant ce dernier au râtelier prévu à cet effet, juste derrière la porte.

— Toi, la nouvelle, tu vas monter tout de suite chez le maître, lui dit-elle. Il n'est pas content de l'état de sa chambre et de sa salle de bains. Il veut des draps et des serviettes propres sur-le-champ.

— Je m'en occupe, déclara Myra en serrant la main de Sapphire. Je le connais : quand il est dans cet état-là, il n'est pas à prendre avec des pincettes.

Sapphire s'abstint de répliquer à son amie qu'elle savait très bien dans quel état pouvait se mettre Blake, surtout quand elle était la cause de sa mauvaise humeur.

— Va plutôt te coucher, lui conseilla-t-elle. Je m'en charge.

Myra la considéra avec d'un air dubitatif.

— Tu as déjà nettoyé après Clarice Lawrence, lui rappela alors Sapphire en lui tendant les dernières assiettes du ravissant service de porcelaine irlandaise. Ce n'est pas à toi de faire toutes les corvées de la maison.

— Veillez seulement à ce que le maître soit satisfait, intervint Mme Dedrick. Moi, je me retire dans mes quartiers.

— Pour t'envoyer un petit coup de gin en douce, marmonna Myra.

Sapphire planta son coude dans les côtes de la servante, qui éclata de rire avec elle sitôt que Mme Dedrick eut disparu derrière la porte donnant sur l'office.

Les deux jeunes femmes s'attardèrent encore une demi-heure dans la cuisine avant que Sapphire ne pousse une Myra ensommeillée vers l'escalier de service.

— Je t'attends dans l'office, murmura cette dernière d'une voix pâteuse.

— Mais non, rétorqua Sapphire, qui pressentait que Blake et elle pourraient peut-être enfin parvenir à se comprendre. Tu es épuisée. On se revoit demain matin.

Myra la salua d'un petit geste de la main avant de se diriger vers la porte.

— Et merci, lui lança Sapphire.

— De quoi ? repartit Myra. D'avoir remis à sa place une petite demoiselle de la haute qui en avait bien besoin ?

Sapphire lui sourit, consciente d'avoir trouvé en elle une alliée fidèle — et le seul avantage, peut-être, de ce séjour forcé en Amérique.

— D'être mon amie, lui répondit-elle.

Sur un dernier sourire, la servante s'en fut rejoindre sa couche.

Sapphire alla dans l'office prendre des draps et des serviettes propres. Puis, comme elle s'apprêtait à grimper à son tour les marches étroites et raides de l'escalier de service pour gagner la chambre de Blake, elle changea subitement d'avis et décida de traverser la résidence plongée dans la pénombre pour emprunter l'escalier d'honneur de la Maison Thixton.

Parvenue devant la chambre de Blake, la jeune femme tapa à sa porte. Comme il lui répondait d'entrer, elle poussa le battant et pénétra dans la pièce, sa pile de linge sous le bras.

— Je pensais que tu ne viendrais peut-être pas, lui dit-il en refermant la porte derrière elle.

Il avait retiré son frac ainsi que sa cravate de soie et retroussé jusqu'aux coudes les manches de sa chemise. Il serrait dans sa main un verre de scotch.

— Le maître a demandé qu'on change ses draps et ses serviettes, et les autres servantes m'ont dit que, si je n'obéissais pas aux ordres de Mme Dedrick, je me retrouverais *illico presto* sur le pavé.

Lui ôtant le linge des mains, Blake le laissa tomber par terre et prit Sapphire dans ses bras pour couvrir ses lèvres de baisers.

— Tu m'as manqué, petite coquine, murmura-t-il en plaquant son ventre contre le sien après avoir posé son verre sur un guéridon de bois de rose qui se trouvait près de la porte. Peux-tu au moins t'imaginer combien tu m'as manqué ?

Sapphire ferma les yeux un instant, se cabrant sous les caresses de Blake et refusant de céder aux pulsions que celles-ci levaient en son corps et qui menaçaient de submerger son esprit.

Elle rouvrit les paupières.

— J'ai cru comprendre que tu manquais toi-même beaucoup à Mlle Lawrence.

Il se mit à lui embrasser le cou et la naissance des épaules.

— Je te l'ai déjà dit : c'est la fille de mon ami. Je n'ai pas le droit de me montrer trop cassant avec elle. Et toi, tu n'as pas le droit de l'empoisonner.

Sapphire leva les mains sur ses épaules et laissa échapper un petit rire.

— Je ne l'ai pas empoisonnée. Elle t'avait tendu un piège pour t'obliger à tomber dans son lit.

— Je n'ai aucunement l'intention de coucher avec elle. Ce n'est qu'une enfant.

— Quel âge a-t-elle au juste ?

Il redressa la tête.

— Du diable si je le sais ! Vingt ans, je dirais.

— Comme moi, répliqua-t-elle en plongeant ses yeux dans les siens.

Il resta coi un moment.

— Avec toi, c'est différent.

— Je ne vois pas en quoi.

— Quand toi et moi avons-nous jamais été d'accord sur quoi que ce soit ? s'enquit-il en effleurant sa joue du pouce. Sommes-nous donc condamnés à ne jamais nous entendre, Sapphire ?

A mesure qu'il posait ces questions, sa voix s'était peu à peu réduite à un chuchotement rauque.

Sapphire baissa les yeux. Elle était venue le rejoindre dans ses appartements pour lui rappeler sa promesse de la renvoyer à Londres, mais elle ne souhaitait pas se disputer avec lui, pas maintenant.

— Je ne sais pas, répondit-elle en lui attrapant la main pour lier ses doigts aux siens. Nous partageons certaines choses, tout de même.

Il se pencha vers elle et déposa un baiser sur sa joue.

— En effet, admit-il en commençant à dénouer son tablier.

— Non, fit-elle en le repoussant. Je suis toute collante de sueur et j'ai une tête à faire peur.

— Pas pour moi.

Il déposa un dernier baiser sur son front, puis se recula.

— Et si tu te baignais ? lui suggéra-t-il.

Elle regarda avec envie dans la direction de la salle de bains.

— Je ne devrais pas, marmonna-t-elle, comme à regret.

— Ne sois pas ridicule, protesta-t-il en récupérant son verre sur le guéridon.

— Ce n'est pas juste, expliqua-t-elle. Les autres filles n'ont pas eu droit à ce privilège avant de monter se coucher.

— Tu n'es pas comme les autres filles, rétorqua-t-il tout en la poussant vers la salle de bains.

Par la porte de la pièce, qui était entrouverte, la jeune femme distinguait la grande baignoire blanche. Celle-ci était si longue qu'on pouvait s'y asseoir, les jambes tendues devant soi.

— Tu veux seulement que je me déshabille pour pouvoir ensuite abuser de moi, déclara-t-elle.

Il renversa la tête en arrière et s'esclaffa.

— Pourquoi ris-tu ? lui demanda-t-elle avec indignation.

Il essuya les larmes que son hilarité lui avait fait monter aux yeux et avala une gorgée de scotch.

— Parce que je ne vois pas comment je pourrais « abuser » de toi, Sapphire. Avec toi, quand c'est non, c'est non. Et je plains sincèrement l'homme qui serait assez présomptueux pour prétendre être en mesure de te plier à ses quatre volontés.

Elle le fusilla du regard, brûlant de lui rappeler qu'il avait tout de même réussi à l'amener jusqu'ici contre son gré et sachant fort bien, en même temps, que ce n'était pas de ça qu'il parlait.

— Bon, je vais le prendre, ce bain que tu m'offres avec tant de chaleur, décréta-t-elle, mais si jamais tu oses pénétrer dans cette pièce avant que j'en aie fini…

Elle n'acheva pas sa phrase.

— Oui ? s'enquit-il en accueillant ses menaces avec son éternel petit sourire en coin.

Sapphire affichait un air si farouchement résolu qu'il se mit de nouveau à rire, avant de détourner les yeux et de la chasser d'un geste de la main.

— Peu importe, reprit-il. J'ai désormais compris qu'il valait mieux cultiver ton amitié si on ne voulait pas terminer sur la lunette des toilettes, comme cette pauvre Clarice.

Se déridant aussitôt, la jeune femme gloussa et, récupérant quelques-unes des serviettes qui gisaient sur le plancher, se rendit ensuite dans la salle de bains dont elle claqua vigoureusement la porte derrière elle.

Dans l'heure qui suivit, Blake cogna par deux fois sur le battant. Sapphire le congédia à chacune de ces tentatives. Respectant sa parole, il se garda d'entrer quand même.

La jeune femme avait bien conscience qu'elle ne pourrait indéfiniment rester immergée dans l'eau délicieusement fraîche de la baignoire et continuer à se cacher ainsi du reste du monde. Cependant, quand elle se levait pour s'essuyer, elle éprouvait le besoin irrépressible de se rincer encore une dernière fois les cheveux ou de se frotter tout le corps, de la tête aux pieds, avec les sels de bain parfumés.

Quand enfin sa peau commença à rider, elle décida de mettre un terme à sa trempette et s'enveloppa les cheveux dans la plus petite des serviettes, utilisant la plus grande pour s'y enrouler. Elle ne put toutefois se résigner à remettre son uniforme noir de servante qui la grattait tant : même la vieille jupe grise et le chemisier délavé que Blake lui avait initialement donnés lui avaient paru plus confortables que les vêtements entassés à présent sur le sol carrelé de la pièce.

Elle ouvrit la porte de la salle de bains et revint dans la chambre. Blake avait éteint la plupart des lampes à huile, ne laissant allumée que celle qui était posée sur la table de chevet et qui nimbait le lit d'un éclat sourd et mordoré. Sapphire ne le voyait nulle part, mais elle pouvait sentir la fumée d'un de ses cigares. Se rendant sur le balcon, elle aperçut bientôt sa silhouette au clair de lune. Accoudé à la balustrade, il contemplait l'étendue obscure de l'océan qui s'étendait au pied de la colline.

Elle alla le rejoindre. Avec naturel, il posa une main sur sa hanche. Puis ils demeurèrent silencieux un long moment, profitant de la brise nocturne et de cette trêve qui leur permettait de jouir du simple plaisir d'être ensemble.

— Il vaudrait mieux que je remonte, murmura-t-elle enfin.

Il resserra sa prise sur sa taille, sans toutefois la regarder.

— Non, reste ici. Reste avec moi jusqu'à demain.

— Blake, c'est impossible. Si une des filles se réveille dans le dortoir et se rend compte que mon lit est vide, on risque de me chercher partout dans la maison.

— Sapphire, dis-moi ce que tu veux de moi, dit-il tout en écrasant son cigare sur la soucoupe de verre qu'il avait posée sur la balustrade.

— Ce que je veux ? répéta-t-elle, prise de court par cette question inopinée.

— Oui, ce que tu veux, ce qui te ferait plaisir. Désires-tu que je te déclare ma flamme ? C'est ça que tu exiges de moi ?

Il la dévisagea dans la pénombre.

— Souhaites-tu que je me jette à tes genoux pour te jurer un amour éternel ?

Il avait prononcé le mot « amour » comme si c'était une injure ou une grossièreté et, au lieu d'être en colère contre lui comme elle l'aurait sans doute dû, la jeune femme n'éprouva à ces paroles que tristesse et pitié. Relâchant la serviette blanche qu'elle tenait enroulée autour d'elle, elle la laissa tomber sur les dalles lisses du balcon. Puis elle libéra ses cheveux dont les boucles encore humides cascadèrent sur ses épaules et tendit les bras vers Blake.

Elle aurait voulu le serrer contre elle, approcher sa tête de ses seins et lui caresser les cheveux, effacer de son visage les plis qui le marquaient et bannir ainsi de son cœur toute la souffrance qu'elle avait entendue vibrer dans sa voix. Mais elle s'en retint et, plaçant ses mains sur ses épaules, se hissa sur la pointe des pieds pour l'embrasser sur la bouche. Les lèvres de Blake demeurèrent d'abord serrées et dures avant de s'adoucir et, brusquement, il la saisit de nouveau par la taille et la pressa contre lui. Tout en approfondissant leur baiser avec fièvre, il la plaqua contre le garde-corps.

Sapphire sentit ses cheveux flotter derrière elle dans le vide. Elle avait l'impression de tomber et, en même temps, elle savait que, tant que Blake la tiendrait ainsi dans ses bras, elle ne risquerait jamais de chuter sur les rocs qui se dressaient en contrebas de la falaise. Ils s'embrassèrent ainsi, encore et encore, tandis que les mains de Blake caressaient fiévreusement sa poitrine.

Au bout d'un moment, elle déboutonna la chemise de son amant et la fit passer par-dessus sa tête avant de caresser son torse. Elle aimait le contact presque rude de ses muscles sous ses doigts et adorait taquiner ses mamelons de la langue pour éveiller chez lui des réactions semblables à celles qu'il suscitait chez elle.

Blake ne cessait entre-temps de lui caresser les bras, les flancs et la taille avec des gestes impatients, presque frénétiques. Puis il nicha sa tête entre ses seins et entreprit de déposer des baisers tout le long de son buste et de son abdomen. Avant qu'elle puisse l'arrêter, il était à genoux devant elle et lui écartait les jambes. Sapphire se retint à la balustrade quand il inséra les doigts dans son intimité brûlante. Elle émit un gémissement de volupté et ce fut au tour de la langue de Blake de lui rendre hommage. La jeune femme crut alors voir le ciel au-dessus d'elle se mettre à tournoyer, et se sentit comme aspirée vers la voûte céleste.

Les mains dans les cheveux sombres de son partenaire, elle arqua les reins et poussa un soupir de bonheur.

Se redressant, Blake enleva ensuite son pantalon et pressa Sapphire contre le garde-corps. Tandis qu'elle se hissait sur la balustrade pour s'offrir à lui, il la pénétra d'un coup, lui arrachant un cri d'extase. Puis elle se mit à accompagner le rythme de ses poussées, la tête renversée vers le ciel où les astres ne lui semblaient soudain briller que pour eux seuls.

Bientôt elle connaissait une deuxième fois le plaisir, cependant que Blake se libérait en elle.

Ils restèrent ainsi sans bouger pendant un moment, accrochés l'un à l'autre. Sapphire tremblait de tous ses membres. Qu'avait donc voulu dire Blake, s'interrogea-t-elle, lorsqu'il lui avait demandé si elle souhaitait qu'il lui déclare sa flamme ? Cela signifiait-il qu'il l'aimait ? Etait-ce sa façon à lui d'avouer un sentiment dont, au fond, il avait peur ? Jamais jusqu'alors ils n'avaient abordé ensemble le sujet et, pourtant, elle savait que Blake l'aimait, d'une certitude qui, en cet instant précis, avait soudain acquis un caractère absolu. Etait-il donc possible que cet homme qui semblait impassible éprouve des émotions aussi profondes et vastes que celles qui l'agitaient elle-même ? Etait-il possible qu'il nourrisse à son endroit, sans trop en avoir conscience ni encore moins être disposé à l'admettre, un tendre penchant ? La réciprocité de leurs sentiments respectifs n'était-elle pas finalement une illusion due au tour pour le moins singulier et ambigu qu'avaient pris leurs rapports, et cela presque depuis le début, depuis leur toute première rencontre à Londres ?

— Rentrons, lui chuchota-t-il à l'oreille quand il eut recouvré son souffle. Je manque décidément à toutes les bonnes manières…

Elle s'esclaffa et se laissa ramener par lui dans la chambre. Ils s'étendirent ensuite sur les draps frais du lit et Sapphire se blottit dans sa tiédeur, la joue confortablement posée sur sa poitrine. Sur le manteau de la cheminée se trouvait une pendulette sous globe dont elle entendait cliqueter le mécanisme.

— Tu m'as demandé ce que je voulais, dit-elle.

Elle savait qu'il était éveillé et qu'il l'écoutait, même s'il ne lui répondait pas.

— Il faut que tu m'acceptes pour ce que je suis.

Elle marqua une pause.

— Ou, de ton point de vue, que tu m'acceptes pour ce que je pourrais être. Que tu en acceptes au moins la possibilité.

— Sapphire…

Elle se redressa à demi pour presser un doigt contre ses lèvres et le scruter à la lueur de la lampe de chevet.

— Je n'ai jamais exigé que tu me croies sur parole quand je t'ai annoncé que j'étais la fille de lord Wessex. Tout ce que je désirais et que je désire encore, c'est que tu me donnes une chance de te le prouver.

— Comment ? De preuve, tu n'en as pas.

Cette fois-ci, ce fut au tour de la jeune femme de demeurer

muette tandis que, dans la chambre vaste et bien aérée, résonnait le tic-tac de la pendulette.

— M'aimes-tu vraiment ? s'enquit-elle dans un murmure.

Il détourna les yeux.

— Je ne sais pas, dit-il.

D'abord attristée par cet aveu, Sapphire reprit ensuite espoir en songeant qu'il ne lui avait pas opposé de refus ferme et définitif et que, peut-être, seule une sorte de blocage, au fond de lui, le retenait de ressentir réellement l'amour qu'il avait pour elle et de l'exprimer.

— Qu'allons-nous faire, maintenant ? demanda-t-il après une autre longue plage de silence.

— Je ne sais pas, dit-elle à son tour en se rallongeant près de lui, la tête sur l'oreiller. Peut-être avons-nous besoin tous deux d'y réfléchir encore un peu.

— Peut-être, convint-il. Entre-temps, pourquoi ne t'installerais-tu pas ici, dans mes appartements ?

— C'est impossible, Blake, tout simplement impossible, repartit-elle d'une voix étranglée. Comprends-le...

Elle déglutit avec difficulté.

— La vie de tes gens n'est pas si terrible que ça, tu sais, ajouta-t-elle. Je me suis fait une bonne amie parmi tes domestiques et je...

— Sapphire, je déteste penser que tu...

— Je crois que nous avons déjà suffisamment parlé pour cette nuit, tu ne crois pas ? l'interrompit-elle.

Il roula sur le flanc pour se retrouver face à elle et se mit à jouer avec ses cheveux.

— Je suis diplômé de Harvard, alors que toi, tu as simplement reçu l'éducation dispensée par les bonnes sœurs du Sacré-Cœur, lâcha-t-il sur un ton qui ressemblait plus à celui auquel il l'avait habituée. Et pourtant il m'arrive parfois de me dire que tu es infiniment plus intelligente que moi.

Elle rit et, relevant la tête vers lui, se perdit bientôt dans le regard de ses yeux sombres.

— Et si tu me donnais un baiser ? lui proposa-t-elle, les lèvres tremblantes d'émotion.

Tout ce qu'elle voulait, en cet instant, c'était l'entendre dire qu'il l'aimait, c'était aller sur le balcon pour le crier à tout Boston. Mais Blake, obéissant, l'embrassa et les termes de sa supplique fondirent sous ses baisers, ses caresses et peut-être, aussi, sa propre peur de l'aimer.

23

— Jessup ? chantonna Lucia en remontant fébrilement le couloir menant à son bureau, une lettre serrée dans son poing.

M. Turnberry, le clerc de l'avoué, la connaissait désormais assez bien pour savoir qu'il eût été malavisé de sa part de tenter de lui barrer la route quand elle déboulait dans cet état-là chez son patron.

— Jessup, mon petit canard !

Angélique emboîtait le pas à sa tante tout en ôtant ses gants de dentelle un doigt après l'autre.

— Franchement, tante Lucia, marmonna-t-elle, être ainsi amoureuse de celui qui t'entretient est complètement... démodé !

— Qui m'entretient ? répéta Lucia en s'immobilisant au milieu du corridor et en se tournant vers sa jeune nièce, une main sur la hanche. Apprenez que je ne suis la poule de personne, ma jeune demoiselle. Je ne roule peut-être pas sur l'or, mais voilà bien des années que je n'ai pas été contrainte d'avoir un homme pour me payer le vivre et le couvert !

Elle marcha sur Angélique avec un air menaçant.

— Comment oses-tu insinuer le contraire ? s'exclama-t-elle. C'est indigne de toi ! Et de moi !

La métisse se recula d'un pas, médusée.

— Tante Lucia, je t'en prie, calme-toi !

Elle leva les mains en signe de contrition.

— Je te prie sincèrement de m'excuser, ma tante. Je ne voulais pas te blesser, crois-moi — mais enfin, pour ma part, je ne vois pas ce qu'il y a de mal à laisser un homme me rétribuer les faveurs que je lui accorde.

— Je ne suis pas blessée, je suis insultée !

— Je ne souhaitais pas non plus t'insulter, repartit Angélique avec un petit rire. Je serais bien la dernière, d'ailleurs, à condamner une femme pour avoir cédé aux avances d'un homme. Je ne te l'apprends pas. Je désirais seulement t'informer que je suis... eh bien, gênée, oui, par l'impudeur avec laquelle vous vous affichez, toi et Jessup, au vu et au su de tout le monde.

— Mon Dieu, mais je l'aime, voilà tout, et je n'en fais pas mystère. Toi aussi, je t'aime, du reste, et également notre chère Sapphire, et je ne m'en cache pas non plus, ma mignonne.

— Certes, admit la métisse en posant ses magnifiques yeux sur Lucia.

Comme souvent par le passé, celle-ci se demanda si, après tout, Angélique n'était pas effectivement l'enfant d'Armand. Comme lui, elle avait un caractère aussi franc que passionné.

— Mais tu es trop vieille pour l'embrasser en public, non ? reprit sa nièce.

Elle gloussa.

— Et puis, avec Sapphire et moi, c'est différent.

Lucia ajusta son nouveau chapeau de paille que retenait un large ruban de gros-grain rose noué sous son menton.

— Il n'y a, au contraire, aucune différence, certifia-t-elle à Angélique d'une voix posée.

— C'est une autre sorte d'amour, insista cette dernière. Et tu le sais très bien. L'affection que j'ai pour toi, pour Sapphire ou pour Armand est éternelle. Tandis que le béguin que Henry a pour moi n'est destiné à durer que quelques semaines, quelques mois, quelques années tout au plus, mais ce garçon finira par se lasser de moi et alors il ne m'aimera tout simplement plus.

— Tu es trop cynique pour quelqu'un d'aussi jeune, affirma Lucia tout en jouant avec la dentelle du col de la jolie robe bleue de la métisse. Il est vrai que l'amour d'une mère pour sa fille se distingue par bien des côtés de l'amour que cette mère peut avoir pour son amant, ma douce, mais avec l'âge, cette différence s'estompe — ou compte moins.

Elle soupira, regrettant de ne pouvoir mieux s'expliquer.

— Les formes d'amour sont aussi souveraines l'une que l'autre, mais la passion l'est peut-être plus encore. Et c'est sans doute pour ça qu'en vérité tu as peur d'aimer Henry.

— Peur d'aimer Henry ? D'où sors-tu cette idée ridicule ? Est-ce que Henry serait encore venu te voir, par hasard ? S'il a eu ce toupet…

— Allons, Angel, ne t'emporte pas ainsi, l'exhorta Lucia en prenant ses joues entre ses mains. Le jeune Henry n'est plus passé à la maison depuis la dernière bouderie que tu lui avais infligée et qui avait duré une semaine entière. Je pense que la leçon lui a suffi. Je parle seulement de ce que j'ai eu l'occasion de voir quand vous êtes ensemble. Et dans ces moments-là, les regards dont tu le couves sont des plus éloquents.

— Ma parole, tante Lucia, tu es aussi toquée que lui ! Bon, allons-nous inviter M. Stowe à se joindre à nous pour le thé ou préfères-tu rester ici pour continuer à parler de mon amoureux — ou prétendu tel ?

Lucia fut tentée de la prendre au mot et de poursuivre encore un peu cette discussion sur Henry, mais elle se ravisa en songeant qu'il ne servirait à rien de brusquer sa nièce. Ses vrais sentiments pour Henry finiraient bien par s'imposer à elle avec le temps — du moins Lucia l'espérait-elle, tout en sachant combien l'éventualité de s'éprendre d'un homme était inacceptable pour Angélique. Son passé l'avait en effet persuadée qu'il valait nettement mieux être aimée qu'aimer soi-même et, toute libérée et impulsive qu'elle paraisse, elle avait toujours eu beaucoup de mal à changer. Lucia se rappelait encore qu'après son arrivée au manoir elle avait longtemps préféré dormir à la manière de l'indigène qu'elle était, sur une natte à même le sol, et qu'il lui avait fallu une année entière pour s'habituer à un lit.

— Ah, c'est donc bien toi, Lucia chérie ! la salua Jessup en remontant le couloir vers elles, les bras tendus. Il me semblait avoir reconnu ta jolie voix…

Angélique jeta un coup d'œil à sa tante avant de lever les yeux au ciel, comme pour signifier à Lucia : « Qu'est-ce que je te disais ? » Cette dernière, néanmoins, se contenta de rire, de tendre sa joue à Jessup et de profiter de son bonheur : contrairement à la jeune métisse, elle savait combien le vrai amour était rare.

— J'ai de splendides nouvelles à t'annoncer ! lança-t-elle à Jessup. Nous pensions, Angélique et moi, que tu aimerais peut-être venir prendre le thé avec nous.

— Ce sera avec le plus grand des plaisirs, acquiesça-t-il. D'autant que j'ai, moi aussi, du nouveau à vous apprendre.

Il désigna la porte à l'autre bout du corridor.

— Et si nous allions dans mon bureau ? suggéra-t-il. J'ai encore un peu de travail à terminer. Vous pourrez tout me raconter pendant ce temps-là.

— Nous avons enfin reçu une lettre de Sapphire, déclara Angélique en dépassant sa tante et l'avoué pour pénétrer dans l'antre de celui-ci.

Une fois à l'intérieur de la pièce, elle pivota sur elle-même, ôta son chapeau de paille et, balançant ce dernier par la bride, s'absorba avec curiosité dans la contemplation des livres qui tapissaient les murs du sol au plafond.

— Je crois que notre petite sainte-nitouche de Sapphire est devenue la maîtresse de lord Wessex.

— Il est encore trop tôt pour l'affirmer avec certitude, rectifia Lucia en s'installant dans un des fauteuils de cuir rouge disposés devant le secrétaire de Jessup. Elle n'a du reste rien écrit de tel.

— Et que dit exactement sa lettre ? demanda Jessup avec diplomatie avant de retourner s'asseoir derrière son bureau et de chausser ses bésicles.

— Pas grand-chose, en fait, répondit Lucia en lissant sur le bureau la feuille qu'elle avait déjà lue une bonne dizaine de fois. Qu'elle est arrivée sans encombre à Boston avec M. Thixton et que nous ne devons pas nous inquiéter pour elle parce qu'elle vit une grande aventure. Elle…

Elle s'interrompit pour maîtriser le tremblement qui avait peu à peu gagné sa voix.

— Elle nous promet de rentrer bientôt à Londres, continua-t-elle avant de replier la lettre et de regarder Jessup. Elle me confie la garde du coffret contenant les souvenirs de sa mère et me prie d'implorer — je cite — « le bon M. Stowe de poursuivre les recherches qu'il a entreprises pour prouver légalement le mariage entre ma mère et lord Edward Thixton » — fin de citation.

— Je vois, marmonna Jessup. Lord Wessex et elle ne sont donc toujours pas parvenus à un accord sur ce point ?

— Là n'est pas la question, Jessup, répliqua Lucia. Ce que Sapphire veut, ce n'est pas un accord, c'est, je te le répète, une *preuve* de sa filiation. Et je t'avouerai que je partage son souhait et qu'il me serait doux de quitter ce bas monde en sachant que le vœu de ma chère Sophie a été réalisé.

Elle se tut pour laisser ces paroles pénétrer l'entendement de l'avoué, lequel jugea préférable de hocher lentement la tête.

— Mais tu me disais avoir, toi aussi, de bonnes nouvelles à m'annoncer, lui rappela-t-elle. J'espère vivement que c'est en rapport avec la demande de ma filleule.

— Ça l'est, en effet, confirma-t-il.

Il apposa son paraphe au bas d'un document, puis enleva ses lunettes et dévisagea sa tendre amie.

— Nous vous écoutons, monsieur Stowe, intervint Angélique tout en prenant un livre dont elle épousseta la couverture pour lire son titre.

Jessup redressa le torse avec fierté.

— Je pense avoir localisé le domicile de Sophie Barkley dans le Sussex.

— Mais c'est fantastique, mon chéri ! s'écria Lucia avant de se tourner vers sa nièce. Tu entends, Angel ? M. Stowe a retrouvé la famille de Sophie.

— Ce n'est pas ce qu'il a dit, tantine, repartit Angélique en replaçant l'ouvrage sur l'étagère pour en choisir un autre. Avez-vous des livres sur l'Amérique, monsieur Stowe ? A un dîner, la semaine dernière, un des amis de Henry nous a raconté des histoires époustouflantes sur les Indiens. Depuis, Henry ne parle plus que de ça. Vous croyez qu'il y a encore des tribus de sauvages à Boston, près de chez lord Wessex ?

Jessup gloussa et, se levant de son fauteuil, se dirigea vers une des bibliothèques qui meublaient son confortable bureau.

— Ça se pourrait, en effet, répondit-il tout en faisant courir son doigt sur la tranche des volumes alignés devant lui.

Il jeta un coup d'œil à Lucia, avant de se remettre à lire les titres des ouvrages.

— Comme le faisait remarquer à l'instant Mlle Fabergine…, énonça-t-il.

— Oh, pour l'amour du ciel, Jessup, pourrais-tu appeler Angélique par son prénom, au moins quand nous sommes, comme ici, entre nous ? coupa Lucia en levant les yeux au ciel. Je n'ose calculer le nombre d'heures de votre vie que vous autres, Anglais, perdez à vous donner vos titres et l'intégralité de vos noms de famille.

Angélique considéra l'avoué avec un haussement de sourcils amusé.

Celui-ci quêta du regard son consentement, qu'elle lui accorda d'un signe de tête. Jessup s'éclaircit la gorge avant de poursuivre.

— Comme le remarquait donc Angélique, reprit-il, c'est seulement son domicile, et non sa famille, que j'ai localisé. Celle-ci, j'ai la tristesse de vous l'apprendre, n'existe plus. Les parents de Sophie ainsi que ses plus proches collatéraux sont décédés. Quant aux autres, ils se sont depuis belle lurette dispersés aux quatre vents.

— Mais tu as quand même avancé dans tes recherches, n'est-ce pas ?

— Je le crois. J'ai en outre l'intention de me rendre personnellement dans ce village du Sussex où, d'après M. Wiggins, le gentleman que j'ai chargé de cette enquête, Sophie aurait peut-être résidé.

Il tendit un livre à Angélique.

— Bien sûr, continua-t-il, il ne faut pas trop espérer de cette démarche. Nous ignorons d'abord si la Sophie en question était bien la mère de Sapphire et il est à craindre, ensuite, que nul là-bas n'ait gardé le souvenir d'une idylle entre un jeune vicomte et une paysanne du cru.

— Oh ! si, ils s'en souviendront, lui garantit Lucia.

— Pour ce qui me concerne, enchaîna Angélique, vous n'avez pas à vous inquiéter de me donner trop d'espoir, Jessup. Pour tout vous avouer, je n'ai jamais compris l'importance que Sapphire attachait à cette quête. Moi, je n'ai jamais connu mon père et cela ne m'empêche pas de dormir la nuit.

Ce point établi, elle ouvrit le volume que lui avait donné l'avoué.

— Tu n'es pas taillée dans la même étoffe que ta sœur, ma belle, rétorqua Lucia avant de croiser les mains sur ses genoux et de sourire à son ami. Merci, Jessup.

— A ton service, mon amour.

Se rapprochant de son fauteuil, il lui prit la main pour la porter à ses lèvres.

— Puis-je vous emprunter cet ouvrage, Jessup ? demanda Angélique en brandissant le livre en question. Cela parle de l'Ouest américain et c'est écrit par deux messieurs qui s'appellent Lewis et Clarke. Je suis sûr que Henry va le dévorer.

— Mais je vous en prie, repartit l'interpellé sans détacher son regard de sa belle.

— Merci. Je vous attends dans la voiture, mes deux tourtereaux, dit la métisse en quittant la pièce. Mais ne vous attardez pas trop, s'il vous plaît, et n'oubliez pas que vous n'êtes plus tout jeunes et que nous sommes en plein jour.

A cette pique, Lucia s'esclaffa tandis que sa nièce s'éclipsait de la pièce et que Jessup se penchait aussitôt vers elle pour l'embrasser.

— Si j'avais moins de jugeote, je pourrais prendre ça pour un défi, murmura-t-elle contre ses lèvres.

— Un défi ? Comment ça ?

Lucia se leva à son tour.

— La porte de ce bureau peut-elle se verrouiller, Jessup adoré ?

— Se verrouiller ? demanda l'avoué en fronçant les sourcils avec une expression perplexe. Euh, oui, naturellement. Mais que... ?

Puis il comprit soudain où sa chère amie voulait en venir.

— Oh, saperlipopette ! s'exclama-t-il. Oh, mazette !

— Ne me dis pas que ta femme et toi avez uniquement satisfait aux devoirs conjugaux dans votre lit, Jessup ? lui demanda Lucia par-dessus son épaule tout en allant donner un tour de clé à la serrure de la porte. Je ne veux nullement offenser sa mémoire, mais tu m'avoueras que c'est terriblement... commun, non ?

— Oh, bon sang de bois, grommela Jessup, figé sur place, les bras ballants.

Lucia revint vers le centre de la pièce et, se plantant carrément devant lui, se hissa sur la pointe des pieds, l'embrassa et lui prit la main.

— Et si nous allions tester le confort de ce sofa, Jessup chéri ? proposa-t-elle en l'entraînant vers le meuble qui avait été relégué dans un des coins du bureau. On dirait qu'il n'a plus été utilisé depuis des lustres.

Elle adressa un sourire malicieux à l'avoué.

— Mais c'est là un problème auquel nous pouvons aisément remédier, n'est-ce pas ?

— Allons, Molly, debout !

Du tréfonds du sommeil où elle était abîmée, Sapphire s'entendit appeler mais ne put se secouer de sa léthargie pour y répondre. Son esprit était hanté par Blake, par le souvenir de ses caresses, de son goût, de son odeur. Des bribes de leur conversation de la veille au soir, la plus sérieuse et, sans doute, la plus ouverte qu'ils aient jamais eue, résonnaient encore au seuil de sa conscience.

Elle se rappelait la fraîcheur revigorante du bain qu'elle avait pris dans ses appartements, ces longues minutes de délassement dans l'eau parfumée qui lui avaient évoqué les piscines naturelles de la Martinique et les après-midi qu'elle y passait jadis avec Angel et leurs amis à rire, nager, plonger et chahuter.

Puis elle crut sentir de nouveau sous son corps la fraîcheur des draps amidonnés sur lesquels elle s'était étendue avec Blake, le moelleux du matelas de son lit, la douceur des oreillers qui le garnissaient et la tendresse des bras de son amant entre lesquels elle s'était finalement assoupie, épuisée et repue.

Rien n'avait été réglé entre eux, mais leurs rapports avaient connu un changement aussi sensible que subtil, la veille au soir. Elle l'avait perçu dans la voix de Blake, en avait presque eu la sensation physique.

Cependant ce n'était pas Blake qui l'appelait maintenant. Et elle ne se trouvait plus dans le lit de ce dernier. La lucidité lui revenant peu à peu, elle reconnut bientôt la voix insistante de Myra, ainsi que les piqûres causées par les brins de paille crevant la toile de son grabat.

— J'ai bien essayé de te laisser dormir, lui expliqua la servante en tirant sur le drap brûlant qui collait à la peau moite de Sapphire. Tu avais l'air franchement épuisée, ce matin. Je n'ai pas eu le cœur de te réveiller, mais Mme Dedrick te cherche partout. Il paraît que tu aurais oublié de descendre les draps de M. Thixton à la buanderie, hier soir.

Sapphire ouvrit les yeux et cilla. Quoique les fenêtres de l'attique soient étroites, une lumière aveuglante se déversait dans le dortoir.

— Molly ! répéta Myra avec impatience.

— Ça va, c'est bon, je me lève, marmotta la jeune femme en repoussant les draps et en s'asseyant sur le lit. Quelle heure est-il ?

— Presque 8 heures. M. Thixton est déjà sorti, mais avant de partir, il a demandé que son dîner lui soit servi ce soir sur son balcon. Apparemment, il attend quelqu'un…

Les mains sur les hanches, Myra considéra Sapphire en penchant la tête.

— Il veut que ce soit toi qui fasses le service. Il a été très clair à ce sujet avec Mme Dedrick.

Sapphire récupéra sur une chaise sa jupe et son chemisier gris. C'étaient là les seuls habits dont elle disposait dans la Maison Thixton et elle les portait tous les jours. Fort heureusement, elle avait trouvé le temps de les laver la veille, après avoir endossé l'uniforme prêté par Felicity.

— Pourquoi me regardes-tu comme ça ? s'enquit-elle enfin en renfilant sa jupe.

— Où étais-tu, cette nuit ?

— Où j'étais ? Eh bien… ici, naturellement.

Elle tourna le dos à Myra pour endosser le chemisier défraîchi. Sans vouloir mentir à son amie, elle ne tenait pas non plus à lui avouer la vérité. Et qu'aurait-elle été en mesure de lui confier, d'abord ? Après la discussion qu'elle venait d'avoir avec Blake, elle ne savait plus du tout où en étaient leurs relations ni ce que pouvait leur réserver l'avenir. Certes elle avait reconnu en son for intérieur qu'elle aimait Blake. Ce dernier, cependant, ne lui avait toujours pas déclaré qu'il l'aimait en retour. Il lui avait seulement demandé si c'était ce qu'elle-même désirait. Ce qui, en somme, était pour lui une façon commode de se dérober.

Le silence de la jeune femme se prolongeant, Myra se mit à taper du pied sur les lattes de pin brut du plancher.

— Quand je me suis endormie, hier soir, tu n'étais toujours pas remontée.

— Oui, mais j'étais là à ton réveil.

Myra demeura coite et, quand Sapphire se retourna vers elle, elle vit que son amie faisait la moue.

— Si tu veux mon avis, articula cette dernière, je te conseille de garder tes distances avec notre maître.

Sapphire fourra les pans du chemisier sous la ceinture de l'odieuse jupe grise et se passa une main dans les cheveux, s'efforçant de discipliner au mieux sa chevelure en l'absence de miroir.

— Je ne vois pas de quoi tu parles.

— Oh, que si ! Tu le vois très bien, Molly de mon cœur. Tu as traversé la mer avec lui sur son bateau. Tu étais toute contente qu'il t'offre une deuxième chance, une nouvelle vie. Je ne veux pas savoir ce que tu fuyais comme ça : un papa avec la main trop dure ou trop leste, un mari *idem* ou des tonnes de dettes. Je comprends très bien ce qu'une fille est parfois obligée de faire pour s'en sortir, en ce bas monde, crois-moi, précisa Myra avec philosophie, mais tu es ici, maintenant, et il faut que tu penses à te protéger, ma douce.

Elle se tut, hésitante.

— Tu sais, reprit-elle, des hommes comme M. Thixton, j'en ai connu. N'écoute pas les sucreries qu'ils peuvent te chuchoter sur l'oreiller : c'est rien que des menteries ! Prends ton plaisir mais garde tes distances. Parce qu'à la fin, si tu t'attaches trop, tu n'auras plus rien d'autre que tes yeux pour pleurer. Notre maître est un bon maître, je n'dis pas, mais ça ne l'empêchera pas de briser ton petit cœur quand il sera fatigué de toi. Et s'il t'a laissé dans le polichinelle le genre de souvenir que les gars aiment bien d'ordinaire refiler aux filles, tu imagines ce qui va t'arriver ensuite ? Plus personne ne voudra de toi comme servante. Pas dans une bonne maison, en tout cas. Et vu comment tu te débrouilles dans le métier, ça serait vraiment dommage, non ?

Sapphire reprit sa coiffe qu'elle avait pendue à un clou enfoncé dans le plâtre du mur, se la planta sur le haut du crâne, y rangea les mèches qui avaient échappé à son débroussaillage sommaire et entreprit de remettre ses abominables chaussures.

— Ne va pas penser que je méprise tes recommandations, Myra, répondit-elle, mais la situation est compliquée, beaucoup plus que je ne saurais te l'expliquer, ce dont je préfère m'abstenir.

Myra la dévisagea sans ciller, fermement campée dans ses chaussures de cuir.

— Un cœur brisé, c'est un cœur brisé. Il n'y a là-dedans rien de compliqué et, quand ça arrive, c'est la même chose pour tout le monde.

Sur ce, elle tourna le dos à son amie et sortit du dortoir.

*
* *

Ce matin-là, Blake se rendit tôt à son bureau. Celui-ci était situé dans un immeuble en brique qui s'élevait dans une des rues donnant sur les quais. C'était l'un des plus vieux bâtiments de Boston et il avait été occupé pendant plus de cent ans par toute une série de négociants comme lui. Depuis la fondation des premières colonies en Amérique et l'arrivée sur le site, au XVIIe siècle, des pères fondateurs de la ville, Boston n'avait cessé d'être un port important, d'abord parmi les autres ports de l'Empire britannique et aujourd'hui au niveau mondial.

Depuis des années, Manford pressait son ami et associé de transférer ses bureaux dans l'un des nouveaux édifices néoclassiques, mieux bâtis et mieux chauffés, qui se construisaient en centre-ville, dans un quartier riche en pubs et en restaurants de qualité. Blake était cependant attaché à cet immeuble que son père avait acquis dans sa propre jeunesse. De fait, et bien qu'il n'ait jamais apprécié ce dernier, il aimait, en passant tous les jours de la semaine le seuil que son père avait lui-même franchi tant de fois, se voir régulièrement rappeler quel bel enfant de salaud avait été son géniteur. Cela l'aidait à ne pas l'imiter et à ne pas tomber à son tour dans des travers dont il préférait ne pas avoir à vérifier s'il en avait hérité ou non.

Ce jour-là, il avait une journée fort occupée, ce qui expliquait en partie pourquoi il avait quitté la maison aussi tôt, sans prendre de petit déjeuner ni même le temps de se baigner.

L'autre raison de ce départ aux aurores était qu'il ne souhaitait pas croiser Sapphire.

Il avait été surpris lorsque, à 3 heures du matin, elle était sortie de son lit pour renfiler son affreux costume de bonne noir et qu'elle s'était éclipsée sur la pointe des pieds. Cela l'avait mis dans une telle colère qu'il avait préféré feindre le sommeil pour ne pas risquer de se disputer avec elle. Il s'était alors posé la question qui le tarabustait déjà depuis un bon bout de temps : que diable voulait-elle de lui ? Il lui offrait le monde. Il avait l'argent et la capacité de tout lui donner. Alors pourquoi s'obstinait-elle à s'affirmer la fille de son défunt grand-cousin du Vieux Continent et tenait-elle donc autant à ce qu'il confirme son identité ? Ne comprenait-elle pas que ce qu'elle était ou prétendait être lui était complètement indifférent ?

Il trempa ses lèvres dans la tasse de café posée sur la table et recracha aussitôt le breuvage.

— Givens ! vociféra-t-il.

— Monsieur ? s'enquit son longiligne secrétaire en passant la tête par l'entrebâillement de la porte à caissons qui donnait sur le couloir.

— Ce café est froid. Vu le salaire exorbitant que je vous verse, je considère que j'exige relativement peu de vous, Givens. Alors, par pitié, ne pouvez-vous au moins veiller à ce que mon arabica du matin ne soit pas glacé comme le téton d'une sorcière ?

— Absolument, monsieur. Je vais tout de suite vous chercher une autre tasse, monsieur. M. Lawrence demande à vous voir, monsieur.

— Amenez-le-moi, repartit Blake en repoussant son fauteuil.

Givens disparut et, peu après, Manford pénétrait dans la pièce.

— Bonjour, dit-il en tendant la main à Blake.

Ce dernier se leva pour la serrer.

— Comment va ta fille ce matin ? s'enquit-il tout en désignant à son associé un fauteuil de cuir rouge quasi identique à celui que détenait M. Stowe dans son étude londonienne.

Curieusement, il repensait beaucoup à l'avoué, ces derniers temps — sans doute parce qu'il avait dû se débarrasser de deux juristes d'affilée depuis son retour. Seigneur, songea-t-il avec aigreur, n'y avait-il donc aucun avoué honnête à Boston ?

— Merci, repartit Manford en prenant le siège que lui indiquait son ami. Clarice va mieux, je crois, même si elle n'a guère fermé l'œil de la nuit.

Il secoua la tête avec un air quelque peu incrédule.

— Et aucun autre des convives n'a été malade après le repas ? demanda-t-il.

Blake secoua la tête, refusant de trop réfléchir à ce sujet. D'abord Sapphire n'avait pas reconnu explicitement sa responsabilité dans le malaise de cette pauvre Clarice et, ensuite, pourquoi diable aurait-elle tenté — et réussi, manifestement — de l'intoxiquer ? Non, se dit-il, c'était elle qui devait avoir raison : Clarice était une personne trop envieuse et insatisfaite de son sort pour que sa santé ne s'en ressente pas un jour ou l'autre. Ce jour-là était arrivé hier soir, voilà tout. Et même si l'explication lui paraissait fichtrement courte, il était fermement résolu à s'en contenter.

— A ma connaissance, ajouta-t-il, tout le monde a bien dormi ensuite.

Il faillit sourire en se remémorant avec quel bonheur il s'était assoupi dans la tiédeur de Sapphire, son corps voluptueux pressé contre le sien. D'ailleurs, pour être parfaitement franc avec lui-même, force lui était d'admettre que ce qui lui avait le plus manqué depuis leur retour à Boston, ce n'était pas tant la jouissance physique que lui procuraient leurs étreintes que le plaisir simple et profond de partager ensuite son lit avec elle.

— Bon, quelques jours de repos et je suis certain que ma petite Clarice sera remise, déclara Manford avant de réprimer un sourire. Cela dit, je crains qu'elle doive pendant encore un temps se passer des mondanités dont elle est d'ordinaire si friande — à moins qu'on la place chaque fois près des commodités !

Puis, comme pour clore la discussion, il frappa de la paume sur le plateau du secrétaire de Blake.

— Allez, dis-moi tout ce que je dois savoir avant l'arrivée de ce M. Falkin, mon vieux. Quand j'ai raconté à Mme Lawrence ce matin que nous avions rendez-vous avec un homme de Philadelphie qui pensait extraire du sous-sol de l'huile pour lampe, elle m'a conseillé de consulter, moi aussi, le médecin !

Blake pouffa.

— J'ai conscience que ça semble une idée totalement farfelue, acquiesça-t-il, mais cela a déjà été le cas de nombre d'inventions par le passé, et non des moindres. Prends la machine à vapeur, par exemple. Quand je suis revenu d'Angleterre, nous n'avons pratiquement pas eu besoin de hisser les voiles de toute la traversée et nous avons franchi la distance en un temps record. Il y a deux cents ans, ce genre d'innovations aurait paru tout bonnement miraculeux…

— Ou satanique, repartit Manford. Ce M. Falkin est donc à prendre au sérieux ?

— C'est un scientifique, un géologue. Il entretient, de plus, une correspondance suivie avec un Anglais installé au Canada — en Nouvelle-Ecosse, plus précisément — qui est une des références sur le sujet et dont j'ai pu lire les travaux. D'ailleurs, les recherches de M. Falkin sont elles-mêmes connues et suivies dans le monde entier avec passion.

— Par les autres cinglés de son espèce, tu veux dire ? plaisanta Manford.

Blake le gratifia d'un sourire indulgent.

— Pour l'instant, je veux simplement écouter ce que M. Falkin a à me dire sur son procédé d'extraction de l'huile minérale et sur la possibilité d'en trouver dans l'ouest de la Pennsylvanie, mais ne te sens nullement obligé de me suivre dans cette aventure si tu estimes que c'est un pur gaspillage de temps et d'argent.

— Eh bien, repartit Manford en se grattant la tête, il faut reconnaître que c'est assez éloigné de notre domaine habituel. Je veux dire : cela n'a pas grand-chose à voir avec le transport maritime…

— Je comprends bien, Manford. Mais il ne faut pas non plus perdre de vue la nécessité pour toute société de diversifier ses activités. Tiens, où en serions-nous aujourd'hui si nous avions misé tout notre capital sur la chasse à la baleine, comme la famille Crawford ?

— J'entends bien ton raisonnement, camarade, convint Manford, et je suis tout disposé à écouter avec toi les explications de ce M. Falkin. Maintenant, je doute fort de parvenir à persuader Mme Lawrence de l'intérêt de placer l'argent que j'ai durement gagné — et qu'elle met tant de cœur à dépenser — dans l'exploitation de l'huile minérale.

Blake s'esclaffa. Il avait toujours admiré le mariage de son associé — l'un des rares mariages heureux qu'il ait jamais connu. Car il était évident que Manford adorait son épouse et que celle-ci le lui rendait bien. Ils partageaient tout, se consultaient sur tout, dans la vie privée comme en affaires. Et les avis de Mme Lawrence manquaient rarement de perspicacité et de pertinence.

— Selon la plupart des géologues, reprit Blake, il existerait de véritables rivières d'huile minérale ou de bitume liquide — ou encore de « pétrole », pour reprendre un vieux terme du Moyen Age qui signifie exactement la même chose — dans le sous-sol de la Pennsylvanie ainsi que dans d'autres contrées du globe. Or, le potentiel d'une telle ressource est pratiquement illimité. Si ce pétrole, comme beaucoup d'auteurs le pensent, est capable de générer la force motrice requise par nos actuels bateaux à vapeur, il nous permettra d'entrer dans une ère où la notion de transport, précisément, atteindra une dimension dont nous ne pouvons même pas rêver au jour d'aujourd'hui. Je te laisse supputer les profits que récolteront ceux qui auront eu la sagacité d'investir les premiers dans cette nouvelle source d'énergie.

Manford gratta l'un de ses favoris grisonnants, signe habituel d'embarras chez lui.

— Tu m'as presque convaincu, mon vieux, concéda-t-il avec un sourire. Et je constate que, comme à l'accoutumée, tu as redoutablement bien préparé ton dossier…

Blake le contempla en fronçant les sourcils.

— Me tromperais-je en prétendant avoir entendu un « mais » au bout de cette phrase ?

Manford esquissa de nouveau un sourire contraint.

— Avant de recevoir avec toi ce M. Falkin, il y a un autre sujet dont je souhaiterais te parler.

Blake se renfonça dans son fauteuil et croisa patiemment les mains sur le plateau de son secrétaire. Dans son mouvement, il crut percevoir l'odeur de Sapphire et dut faire effort pour ramener son attention à la réalité présente.

— Qu'y a-t-il, Manford ? s'enquit-il. Lâche-toi, mon vieux, tu sais bien que tu peux tout me dire.

Manford remua dans son propre fauteuil, l'air hésitant.

— Je tiens d'abord à ce que tu me promettes d'être parfaitement franc avec moi.

Blake prit un air peiné.

— T'ai-je jamais menti ?

Manford agita la main comme pour s'excuser.

— Je sais, je sais, Blake…

Puis, se jetant à l'eau :

— C'est à propos de Clarice.

Blake attendit la suite.

— Elle, euh, s'est mis dans la tête qu'elle était amoureuse de toi. Enfin, c'est ce que m'a rapporté ma femme, tu comprends…

Blake baissa les yeux sur son bureau où étaient rangés en piles nettes des documents à consulter ainsi que plusieurs ouvrages de géologie qu'il avait achetés pour les étudier en prévision de son rendez-vous avec M. Falkin.

— Continue, dit-il.

— Tu as déjà escorté Clarice à quelques-unes des réceptions auxquelles Mme Lawrence ne cesse de nous traîner tous les trois et, même si j'ai toujours considéré ça comme une faveur de ta part, j'en suis venu à me dire que tous les deux, peut-être… Contre toute évidence, j'espérais que… Bref, tu étais — tu *es* le meilleur parti dont je pourrais jamais rêver pour ma fille…

— Non, Manford, répliqua calmement Blake en interrompant les laborieuses circonlocutions de son ami. Je n'aime pas Clarice.

Manford se mit à regarder ses mains.

— Je m'en doutais, mais il fallait quand même que je te pose la question.

— C'est une jeune femme charmante, mais…

— Non, elle n'est pas charmante du tout, trancha Manford en redressant la tête. Dieu sait pourtant que je l'adore. Elle est ma chair et mon sang. Cependant il faudrait être aveugle pour ne pas s'apercevoir que c'est aussi une enfant gâtée et un monstre d'égoïsme — le portrait craché de sa grand-mère maternelle.

En un mot comme en cent, je ne la souhaite à personne et ta réponse, mon vieux, eh bien, elle me soulage ! Ouf !

Les deux hommes éclatèrent de rire. Blake ayant déjà eu l'occasion de rencontrer la belle-mère de Manford, ce dernier n'eut pas besoin de s'expliquer davantage pour qu'il le comprenne.

— Je suis désolé, dit-il.

— Oh, tu n'as pas à t'excuser.

Manford marqua une pause, avant d'ajouter :

— En fait, c'est plutôt moi qui devrais être désolé — pour toi.

— Pour moi ? répéta Blake avec un haussement de sourcils. Je ne vois pas pourquoi.

— Vraiment ? Cette grande maison que tu habites sur Beacon Hill, tu ne la trouves pas parfois un peu… trop vide ?

— Je ne manque pas de visites, précisa Blake avec un fin sourire.

Manford sourit à son tour.

— J'en suis certain, admit-il. Mais, honnêtement, mon ami, cela suffit-il à rendre un homme heureux ? Tu mérites de vivre avec quelqu'un qui tienne à toi, avec quelqu'un qui sache aimer sans condition.

— Je croirais entendre l'un de ces poètes romantiques à la mode en Europe, répliqua Blake avec un gloussement dédaigneux.

— Entends ce que tu veux, mon vieux, mais moi, je te répète qu'il est temps que tu te choisisses une femme et fonde un foyer.

Blake garda le silence un instant.

— Tout le monde ne court pas après le mariage, dit-il tout en essayant de ne pas repenser à Sapphire ni à l'impression de déréliction qui l'avait accablé au petit matin quand il s'était retrouvé seul dans son grand lit.

— Il serait tout de même dommage que tu poursuives ainsi ton existence en aveugle et que tu manques ce que la vie a à t'offrir de plus savoureux et de plus gratifiant, rétorqua Manford.

Blake rit de nouveau.

— Décidément, je vais finir par croire comme Mme Lawrence que tu as besoin de consulter le médecin. Je ne t'ai jamais vu aussi lyrique. J'espère que tu auras recouvré ta lucidité avant l'arrivée de M. Falkin.

Il se leva et tendit la main à son associé, qui la prit et la serra après s'être à son tour redressé de son fauteuil.

— Ici, à 1 heure, c'est bien cela ? demanda-t-il.

— Absolument, répondit Blake en hochant la tête. M. Falkin m'a confirmé notre rendez-vous ce matin même par télégramme. Je pense qu'il est aussi motivé que nous par la perspective d'une éventuelle association pour l'exploitation de son fameux pétrole.

— Excellent, approuva Manford en relâchant la main de Blake et en s'éloignant de son secrétaire. A cet après-midi, donc. D'ici là, il faut que j'aille toucher deux mots à un certain fréteur auquel je serais ravi d'arracher le cœur pour l'envoyer à Londres avec la prochaine cargaison de produits locaux !

Blake s'esclaffa et se rassit à son bureau tandis que son ami disparaissait dans le couloir. Puis il se saisit d'un des livres posés devant lui, déterminé à ne plus songer à Clarice ni encore moins à Sapphire.

— Givens ! s'écria-t-il. Où diable est ce fichu café ?

— Mon chéri ? s'exclama Tarasai d'une voix chantante en entrant dans la chambre d'Armand. Vous ne saurez jamais ce que je vous apporte !

Il leva les yeux de l'ouvrage de botanique qu'il parcourait pour tuer le temps.

— Et que m'apportes-tu donc ? s'enquit-il en se redressant dans son lit et en ôtant ses lunettes de lecture.

Elle s'assit sur le bord du matelas et tendit la main derrière sa tête pour redresser un de ses oreillers.

— Devinez, repartit-elle avec un grand sourire, son charmant petit visage illuminé par le bonheur que lui procurait sa grossesse.

Il lui sourit en retour et prit sa main fine dans la sienne tout en songeant qu'après tout il valait peut-être mieux qu'il meure. Il était trop âgé pour une jeune femme comme Tarasai, trop vieux pour pouvoir se mettre au diapason de l'énergie dont tout son être semblait vibrer.

— Je donne ma langue au chat.

— C'est quelque chose que vous avez longuement désiré, mon amour, murmura-t-elle en se penchant très près de lui. Une lettre.

— Une lettre ?

Elle opina, la bouche fendue d'une oreille à l'autre.

— De Sapphire ?

Elle hocha de nouveau la tête et, glissant la main dans les profondeurs de sa robe, en sortit un pli recouvert d'une écriture qu'il reconnut aussitôt.

— Que dit-elle ?

— Voyons, Armand, s'exclama l'indigène avec un air amusé, comme si je pouvais le savoir !

Il lui prit la lettre des mains et récupéra ses lunettes qu'il avait posées sur son livre pour les rechausser. Ses mains tremblèrent quand il décacheta la missive et la lissa sur le drap de lin qui recouvrait ses jambes amaigries.

— Alors, demanda Tarasai, qu'est-ce qu'elle raconte ? Elle va bien, n'est-ce pas ?

Bien que le message de Sapphire soit court, Armand le lut d'un bout à l'autre deux fois de suite.

— Elle est partie en Amérique ! dit-il finalement, se sentant soudain soulagé du poids qui l'oppressait depuis des semaines. Avec un homme qui, d'après elle, me plairait.

— Elle s'est mariée, en conclut Tarasai. Vous voyez ? J'avais raison de penser qu'elle était née sous une bonne étoile.

Il secoua la tête.

— Non, non, objecta-t-il, ce n'est pas exactement ce qu'elle dit.

Il releva les yeux vers sa maîtresse tout en repliant distraitement la missive.

— En fait, reprit-il, cette lettre ne lui ressemble pas. D'habitude, elle se perd dans des tas de digressions, alors que, là, elle s'en tient à l'essentiel, comme si elle avait été pressée par le temps, ou par les circonstances.

— Mais elle vous recommande bien de ne pas vous inquiéter, n'est-ce pas ?

— Oui, mais…

Il hésita, parut réfléchir, puis sembla se décider soudain.

— Apporte-moi mon écritoire, ordonna-t-il. Je dois immédiatement envoyer un courrier à Lucia. Sapphire reste muette sur sa marraine et sur Angélique. Elles doivent être demeurées à Londres. Il faut que je sache si elle va vraiment bien et si cet homme est aussi honorable qu'elle le prétend.

Tarasai tendit la main vers lui, l'air brusquement alarmée.

— Avec l'hiver qui approche, la mer devient mauvaise et les lettres peuvent mettre des mois avant d'arriver jusqu'en Angleterre, lui rappela-t-elle.

Il riva ses yeux dans les siens, la comprenant à demi-mot : il ne lui restait peut-être pas autant à vivre. Il sourit néanmoins et tapota la main que la jeune indigène avait posée sur son abdomen.

— Mon écritoire, Tarasai. S'il te plaît.

— Vous avez l'air si fatigué, chuchota-t-elle en lui caressant la joue. Et si vous vous reposiez un peu d'abord ?

Il ferma les paupières un moment, puis les rouvrit et raidit l'échine.

— Je dois d'abord écrire à Lucia, répéta-t-il avec fermeté. Je me reposerai pendant que tu iras porter ce pli aux messageries maritimes.

Elle opina silencieusement et se pencha vers lui pour l'embrasser sur le front. Puis elle s'éloigna en refoulant ses larmes.

24

Sapphire frappa à la porte des appartements de Blake en éprouvant de manière aiguë l'absurdité de toute cette comédie à laquelle leur propre entêtement les avait tous deux condamnés.

Voilà trois soirs de suite que le maître des lieux avait réclamé qu'on lui apporte son dîner sur le balcon de sa chambre et qu'il avait choisi Sapphire — ou plutôt Molly — pour le servir. Et comme personne, pas même son intraitable gouvernante, n'aurait osé remettre en question ses ordres ni même ses intentions à l'égard de la nouvelle domestique, cela faisait trois soirs d'affilée que cette dernière montait chez lui, partageait son repas, puis son lit et rendossait ensuite son grotesque accoutrement de soubrette pour ramener la vaisselle sale en cuisine, avant de retourner dormir seule dans les combles de la Maison Thixton.

Ce soir-là, cependant, Blake ne répondit pas aux premiers coups que la jeune femme donna sur le battant. Elle recommença, mais cette fois-ci avec le talon de sa chaussure tout en veillant à garder en équilibre sur ses bras le plateau sur lequel était disposé leur repas. Une odeur de pain frais s'échappait de la cloche en argent recouvrant un des plats et cet alléchant fumet affolait l'estomac de Sapphire qui criait famine.

Myra ne lui avait plus reparlé de Blake après son sermon dans le dortoir ni de ses absences répétées entre l'heure du dîner et minuit. Cependant, chaque fois que la jeune femme se laissait tomber sur sa paillasse en rentrant de chez Blake, elle sentait le regard de son amie peser sur elle dans l'obscurité.

Enfin, la porte de la chambre de Blake s'ouvrit et ce dernier apparut sur le seuil, pieds nus, seulement revêtu d'un pantalon sombre et d'une chemise de lin blanc à moitié déboutonnée. Bien qu'il se soit fait couper les cheveux juste après leur retour d'Angleterre, il était ce soir-là légèrement ébouriffé, ce qui n'était pas pour déplaire à Sapphire, qui en déduisit qu'il avait dû l'attendre en lisant sur le balcon.

Depuis quelque temps, d'ailleurs, dès qu'il avait un moment libre, il le passait à dévorer l'un ou l'autre des ouvrages de géologie qui s'empilaient désormais un peu partout dans sa chambre. La veille au soir, il avait obligé la maisonnée entière à rechercher un livre traitant des systèmes de pompage sur lequel il n'arrivait plus à remettre la main. L'une des femmes de chambre avait dû le déplacer pendant qu'elle nettoyait la pièce, prétendait-il. Finalement, on avait retrouvé le volume en question dans la voiture.

— Non seulement j'ai dû grimper les marches de l'escalier de service pour monter jusqu'ici, mais il m'a fallu frapper deux fois avant que tu daignes m'ouvrir ! lui reprocha-t-elle, irritée sans trop savoir pourquoi.

A moins, pensa-t-elle, qu'elle s'en veuille surtout à elle-même d'avoir prolongé jusqu'à maintenant cette situation sans issue — pour elle, en tout cas, car Blake, lui, était plus ou moins parvenu à ses fins puisque, désormais, il avait droit chaque soir et à sa compagnie et à ses faveurs. En outre, elle lui dispensait un service en chambre de première qualité. Pourquoi, dès lors, souhaiterait-il changer quoi que ce soit à cet « arrangement » qui contentait toutes ses exigences ?

— Désolé, répondit-il en lui prenant le plateau des mains. Je ne t'ai pas entendue la première fois. J'étais sur le balcon et il y a un peu de vent ce soir.

— Tu lisais ? s'enquit-elle d'une voix plus douce.

Au vrai, elle ne l'avait pas vu de la journée et il lui manquait.

— Oui, acquiesça-t-il. A ce propos, j'aimerais avoir ton avis. Je crois que nous devrions aller en Pennsylvanie pour vérifier certaines allégations des experts. Je t'en parlerai pendant le dîner.

Il emporta ensuite le plateau sur le balcon tandis qu'elle ôtait sa coiffe et dénouait ses cheveux.

Quand elle l'eut rejoint dehors, elle inspira profondément, remplissant ses poumons de l'air vif du soir que lui soufflait à la face une brise venue de la baie.

— Quel soulagement ! murmura-t-elle. Ce rafraîchissement est le bienvenu après la canicule de ces derniers jours.

— Oui, le vent a finalement tourné, renchérit Blake tout en déposant sur la table le plateau et en soulevant les cloches en argent qui protégeaient les plats. Mais, à la différence de toi, les gens d'ici auraient plutôt tendance à regretter la chaleur. L'hiver arrive vite, par ici, et les chutes de neige sont assez spectaculaires dans la région.

— Je n'ai jamais vu la neige, murmura-t-elle rêveusement. Il n'en tombe pas beaucoup en Martinique.

— Non, j'imagine. Mais les Bostoniens n'ont guère de cocotiers non plus, répliqua-t-il plaisamment.

Il releva les yeux vers elle. Sapphire le trouvait plus détendu que d'habitude.

— Rien de tel qu'un bon blizzard pour rester au chaud dans son lit avec un bon livre — ou, mieux encore, avec une partenaire consentante.

Comme elle croisait son regard, elle vit luire une lueur canaille dans ses prunelles et ne put réprimer un sourire. Cependant elle avait bien conscience qu'il n'exprimait là que le désir qu'elle lui inspirait. Or, cela ne lui suffisait pas. Elle y avait beaucoup réfléchi ces jours derniers et elle avait fini par conclure que si beaucoup de femmes, telles qu'Angélique, pouvaient se contenter de ce genre de rapports, ce n'était définitivement pas son cas.

— Mangeons, lui proposa-t-elle en s'avançant vers la chaise qu'il avait tirée pour elle. Je suis morte de faim. Tu n'auras qu'à me lire ton livre sur le pétrole pendant que je goberais ces huîtres. Attends un peu d'y goûter. Mme Porter a…

Un coup sec frappé à la porte l'interrompit. Elle sursauta,

jeta un œil dans la pièce, puis reporta son attention sur Blake. Personne ne les avait dérangés les soirs précédents, le reste de la maisonnée préférant sans doute s'arranger pour ne pas avoir à découvrir ce qu'ils pouvaient faire ensemble jusqu'au milieu de la nuit. Au vrai, dès que Sapphire passait le seuil des appartements de Blake, elle avait l'impression qu'elle et lui se retrouvaient seuls au monde.

— Monsieur… monsieur Thixton ? appela Mme Dedrick depuis le couloir d'une voix plus aiguë qu'à l'ordinaire.

Sapphire bondit immédiatement sur ses affaires pour remettre sa coiffe.

— Sapphire…, lui murmura Blake.

Elle courut à la porte.

— Madame Dedrick, dit-elle en ouvrant à la gouvernante qu'elle gratifia d'une petite révérence. Je m'apprêtais à…

— Monsieur Thixton, vous avez de la visite, annonça Mme Dedrick en ignorant la jeune femme. Mme Sheraton…

— Ecartez-vous ! ordonna cette dernière dans le dos de la gouvernante.

Sapphire reconnut la nouvelle venue pour l'avoir vue à la réception donnée chez Blake.

La quadragénaire pénétra dans la chambre au milieu d'un tourbillon d'organdi bleu.

— Renvoie tes gens, Blake, s'il te plaît, s'écria-t-elle, les yeux rougis par les larmes, un mouchoir de dentelle serré en boule dans son petit poing.

Sapphire se tourna vers Blake. En le voyant debout dans la porte-fenêtre qui donnait sur le balcon, la jeune femme comprit qu'ils vivaient là un moment crucial de leur liaison — si du moins on pouvait nommer ainsi leurs relations.

— Vous, redescendez avec moi, la somma alors Mme Dedrick avec un claquement de doigts, comme si elle s'adressait à un animal domestique. Allons, venez.

— Oh, Blake, gémit Mme Sheraton en lui tendant la main, tu ne peux pas savoir ce que Rufus m'a fait.

— Que se passe-t-il, Grace ?

Ce furent les derniers mots que Sapphire l'entendit prononcer avant d'emboîter le pas à Mme Dedrick.

— Le… le plateau et les cloches sont restés sur le balcon, balbutia-t-elle.

— Tant pis, répliqua sèchement Mme Dedrick, les clés tintant à sa taille. De toute façon, ma petite, votre place n'est pas dans la chambre du maître.

— Oh, Blake, sanglota Grace Sheraton en se pendant au cou de son ami.

Debout au milieu de la chambre, celui-ci se tenait aussi raide qu'un piquet, ne sachant au juste comment interpréter ce qui venait d'arriver entre Sapphire et lui. Le tic-tac de la pendulette sur le manteau de la cheminée et les reniflements de Grace l'irritaient et l'empêchaient de penser.

Qu'est-ce que Sapphire attendait donc de lui ? s'interrogea-t-il. Qu'il congédie Grace ?

— Qu'y a-t-il ? murmura-t-il. Rufus serait-il tombé malade ?

— Tombé malade ? répéta Grace, ses larmes coulant sur un visage qui restait avenant pour celui d'une femme âgée de presque dix ans de plus que lui. Si seulement j'avais cette chance !

— Et si tu t'asseyais ? lui suggéra-t-il, gêné par le poids de son corps agrippé au sien.

Voilà plus de cinq ans qu'ils se fréquentaient clandestinement, son mari la trompant de son côté avec à peu près toutes les dames et les servantes qui avaient l'infortune de croiser son chemin et lui témoignant par ailleurs une indifférence quasi totale. Cette liaison avec une voisine avait jusqu'alors paru à Blake sans conséquence. Grace était à la fois discrète, peu exigeante en sentiments et généreuse au lit : la maîtresse idéale, en somme. Depuis son retour à Boston, toutefois, il s'était bien gardé de répondre à ses invites. Il estimait que leur aventure n'avait plus lieu d'être et avait espéré qu'elle s'achèverait d'elle-même, sans ces cris et ces pleurs que certaines femmes avaient la désagréable manie d'infliger à leurs anciens amants. Or, la crise qu'il redoutait tant semblait bien sur le point d'éclater. Et chez lui, qui plus était, dans sa propre chambre !

Les sanglots des représentantes du beau sexe l'avaient toujours embarrassé, surtout ceux des épouses des autres. Il ne savait jamais si ces démonstrations de chagrin étaient sincères ou seulement destinées à le manipuler.

— Non, je n'ai pas envie de m'asseoir, repartit Grace en se collant de nouveau contre lui. Je veux seulement que tu me tiennes dans tes bras, Blake, et que tu me serres très fort.

Avec réticence, il posa une main sur sa taille. Cependant, l'odeur de Grace ne tarda pas à lui monter aux narines, ce parfum de femme qui l'avait jadis tant excité, et il se prit aussitôt à penser à Sapphire et aux fragrances tellement singulières qui émanaient d'elle. Même à Londres, elle usait rarement de cette eau de rose dont les demoiselles de son âge se plaisaient tant à abuser : elle était naturellement belle et sentait naturellement bon. Son être entier, tel qu'il avait été conçu par la nature, embaumait une grâce que Grace n'aurait jamais.

— Qu'a encore fait Rufus ? demanda-t-il avec lassitude.

— Il veut annuler nos noces, répondit-elle d'une voix étouffée, la tête enfouie contre sa poitrine.

— Annuler vos noces ? répéta Blake avec incrédulité. Après vingt-cinq années de mariage et trois enfants ? Ce ne serait pas plutôt un divorce qu'il réclame ?

— Annulation ou divorce, peu importe : tout ce qu'il désire, c'est se débarrasser de moi, maintenant que je ne lui sers plus à rien et qu'il n'a plus envie de moi.

Elle se remit à pleurer de plus belle et à mouiller de ses larmes la chemise de Blake.

— Il m'a avoué froidement qu'il était amoureux de quelqu'un d'autre et qu'il allait me quitter pour épouser cette femme.

— Il ne pensait peut-être pas ce qu'il disait, repartit Blake tout en lui tapotant maladroitement l'épaule. Tu sais comment il est parfois, surtout quand il a bu.

— Il n'avait pas bu ! dit-elle entre deux hoquets. Et puis je connais cette fille. C'est… ce n'est qu'une petite catin, une des serveuses du pub où il déjeune tous les jours. J'aurais dû me douter qu'il y avait anguille sous roche, quand il a cessé de rentrer faire sa sieste à la maison après le déjeuner.

— Je ne sais pas quoi te dire, avoua Blake, que le prosaïsme de ces turpitudes ennuyait.

— Alors, ne me dis rien, répliqua Grace en levant vers lui un visage amer et ravagé par le chagrin.

Blake ne mettait pas en doute la réalité de ses souffrances : quoique trompant son mari, elle l'aimait sincèrement et devait se sentir trahie.

— Serre-moi juste dans tes bras, chuchota-t-elle. Console-moi un peu, rien qu'un instant.

Et elle l'embrassa sur la bouche.

Blake s'efforça d'abord de lui résister. Il repensait toujours à Sapphire et aux paroles qu'ils avaient échangées l'autre soir. Des paroles qui l'avaient plus effrayé qu'il n'aurait été prêt à le reconnaître, même en son for intérieur. Il avait demandé à la jeune femme si elle voulait l'entendre dire qu'il l'aimait. Elle ne lui avait pas répondu et il ne savait qu'en conclure. Croyait-elle donc l'aimer elle-même ? se demanda-t-il. Ou n'était-ce de sa part qu'un stratagème de plus pour lui soutirer argent et privilèges ?

Au fond, il ignorait la nature exacte des sentiments qu'il nourrissait envers Sapphire. Mais à supposer que ce soit de l'amour et que, cédant à ses instances, il l'admette tout haut, où tout cela les mènerait-il ? Combien de temps lui faudrait-il pour se lasser de lui et le quitter ? Ou, si elle était sincère, combien de temps lui faudrait-il pour prendre enfin conscience du genre d'homme qu'il était… et le quitter aussi ?

Car on en revenait toujours là, songea-t-il : les histoires d'amour, même les plus authentiques, ne duraient jamais.

Pourquoi, dès lors, s'embarrasser de questions et ne pas profiter plutôt de l'instant présent ?

Les baisers insistants de Grace lui semblèrent peu à peu

confirmer la justesse de ce raisonnement, si cynique soit-il. Après tout, c'était une belle femme et il connaissait suffisamment son corps pour en retirer le maximum de plaisir. Pourquoi diable ne lui accorderait-il pas les caresses et les étreintes qu'elle lui réclamait avec une ardeur aussi désespérée ?

— Blake, le supplia-t-elle en empoignant le devant de sa chemise et en plongeant ses yeux mouillés de larmes dans les siens, aime-moi !

Il ferma alors les paupières et répondit à ses baisers.

En bas, dans la cuisine, Sapphire se tint occupée en lavant d'abord la vaisselle du repas du soir. Puis elle se mit à nettoyer la vieille table sur laquelle Mme Porter pétrissait le pain chaque jour. Tout en frottant hargneusement avec une brosse de chiendent le plateau poli par l'usage, elle luttait contre les pleurs qui lui picotaient les yeux.

Au bout d'un moment, Myra surgit à son côté pour lui prêter main-forte et toutes deux ahanèrent bientôt dans leurs efforts pour chasser les restes de farine incrustés dans les veines du bois.

Plus d'une heure s'était écoulée depuis l'apparition de Mme Sheraton et celle-ci n'était toujours pas redescendue des appartements de Blake.

— Il paraît que Mme Sheraton a débarqué tantôt chez notre maître, énonça Myra à voix basse.

— Comment le sais-tu ? rétorqua Sapphire, étonnée, en regardant son amie.

A la différence des autres domestiques, en effet, Mme Dedrick n'était pas cancanière. Elle prenait son poste de gouvernante trop au sérieux pour se laisser aller aux plaisirs douteux du commérage.

— Felicity l'a vue en train de monter quatre à quatre les marches de l'escalier d'honneur, expliqua Myra avant de jeter un regard en coin à Sapphire. D'après elle, tu étais encore dans la chambre de M. Thixton à ce moment-là.

— Myra, je... j'ai une liaison avec Blake depuis notre départ de Londres, avoua alors Sapphire, les lèvres frémissantes.

Myra demeura coite un instant.

— Je m'en doutais, marmonna-t-elle enfin. Et tu es amoureuse de lui, c'est ça ?

Sapphire se contenta de hocher la tête, craignant de pleurer toutes les larmes de son corps si elle ouvrait la bouche.

— Ma pauvre petite, chuchota Myra en la prenant par les épaules. Et voilà que ton chéri se remet à ses galipettes avec Mme Sheraton...

Sapphire jeta la brosse dans le seau d'eau tiède posé à ses pieds, déchirée par les paroles de Myra qui ne faisaient qu'exprimer tout haut ce qu'elle redoutait depuis le début — car elle avait deviné ce qui allait se passer en voyant l'expression affichée par Mme Sheraton quand Mme Dedrick avait refermé derrière elles la porte de la chambre. Elle avait alors su avec certitude ce que la quadragénaire était venue quémander auprès de Blake.

— Tu crois ? demanda-t-elle néanmoins à Myra.

Cette dernière leva les yeux au plafond comme si elle était capable de voir à travers les poutres et les couches de plâtre qui les séparaient du premier étage.

— C'est couru d'avance, non ? Tu sais, cela fait des années qu'elle rend ainsi visite à notre maître. Il n'y a pas un seul membre de la maisonnée qui ne soit pas au courant.

— Sauf moi, articula péniblement Sapphire, la gorge serrée.

Tous les espoirs insensés qu'elle avait pu nourrir jusqu'alors lui semblèrent disparaître en fumée. Blake ne l'aimait pas, se dit-elle. S'il l'avait aimée, jamais il n'aurait permis à Mme Sheraton de rester dans sa chambre. Et jamais il n'aurait permis à Mme Dedrick d'éloigner ainsi de lui celle qui, en vérité, n'avait été pour lui qu'une utilité, qu'un corps — rien.

— Du temps où je travaillais encore chez les Sheraton, ajouta Myra, ce n'était déjà un secret pour personne. On n'en était pas mécontents pour madame, d'ailleurs, car, si tu veux mon avis, son mari ne la méritait pas. Et je suis bien placée pour le savoir !

Sapphire s'essuya le nez tout en essayant de remettre de l'ordre dans ses idées.

— J'ai besoin de ton aide, lança-t-elle à Myra.

— Tu l'as, lui assura celle-ci en lui serrant le bras. Je vais voir si je peux te dégoter une place dans une autre maison, ma belle. Il est probable que Mme Dedrick te donnera aussi un coup de main, étant donné les circonstances. Si elle aboie beaucoup, elle ne mord pas souvent, vois-tu. J'ai même eu plusieurs fois l'occasion de me rendre compte qu'elle ne manquait pas de cœur.

Sapphire secoua la tête.

— Non, tu ne comprends pas. Je ne suis pas une femme de chambre.

Elle releva les yeux vers Myra.

— Je suis une dame, murmura-t-elle. Et je dois partir retrouver ma famille à Londres.

Myra la considéra fixement, mais ne mit pas en doute ses assertions. Curieusement, elle semblait persuadée que Sapphire ne lui mentait pas.

— Je n'ai pas beaucoup d'argent, vu que je donne presque tous mes gages à ma maman pour les petits, mais ce que j'ai est à toi, Molly.

— Pas question que je prenne ton argent, Myra. J'ai juste besoin de vêtements et de quelques provisions.

— Quand même, j'ai du mal à comprendre, marmonna Myra. Comment veux-tu embarquer pour Londres sans un *cent* en poche ? Tu pourrais peut-être demander à M. Thixton…

— Non ! C'est totalement exclu.

Elle riva de nouveau son regard dans celui de la servante.

— Je ne veux rien de lui, pas même ses souhaits de bon retour !

— Bien, bien, convint Myra. Je vais voir ce que je peux récolter auprès des autres. Quand pars-tu ?

Sapphire pinça les lèvres, résolue à ne pas pleurer.

— Le plus tôt sera le mieux, repartit-elle stoïquement. Cette nuit même. Je ne peux supporter de rester une seule minute de plus dans cette maison.

Le soleil s'était couché depuis longtemps et il était près de 22 h 30 quand, dans la cour de la cuisine, Sapphire prit le sac de toile que lui tendait Myra.

— Tu as fière allure, déclara celle-ci, le clair de lune jetant des reflets argentés sur ses joues mouillées de larmes.

Sapphire baissa les yeux sur le pantalon de toile et la chemise de coton rêche et couturée de reprises dont elle s'était affublée. Voyant que Myra tenait absolument à lui trouver elle-même les vêtements demandés, elle lui avait fait valoir qu'il serait plus sûr pour elle de voyager sous l'aspect d'un garçon. Déjà que les routes étaient dangereuses pour un jeune homme seul, avait-elle souligné, elles le seraient assurément plus pour une femme sans escorte.

— Tu trouves ? s'enquit-elle. Je ressemble vraiment à un garçon, comme ça ?

— A un joli garçon d'écurie, oui, confirma Myra en lui pinçant la joue.

Sapphire s'esclaffa et sentit ses propres yeux se mouiller.

— Jamais je ne saurais assez te remercier pour tout ce que je te dois.

— Ne sois pas idiote, répliqua Myra en haussant les épaules.

— Je suis sincère, lui assura Sapphire. Tu as été pour moi la meilleure amie du monde au cours de ces dernières semaines.

— Bah, tu aurais fait la même chose pour moi, murmura Myra d'une voix presque timide.

— Ça, c'est bien vrai, approuva Sapphire. Bon, il faut que j'y aille maintenant. Et ne tarde pas à remonter te coucher. Personne ne doit se douter de rien.

— Mais où vas-tu aller ? L'argent que j'ai ramassé pour toi te suffira à peine pour acheter quelques miches de pain.

— Il vaut mieux que je ne te dise pas où je vais. Comme ça, si on t'interroge à ce sujet, tu n'auras pas besoin de mentir pour me couvrir.

— Tu as sans doute raison, admit Myra. Mieux vaut que je ne sache rien quand M. Thixton va se mettre à braire comme un âne.

Elle leva les yeux au ciel.

— Il me fait peur, parfois, quand il commence à crier comme ça.

Sapphire sourit.

— Peut-être ne criera-t-il pas. Peut-être même ne s'inquiétera-t-il absolument pas de mon sort.

— Oh, ça m'étonnerait. Notre maître — enfin, le mien plutôt — est un homme comme les autres : il tient à diriger tout le monde et, quand quelque chose ou quelqu'un lui échappe, c'est comme si on le poignardait dans le dos !

Sapphire serra une dernière fois Myra dans ses bras, ajusta la casquette qu'elle avait enfilée pour compléter son déguisement et dissimuler ses cheveux et franchit la porte donnant sur la campagne.

— Au revoir, Myra.

— Au revoir, Molly. J'espère que tu pourras rentrer chez toi, répondit la servante en pleurant. Et que tu trouveras enfin le bonheur !

Le bonheur ? se répéta Sapphire en lui tournant le dos. Elle finissait presque par croire qu'il était hors de sa portée.

En revanche, elle était bel et bien déterminée à rentrer chez elle.

— Partie ? Comment ça, « partie » ? s'enquit Blake en reposant son journal. Partie au marché, voulez-vous dire ? Aux courses ?

— Non, monsieur, répondit la gouvernante en gardant les yeux baissés sur le tapis de la petite salle à manger.

Si Blake avait choisi ce matin-là de prendre son petit déjeuner dans cette pièce-ci plutôt que dans sa chambre, c'était pour s'assurer que Sapphire garderait son calme quand il lui parlerait.

— Où est-elle donc partie, madame Dedrick ?

— Je ne sais pas. Elle a quitté le service.

— Quitté le service ? rugit Blake en donnant du poing sur la table. Et pour aller où ? C'est absurde ! Interrogez plutôt l'autre servante, là, la petite brune. Elles avaient l'air de bien s'entendre, toutes les deux.

— Je l'ai déjà interrogée, monsieur, ainsi que toutes les autres filles de la maison et les garçons qui travaillent à l'écurie. Personne ne l'a vue. Pas depuis hier soir, en tout cas, monsieur Thixton.

Il se leva d'un bond et récupéra sa veste qu'il avait pendue au dossier de sa chaise.

— Faites avancer ma voiture.

Mme Dedrick s'écarta de son chemin.

— Oui, monsieur.

— Elle n'a pas dû aller bien loin sans argent. Elle ne connaît personne en ville, marmonna-t-il tout en filant vers le perron. Non, elle n'a pas dû aller bien loin…

25

Pour ne pas risquer d'être retrouvée par Blake, Sapphire décida de quitter Boston.

Elle coupa d'abord à travers les élégantes propriétés qui se dressaient sur Beacon Hill et prit la direction du sud. Elle ignorait combien de temps il lui faudrait pour obtenir un nouvel emploi et économiser de quoi payer le trajet de retour à Londres, mais elle supposait que, l'hiver approchant, une fille des îles comme elle aurait plus de chances de survivre dans des contrées moins glaciales — d'autant qu'elle n'avait pas de domicile.

Ainsi donc, habillée comme un jeune homme, son sac de toile jeté sur l'épaule, elle longea le littoral sud tout en essayant de ne plus repenser à Blake ni à la cruelle déception qu'il venait de lui infliger. Et pour mieux chasser l'un comme l'autre de sa mémoire, elle évoqua des souvenirs de son enfance en Martinique, de cette période bénie où elle partageait amour et rires avec les siens.

Elle emprunta les grandes routes durant toute la nuit, en veillant à toujours garder l'océan sur sa gauche. L'aube venue, elle jugea préférable de se cacher, au cas où Blake aurait été assez en colère pour envoyer l'un de ses gens, sinon un représentant de la loi, à sa poursuite. Elle le savait capable de tout, y compris de l'accuser de vol ou de n'importe quel autre délit, pour la rattraper et la reprendre sous sa coupe.

A quelques kilomètres de la ville, elle avisa un bâtiment en pierre abandonné construit sur un ruisseau — un ancien moulin, sans doute. Elle se hâta d'y trouver refuge et, après avoir mangé quelques-unes des pommes qu'elle avait ramassées en chemin, se roula en boule sur un tas de vieux sacs de grains, s'enveloppa dans la couverture de laine que lui avait donnée Myra, et s'enfonça dans un sommeil fourbu et sans rêve.

Elle devait être plus fatiguée encore qu'elle ne l'avait cru car, quand elle se réveilla, courbatue mais reposée, les ombres projetées par le soleil à l'intérieur du moulin commençaient déjà à s'allonger. Après s'être sustentée d'une autre pomme, ainsi que d'une tranche du pain de Mme Porter, elle rassembla ses maigres possessions et se prépara à repartir. Alors qu'elle glissait le bras dans une des manches de la gabardine en laine que lui avait cédée un des garçons d'écurie de la Maison Thixton, elle entendit un bruit à l'extérieur.

Elle se figea sur place.

Elle n'était pas du genre à s'effrayer pour un rien. Sur son île, elle avait souvent entendu des indigènes raconter des histoires de revenants et de fantômes, et jamais elle n'en avait conçu la moindre peur. Ce n'étaient pas les spectres ni le surnaturel qu'elle craignait, c'étaient les hommes en chair et en os, car elle savait combien il était dangereux pour une femme de voyager seule. Elle priait seulement le ciel pour que son instinct de survie et un brin de chance la préservent du pire.

Elle perçut de nouveau le même bruit : un froissement d'herbes, un frottement contre la porte entrouverte dont le battant pendait vers elle, à moitié dégondé. Elle retint sa respiration. Il y avait bien quelqu'un dehors, pensa-t-elle. Mais qui ? Peut-être un vagabond qui, comme elle-même la veille, cherchait un abri…

Le silence revint.

Au bout d'un moment, elle exhala lentement, le cœur battant à tout rompre. Puis il y eut comme un craquement de branchages, suivi d'un son des plus bizarres : une sorte de couinement étouffé.

Apercevant soudain une truffe humide et noire qui poignait derrière la porte, la jeune femme laissa éclater un rire de soulagement. Encouragé, le chien acheva de passer la tête par l'entrebâillement et se mit à la regarder avec attention.

S'esclaffant de nouveau, elle s'accroupit.

— Viens là, mon vieux, murmura-t-elle en présentant sa main à l'animal.

Le petit braque courtaud, au pelage marron taché de blanc, acheva de pénétrer dans la pièce en remuant sa queue trapue. A mi-chemin de Sapphire, il s'arrêta brusquement pour la considérer d'un œil méfiant. La pauvre bête était maigre et sans foyer… tout comme elle-même, se dit la jeune femme.

Un sourire aux lèvres, Sapphire plongea la main dans son sac de toile pour y prendre l'autre demi-tranche de pain qu'elle avait pensé garder pour le lendemain. Le chien accourut aussitôt, la queue agitée d'un va-et-vient enthousiaste, et, au grand amusement de la jeune femme, engloutit d'un coup l'offrande. Après avoir soigneusement léché la moindre miette qui pouvait rester dans la paume de Sapphire, il leva sur elle un regard plein d'espoir.

— Désolée, dit-elle en lui tapotant la tête. C'est tout ce que j'ai.

Elle lui ouvrit ses deux mains sous le museau.

— Tu vois : je n'ai plus rien. Allez, file maintenant.

Elle lui signifia du geste l'ordre de s'en aller, mais il se contenta d'agiter la queue de plus belle en lui tournant autour.

Sapphire sortit par l'étroite ouverture entre la porte démantibulée et le mur et se retrouva dans l'air frais du début de la soirée. Le chien la suivit. Elle constata alors qu'il boitait.

— Qu'est-ce qui t'arrive ?

Elle s'accroupit devant lui, non sans se demander si l'animal lui permettrait d'examiner sa patte blessée… ou s'il ne chercherait pas plutôt à compléter son repas en la mordant ! Heureusement, il était aussi gentil qu'il en avait l'air et se laissa ausculter de fort bonne grâce.

— Mon pauvre choupinet, tu t'es enfoncé une belle saleté dans la patte, déclara la jeune femme en avisant une épine noire qui saillait d'un de ses coussinets. Pas étonnant que tu claudiques comme ça.

Elle lui enleva l'épine avec des gestes prudents.

— Et voilà ! s'exclama-t-elle. Tu devrais te sentir mieux, maintenant.

Le braque lécha sa patte, puis la main de Sapphire.

— Bon chien, repartit celle-ci avant de s'éloigner.

Il lui emboîta le pas.

— Non, tu ne peux pas venir avec moi, lui dit-elle.

Elle poursuivit son chemin. Au bout d'un long moment, elle jeta un coup d'œil par-dessus son épaule et vit que l'animal était toujours sur ses talons.

— Non ! répéta-t-elle. Rentre chez toi, va où tu veux, mais ne me suis pas, d'accord ?

A la fin, comme le braque s'obstinait, elle revint sur ses pas et le rejoignit sans pouvoir s'empêcher de sourire : la bête était si laide qu'elle en devenait touchante.

— Je ne peux pas t'emmener avec moi, lui répéta-t-elle. D'ailleurs, je ne sais même pas où je vais. Je n'ai pas assez de nourriture pour toi et moi, et l'état de mes finances ne me permet aucune fantaisie.

Le chien se remit à couiner en guise de réponse et se rapprocha encore d'elle.

Pivotant sur elle-même, elle reprit son chemin. Comme elle s'y attendait, le braque ne la lâcha pas d'une semelle. Elle constata également, non sans une certaine satisfaction, qu'il ne boitait plus. Ceci expliquait du reste sans doute cela, songea-t-elle avec résignation.

— Tu es du genre fidèle, hein ? lui demanda-t-elle après deux autres kilomètres. Certainement plus fidèle, en tout cas, que quelqu'un que je ne nommerai pas…

De nouveau, elle eut droit à un couinement et à des battements de queue.

— L'image même du dévouement, commenta-t-elle. Tiens, tu me fais penser à M. Stowe quand il est avec tante Lucia.

Cette image lui parut à la fois si juste et si saugrenue qu'elle s'esclaffa. Quand elle eut fini de rire, elle soupira et s'arrêta sur la route. Elle ne s'était pas plutôt accroupie que, comme elle l'escomptait, le braque se précipitait pour lui faire fête.

— C'est bon, j'ai compris, grommela-t-elle. Tu m'aimes, tu m'adores…

Elle se renfrogna soudain.

— On ne peut pas en dire autant de tout le monde, ajouta-t-elle à voix basse en lui grattant l'oreille. Alors, Stowe, aurais-je enfin trouvé quelqu'un qui m'apprécie pour ce que je suis, hein ?

Le chien agita vigoureusement la queue, comme pour approuver son nouveau nom.

— Très bien, fit-elle en se redressant. Mais je t'avertis qu'on va quelque part vers le sud — désolée, je ne peux pas être plus précise — et que j'ignore si je pourrai te nourrir encore longtemps, car je présume que tu ne manges pas de pommes.

Le braque la contempla en silence de ses grands yeux sombres qui, de fait, ressemblaient étonnamment à ceux de l'avoué anglais.

— Alors, marché conclu ? s'enquit-elle.

Et l'expression du chien fut si éloquente qu'on aurait pu jurer qu'il souriait.

— Bon, c'est d'accord.

Elle lui fit signe de la suivre.

— Allez, viens, Stowe. Avec un peu de chance, on arrivera bien jusqu'à New York. J'ai beaucoup lu sur cette ville, mais je n'y suis encore jamais allée. C'est un but comme un autre, non ?

Comme s'il avait compris qu'il était définitivement accepté, le chien se porta à sa hauteur et marcha à côté d'elle, la langue pendante, ses petites pattes foulant régulièrement la terre battue de la route.

— Maintenant, je ne sais pas combien de kilomètres nous en séparent, reconnut-elle. Tout ce que je connais de New York, c'est ce que Blake m'en a raconté. Il voulait m'y emmener pour que je visite les musées et quelques-uns des immeubles les plus remarquables. Ah, mais j'oubliais : tu ne connais pas Blake. Blake, vois-tu, est…

Elle se tut subitement et dut lutter contre les larmes qui lui griffaient la gorge. Elle s'arrêta un moment, la tête basse. Quand elle rouvrit les yeux, elle vit Stowe assis à ses pieds, les yeux levés vers elle.

— C'est l'homme que j'ai quitté, acheva-t-elle dans un souffle. Je l'aimais, mais lui ne m'aimait pas. Fin de l'histoire.

Elle se remit en route, curieusement soulagée d'avoir pu exprimer tout haut la raison du chagrin qui n'avait cessé de la miner depuis son départ de la Maison Thixton.

— Finalement, mon vieux Stowe, je crois qu'on va y aller tous les deux, à New York. Hein, qu'en penses-tu ?

Le chien la rejoignit en courant et en agitant la queue de plus belle.

— Parfait. Tu seras donc mon compagnon de route. Mais attention, le prévint-elle, il est hors de question que je te porte. Il faudra que tu fasses toute la route sur ces petites saucisses qui te servent de jambes !

— C'est insensé ! s'emporta Blake en arpentant le plancher du salon. Comment une fille de vingt ans, sans ressources ni relations d'aucune sorte, pourrait-elle disparaître dans une ville qui lui est totalement étrangère ?

Mme Dedrick et M. Givens se tenaient debout devant lui, les mains jointes et les yeux baissés sur le ravissant tapis persan qui protégeait le parquet précieux.

— Personne ne l'a vue à Boston, pourtant, se permit d'objecter Givens. Ni dans les boutiques, ni sur les quais, ni…

— Alors, ça, c'est le comble ! s'emporta Blake qui, ayant atteint l'extrémité du tapis, avait pivoté sur les talons pour repartir en sens inverse. Elle est rousse, pour l'amour du Christ ! Rousse avec un œil vert et l'autre bleu. Comment a-t-on pu ne pas la remarquer ?

— Peut-être s'est-elle rendue dans une autre ville, hasarda Mme Dedrick sans relever la tête.

— C'est ce que vous ont confié les autres servantes ? Est-ce que…

Il claqua des doigts.

— Ah ! Comment s'appelle-t-elle déjà ? Myra ! Est-ce que c'est Myra qui vous l'a dit ?

— Non, monsieur. Elle ignorait elle aussi où Molly était allée.

— Je veux lui parler.

— Monsieur Thixton…, protesta faiblement la gouvernante.

— *Maintenant*, madame Dedrick, coupa Blake d'une voix menaçante tout en rebroussant chemin une nouvelle fois. Quant à vous, Givens, annulez tous mes rendez-vous. Je vais descendre au port pour mener ma propre enquête. Car je commence à croire que vous seriez incapables de retrouver votre propre nez au milieu de votre figure !

Les deux employés ayant opéré une prompte retraite, Blake continua à faire les cent pas dans la pièce tout en s'acharnant à chercher un moyen de remettre la main sur Sapphire — et en s'abstenant scrupuleusement d'examiner les raisons de son départ. Se répéter encore une fois les propos qu'il lui avait tenus, les gestes qu'il avait eus envers elle et ce qu'elle avait dit et fait en retour était, à ses yeux, une pure perte de temps. Il lui fallait en premier lieu la ramener ici, estimait-il. Et, surtout, lui interdire de rendosser ce grotesque rôle de soubrette ! Ensuite seulement, il serait en mesure de régler leur différend et de l'amener enfin à comprendre *son* point de vue.

La petite brunette qui avait sympathisé avec Sapphire apparut bientôt sur le seuil du salon et s'empressa de venir le saluer d'une révérence. Elle se tint ensuite devant lui, les bras raides.

Blake s'efforça de garder une voix calme. Il savait qu'il pouvait parfois intimider ses interlocuteurs ; or, il ne voulait pas terroriser la jeune femme. Il souhaitait seulement apprendre tout ce qu'elle savait.

— J'ai cru comprendre que vous étiez amie avec S… avec Molly, se corrigea-t-il aussitôt.

La bonne opina en silence.

— Quand elle est partie, vous aurait-elle indiqué par hasard où elle comptait se rendre ?

La fille, qui ne devait pas avoir plus de dix-sept ou dix-huit ans, releva lentement la tête et soutint le regard de son maître.

— D'après elle, il valait mieux que je ne le sache pas pour que je ne sois pas obligée de vous mentir ensuite.

Blake nota son ton hostile et se demanda ce que Sapphire avait pu lui raconter. Des mensonges ? La vérité sur leurs rapports ? Des demi-vérités ? Mais, au fond, songea-t-il, cette prétendue vérité, aurait-il été lui-même en mesure de la dire ?

Il détourna les yeux de Myra et s'essuya la bouche du dos de la main, comme pour effacer de ses lèvres le souvenir de l'ensorcelante rouquine. Puis il ramena son attention sur la domestique et scruta attentivement son visage.

— Ne désirait-elle pas embarquer sur un navire pour rentrer chez elle, à Londres ? la questionna-t-il. A-t-elle reçu de l'argent des gens de la maison ?

— Elle ne voulait rien de vous, monsieur Thixton, repartit Myra sans plus chercher à cacher son ressentiment qu'auparavant.

Cette gamine travaillait pour lui depuis plus d'un an, pensa Blake. S'il l'avait prise à son service, c'était pour rendre service à Grace, qui l'avait accusée à mots couverts d'avoir séduit son fils. Jusqu'à présent toutefois, il n'avait jamais eu à se plaindre d'elle ; loin de lui opposer un comportement insolent, elle s'était toujours montrée très polie avec lui. Il devinait aussi qu'il lui inspirait une certaine crainte. Or, voici qu'elle le défiait quasi ouvertement, sans trahir la moindre peur. Il se demandait si Sapphire n'était pas responsable de ce revirement d'attitude à son égard et si le départ de la jeune femme ne lui avait pas finalement épargné une révolte de toute sa domesticité !

— Elle a prétendu ne rien vouloir de moi ? l'interrogea-t-il.

Myra noua ses mains derrière son dos et bomba crânement le buste.

— Même pas vos souhaits de bon retour, confirma-t-elle.

A la grande surprise de Myra, Blake s'esclaffa, puis il secoua la tête et se remit à aller et venir sur le tapis du salon. Ces paroles ressemblaient tellement à Sapphire, pensa-t-il, qu'elles devaient être exactes.

La guêpe n'était pas folle, réfléchit-il, et il lui faudrait certainement du temps pour la localiser — le temps, peut-être, qui leur avait manqué jusqu'alors à tous les deux.

Et peut-être qu'au terme de ce délai de réflexion, quand il l'aurait retrouvée, il saurait quoi lui dire. Car il la retrouverait, c'était certain.

Il n'avait pas le choix.

Sapphire et Stowe cheminèrent de concert des heures durant et, pendant qu'ils franchissaient ainsi les kilomètres, la jeune femme ne cessa de s'adresser au chien et d'aborder avec lui tous les sujets qui lui passaient par la tête. Elle lui parla de Lucia, sa marraine, d'Angélique et du village dont celle-ci était native. A force de marcher ainsi avec le braque, guidée par la seule clarté de la lune, elle en vint à évoquer son père et sa mère et à expliquer les circonstances qui l'avaient amenée jusqu'ici, dans le pétrin où elle barbotait actuellement.

Stowe était le confident idéal, l'auditeur parfait et, quand il commença à montrer des signes de lassitude, elle le souleva de terre pour le déposer dans son sac de toile. Il s'y coucha avec volupté, ne laissant dépasser que sa tête à l'extérieur.

— Attention, l'avertit de nouveau la jeune femme, ne va pas croire que je vais te porter comme ça jusqu'à New York, tu m'entends ? C'est juste pour te permettre de détendre un peu tes petites pattes.

Béat, Stowe ferma les yeux et Sapphire poursuivit sa route en silence, ne se sentant plus si seule ni si morose qu'au soir de sa fuite.

Peu après minuit, le ciel nocturne se couvrit. Craignant une averse, Sapphire se mit à chercher un abri. Faute d'apercevoir un bâtiment abandonné, comme la veille, elle finit par se réfugier sous le tablier d'un pont, si bien que, lorsque la pluie commença à tomber et à tambouriner sur les planches au-dessus de sa tête, Stowe et elle étaient blottis l'un contre l'autre dans la couverture de laine, au chaud et au sec.

Le lendemain matin, elle jugea s'être suffisamment éloignée de Boston pour se risquer sur la route pendant le jour.

Elle venait de sortir de sous le pont quand elle avisa une vieille femme qui approchait. Elles se saluèrent, et la nouvelle venue lui annonça qu'elle se rendait au marché pour y vendre ses gâteaux et ses fromages. Sapphire lui acheta six biscuits et un morceau de fromage de la grosseur de son poing. La vieille dame eut la générosité de donner ensuite à Stowe un gâteau qui s'était brisé dans son sac en affirmant que, de toute manière, il n'aurait pas trouvé preneur et qu'il serait dommage de le gâcher. Puis elle montra à la jeune femme la direction de sa maison, qui était bâtie un peu plus haut sur la colline, et, tout en l'appelant « jeune homme », lui proposa d'aller y puiser de l'eau à son puits si elle avait soif. Elle apprit enfin à Sapphire le nom de cet Etat : il s'agissait du Connecticut.

Cette dernière voulut savoir si elle se dirigeait bien vers New York City. Elle souhaitait, expliqua-t-elle de sa voix la plus grave, y rejoindre sa tante. Son interlocutrice lui répondit qu'elle était sur le bon chemin.

— Vous n'avez qu'à suivre la grande route qui descend vers le sud, précisa-t-elle obligeamment.

Après un petit déjeuner composé de fromage, de biscuits et d'eau fraîche à volonté, Sapphire et Stowe reprirent leur progression. La jeune femme s'aidait pour marcher d'un bâton qu'elle avait trouvé sur le bas-côté de la voie ; elle avait noué ses souliers par les lacets avant de les jeter sur son épaule, préférant encore arpenter la chaussée pieds nus que continuer à avoir des ampoules. Et puis la terre battue, assez meuble, donnait plutôt l'impression de fouler un tapis. Sapphire avait cependant bien conscience qu'il lui faudrait s'acheter des chaussures à sa taille.

De nouveau, elle se mit à parler au chien. Elle lui raconta ce qu'elle avait vu dans la vie, ce qu'elle espérait voir encore, et lui promit de l'emmener avec elle à Londres s'il le souhaitait. La compagnie du petit animal lui était d'un grand réconfort et elle se prit même à sourire quand le soleil apparut et que sa clarté lui chauffa le visage.

Elle était désormais convaincue d'avoir pris la décision qui s'imposait en quittant Blake. Elle refusait en tout cas de nourrir le moindre regret. Elle était certaine qu'un avenir heureux l'attendait. Elle vivrait bientôt une autre grande aventure, comme celle qu'elle avait connue avec Blake. Les larmes n'étaient plus de saison. Elle retournerait à Londres, auprès de tante Lucia et d'Angélique, et elle parviendrait à trouver la preuve dont elle avait besoin pour obtenir des tribunaux la reconnaissance de sa filiation. Alors, mais alors seulement, elle se rappellerait au bon souvenir de Blake. Elle lui écrirait à Boston pour l'informer de la décision prise par la justice anglaise en sa faveur, lui transmettrait copie de l'acte légal et serait enfin libérée de lui.

— C'est un plan excellent, non ? demanda-t-elle à Stowe.

Le braque remua la queue.

Comme un chariot approchait, Sapphire et Stowe s'écartèrent pour le laisser passer. Le vieil homme sur le banc de conduite ralentit alors l'attelage et considéra Sapphire en plissant les yeux sous le large bord de son chapeau de paille qui, à en juger par son aspect, devait être de sa propre fabrication.

— Bonjour, fils, lança-t-il d'une voix rude à la jeune femme.

Ses mains qui tenaient fermement les rênes étaient des pognes de travailleur : crevassées et calleuses.

— Bonjour, monsieur, repartit Sapphire tout en portant un doigt à la visière de sa casquette et en veillant à prendre une voix plus basse d'une octave.

— Je vais à New York City pour y vendre ce chargement d'échelles, reprit le vieil homme en désignant du pouce la plate-forme du chariot derrière lui. On m'en donne un bon prix, là-bas. Y a beaucoup de bâtiments qui se construisent à New

York City. Et qui dit constructions dit échafaudages. Et qui dit échafaudages dit échelles.

Le raisonnement était imparable.

Jetant un coup d'œil sur le plateau de la carriole, Sapphire y distingua de fait plusieurs échelles protégées par un carré de toile cirée. Elle percevait, dans la brise matinale, le parfum âcre du pin fraîchement coupé.

— Moi aussi, répondit-elle en s'efforçant d'imiter le parler des garçons d'écurie de la Maison Thixton.

Elle reprit son chemin ; le vieil homme relança son chariot et adapta le pas de ses chevaux au rythme de la jeune femme et de son chien. Il ne cessait de plisser les yeux, sans doute parce qu'il y voyait mal.

— Vous êtes menuisier ? s'enquit-elle pour rompre le silence.

— J'ai été beaucoup de choses dans ma vie : pêcheur, cuisinier et même marchand de glace dans ma jeunesse. Mais, la plupart du temps, j'ai surtout été un bon à rien, ajouta-t-il avec une grimace comique.

Une mèche de cheveux échappée de son chapeau flottait librement au vent. Elle était poivre et sel, tout comme sa barbe de trois jours. Sapphire n'aurait su déterminer son âge. A voir son visage, on pouvait aussi bien lui donner quarante-cinq ans que soixante.

— Ah ouais ? fit-elle en commençant à se détendre un peu.

Soit le bonhomme était trop myope pour s'apercevoir qu'elle était une femme, songea-t-elle, soit son déguisement était encore meilleur qu'elle n'aurait jamais osé l'espérer. Elle porta tout de même une main discrète à sa casquette pour s'assurer qu'elle dissimulait bien sa chevelure.

— Et pourquoi tu veux aller à New York, mon garçon ? demanda le vieil homme.

— Pour y retrouver la sœur de ma mère, expliqua-t-elle, estimant plus simple de lui resservir la même histoire que celle qu'elle avait inventée à l'intention de la vieille dame, un peu plus tôt.

Son interlocuteur hocha pensivement la tête.

— Cela fait un sacré bout de chemin.

Elle haussa les épaules.

— Tant que le temps est au beau…

Il émit un rire caquetant.

— Pour sûr, acquiesça-t-il, mais il ne faudra pas longtemps avant que la bise souffle par ici.

Sapphire tint sa langue et le silence ne fut bientôt plus troublé que par les grincements des roues de la carriole et les palpitations des pans de la toile cirée qui retombaient sur les côtés de la voiture.

— Tu ne veux pas monter? s'enquit enfin le vieil homme alors qu'ils dépassaient un noyer qui lâchait ses fruits mûrs par terre au moindre souffle de vent.

Sapphire se pencha pour ramasser des noix qui avaient roulé sur la chaussée et les rangea dans son sac tout en réfléchissant à la proposition du menuisier. Elle ne connaissait pas ce dernier. Comment pouvait-elle savoir qu'elle serait en sécurité avec lui? Toutefois il la prenait pour un garçon et, de plus, son chariot n'étant pas bâché, elle pourrait en sauter en cas de besoin. Enfin, il n'avait pas tort : bien que se sachant capable de gagner New York à pied, la longueur de la route l'effrayait quelque peu. Elle craignait surtout de fatiguer Stowe, qui, avec ses petites pattes, ne pouvait guère abattre autant de distance qu'elle.

— Si, dit-elle enfin, avec plaisir.

Il tira sur les rênes tout en marmonnant des ordres aux deux juments pommelées de son attelage.

— Mon chien vous dérange? demanda-t-elle en prenant Stowe dans les bras.

— Pas du tout. J'aime bien les cabots. J'en ai pris deux à la mort de ma femme. Et je peux te dire que je n'ai pas perdu au change!

Il s'esclaffa, ravi de son trait d'esprit.

— Les chiens, au moins, ils ne se mettent pas à piailler

comme une poule qui a perdu ses poussins quand on fume sa pipe dans la cuisine.

Après avoir hissé Stowe sur le siège à ressorts, Sapphire y monta à son tour.

— Vous préférez peut-être que je le mette à l'arrière ? proposa-t-elle.

L'homme regarda le chien, qui regarda l'homme.

— Il s'appelle Stowe.

— Enchanté de faire ta connaissance, Stowe, dit-il en serrant les rênes dans une de ses mains pour tendre l'autre vers le braque et lui serrer la patte. Moi, c'est Petrosky.

— Enchanté, monsieur Petrosky, repartit Sapphire.

Petrosky relança le chariot d'un claquement de langue. La jeune femme s'accrocha aux planches rugueuses pour garder son équilibre.

— Moi, c'est…

Elle marqua une pause, prenant brusquement conscience qu'elle avait omis de se choisir un nom en conformité avec sa nouvelle apparence.

— … Sam, ajouta-t-elle précipitamment.

— Heureux de te connaître, Sam, dit le vieil homme en lui tendant la main à son tour.

Sapphire la serra.

— Moi de même, monsieur Petrosky.

Il plissa le front sous son chapeau de paille.

— Non, non, mon gars, pas « monsieur ». Petrosky tout court.

Elle opina du chef.

— Petrosky, rectifia-t-elle avant d'ouvrir son sac. Un biscuit…, Petrosky ?

Elle lui présenta un des gâteaux achetés à la vieille dame.

— J'ai aussi du fromage, précisa-t-elle, et des pommes… Et des noix, mais ça, vous le savez déjà.

— C'est pas de refus. Et moi je connais l'endroit idéal pour s'arrêter cette nuit. Y a plein de coins à pêche, par ici.

Il lança un coup d'œil de côté à Sapphire.

— Tu sais comment frire un poisson sur un feu de camp, mon garçon ?

Elle haussa les épaules.

— Je peux apprendre.

Sapphire et Stowe profitèrent de la carriole de Petrosky jusqu'au surlendemain matin. Comme ce dernier l'avait promis, ils passèrent la nuit dans une anse isolée où le vieil homme qui approchait les soixante-dix ans, ainsi qu'il l'apprit à la jeune femme, pêcha deux gros poissons que Sapphire fit frire dans la poêle que Petrosky transportait avec lui. Le lendemain, le paysage commença à changer et, à mesure qu'il devenait plus rocailleux, plus accidenté, la jeune femme se sentit de plus en plus redevable au vieil homme pour les avoir pris dans sa carriole, Stowe et elle.

En outre, c'était un fort agréable compagnon de voyage. Il ne posait guère de questions et semblait se contenter de faire le plus souvent la conversation à lui tout seul, se plaisant ainsi à décrire à Sapphire les gens qu'il avait rencontrés, les réalisations qu'il avait accomplies et les rêves qui l'habitaient encore. Mais le plus rassurant, chez Petrosky, était l'affection immédiate qu'il avait conçue pour Stowe et que le petit braque lui rendait bien.

— Pour un peu, je regretterais presque qu'on doive se séparer, tous les trois, une fois qu'on sera arrivés en ville, avoua-t-il le deuxième jour à Sapphire.

Le soleil commençait alors à se coucher et l'atmosphère à se rafraîchir. Ils avaient quitté au matin le littoral pour longer un fleuve magnifique qui, d'après le vieil homme, s'appelait l'Hudson.

— Vous êtes sûrs que vous ne voulez pas vous lancer tous les deux dans le commerce des échelles avec moi ?

Sapphire s'esclaffa.

— Non, merci, Petrosky. Nous avons choisi de nous installer à New York.

— Avec votre tante ?

— C'est cela même, acquiesça-t-elle en souriant.

Il demeura muet un moment, puis regarda Sapphire de sous le bord de son chapeau.

— Y a pas de tante, hein ?

Elle ne répondit pas.

— T'as fugué, pas vrai ?

Sapphire passa un bras autour de Stowe tout en continuant à garder le silence.

— J'ai peut-être la vue qui baisse, reprit Petrosky, mais pas au point de remarquer que tu n'avais pas des mains de bourgeois. Ta maman te menait la vie dure, hein ? Elle te donnait des boulots de femme ? Lavage, récurage et le reste ?

Il ricana.

— C'était pareil pour moi, poursuivit-il, sauf que moi, j'étais plus jeune que toi quand je me suis sauvé de la maison. Qu'est-ce que tu veux ? C'est toujours comme ça avec les garçons…

— Non, je n'ai pas de tante, admit enfin Sapphire dans un murmure.

— Alors tu n'as pas non plus de toit ni de boulot qui t'attendent en ville, n'est-ce pas ?

Elle serra Stowe contre elle tout en essayant de maîtriser sa peur.

— Non, répondit-elle.

— Tu sais, reprit Petrosky au bout d'un instant, je pensais loger cette nuit chez un cousin à moi qui habite pas très loin de la ville. C'est le benjamin du frère de maman. Chef lad, qu'il est, à l'écurie Carrington. Tu connais les Carrington ?

Elle secoua la tête.

— Des rupins. Leur famille habite en Amérique depuis un siècle au moins. Et puis ils aiment les chevaux et les courses de chevaux, qui sont très populaires par ici. Ils ont une grosse écurie avec plein de stalles qu'il faut souvent nettoyer et ils sont toujours prêts à donner sa chance à un garçon d'écurie costaud et en bonne santé.

Il se renfonça contre le dossier de la banquette.

— T'es pas bien gros, petit, mais t'as quand même l'air d'être capable de balayer la paille et le crottin — je me trompe ? C'est pas le labeur qui te fait peur, hein ?

Sitôt qu'il s'était mis à parler d'écurie, la jeune femme avait été fascinée. Le contact des chevaux lui manquait terriblement depuis son départ d'Angleterre. Mme Dedrick l'accablait de tant de corvées à la Maison Thixton qu'elle avait rarement le loisir de visiter l'écurie de Blake.

Petrosky la dévisagea.

— Tu veux que je demande à mon cousin Red si ça lui dirait d'avoir un garçon d'écurie supplémentaire pour l'hiver ?

Sapphire réfléchit à toute allure. C'était là, elle le savait, une occasion exceptionnelle pour survivre à la mauvaise saison tout en économisant de quoi se payer le trajet en bateau jusqu'à Londres. Le seul problème, c'était qu'elle devrait continuer à jouer les garçons, car on n'embauchait pas de femme dans les écuries et encore moins dans celle d'un éleveur fortuné amateur de courses hippiques.

Jusqu'à présent, elle avait réussi à ne pas trahir son sexe — mais il était vrai que Petrosky, comme il l'avait reconnu lui-même, n'avait plus les yeux de ses vingt ans. Restait donc à savoir si elle réussirait également à berner le chef lad des Carrington ainsi que les autres garçons d'écurie…

A cette pensée, elle porta machinalement une main à sa casquette. Ses cheveux étaient trop longs, se dit-elle. Si elle passait ses journées à balayer et à récurer des stalles, elle ne pourrait les cacher bien longtemps. Néanmoins elle avait déjà pris sa décision.

Tant pis pour ses cheveux.

26

— Mon chéri, murmura Tarasai en secouant doucement Armand par l'épaule.

Il s'éveilla en sursaut, affalé dans son fauteuil sous la véranda, et son livre tomba par terre.

— Oui ? Qu'est-ce qu'il y a ? s'enquit-il, l'air hagard.

— Une lettre, lui annonça-t-elle en lui tendant le pli. D'après George, elle arrive de Londres.

— C'est de Lucia, j'espère. Mes lunettes…

Il porta une main à sa tête et, s'apercevant que ses bésicles n'étaient pas là, se mit à regarder autour de lui, l'esprit encore embrumé par le sommeil.

— Où sont donc passées mes lunettes, Tarasai ? Je les avais encore sur moi il n'y a pas cinq minutes !

Elle entreprit de fouiller le plateau de la table basse disposée près de son fauteuil ainsi que les abords immédiats de celui-ci.

— Je n'ai pas rêvé, tout de même ! grommela-t-il. Comment aurais-je pu lire, autrement ?

N'apercevant les bésicles nulle part sur la terrasse en pierre, la jeune servante examina les plis de la couverture qui protégeait les jambes de son maître.

— Arrête de t'agiter comme ça, voyons ! s'exclama-t-il. Mais arrête donc de…

Il ne put terminer sa phrase, une quinte de toux lui coupant subitement la parole.

Tarasai s'immobilisa et leva les yeux vers lui, une expression soucieuse peinte sur son visage d'ordinaire avenant. Elle attendit que la quinte soit passée et qu'Armand ait essuyé de son mouchoir le sang qui perlait à ses lèvres.

— Je ne m'agite pas, repartit-elle alors posément. Je cherche vos lunettes.

Elle hésita, avant d'ajouter :

— Vous les voulez toujours, monsieur ?

Il soupira et regarda ailleurs.

— Tu as raison. Excuse-moi, Tarasai. Mais je suis tellement désemparé, comprends-tu ? Je ne peux pas lire cette lettre sans mes lunettes. Je ne peux pas non plus protéger Sapphire et je ne…

— Les voilà ! l'interrompit la servante en se redressant, les bésicles à la main. Calmez-vous, maintenant, ou vous serez trop malade pour lire quoi que ce soit.

Armand prit les lunettes qu'elle lui tendait, les chaussa et décacheta le pli qu'il parcourut rapidement.

— C'est bien de Lucia, s'amusa-t-il. Elle me dit de ne pas m'inquiéter pour Sapphire.

— Sapphire vous l'avait déjà dit elle-même, lui rappela Tarasai.

— Elle n'a plus eu de ses nouvelles depuis son premier courrier, mais elle pense qu'elle ne devrait pas tarder à en recevoir puisque Sapphire a promis de lui récrire.

Armand s'interrompit pour regarder la servante par-dessus la lettre.

— Ce qu'elle ne m'explique pas, c'est pourquoi ce monsieur n'a pas épousé ma fille.

Il jeta la missive sur ses genoux.

— Ah, comme c'est rageant d'être coincé ici alors qu'elles sont si loin de moi ! Je ne sais pas quoi faire. Il faut que j'écrive à Sapphire à Boston. Ou plutôt non ! Mieux vaut que je demande carrément à lord Wessex de se marier avec elle sur-le-champ !

Tarasai ramassa l'ouvrage tombé à l'envers sur les dalles du patio, le referma et le posa sur la table.

— Peut-être ne souhaite-t-elle pas épouser ce monsieur ?

— C'est ridicule. Si elle l'a suivi jusqu'en Amérique, c'est quand même bien dans l'intention de devenir sa femme, non ?

— Certains hommes sont faits pour être des maris et d'autres des amants, repartit judicieusement l'indigène.

— Apporte-moi mon écritoire, Tarasai.

— Non, répondit-elle. Vous allez rentrer, prendre vos médicaments et me lire la lettre que Lucia vous a envoyée.

Elle se pencha vers lui, récupéra le pli et libéra ses jambes de la couverture.

— Allons, venez.

— Et qui es-tu pour me donner des ordres ? protesta-t-il.

— Quelqu'un qui tient à vous et qui ne veut pas que vous vous mêliez de ce qui ne vous regarde pas.

Sur ce, elle lui tendit la main pour l'aider à se lever.

Au bout d'un instant, il la prit.

Ce soir-là, Petrosky emmena Sapphire au haras Carrington et la présenta à son cousin Red. Comme son parent, le rouquin jovial se prit aussitôt d'affection pour Stowe et engagea immédiatement le « petit Sam », ainsi que Petrosky appelait la jeune femme.

Plus tard, quand Sapphire se retrouva seule dans la sellerie où on lui avait disposé une paillasse pour la nuit, elle se campa résolument devant un petit bout de miroir au tain tout fissuré, une paire de ciseaux à la main et, après avoir pris une profonde inspiration, se mit en devoir de se couper les cheveux. Elle ne s'arrêta de tailler dans sa tignasse que lorsque celle-ci ne toucha plus ses épaules, lui donnant ainsi la même longueur que la coiffure portée par deux adolescents qui travaillaient comme elle sous les ordres de Red.

En voyant le résultat du massacre, elle ne put s'empêcher de rire. Elle se tourna de droite et de gauche devant le miroir, dans la lueur diffusée par la lampe à huile qu'on lui avait prêtée. Myra lui avait donné une bande de coton pour comprimer sa poitrine

— qui, fort heureusement, n'était pas trop opulente —, si bien que, avec ses cheveux courts et ses habits de garçon d'écurie, elle avait désormais vraiment l'air d'un tout jeune homme.

Le lendemain matin, la casquette vissée sur la tête, elle alla faire ses adieux à Petrosky qui continuait sa route vers la grande ville.

— Je ne sais pas comment vous remercier, lui dit-elle, debout près du chariot du vieil homme.

Elle devait fournir un effort presque surhumain pour ne pas verser les larmes qui lui serraient la gorge. Mais elle n'avait pas le choix : les hommes ne pleuraient pas comme des Madeleine quand ils avaient ainsi bénéficié de la bienveillance d'un de leurs aînés.

— Garde donc tes mercis, repartit Petrosky en rabattant sur son front le bord de son sempiternel chapeau de paille. Un vieux m'a rendu jadis le même service, la première fois que j'ai fugué.

Il adressa un clin d'œil à la jeune femme.

— Comme ça, je suis quitte, murmura-t-il avant de saisir les rênes de son attelage. Allez, porte-toi bien et prends soin de ton chien.

Elle hocha la tête.

— Oui, monsieur. Je n'y manquerai pas.

Petrosky salua son cousin qui était venu également lui dire au revoir, puis la carriole s'éloigna dans l'allée qui rejoignait la route de New York.

— Tu connais le boulot, Sam ? lui demanda Red en lui tendant une fourche dès qu'ils eurent pénétré dans le corps central des écuries.

Sapphire promena son regard alentour, impressionnée par les dimensions de l'édifice. C'était la plus vaste écurie qu'elle avait jamais vue. Pas moins de quatorze stalles s'alignaient de chaque côté du couloir central et un second bâtiment de taille identique prolongeait encore celui-ci sur l'arrière. La jeune femme fut étourdie en songeant au nombre de chevaux que cela devait représenter.

Mais elle se ressaisit bien vite et, s'emparant avec un sourire de la fourche que lui tendait le cousin de Petrosky, lui répondit :

— Je saurai me débrouiller, je crois.

— Parfait, approuva Red. Bon, tu commences par l'autre bout, là-bas. La plupart des chevaux sont au pré. Ceux qui seront restés dans leur box, tu les mets dans une stalle que t'as déjà nettoyée et t'oublies pas de les ramener chez eux ensuite, pigé ?

Sapphire hocha vivement la tête.

— Qu'on s'entende bien tous les deux, hein ? poursuivit Red. C'est pas moi qui suis maniaque, c'est le patron. M. Carrington tient à ce que ses chevaux aient leur petit coin à eux. Il paraît que, comme ça, ils courent mieux. Et c'est pas moi qui irais le contredire.

— Moi non plus, monsieur.

— Alors, on s'est compris. Dans ce haras, tu sais, on n'est pas des bourreaux de travail. Tu prends ta pause pour te soulager quand il faut, et, si t'as faim, tu peux aller chiper un casse-graine au même endroit où on a mangé les biscuits et le jambon du petit déjeuner, ce matin, précisa le chef lad en désignant ainsi la grande salle du bâtiment où il dormait avec les jockeys, les entraîneurs et les dresseurs, les garçons d'écurie étant, eux, autorisés à étaler leur paillasse pour la nuit là où ça leur chantait. Tu peux t'arrêter à midi pour en griller une, draguer les filles de la ferme et faire tout ce qui te plaît…

Il souligna son propos d'un clin d'œil. Sapphire s'efforça de ne pas rougir.

— Mais quand tu bosses, tu bosses, la prévint-il. Et tous ces box ont intérêt à être aussi propres qu'un *cent* neuf quand je les inspecterai tantôt.

Elle opina de nouveau avec vigueur.

— Bien, dit-il avant de s'éloigner.

Il n'avait pas effectué trois pas qu'il se retourna soudain vers son nouveau garçon d'écurie.

— Juste une chose encore, fiston. Je t'ai dit tout à l'heure que tu pouvais déplacer tous les chevaux pour faire ton travail. Il y en a un pourtant, auquel tu ne dois pas toucher. Il s'appelle

Carribean Prince — Monsieur Prince de son p'tit nom — et il occupe la dernière stalle de cette rangée.

Il désigna à la jeune femme le box en question.

— Il est noir comme le cœur du démon et c'est un sacré retors, déclara-t-il avant de secouer la tête. Seulement, il court aussi vite que le vent des Caraïbes qui lui a valu son nom, alors on tolère ses écarts — et crois-moi, cet étalon-là, parfois, il a vraiment des éclairs dans la tête. Alors, tu fais gaffe et tu ne l'approches pas, O.K. ?

Sapphire opina derechef. Elle aimait peut-être les chevaux, mais elle n'était pas folle. Certaines bêtes, elle le savait, avaient de sales caractères et, vu leur taille et leur force, mieux valait ne pas les provoquer.

— Je ne nettoierai donc pas son box ? s'enquit-elle.

— Attends pour ça que son entraîneur l'en ait lui-même sorti. Cosco est le seul qu'il tolère près de lui. Une fois qu'il l'aura emmené au paddock, tu pourras nettoyer sa stalle tranquille, sans risquer de te prendre un coup de sabot dans les joyeuses.

Pour le coup, Sapphire était sûre que son visage avait viré à l'écarlate.

— Je... Pigé ! bafouilla-t-elle.

Red la considéra soudain d'un œil méfiant.

— Essaie pas de jouer au malin avec moi, mon p'tit Sam, lança-t-il à la jeune femme en lui agitant un doigt sous le nez. Ce que je te dis là, c'est pour ton propre bien. Les nouveaux garçons d'écurie ont toujours tendance à vouloir montrer au chef qu'ils sont copains comme cochons avec les chevaux. Eh bien, moi, je te préviens que c'est pas avec ce fils des Enfers que vous vous ferez un jour des mamours. Il a déjà cassé deux jambes, trois bras et une mâchoire chez mes gars, sans parler des côtes et des genoux fracturés chez les jockeys. Tu me suis ?

— L'étalon a cassé des bras et des jambes à des personnes qui s'occupaient de lui ? répéta-t-elle, effarée.

— Aussi sûr que le soleil se lève à l'est et se couche à l'ouest, fiston. C'est le genre à aimer piétiner ceux qu'il a renversés, si tu vois ce que je veux dire.

Red s'interrompit pour hausser ses épaules massives.

— Maintenant, je dois admettre qu'il a des excuses. Il paraît que l'éleveur auquel M. Carrington l'a acheté, un type du Sud, dresse ses animaux en les battant. Autant dire qu'il salope le boulot.

Il cracha par terre pour exprimer tout le mépris que lui inspirait ce genre de comportement.

— C'est… c'est affreux, bredouilla Sapphire.

Red pivota sur lui-même.

— On se revoit plus tard, hein ? Et n'oublie pas mon conseil ou tu le regretteras : garde tes distances avec ce canasson du diable.

— Tu as entendu ? murmura Sapphire à l'adresse de Stowe, qui, durant tout l'entretien, était resté placidement assis aux pieds de sa maîtresse. Tu ne vas pas renifler dans le box de Carribean Prince ou tu risques de te prendre un mauvais coup — pigé ?

Stowe agita la queue.

— Bonne réponse, fiston, répliqua-t-elle en singeant le parler du chef lad.

Se rendant à l'extrémité de la rangée, elle tira à elle la porte de la première stalle.

Le remugle qui se dégagea de l'ouverture la fit un instant chanceler. Prenant son courage à deux mains et luttant contre la nausée, elle pénétra dans la stalle, les pieds chaussés des épaisses bottes en caoutchouc que lui avait dénichées Red.

De toute façon, songea-t-elle, elle préférait encore charrier le crottin et le pissat des chevaux de M. Carrington que de servir à Blake ses dîners sur un plateau d'argent.

A la fin de la matinée, Sapphire n'avait toujours pas fini d'effectuer des allers et retours avec sa brouette chargée de crottin depuis l'écurie jusqu'au tas de compost qui s'élevait à l'orée de la forêt. Pour ne pas tomber dans une routine assommante, elle s'arrangeait pour emprunter chaque fois un itinéraire différent,

Stowe sur les talons. Elle put ainsi admirer à loisir la ferme-haras des Carrington.

Celle-ci était nichée dans une boucle de l'Hudson et offrait un paysage époustouflant avec ses collines aux pentes douces, ses pâtures parsemées de chevaux broutant paisiblement l'herbe grasse, ses granges et ses dépendances peintes en rouge vif et la résidence de maître en pierres de taille blanches et grises qui s'élevait au sommet d'une éminence dominant le fleuve. Les courbes de ce magnifique panorama étaient soulignées par les feuilles des hêtres et des érables qui formaient des tapis écarlates et jaune vif en lisière des bois et des bosquets ainsi qu'autour des affleurements rocheux qui ponctuaient par endroits la monotonie apaisante des prés.

Midi approchant, Sapphire déposa sa fourche contre un mur et se pencha vers Stowe, qui tirait la langue, pour le gratter derrière les oreilles.

— Alors, mon gars, aurais-tu faim par hasard ?

Stowe gémit et haleta de plus belle.

— Moi aussi, figure-toi, répondit-elle en récupérant son sac de toile et en rajustant sa casquette sur son crâne. Et je connais l'endroit idéal pour un pique-nique. Tu vois ce rocher là-bas, dans la pâture sud ? Il me paraît aussi gros qu'une carriole et je parie qu'à force d'avoir été chauffé par le soleil durant toute la matinée, il doit être aussi tiède qu'un petit pain tout juste sorti du four.

Accompagné par le braque auquel cet alléchant discours semblait avoir redonné de l'énergie, la jeune femme franchit la barrière la séparant de la pâture pour rejoindre le rocher en question. Ce dernier étant plus éloigné qu'elle ne l'avait cru, quand elle y parvint avec Stowe, elle était au bord de l'inanition.

Ayant hissé le chien sur ce promontoire naturel, elle y grimpa à son tour. Elle sortit ensuite de son sac le dernier des biscuits que lui avait vendus la vieille dame après sa nuit sous le pont, trois morceaux de bacon qu'elle avait gardés de son petit déjeuner et la seule pomme qui lui restait de celles ramassées en chemin juste après avoir quitté la Maison Thixton. Stowe dévora avec un bel appétit sa part du biscuit ainsi que les lanières de bacon qu'elle lui promena sous la truffe, mais il dédaigna le quartier de pomme qu'elle lui tendit, avant de se mettre à geindre.

Sapphire s'esclaffa.

— Il n'y a plus de bacon ! dit-elle en lui présentant sa main à lécher. Tu vois ?

Puis elle mordit dans la pomme avant de s'allonger sur le rocher. Elle avait des courbatures partout, mais elle se sentait bien — étonnamment bien, même. Elle avait été si occupée durant toute la matinée qu'elle avait à peine repensé à Blake. Et puis elle savait qu'avec le temps elle arriverait à l'oublier... Enfin, peut-être pas, se corrigea-t-elle intérieurement, mais elle pouvait au moins espérer que la douleur qui lui cisaillait la poitrine chaque fois que son souvenir lui revenait à la mémoire finirait par s'estomper.

Fermant les yeux, elle jeta par-dessus sa tête le trognon de la pomme et prit dans ses bras Stowe, qui s'était étendu près d'elle, pour s'octroyer une petite sieste.

Elle somnolait en songeant vaguement qu'elle allait devoir retourner bientôt à l'écurie, quand elle entendit des hommes crier et jurer dans le lointain.

Comme elle redressait la tête, elle vit Red se précipiter hors de l'écurie en agitant les bras. Un autre homme courait à côté de lui. Devant eux galopait un étalon noir, sa longe au cou, qui avala d'un saut la barrière le séparant de la pâture.

Sapphire descendit aussitôt du rocher en portant Stowe, qu'elle déposa dans l'herbe, et mit sa main en visière pour protéger ses yeux de l'éclat du soleil de midi. Le cheval, qui avait contourné un bosquet d'ormes, avait ralenti l'allure et trottait maintenant vers elle. Loin derrière lui, Red et l'autre homme avaient rebroussé chemin vers l'écurie. La jeune femme entendait toujours leurs voix portées par le vent. Elle ramena son attention sur le cheval qui n'avait pas changé de direction et qui ne tarderait plus à les rejoindre.

Stowe laissa retomber son arrière-train par terre et tous deux attendirent que l'étalon parvienne à leur hauteur. Ce dernier allait désormais au pas. Avisant la jeune femme et le braque, il s'ébroua et s'immobilisa. Puis il frappa le sol du sabot en s'ébrouant de nouveau et en soufflant par les naseaux.

— Qu'est-ce qu'il y a, mon grand ? lui demanda doucement Sapphire. On a eu peur ?

Elle marcha prudemment vers lui, inquiète de voir le bout de corde toujours accroché à son licou. Elle savait en effet qu'un cheval pouvait s'infliger de graves blessures en marchant sur sa longe. Et ç'aurait été d'autant plus dommage, en l'occurrence, que cette bête-ci était splendide.

— Qu'est-ce qui t'arrive, mon tout beau ? murmura-t-elle. Ce sont ces grands gaillards qui t'ont effrayé ? Eh bien, permets-moi de te dire que ce n'est pas parce que ces messieurs parlent fort et encombrent toute la place avec leurs grosses carcasses qu'il faut en avoir peur pour autant…

Sans cesser de parler à voix basse, elle poursuivait sa progression vers le cheval qui, de son côté, la surveillait attentivement.

— Moi, tu vois, je connais un homme qui crie tout le temps et je ne le crains pas du tout. Et tu sais pourquoi ? Parce qu'au fond c'est un homme de bien et qu'il a bon cœur.

Elle tendit précautionneusement la main vers l'étalon qui était encore séparé d'elle par deux longueurs de bras. D'où elle se trouvait, hélas, elle ne pouvait saisir le bout de corde. Elle devait avancer encore.

— Voilà, c'est bien, chuchota-t-elle. Alors ne fais pas attention à lui quand il se met à crier, hein ?

Elle avait parcouru quelques dizaines de centimètres de plus quand, subitement, le cheval encensa et se recula.

Sapphire se figea aussitôt.

— Du calme, mon gars. Ho… Ho…

Elle laissa retomber lentement ses bras le long de ses flancs et examina les options qui lui restaient. Elle entendait de nouveau les hommes dans le lointain. Ils hurlaient toujours et semblaient maintenant se rapprocher.

L'étalon tourna la tête dans la direction des cris en hennissant et en s'ébrouant.

— Oh, oui, murmura Sapphire, je sais bien : ils sont terribles avec leurs grosses voix.

Elle jeta un coup d'œil au braque.

— Alors, Stowe, lui demanda-t-elle, comment allons-nous pouvoir persuader ce cheval de nous laisser l'attraper ?

Elle n'avait pas plus tôt posé cette question qu'elle se rappela le trognon de pomme dont elle s'était débarrassée à la fin de son déjeuner. A pas comptés, les mains tendues derrière, elle rebroussa chemin vers le rocher. Quand elle s'estima assez loin du cheval pour ne pas l'effaroucher par un mouvement un peu brusque, elle pivota sur elle-même et se hâta de contourner le rocher pour essayer de retrouver le trognon. Par chance, elle le repéra presque aussitôt et put revenir en un instant auprès de Stowe, lequel n'avait pas bougé d'un pouce et paraissait fasciner le cheval par son inébranlable placidité.

— Regarde un peu ce que j'ai là, susurra-t-elle à ce dernier en exhibant le trognon au creux de sa paume.

Captant les fragrances sucrées de la pomme, l'étalon releva la tête et s'ébroua.

— Oh, non, reprit Sapphire, pas question que j'amène sa friandise à monsieur. J'ai assez joué les boniches comme ça. Si tu veux te régaler, mon bichon, eh bien, il va falloir vaincre ta peur et venir me manger dans la main. Et, autant t'en prévenir tout de suite, ce n'est pas négociable.

Elle se souvint alors d'un des hongres d'Armand que sa propre ombre terrorisait et qu'elle ne pouvait calmer qu'en l'orientant face au soleil, afin qu'il ne voie plus cette flaque noire et mouvante qui semblait lui coller aux pieds comme une grosse sangsue toute plate. Elle sut alors comment procéder avec le fugitif.

Entre-temps, celui-ci s'était avancé d'un pas vers elle, puis d'un autre, sans cesser de remuer la tête et de renâcler, comme s'il livrait un combat intérieur contre lui-même. Enfin, tendant l'encolure, il cueillit délicatement le trognon dans la paume de la jeune femme qui en profita pour lever avec lenteur l'autre main et saisir enfin la longe accrochée à son licou.

Comme il esquissait un mouvement de retrait, elle se remit

à lui chuchoter des mots sans suite, juste pour l'apaiser. Puis, alors qu'il mâchait le reste de la pomme, elle l'entraîna derrière le rocher. Ne distinguant plus Red ni l'autre homme dans le pré, elle supposa qu'ils avaient disparu derrière le bosquet d'ormes, voire qu'ils y étaient entrés en supposant que l'étalon y avait cherché refuge.

Ayant dégluti le trognon, celui-ci se mit à arracher quelques touffes de l'herbe vivace qui poussait à l'abri du rocher.

D'un coup d'œil, la jeune femme mesura la distance qui les séparait de l'écurie et l'estima à sept cents mètres environ. Elle baissa les yeux sur Stowe, qui avait trottiné derrière eux et s'était rallongé à l'ombre du rocher en attendant la suite.

— Qu'en penses-tu ? lui lança-t-elle. On tente le coup ?

Le chien battit de la queue, mais mollement.

Sapphire posa une main sur l'encolure du cheval qui frémit sous ses doigts, toujours un peu tremblant mais beaucoup plus calme qu'auparavant.

— Tu vois, je crois que ce cheval nous aime bien, déclara-t-elle au braque maintenant occupé à gratter son ventre rose.

Elle se retourna vers l'étalon.

— Es-tu prêt à me laisser monter sur toi ? lui demanda-t-elle. Je te promets de bien te traiter et de ne pas hurler comme un ivrogne qui a perdu sa bouteille. Ça te va, comme ça ?

La jeune femme fut certaine que le cheval l'avait comprise. Elle sentit sous sa paume ses frémissements s'atténuer encore un peu.

— Bien, chuchota-t-elle. C'est parti, mon kiki…

Elle l'emmena doucement près du rocher, sur lequel elle grimpa.

Puis, le plus rapidement possible, en veillant toutefois à ne pas trop heurter l'étalon, elle se jucha sur son dos.

Comme elle s'y attendait, le cheval bondit en avant et se mit à galoper avec une telle frénésie qu'elle dut se retenir à sa crinière pour ne pas démonter.

— Holà ! Pas si vite ! le supplia-t-elle en lui tapotant l'encolure dès qu'elle se fut assurée de son équilibre.

Elle regarda par-dessus son épaule et vit Stowe lancé à leur poursuite à une allure dont elle n'aurait jamais soupçonné le chien capable, surtout dans l'état semi-léthargique où il se trouvait l'instant d'avant. Sans relâcher sa prise sur la crinière noire de l'étalon, elle ramena son attention sur la prairie qui s'étendait devant eux, jusqu'à la barrière défendant l'accès aux écuries, et serra doucement les flancs de l'animal entre ses cuisses pour l'inciter à ralentir.

— Si tu n'attends pas ce brave Stowe, lui dit-elle à l'oreille, je crains qu'il ne finisse par se casser une de ses pauvres petites pattes.

A sa grande surprise, ce chuchotement eut l'effet escompté, et sa monture adopta un canter nonchalant.

Ils étaient à mi-chemin de l'écurie quand elle entendit derrière elle Red la héler. D'une pression de la jambe, elle fit pivoter le cheval et trotta vers le chef lad.

— Désolée, lui dit-elle en haletant. Quand je l'ai vu s'échapper et se diriger vers moi, j'ai pensé que je pourrais peut-être…

Elle se tut brusquement en s'apercevant que Red et son compagnon s'étaient immobilisés au milieu de la pâture et qu'ils la fixaient avec des yeux ronds. Elle n'aurait su affirmer s'ils étaient en colère, stupéfaits ou les deux à la fois, mais elle comprit soudain qu'elle n'était pas censée se trouver sur ce cheval.

— Ah, je saisis, soupira-t-elle. Tu es Carribean Prince, n'est-ce pas ?

Le cheval encensa.

— Et moi, je suis dans de beaux draps, acheva-t-elle.

— Comment diable avez-vous réussi à le monter ? la questionna l'homme à côté de Red.

— Euh, voici Cosco, Sam, déclara ce dernier, l'air toujours aussi éberlué. C'est le chef des entraîneurs de M. Carrington.

Sapphire salua Cosco d'un hochement de tête.

— Monsieur…

— Tu n'as pas répondu à ma question, petit, repartit Cosco.

De taille moyenne, âgé d'une trentaine d'années, l'entraîneur avait le visage tanné par le soleil et le vent, des cheveux couleur de sable, et un large nez.

Sapphire tapota de nouveau l'encolure de Carribean Prince. Comme il commençait à piaffer, forçant les deux hommes à reculer, elle l'obligea à effectuer un tour sur lui-même pour lui donner un peu plus de champ.

— Je suis désolée, répéta-t-elle. J'ai d'abord voulu l'empêcher de se blesser avec sa longe et puis j'ai pensé que je pouvais aussi bien le ramener moi-même dans son box.

— C'est le nouveau bousier de service, expliqua Red à Cosco avec une grimace comique. Il s'appelle Sam.

— Tu sais qui est ce cheval, Sam ? s'enquit Cosco avec un air féroce. On ne saute pas sur lui comme ça, mon garçon !

Sapphire considéra l'homme avec crainte.

— Vous… voulez que je démonte, monsieur ? suggéra-t-elle d'une voix tremblante.

— Et comment ! Oui, je veux que tu descendes de là, mon garçon. As-tu au moins une idée de ce que vaut cet étalon ? Eh bien, moi, je vais te le dire : bien plus que ce que ton propre père serait prêt à verser pour ta rançon !

Comme Sapphire s'apprêtait à obtempérer à l'irascible entraîneur, Red leva la main.

— Une minute, Cosco. Sers-toi de ta tête, pour une fois, veux-tu ?

Sapphire demeura coite.

— C'est-y pas toi qui me racontais l'autre jour que tu ne savais pas qui allait monter Mr. Prince cet hiver, vu que Jimmy est au lit avec plusieurs côtes cassées et le poignet foulé ? demanda Red à son collègue.

— Ce gamin ne connaît rien à la monte des chevaux de course ! protesta Cosco en soufflant comme l'étalon.

Pendant ce temps, Carribean Prince s'était mis à brouter une touffe du dernier trèfle de la saison, le nouveau garçon d'écurie confortablement calé sur son dos.

— Ouais, eh bien, trancha Red, on dirait que Mr. Prince, lui, il s'en contrefiche.

Il marqua une pause, avant de demander :

— Alors, ça y est, t'as pigé ?

Debout devant la cheminée du bureau de Manford, Blake écoutait les craquements des bûches dévorées par les flammes tout en faisant tourner le scotch contenu dans son verre. Puis il avala une gorgée de l'alcool et en savoura les saveurs tourbées.

Ce n'était que la deuxième semaine d'octobre, mais Boston avait déjà reçu ses premiers flocons. Bientôt il neigerait pour de bon sur la ville et le long hiver de la Nouvelle-Angleterre s'abattrait sur la région.

Blake avait eu froid durant toute la journée. Depuis qu'à son réveil, ce matin-là, il avait vu les flocons qui poudraient la balustrade de son balcon, il avait été obnubilé par l'idée que Sapphire pouvait se trouver dehors sous la neige, seule, sans abri ni ressources.

Pour la énième fois, il se répéta que ce n'était pas sa faute. Il avait tout offert à la jeune femme et, malgré cela, elle s'était détournée de lui et avait fui comme une voleuse, sans même se soucier de le saluer.

— Blake ?

Il releva la tête et vit Manford qui le dévisageait d'un œil critique.

— Où es-tu, aujourd'hui ? s'enquit ce dernier. Pas ici, en tout cas, pas avec moi. Je suis certain que tu ne m'as pas écouté.

— Désolé, marmonna Blake.

Il s'écarta de l'âtre et de la chaleur qu'il diffusait, sentant confusément qu'il ne méritait pas ce confort.

— Tu disais ?

— Je disais, reprit patiemment Manford, que j'avais lu tous les documents que tu m'avais transmis et qu'après la réunion avec ton expert de Pennsylvanie j'avais décidé d'être de la partie.

— De la partie ?

— Pour l'extraction et l'exploitation de l'huile minérale. Je suis prêt à me lancer avec toi dans cette aventure.

Blake se percha sur le bras d'un fauteuil capitonné.

— Tu devrais peut-être y réféchir encore un peu. Les premiers forages n'auront pas lieu avant le printemps.

Manford s'installa dans le fauteuil en face de celui de Blake, se pencha vers le feu et dévisagea son ami.

— Dis-moi, cette histoire de fortune à faire dans le pétrole… tu y crois toujours, n'est-ce pas ?

— Bien sûr que j'y crois. Je ne te demanderais pas de risquer ainsi ton argent si je n'étais pas certain qu'il y a un gros profit à la clé. Pourquoi cette question ?

— Je ne sais pas, répondit Manford en haussant les épaules avant de porter son propre verre de scotch à ses lèvres. Tu me sembles manifester moins d'enthousiasme pour cette entreprise qu'il y a quelques mois.

Blake haussa les épaules à son tour et baissa les yeux sur son verre.

— J'y crois toujours. Seulement, j'ai eu quelques soucis depuis.

Manford changea de position dans son fauteuil.

— Tu veux m'en parler ?

Blake soupira, s'affala dans son fauteuil et laissa son regard errer en direction du feu qui brûlait dans la cheminée.

— Non.

— Rassure-moi, au moins : ce n'est pas à cause de Clarice, n'est-ce pas ? Elle m'a juré qu'elle ne te rendrait plus visite à l'improviste et je pense sincèrement qu'elle a compris que…

— Ce n'est pas à cause de Clarice, lui assura Blake tout en se remettant à contempler le liquide ambré dans son verre.

Il leva les yeux une nouvelle fois, mais toujours sans croiser le regard de son ami.

— Il y a simplement que…

Il s'interrompit et fronça les sourcils.

— Il y a simplement que…, répéta-t-il lentement, comme si chaque mot lui coûtait,… que je crois bien avoir commis une erreur, mon vieux.

27

— Hé, Sam, tu viens faire de la luge avec moi ? s'écria Paulie depuis le seuil de l'écurie.

Sapphire, qui s'apprêtait à remplir le dernier abreuvoir des chevaux, était en train de transvaser de l'eau d'un seau dans un autre tout en essayant de ne pas éclabousser sa salopette.

— Tu y vas quand ? s'enquit-elle sans relever la tête.

L'adolescent de petite taille et au visage couvert de taches de rousseur haussa les épaules.

— J'sais pas. Après les corvées de l'après-midi. Avant le repas du soir.

— Tu vas à Big Hill ?

Big Hill — la Grande Colline — était le site de glissade préféré de tous les amateurs de luge de la vallée. Sapphire s'y était déjà rendue plusieurs fois avec les quatre autres garçons d'écurie. Elle ne les fréquentait guère en dehors du travail, s'abstenant généralement de les rejoindre autour du feu qu'ils allumaient parfois, à la nuit tombée, dans un des paddocks et autour duquel ils jouaient aux cartes ou discutaient jusqu'à une heure avancée de la nuit. Cependant, comme elle était originaire de la Martinique, la neige ne laissait pas de la fasciner, d'autant qu'elle avait eu la surprise de découvrir que le froid ne la dérangeait pas outre mesure, même si ses camarades de labeur la plaisantaient souvent sur la couche supplémentaire de vêtements qu'elle portait toujours par rapport à eux.

Bien que le mois de décembre ait à peine commencé, il y avait déjà eu plusieurs giboulées de neige et la luge était le seul loisir viril auquel la jeune femme s'autorisait à participer avec les autres garçons d'écurie.

— Ouais, je suppose que c'est là qu'on ira... si Adam est d'accord, précisa Paulie avec une grimace entendue.

Adam était le plus âgé et le plus costaud d'eux tous et nul ne se serait avisé de le contredire. Sapphire n'y voyait pour sa part aucun inconvénient. Adam avait des manières plutôt agréables. Ce n'était certes pas une lumière, mais il n'était pas non plus un tire-au-flanc et, jusqu'à présent, il ne s'était jamais moqué de la réticence de « Sam » à partager leurs plaisirs. Il semblait comprendre que ce lad aux traits fins et aux curieux yeux vairons soit un solitaire, ce qui permettait à Sapphire de cacher plus facilement son identité. Il avait même pris sa défense quand Red avait soulevé les protestations de leurs camarades en acceptant que Sapphire continue à passer ses nuits dans la sellerie plutôt que de rejoindre ces derniers dans le dortoir commun aménagé au-dessus de la réserve à grains.

Dans la sellerie, avait argumenté la jeune femme, elle serait plus près de Carribean Prince — et Red lui avait donné raison. L'étalon avait visiblement confiance en elle et il n'était pas inhabituel qu'un groom ou un jockey dorme ainsi près d'un coursier de prix, surtout quand il était aussi ombrageux que Mr. Prince.

— On se retrouve plus tard, lança Sapphire à Paulie, qui venait de placer les deux derniers seaux d'eau sur la barre de bois qui servait à leur transport.

— Tu veux un coup de main ? lui demanda l'adolescent tout en enfilant les moufles en laine tricotée que lui avait envoyées sa grand-mère de Pennsylvanie.

— Non, ça ira, repartit Sapphire en se dirigeant vers la stalle la plus éloignée.

Quand elle eut fini d'abreuver les chevaux, elle rinça les seaux, les remplit de nouveau et les disposa près de chaque issue de l'écurie, puis elle passa de box en box pour souhaiter une bonne nuit à chacune des bêtes, grattant l'une derrière l'oreille et gratifiant l'autre d'une tape amicale sur la croupe.

Pour finir, elle offrit à Carribean Prince une pomme toute ridée qu'elle avait gardée pour lui dans la poche de sa salopette, sous sa veste de toile.

Puis, avec la satisfaction profonde d'avoir abattu une bonne journée de travail, elle se retira dans la sellerie, à l'extrémité de l'écurie, pour écrire une lettre à Lucia et à Angélique ainsi qu'une autre à Armand. Le lendemain, qui était un samedi, elle consacrerait sa matinée à l'entraînement de Prince et, l'après-midi venu, elle profiterait de son congé pour aller poster son courrier en ville en empruntant un des nombreux chariots qui y conduisaient les employés de la ferme.

Une fois réfugiée dans son petit chez-soi que meublaient sa paillasse protégée par une couverture en laine unie, un cageot posé sur la tranche qui lui tenait lieu de table de chevet et un bloc de tiroirs contenant ses maigres possessions, Sapphire alluma une lampe à huile et s'assit sur sa paillasse avec une feuille de papier, une plume, de l'encre et une planchette de bois en guise de support. Elle se doutait que sa famille s'inquiétait pour elle et se sentait l'obligation de la rassurer, mais elle ne savait trop que lui dire.

Elle appela Stowe, qui était allongé dans son cageot rempli de paille, près de la porte. Elle était heureuse de voir le chien, ce dernier la délaissant souvent dans la journée pour suivre Red qui, la jeune femme en était certaine, devait s'être attaché le braque avec des friandises.

Stowe bondit obligeamment de sa couche pour venir se blottir contre sa maîtresse.

— Alors, mon vieux, qu'en penses-tu ? lui murmura-t-elle tout en lui gratouillant le crâne. Qu'est-ce que je peux leur raconter à propos du haras et de la nouvelle vie que j'y mène, hein ?

Stowe bâilla et posa sa tête sur les genoux de la jeune femme avant de fermer les yeux.

Après avoir entamé plusieurs brouillons, Sapphire commença finalement sa missive à Lucia et à Angélique en leur répétant qu'elle était saine et sauve et en les suppliant, une fois de plus, de ne surtout pas contacter Blake Thixton. C'était là en effet sa plus grande crainte, plus grande encore que celle de trahir son sexe par mégarde à l'un ou l'autre des employés de la ferme Carrington.

Dès son arrivée au haras, elle avait envoyé une première lettre à Lucia pour lui expliquer qu'elle avait quitté Boston seule. Elle avait veillé à ne pas trop donner de détails à sa tante, notamment quant au lieu où elle avait échoué. Elle s'était contentée de l'informer que Blake et elle s'étaient séparés et de la prier, au cas où celui-ci lui demanderait de ses nouvelles, de lui répondre qu'elle n'en avait toujours pas reçu. Elle regrettait de ne pouvoir révéler à sa marraine l'endroit où elle avait trouvé refuge, mais elle préférait ne pas courir le risque de mettre indirectement Blake sur sa piste. Elle avait néanmoins promis à Lucia de tout lui raconter une fois de retour à Londres. Et si celle-ci lui en voulait de son silence, tant pis : elle n'avait pas le choix.

Dans cette deuxième missive, elle s'efforça de rester laconique. Elle assura à sa tante et sa sœur que, malgré sa brouille avec Blake Thixton, elle appréciait toujours son séjour en Amérique, ce qui était l'entière vérité. Elle leur confia aimer beaucoup la neige et s'être réjouie de se découvrir résistante au froid — à condition, du moins, qu'elle n'ait point oublié auparavant de revêtir cette espèce de salopette matelassée qu'on appelait par ici une « combinaison ». Elle leur rapporta aussi ses glissades en luge sur le site de Big Hill et leur parla même de Carribean Prince, sans toutefois citer son nom.

Ce qu'elle ne leur avoua pas, en revanche, c'était qu'elle avait encore le cœur brisé et que, même si elle pensait bien guérir un jour de ce chagrin d'amour, cette plaie à vif se rappelait parfois cruellement à son souvenir.

Et, naturellement, elle ne leur révéla pas non plus qu'elle se faisait passer pour un garçon.

Elle termina sa lettre en prévenant Lucia et Angélique qu'elle ignorait si elle aurait encore à l'avenir le temps de leur écrire. Au vrai, la rédaction de ces missives elliptiques, et donc presque mensongères, lui coûtait beaucoup. Elle jura cependant à sa marraine et à sa sœur qu'elle ferait tout ce qui était en son pouvoir pour les retrouver avant la fin de l'été.

Ce n'était pas là qu'une promesse en l'air. En effet, en sus de son salaire de lad qui ne s'élevait qu'à quelques dollars par mois, Red lui avait signalé que, si elle gagnait des courses avec Prince, elle toucherait chaque fois une partie des gains revenant au propriétaire du cheval victorieux. Aussi espérait-elle que, avant la fin de l'été, elle aurait réussi à amasser les cent dix dollars que devait débourser tout passager souhaitant se rendre en Angleterre.

La lettre à Armand fut encore plus délicate à écrire. Voilà longtemps qu'elle repoussait le moment de reprendre contact avec lui ; or, elle savait que s'il n'entendait toujours pas parler d'elle, il ne tarderait pas à s'inquiéter. Par chance, elle avait omis de lui notifier l'adresse de Blake à Boston dans le courrier qu'elle lui avait envoyé à son débarquement en Amérique.

Le pli qu'elle rédigea à l'intention d'Armand fut encore plus court que celui adressé à Lucia et Angélique. Sapphire lui assura qu'elle allait bien, qu'elle était en train de passer l'hiver à New York et qu'elle repartirait à Londres l'été venu. Elle ajouta qu'il ne devait pas se faire de souci pour elle car elle appréciait son séjour aux Etats-Unis. Elle conclut en l'embrassant et, les yeux secs, cacheta la lettre avant d'endosser sa combinaison pour aller rejoindre Paulie et les autres sur la Grande Colline.

— Oh, doux Jésus !

— Jessup ? Ça va ? cria Lucia en direction de la porte qui donnait sur le vestibule.

Il était sorti afin d'utiliser les commodités extérieures, bien que le blizzard souffle dehors et qu'il gèle à pierre fendre.

— Jessup ? appela-t-elle.

— Oh, mon Dieu. Oh, Seigneur, répétait l'avoué.

— Jessup, qu'est-ce qu'il y a, à la fin ?

Elle se glissa hors du lit, mit les pieds dans ses chaussons en feutre et rejoignit Jessup dans l'entrée.

Ce dernier se tenait à l'autre extrémité de la pièce, vêtu de sa chemise de nuit, de bas de laine, d'un épais peignoir et d'un bonnet blanc à rayures vertes. Les mains serrées contre son torse, il manifestait la plus grande frayeur.

— Jessup ! s'exclama Lucia, choquée de le voir aussi tremblant. Tu es malade ? Tu t'es blessé ?

— Je... je suis affreusement confus.

Lucia le détailla de la tête aux pieds, craignant qu'il ne souffre d'un flux de ventre.

— Veux-tu que je t'apporte la bassine, chéri ? Ou des sous-vêtements propres, peut-être ? lui proposa-t-elle sans éprouver la moindre gêne.

Il la considéra avec un air horrifié.

— Certainement pas !

— Alors, pour l'amour du ciel, reviens donc te coucher, Jessup ! Il fait aussi froid que dans une glacière, ici ! répliqua-t-elle en voyant son haleine se condenser devant elle en petits nuages blancs et cotonneux.

— Je... je ne peux pas.

— Comment ça, tu ne peux pas ? l'interrogea-t-elle en posant les mains sur ses hanches.

Ils avaient réussi tous deux à transformer le lit en une délectable chaufferette, pesta-t-elle intérieurement, et voilà qu'elle sentait ses pieds redevenir des glaçons !

— Jessup, le prévint-elle, je commence à perdre patience. Je pourrais très bien rentrer dormir chez moi, tu sais.

Il n'avait toujours pas bougé d'un pouce.

— Je suis désolé, mon amour, déclara-t-il piteusement.

— Jessup, qu'est-ce qui ne va pas ? lui demanda-t-elle en s'avançant vers lui.

— Non ! hurla-t-il en levant une main pour l'arrêter.

— Mais qu'est-ce qu'il y a, enfin ?

Elle ne voyait rien qui puisse justifier une interdiction si véhémente : ni trou dans le plancher ni clou dépassant d'une latte. Elle ne percevait non plus aucune odeur de fumée.

— Jessup, il faut que tu me dises ce qui se passe, le supplia-t-elle. Où est le danger, mon amour ?

Il détourna les yeux.

— Je suis mortifié.

— Dis-moi tout, insista-t-elle.

Il ferma les paupières.

— Tu vas te moquer de moi.

— Mais non.

— Mais si ! Cela faisait toujours hurler de rire Emma.

— Jessup Stowe, seriez-vous en train de me confondre avec votre défunte épouse ? s'insurgea-t-elle avant d'agiter un index dans sa direction. Parce que, si c'est le cas, je peux te garantir que je vais de ce pas ramasser mes cliques et mes claques et ficher le camp de cette maison !

— Tu as raison. Excuse-moi, murmura-t-il. Je suis vraiment navré, Lucia.

— Bon, trêve de repentances, décréta-t-elle. Tu me dis ce qu'il y a, oui ou non ?

Il garda le silence un instant, puis désigna le plancher sur sa droite.

— Une souris.

Lucia écarquilla les yeux et, de fait, dans l'ombre du mur, elle distingua bientôt une petite souris grise qui se blottissait peureusement contre la plinthe.

Elle s'efforça de ne pas rire. Et ce ne fut pas facile.

— Tu as peur des *souris*, Jessup ? s'enquit-elle d'une voix qui s'envola malgré elle dans les aigus.

— Depuis tout petit. Une de ces saletés m'a mordu au gros orteil dans mon berceau.

Lucia s'approcha de lui. La souris décampa sans demander son reste.

— Là, chuchota-t-elle en lui tapotant l'épaule. Tu vois ? Cette pauvre petite chose a encore plus peur que toi.

Elle passa un bras autour de sa taille et le ramena vers la chambre.

— Je suis désolé, Lucia. Pas étonnant que tu ne veuilles pas m'épouser. Qui voudrait se marier avec un homme qui craint les souris ?

Elle sourit dans la pénombre tout en le guidant vers son côté du lit et en l'aidant à se déshabiller. Elle écarta ensuite le lourd édredon fourré de plumes d'oie et l'aida à s'asseoir sur le matelas. Puis elle lui enleva ses chaussons, ses bas et son bonnet et, pendant qu'il se coulait avec un soupir dans la tiédeur de leur couche, elle contourna cette dernière pour s'y allonger à son tour.

— Que vais-je donc faire de toi, Jessup ? lui murmura-t-elle quand ils se retrouvèrent l'un en face de l'autre sous l'édredon.

Il soupira derechef.

— Un homme qui a peur des souris…, ajouta-t-elle.

— Et anglais, qui plus est.

Elle pouffa et se pelotonna contre lui.

— Tu sais, je ne vois guère qu'une solution à ton problème.

— Quelle solution ?

— Me prendre pour femme, bien sûr ! Après tout, tu as bien besoin de quelqu'un pour chasser les souris de chez toi. Et, sans me vanter, je crois que je suis plus intéressante qu'un chat, non ?

Jessup s'esclaffa avant de rouler sur elle.

— Je t'aime, Lucia, lui confia-t-il dans le creux de l'oreille.

— Moi aussi, je t'aime, espèce de vieux bouc ! Allez, pousse-toi donc de là, que je récupère un peu. A nos âges, ce genre de galipettes peut nous coûter cher si on ne sait pas se contenter d'une seule dose par nuit.

Ils s'embrassèrent une dernière fois. Jessup vint ensuite se placer dans son dos pour la réchauffer et ils se rendormirent doucement, à l'abri des frimas de l'hiver.

*
* *

Debout derrière la balustrade du balcon de sa chambre, Blake offrait son visage aux bourrasques de neige, la morsure du froid lui donnant au moins l'impression d'exister.

Les yeux baissés sur l'océan, il observait les rares lumières qui palpitaient encore dans la baie. Peu de navires étaient sortis du port ce soir-là. Tous les marins sensés étaient restés chez eux ou à l'intérieur de leur cabine, hublots et écoutilles soigneusement fermés. Noël approchait et l'hiver resserrait son poing de glace sur Boston.

Blake fourra ses mains gantées dans les poches de son manteau de laine noire. Il avait reçu ce soir-là le rapport de deux des détectives qu'il avait lancés sur les traces de Sapphire, et ni l'un ni l'autre ne paraissaient avoir progressé dans leurs recherches. Ces rapports étaient respectivement le cinquième et le sixième qui lui étaient adressés depuis deux semaines. Ils lui avaient coûté plus de deux cents dollars — autant dire une petite fortune. Non qu'il soit avare de son argent : il en avait tellement qu'il ne savait qu'en faire…

Personne, donc, n'avait vu Sapphire. Elle avait tout bonnement disparu de la ville. Et de son existence. Elle s'était évanouie dans la nature et demeurait introuvable, même pour les enquêteurs qu'il avait engagés, et c'étaient les meilleurs de la région, sinon de l'Etat tout entier.

Il n'en était toutefois pas si étonné que ça. Ces limiers, si brillants soient-ils, ne comprenaient pas la jeune femme comme lui la comprenait — ou comme il en était venu à la comprendre. Sapphire, il avait fini par s'en rendre compte, était dotée d'une volonté d'acier. Sa décision de le quitter lui ressemblait bien : il l'avait déçue et elle était partie, sans la moindre hésitation. Et sans doute pour de bon.

On frappa un coup à la porte qui, comme il ne répondait pas, devint un tambourinement.

— Monsieur Thixton ? le héla-t-on depuis la chambre.

— Qu'est-ce qu'il y a ? s'exclama-t-il en étant presque obligé de crier pour couvrir de sa voix le hurlement du vent. Je vous ai déjà dit que je n'avais pas envie de dîner.

— M. Lawrence désire vous voir, monsieur, lui annonça M. Danz avant de battre précipitamment en retraite, bientôt remplacé par Manford, qui n'avait pas quitté son manteau.

— Je ne savais pas que tu devais venir, lui lança Blake en s'adossant contre le garde-corps.

— Je ne savais pas qu'il me fallait une invitation pour te rendre visite, rétorqua son ami en frissonnant sous le blizzard. Qu'est-ce que tu fais là, sacré bon sang ? On se gèle, ici !

Blake se retourna vers les ténèbres striées de blanc.

— Je ne trouve pas qu'il fasse si froid que ça, dit-il.

Manford demeura coi un moment.

— Ecoute, Blake, reprit-il enfin, je sais bien que ce ne sont pas mes oignons, mais cette fille dont tu m'as parlé…

— Tu as raison : ça ne te regarde pas.

— Tu ne crois pas que tu es en train de sombrer dans le grotesque, mon vieux ? répliqua Manford. Enfin, quoi, ce n'était qu'une soubrette ! Elle…

— Ne dis plus jamais ça, tu m'entends ! rugit Blake en pivotant sur lui-même. Ne t'avise plus jamais de lui manquer de respect ou, par tout ce qui est sacré, je jure que je…

Il se tut soudain, conscient de l'inanité de ses paroles. Et du poing qu'il avait inconsciemment levé pour frapper son ami.

Il baissa les yeux et, laissant son bras retomber le long de son flanc, se mit à enfoncer sa botte dans la neige accumulée sur les dalles du balcon.

— Seigneur, je ne sais pas ce qui me prend, marmonna-t-il. Je te prie sincèrement de m'excuser, Manford.

Ce dernier vint poser une main sur son épaule.

— Et si on se prenait un scotch, l'ami ? *A l'intérieur,* s'entend. Toute cette neige va finir par me rendre cinglé, moi aussi. Et puis, tiens, je mangerais bien un morceau, également… Pas toi ? Tu maigris à vue d'œil, mon gars, vraiment.

Blake soupira.

— Va pour le scotch, répondit-il.

Les deux hommes rentrèrent dans la chambre, retrouvant du même coup la chaleur et la lumière. Manford se hâta de refermer la porte-fenêtre derrière eux, puis il se débarrassa prestement de son manteau et se dirigea vers le buffet à liqueurs pour leur préparer un verre.

— Ainsi donc, énonça-t-il, ce n'est pas qu'une simple domestique… Et si tu éclairais ma lanterne ? Tu ne m'as même pas confié son vrai nom, à propos — car je suppose qu'elle ne s'appelle pas Molly et que c'est encore là une invention de la douce Mme Dedrick ?

Debout devant la porte-fenêtre, son manteau encore sur les épaules, Blake se sentait singulièrement déplacé dans sa propre chambre. C'était là un sentiment qui l'avait étreint dès le départ de Sapphire : l'impression de n'être à l'aise nulle part, ni chez lui, ni à son travail, ni même dans sa propre peau.

— C'est une histoire plutôt compliquée, avoua-t-il enfin.

— Rien n'est simple dans la vie, décréta philosophiquement Manford en lui plaçant dans la main un gobelet de cristal à moitié rempli de scotch.

Dans son mouvement, il effleura les doigts de son ami.

— Tu es glacé, mon vieux. Ça fait longtemps que tu joues les statues, là-dehors ?

— Non, pas tant que ça, repartit Blake sur un ton absent avant de porter le verre à ses lèvres et d'ingurgiter une longue rasade d'alcool.

— Bon, tu vas me parler d'elle, décida Manford en se dirigeant vers la porte. En attendant, je vais nous commander à souper parce que, moi, je suis affamé. Et ensuite, mon cher, tu videras ton sac.

Blake plongea les yeux dans le liquide ambré qui luisait dans le verre.

— Je ne sais pas si j'en suis capable, murmura-t-il.

28

Quand Lucia rentra à son appartement, elle y découvrit Angélique, qui l'attendait dans un des fauteuils du salon, le regard perdu sur la circulation qui encombrait la rue en contrebas.

— Quelle bonne surprise ! s'exclama-t-elle en souriant avant de déposer sur le plancher, juste derrière la porte, plusieurs paquets enveloppés dans du papier brun. Avena est là ?

La domestique était invisible et ne se montra pas plus quand elle eut claqué la porte derrière elle. Connaissant le zèle d'Avena, Lucia s'en étonna.

— Je lui ai donné son congé pour l'après-midi, expliqua Angélique. Pour qu'elle puisse préparer son mariage.

Elle ponctua cette remarque en levant les yeux au ciel.

Lucia enleva ses gants jaunes et ôta son chapeau.

— Je suis contente pour elle, déclara-t-elle à sa nièce. Elle forme un beau couple avec son petit tailleur. J'ai compris qu'il méritait d'être épousé quand il lui a affirmé être indifférent à son passé.

Elle s'approcha de la fenêtre et se pencha vers sa nièce pour l'embrasser sur la joue.

— A part ça, s'enquit-elle, qu'est-ce qui me vaut l'honneur de ta visite ? Voilà des lustres que tu n'as daigné venir saluer ta vieille tante. Jessup et moi avons l'impression de ne plus te croiser qu'aux réceptions et aux soirées.

Angélique tourna de nouveau son regard vers la rue et, s'accoudant sur le large rebord de la fenêtre, posa son menton dans sa main.

— Je n'arrive pas à croire que nous sommes ici depuis maintenant presque un an. Il me semble que nous avons quitté la Martinique depuis seulement quelques semaines.

Elle avait prononcé ces mots sur un ton pensif qui ne lui ressemblait pas — et qui n'échappa point à sa tante.

— Tu parles comme une vieille, repartit cette dernière en gloussant. A ton âge, on a plutôt tendance à trouver qu'un an c'est une éternité !

Elle se mit à contempler les voitures qui passaient sur la chaussée, les vendeurs ambulants qui proposaient aux badauds œufs et pain d'épice, les piétons des deux sexes et de toutes conditions qui se bousculaient sur les trottoirs, leurs emplettes à la main. C'était la première journée clémente du printemps et tout Londres paraissait s'être donné rendez-vous dehors pour célébrer le retour des beaux jours.

Elle reporta son attention sur Angélique, dont elle caressa les cheveux sombres. Ceux-ci étaient coiffés en petites bouclettes fantasques que retenaient de minuscules morceaux de ruban.

— Tu m'as l'air terriblement mélancolique aujourd'hui, mon enfant. Aurais-tu un problème ?

La métisse soupira sans détacher ses yeux du spectacle qui se déroulait derrière les losanges biseautés des carreaux.

— Crois-tu vraiment que Sapphire aille bien ? Je me fais du souci pour elle depuis sa dernière lettre. Je pensais réellement qu'elle allait rester avec son Américain, l'épouser et lui donner des enfants.

Lucia s'installa dans le fauteuil en face de celui de sa nièce.

— Elle va bien, Angel. Elle nous l'a dit et je le sens.

— Ce qu'elle a dit, ce n'est pas grand-chose, lui rappela Angélique. Nous ne savons même pas où elle vit actuellement — à part que c'est aux Etats-Unis ! Elle n'est pourtant pas du genre à nous faire des cachotteries. Et puis elle doit tout de même se douter qu'on est inquiètes pour elle ! En temps normal, jamais elle ne nous laisserait ainsi dans l'ignorance.

Lucia haussa les épaules.

— Manifestement, ça n'a pas aussi bien marché qu'elle l'espérait entre elle et lord Wessex. A mon avis, elle avait simplement besoin de l'hiver pour se retrouver un peu seule, lécher ses plaies et repartir ensuite d'un meilleur pied.

— Mais on est déjà en avril ! s'exclama Angélique en se retournant vers sa tante. L'hiver est fini depuis longtemps !

Lucia comprit alors qu'elle n'était pas seulement soucieuse du sort de sa sœur adoptive : elle était franchement préoccupée, et ce sentiment, aussi, tranchait avec la désinvolture et l'insouciance qui lui étaient jusqu'alors coutumières.

— Et si elle n'avait plus d'argent et qu'elle ne pouvait plus rentrer à Londres ? poursuivit Angélique. Que deviendrait-elle en ce cas ? Sera-t-elle forcée de reprendre le commerce maternel, rien que pour subsister ? Je crois que nous devrions plutôt écrire à M. Thixton pour savoir où elle habite au juste à New York.

— C'est hors de question, répondit sèchement Lucia.

— Mais pourquoi ? s'emporta Angélique. On ne va quand même pas rester là sans rien faire ! Tu es tellement absorbée par tes roucoulades avec M. Stowe que tu as complètement oublié tes responsabilités envers Sapphire !

Elle n'avait pas proféré cette accusation qu'elle porta une main à sa bouche, horrifiée par ses propres paroles. Puis elle détourna la tête, honteuse et bouleversée, les yeux mouillés de larmes.

Lucia lui prit les mains.

— Regarde-moi, chuchota-t-elle sans lui témoigner la moindre rancœur.

Angélique tourna lentement la tête vers elle.

— Je m'excuse, murmura-t-elle. Jamais je n'aurais dû dire ça. C'est injuste et je ne le pensais pas, je te le jure.

— Je le sais bien. Tu as peur pour Sapphire, voilà tout. Et je te comprends d'autant mieux que moi aussi je tremble pour elle.

— Ah bon ? dit Angélique en reniflant.

— Evidemment, confirma Lucia en lui tapotant la main. Mais si un parent, un chaperon ou une marraine montrait tout le temps les craintes que lui inspirent la conduite ou les décisions de ceux qui sont sous sa protection — ou qui sont censés l'être —, eh bien, le monde n'avancerait pas beaucoup, vois-tu, car nous passerions notre temps à nous agiter, à nous tordre les mains et à nous arracher les cheveux.

Elle marqua une pause pour permettre à la jeune femme de s'imprégner de ses propos.

— Bon, reprit-elle, écoute-moi. Ecrire à lord Wessex à Boston est impossible et tu en as parfaitement conscience. Si laconique que fût la dernière lettre de Sapphire, c'était aussi et avant tout une preuve de confiance envers nous. Or, tu ne peux trahir cette confiance. Qu'est-ce qu'elle nous racontait dans ce courrier, maintenant ? Qu'elle allait bien et que nous la reverrions avant la fin de l'été. Pourquoi ne pas la croire ? Elle nous demande d'avoir foi en elle. Ayons foi en elle. C'est tout ce que nous pouvons faire pour l'instant.

Angélique baissa les yeux, puis croisa de nouveau le regard de sa tante.

— Henry et moi pensons nous rendre en Amérique.

— Formidable !

— Pour retrouver Sapphire.

Lucia se rembrunit.

— C'est très noble de ta part, admit-elle, mais si tu vas là-bas, il faut que ce soit pour des raisons qui te sont propres. Les Etats-Unis sont un pays immense. Il est facile de s'y perdre, quand on le souhaite.

— Oh, tante Lucia, pourquoi ne viendrais-tu pas avec nous ? suggéra Angélique en s'asseyant sur le bord du fauteuil pour se rapprocher de sa tante. D'après Jessup, Blake Thixton serait un personnage très important en Amérique. Tout le monde doit le connaître à Boston. Nous n'avons pas besoin de son adresse. Il suffirait de la demander au premier passant venu, à notre descente du bateau !

Lucia se renfrogna de plus belle.

— Et Henry est prêt à te rendre ce service, à traverser tout l'océan avec toi et à t'aider ensuite à plaider ta cause devant cet important personnage qu'est Blake Thixton ? Mais, tu sais, Angel, il y a un détail auquel tu n'as peut-être pas songé : vous risqueriez, Sapphire et toi, de vous croiser, sans le savoir, au beau milieu de l'Atlantique !

Elle lâcha la main de sa nièce pour lui mimer la chose.

— Il n'y a pas que Sapphire en jeu, tante Lucia. Henry n'est d'accord pour m'accompagner à New York et chercher Sapphire avec moi qu'à la condition que je le suive ensuite dans le Far West, dans les régions où habitent encore des Indiens.

— Et tu serais prête à te risquer dans ces contrées sauvages avec lui ? demanda Lucia, ébahie.

Angélique opina en silence.

— Alors pourquoi ne pas l'épouser, grands dieux ?

Angélique se leva, un sourire rêveur aux lèvres.

— C'est ce qu'il dit, lui aussi — que rien ne nous empêche de nous marier. Ses parents l'ont déjà pratiquement renié. La seule fortune qui lui reste est désormais le legs de son grand-père.

— Et pourtant il t'est toujours fidèle ?

Elle posa une main sur le rebord de la fenêtre.

— Oui, reconnut-elle.

— Mais toi, souhaites-tu l'épouser ? s'enquit alors Lucia en levant les yeux vers sa nièce.

Elle trouvait celle-ci absolument ravissante. Et nettement plus mûre qu'à leur arrivée en Angleterre un an plus tôt. Sans doute était-ce un effet de l'amour…

— Je ne sais pas, répondit la jeune femme à voix basse. Tante Lucia, je suis perdue. Ah ! comme j'aimerais que Sapphire soit là !

Elle avait prononcé ces mots sur un ton presque désespéré, les doigts accrochés au rideau de la fenêtre.

— Je pourrais lui demander ce qu'elle en pense. Elle, elle saurait, j'en suis certaine. Elle me connaît encore mieux que je ne me connais moi-même.

Sa lèvre inférieure se mit à trembler.

— Elle a toujours veillé sur moi, tu comprends ? Son bon sens ne m'a jamais fait défaut.

Lucia gardait le silence pour permettre à cette jeune femme qu'elle aimait tant de réfléchir tout haut sur sa propre situation.

— Je n'ai jamais envisagé sérieusement de me marier, et certainement pas à un Anglais de la noblesse comme Henry. Je crois que j'avais peur de gâcher ma vie en restant avec un seul homme. Cela me paraissait tellement… ennuyeux.

— Tu vis avec Henry aujourd'hui. Est-ce ennuyeux ?

Angélique éclata de rire.

— Notre cohabitation mériterait plein d'épithètes diverses et variées, mais pas celle-là. Oh, non !

— N'est-ce pas la réponse à ta question ?

— Tu estimes donc que je devrais l'épouser ?

— J'estime qu'il serait temps que tu écoutes ton cœur, ma biche. J'estime aussi que tu commettrais une erreur en négligeant la détermination avec laquelle Henry semble prêt à tout sacrifier, famille et héritage, pour rester avec toi.

— En d'autres termes, je lui dois bien le mariage, c'est ça ?

Angélique reporta son attention sur la rue et pressa sa paume contre le carreau frais.

— Ce n'est pas une affaire de dette mais d'engagement, énonça Lucia.

Angélique se remit soudain à sourire.

— Et toi, tante Lucia ? Ça te fait plaisir d'épouser M. Stowe ?

— Eh bien, oui, répondit sincèrement Lucia. Je ne m'y attendais pas, cela dit. Je n'aurais jamais imaginé que je pourrais m'éprendre encore une fois de quelqu'un. Ça m'est arrivé en quelque sorte à l'improviste, au crépuscule de mon existence. Mais je ne m'en plains pas ! Loin de là ! Jessup est un brave homme. Tiens, tu ne peux pas savoir le nombre de comtés qu'il a visités cet hiver pour tenter de repérer l'église où Sophie et Edward ont jadis été unis.

— Il veut te rendre heureuse.

— C'est exact, admit Lucia en se redressant. Mais j'ai comme l'impression que c'est devenu une espèce d'obsession chez lui, un genre de quête du Graal personnelle, si tu vois ce que je veux dire. Il est désormais résolu à découvir la vérité, coûte que coûte.

Angélique s'avança vers sa tante en souriant.

— Je crois que vous connaîtrez une belle vie ensemble.

— Oui… enfin, ce qu'il en reste ! En attendant, ma belle, je meurs de faim. Allons voir en cuisine si Avena ne nous a pas laissé un peu de café et quelques gâteaux.

— Prêt, Sam ?

Sapphire serra la bride dans ses mains, le regard braqué entre les oreilles de Prince.

— Je ne vais pas y arriver, Red, souffla-t-elle.

— Mais si, lui assura le chef lad en lui tapotant le mollet. De toute façon, mon p'tit gars, il est trop tard pour reculer, pas vrai ?

Sapphire contempla au-dessus de sa tête les nuages blancs qui voguaient sereinement dans le ciel bleu. Lorsque, à l'automne dernier, Red avait finalement réussi à persuader Cosco de laisser Sam monter Prince pendant l'hiver, le temps que le jockey attitré de l'étalon se remette de ses fractures, Sapphire était loin de s'imaginer qu'elle se retrouverait un jour engagée avec le cheval dans une course. Cependant, au fil de la mauvaise saison, il devint de plus en plus évident pour tout le monde que Mr. Prince adorait le nouveau garçon d'écurie nommé Sam Walter, si bien que M. Carrington lui-même donna son accord.

Cela s'était passé un mois auparavant, à une séance d'entraînement, alors que la neige tombait encore à gros flocons. Le patron du haras avait attentivement observé les galopades de l'étalon sur la piste d'essai qui longeait les pâtures et, quand Sapphire avait démonté près de lui, en nage et essoufflée, sa décision était prise : Sam Walter quitterait le poste subalterne de garçon d'écurie pour accéder à la dignité enviée de jockey de l'écurie Carrington. Et il aurait Carribean Prince pour monture.

Sapphire avait d'abord éprouvé du remords de prendre ainsi la place d'un autre, mais Red, qui devinait sans doute ses sentiments, avait pris soin de lui préciser que, de toute manière,

Prince n'avait jamais apprécié Jimmy, son ancien jockey, et que, réciproquement, celui-ci n'avait jamais vraiment su s'y prendre avec le capricieux coursier. En bref, ils n'étaient pas faits pour s'entendre.

Pour comble de bonheur, ainsi que le chef lad le lui avait promis, elle toucherait bien en tant que jockey un petit pourcentage sur les gains de chaque course qu'elle remporterait avec l'étalon.

Plus rien ne s'opposait donc à ce qu'ils tentent tous les deux leur chance sur les pelouses des hippodromes.

— Alors, on est prêt ? s'enquit à son tour M. Carrington en s'approchant de Prince et de son cavalier.

C'était un vieil homme affable sommé d'un toupet de cheveux blancs, dont le visage buriné souriait en permanence. Il s'aidait pour marcher d'une canne, une mauvaise chute de cheval, survenue des années auparavant, lui ayant laissé une faiblesse à la jambe. Depuis, il ne courait plus lui-même, mais n'en était pas moins devenu l'un des meilleurs éleveurs de la vallée de l'Hudson. Partout dans l'Etat, ses chevaux étaient réputés pour leur célérité.

— Autant qu'on peut l'être, monsieur Carrington, repartit Red en ôtant sa casquette tout en tenant fermement la longe de l'étalon.

Ce dernier piaffait sur place. Sapphire voyait les autres concurrents commencer à s'aligner à trente mètres de là, en prévision du départ. Elle se mit à tripoter nerveusement la bride, heureuse de porter les gants en peau de chamois qu'elle avait aux mains. Elle transpirait en effet tellement et ses paumes étaient si glissantes que, sans ces protections, le lacet de cuir aurait certainement fini par lui échapper.

— Du calme, mon beau, pas besoin de t'exciter, murmura Red au cheval tout en lui flattant l'encolure.

Mais Prince ne cessait de piaffer, d'encenser et de renâcler, ayant visiblement hâte de se lancer sur la piste.

— Le long de la rive et retour, rien de plus, rappela

M. Carrington à son jockey. Pour Prince et toi, ça devrait être une promenade.

Sapphire fut quelque peu soulagée par ces paroles, car elles lui confirmaient que cette course n'était qu'un galop d'essai. La saison ne faisait en effet que commencer et, pour l'instant, les propriétaires des bêtes souhaitaient seulement, après la longue pause de l'hiver, donner à ces dernières de l'exercice et tester leurs jockeys, les nouveaux comme les plus aguerris.

La jeune femme n'ignorait cependant pas que Prince était déjà inscrit dans d'autres manifestations et que, notamment, dans quelques semaines, elle se retrouverait avec lui sur la piste du fameux hippodrome de l'île new-yorkaise de Long Island, lequel pouvait accueillir des centaines de spectateurs — alors qu'aujourd'hui seuls les propriétaires des chevaux, les éleveurs, leurs employés et les familles des uns et des autres seraient alignés le long du fleuve pour la regarder courir.

— Et toi, Sam, pas trop nerveux ? demanda M. Carrington en levant les yeux vers Sapphire.

Les nerfs tendus comme la corde d'un arc, celle-ci secoua crânement la tête.

Au début, monter Prince lui avait paru une bonne idée ou, à tout le moins, le dérivatif idéal pour lui faire oublier sa solitude ainsi que son regret lancinant de Blake. En plus, cela la distrayait agréablement des fastidieuses corvées dévolues aux grooms. Même après que l'entraînement avait débuté et que Cosco s'était mis à lui apprendre les rudiments du métier de jockey, elle ne s'était pas vraiment rendu compte de la nouvelle aventure dans laquelle elle se lançait ainsi. Or, maintenant qu'elle avait sous les yeux les autres chevaux qui se rangeaient derrière la ligne de départ et les spectateurs qui prenaient place entre celle-ci et la ligne d'arrivée, la réalité de ce qu'elle s'apprêtait à accomplir s'imposait à son esprit.

Elle espérait seulement ne pas se briser le cou d'ici à la fin de la course.

— Non, répondit-elle, à voix haute cette fois-ci, je ne suis pas nerveux, monsieur Carrington.

— C'est bien, mon garçon, l'approuva le vieil homme en reculant. Tu vas gagner aujourd'hui, Sam, je te le dis. Je donne un dîner à la maison ce soir et tu t'assiéras près de moi, à la place d'honneur. Et en plus du privilège de manger à ma table, tu auras droit à une prime.

Il adressa un clin d'œil à la jeune femme.

— Merci, m'sieur, dit-elle en penchant sa toque à la manière des autres jockeys.

Red la scruta du regard.

— Prêt, mon gars ? répéta-t-il.

Sapphire pinça les lèvres et opina du chef.

Red les guida jusqu'à la ligne de départ, qu'un trait de craie matérialisait sur le gazon fraîchement poussé. Autour d'elle, la jeune femme entendait jockeys et entraîneurs chuchoter avant le départ, les yeux fixés sur elle — ou plutôt sur « lui », Sam Walter, le garçon qui avait réussi à dompter le fougueux Prince et avait pris la place de Jimmy dans l'écurie Carrington. Elle ignora leurs coups d'œil et leurs murmures pour concentrer toute son attention sur la tache blanche que l'étalon avait entre les oreilles.

— O.K., fiston, lui dit-elle dans un souffle tandis que Red détachait la longe de son harnais avant de s'écarter vivement pour se mettre hors de portée des sabots du puissant coursier. C'est rien qu'une petite balade au bord de la rivière. Un demi-tour au bout de la piste et tu te retrouveras dans ton box avec un gros sac d'avoine à la mélasse rien que pour toi tout seul — compris ?

Le cheval hennit.

Un monsieur coiffé d'un chapeau melon se porta à la hauteur de la ligne blanche. C'était un éleveur dont le haras était situé un peu plus bas dans la vallée et qui, n'ayant aucun cheval en compétition, avait accepté de donner le signal du départ.

Il y avait neuf concurrents. Normalement, Carribean Prince aurait dû être le favori, mais on le savait inconstant et nul n'était en mesure de prédire le comportement du nouveau jockey que lui avait attribué M. Carrington. Il avait dompté l'étalon, certes, se répétait-on, mais saurait-il le mener pour autant à la victoire ? La question demeurait ouverte.

Le distingué gentleman au chapeau melon extirpa un mouchoir blanc de la poche intérieure de sa redingote. Prince baissa aussitôt la tête en renâclant.

Sapphire, qui sentait l'animal bander ses muscles, se contracta elle aussi. Du coin de l'œil, elle vit le mouchoir tomber au sol. Elle cessa aussitôt de tirer sur la bride et pressa les flancs de Prince. Celui-ci franchit d'un bond la ligne de départ et la campagne environnante ne fut plus qu'une bande floue défilant de part et d'autre de la cavalière et de sa monture. Sapphire ignorait les autres chevaux ainsi que les cris d'encouragement de leurs jockeys qui leur fouettaient la croupe de leur cravache. Pour sa part, elle n'utilisait pas cet instrument. Elle n'en avait même pas sur elle, ayant pu constater à l'entraînement que Prince y réagissait mal — et cela, d'après Red, à cause du mauvais souvenir qu'il avait gardé de celle dont usait et abusait Jimmy avec lui. Au lieu de stimuler ainsi l'étalon, elle se hissait sur ses étriers et, le buste penché sur le garrot de l'animal, le laissait mener la course à sa guise.

Quelques secondes plus tard, ils contournaient l'orme qui marquait l'extrémité de la piste et repartaient avec, cette fois-ci, l'Hudson sur leur gauche. Un rapide regard en arrière apprit à la jeune femme que, si deux longueurs à peine les séparaient de leur poursuivant immédiat avant le tournant, ils en avaient désormais quatre ou cinq d'avance.

Alors que l'air sifflait aux oreilles de Sapphire et que les visages des spectateurs se fondaient pour elle dans un brouillard indistinct, elle se prit à songer à Blake. Que dirait-il de son ex-femme de chambre s'il la voyait maintenant ? songea-t-elle. Serait-il furieux ou amusé ?

Le vent de leur course lui fit monter les larmes aux yeux.

Tandis que Prince martelait la pelouse de ses sabots, la jeune femme se demanda malgré elle si Clarice avait finalement réussi à circonvenir son ex-amant et patron. Et si ce denier fréquentait toujours Mme Sheraton. Oh, et puis, de toute façon, se dit-elle, à quoi bon toutes ces questions ? Il lui avait clairement signifié ce qu'elle était pour lui. Et, surtout, ce qu'elle n'était pas. Dès le début, il l'avait prévenue du rôle réservé à la gent féminine dans son existence, et elle avait été assez idiote pour ne pas le croire ; or, s'il y avait bien une qualité qu'on ne pouvait lui nier, c'était l'honnêteté.

Devant elle retentissaient les clameurs des spectateurs massés près de la ligne d'arrivée, le baryton de Red dominant aisément les autres voix.

— Vas-y, montre-leur ce que tu vaux ! hurlait le chef lad. C'est ça ! Tu vas les avoir ! Ouais !

D'une dernière détente, Prince franchit la ligne comme en volant, Sapphire en suspension sur son dos. Puis la jeune femme tira sur la bride et ramena au pas l'étalon vers la foule, qui félicitait chaudement M. Carrington et attendait de tapoter l'encolure couverte de sueur du vainqueur.

Red surgit à côté du cheval et raccrocha la longe au harnais de l'étalon.

— Bien joué, mon garçon ! M'est avis que tu vas garder ta toque et ta casaque !

Sapphire sourit au géant roux, profondément reconnaissante de son amitié. L'hiver durant, elle était demeurée à l'écart des autres employés de la ferme, de peur qu'une maladresse ou un moment d'inattention ne lui vaille d'être démasquée. Or, malgré l'isolement dans lequel elle se cantonnait, Red n'avait cessé de lui témoigner de la sympathie, sans jamais chercher à empiéter sur son intimité ni la forcer en aucune manière aux confidences.

— Eh bien, fiston, déclara M. Carrington en s'approchant d'elle, un large sourire sur son visage rude, on dirait bien que tu as gagné la place d'honneur à ma table, ce soir !

Deux mois plus tard

— Viens avec nous, dit Manford, debout à la porte de la

chambre d'hôtel de Blake, une main sur l'encadrement. Ça va être amusant.

Blake le fusilla du regard.

— Ça ne va pas être amusant du tout, répliqua-t-il. Et puis n'était-ce pas toi qui, hier encore, me serinais que, de toute façon, je ne savais plus m'amuser parce que je passais tout mon temps à travailler ?

— Allez, viens, répéta Manford en posant la main sur l'épaule de Blake. J'essayais seulement de t'ouvrir les yeux sur ce que tu étais en train de perdre par ta propre faute. Ah, quand tu es comme ça, avec ce visage buté, tiens, j'ai l'impression de revoir ton père !

Blake fronça aussitôt les sourcils.

— Voilà bien un argument décisif pour me persuader de m'habiller et de t'accompagner à ce dîner qui promet d'être assommant, mon vieux !

Manford baissa les yeux, l'air contrit.

— Désolé, Blake, je ne le pensais pas.

Il se passa une main dans les cheveux et lâcha un soupir excédé.

— Je ne sais plus quoi faire pour toi, Blake, je te le jure !

L'interpellé fixa des yeux le papier peint qui tapissait le couloir de l'hôtel new-yorkais où lui et Manford avaient élu domicile le temps de négocier avec des grossistes locaux le transport depuis l'Europe d'une cargaison de vêtements et d'articles de mode. Leur séjour en ces lieux coïncidait avec l'ouverture d'une série de courses réputées qui se déroulaient chaque année sur l'île de Long Island et auxquelles Blake avait jusqu'alors réussi à ne pas assister avec Manford, malgré l'insistance de ce dernier. Parier sur des chevaux n'avait pour lui strictement aucun intérêt. Il ne misait jamais son argent, pas plus aux dés ou aux cartes qu'aux autres jeux de hasard. Il n'aimait pas le hasard. Il n'aimait pas le risque. Il n'aimait pas perdre.

— Tu sais, reprit Manford, le gentleman qui donne ce dîner est lui aussi un homme d'affaires. Je pense qu'il pourrait te plaire.

— Il gagne sa vie en élevant des chevaux, des chevaux de course, alors que moi, même si ma vie en dépendait, je ne saurais même pas par quel bout je devrais monter sur un de ces fichus canassons ! repartit Blake d'une voix désinvolte.

Cependant, intérieurement, il commençait à se sentir épuisé. Manford avait raison, se dit-il. Il travaillait trop et passait de trop longues heures seul avec lui-même et ses pensées, à ruminer son regret d'avoir laissé partir Sapphire.

Il n'avait cessé de la chercher l'hiver durant. En vain. A croire que, le soir de son départ, elle avait disparu corps et bien, dans la nuit. A plusieurs reprises, au cours des derniers mois, il avait songé à écrire à M. Stowe pour vérifier si, d'aventure, elle n'était pas rentrée à Londres ; une fois, il avait même rédigé un courrier en ce sens à l'avoué. Mais il ne l'avait jamais envoyé. Et cela, sans doute, parce qu'il redoutait la réponse de l'Anglais.

Il lui était aussi arrivé de ne pouvoir réprimer des élans d'angoisse à l'idée des malheurs dont la jeune femme aurait pu être victime. Ces crises de remords étaient d'autant plus difficiles à supporter qu'il avait désormais conscience que c'était son propre égoïsme qui avait poussé Sapphire à ne plus rien espérer de lui et, en conséquence, à le quitter. Quand il imaginait la jeune femme morte au creux d'un fossé ou réduite à la mendicité, son impuissance à conjurer ces visions le rendait tellement fou qu'il ne dormait plus, littéralement, et abattait une somme de travail dont, en d'autres circonstances, il aurait pu être légitimement fier, mais qui, au bout du compte, lui laissait un goût de cendre dans la bouche.

Fort heureusement, ces crises ne duraient pas, la logique lui soufflant que, si Sapphire avait vraiment été en difficulté, il n'aurait pas manqué d'en être informé par Stowe ou la marraine de la jeune femme.

Non, il avait l'intuition que Sapphire s'en était sortie. Elle avait trop de ressources, trop de volonté et d'énergie pour se laisser abattre. Parfois, il avait même l'impression de la sentir tout près de lui. Cette sensation, du reste, n'avait jamais été aussi forte que depuis qu'il s'était installé avec Manford dans cet hôtel.

Sapphire était la douleur dans sa poitrine qui le tenait éveillé durant la nuit. Sapphire était le tremblement qui agitait ses mains quand il s'apprêtait à saisir un verre ou à lire un ouvrage scientifique. Sapphire était *vivante*, il en avait la certitude de plus en plus absolue — une certitude qui irriguait son esprit, sa peau, son cœur et qui, au petit matin, le laissait frustré de passion inassouvie.

— Tu m'entends, Blake ? La réception a justement lieu dans cet hôtel, dans un des salons du rez-de-chaussée. Comme ça, si tu t'ennuies pendant le dîner, tu pourras toujours remonter ici…

Le regard vide, Blake avait le plus grand mal à revenir à la réalité présente. Et, en même temps, au fond de lui, il ressentait toujours cet appel, cette présence…

— Allons, insista Manford, dis-moi que tu vas venir.

— Je n'ai pas faim, répondit-il. Et puis j'ai reçu tantôt ces rapports que je n'ai pas encore eu le temps de…

— Rien qu'un verre, le supplia son ami, c'est tout ce que j'exige de toi. Descends au moins le temps de l'apéritif, ça te changera un peu les idées.

Blake baissa les yeux, soupira, puis sortit sa montre du gousset de son gilet.

— C'est à quelle heure, ton pince-fesse ?

— 20 heures ! répondit Manford avec un enthousiasme retrouvé. Ah, je suis content que tu te réveilles enfin, mon vieux. Quand je raconterai ça à Patricia, elle sera ravie ! Elle aussi s'inquiétait pour toi, tu sais. Maintenant qu'elle s'est résignée à ce que tu n'épouses pas Clarice, elle n'arrête pas de vouloir te présenter à d'autres jeunes femmes. Elle adore jouer les marieuses, vois-tu, et elle t'a toujours porté aux nues. Je t'avouerai même que j'en aurais presque été jaloux, parfois…

Blake n'écoutait plus son ami que d'une oreille. Cela faisait des mois qu'il ne s'était pas rendu à une réception avec une femme à son bras — depuis son retour d'Angleterre, pour être plus précis —, et c'était justement là le genre de sujet de conversation qu'il préférait éviter.

— Je connais l'heure, je connais le lieu, Manford, dit-il en reculant dans sa chambre. Je verrais si je peux venir.

Manford hocha la tête, comprenant qu'il valait mieux ne pas insister.

— Tu as intérêt.

Sapphire tripotait avec irritation les extrémités de sa cravate de soie blanche. A la fin, elle émit un grognement irrité, tira sur le tout et entreprit de nouveau de nouer l'odieux bout de tissu. C'était sa troisième tentative et elle commençait à désespérer de parvenir à donner à la cravate un aspect présentable, d'autant qu'elle ne pouvait demander de l'aide à personne.

Elle était arrivée toute seule dans une des voitures de M. Carrington et avait été conduite jusque dans cette pièce pour mettre le pantalon, la redingote et la chemise que son patron lui avait offerts pour les occasions comme celle-ci. Pourtant, songea-t-elle, elle aurait dû être habituée, depuis le temps.

De fait, ce genre de réception commençait à lui être familier. Elle trouvait cela presque injustifié — puisque, après tout, c'était Prince qui gagnait les courses tandis qu'elle-même se contentait de le monter —, mais, en l'espace d'une saison, elle était devenue l'un des jockeys les plus acclamés de New York.

Durant tout l'hiver, Sapphire avait apprécié la compagnie des chevaux et les heures de solitude qu'elle passait avec eux dans la chaleur et la tranquillité de l'écurie, dans un silence troublé seulement par le bruit des bêtes mâchant leur avoine, le couinement occasionnel d'une souris et le battement de son propre cœur. Elle avait même fini par prendre plaisir à jouer au jeune homme, à n'avoir plus à se soucier de son apparence. Elle appréciait la liberté de mouvement que lui conféraient ses habits masculins, ainsi que celle de se déplacer où bon lui semblait sans avoir besoin d'un cavalier ou d'un chaperon attaché à chacun de ses pas comme cela avait toujours été le cas jusqu'à présent, depuis qu'elle avait atteint l'âge adulte.

Et puis le printemps était arrivé et la saison des courses avait commencé. Tout s'était alors déroulé très vite. Prince et elle s'étaient mis à remporter un prix après l'autre et n'avaient pas tardé à être au centre de toutes les conversations. M. Carrington l'avait d'abord invitée à dîner chez lui avec Red, dans sa grande maison sur la colline, puis ce furent les voisins qui tinrent à l'avoir à leurs bals et à leurs fêtes. M. Carrington avait bientôt décidé qu'il lui fallait un frac. Par chance, il se contenta de lui donner de l'argent et de l'envoyer seule en ville où elle put s'acheter un habit déjà fait sans avoir à passer par un tailleur.

Les semaines s'étaient écoulées ainsi, une course succédant à une autre. Conformément à la promesse de Red, M. Carrington eut la générosité de lui céder une part de ses gains à chaque victoire, lui permettant ainsi de se constituer un petit bas de laine.

Au fil du temps, cependant, l'excitation que toute cette aventure lui avait procurée en était venue à retomber peu à peu et, désormais, quand elle pénétrait dans une salle à manger ou un salon sous les applaudissements et les murmures admiratifs des turfistes et des professionnels du sport hippique, elle n'éprouvait plus que l'envie désespérée de porter de nouveau une robe en dentelle et de laisser enfin repousser ses cheveux, qu'elle appréhendait de plus en plus de devoir couper chaque mois.

Au cours de la première semaine de juin, elle s'aperçut qu'il ne lui manquait plus que quelques dollars pour avoir enfin de quoi se payer non seulement le voyage jusqu'à Londres, mais aussi une robe de qualité. Il lui suffisait pour cela de patienter encore quelques semaines. Et, bien évidemment, de continuer à gagner.

Ah ! comme elle avait hâte de retrouver Lucia et Angélique, de pouvoir les serrer de nouveau dans ses bras, de récupérer le précieux coffret contenant les souvenirs de sa mère…

Un coup frappé à la porte l'interrompit dans ses pensées et ses efforts plus ou moins fructueux pour nouer sa cravate. Un dernier regard au miroir lui apprit qu'elle était enfin parvenue à un résultat acceptable, à défaut d'être brillant. Elle haussa les épaules : il lui faudrait bien s'en contenter et les autres aussi. Elle était jockey, après tout, pas dandy.

— J'arrive, répondit-elle de la voix grave qu'elle s'était habituée à utiliser.

— M. Carrington vous attend en bas, monsieur, lui annonça un jeune homme derrière la porte.

— Merci, dit-elle.

Elle saisit sa redingote, l'enfila, ouvrit la porte et sortit dans le couloir de l'hôtel. Elle emprunta ensuite le large corridor aux parois moulurées et tapissées d'un papier à motif floral pour gagner l'escalier d'honneur qui déployait ses volutes jusqu'au rez-de-chaussée. Alors qu'elle s'y engageait, elle ne put s'empêcher de rêver d'en descendre les marches dans une élégante robe de bal en satin, au bras d'un séduisant gentleman.

Et le gentleman en question n'était, bien sûr, pas n'importe qui…

Elle avait à peine repensé à *lui* qu'elle sentit son estomac se serrer et songea qu'il était curieux qu'après tout ce temps il puisse encore avoir cet effet-là sur elle. Elle se demanda si, de son côté, il lui arrivait également de repenser à elle. Elle en doutait.

Arrivée au bas de l'escalier, elle s'engagea sur le pavement de marbre rose tout en veillant à ne pas oublier d'effectuer de grands pas virils et en se retenant de lever des yeux émerveillés vers l'énorme lustre de cristal suspendu au-dessus du hall d'entrée, Sam Walter, simple garçon d'écurie devenu jockey, étant incapable par nature de remarquer et encore moins d'admirer ce genre de chef-d'œuvre de l'industrie américaine. Heureusement, songea-t-elle, elle ne resterait pas ici pour la nuit : M. Carrington avait donné des ordres pour qu'on la ramène au haras à 22 heures précises. Car si ses meilleurs jockeys l'accompagnaient toujours aux réceptions et aux bals auxquels il était lui-même invité, il tenait à ce qu'ils demeurent en forme et leur imposait une discipline très stricte.

— Monsieur Walter, la héla l'épouse d'un des rivaux de M. Carrington en agitant son éventail dans sa direction, venez donc ici que je vous présente à une de mes bonnes amies.

— Monsieur Walter, l'appela quelqu'un d'autre.

— Sam ! lui lança une troisième voix.

Dans ces cas-là, Sapphire avait l'impression que le contrôle de sa propre vie lui échappait totalement et, si elle ignorait ce qu'elle désirait en plus du droit de porter le nom de son père biologique, elle était néanmoins convaincue de ne pouvoir continuer à mener ce genre d'existence bien longtemps.

— Enchanté de faire votre connaissance, madame, déclara-t-elle en prenant la main d'une femme entre deux âges pour la porter à ses lèvres.

Cette dernière gloussa.

— Sam court pour Carrington, lui expliqua son amie. Mais ce cher Jonathan lui a fait une offre qu'à mon avis il ne peut décemment refuser.

Sapphire accueillit ces propos par un sourire absent — un sourire qu'elle avait vu Blake arborer bien des fois en de semblables circonstances.

— Désirez-vous un verre, Sam ? s'enquit un convive derrière son dos.

— Non, merci, répondit-elle en se retournant.

Alors qu'elle échangeait quelques banalités polies avec cette dernière personne qu'elle connaissait à peine — encore un éleveur ou un propriétaire de chevaux, elle ne savait plus trop —, elle repéra du coin de l'œil une silhouette dont l'apparition la rendit momentanément muette.

C'était *lui*, aussi incroyable que cela puisse paraître !

Il se tenait sous le lustre monstrueux du vestibule, juste derrière la double porte-fenêtre donnant sur le salon. Les mains dans les poches du pantalon de son frac, il paraissait hésiter à pénétrer dans la pièce.

Sitôt qu'elle le reconnut, Sapphire sentit sa respiration se bloquer dans sa poitrine et ses genoux chanceler d'appréhension. Elle se mit à chercher frénétiquement une échappatoire et, alors que ses yeux se posaient de nouveau sur Blake, le regard de celui-ci croisa le sien.

Pas un instant, il ne fut trompé par sa coupe de cheveux ni par ses habits d'homme.

— Mer… merci beaucoup, répondit Sapphire à son interlocuteur qui ne cessait de la féliciter pour sa saison. Merci…

Puis, d'une démarche chancelante, elle le planta là et prit la tangente.

Blake se lança aussitôt à sa poursuite.

— Excusez-moi… Pardon… Excusez-moi…, balbutiait-elle tout en bousculant les autres invités dans sa hâte à gagner une porte dérobée qu'elle avait aperçue au fond du salon.

Elle n'avait pas la moindre idée de l'endroit où elle se dirigeait ainsi, mais elle espérait que ce serait loin de ce cauchemar.

29

— Monsieur, s'il vous plaît, un instant ! appelait Blake.

Abandonnant sur une table le verre de champagne français qu'on lui avait placé d'office dans les mains à son entrée dans le salon, elle se mit presque à courir vers la porte. Celle-ci ouvrait sur un couloir étroit et faiblement éclairé. Elle se rappela qu'il était utilisé par le personnel de l'hôtel pour servir la clientèle sans la déranger par ses allées et venues.

Elle repoussa le battant et s'y adossa, le sang cognant à ses oreilles.

— Monsieur ? répéta Blake.

Elle releva la tête et scruta le couloir, ne sachant plus où porter ses pas. Ce corridor devait bien mener quelque part, songea-t-elle. Peut-être même débouchait-il sur une sortie. Dans ce cas, elle pourrait disparaître dans New York City tout comme elle avait disparu jadis dans Boston.

Cependant Blake la talonnait et ne se trouvait pas à plus de trois ou quatre mètres d'elle quand elle s'était enfermée ici. Prise de vertige, elle joignit les mains sur son cœur, qui palpitait.

— Excusez-moi, entendit-elle Blake demander à quelqu'un, mais avez-vous vu le jeune homme qui vient d'entrer là-dedans ?

L'autre — une femme — lui répondit quelque chose que Sapphire ne comprit pas.

— Qui ça ? s'enquit Blake.

— Le jockey, repartit son interlocutrice en s'exprimant plus distinctement. Il faut absolument que vous le rencontriez. Carrington l'a déniché parmi ses propres garçons d'écurie. Il s'appelle Sam Walter. Il monte ce fougueux étalon appartenant à Carrington, vous savez, le noir, Carribean Prince.

— Ah oui ? fit Blake, comme si ce nom lui était familier.

La poignée de la porte tourna.

Sapphire se jeta sur la droite, mais elle ne fut pas assez prompte. Sa seconde d'hésitation lui avait été fatale.

Elle entendit la porte s'ouvrir derrière elle.

— Sam ? appela Blake.

Elle l'ignora et se mit à marcher plus vite en espérant qu'il croirait s'être trompé.

— Sapphire… je t'en prie.

Son ton l'incita à s'immobiliser. Etait-ce donc de l'*émotion* qu'elle avait perçue dans sa voix ? s'interrogea-t-elle. Du *regret* ? Blake Thixton, l'arrogant, le pragmatique et l'impassible Blake Thixton, comte de Wessex, était capable de sentiments ? Non, ce devait être une illusion. Une de plus.

— C'est vraiment toi ? murmura-t-il en lui saisissant le bras et en l'obligeant à se tourner vers lui.

Elle eut l'impression de sombrer. Sa proximité l'effrayait plus que jamais et, pourtant, en même temps, elle ressentait une brusque délivrance. Après toutes ces semaines et ces mois à l'avoir désiré, à avoir eu envie de lui, encore et toujours, malgré tous ses efforts pour l'oublier et le rayer de sa mémoire, voici qu'il surgissait soudain devant elle, de la façon la plus inattendue et la plus inopinée qui soit.

Elle leva les yeux vers lui, des larmes lui brûlant les paupières.

— Sam Walter, ex-lad et présentement jockey, se présenta-t-elle d'une voix tremblante. Heureux de faire votre connaissance, monsieur Thixton.

— Je savais bien que c'était toi !

Il la prit dans ses bras et la serra contre lui avant de plaquer un baiser sur ses lèvres.

— Seigneur ! comme j'ai eu peur…

Sapphire ne pouvait plus respirer tant elle avait la poitrine contractée. Sa vue, le contact de sa bouche sur la sienne et de ses mains sur son corps, sa seule présence levait en elle un mélange étourdissant de colère, de soulagement et de rancœur. Car même si son cœur se rebellait contre cette idée, elle avait presque fini par se persuader qu'elle ne le reverrait plus.

Et il avait l'air si heureux lui-même de la retrouver. Sa joie était évidente.

Elle s'expliquait du reste aisément. Ne l'avait-elle pas abandonné ? Ne s'était-elle pas libérée de lui sans sa permission ? Or, personne ne quittait Blake Thixton sans son accord. Et voilà qu'il lui remettait la main dessus ? Quel bonheur, en effet ! songea-t-elle avec ironie.

Elle lutta pour se dégager de son étreinte.

— Lâche-moi ! lui ordonna-t-elle.

— Où diable étais-tu passée ? répliqua-t-il en la retenant par le bras. Et que fais-tu dans ces habits d'homme ?

Il la détailla de la tête aux pieds avec une moue dégoûtée.

— Il paraîtrait que tu serais jockey, maintenant ? A quoi rime cette farce ?

— Lâche-moi, répéta-t-elle entre ses dents serrées.

— Pour avoir à te pourchasser ensuite dans les rues de New York ? Pas question !

— Blake, s'il te plaît. Il faut que je retourne dans le salon. Les autres vont remarquer mon absence. Mon employeur, M. Carrington…

— Un jockey ? coupa-t-il. Tu as affirmé à ces gens que tu étais un homme et un *jockey* ?

Elle le dévisagea entre ses cils humides, la colère au ventre.

— Je *suis jockey* ! protesta-t-elle. Et cette fête est donnée en mon honneur, en celui du cheval que je monte et de son propriétaire.

— Tu plaisantes ? murmura-t-il.

Elle soutint son regard.

— Tu sais très bien que non, répliqua-t-elle en redressant le menton avec un air de défi.

Il détourna les yeux, puis la considéra de nouveau.

— As-tu la moindre idée du temps et de l'argent que j'ai consacrés à ta recherche ?

— Tu n'y étais pas obligé, rétorqua-t-elle en tirant de toutes ses forces sur son bras pour se dégager tout en essayant de lutter contre ses propres émotions. Mme Sheraton était à ta disposition. Tu n'avais plus besoin de moi.

Il la ramena brutalement contre lui.

— Sapphire…

— Je dois aller retrouver mon patron et ses invités, lui rappela-t-elle, ne souhaitant pas entendre ses explications au sujet de sa voisine.

Peu lui importait Mme Sheraton, au fond. La facilité avec laquelle Blake lui avait cédé avait seulement révélé à la jeune femme que, pour lui, la poule ramassée sur le pavé de Londres ne serait jamais rien de plus qu'une maîtresse parmi d'autres.

— Tu ne retournes pas à la fête, décréta-t-il. Tu viens avec moi.

— Et comment comptes-tu t'y prendre pour m'inciter à te suivre ? En utilisant la force ? En me kidnappant encore une fois ?

— Non, je ne vais pas t'enlever, répondit-il en la relâchant si subitement qu'elle faillit tomber. Mais imagine un peu que quelqu'un apprenne à ces gens qui tu es… ou, plutôt, *ce que* tu es.

Il la toisa de haut.

— Qu'as-tu donc fait à tes seins ? Tu les as comprimés ?

Il tendit la main vers sa tête.

— Et tes cheveux, tes beaux cheveux, tu les as rasés ? Sapphire, as-tu donc perdu l'esprit ?

Elle baissa les yeux sur ses bottes noires cirées. M. Carrington avait dû les commander spécialement pour elle, tant elle avait les pieds petits pour un homme…

— Sapphire, reprit Blake à voix basse, réfléchis donc. Utilise ce cerveau que je sais si brillant. Nous n'avons pas besoin de ce genre de scandale. Ni nous ni les messieurs qui t'ont engagée quand tu t'es présentée à eux sous une fausse identité.

Nous ? se répéta la jeune femme. Qu'entendait-il par là ? Elle se mordit la lèvre inférieure. Elle et Prince ayant été invaincus jusqu'à présent, si jamais sa supercherie était éventée, ses concurrents sauteraient sur l'occasion pour les discréditer tous deux, elle et le cheval. Car même en Amérique les femmes n'étaient pas autorisées à monter des coursiers sur les pistes des hippodromes. M. Carrington serait l'objet de l'opprobre et de la risée publics, et tout le personnel de son écurie avec lui : Red, qui lui avait donné sa chance ; Cosco, qui avait finalement accepté avec réticence de la laisser chevaucher Prince… Blake avait raison : elle devait au moins à ces hommes de leur éviter un pareil scandale.

— Très bien, soupira-t-elle en s'enveloppant le buste de ses bras.

Elle détestait Blake pour la contraindre ainsi à se plier une fois de plus à sa volonté et elle se détestait elle-même pour s'être mise dans une position qui lui donnait ce pouvoir sur elle. Mais ce qui l'horripilait le plus, c'était de sentir l'élan charnel qu'il lui inspirait toujours et qui, à son grand désespoir, lui paraissait même plus intense que jamais auparavant.

— Alors, tu viens avec moi ?

Il lui tendait les bras. Elle ne put alors se retenir et, fermant les yeux, se blottit contre lui, le visage enfoui contre sa chemise, dans sa tiédeur, son odeur.

— Oui, je viens avec toi, répondit-elle.

Puis elle ajouta, trop bas pour qu'il puisse l'entendre :

— Pour cette nuit du moins.

Comme Blake le lui avait promis, il respecta son souci de discrétion et l'emmena d'abord jusqu'au bout du couloir, puis à travers les cuisines de l'établissement, jusqu'à un escalier de service situé à l'arrière du bâtiment. Ils empruntèrent ensuite ce dernier pour rejoindre la chambre de Blake. Quand ils y parvinrent, ils n'avaient croisé personne en chemin et nul ne savait où avait pu passer Sam Walter.

Debout au milieu de la luxueuse suite de Blake, Sapphire ne savait si elle devait rire ou pleurer de ce nouveau rebondissement — ou, plutôt, de cet incroyable recommencement.

— Champagne ? lui proposa-t-il en lui désignant, sur un guéridon, un plateau d'argent sur lequel étaient posées deux flûtes et un seau à glace recouvert d'une serviette dont dépassait le col d'une bouteille.

Ayant soudain très soif et n'ayant pas eu le temps de finir sa coupe à la réception, la jeune femme haussa les épaules en disant :

— Pourquoi pas ?

— Je nous commanderai à manger plus tard.

— Oui, plus tard, répéta-t-elle.

Il déboucha la bouteille et remplit une coupe qu'il lui tendit. Au moment de le prendre, elle leva les yeux sur lui.

— Tu attendais de la compagnie ? ne put-elle s'empêcher de lui demander.

Il fronça les sourcils.

— C'est le cadeau d'un client. Je suis venu ici pour affaires avec Manford. Tu l'as peut-être d'ailleurs aperçu à la réception de Carrington. Il tenait absolument à ce que j'y descende avec lui, pour me changer les idées. Si je n'avais pas fini par lui céder…

Il laissa sa phrase en suspens.

Sapphire aurait bien voulu savoir ce qu'il pensait maintenant de cette coïncidence qui avait permis leurs retrouvailles. Au début, il lui avait semblé heureux de la revoir, mais maintenant… Maintenant elle n'était plus sûre de rien.

— Bois donc, l'encouragea-t-il. Et assieds-toi. Je veux que tu me racontes tout ce qui t'est arrivé ces derniers mois.

Il la conduisit auprès de deux fauteuils qui se faisaient face devant une cheminée de marbre dans laquelle rougeoyait un feu de charbon. De fait, bien qu'on soit au mois de juin, les nuits étaient encore fraîches et Sapphire, en prenant place dans l'un des fauteuils capitonnés à oreillettes, se prit à goûter la chaleur diffusée par l'âtre.

— Il n'y a pas grand-chose à raconter, répliqua-t-elle avant de siroter son champagne tout en épiant Blake par-dessus le bord de son verre.

Il était plus mince que dans son souvenir et donnait l'impression d'avoir un peu négligé sa santé depuis quelque temps. Etait-ce à cause d'elle ? Parce qu'il s'inquiétait pour elle ? Elle n'osait le croire.

— J'ai quitté Boston dès le soir de mon départ et, le lendemain, j'ai rencontré un brave homme qui a fini par m'emmener chez M. Carrington, où je suis devenue jockey.

Il secoua la tête.

— Je veux toute l'histoire, Sapphire, connaître toutes les étapes de ton aventure. Je veux que tu me décrives toutes les personnes que tu as croisées et que tu me rapportes tous les propos que vous avez échangés. Tu ne peux pas savoir dans quel désarroi ton départ m'a plongé.

Elle étudia les rides qui lui plissaient le front, regrettant de nouveau de ne pouvoir lire ses pensées. Ou, plutôt, d'être incapable de deviner ses *sentiments*.

Elle n'en accéda pas moins à sa demande et se mit à lui narrer par le menu ce qui lui était arrivé dans les mois qui avaient suivi leur séparation, jusqu'à aujourd'hui. Elle lui parla des gens qui l'avaient aidée, des autres garçons d'écurie à la ferme des Carrington, des chevaux qu'elle y avait soignés. Elle évoqua Petrosky, Red et, naturellement, Stowe, qui était resté au haras et semblait désormais plus attaché au chef lad qu'à elle-même. Elle lui raconta aussi ses séances d'entraînement sous la houlette de l'irascible Cosco, et le soir où elle s'était coupé les cheveux, juste après son installation dans la sellerie — cette même sellerie où, un matin, elle avait failli être surprise dans le plus simple appareil, alors qu'elle faisait sa toilette.

Elle énuméra ainsi chacun des événements marquants de son périple, sans avoir conscience du temps qui passait, jusqu'à ce que la pendule posée sur le manteau de la cheminée sonne les douze coups de minuit. Quand elle se releva du fauteuil, elle eut du mal à déplier les jambes qu'elle avait laissées repliées sous elle pendant toute la durée de son récit.

— Il faut que j'y aille, dit-elle.

Il s'était redressé à son tour et effleura du doigt le col empesé de la chemise blanche de la jeune femme, une chemise pratiquement identique à la sienne.

— Je n'arrive toujours pas à croire que tu aies pu jouer au garçon d'écurie, au groom ou au jockey pendant tout ce temps, sans que jamais personne ne te démasque, déclara-t-il en secouant la tête.

Elle sourit. Elle ne savait où était passée la colère qui la soulevait, mais elle s'était comme évanouie au cours de ces quatre heures de monologue. Elle ressentait désormais une étrange sérénité.

— Pourquoi en es-tu aussi surpris ? rétorqua-t-elle en tendant la main pour imiter son geste et lui caresser le cou juste au-dessus du col de sa chemise. Je m'en suis bien sortie sous le déguisement de la soubrette, non ? Tu te rappelles ? Molly, la bonne ?

Il lui rendit son sourire, renversa la tête en arrière et s'esclaffa.

— J'ai eu tort, admit-il en la prenant dans ses bras.

Elle riva son regard dans le sien et haussa les sourcils.

— Serait-ce une forme de repentance ?

Il déposa un léger baiser sur ses lèvres. La jeune femme se raidit. Un millier de pensées lui traversaient l'esprit. Un millier de désirs, de regrets... Puis elle se détendit de nouveau et éprouva le même sentiment de sérénité qu'auparavant.

Elle ferma lentement les paupières.

— Ah, Sapphire, Sapphire, chuchotait Blake en la pressant si fort contre lui qu'elle pouvait à peine respirer. Seigneur ! comme tu m'as manqué...

Elle s'accrocha à lui et l'embrassa jusqu'à en perdre le souffle. Il lui ôta alors sa redingote qui tomba sur le plancher, bientôt rejointe par la sienne. Brûlant de le toucher, de palper son corps, elle tira sur sa chemise pour en sortir les pans de la ceinture de son pantalon et glissa les mains sous l'étoffe pour caresser son ventre plat, son torse bombé. D'un coup de pied, elle envoya ses bottes cirées valser à l'autre bout de la pièce, et ce fut lui qui fit glisser le pantalon le long de ses jambes, révélant peu à peu le triangle doré entre ses cuisses. Il s'attaqua ensuite à sa chemise qui s'envola et chut sur les bottes.

Sapphire frémissait de la tête aux pieds : cela faisait longtemps, si longtemps…

— Enlève-moi ça, lui chuchota-t-il à l'oreille en effleurant la bande de coton qui lui enserrait la poitrine.

Ses yeux fixés aux siens, elle trouva à tâtons l'extrémité du tissu et dégrafa l'épingle qui le retenait. Sitôt ses seins libérés, elle se cambra en retenant sa respiration cependant que Blake se penchait vers ses tendres mamelons tel un pèlerin assoiffé vers la source d'une oasis.

Oh ! Seigneur, songea-t-elle, comme c'était bon !

Quand il la souleva dans ses bras pour la transporter sur l'immense lit qui trônait au milieu de sa chambre, elle ne lui opposa aucune résistance. Elle avait envie de lui faire l'amour une dernière fois, de jouir du contact de ses lèvres et de ses mains, de le sentir au fond d'elle.

Il la déposa sur le matelas, se débarrassa de sa propre chemise et s'abattit sur elle avec un grondement de volupté, ses doigts et sa langue attirés une fois de plus par sa poitrine, comme l'abeille par le nectar d'une fleur. Il se mit alors à la caresser avec une telle ardeur qu'elle se retrouva cambrée sur le lit, serrant à pleines poignées les draps de satin qui les recouvraient.

— Blake, murmura-t-elle en lui étreignant les épaules pour essayer de le rapprocher d'elle, s'il te plaît…

Elle noua ses jambes autour de sa taille et plaqua son ventre contre le sien. Elle sentait son excitation battre à la lisière de son intimité et craignait d'en devenir folle de frustration. Après tous ces mois où elle avait dû se contenter de ses souvenirs et parfois, à sa grande honte, de ses rêves, voilà que Blake était nu contre elle, sur elle, comme jadis, si proche… et pourtant encore si loin.

— Tu as toujours voulu aller plus vite que la musique, plaisanta-t-il d'une voix rauque tout en traçant un sillon de feu de ses seins à son ventre.

— Blake, je t'en prie ! le supplia-t-elle tout en se redressant pour défaire avec des gestes fébriles la boucle de sa ceinture. Pourquoi se hâter tant, si c'est pour ensuite prolonger les préliminaires ?

Comme elle relevait les yeux vers lui, elle crut, comme jadis, discerner dans son regard une lueur qu'elle n'y avait jamais vue jusqu'alors.

— Très bien, très bien, concéda-t-il en riant.

Il acheva de déboucler sa ceinture et eut tôt fait d'ôter son pantalon.

— Mais uniquement parce que c'est toi, ajouta-t-il avec un sourire complice.

Puis il se pencha de nouveau sur elle. Sapphire se porta avidement à sa rencontre. Il la pénétra doucement, profondément. Elle referma les yeux et se laissa emporter par le rythme du plaisir.

Tout fut terminé trop vite à son goût. Elle cria, arqua le dos en lui agrippant les flancs. Un battement de cœur plus tard, il jouissait à son tour et s'écroulait sur elle, le visage enfoui dans le creux de son épaule.

Dans le silence retrouvé, il se retira d'elle, comme à regret, tandis qu'elle s'écartait pour lui faire place sur le matelas.

— J'ai faim, avoua-t-il en s'allongeant près d'elle sur le dos.

Elle s'esclaffa et tourna la tête vers lui.

— Moi aussi.

— Par chance, Sam — ou devrais-je dire Molly ? —, c'est là un problème qui peut aisément se résoudre.

Se rasseyant sur le lit, il la gratifia d'un bref baiser avant de traverser la pièce en costume d'Adam pour aller tirer sur un cordon.

Quelque part au-delà des murs, Sapphire perçut le tintement d'une clochette.

Presque aussitôt, un majordome vint frapper à la porte de la suite. Blake passa juste la tête par l'entrebâillement du battant pour lui commander une collation. Une demi-heure après, ils dévoraient du blanc de perdreau rôti, du pain frais tout juste sorti du four et les premières fraises accompagnées d'un monticule de crème fouettée.

Quand ils eurent fini le champagne, Blake s'enquit :

— Dois-je réclamer une autre bouteille ?

Sapphire rit et plongea dans sa flûte une fraise qu'elle repêcha aussitôt.

— Je crois que nous avons déjà assez bu, non ?

— Il faut pourtant fêter ça.

Elle goba le fruit et dévisagea son amant.

— Fêter quoi, lord Wessex ? A moins que ce ne soit Blake Thixton ?

Il se renfrogna et plongea un index dans la crème avant de le porter à sa bouche.

— Nos retrouvailles, bien sûr.

Elle se contenta de sourire avant de cueillir une deuxième fraise dans le plat.

Quand ils furent rassasiés, Blake plaça leurs assiettes sur le plateau d'argent qu'il relégua près de la porte. Il garda toutefois le bol de crème fouettée qu'il posa sur la table de chevet.

— Que vas-tu en faire ? s'enquit Sapphire.

— Je peux te le montrer, si tu y tiens, repartit-il en lui prenant la flûte vide des mains pour la poser à son tour sur la table de chevet. Mais il va d'abord falloir que tu fermes les yeux.

— Une surprise ? s'exclama-t-elle, résolue à profiter de ce moment béni jusqu'au bout.

Elle obtempéra et baissa les paupières.

La prenant par les épaules, il la coucha sur le matelas. Elle se laissa faire volontiers. Il se mit alors à lui masser tout le corps, depuis la nuque jusqu'aux pieds, à tracer des arabesques sur chaque centimètre carré de sa peau, n'épargnant aucune partie de son anatomie, mais ne s'attardant sur aucune non plus, éveillant ainsi tout son être à la sensualité.

Etendue sur le lit, Sapphire eut bientôt l'impression de flotter sur un nuage cotonneux, comme si toute sa chair était amollie, le feu de la passion restant en sommeil.

Aussi tressaillit-elle quand elle sentit soudain un étrange contact sur son sein…

Elle rouvrit aussitôt les yeux. Et vit une petite perle de crème juchée sur la pointe de son aréole !

— Que…

Sans lui laisser le temps de protester, Blake enveloppa le mamelon d'une bouche ardente pour y goûter la crème. Puis il s'attaqua à l'autre sein, le soumettant à la même recette. Quand il eut terminé, Sapphire se cambrait de plaisir sur le satin des draps. Chacun des attouchements lui semblait provoquer en elle des explosions de volupté.

D'autant que, cette fois-ci, Blake ne se laissa point fléchir et exerça à plusieurs reprises cette délicieuse torture sur son corps pantelant. Après les seins, il se consacra à son mont de Vénus, amenant sans cesse la jeune femme au bord du plaisir pour le différer ensuite, en un lent va-et-vient qui était en lui-même une jouissance.

Quand enfin il la prit, Sapphire crut mourir de bonheur.

Il était près de 5 heures du matin quand elle s'éveilla et sortit du lit où Blake sommeillait encore. Elle le laissa dans les bras de Morphée, préférant éviter une scène qui risquait d'être pénible. Car elle ne pouvait rester avec lui. Rien n'avait été réglé entre eux. S'attarder auprès d'un homme qui ne l'aimait pas aurait été une erreur, un gâchis — si talentueux soit cet homme pour lui procurer du plaisir.

Réprimant farouchement son envie de pleurer, elle renfila son pantalon, sa chemise, rechaussa ses bottes et récupéra sa redingote. Tandis qu'elle traversait le salon, elle se permit un seul regard en arrière : dans la pénombre de la chambre dont la porte était ouverte, Blake dormait allongé sur le dos, les bras en croix, ses cheveux noirs ressortant sur la blancheur de l'oreiller, ses lèvres sensuelles entrouvertes sur le souffle régulier qui s'en échappait.

Il était beau, semblait si innocent.

C'était la dernière image qu'elle voulait garder de lui.

Avec un sourire triste, elle porta ses doigts à ses lèvres.

— Je t'aime, murmura-t-elle.

Puis elle partit.

Sapphire marcha dans les rues de New York jusqu'à l'heure d'ouverture des magasins, puis elle entra chez un prêteur sur gages, un homme au visage étroit et aux dents mal plantées qui ne lui posa aucune question lorsqu'elle lui échangea son frac contre une simple culotte en cheviotte, une veste en grosse toile, une casquette crasseuse et une poignée de dollars. Conscient tout de même d'y gagner, il l'autorisa à se changer dans son arrière-boutique.

De retour sur le trottoir, la jeune femme prit la direction que lui avait indiquée le commerçant : celle des quais.

Elle allait, enfin, rentrer chez elle.

Les yeux remplis de larmes, elle fourra les mains dans ses poches et baissa la tête pour fendre le vent qui soufflait entre les hauts immeubles. Sans les économies qu'elle avait cachées dans la sellerie du haras Carrington, au pied du mur de l'écurie, le voyage risquait d'être difficile. Elle n'avait sur elle que l'argent que lui avait donné le prêteur ainsi que sa part des gains de la journée. Mais elle était résolue à tenter quand même sa chance et à rentrer coûte que coûte en Angleterre, dût-elle pour cela traverser l'Atlantique à la nage !

Une fois sur les docks, elle se rendit d'un bateau à l'autre pour s'enquérir de leur destination et proposer ses services comme mousse au bosco des navires en partance pour Londres. Finalement, un homme avec un bandeau sur l'œil et une haleine qui empestait le bourbon lui apprit que le capitaine du *Sally Mae* recherchait un aide pour son cuistot, le précédent s'étant noyé dans les eaux du port en rentrant de virée avec lui la veille. Sapphire le remercia en levant une main à la visière de sa casquette et porta ses pas vers le *Sally Mae*, un schooner de Bristol.

Le hasard voulut que, lorsqu'elle parvint à la hauteur du bateau, le coq soit justement sur le pont en train de surveiller l'embarquement de poulets et d'oies en cages. Elle lui exposa sa requête. Il lui jeta un bref coup d'œil, s'enquit de sa santé, lui demanda si elle était sobre et, ses réponses le satisfaisant, hocha brièvement la tête.

— T'es bien un peu maigrichon, mais je suppose que tu feras l'affaire, grommela-t-il.

Puis, voyant Sapphire plantée sur le quai, il lui désigna d'un geste les cages qui restaient à embarquer.

— Et alors ? s'exclama-t-il. Qu'est-ce que t'attends pour me monter ces bestioles ?

Sapphire s'empressa d'obéir.

— Tu me mettras la volaille dans la cambuse, précisa-t-il en crachant par-dessus bord un long filet de salive brunie par le jus de chique. On appareille cet après-midi, avec la marée.

Quelques heures plus tard, Sapphire se tenait sur le pont à côté du chef cuisinier et veillait à éviter les amarres qu'on leur lançait depuis le quai.

Elle aperçut Blake une fraction de seconde avant qu'il ne la vît lui-même et songea sérieusement à faire ce qu'elle n'avait osé faire dans le port de Londres : sauter à l'eau pour lui échapper !

— Attendez ! Stop ! s'écria-t-il en courant le long des docks. Hé, vous, du *Sally Mae,* mettez tout de suite en panne !

Le marin qui venait juste de commencer à retirer la passerelle se tourna vers son supérieur.

— On dirait qu'il y a un bourgeois qui veut nous causer, cap'taine, déclara-t-il.

Sapphire regarda frénétiquement autour d'elle sans trouver

aucune échappatoire. Comme dans le couloir de l'hôtel, elle était coincée, à la merci de Blake. De colère impuissante, elle serra les poings et se retourna pour ne pas avoir au moins à assister à l'échange entre le capitaine du navire et Blake Thixton.

— Etes-vous le capitaine de ce bateau, monsieur? s'enquit Blake en portant une main à son front pour protéger ses yeux du soleil.

L'interpellé hocha la tête et ôta son chapeau, conscient de ne pas s'adresser à un simple bourgeois mais, comme le prouvait la qualité de ses vêtements, à un bourgeois *riche*. Et en Amérique, il le savait, cela valait tous les titres de noblesse.

— Oui, monsieur, répondit-il obséquieusement. Que puis-je pour votre service?

N'y tenant plus, Sapphire pivota sur elle-même, curieuse de voir comment Blake allait défendre sa cause auprès du marin.

— Il s'agit de mon enfant, monsieur, dit-il avec un aplomb formidable. Mon fils. J'ai appris qu'il avait embarqué sur votre navire. C'est un petit rouquin, avec les cheveux jusque-là.

Il indiqua la longueur en question en se touchant la joue.

— Il est pas bien gros, mais il est plutôt futé.

Si elle ne lui en avait autant voulu, la jeune femme aurait éclaté de rire : Blake Thixton était un homme de ressources, elle ne pouvait le nier.

Le capitaine se tourna vers le coq, qu'il fusilla du regard. Ce dernier eut un haussement d'épaules fataliste.

— Le gamin cherchait du boulot, cap'taine. Je ne savais pas que c'était un fils à papa qui se faisait la belle.

— Je ne vous en tiens nullement rigueur, soyez-en certains, leur assura Blake en se conformant à son rôle de père inquiet pour sa progéniture. Renvoyez-le-moi et on n'en parlera plus. Si je ne le ramène pas à sa mère avant le coucher du soleil, je peux aussi bien ne pas rentrer du tout.

Le capitaine gloussa — manifestation de complicité masculine qui écœura la jeune femme et lui fit lever les yeux au ciel —, et indiqua d'un geste au marin qui tenait toujours la passerelle de la reposer sur le bord du quai.

— Allez, mon gars, file ! lança-t-il à Sapphire sur un ton indulgent.

Celle-ci demeurait tétanisée sur place, les mâchoires serrées. Il devait sûrement y avoir un moyen d'échapper à cette humiliation, pensa-t-elle avec désespoir. Elle n'allait quand même pas se disputer avec Blake devant tous ces marins goguenards et lui dire qu'elle ne pouvait revenir avec lui parce qu'il persistait, encore et toujours, à la mépriser dans son cœur, à la traiter comme une femme de petite vertu — parce que, en somme, il ne l'aimait pas !

— Allez, obéis au cap'taine, petit, l'encouragea le cuisinier en le poussant vers la passerelle.

Sapphire se rapprocha lentement du plat-bord. Quand elle fut au bord de la passerelle, Blake s'était campé de l'autre côté de la planche, la dominant de toute sa taille, l'air imposant avec sa redingote brossée de frais et son huit-reflets sur la tête.

— Allons, viens, Sam, dit-il en lui tendant la main.

Sapphire franchit la passerelle d'un pas réticent. Sitôt qu'elle fut à sa portée, il lui attrapa le bras et l'entraîna loin du navire.

— Merci, lança-t-il par-dessus son épaule. Et bon vent !

Il marcha ensuite en silence jsuqu'à ce qu'ils soient hors de vue de l'équipage du *Sally Mae*.

— Ma voiture nous attend un peu plus haut, informa-t-il Sapphire.

— Non, articula celle-ci en s'arrêtant au beau milieu de la rue qui descendait vers le port.

Il y avait des hommes partout autour d'eux : des marins, des marchands, des vendeurs à la sauvette. Ignorant la foule qui se séparait autour d'elle comme les deux parties d'un torrent contournant un rocher, elle braqua un regard dur sur Blake.

— Non ? répéta-t-il. Comment ça, non ? Et qu'est-ce qui t'a pris, d'abord, de monter sur ce fichu bateau ?

— Je voulais rentrer à la maison ! cria-t-elle.

— A la maison ? Mais ta maison, c'est ici, avec moi.

— Non, Blake, ce n'est pas ici et ce n'est certainement pas avec toi ! Quand vas-tu donc te mettre dans ton crâne d'Américain que je ne serai *jamais* ta maîtresse ? Je suis la fille de lord Edward Wessex et je n'appartiens à personne, ni à toi ni à aucun autre homme !

— Rejoignons la voiture, dit-il en regardant autour de lui sans paraître avoir écouté un seul mot de sa diatribe. On commence à nous regarder de travers.

Comme il tendait une main vers son épaule, sans doute pour l'inciter à avancer, elle s'écarta d'un pas.

— Vas-y tout seul, dans ta maudite voiture ! Et peu m'importe que les gens nous regardent. Je fiche le camp en Angleterre, loin d'ici. Loin de toi !

Le visage de Blake, crispé par la contrariété, changea brusquement d'expression.

— Tu es sérieuse, n'est-ce pas ?

— Bien sûr que je suis sérieuse !

Et elle se jeta sur lui pour lui marteler la poitrine de ses poings.

— Espèce d'égoïste ! Il n'est pas question que je reste avec toi, pas même si tu…

— Pas même si je t'épouse ?

— Hein ? s'exclama-t-elle en levant les yeux vers lui. Que dis-tu ?

Elle avait proféré cette question dans un chuchotement incrédule. Mais sa confusion ne connut plus de limites quand elle crut distinguer des larmes dans le regard sombre et orageux de Blake.

— Je disais, répondit-il d'une voix si basse qu'elle eut de la peine à l'entendre : resterais-tu avec moi si je t'épousais ?

— Tu… tu serais prêt à te marier avec moi ?

Soudain la tête lui tournait et la vie lui apparaissait de nouveau riche de possibilités infinies.

— Mais pourquoi ? Pourquoi m'épouserais-tu ? Et Mme Sheraton ? Je sais ce qui s'est passé entre vous le soir de mon départ, pas besoin de le nier.

— Je ne le nierai pas, parce que je ne veux pas te mentir. Mais ce qui est arrivé entre Grace et moi était une erreur. J'avais tort, Sapphire. Je ne sais pas ce qui m'est passé par la tête à ce moment-là. Je tenais tellement à toi que… que j'ai eu peur.

Elle secoua la tête, essayant de comprendre, désireuse de comprendre. Elle avait devant elle un Blake qui lui était quasi inconnu. D'abord il avait admis s'être trompé et voilà maintenant qu'il avouait…

— Tu avais peur ? Mais de quoi ?

— Sapphire, tantôt tu sembles bien plus mûre que ton âge, et tantôt tu…

Il se tut et, enlevant son chapeau, se mit à lisser ses cheveux du plat de la main.

— J'avais peur, mon amour, ma chérie. Peur, oui. Parce que je t'aimais et que je n'avais jamais aimé personne jusque-là dans ma vie…

Sa voix se brisa.

— Je ne savais plus quoi faire. Je ne savais plus comment…

— Tu m'aimes ? l'interrompit-elle. Tu m'aimes et c'est pour ça que tu m'as enlevée ? C'est pour ça que tu m'as forcée ensuite à devenir une de tes domestiques — parce que tu m'*aimais* ?

Il lui adressa un sourire contrit.

— Ce n'est pas exactement comme ça que je voyais les choses pour ma part, mais, bon, je suppose qu'on pourrait les exprimer ainsi. Tu tenais tellement à me persuader que tu étais la fille de Wessex que…

A ces paroles, Sapphire sentit un vide abyssal se creuser dans son ventre.

— Attends un peu, balbutia-t-elle, prise d'un tel vertige qu'elle pouvait à peine aligner deux pensées. Serais-tu en train de me répéter… que tu ne crois toujours pas que je suis la fille d'Edward Thixton ?

— Non, pas du tout, répliqua-t-il en prenant sa main et en la serrant contre son cœur, totalement insoucieux, désormais, du public qui s'était rassemblé autour d'eux et qui suivait cet échange avec un intérêt non dissimulé.

— Alors, que signifient ces propos, Blake ? demanda-t-elle sur un ton désespéré.

— Tu as quitté Boston. Tu t'es fait passer pour un garçon…

— Afin de pouvoir gagner de quoi rentrer en Angleterre, lui rappela-t-elle.

— Et quand je découvre le pot aux roses, tu n'as qu'une hâte, c'est de me fausser encore une fois compagnie pour aller t'embarquer comme mousse sur un schooner !

— Aide-cuisinier, rectifia-t-elle. Et il le fallait bien, pour retourner à Londres.

Il garda un instant le silence. Les badauds, autour d'eux, étaient suspendus à leurs lèvres et attendaient manifestement la suite.

Blake soupira et lui embrassa la paume.

— A force d'y réfléchir, dit-il lentement, et j'ai eu tout le temps pour ça, un hiver entier exactement —, à force d'y réfléchir, donc, j'ai compris que ton insistance à revendiquer ta filiation avec feu mon cousin ne pouvait t'être dictée par la cupidité. J'ai eu le temps de t'observer, sur le bateau et chez moi, et j'ai compris, en te voyant sympathiser avec Myra — un sacré caractère, celle-là aussi, soit dit en passant —, que tu n'étais pas quelqu'un d'intéressé. L'amitié a manifestement plus de valeur pour toi que l'argent, et ce n'est pas là une qualité qu'on trouve fréquemment chez les opportunistes et les ambitieux — et j'en ai connu beaucoup dans ma vie, crois-moi. La conclusion s'imposait donc d'elle-même : tu croyais en ce que tu affirmais.

Il s'interrompit pour reprendre son souffle.

— J'y crois toujours ! repartit-elle.

Il leva une main pour la prier de le laisser finir.

— Aussi ai-je pris la décision — que je t'aurais communiquée ce matin même si tu m'en avais accordé la possibilité, au lieu de t'enfuir une fois de plus sans crier gare — de rentrer avec toi avec Londres pour t'aider à découvrir enfin si, oui ou non, ta mère a effectivement épousé Edward jadis.

Sapphire en demeura momentanément interdite.

— Parce que tu m'aimes ? murmura-t-elle, les yeux remplis de larmes.

— Oui, parce que je t'aime, Sapphire, qui que tu sois réellement, et parce que je t'ai aimée dès le moment où je t'ai vue dans mon salon, à Londres, prête à me faire ravaler mon arrogance.

Son petit sourire en coin avait reparu au bord de ses lèvres et, pour la jeune femme, ce fut comme un soleil qui illuminait ses traits.

— Alors ? s'enquit-il. Veux-tu bien m'épouser et m'épargner ainsi la peine d'avoir à te chercher dans tout New York et dans Dieu sait quelle autre ville encore ?

— Oui ! hurla-t-elle en se jetant à son cou.

Des applaudissements fusèrent de toutes parts. Mais Blake n'en avait cure. Prenant la jeune femme par la taille, il la souleva dans les airs.

— Oui ? fit-il.

— Oui ! répéta-t-elle en plongeant son regard dans le sien, oublieuse elle aussi du public et de tout ce qui n'était pas ce bonheur neuf, inouï qui venait de se lever dans sa vie. Oui, je veux bien vous épouser, Blake Thixton, comte de Wessex. Et oui, je t'aime. Et oui, je t'ai toujours aimé, dès le premier jour, dès que je t'ai vu entrer de ta démarche conquérante dans le salon de mon père !

30

Sapphire et Blake accostèrent les quais de Londres trois semaines plus tard et se séparèrent sitôt descendus à terre.

Blake prit un fiacre pour gagner son hôtel particulier dans Mayfair, tandis que Sapphire sautait dans un autre pour se rendre à l'appartement de Lucia sur Charing Cross.

Quand elle fut parvenue à destination, elle descendit de la voiture, paya grassement le cocher et prit le temps de rajuster son béguin. Même trois semaines après avoir renoncé à ses déguisements de garçon, elle était encore heureuse de pouvoir évoluer de nouveau dans des habits de femme. Elle supportait même le port du corset qui l'horripilait tant auparavant.

Après la déclaration de Blake sur les docks de New York, ils avaient réservé une place dans le premier navire à vapeur qui partait pour l'Angleterre. Comme celui-ci ne devait appareiller qu'une semaine plus tard, ils demeurèrent en ville et, tout le temps qu'ils ne passèrent pas à faire des emplettes, ils le consacrèrent à des étreintes enfiévrées dans l'immense lit de leur suite.

Jamais les cuisiniers de l'établissement ne se virent commander autant de crème fouettée par un client !

Evidemment, pendant qu'ils attendaient ainsi leur départ pour le Vieux Continent, Blake proposa plus d'une fois à la jeune femme de l'épouser séance tenante, dans une des ravissantes églises de New York ou même à Boston, si elle le préférait. Sapphire refusa doucement mais fermement, comprenant qu'il cherchait surtout à rattraper ainsi son infidélité avec Grace et à lui prouver la force de son engagement. A la fin, elle lui avoua franchement qu'elle lui avait d'ores et déjà pardonné cette incartade et qu'elle se satisferait à l'avenir de sa promesse de ne plus jamais rester seul dans la même pièce avec cette femme.

Elle tenait surtout à ce que Lucia et Angélique soient présentes à leurs noces ; aussi le choix de Londres s'imposait-il. Quant à Armand, elle aurait naturellement voulu qu'il soit aussi de la fête, mais elle le savait très fatigué et avait deviné, à son départ de la Martinique, que son état de santé était bien plus déplorable qu'il n'avait bien voulu le laisser paraître. Dans le secret de sa conscience, elle redoutait même qu'il ne soit mort.

Une fois devant la porte de Lucia, Sapphire s'arrêta, le temps de lisser le corsage et la jupe de sa toilette de barèges imprimée de motifs floraux bleus et verts dont les manches à crevés étaient nouées de petits rubans et l'encolure agrémentée d'une longue pèlerine, comme le voulait la dernière mode. Elle avait par ailleurs enfilé des gants d'une couleur assortie à sa toilette et coiffé un haut chapeau à large bord orné de fleurs, également bleues et vertes. Celles-ci allaient merveilleusement bien avec ses yeux, ainsi que le lui avait fait remarquer Blake en l'embrassant sur le quai avant de la quitter.

Ce fut en souriant à l'évocation de ce souvenir tout récent que la jeune femme frappa à la porte de sa tante. Blake avait beau lui répéter à chaque heure de la journée qu'elle était belle et qu'il l'aimait, elle ne parvenait à s'en lasser. Elle avait hâte de savoir ce qu'Angélique allait pouvoir penser de ça.

La porte s'ouvrit sur Avena, qui, sitôt qu'elle l'aperçut, poussa un cri de bonheur avant de soulever son tablier blanc pour feindre de s'en cacher le visage.

— Un fantôme, Dieu me protège ! s'écria-t-elle en mimant l'hystérie. Je viens de voir un fantôme !

Sapphire éclata de rire et, pénétrant dans le vestibule, commença à ôter ses gants.

— Alors un fantôme en chair et en os, répliqua-t-elle avant d'embrasser la servante.

— Est-ce Jessup, Avena ? s'enquit Lucia depuis l'autre bout de l'appartement. Dites-lui que j'arrive. Il ne faut pas que nous soyons en retard. On ne va pas retenir le bateau rien que pour nous !

Avena baissa son tablier, un sourire radieux aux lèvres.

— Ce n'est pas M. Stowe, madame, répondit-elle dans un anglais que ne déparait plus aucun accent plébéien.

— Pas M. Stowe ? répéta Lucia, dont la voix s'approchait peu à peu de l'entrée. Mais alors qui… ?

Sapphire pénétra dans le salon au moment même où sa tante y entrait par l'autre côté en accrochant une boucle à son oreille.

— Sapphire ! s'écria-t-elle.

La jeune femme se jeta dans ses bras.

— Je suis tellement contente de te revoir, murmura-t-elle en étreignant sa replète parente, la joue posée sur son épaule qui embaumait le parfum français. Tu m'as tellement manqué et j'ai tant de choses à te raconter !

— C'est toi ! C'est vraiment toi ! s'exclama tante Lucia avant de prendre les joues de Sapphire entre ses mains et de scruter son visage. Comme quoi j'avais raison d'affirmer à Angélique que tu étais saine et sauve et que tu finirais par rentrer…

Elle s'interrompit subitement et porta ses mains à sa bouche.

— Oh, non… Angélique et Henry ! Avena ! appela-t-elle en se précipitant vers la servante. Allez vite arrêter M. Stowe dans la rue et dites-lui qu'il doit aller tout de suite au bateau !

— Quel bateau ? demanda Sapphire, interloquée.

— Le bateau à destination de Boston, évidemment, repartit Lucia, comme si Sapphire était au courant.

Avena sortit à toute vitesse de l'appartement, laissant Lucia refermer la porte derrière elle.

— Le bateau sur lequel Angélique et Henry vont embarquer — si ce n'est déjà fait ! précisa cette dernière à l'intention de sa nièce. Ils se sont mariés la semaine dernière et ont aussitôt fait leurs bagages pour partir en Amérique. Ils voulaient se lancer à ta recherche, mon enfant !

Sapphire s'esclaffa et, les yeux embués de larmes, étreignit une nouvelle fois sa tante.

— Alors il faut à tout prix les arrêter, tante Lucia. Car moi, je veux qu'Angel assiste à *mon* mariage !

Moins d'un mois plus tard, Sapphire se tenait dans le vestibule de la collégiale St. Peter, à Westminster, toute frémissante dans ses jolis escarpins de soie. Son titre de comte de Wessex avait valu à Blake le droit de se marier en l'abbaye de Westminster et, bien que la jeune femme lui ait affirmé qu'une petite cérémonie en privé lui aurait amplement suffi, le Tout-Londres avait été invité aux noces.

Et Sapphire tremblait maintenant de la tête aux pieds en attendant le signal de l'orgue pour effectuer son entrée dans l'église. Si, au cours des six dernières semaines, elle avait souvent eu l'impression de vivre un rêve, sa présence dans cette église et celle de Blake devant l'autel lui paraissaient soudain merveilleusement réelles.

Elle porta une main gantée au joyau qui scintillait doucement contre sa gorge. Blake avait insisté pour qu'elle porte en collier de mariage le joyau que lui avait légué sa mère et, bien qu'il ait été déjà admirable sur une bague, la jeune femme devait admettre qu'il était encore plus beau sous sa forme actuelle, serti de diamants et enchâssé dans une monture en or.

— Tu es prête ? lui chuchota Angélique à l'oreille.

Sapphire baissa les yeux sur la toilette bleu pâle qu'elle avait revêtue pour l'occasion. C'était la mère du fiancé d'Avena qui l'avait créée pour elle ; elle avait fini de la retoucher juste à temps pour la cérémonie. Confectionnée avec du satin et de la dentelle, elle suivait un patron qui faisait alors fureur à Paris et comportait une encolure basse qui lui dénudait les épaules, ainsi que des manches gigot qui donnaient à Sapphire l'impression d'être une princesse.

L'orgue retentit enfin, arrachant en sursaut la jeune femme à sa songerie. Elle leva les yeux vers les colonnes de marbre dont le sommet se perdait dans les hauteurs de l'édifice. Puis elle regarda Angélique, qui lui sourit.

— Nous y voilà, lui murmura celle-ci. Tu as aujourd'hui ce que tu as toujours voulu, ce que tu as attendu durant toute ta vie : le véritable amour. Alors, par pitié, quitte donc cet air affolé. C'est ton jour de gloire, ma belle, et Blake t'attend.

Elle lui désigna l'homme qui se dressait à l'autre bout de la nef, devant le recteur. Habillé en noir de la tête aux pieds, il attendait celle qui allait devenir son épouse.

Angélique donna un petit coup de coude à sa sœur, puis, fermant les yeux, récita une prière silencieuse tandis que Sapphire entreprenait de remonter la nef de l'abbaye de Westminster.

L'heure qui suivit fut pour elle un tourbillon indistinct où se mêlèrent les visages des membres de l'assistance, les voix et la musique, le marmonnement du recteur et la chaleur de la main de Blake qui étreignait la sienne.

Tout ce que la haute société londonienne comptait de personnages importants s'était retrouvé sur les bancs de l'église pour assister aux noces de lord Wessex avec celle qui avait tant défrayé la chronique un an auparavant. Il y avait là lady Wessex avec ses filles au visage renfrogné, lord et lady Morrow, le baron et la baronne Wells et même lord et lady Carlisle. Le passé avait été en quelque sorte oublié et les invités souriaient en se chuchotant les uns aux autres leur admiration pour la beauté de la mariée et la prestance de l'Américain, lequel, de l'avis unanime, faisait un comte et lord des plus acceptables.

Sapphire crut flotter sur un nuage lorsque le recteur les déclara mari et femme et que Blake se pencha vers elle pour l'embrasser.

— Par ce baiser, lui murmura-t-il, je m'unis à toi.

Elle lui noua ses bras autour du cou et lui offrit ses lèvres.

Puis l'orgue résonna de nouveau en éveillant de longs échos sous les voûtes du bâtiment.

Alors Blake releva la tête et offrit son bras à la jeune femme. Côte à côte, les yeux dans les yeux, ils redescendirent la nef de l'abbaye de Westminster que jonchaient maintenant des pétales de rose blancs. L'assistance leur emboîta le pas et, une fois dans le vestibule, tout le monde se rassembla autour du couple pour le féliciter.

— Comtesse Wessex de mon cœur, mes meilleurs vœux de bonheur ! s'écria tante Lucia en se frayant un passage à travers la foule pour venir embrasser sa nièce et Blake. Jessup a un cadeau pour vous.

— Peut-être cela pourrait-il attendre que nous soyons chez lord Morrow, suggéra Blake tout en passant un bras autour des épaules de Sapphire en un geste protecteur.

— Non, rétorqua tante Lucia, je crois au contraire que ça ne peut pas attendre. Mais voici Jessup, justement.

Prenant Sapphire par le bras, elle l'entraîna vers une petite niche qui s'ouvrait près d'une statue grandeur nature de saint Francis.

Blake n'eut d'autre choix que de les y suivre.

« Désolée », articula silencieusement Sapphire par-dessus son épaule.

Blake se contenta de rire.

— La mariée et nouvelle comtesse de Wessex vous retrouvera chez lord et lady Morrow, lança tante Lucia à la cantonade avant d'agiter un mouchoir blanc au-dessus de sa tête pour attirer l'attention de l'avoué. Jessup, mon amour, par ici !

Sapphire se tourna vers sa tante.

— Le cocher de notre carrosse doit s'impatienter, lui signala-t-elle.

— Et aussi les huit chevaux de son attelage, renchérit Blake sur le ton de la plaisanterie tout en rajustant son chapeau. C'est là un luxe que je ne suis pas certain de pouvoir continuer à nous offrir encore bien longtemps !

— Tante Lucia, tu m'entends ? insista Sapphire.

— Cela ne prendra qu'un moment, lui assura Lucia. Tenez, Jessup est là.

Levant les yeux, la jeune femme vit M. Stowe se hâter de les rejoindre, un frêle vieillard sur les talons.

— Félicitations ! s'exclama l'avoué, le visage rouge, en

embrassant la mariée sur les deux joues avant de serrer avec enthousiasme la main de Blake. Milord…

— Jessup, je t'en prie, allons au fait, chantonna Lucia. Un carrosse à huit chevaux attend nos tourtereaux pour les emmener à la réception.

— Oui, oui, naturellement, acquiesça Jessup avec une grimace entendue. Permettez-moi d'abord de vous présenter le père Paul Seton.

Sapphire exécuta une courte révérence tandis que Blake tendait sa main au prêtre.

— Mon père…

— Allez, Jessup, dis-leur tout, intervint Lucia en témoignant la plus vive excitation.

— Le père Paul avait la charge d'une petite église à Shemingsbury Cross il y a des années de cela, commença à raconter l'avoué, et il y a célébré beaucoup de mariages. Dans la plupart des cas, il s'agissait de couples modestes, voire pauvres.

Le vieil homme au col romain inclina la tête en souriant, visiblement satisfait de lui-même.

— Le père Paul se souvient néanmoins d'un mariage en particulier, poursuivit Jessup. C'était il y a vingt ans. Il avait alors uni un distingué gentleman à une simple fille de ferme.

Sapphire émit une exclamation de stupeur et saisit la main de Blake.

— Malheureusement, mon église a été complètement détruite par un incendie il y a bien des années de cela, déclara le père Paul d'une voix cassée. Tous les registres ont été anéantis par les flammes, sans exception.

— Mais cela ne vous a pas pris au dépourvu, car vous êtes un homme consciencieux, n'est-ce pas ? s'enquit tante Lucia en trépignant sur place.

Le père Paul baissa modestement la tête.

— J'avais en effet gardé copie de chacun des actes, expliqua-t-il. C'est là une habitude que j'avais contractée à ma première prise de fonctions, à Whitford Downs. Cela ne représente qu'un peu d'écriture à la fin de chaque semaine et cela peut rendre service. Et puis Shemingsbury Cross n'était pas une très grande paroisse.

Plongeant la main à l'intérieur de son habit, il en produisit une feuille de papier jaunie et déchirée par endroits.

— J'ai ici un acte de mariage daté du mois d'avril de l'an de grâce 1810, établi au nom d'une certaine Mlle Sophie Barkley, fille de tenancier, et de lord Edward Thixton, vicomte de Hastings.

Le vieil homme présenta le document aux époux. Sapphire avait les mains qui tremblaient si fort qu'elle ne put saisir le papier. Ce fut Blake qui s'en empara. Il l'étudia un moment puis, se tournant vers son épouse, prit une de ses mains gantées et posa un genou à terre.

Des larmes de bonheur montèrent aux yeux de Sapphire.

— Me pardonnerez-vous, lady Wessex, pour avoir mis votre parole en doute ? lui demanda-t-il.

Elle le saisit par les épaules pour le relever et se jeta dans ses bras, l'étouffant dans un nuage de soie bleu.

— Venez, lord Wessex, lui dit-elle ensuite. Nous avons trois cents invités et un attelage de huit chevaux qui doivent commencer à piaffer d'impatience !

31

— Armand, mon chéri, dormez-vous ? s'enquit Tarasai en s'asseyant sur le bord du lit.

Comme Armand ne lui répondait pas, elle souleva doucement son fils qui dormait dans le creux de ses bras pour le déposer à côté de son père. Puis elle se tourna vers la lampe de chevet pour en allumer la mèche.

C'était le milieu de la nuit. L'indigène s'était réveillée pour allaiter son bébé et, comme toujours, elle en avait profité pour s'enquérir de l'état du père de son enfant avant de retourner se coucher.

La journée de la veille avait été fort agitée. D'abord, il y avait eu l'arrivée de la lettre annonçant le mariage de Sapphire avec son Américain et la confirmation inattendue, à la toute fin de la cérémonie, de sa filiation avec feu le grand-cousin de son nouveau mari. Là-dessus s'était présenté l'avoué d'Armand que celui ci avait convoqué sitôt après avoir pris connaissance de ces nouvelles. Tarasai avait bien essayé de persuader son amant d'attendre le lendemain pour le recevoir, le temps qu'il se repose de l'émotion provoquée par le courrier de sa fille, mais il n'avait rien voulu entendre.

Il était demeuré des heures enfermé dans sa chambre avec le juriste et, plus tard, quand la jeune femme était venue lui souhaiter une bonne nuit, il lui avait paru encore plus fatigué que d'habitude.

— Mon amour ?

Le bébé émettait des petits bruits de succion tout en dormant.

— Armand ? murmura Tarasai d'une voix soudain inquiète en se penchant vers l'alité, la lampe à la main.

Ce dernier était allongé sur le dos, le drap remonté jusque sous le menton, ses cheveux jadis noirs tissés maintenant de fils blancs. Il avait les paupières closes, les lèvres légèrement entrouvertes, et, avant même que la jeune femme approche sa joue de sa bouche pour vérifier s'il respirait encore, elle comprit qu'elle ne sentirait rien.

— Non, balbutia-t-elle dans un souffle.

Les yeux remplis de larmes, elle prit la main d'Armand et la porta à ses lèvres.

— Oh, mon amour, pourquoi nous avoir quittés si vite ?

Les joues mouillées de pleurs, elle posa sa tête sur la poitrine du défunt et se rappela combien, ce soir-là, malgré sa très grande lassitude, il avait paru heureux lorsqu'elle l'avait aidé à se préparer pour la nuit. Le soulagement de savoir sa chère Sapphire saine et sauve, sous la protection de l'homme qu'elle aimait, se lisait sur son visage. Il avait ensuite bercé un instant leur fils dans ses bras, puis embrassé ses doigts minuscules tout en lui promettant qu'il serait un homme fort et un excellent planteur.

Tarasai avait souri de ces enfantillages avant de lui demander de lui rendre le bébé pour qu'il puisse prendre un peu de repos. Hormis la veille au soir, son état avait semblé connaître une nette amélioration depuis quelques semaines. Alors comment, s'interrogea la jeune femme avec désespoir, avait-il pu si soudainement glisser de vie à trépas, dans la quiétude de son sommeil ?

Le bébé commençant à s'agiter, elle se redressa, le prit contre elle et lui présenta son sein dont le petit être s'empara avec une avidité engourdie de jeune chaton.

— Mon cher Armand, mon bel Armand, dit tout bas l'indigène en admirant le noble visage du père de Sapphire, tu ne m'as même pas laissé le temps de te dire que je t'aimais.

Mais Tarasai sentait que ce n'était pas grave : Armand le savait.

— Au revoir, mon amour, murmura-t-elle en souriant à travers ses larmes. Au revoir et merci, Armand. Merci pour notre fils.

Épilogue

Assise sur le lit, Sapphire relisait la lettre que tante Lucia lui avait envoyée de Londres. Il y en avait aussi une autre que la jeune femme devait transmettre à Angélique sitôt qu'elle apprendrait dans quelle partie du Far West cette dernière pouvait se trouver avec Henry.

Armand était mort. Son cher Armand. Et comme Sapphire était désormais plus riche que lui, puisqu'elle disposait de la fortune de son millionnaire de mari, il avait légué sa plantation à son fils. Oui, son fils ! Armand avait un fils !

— Je suis vraiment désolé, déclara Blake en se levant de son bureau installé dans le coin de leur chambre. Si tu as besoin de moi…

Elle secoua la tête et, s'essuyant les yeux, se redressa du lit.

— Non, merci. Nous savions que ça devait bientôt arriver. C'est d'abord pour ça qu'il avait tenu à nous éloigner de lui, tu sais. Je regrette seulement de n'avoir pu le voir et l'embrasser une dernière fois.

Elle replia la lettre et alla la déposer sur le secrétaire en prenant soin de ne pas heurter le panier où dormait son nouveau chiot, cadeau de mariage de Blake.

Après le retour de Londres, ce dernier lui avait proposé d'aller récupérer Stowe au haras Carrington, mais elle avait décliné son offre, sachant que le braque était désormais davantage le chien de Red que le sien. Et puis, maintenant, elle avait une autre bête à choyer.

Blake la serra dans ses bras et lui embrassa les cheveux.

Voilà des mois qu'elle ne les coupait plus et ils avaient déjà bien repoussé. Ce soir-là, elle les portait détachés, comme Blake les préférait.

— Je n'aime pas te voir triste.

Elle le regarda et sourit.

— Il me reste mes souvenirs de lui et sa présence en moi.

Elle posa une main sur son sein gauche.

— Ici ? s'enquit-il en se penchant pour embrasser son mamelon à travers la fine étoffe de sa chemise de nuit. Et là, aussi ?

Il déposa un second baiser sur l'autre sein. La jeune femme rit et lui tendit ses lèvres.

— Oui, mon cher lord Wessex — ou devrais-je dire plutôt monsieur Thixton ? le taquina-t-elle.

Il haussa les épaules.

— Va savoir… Et toi, qui es-tu ce soir ?

Il saisit les mains de la jeune femme et les plaqua derrière le dos de cette dernière, l'obligeant à cambrer les reins.

— Es-tu lady Wessex, épouse du comte de Wessex ?

— Mmm, fit-elle en feignant de réfléchir, les yeux levés vers le plafond.

— Ou bien Sapphire Thixton, épouse de Blake Thixton, magnat du transport maritime ?

— Je l'ignore, répliqua-t-elle en se dégageant. Si ça se trouve, tu as devant toi Molly, la bonne.

Elle prit une pile de serviettes propres disposées à leur intention sur une chaise, près de la porte.

C'était Myra qui était désormais leur camériste attitrée. A ce titre, elle jouissait d'une chambre particulière près de celle de Mme Dedrick, au deuxième étage, et d'une robe différente pour chaque jour de la semaine.

Myra s'assurait toujours que son amie ait des serviettes propres en permanence, au cas où lui prendrait l'envie de partager un bain avec son maître.

— Serviettes, monsieur Thixton ? demanda Sapphire en battant des paupières.

— Donne-moi ça ! grommela-t-il en tendant la main pour l'attraper.

La jeune femme l'esquiva sans difficulté.

— Et vos draps, monsieur ? Dois-je également les changer ?

— Viens un peu par ici ! s'exclama-t-il en la coinçant contre le lit.

Rieuse, elle bondit sur le matelas pour passer de l'autre côté.

Blake eut cependant le temps de lui saisir la cheville et Sapphire s'affala sur le lit, les serviettes s'envolant dans sa chute.

— Blake, arrête ! cria-t-elle en tentant de libérer sa jambe. Tu me chatouilles !

— Et là, Molly, est-ce que ça chatouille aussi ? demanda-t-il en remontant la main le long de son mollet, puis à l'intérieur de sa cuisse.

— Oh ! Monsieur Thixton ! Je croyais que vous aviez juré à Mme Thixton de ne plus jamais avoir de maîtresse.

Il grimpa sur le matelas à côté d'elle et riva ses yeux dans les siens.

— Et, d'après toi, Mme Thixton pensait-elle également à Molly en disant cela ? chuchota-t-il.

Elle sourit, si heureuse qu'il lui semblait vivre un rêve. Si tel était le cas, songea-t-elle, alors c'était bien le plus long et le meilleur des rêves qu'elle ait jamais connus !

— Peut-être faudrait-il le lui demander, suggéra-t-elle sur le même ton en caressant son torse et ses épaules.

Blake lui baisa la tempe.

— Un œil bleu et un œil vert… Qui eût cru qu'un tel regard était capable d'ensorceler un vieux barbon comme moi ?

— Dis-le-moi encore, murmura-t-elle alors.

— Je t'aime.

— Encore.

— Je t'aime, je t'aime, Sapphire Fabergine, Sapphire Thixton, lady Wessex. Qui que tu sois, je t'aime !

— Et Molly, lui rappela-t-elle en approchant sa bouche de la sienne. N'oublie pas Molly.

— Comment un homme pourrait-il oublier Molly ?

Il l'embrassa encore et encore, la réduisant au silence… pour le moment, du moins.

DANS LA MÊME COLLECTION

Par ordre alphabétique d'auteur

JINA BACARR	*Blonde Geisha*
MARY LYNN BAXTER	*La femme secrète*
MARY LYNN BAXTER	*Un été dans le Mississippi*
JENNIFER BLAKE	*Une liaison scandaleuse*
BARBARA BRETTON	*Le lien brisé*
BENITA BROWN	*Les filles du capitaine*
MEGAN BROWNLEY	*La maison des brumes*
CANDACE CAMP	*Le bal de l'orchidée*
CANDACE CAMP	*Le manoir des secrets*
CANDACE CAMP	*Le château des ombres*
CANDACE CAMP	*La maison des masques*
MARY CANON	*L'honneur des O'Donnell*
LINDA CARDILLO	*Le tourbillon d'une vie*
ELAINE COFFMAN	*Le seigneur des Highlands*
ELAINE COFFMAN	*La dame des Hautes-Terres*
ELAINE COFFMAN	*La comtesse des Highlands*
JACKIE COLLINS	*Le voile des illusions*
JACKIE COLLINS	*Reflets trompeurs*
JACKIE COLLINS	*Le destin des Castelli*
PATRICIA COUGHLIN	*Le secret d'une vie*
MARGOT DALTON	*Une femme sans passé*
EMMA DARCY	*Souviens-toi de cet été*
CHARLES DAVIS	*L'enfant sans mémoire*
SHERRY DEBORDE	*L'héritière de Magnolia*
BARBARA DELINSKY	*La saga de Crosslyn Rise*
BARBARA DELINSKY	*L'enfant du scandale*
WINSLOW ELIOT	*L'innocence du mal*
SALLY FAIRCHILD	*L'héritière sans passé*
MARIE FERRARELLA	*Une promesse sous la neige*****
ELIZABETH FLOCK	*Moi & Emma*
CATHY GILLEN THACKER	*L'héritière secrète*
GINNA GRAY	*Le voile du secret*
GINNA GRAY	*La Fortune des Stanton*
JENNIFER GREENE	*Le cadeau de l'hiver*

... / ...

DANS LA MÊME COLLECTION

Par ordre alphabétique d'auteur

JILLIAN HART	*L'enfant des moissons*
METSY HINGLE	*Une vie volée*
KATE HOFFMANN	*Destins d'Irlande*
KATE HOFFMANN	*Fille d'Irlande*
FIONA HOOD-STEWART	*Les années volées*
FIONA HOOD-STEWART	*A l'ombre des magnolias*
FIONA HOOD-STEWART	*Le testament des Carstairs*
FIONA HOOD-STEWART	*L'héritière des Highlands*
LISA JACKSON	*Noël à deux***
RONA JAFFE	*Le destin de Rose Smith Carson*
PENNY JORDAN	*Silver*
PENNY JORDAN	*L'amour blessé*
PENNY JORDAN	*L'honneur des Crighton*
PENNY JORDAN	*L'héritage*
PENNY JORDAN	*Le choix d'une vie*
PENNY JORDAN	*Maintenant ou jamais*
PENNY JORDAN	*Les secrets de Brighton House*
PENNY JORDAN	*La femme bafouée*
PENNY JORDAN	*De mémoire de femme*
BRENDA JOYCE	*L'héritière de Rosewood*
MARGARET KAINE	*Des roses pour Rebecca*
HELEN KIRKMAN	*Esclave et prince*
ELAINE KNIGHTON	*La citadelle des brumes*
ELIZABETH LANE	*Une passion africaine*
ELIZABETH LANE	*La fiancée du Nouveau Monde*
CATHERINE LANIGAN	*Parfum de jasmin*
RACHEL LEE	*Neige de septembre*
RACHEL LEE	*La brûlure du passé*
LYNN LESLIE	*Le choix de vivre*
MERLINE LOVELACE	*La maîtresse du capitaine*
JULIANNE MACLEAN	*La passagère du destin*
DEBBIE MACOMBER	*Rencontre en Alaska*****
DEBBIE MACOMBER	*Un printemps à Blossom Street*
DEBBIE MACOMBER	*Au fil des jours à Blossom Street*

... / ...

DANS LA MÊME COLLECTION
Par ordre alphabétique d'auteur

DEBBIE MACOMBER	*Retour à Blossom Street*
DEBBIE MACOMBER	*La saison des roses*
DEBBIE MACOMBER	*La baie des promesses*
DEBBIE MACOMBER	*Les secrets de Rosewood Lane*
DEBBIE MACOMBER	*Le printemps des rêves*
DEBBIE MACOMBER	*Un Noël sous le givre******
MARGO MAGUIRE	*Seigneur et maître*
ANN MAJOR	*La brûlure du mensonge*
ANN MAJOR	*Le prix du scandale**
SUSAN MALLERY	*Un parfum d'été*
KAT MARTIN	*Lady Mystère*
ANNE MATHER	*L'île aux amants****
CURTISS ANN MATLOCK	*Sur la route de Houston*
CURTISS ANN MATLOCK	*Une nouvelle vie*
CURTISS ANN MATLOCK	*Une femme entre deux rives*
MARY ALICE MONROE	*Le masque des apparences*
MARY ALICE MONROE	*Le passé à fleur de peau*
CAROLE MORTIMER	*L'ange du réveillon*****
BRENDA NOVAK	*L'écho du souvenir*
BRENDA NOVAK	*L'héritière du manoir*
DIANA PALMER	*D'amour et d'orgueil****
DIANA PALMER	*Les chemins du désir*
DIANA PALMER	*Les fiancés de l'hiver*****
DIANA PALMER	*Le seigneur des sables*
DIANA PALMER	*Une liaison interdite*
DIANA PALMER	*Le voile du passé*
PATRICIA POTTER	*Noces pourpres*
MARCIA PRESTON	*Sur les rives du destin*
MARCIA PRESTON	*La maison aux papillons*
EMILIE RICHARDS	*Mémoires de Louisiane*
EMILIE RICHARDS	*Le testament des Gerritsen*
EMILIE RICHARDS	*La promesse de Noël***
EMILIE RICHARDS	*L'écho du passé*
EMILIE RICHARDS	*L'écho de la rivière*
EMILIE RICHARDS	*Le refuge irlandais*
EMILIE RICHARDS	*Promesse d'Irlande*
EMILIE RICHARDS	*La vallée des secrets*
EMILIE RICHARDS	*Du côté de Georgetown*
EMILIE RICHARDS	*Un lien d'amour******
EMILIE RICHARDS	*L'héritage des Robeson*

… / …

DANS LA MÊME COLLECTION

Par ordre alphabétique d'auteur

NORA ROBERTS	*Retour au Maryland*
NORA ROBERTS	*La saga des Stanislaski*
NORA ROBERTS	*Le destin des Stanislaski*
NORA ROBERTS	*L'héritage des Cordina*
NORA ROBERTS	*Love*
NORA ROBERTS	*La saga des MacGregor*
NORA ROBERTS	*L'orgueil des MacGregor*
NORA ROBERTS	*L'héritage des MacGregor*
NORA ROBERTS	*La vallée des promesses*
NORA ROBERTS	*Le clan des MacGregor*
NORA ROBERTS	*Le secret des émeraudes*
NORA ROBERTS	*Un homme à aimer**
NORA ROBERTS	*Sur les rives de la passion*
NORA ROBERTS	*La saga des O'Hurley*
NORA ROBERTS	*Le destin des O'Hurley*
NORA ROBERTS	*Un cadeau très spécial***
NORA ROBERTS	*Le rivage des brumes*
NORA ROBERTS	*Les ombres du lac*
NORA ROBERTS	*Un château en Irlande*
NORA ROBERTS	*Filles d'Irlande*
NORA ROBERTS	*Pages d'amour*
NORA ROBERTS	*Rencontres*
NORA ROBERTS	*Une famille pour Noël*****
NORA ROBERTS	*Passions*
NORA ROBERTS	*La promesse de Noël*
NORA ROBERTS	*Contre vents et marées******
NORA ROBERTS	*Rêves d'amour*
ROSEMARY ROGERS	*Le sabre et la soie*
ROSEMARY ROGERS	*Le masque et l'éventail*
ROSEMARY ROGERS	*La maîtresse du rajah*
ROSEMARY ROGERS	*Lady Sapphire*
JOANN ROSS	*Magnolia*
JOANN ROSS	*Cœur d'Irlande*
MALLORY RUSH	*Ce que durent les roses*
EVA RUTLAND	*Tourments d'ébène*
PATRICIA RYAN	*L'escort-girl****
DALLAS SCHULZE	*Un amour interdit*
DALLAS SCHULZE	*Les vendanges du cœur*
DALLAS SCHULZE	*La promesse d'un enfant*
KATHRYN SHAY	*L'enfant de l'hiver*
JUNE FLAUM SINGER	*Une mystérieuse passagère*
ERICA SPINDLER	*L'ombre pourpre*
ERICA SPINDLER	*Le fruit défendu*

…/…

DANS LA MÊME COLLECTION

Par ordre alphabétique d'auteur

ERICA SPINDLER	*Trahison*
ERICA SPINDLER	*Parfum de Louisiane*
ERICA SPINDLER	*Un parfum de magnolia*
ERICA SPINDLER	*Les couleurs de l'aube*
LYN STONE	*La dame de Fernstowe*
TARA TAYLOR QUINN	*Le cadeau d'une vie*
CHARLOTTE VALE ALLEN	*Le destin d'une autre*
CHARLOTTE VALE ALLEN	*L'enfance volée*
CHARLOTTE VALE ALLEN	*L'enfant de l'aube*
SOPHIE WESTON	*Romance à l'orientale****
SUSAN WIGGS	*Un printemps en Virginie*
SUSAN WIGGS	*Les amants de l'été*
SUSAN WIGGS	*L'inconnu du réveillon***
SUSAN WIGGS	*La promesse d'un été*
SUSAN WIGGS	*Un été à Willow Lake*
SUSAN WIGGS	*Le pavillon d'hiver*
SUSAN WIGGS	*Retour au lac des Saules*
SUSAN WIGGS	*La maison du Pacifique*
SUSAN WIGGS	*Neige sur le lac des Saules*
SUSAN WIGGS	*Rendez-vous sous le gui******
SUSAN WIGGS	*Les amants du Pacifique*
LYNNE WILDING	*L'héritière australienne*
LYNNE WILDING	*Les secrets d'Amaroo*
BRONWYN WILLIAMS	*L'île aux tempêtes*
REBECCA WINTERS	*Magie d'hiver***
REBECCA WINTERS	*Un baiser sous le gui*****
JOAN WOLF	*Le blason et le lys*
SHERRYL WOODS	*Refuge à Trinity*
SHERRYL WOODS	*Le testament du cœur*
SHERRYL WOODS	*Le rêve de Noël******
SHERRYL WOODS	*La Maison Bleue*
LAURA VAN WORMER	*Intimes révélations*
KAREN YOUNG	*Un vœu secret***
KAREN YOUNG	*L'innocence bafouée*
KAREN YOUNG	*La mémoire blessée*

* *titres réunis dans un volume double*

** *titres réunis dans le volume intitulé* : Magie d'hiver 2007

*** *titres réunis dans le volume intitulé* : Passions d'été

**** *titres réunis dans le volume intitulé* : Magie d'hiver 2008

***** *titres réunis dans le volume intitulé* : Magie d'hiver 2009

7 TITRES À PARAÎTRE EN JUIN 2010

Composé et édité par les
éditions Harlequin

Achevé d'imprimer en Allemagne
par GGP Media GmbH, Pößneck
en mars 2010

Dépôt légal en avril 2010
N° d'éditeur : 14895